Martin Cruz-Smith wurde 1943 in Philadelphia ~~~~~~~~~~~~ e Mutter, halb Hopi- und halb ~~~~~~~~~~~~~~~~~~~~~~~~~~~~~~~~ ter Jazz-Saxophonist. Er bega~~~~~~~~~~~~~~~~~~~~~~~~~~~~~~~~ rtredakteur und schrieb sp~~~~~~~~~~~~~~~~~~~~~~~~~~~~~~ ne Zeitschriften. Seit 1970 v~~~~~~~~~~~~~~~~~~~~~~~~~~~~ nd Thriller. Mit »Gorki-Park« e~~~~~~~~~~~~~~~~~~~~~~~~~~~ S-Bestsellerliste. Fast zehn J~~~~~~~~~~~~~~~~~~~~~~~~~ 4 Sprachen übersetzt und je~~~~~~~~~~~~~~~~~~~~~~~~~~~ ebt mit seiner Familie in New~~~~~~

Vollständige Taschenbuchausgabe
Droemersche Verlagsanstalt Th. Knaur Nachf. München
Lizenzausgabe mit freundlicher Genehmigung
des Scherz Verlags, Bern und München
Copyright © 1981 by Martin Cruz-Smith
Alle Rechte vorbehalten durch Scherz Verlag, Bern und München
Titel der Originalausgabe »Gorky Park«
Aus dem Amerikanischen von Wulf Bergner
Umschlagillustration Rolf Witt
Satz IBV Lichtsatz KG, Berlin
Druck und Bindung Clausen & Bosse, Leck
Printed in Germany   13 12
ISBN 3-426-01147-6

Martin Cruz-Smith:
Gorki-Park

Roman

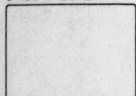

Kalinin-F

Hotel Ukraina

Moschaisker Chaussee

Mosfilm

Pirogowskaja-Strasse

Puschkinskaja
Gorki-Park

Lomonossow-Universität

Kalajewskaja

trader Pr.

Miliz-Hauptquartier

Petrowka-Strasse

Kasaner Bahnhof

Marx-Pr.

Swerdlow-Platz

Roter Platz

kt

Kreml

Hotel Rossija

Enthusiasten-Chaussee

Arkadis Wohnung

Taganskaja-Strasse

Brücke

Nowokusnezkaja-Strasse

Lusinowskaja-Strasse

Paweletser Bahnhof

MOSKAU

1

Der Einsatzwagen ruckte, wühlte sich fest und blieb in einer Schnee-wehe stecken. Die Mordkommission stieg aus: uniformierte Beamte in Lammfellmänteln, die sich mit ihren kurzen Armen und niedrigen Stirnen alle merkwürdig ähnlich sahen. Der einzige Zivilist war ein hagerer, blasser Mann – der Chefinspektor. Er hörte sich geduldig den Bericht des Parkwächters an, der die Leichen im Schnee entdeckt hatte. Der Wächter hatte bei seinem nächtlichen Rundgang den Fuß-weg verlassen, um auszutreten, die drei dort liegen gesehen und wäre vor Schreck und Kälte beinahe selbst erstarrt. Die Mordkommission folgte dem Strahl des Suchscheinwerfers ihres Einsatzwagens.

Der Chefinspektor vermutete, die armen toten Teufel seien lediglich eine Wodkatroika, die fröhlich besoffen erfroren war. Wodka, eine flüssige Steuereinnahmequelle, wurde ständig teurer. Drei Partner pro Flasche galten deshalb als Idealzahl – sowohl in bezug auf Wirt-schaftlichkeit als auch auf den gewünschten Effekt.

Auf der gegenüberliegenden Seite der Lichtung kamen Scheinwerfer näher. Baumschatten huschten über den Schnee, bis zwei schwarze Wolga-Limousinen auftauchten. KGB-Agenten in Zivil stiegen aus und kamen unter Führung des stämmigen Majors Pribluda heran. Miliz und KGB stampften gemeinsam im Schnee, um sich zu wär-men. Auf Mützen und Mantelkragen glitzerten Eiskristalle.

Die Miliz – die Polizeiabteilung des MWD (Innenministerium) – lenkte den Straßenverkehr, jagte Betrunkene und war für gewöhnli-che Leichen zuständig. Das Komitee für Staatssicherheit – der KGB – hatte größere, subtilere Aufgaben: den Kampf gegen in- und auslän-dische Staatsfeinde, Schmuggler und Unzufriedene, und obwohl alle KGB-Agenten Uniformen besaßen, traten sie lieber anonym in Zivil auf. Major Pribluda war in dieser frühen Morgenstunde gutgelaunt und polternd darum bemüht, die professionelle Animosität abzu-bauen, die das gute Verhältnis zwischen Volksmiliz und Komitee für Staatssicherheit beeinträchtigte. Er grinste freundlich, bis er den Chefinspektor erkannte.

»Renko!«

»Genau.« Arkadi Renko marschierte sofort auf die Leichen zu und überließ es Pribluda, ihm zu folgen.

Die Spuren des Parkwächters, der die Toten entdeckt hatte, führten durch den Schnee zu eigenartigen Bodenerhebungen mitten in der Lichtung. Ein Chefinspektor hätte eigentlich eine teure Zigarettenmarke rauchen sollen; Arkadi jedoch zündete sich eine billige Prima an und sog den Rauch tief ein – seine Angewohnheit, wenn er mit dem Tod konfrontiert wurde. Vor ihnen lagen drei Tote. Sie wirkten friedlich, wie kunstvoll arrangiert unter ihrer Schneedecke: der mittlere mit gefalteten Händen auf dem Rücken liegend, die beiden andern rechts und links mit ausgebreiteten Armen wie Schildhalter eines Wappens. Alle drei trugen Schlittschuhe.

Pribluda drängte sich an Arkadi vorbei. »Sie können anfangen, sobald ich festgestellt habe, daß keine Belange der Staatssicherheit betroffen sind.«

»Staatssicherheit? Major, wir haben's hier mit drei erfrorenen Säufern in einem Stadtpark...«

Der Major winkte bereits einen seiner Männer mit einer Kamera heran. Bei jedem Blitz leuchtete der Schnee bläulich auf, und die Toten schienen zu schweben. Die ausländische Sofortbildkamera lieferte die Farbbilder schnell, und der Fotograf zeigte sie Arkadi voller Stolz. Im vom Schnee reflektierten Blitzlicht waren die Leichen kaum zu erkennen.

»Na, was halten Sie davon?«

»Sehr schnell.« Arkadi gab die Fotos zurück. Um die Toten herum wurde der Schnee zertrampelt. Er rauchte irritiert und fuhr sich mit langen Fingern durch sein glattes schwarzes Haar. Dann fiel ihm auf, daß der Major und sein Fotograf nur Halbschuhe trugen. Vielleicht verschwanden die Männer vom KGB, wenn sie nasse Füße bekamen. Was die Leichen betraf, so rechnete er damit, in ihrer Nähe eine oder zwei leere Flaschen zu finden. Im Osten wurde es bereits merklich hell. Arkadi sah Lewin, den Gerichtsmediziner, am Rand der Lichtung stehen und mißbilligend den Kopf schütteln.

»Die Leichen scheinen schon lange hier zu liegen«, stellte Arkadi fest.

»In einer halben Stunde können unsere Spezialisten sie bei Tageslicht ausgraben und untersuchen.«

»Wir sind nicht hier, um uns von Ihnen belehren zu lassen«, wehrte Pribluda ab. Er zog seine Handschuhe aus, stellte sich mit gespreizten Beinen über einen der Toten und begann, mit beiden Händen den Schnee von seinem Kopf wegzuräumen.

Da glaubt ein Mann, der Tod habe für ihn alle Schrecken verloren; er ist schon zu unzähligen Mordopfern gerufen worden und inzwischen abgebrüht genug, um sich nüchtern zu sagen, daß steifgefrorene Leichen immerhin die am wenigsten abstoßenden sind. Doch hier wurde eine Totenmaske unter dem Schnee sichtbar, wie der Chefinspektor noch keine gesehen hatte. Er wußte, daß er diesen Anblick niemals vergessen würde. Aber er ahnte noch nicht, daß dies der entscheidende Augenblick seines Lebens war.

»Das ist Mord«, sagte Arkadi.

Pribluda reagierte nicht darauf. Er legte sofort auch die beiden anderen Köpfe frei. Sie glichen dem ersten. Dann stellte er sich wieder mit gespreizten Beinen über die mittlere Leiche, bearbeitete mit beiden Händen den steifgefrorenen Mantel, bis er auseinanderbrach und sich ablösen ließ, und öffnete auf diese Weise dann auch das Kleid darunter.

»Man kann immerhin noch erkennen, daß es eine Frau ist«, sagte Pribluda und lachte.

»Sie ist erschossen worden«, wandte Arkadi ein. Zwischen ihren blutleeren weißen Brüsten war eine schwarze Einschußwunde zu erkennen. »Sie vernichten Spuren, Major.«

Pribluda riß auch die Kleidungsstücke der beiden anderen Toten auf. »Erschossen, alle drei erschossen!« Er jubelte wie ein Grabräuber.

Der Fotograf hielt in einer Serie von Blitzlichtaufnahmen fest, wie Pribludas Hände steifes Haar zur Seite schoben und eine Kugel aus einem Mund holten. Arkadi sah, daß nicht nur die Gesichter verstümmelt waren, sondern daß den drei Toten auch sämtliche Fingerspitzen fehlten.

»Bei den Männern kommen noch Kopfschüsse dazu.« Pribluda säuberte seine Hände im Schnee. »Drei Leichen, das ist eine Glückszahl, Chefinspektor. Da ich jetzt die Schmutzarbeit für Sie erledigt habe, sind wir quitt. Genug!« befahl er dem Fotografen. »Wir gehen.«

»Für die Schmutzarbeit sind immer Sie zuständig, Major«, sagte Arkadi, als der Fotograf davongestapft war.

»Wie meinen Sie das?«

»Drei Erschossene, die verstümmelt im Schnee liegen? Das ist ein Fall für Sie, Major. Wer weiß, wohin meine Ermittlungen führen könnten?«

»Wohin denn?«

»In die falsche Richtung, Major. Haben Sie daran gedacht? Sollten Sie und Ihre Männer den Fall nicht übernehmen, damit ich und meine Leute heimfahren können?«

»Ich sehe hier keine Anzeichen für ein Verbrechen gegen den Staat«, wehrte Pribluda ab. »Ein etwas komplizierterer Fall als üblich – sonst nichts.«

»Vor allem deshalb kompliziert, weil jemand die Spurensicherung erschwert hat.«

Der Major zog sich die Handschuhe an. »Sie bekommen meinen Bericht und die Fotos, damit Sie von meinen Bemühungen profitieren können.« Er sprach so laut weiter, daß die anderen ihn hören mußten. »Sollten Sie allerdings auf etwas stoßen, das in den Aufgabenbereich des Komitees für Staatssicherheit fällt, müssen Sie natürlich veranlassen, daß die Staatsanwaltschaft mich sofort benachrichtigt. Verstanden, Chefinspektor Renko? Wir wollen augenblicklich benachrichtigt werden.«

»Ja, ich verstehe«, antwortete Arkadi ebenso laut. »Sie können sich auf uns verlassen.«

Hyänen, Aasgeier, Schmeißfliegen, Würmer, dachte der Chefinspektor, während er beobachtete, wie Pribludas Wagen zurückstießen, wendeten und davonfuhren. Nachtgetier. Die Morgendämmerung machte sich deutlicher bemerkbar. Er zündete sich eine weitere Zigarette an, um den schlechten Geschmack, den das Intermezzo mit Pribluda hinterlassen hatte, aus dem Mund zu bekommen. Die am Rand der Lichtung stehenden Kriminalbeamten gafften noch immer. Sie hatten zugesehen, wie die Gesichter der Toten freigelegt wurden.

»Das ist jetzt unser Fall«, erklärte Arkadi seinen Leuten. »Wollt ihr nicht langsam was unternehmen?«

Er veranlaßte, daß einige der Männer die nähere Umgebung der Lichtung absperrten, und ließ den Sergeanten vom Einsatzwagen aus über Funk weitere Männer, Schaufeln und Metalldetektoren anfordern. Etwas geheuchelte Betriebsamkeit munterte seine Leute meistens ein bißchen auf.

»Das heißt also, daß wir …«

»Wir machen weiter, Sergeant. Bis auf weiteres.«

»Herrlicher Morgen«, feixte Lewin.

Der Gerichtsmediziner war älter als die anderen. Er stand im Rang eines Milizhauptmanns. Er hatte kein Mitleid mit Tanja, der Expertin für Spurensicherung, die den Blick nicht von den Gesichtern der Toten wenden konnte. Arkadi nahm sie beiseite und schlug ihr vor, eine Skizze der Lichtung anzufertigen und die Lage der Ermordeten so genau wie möglich einzuzeichnen.

»Vor oder nach der Wühlarbeit unseres guten Majors?« fragte Lewin.

»Vorher«, entschied Arkadi. »Als ob der Major nie hiergewesen wäre.«

Lewin suchte den Schnee um die Leichen herum nach Blutspuren ab.

Wirklich ein herrlicher Morgen, dachte Arkadi. Auf dem jenseitigen Moskwa-Ufer sah er die Gebäude des Verteidigungsministeriums im ersten Tageslicht aufleuchten – dem einzigen Augenblick, in dem diese endlosen grauen Mauern leicht belebt wirkten. Ein Tag, an dem aller Winterschnee schmelzen zu wollen schien.

»Scheiße.« Er starrte erneut die Leichen an.

Der Fotograf wollte wissen, ob sein Kollege vom KGB nicht bereits Aufnahmen gemacht habe.

»Bestimmt schöne Souvenirfotos«, antwortete Arkadi, »aber für unsere Ermittlungen ungeeignet.«

Der Fotograf lachte geschmeichelt.

Der Kriminalbeamte Pascha Pawlowitsch kam mit dem Dienstwagen des Chefinspektors: einem fünf Jahre alten Moskwitsch, keinem eleganten Wolga, wie Pribluda einen fuhr. Pascha war ein halber Tatar, muskulös mit einem dunklen Haarschopf.

»Drei Leichen, zwei Männer und eine Frau.« Arkadi stieg in den Wagen. »Steifgefroren. Vielleicht eine Woche alt, vielleicht einen Monat oder ein Vierteljahr. Keine Ausweise, kein Tascheninhalt, nichts. Alle mit einem Herzschuß, zwei mit einem zusätzlichen Kopfschuß. Geh hin und sieh dir die Gesichter an.«

Arkadi wartete im Auto. Mitte April war der Winter normalerweise noch nicht vorbei; meistens hielt er sich bis in den Mai hinein. Er hätte diese verstümmelten Leichen ruhig etwas länger für sich behalten können – dann läge Arkadi jetzt noch in seinem warmen Bett.

Pascha kam empört zurück. »Was für ein Verrückter kann das gewesen sein?«

Arkadi nickte ihm zu, er solle einsteigen.

»Pribluda war da«, sagte er, als Pascha wieder am Steuer saß. Er beobachtete amüsiert, wie der Kriminalbeamte unwillkürlich etwas tiefer in den Sitz rutschte. »Dieser Fall ist nichts für uns«, fügte Arkadi hinzu. »Den nehmen sie uns bald ab, verlaß dich drauf!«

»Aber hier, im Gorki-Park!« meinte Pascha sichtlich betroffen.

»Verrückt, was? Tu jetzt, was ich dir sage, dann kriegen wir keine Schwierigkeiten. Du fährst zu der für den Park zuständigen Milizstation und holst einen Plan der Schlittschuhwege. Außerdem läßt du dir die Namen aller Patrouillen und Straßenverkäuferinnen geben, die im Winter in diesem Teil des Parks eingesetzt gewesen sind. Desgleichen brauchen wir die Namen der Parkwächter, die hier herumgeschnüffelt haben könnten. Wichtig ist, daß wir möglichst viel Wirbel veranstalten.« Arkadi stieg aus und beugte sich zu Pascha herab. »Ist mir übrigens ein zweiter Kriminalbeamter zugeteilt worden?«

»Fet.«

»Kenne ich nicht.«

Pascha spuckte in den Schnee. »Ein Vögelein, das singt so fein...«

»Aha!« Bei einem Fall dieser Art wurde die Mordkommission unweigerlich durch einen Spitzel erweitert; mit dieser Tatsache fand der Chefinspektor sich nicht nur ab, sondern er begrüßte sie sogar. »Wenn alle zusammenhelfen, sind wir den Fall bald wieder los.«

Nachdem Pascha weggefahren war, kamen zwei Lastwagen mit jungen Milizrekruten an, die mit Schaufeln bewaffnet waren. Tanja hatte die Lichtung in Quadrate unterteilt, damit der Schnee Meter für Meter weggeschaufelt werden konnte, ohne daß zu befürchten war, der Fundort von Beweismaterial werde sich nicht mehr rekonstruieren lassen. Arkadi rechnete nicht ernsthaft damit, daß noch etwas gefunden werden würde. Ihm ging es lediglich um den äußeren Eindruck. Wenn die Farce glaubhaft genug war, rief Pribluda vielleicht schon im Laufe des Tages an.

Warum gerade im Gorki-Park? In Moskau gab es größere Parks, in denen man Leichen verstecken konnte. Der Gorki-Park war nur zwei Kilometer lang und an seiner breitesten Stelle kaum einen Kilometer breit. Aber er war der beliebteste Park von Moskau. Hierher kamen alle: Angestellte, um ihre mitgebrachten Brote zu essen, Großmütter mit Kinderwagen, Liebespaare. Im Gorki-Park gab es ein Riesenrad, Brunnen, Kindertheater, Spazierwege, Restaurants und im Winter Eisbahnen und Schlittschuhwege.

Fet, der junge Kriminalbeamte, meldete sich bei Arkadi. Er war fast so jung wie die Rekruten und blickte mit eisblauen Augen durch eine Nickelbrille.

»Sie sind für den Schnee zuständig.« Arkadi deutete auf die wachsenden Schneeberge. »Schmelzen und durchsuchen Sie ihn.«

»In welchem Labor, Chefinspektor?« fragte Fet.

»Oh, ich glaube, daß heißes Wasser an Ort und Stelle genügt.« Weil das vermutlich nicht eindrucksvoll genug klang, fügte Arkadi hinzu: »Ich verlange, daß hier keine Schneeflocke auf der anderen bleibt!«

Arkadi nahm Fets beige-roten Dienstwagen, fuhr davon und überquerte die Krim-Brücke nach Norden. Es war neun Uhr; vor zwei Stunden war er aus dem Bett geholt worden und hatte noch nicht gefrühstückt, nur Zigaretten geraucht. Am Ende der Brücke hielt er seinen roten Dienstausweis hoch, so daß der Milizmann, der den Verkehr regelte, ihn sehen konnte, und hatte sofort freie Fahrt. Ein Privileg, das er seinem Dienstrang verdankte. Arkadi fuhr auf dem Marx-Prospekt um den Kreml herum, bog in die Petrowka-Straße ab und erreichte den fünfstöckigen gelben Bau des Hauptquartiers der Moskauer Miliz. Dort parkte er in der Tiefgarage und fuhr mit dem Lift zur Einsatzzentrale im zweiten Stock hinauf.

An einer Wand der Zentrale hing ein riesiger Stadtplan, auf dem Moskau in 30 Bezirke unterteilt war. 135 Lämpchen bezeichneten die Milizstationen. An einem Pult mit Mikrofonen und Kippschaltern saßen Beamte, die über Funk Verbindung zu Streifenwagen (»Fünfneun, hier Wolga, kommen«) und Milizstationen (»Omsk, hier Wolga, kommen«) hielten. Auf dem ganzen Stadtplan blinkte lediglich ein Lämpchen auf, das anzeigte, daß in der Hauptstadt mit ihren sieben Millionen Einwohnern in den vergangenen 24 Stunden nur ein Kapitalverbrechen gemeldet worden war – im Gorki-Park. Der Milizdirektor, eine imposante Erscheinung mit breiter Ordensschnalle auf der grauen Generalsuniform, beobachtete dieses Blinken von der Mitte der Einsatzzentrale aus. Bei ihm standen zwei Obersten, seine Stellvertreter. In seinem Zivilanzug wirkte Arkadi dagegen geradezu schäbig.

»Chefinspektor Renko meldet sich zur Stelle, Genosse General«, sagte Arkadi vorschriftsmäßig. Bin ich rasiert? fragte er sich. Er widerstand der Versuchung, sein Kinn zu betasten.

Der General nickte kaum merklich.

»Den General interessiert Ihre erste Reaktion«, stellte einer der Obersten fest. »Wie beurteilen Sie die Aussichten, daß der Fall rasch gelöst werden kann?«

»Mit der besten Miliz der Welt und der Unterstützung durch das Volk wird es uns sicher gelingen, die Täter zu ermitteln und festzunehmen«, antwortete Arkadi automatisch.

»Wie kommt es dann«, fragte der andere Oberst, »daß nicht längst alle Stationen aufgefordert worden sind, bei der Identifizierung der Toten mitzuhelfen?«

»Bei den Leichen wurden keine Ausweise gefunden, und da sie gefroren sind, ist schwer zu sagen, wann sie erschossen wurden. Außerdem sind sie zum Teil verstümmelt. Eine normale Identifizierung scheidet deshalb aus.«

Der erste Oberst wechselte einen Blick mit dem General, bevor er fragte: »Am Tatort ist ein KGB-Vertreter erschienen?«

»Ja.«

Der General murmelte: »Im Gorki-Park – das verstehe ich nicht.«

Arkadi frühstückte in der Kantine, bevor er ein Zweikopekenstück in den Münzfernsprecher steckte, um zu telefonieren. »Ist die Genossin Lehrerin Renko da?«

»Genossin Renko ist bei einer Besprechung mit einem Ausschuß der Bezirkspartei.«

»Wir wollten uns zum Mittagessen treffen. Richten Sie Genossin Renko aus... sagen Sie ihr, daß ihr Mann heute wahrscheinlich erst etwas später nach Hause kommt.«

In der nächsten Stunde wälzte Arkadi Ermittlungskarten und überzeugte sich davon, daß Fet, der bebrillte junge Kriminalbeamte, stets nur Fälle bearbeitet hatte, die für den KGB interessant gewesen waren. Arkadi verließ das Hauptquartier durch den zur Petrowka-Straße hinausführenden Hof, nickte dem Wachposten zu und betrat das gerichtsmedizinische Institut.

An der Tür des Autopsieraums blieb er stehen, um sich eine Zigarette anzuzünden.

»Ihnen ist wohl schlecht?« Lewin sah auf, als er das Zündholz aufflammen hörte.

Arkadi schüttelte den Kopf. Er inhalierte tief, bevor er den nach Formalin riechenden Raum betrat. Die drei Mordopfer mochten als Persönlichkeiten äußerst unterschiedlich gewesen sein; als Leichen waren sie einander erstaunlich ähnlich. Albinoweiß, über jedem Herzen eine Einschußwunde, Finger ohne Spitzen und Köpfe ohne Gesichter. Vom Haaransatz bis zum Kinn und von einem Ohr zum anderen war alles Fleisch entfernt worden, so daß nur Masken aus Knochen und schwarzem Blut zurückgeblieben waren. Auch die Augen fehlten. So waren die Ermordeten aufgefunden worden. Lewins Assistent, ein Usbeke mit laufender Nase, war eben dabei, die Brustkörbe mit einer Handkreissäge aufzuschneiden.

»Wie lösen Sie Mordfälle, wenn Sie den Anblick von Toten nicht ertragen?« erkundigte Lewin sich spöttisch.

»Ich verhafte Lebende.«

»Und darauf sind Sie wohl stolz?«

Arkadi nahm die Karteikarten von den Seziertischen und las:

Männlich. Europäer. Haar braun. Augen unbekannt. Alter ca. 20–25 Jahre. Tot seit mindestens zwei Wochen/höchstens sechs Monaten; Verwesung durch Kälteschock aufgehalten. Todesursache Schußwunden. Gesichtsgewebe und dritte Fingerglieder beider Hände fehlen. Zwei möglicherweise tödliche Schußverletzungen. Wunde A: Einschuß im Oberkiefer, Austritt am Hinterkopf. Wunde B: Einschuß zwei Zentimeter links des Brustbeins; Kugel GP1-B im Brustkorb aufgefunden.

Männlich. Europäer. Haar braun. Augen unbekannt. Alter ca. 20 bis 30 Jahre. Tot seit mindestens zwei Wochen/höchstens sechs Monaten; Verwesung durch Kälteschock aufgehalten. Todesursache Schußwunden. Gesichtsgewebe und dritte Fingerglieder beider Hände fehlen. Zwei möglicherweise tödliche Schußverletzungen. Wunde A: Einschuß im Oberkiefer; Kugel GP2-A im Gesichtsschädel aufgefunden. Wunde B: Einschuß drei Zentimeter links des Brustbeins; Kugel GP2-B im linken Schulterblatt steckend aufgefunden.

Weiblich, Europäerin. Haar braun. Augen unbekannt. Alter ca. 20 bis 23 Jahre. Tot seit mindestens zwei Wochen/höchstens sechs Monaten; Verwesung durch Kälteschock aufgehalten. Todesursache Schußwunde: Einschuß drei Zentimeter links des Brustbeins, rechter Herzvorhof und obere Hohlvene durchschlagen; Austritt zwischen dritter und vierter Rippe zwei Zentimeter links des Rückgrats. Gesicht und Hände wie bei GP1 und GP2 verstümmelt. Kugel GP3 hinter Austrittswunde im Kleid aufgefunden. Keine Anzeichen für eine Schwangerschaft.

Arkadi lehnte an der Wand, inhalierte, bis ihm fast schwindlig wurde, und konzentrierte sich auf die Karteikarten.
»Wie kommen Sie auf die Altersangaben?« fragte er.
»Das ergibt sich aus dem jeweiligen Gebißzustand.«
»Sie haben also ein Zahnschema aufgestellt?«
»Richtig, aber damit ist nicht viel anzufangen. Der zweite Tote hat eine Stahlkrone.« Lewin zuckte mit den Schultern.
Der Usbeke gab Arkadi drei ausgefüllte Zahnschemata und eine Schachtel mit teilweise zersplitterten Vorderzähnen, die wie die Kugeln bezeichnet waren.
»Einer fehlt«, stellte der Chefinspektor fest.
»Pulverisiert. Die Überreste sind in der kleinen Schachtel. Aber es gibt ein paar hochinteressante Punkte, die nicht in dem vorläufigen Bericht stehen. Kommen Sie, ich zeige sie Ihnen, wenn Sie wollen.«
Arkadi trat zögernd zwei Schritte vor.
»Wie Sie sehen«, begann Lewin, »ist der erste Mann grobknochig und muskulös gewesen. Der zweite Mann weist einen leichteren Körperbau und einen alten Splitterbruch des linken Schienbeins auf. Höchst

15

interessant.« Lewin griff nach einem abgeschnittenen Haarbüschel. »Der zweite Mann hat sich die Haare gefärbt. Von Natur aus war er rothaarig. Das steht alles im abschließenden Bericht.«

»Auf den wir gespannt warten.« Arkadi nickte dankend und ging.

Das Ballistiklabor war in einem Raum untergebracht, der zum größten Teil von einem vier Meter langen Wassertank eingenommen wurde. Arkadi gab die Kugeln zur Untersuchung ab und betrat das forensische Zentrallabor, einen fast saalartigen Raum mit Parkettboden, Marmortischen, grünen Wandtafeln und altertümlichen Stehaschern, die von gußeisernen Nymphen hochgehalten wurden. Die Kleidungsstücke der drei Ermordeten wurden an Einzeltischen untersucht. Leiter des Labors war der Milizoberst Ljudin, ein Mittvierziger mit pomadeglänzendem Haar und rosigen Patschhändchen.

»Außer Blut haben wir bisher nicht viel gefunden«, verkündete Ljudin lächelnd.

Die Labortechniker sahen kaum auf, als der Chefinspektor hereinkam. Einer von Ljudins Männern saugte die Taschen der Kleidungsstücke aus; ein anderer säuberte die Schlittschuhe. Hinter ihnen stand ein ganzes Wandregal mit Gläsern voller bonbonbunter Reagenzien.

»Woher stammen die Kleidungsstücke?« erkundigte Arkadi sich. Er wünschte sich ausländische Qualitätsware, die darauf hätte schließen lassen, daß die drei Toten Schwarzhändler gewesen waren und somit in den Zuständigkeitsbereich des KGB fielen.

»Hier!« Ljudin zeigte auf ein Etikett in einer Jacke. Auf dem Etikett stand *Jeans*. »Einheimische Ware. Minderwertiges Zeug, das in jedem Geschäft zu kaufen ist. Oder sehen Sie sich den Büstenhalter an.« Der Oberst nickte zu einem anderen Tisch hinüber. »Kein französisches, nicht mal ein deutsches Erzeugnis.«

Arkadi sah, daß Ljudin unter seinem offenen Laborkittel eine italienische Seidenkrawatte trug. Sie fiel auf, weil es solche Krawatten nirgends zu kaufen gab. Der Oberst genoß Arkadis Frustration wegen der Kleidungsstücke der Ermordeten; je frustrierter die Kriminalbeamten waren, desto wichtiger waren die Labortechniker.

»Wir müssen natürlich noch den Gaschromatographen, das Spektrometer und weitere Geräte einsetzen, aber solche Untersuchungen sind in dreifacher Ausfertigung immer sehr teuer.« Ljudin hob hilflos die Hände. »Ganz zu schweigen von der notwendigen Computerzeit.«

Arkadi war klar, daß das nur Theater war. »Für die Gerechtigkeit darf nichts zu teuer sein, Oberst.«

»Ganz recht, aber ich bräuchte einen schriftlichen Auftrag, eine Anforderung für diese ganzen Untersuchungen, verstehen Sie?«

Der Chefinspektor unterzeichnete schließlich einen Blankoauftrag. Oberst Ljudin würde überflüssige Untersuchungen einsetzen, die er gar nicht durchführen würde, und die nicht verbrauchten Chemikalien privat verkaufen. Aber er verstand seine Sache. Arkadi hatte keinen Grund, sich über seine Arbeit zu beschweren.

Der Techniker im Ballistiklabor hatte zwei Kugeln unter dem Vergleichsmikroskop, als Arkadi zurückkam.

»Wollen Sie sich's mal ansehen?«

Arkadi beugte sich über das Binokular. Unter beiden Objektiven lag je eine Kugel aus dem Gorki-Park. Eine von ihnen hatte einen Knochen durchschlagen und war dabei ziemlich deformiert worden, aber beide ließen erkennen, daß sie aus einem Lauf mit Linksdrall abgeschossen worden waren, und als Arkadi sie von mehreren Seiten betrachtete, konnte er zahlreiche weitere Gemeinsamkeiten feststellen.

»Die gleiche Waffe.«

»Immer die gleiche Waffe«, bestätigte der Techniker. »Bei allen fünf Geschossen. Das Kaliber 7.65 Millimeter ist sehr selten.«

Arkadi hatte nur vier Kugeln von Lewin mitgebracht.

Er nahm die beiden Kugeln aus der Halterung unter dem Mikroskop. Die rechte war unbezeichnet.

»Eben aus dem Park reingekommen«, sagte der Techniker. »Mit dem Metalldetektor gefunden.«

Drei Menschen im Freien aus nächster Nähe mit einer einzigen Waffe von vorn erschossen. Erschossen und aufgeschnitten. Genau wie vor sechs Wochen im Kliasma-Fluß. Und auch damals war er auf Pribluda gestoßen.

Vor sechs Wochen waren zweihundert Kilometer östlich von Moskau bei Bugolubowo, einem Dorf von Kartoffelbauern, am Ufer der Kliasma zwei Leichen gefunden worden. Die nächste Stadt war Wladimir, aber keiner der Ermittlungsbeamten der dortigen Staatsanwaltschaft war bereit gewesen, die Ermittlungen zu führen; sie waren alle »krank« gewesen. Daraufhin hatte der Generalstaatsanwalt den Leiter der Moskauer Mordkommission nach Bugolubowo entsandt. Die Opfer waren zwei junge Männer, deren Münder merkwürdig offenstanden und deren Mäntel und Oberkörper aufgeschnitten worden waren. Lewin entdeckte außerdem rote Gummispuren an den Zähnen der beiden und Natriumaminat in ihrem Blut, was Arkadi die »Krankheit« der Wladimirer Kollegen verständlich machte. Denn außerhalb von Bugolubowo – und in keiner Karte eingezeichnet, obwohl die Zahl der Insassen die der Dorfbewohner überstieg – lag eine geschlossene Anstalt für politische Gefangene, und Natriumaminat war ein dort häufig verwendetes Beruhigungsmittel.

Arkadi war zu dem Schluß gekommen, die Toten seien nach ihrer Entlassung von Komplizen ermordet worden. Als die Anstaltsleitung sich weigerte, telefonische Auskünfte zu geben, hätte er den Fall »zur weiteren Erledigung« an die Kollegen in Wladimir abgeben können. Statt dessen war er in Uniform vorgefahren, hatte Einblick in die Häftlingskartei verlangt und festgestellt, daß ein Major Pribluda vom KGB am Tag vor dem Leichenfund zwei Männer abgeholt hatte. Arkadi hatte den Major angerufen, der diese Tatsache leugnete.

An diesem Punkt hätten die Ermittlungen eingestellt werden können. Statt dessen war Arkadi nach Moskau zurückgefahren, hatte sich in Pribludas Büro in der schäbigen KGB-Zweigstelle in der Petrowka-Straße begeben und dort auf dem Schreibtisch des Majors zwei rote Gummibälle mit elliptischen Bißspuren gefunden. Arkadi ließ eine Empfangsbestätigung für die Bälle zurück und nahm sie mit ins forensische Labor, wo festgestellt wurde, daß die Bißspuren genau den Zähnen der beiden Ermordeten entsprachen.

Pribluda mußte die betäubten Anstaltsinsassen zum Fluß gefahren, ihnen die Gummibälle als Knebel in den Mund gesteckt und sie erschossen haben. Um die Spuren zu verwischen, hatte er die Kugeln aus den Leichen herausgeschnitten. Die verstümmelten Leichen waren sofort gefroren.

Da Haftbefehle vom Staatsanwalt ausgestellt wurden, meldete Arkadi sich bei Jamskoi, klagte Pribluda wegen Mordes an und beantragte zunächst einen Durchsuchungsbefehl für Pribludas Büro und seine Wohnung. Noch während der Chefinspektor mit dem Staatsanwalt sprach, kam ein Anruf, daß der KGB aus Gründen der Staatssicherheit die Ermittlungen in diesem Fall an sich ziehe. Sämtliche Ermittlungsunterlagen seien Major Pribluda zu übergeben.

Vom Ballistiklabor aus machte sich Arkadi auf den Weg in sein Büro im Gebäude der Moskauer Staatsanwaltschaft. Diese lag südlich der Moskwa in der Nowokusnezkaja-Straße, in einem Viertel mit Geschäftshäusern aus dem 19. Jahrhundert, und zwar in zwei nebeneinanderstehenden Gebäuden. Die Ermittlungsbehörde befand sich in einem gelben einstöckigen Bau, die Anklagebehörde war in einem zweistöckigen grauen Gebäude untergebracht. Arkadi betrat den gelben Bau und nahm auf der Treppe zum ersten Stock je zwei Stufen auf einmal. Oben im Korridor kamen ihm die Chefinspektoren Tschutschin (Sonderfälle) und Below (Industrie) entgegen.

»Jamskoi hat nach dir gefragt«, warnte Tschutschin ihn.

Arkadi ignorierte ihn und verschwand in seinem Büro am Ende des Korridors. Der Raum, drei mal vier Meter groß, hatte ein altmodisches Doppelfenster und war mit abgestoßenen Büromöbeln eingerichtet. Der Wandschmuck bestand aus einem Kalender, einem ungewöhnlichen Foto, das Lenin im Liegestuhl zeigte.

Below kam herein. »Du behandelst Tschutschin ziemlich schlecht«, stellte er fest. Below war der älteste Kriminalbeamte und hegte laut eigener Aussage »unerschütterliche Zuneigung« für Arkadi.

»Er ist ein Schwein!«

»Er tut notwendige Arbeit.« Below kratzte sich sein kurzes, etwas schütteres Haar. »Wir spezialisieren uns alle.«

»Ich habe nie behauptet, daß Schweine überflüssig seien.«

»Genau das meine ich. Er befaßt sich mit gesellschaftlichem Abschaum.«

Wsewolod Below, der Mann mit den ausgebeulten Anzügen. Der Veteran, der den Großen Vaterländischen Krieg nicht vergessen konnte. Großmütig – und zugleich ein instinktiver Reaktionär. Mit Fragen, die bestimmte Kreise betrafen, konnte Arkadi sich stets an Below wenden.

»Onkel Sewa, wer färbt sich die Haare und trägt ein Sportsakko mit einem gefälschten ausländischen Etikett?«

»Da hast du Pech«, antwortete Below mitfühlend. »Musiker oder Rocker. Jazzfanatiker und dergleichen. Von denen hast du keine Unterstützung zu erwarten.«

»Erstaunlich! Du tippst also auf Gammler?«

»Bei deiner Intelligenz mußt du das selbst am besten wissen. Eine Maskerade mit gefärbtem Haar und ein gefälschtes Etikett lassen jedenfalls auf Gammler oder jemand mit starker Neigung zum Musiker- oder Gammlermilieu schließen.«

»Drei Leute sind mit der gleichen Waffe erschossen worden. Danach hat jemand sie mit einem Messer verstümmelt. Sämtliche Taschen sind ausgeleert. Und Pribluda ist sofort zur Stelle, um die Leichen zu beschnüffeln.«

Below schüttelte den Kopf. »Persönliche Differenzen zwischen Justizorganen sollten unsere gemeinsame Arbeit nicht behindern dürfen«, meinte er bekümmert.

Arkadi legte seine Hände flach auf die Schreibtischplatte und lächelte. »Danke, Onkel Sewa. Du weißt, wie sehr ich dein Urteil schätze.«

»Ah, das klingt schon besser . . .« Below ging erleichtert zur Tür. Er wollte nicht daran denken, weshalb Pribluda und Arkadi einander haßten. »Hast du deinen Vater in letzter Zeit wieder einmal besucht?«

»Nein.« Arkadi breitete die vorläufigen Autopsieberichte auf seinem Schreibtisch aus und zog die Schreibmaschine zu sich heran.

»Richtest du ihm einen Gruß von mir aus? Aber nicht vergessen!«

»Bestimmt nicht.«

Arkadi begann, einen ersten Ermittlungsbericht zu tippen.

Während er die wenig aussageträchtigen Blätter noch einmal durchlas, kamen Pawlowitsch und Fet herein. Pascha trug eine Aktentasche.

»Augenblick, ich bin gleich wieder da.« Arkadi zog seine Jacke an. »Du weißt, was zu tun ist, Pascha.«

Arkadi mußte auf die Straße hinunter, um nach nebenan zur Staatsanwaltschaft zu gelangen. Der Staatsanwalt besaß ungewöhnlich große Autorität: Ihm unterstanden alle Ermittlungen von Straftaten, wobei er zugleich die Anklage wie den Angeklagten vertrat. Er genehmigte Haftbefehle, billigte oder verwarf Gerichtsurteile und veranlaßte Berufungsverfahren. In allen diesen Fragen entschied er selbständig und war nur dem Generalstaatsanwalt verantwortlich.

Staatsanwalt Andrej Jamskoi saß hinter seinem Schreibtisch. Sein glattrasierter Schädel glänzte rosa – ein verblüffender Gegensatz zu seiner dunkelblauen maßgeschneiderten Uniform mit den goldenen Generalssternen. Jamskois Gesicht mit den starken Augenwülsten, der fleischigen Nase und den dicken Lippen erinnerte Arkadi an einen Neandertaler – ein Eindruck, der durch seinen überproportionierten Brustkorb und die auffällig langen Arme noch verstärkt wurde.

»Warten Sie.« Er las weiter in der vor ihm liegenden Akte.

Arkadi stand auf dem grünen Teppich drei Meter vor dem Schreibtisch des Staatsanwalts. An den holzgetäfelten Wänden hingen gerahmte Fotos: Jamskoi an der Spitze einer Delegation von Staatsanwälten bei Generalsekretär Breschnew, Jamskoi dem Generalsekretär die Hand schüttelnd, Jamskoi bei einem Vortrag auf einem Juristenkongreß in Paris und – ein einmaliges Bild Jamskois aus der *Prawda* – bei einer Berufungsverhandlung vor dem Obersten Gerichtshof, in der er sich für einen fälschlich wegen Mordes angeklagten jungen Arbeiter eingesetzt hatte.

»Ja?« Jamskoi klappte die Akte zu und hob den Kopf. Seine Stimme war wie immer so leise, daß man sich konzentrieren mußte, um zu verstehen, was er sagte.

Arkadi legte seinen Bericht auf den Schreibtisch, und der Staatsanwalt überflog ihn.

»Major Pribluda war am Tatort«, stellte er fest. »Sie haben seinen Namen nicht erwähnt.«

»Er hat uns die Arbeit erschwert und ist dann zum Glück verschwunden. Hat er angerufen, um mich ablösen zu lassen?«

Jamskoi warf Arkadi einen prüfenden Blick zu. »Sie sind als Chefinspektor Leiter der Mordkommission, Arkadi Wassiljewitsch. Warum sollte er Ihre Ablösung betreiben?«

»Sie kennen die Schwierigkeiten, die wir vor kurzem mit dem Major hatten.«

»Was für Schwierigkeiten? Der KGB hat in jener Sache lediglich seine Zuständigkeit geltend gemacht – damit war der Fall erledigt.«

»Entschuldigung, aber heute haben wir drei junge Leute aufgefunden, die in einem Stadtpark mit einer 7.65-mm-Pistole erschossen worden sind. Moskauer können sich normalerweise nur 7.62- oder 9-mm-Armeewaffen besorgen, die keine Ähnlichkeit mit der Tatwaffe haben. Außerdem sind die Gesichter der Ermordeten verstümmelt worden. Ich habe es absichtlich vermieden, daraus irgendwelche Schlußfolgerungen zu ziehen.«

»Danke«, sagte der Staatsanwalt. Damit war der Chefinspektor vorerst entlassen.

Fet und Pascha hatten einen detaillierten Plan des Gorki-Parks, eine Tatortskizze, mehrere Fotos und die Autopsieberichte mit Klebstreifen an der Wand befestigt. Arkadi ließ sich auf seinen Stuhl fallen und riß eine neue Packung Zigaretten auf. Zwei Streichhölzer brachen ab, bevor das dritte brannte. Fet beobachtete ihn mit gerunzelter Stirn. Arkadi stand auf, nahm die Fotos der Ermordeten ab und legte sie in eine Schreibtischschublade. Unnötig, sie ständig vor sich zu haben. Dann nahm er wieder Platz und spielte mit den Zündhölzern.

»Habt ihr schon jemand vernommen?«

Pascha schlug sein Notizbuch auf. »Zehn Leute von der Miliz, die nichts gehört oder gesehen haben. Wahrscheinlich bin ich diesen Winter beim Schlittschuhlaufen selbst mindestens zwanzigmal an der Lichtung vorbeigekommen.«

»Dann bleiben noch die Imbißverkäuferinnen. Diese alten Frauen sehen oft mehr als die Miliz.«

Fet war offenbar anderer Auffassung. Arkadi sah zu ihm hinüber. Da der junge Kriminalbeamte keine Pelzmütze mehr trug, fielen seine abstehenden Ohren um so mehr auf.

»Sie sind dabeigewesen, als die letzte Kugel gefunden worden ist?«
fragte Arkadi ihn.

»Jawohl, Chefinspektor. GP1-A ist unmittelbar unter dem Hinterkopf von GP1, dem ersten Mann, entdeckt worden.«

»Immer diese Nummern!« Pascha schüttelte den Kopf. »Gorki-Park
eins? Der große Kerl? Das ist der ›Muskelmann‹.«

»Nicht deutlich genug«, widersprach Arkadi. »Die ›Schönheit‹ und
das ›Ungeheuer‹ – das paßt eher, finde ich. ›Kümmerling‹ für den
zweiten.«

»In Wirklichkeit hat er rote Haare gehabt«, warf Pascha ein. »Ich
schlage vor, daß wir ihn ›Rotkopf‹ nennen.«

»›Schönheit‹, ›Ungeheuer‹ und ›Rotkopf‹. Unsere erste wichtige Entscheidung, Fet«, sagte Arkadi. »Weiß jemand, wie das Labor mit den
Schlittschuhen vorangekommen ist?«

»Die Sache mit den Schlittschuhen könnte ein Trick sein«, meinte
Fet. »Ich halte es für kaum vorstellbar, daß man im Gorki-Park drei
Menschen erschießen kann, ohne daß jemand etwas davon hört. Die
Ermordeten können anderswo erschossen worden sein; danach hat
man ihnen Schlittschuhe angezogen und sie nachts in den Park ge-
schafft.«

»Es ist tatsächlich schwer zu glauben, daß drei Leute im Gorki-Park
erschossen werden, ohne daß jemand etwas hört«, antwortete der
Chefinspektor. »Aber versucht mal, einem Toten Schlittschuhe anzuziehen! Außerdem ist ausgerechnet der Gorki-Park der einzige Ort,
der sich zu *keiner* Zeit als Versteck für drei Leichen eignet.«

»Aber wir haben die letzte Kugel in der Erde gefunden«, wandte der
junge Kriminalbeamte ein. »Das beweist doch, daß die drei dort erschossen worden sind.«

»Das beweist lediglich, daß der Mann dort – tot oder lebendig – einen
Kopfschuß erhalten hat«, stellte Arkadi richtig. »Wir haben keine
Patronenhülsen gefunden. Hätte der Täter eine Pistole benützt, wä-
ren die Hülsen ausgeworfen worden.«

»Er könnte sie aufgesammelt haben«, protestierte Fet.

»Wozu? Die Geschosse sind ebenso verräterisch wie die Hülsen.«

»Er könnte aus einiger Entfernung geschossen haben.«

»Das hat er aber nicht getan«, stellte Arkadi fest.

»Vielleicht hat er die Hülsen aufgesammelt, weil er Angst hatte, jemand würde sie finden und daraufhin nach einer Leiche suchen.«

Arkadi schüttelte den Kopf. »Die nach dem Schuß glühendheißen
Hülsen wären längst im Schnee verschwunden, bevor die Leichen eingeschneit worden wären. Aber mich interessiert etwas anderes.« Er

warf Fet einen fragenden Blick zu. »Warum gehen Sie von einem Ein-
zeltäter aus?«

»Wir haben es nur mit einer Waffe zu tun.«

»Soviel wir wissen, sind alle Schüsse aus derselben Waffe abgegeben
worden. Können Sie sich vorstellen, wie schwierig es für einen einzelnen Schützen wäre, drei Menschen dazu zu bringen, stillzuhalten und
sich aus kürzester Entfernung erschießen zu lassen – es sei denn, er
hätte bewaffnete Komplizen bei sich?« Arkadi zuckte mit den Schultern. »Jedenfalls fassen wir den Täter! Wir haben erst zu arbeiten angefangen!« Er sah auf seine Uhr. »Ein langer Tag, was? Eure Schicht
ist längst zu Ende.«

Fet verschwand hastig.

»Da fliegt unser Vögelchen«, sagte Pascha, bevor er ebenfalls ging.
»Hoffentlich erweist er sich als Papagei.«

Als Arkadi allein war, rief er das Hauptquartier in der Petrowka-
Straße an und veranlaßte, daß in der Sowjetunion westlich des Urals
ein Fahndungsaufruf verbreitet wurde, damit der Milizdirektor zufrieden war. Dann versuchte er, erneut in der Schule anzurufen. Aber
die Genossin Lehrerin Renko leitete eine Kritikversammlung für
Schülereltern und konnte nicht an den Apparat kommen.

Die anderen Ermittlungsbeamten verließen ihre Büros und setzten
ihre Freizeitgesichter auf. Arkadi hatte keinen Hunger, aber er
wußte, daß ein Spaziergang ihm Appetit machen würde. Er zog seinen Mantel an und verließ das gelbe Gebäude.

Er ging bis zum Paweletser-Bahnhof und kehrte dann in eine Schnellimbißstube ein, in der es am Büfett Weißfisch und in Essig schwim-
menden Kartoffelsalat gab. Arkadi trat an die Bar und bestellte ein
Bier. Auf den anderen Hockern saßen Eisenbahner und junge Soldaten, die sich mit billigem Sekt betranken.

Zu seinem Bier wurde Arkadi eine Scheibe Roggenbrot mit Butter
und Kaviar serviert. »He, woher kommt das?«

»Vom Himmel«, sagte der Geschäftsführer.

»Es gibt keinen Himmel.«

»Doch, für uns ist dies hier jetzt der Himmel.« Der Geschäftsführer
grinste Arkadi mit seinem blitzenden Stahlgebiß an und schob ihm
das Kaviarbrot hin.

»Na ja, ich hab heute noch keine Zeitung gelesen«, gab Arkadi zu.

Die Frau des Geschäftsführers, eine zwergenhafte Gestalt in einem
weißen Kittel, kam aus der Küche. Als sie Arkadi sah, lächelte sie so
strahlend, daß ihr verhärmtes Gesicht beinahe schön wirkte. Ihr
Mann stand stolz neben ihr.

Die beiden waren Wiskow, F.N., und Wiskowa, I.L., die 1946 eine
»konterrevolutionäre Zelle« gebildet hatten, indem sie in ihrem Anti-
quariat Schmierer wie Montaigne, Apollinaire und Hemingway angeboten hatten. Nach einem »verschärften Verhör«, das Wiskow verkrüppelt und seine Frau fast ohne Stimme (nach einem Selbstmord-
versuch mit Lauge) zurückgelassen hatte, waren sie zu je 25 Jahren
Zwangsarbeit verurteilt worden. Im Jahre 1956 wurden die Wiskows
entlassen und erhielten sogar die Möglichkeit, eine Buchhandlung
aufzumachen, was sie allerdings ablehnten.
»Ich dachte, Sie seien Geschäftsführer des Schnellrestaurants am Zir-
kus«, sagte Arkadi.
»Dort ist meiner Frau die Arbeit zu anstrengend geworden. Hier
braucht sie nur auszuhelfen.« Wiskow blinzelte dem Chefinspektor
zu. »Manchmal kommt auch unser Junge vorbei und hilft mit.«
»Das haben wir Ihnen zu verdanken«, formte Genossin Wiskowa
mühsam mit den Lippen.
Großer Gott, dachte Arkadi, ein Apparat klagt zwei Unschuldige an,
verschleppt sie in Arbeitslager und raubt ihnen die besten Jahre ihres
Lebens – und wenn ein Apparatschik sie auch nur halbwegs anständig
behandelt, bezeugen sie ihm rührend ihre Dankbarkeit. Welches An-
recht habe ich auf ein freundliches Wort von ihnen? Er aß sein Kaviarbrot, trank sein Bier und verließ die Schnellimbißstube, so rasch er
konnte, ohne unhöflich zu wirken.
In seinem Büro setzte Arkadi sich vor den Karteikasten und ging systematisch seine Unterlagen durch. Er begann mit Straftaten, bei denen Schußwaffen verwendet worden waren. Aber er fand keinen
brauchbaren Hinweis.
Als nächstes blätterte Arkadi in den Karteikarten mit Eintragungen
über Morde und suchte nach Verbrechen, die er vielleicht vergessen
hatte: Morde, deren Ausführung sorgfältige Planung und kühnen
Wagemut verriet. Aber in dreijähriger Tätigkeit als Inspektor und
zweijähriger als Chefinspektor hatte er keine fünf Morde erlebt, die
nicht aus kindischer Eifersucht, Habgier oder Rachsucht verübt worden waren oder nach denen sich der Täter oder die Täterin nicht betrunken, prahlend oder reumütig der Miliz gestellt hatten.
Arkadi gab auf und knallte den Karteikasten zu.
Nikitin öffnete die Tür, ohne anzuklopfen, kam herein und setzte sich
auf Arkadis Schreibtisch. Der Chefinspektor für interbehördliche Zusammenarbeit hatte ein rundes Gesicht und schütteres Haar. Wenn er
betrunken war, verengten seine Augen sich bei jedem Lächeln zu
orientalischen Schlitzen. »Du machst wohl Überstunden?«

Wollte Nikitin damit sagen, daß Arkadi fleißig, übereifrig, sinnlos, erfolgreich arbeitete, daß Arkadi clever oder ein Narr war? Das alles ließ sich aus seiner Frage heraushören.

»Wie du«, sagte Arkadi nur.

»Ich arbeite nicht – ich kontrolliere nur, was du tust.« Er schüttelte den Kopf. »Manchmal glaube ich wirklich, daß du nicht das geringste von mir gelernt hast.«

Ilja Nikitin hatte die Mordkommission vor Arkadi geleitet; in nüchternem Zustand war er der beste Ermittlungsbeamte, den man sich nur vorstellen konnte. Wäre der Wodka nicht gewesen, hätte Nikitin es längst zum Staatsanwalt gebracht, aber der Chefinspektor war ein unverbesserlicher Trinker. Einmal pro Jahr wurde er quittegelb zur Entziehungskur nach Sotschi geschickt.

»Ich weiß immer, was du gerade tust, Wassiljewitsch. Ich behalte dich und Sonja ständig im Auge.«

An einem Wochenende, an dem Arkadi auf Dienstreise gewesen war, hatte Nikitin versucht, sich an Arkadis Frau heranzumachen. Bei Arkadis Rückkehr hatte Nikitin sich sofort nach Sotschi schicken lassen, von wo aus er täglich lange Entschuldigungsbriefe geschrieben hatte.

»Willst du eine Tasse Kaffee, Ilja?«

»Irgend jemand muß dich vor dir selbst beschützen. Entschuldige, Wassiljewitsch...« Nikitin bestand darauf, den Vatersnamen leicht herablassend zu gebrauchen »... aber ich bin möglicherweise – obwohl du vielleicht anderer Meinung bist – ein bißchen intelligenter oder erfahrener oder zumindest besser informiert als du. Das bedeutet keine Kritik an deinen Leistungen, die allgemein bekannt und kaum verbesserungsfähig sind.« Nikitin legte grinsend den Kopf zur Seite. Er roch geradezu nach Heuchelei. »Dir fehlt im Grunde genommen nur der große Überblick.«

»Gute Nacht, Ilja.« Arkadi zog seinen Mantel an.

Nikitin folgte ihm auf den Gang hinaus. »Aber das kapierst du wahrscheinlich nie«, sagte er statt eines Abschiedsgrußes.

Arkadi fuhr mit einem Dienstwagen Richtung Osten. Der Moskwitsch war ein träges, untermotorisiertes Fahrzeug; trotzdem hätte er gern einen als Privatwagen gehabt. Auf den breiten Straßen waren um diese Zeit fast nur noch Taxis unterwegs. Arkadi dachte während der Fahrt an Major Pribluda, der bisher noch nicht angerufen hatte, um die Ermittlungen an sich zu ziehen.

Er fuhr zur Kalajewskaja-Straße 43: zum Moskauer Stadtgericht, einem alten Klinkerbau. In Moskau gab es insgesamt 17 Volksgerichte, aber Kapitalverbrechen wurden vor dem Stadtgericht verhandelt, das deshalb die Auszeichnung genoß, von der Roten Armee bewacht zu werden. Arkadi zeigte den beiden blutjungen Soldaten am Eingang seinen Dienstausweis. Im Keller weckte er einen Korporal auf, der an seinem Tisch zusammengesunken schlief.

»Ich muß in den Käfig.«

»Jetzt?« Der Korporal sprang auf und knöpfte seinen Uniformrock zu.

»Wenn's keine Umstände macht!« Arkadi hielt ihm den Schlüsselring und die Pistole hin, die der Korporal auf dem Tisch liegengelassen hatte.

»Käfig« wude das Archiv im Keller des Gerichtsgebäudes genannt, weil es mit einem Eisengitter gesichert war. Arkadi zog die Fächer Dezember und Januar auf.

»Wollen Sie uns nicht eine heiße Tasse Tee auf Ihrer Kochplatte machen?« schlug Arkadi dem verlegen dastehenden Korporal vor.

Er suchte nach Belastungsmaterial gegen Pribluda. Mit drei Leichen und einem Verdacht gegen den Major war nicht viel anzufangen; ganz anders sähe die Sache aus, wenn er drei Straftäter fände, die vom Stadtgericht an den KGB überstellt worden waren. Der Chefinspektor überflog eine Karteikarte nach der anderen, sonderte die zu jungen und zu alten Personen aus und achtete auf Familienstand und Arbeitsverhältnis der Straftäter. Die drei Leichen im Gorki-Park waren wohl monatelang weder von Familienangehörigen noch Arbeitskollegen vermißt worden.

Bei einer Tasse Tee machte er sich über den Februar her. Zusätzliche Schwierigkeiten bereitete die Tatsache, daß zwar alle Kapitalverbrechen vors Stadtgericht kamen, aber bestimmte Straftäter, an denen der KGB ebenso interessiert war – Dissidenten und sogenannte Parasiten –, manchmal von Volksgerichten abgeurteilt wurden, weil sich dort das Publikum leichter kontrollieren ließ. Arkadi schloß die Schubfächer und stand auf.

»Haben Sie gefunden, was Sie suchen?« Der Korporal schloß hinter Arkadi ab.

»Nein.«

Der Korporal salutierte, und Arkadi verließ den Keller.

Der Vorschrift gemäß hätte Arkadi den Dienstwagen zurückbringen müssen. Statt dessen fuhr er nach Hause. Es war schon nach Mitternacht, als er im Osten der Stadt von der Taganskaja-Straße in einen

Innenhof zwischen Wohnblöcken abbog. In seiner Wohnung brannte kein Licht mehr. Arkadi schloß die Haustür auf, stieg die Treppe hinauf und öffnete seine Wohnungstür so leise wie möglich.

Er zog sich im Bad aus, putzte sich die Zähne und nahm seine Sachen mit ins Schlafzimmer hinüber. Das Schlafzimmer war der größte Raum der Wohnung. Auf dem Schreibtisch stand eine Stereoanlage. Arkadi nahm die Schallplatte vom Plattenteller und las den Titel im schwachen Licht am Fenster: *Aznavour à l'Olympia*. Neben der Stereoanlage standen zwei Wassergläser und eine leere Weinflasche.

Sonja schlief. Sie hatte ihr langes goldblondes Haar zu einem Zopf geflochten. Die Bettwäsche duftete nach dem Parfüm »Moskauer Nacht«. Als Arkadi unter die Decke schlüpfte, öffnete Sonja kurz die Augen.

»Du bist spät!«

»Tut mir leid, aber wir haben einen Mord aufzuklären. Sogar drei Morde.«

Er beobachtete, wie Sonja auf diese Mitteilung reagierte.

»Asoziale«, murmelte sie verschlafen. »Deswegen warne ich die Kinder davor, Kaugummi zu kauen. Zuerst Kaugummi, dann Rockmusik, danach Rauschgift und...«

»Und?« Arkadi erwartete, daß sie Sex sagen würde.

»Und Mord.« Nachdem Sonja diese Grundregel formuliert hatte, sank sie wieder in tiefen Schlaf. Sonja, das Rätsel, mit dem er schlief.

Eine Minute später schlief auch Arkadi von Müdigkeit überwältigt ein. Im Traum schwamm er in schwarzem Wasser und tauchte mit geschmeidigen, kraftvollen Bewegungen in noch dunklere Tiefen hinab. Als er eben daran dachte, an die Oberfläche zurückzukehren, gesellte sich eine schöne Frau mit langem dunklen Haar und blassem Gesicht zu ihm. Sie nahm ihn – wie jedesmal – an der Hand. Die Unbekannte, das Rätsel, das er träumte.

2

Sonja stand nackt in der Küche und schälte sich eine Orange. Sie hatte ein breites Kindergesicht, unschuldig blaue Augen, eine schmale Taille und kleine Brüste mit winzigen Warzen, kaum größer als Impfnarben. Da sie viel Gymnastik trieb, hatte sie sehr muskulöse Beine. Ihre Stimme war hoch und kräftig.

»Nach Überzeugung berufener Fachleute sind Individualität und Originalität von entscheidender Bedeutung für die zukünftige Entwicklung der sowjetischen Wissenschaft. Eltern müssen die neuen Lehrpläne und die neue Mathematik akzeptieren, denn sie verkörpern Fortschritte beim Aufbau einer noch größeren Gesellschaft.« Sonja machte eine Pause und sah zu Arkadi hinüber, der seinen Kaffee auf der Fensterbank sitzend trank und sie beobachtete. »Du könntest wenigstens deine Morgengymnastik machen.«

»Ich spare meine Kräfte für eine noch größere zukünftige Gesellschaft.«

Sie beugte sich über den Tisch, um einige Zeilen zu überfliegen, die sie in einem Artikel in der *Lehrerzeitung* unterstrichen hatte, und spuckte dabei Orangenkerne in die Hand.

»Aber Individualismus darf nicht in Egoismus oder Karrieresucht ausarten.« Sonja warf Arkadi einen fragenden Blick zu. »Wie klingt das?«

»An deiner Stelle würde ich die Karriesucht auslassen. In einem Moskauer Publikum sitzen zu viele Karrieremacher.«

Als sie sich stirnrunzelnd abwandte, ließ Arkadi spielerisch seine Hand über ihren Rücken gleiten.

»Laß das! Ich muß zusehen, daß ich mit meiner Rede fertig werde.«

»Wann hältst du sie?« erkundigte er sich.

»Heute abend. Der Bezirksausschuß bestimmt ein Mitglied, das nächste Woche auf der Sitzung des Stadtkomitees das Hauptreferat halten soll. Außerdem hast ausgerechnet du ganz sicher kein Recht, Karrieremacher zu kritisieren.«

»Solche wie Schmidt?«

»Ja«, antwortete sie nach kurzer Pause. »Solche wie Schmidt.«

Sonja verschwand im Bad, und Arkadi verließ seinen Platz, um zu sehen, welchen Artikel sie unterstrichen hatte. Die Überschrift lautete »Weshalb wir größere Familien brauchen«. Im Bad schluckte Sonja ihre Antibabypille. Eine polnische Pille. Sie weigerte sich, sich eine Spirale einlegen zu lassen.

Sonja ging ins Schlafzimmer und übte an der Sprossenwand. An der anderen Wand, hinter dem Bett, hing ein schon oft geklebtes Plakat mit drei Kindern – aus Afrika, Rußland und China – mit der Losung: »Ein Pionier ist der Freund der Kinder aller Nationen!« Sonja war die kleine Russin auf dem Plakat und mit ihm berühmt geworden. Auf der Universität hatte Arkadi sie als »das Mädchen auf dem Pionierplakat« kennengelernt. Sie sah noch immer wie auf dem Plakat aus.

»Warum willst du unbedingt ein Referat halten?« fragte er durch die Tür.

»Einer von uns beiden muß schließlich an die Zukunft denken.«

»Gefällt's dir hier so schlecht?« Arkadi kam ins Schlafzimmer.

»Du verdienst hundertachtzig Rubel im Monat, und ich bekomme hundertzwanzig. Ein Vorarbeiter in der Fabrik bringt das Doppelte nach Hause. Ein Handwerker verdient mit Schwarzarbeit das Dreifache. Wir haben keinen Fernseher, keine Waschmaschine, keine neuen Sachen für mich. Wir hätten einen ausgemusterten KGB-Dienstwagen kaufen können – das hätte sich arrangieren lassen.«

»Das Modell hat mir nicht gefallen.«

»Wenn du deine Parteiarbeit ernsthafter betreiben würdest, könntest du längst fürs Zentralkomitee tätig sein.«

Als er ihre Hüfte berührte, spannten die Muskeln sich unter der glatten Haut. Die Kombination von Sex und Parteiarbeit war charakteristisch für ihre Ehe.

»Warum nimmst du eigentlich noch die Pille? Du hast seit Monaten nicht mehr mit mir geschlafen.«

Sonja umklammerte sein Handgelenk mit aller Kraft und schob es von sich fort. »Für den Fall, daß ich vergewaltigt werde«, antwortete sie.

Im Hof spielten Kinder in Schneeanzügen und warmen Mützen und starrten Arkadi und Sonja an, als sie in den Moskwitsch stiegen. Der Motor sprang beim dritten Versuch an. Arkadi fuhr auf die Taganskaja-Straße hinaus.

»Natascha hat uns für morgen aufs Land eingeladen.« Sonja starrte angestrengt geradeaus. »Ich hab' die Einladung angenommen.«

»Als ich dir vor einer Woche von dieser Einladung erzählt habe, wolltest du nicht gehen«, stellte Arkadi fest.

Sonja zog ihren Schal bis zur Nasenspitze hoch. Im Wagen war es kälter als draußen, aber sie konnte keine offenen Fenster vertragen. Sie saß in Wintermantel, Pelzmütze, Schal, Stiefel und Schweigen eingehüllt neben ihm. An einer Ampel wischte er die beschlagene Windschutzscheibe ab. »Tut mir leid, daß wir uns gestern nicht zum Mittagessen treffen konnten«, sagte Arkadi. »Heute?«

Sie schüttelte den Kopf. »Wir haben eine Besprechung.«

»Alle Lehrer? Den ganzen Tag lang?«

»Dr. Schmidt und ich. Wir müssen festlegen, womit die Turner sich am Aufmarsch beteiligen werden.«

Ah, Schmidt! Die beiden hatten so vieles gemeinsam... Er war Sekretär des Bezirksausschusses der Partei. Berater in Sonjas Komsomolrat, Turner. Gemeinsame Arbeit mußte gegenseitige Zuneigung erzeugen. Arkadi unterdrückte seinen Drang nach einer Zigarette, weil das allzu gut zu dem Bild des nervösen, eifersüchtigen Ehemannes gepaßt hätte.

Schüler strömten durch den Haupteingang, als Arkadi vor der Schule 457 hielt. Obwohl sie theoretisch eine Schuluniform tragen mußten, hatten die meisten abgelegte Kleidungsstücke älterer Geschwister an; einheitlich waren lediglich ihre roten Pionierhalstücher.

»Ich muß mich beeilen!« Sonja stieg rasch aus.

»Schon gut.«

Sie blieb noch einen Augenblick an der Tür stehen. »Schmidt sagt, daß ich mich scheiden lassen soll, solange ich kann«, fügte sie hinzu und schloß die Autotür.

Am Haupteingang riefen Schüler ihren Namen. Sonja sah sich kurz nach dem Auto und Arkadi um, der sich eine Zigarette anzündete.

Ljudin erwartete ihn hinter einem mit Glasplättchen, Fotos und Laborprotokollen übersäten Schreibtisch und lächelte so selbstgefällig wie ein Zauberkünstler, der gleich verblüffende Tricks vorführen wird.

»Mein Labor hat sich allergrößte Mühe für Sie gegeben, Genosse Chefinspektor. Die Einzelheiten sind faszinierend.«

»Ich kann's kaum noch erwarten, sie zu hören.«

»Sie wissen natürlich, wie die Gaschromatographie funktioniert, bei der...«

»Entschuldigen Sie, das ist mein Ernst gewesen«, wandte Arkadi ein.

»Ich kann's wirklich kaum erwarten.«

»Nun ja«, meinte der Labordirektor seufzend, »um es kurz zu machen, kann ich Ihnen mitteilen, daß der Chromatograph an den Kleidungsstücken der drei Toten winzige Mengen von Gips und Sägemehl und an der Hose von GP-2 einen Hauch von Gold gefunden hat. Wir haben die Kleidungsstücke mit Luminol besprüht und in der Dunkelkammer Fluoreszenz beobachtet, die auf Blut schließen ließ. Das meiste Blut stammte natürlich von den Ermordeten, aber die kleinsten Flecken waren kein Menschenblut, sondern stammten von Hühnern und Fischen. Außerdem haben wir etwas sehr Interessantes an den Kleidungsstücken festgestellt.« Ljudin hielt eine Tatortskizze mit den eingezeichneten Positionen der drei Leichen hoch. »Auf den hier schraffierten Körperoberflächen haben wir Spuren von Kohlenstoff, tierischen Fetten und Gerbsäure entdeckt. Mit anderen Worten: Nachdem die Toten teilweise eingeschneit waren, sind sie noch – wahrscheinlich innerhalb von achtundvierzig Stunden – mit einer dünnen Ascheschicht von einem in der Nähe brennenden Feuer zugedeckt worden.«

»Der Brand in der Gorki-Gerberei!« rief Arkadi aus.

»Ganz recht.« Ljudin lächelte zufrieden. »Am dritten Februar ist über dem Oktjabrskaja-Bezirk bei einem Brand in der Gorki-Gerberei ein Ascheregen niedergegangen. Am ersten und zweiten Februar sind dreißig Zentimeter Schnee gefallen. Vom dritten bis fünften Februar waren es zwanzig Zentimeter. Wäre der Schnee auf der Lichtung nicht umgeschaufelt worden, hätten wir den Tattag genau bestimmen können. Aber auch so steht ziemlich sicher fest, wann das Verbrechen verübt worden ist.«

»Ausgezeichnet!« bestätigte Arkadi. »Jetzt brauchen wir den Schnee nicht mehr eigens zu untersuchen.«

»Wir haben uns außerdem mit den Kugeln befaßt. An allen Kugeln lassen sich mikroskopisch kleine Stoff- und Körpergewebeteilchen nachweisen. An der Kugel GP1-A haben wir außerdem Lederpartikel gefunden, die nicht von den Kleidungsstücken der Mordopfer stammen.«

»Pulverspuren?«

»Nicht an der Kleidung von GP-1, aber schwache Spuren bei GP-2 und GP-3, was darauf schließen läßt, daß sie aus geringerer Entfernung erschossen worden sind.«

»Nein, das beweist, daß sie nach GP-1 erschossen worden sind«, stellte Arkadi fest. »Was ist mit den Schlittschuhen?«

»Weder Blut, Gips noch Sägemehl. Keine sehr hochwertigen Schlittschuhe.«

»Ich meine Namen. Manche Leute schreiben ihren Namen auf ihre Schlittschuhe, Genosse Oberst. Haben Sie die Schlittschuhe saubergemacht und nachgesehen?«

In seinem eigenen Büro in der Nowokusnezkaja-Straße verteilte der Chefinspektor Rollen. »Du bist Ungeheuer«, erklärte er Pascha. »Fet, Sie sind Rotkopf, der hagere kleine Mann. Und das hier . . .« Er stellte einen Stuhl zwischen die beiden. »Der ist Schönheit. Ich bin der Mörder.«

»Sie haben gesagt, es könne mehr als einen Täter gegeben haben«, wandte Fet ein.

»Ja, aber diesmal wollen wir den Gaul ausnahmsweise von vorn aufzäumen, anstatt zu versuchen, die Tatsache einer Theorie anzupassen.«

»Theorie ist sowieso meine schwache Seite«, gabe Pascha grinsend zu.

»Es ist Winter. Wir sind gemeinsam beim Schlittschuhlaufen gewesen. Wir sind Freunde oder zumindest Bekannte. Wir haben den

Schlittschuhpfad verlassen und uns auf die Lichtung begeben, die vom Weg aus nicht einzusehen ist. Warum?«

»Um etwas zu besprechen«, schlug Fet vor.

»Um zu essen!« rief Pascha aus. »Das ist doch das Schönste am Schlittschuhlaufen – daß man eine Pause macht, um eine Pastete oder etwas Brot mit Käse zu essen. Und vor allem, um eine Flasche Wodka oder Kognak rumgehen zu lassen!«

»Ich bin der Gastgeber«, fuhr Arkadi fort. »Ich habe diesen Treffpunkt vorgeschlagen. Ich habe belegte Brote mitgebracht. Wir ruhen uns aus, haben schon einen Schluck Wodka getrunken und ahnen nichts Böses.«

»Dann erschießen Sie uns?« fragte Fet. »Aus der Jackentasche heraus?«

»Dabei schießt man sich höchstens selbst in den Fuß«, wehrte Pascha ab. »Du denkst an die Lederspuren an der einen Kugel, Arkadi. Hör zu, du hast Essen mitgebracht. Deine Taschen sind dafür zu klein. Deshalb hast du das Zeug in einem Lederbeutel mitgenommen.«

»Ich verteile die belegten Brote aus einem Lederbeutel.«

»Und ich schöpfe keinen Verdacht, als du mir den Beutel vor die Brust hältst. Ich bin zuerst dran, weil ich der Größte und Stärkste bin.« Pascha nickte zufrieden. »Peng!«

»Richtig! Deshalb sind an der Kugel Lederpartikel, aber an Ungeheuers Mantel keine Pulverspuren gefunden worden. Erst bei den nächsten Schüssen werden Pulverdämpfe durch das Loch in dem Lederbeutel mitgerissen.«

»Aber der Knall«, wandte Fet ein. Die beiden anderen achteten jedoch nicht darauf.

»Rotkopf und Schönheit sehen keine Waffe«, fuhr Pascha aufgeregt fort. »Sie wissen überhaupt nicht, was passiert.«

»Vor allem nicht, weil wir angeblich Freunde sind. Ich ziele mit meiner Pistole in dem Beutel auf Rotkopf.« Arkadi zeigt auf Fet. »Peng!« Er zielte auf den Stuhl. »Unterdessen hätte Schönheit schreien können. Aber ich ahne, daß sie das nicht tun wird, daß sie nicht einmal versuchen wird zu fliehen.« Er erinnerte sich an die Frauenleiche zwischen den beiden Männern. »Ich erschieße sie. Dann verpasse ich euch beiden noch je einen Kopfschuß.«

»Den Gnadenschuß. Ja, so muß es gewesen sein.« Pascha nickte beifällig.

»Zu laut!« widersprach Fet. »Viel zu laut, finde ich. Außerdem ist ein Schuß in den Mund kein Gnadenschuß.«

Arkadis Finger zielte wieder auf ihn. »Fet, Sie haben recht. Folglich schieße ich aus einem anderen Grund auf Sie – aus einem wichtigen Grund, der das Risiko zusätzlicher Schüsse rechtfertigt.«

»Welcher wäre das?« erkundigte Pascha sich.

»Ich wollte, ich könnte deine Frage schon beantworten. Jetzt ziehe ich mein Messer und mache damit eure Gesichter unkenntlich. Die Finger schneide ich wahrscheinlich mit einer Blechschere oder dergleichen ab. Dann kommt alles in meinen Lederbeutel.«

»Du hast eine Pistole benutzt«, ergänzte Pascha. »Die ist leiser als ein Revolver, und die ausgeworfenen Hülsen bleiben in der Tasche zurück. Deshalb haben wir im Schnee keine gefunden.«

»Tageszeit?« drängte Arkadi.

»Spät«, antwortete Pascha. »Dann ist die Gefahr geringer, daß andere Schlittschuhläufer auf die Lichtung kommen. Vielleicht schneit es sogar – das würde die Schüsse noch mehr dämpfen. Du verläßt den Park also bei Dunkelheit und Schneetreiben.«

»Deshalb sieht niemand, wie ich den Beutel in den Fluß werfe.«

»Richtig!« Pascha klatschte vor Begeisterung in die Hände.

Fet setzte sich auf den Stuhl nieder. »Die Moskwa war zugefroren«, stellte er nüchtern fest.

»Scheiße!« sagte Pascha enttäuscht.

»Kommt, wir gehen essen«, schlug Arkadi vor. Er hatte zum erstenmal seit zwei Tagen wieder Appetit.

In dem Selbstbedienungsrestaurant in der U-Bahn-Station auf der gegenüberliegenden Straßenseite wurde stets ein Tisch für die Ermittlungsbeamten freigehalten. Arkadi nahm Weißfisch, Gurke in Sauerrahm, Kartoffelsalat, Brot und Bier. Der alte Below gesellte sich zu ihnen und begann, von seinen Kriegserlebnissen mit Arkadis Vater zu erzählen.

»Die tollste Geschichte hat sich bald nach Kriegsausbruch ereignet, bevor wir unsere Kräfte umgruppiert haben.« Below blinzelte mit wäßrigen Augen. »Ich war damals der Fahrer des Generals.«

Arkadi erinnerte sich an diese Geschichte. Im ersten Monat nach Kriegsausbruch war die aus drei Spähpanzern bestehende Aufklärungseinheit seines Vaters hundert Kilometer hinter die deutschen Linien geraten und mit den Ohren und Schulterstücken eines SS-Gruppenführers zurückgekommen. Die Sache mit den Ohren hatte die Karriere des Generals lange beeinträchtigt.

»Das mit den Ohren war ein böswilliges, völlig unhaltbares Gerücht«, versicherte Below der Tafelrunde.

Arkadi wußte, wo sie noch heute hingen: an der Wand des Arbeitszimmers seines Vaters, des alten Generals.

»Soll ich wirklich mit allen Straßenhändlerinnen im Gorki-Park reden?« Pascha rollte eine Scheibe Fleischkäse mit der Gabel auf. »Die wollen alle nur, daß wir die Zigeuner aus dem Park jagen.«

»Du mußt auch mit den Zigeunern reden«, wies der Chefinspektor ihn an. »Wir wissen jetzt, daß als Tatzeit die erste Februarwoche in Frage kommt.« Er machte eine Pause. »Und stell fest, wer für die Lautsprechermusik für Schlittschuhläufer zuständig ist.«

Tschutschin kam herein. Der Chefinspektor für Sonderfälle, der gar nicht besonders, sondern höchst durchschnittlich aussah, teilte Arkadi mit, Ljudin habe angerufen und einen auf den Schlittschuhen entdeckten Namen durchgegeben.

Die Studios der Mosfilm lagen auf den steil zur Moskwa abfallenden Leninbergen über dem grauen Häusermeer der Großstadt. Hohe Besucher und Würdenträger wurden für die Besichtigungen im Zentralpavillon von den Spitzen der Verwaltung, berühmten Regisseuren und charmanten Schauspielerinnen mit Blumen empfangen. Arkadi, der kein Würdenträger war und uneingeladen kam, mußte sich mühsam durchfragen.

Hinter einem der Ateliers vertrat ihm eine energische junge Frau den Weg und hielt ein Schild mit dem Befehl *Ruhe!* hoch. Arkadi merkte, daß er in Außenaufnahmen hineingeraten war. Eine Kostümfilmszene in einem kunstvoll aufgebauten Obstgarten wurde endlos wiederholt.

Arkadi, der so unauffällig wie möglich neben dem Generatorwagen stand, der den Strom für die Scheinwerfer lieferte, hatte reichlich Zeit, die Assistentin des Requisiteurs ausfindig zu machen. Sie war groß, hatte dunkle Augen, einen hellen Teint und trug ihr braunes Haar zu einem strengen Nackenknoten zusammengefaßt. Ihre afghanische Lammfelljacke war abgewetzter als die der anderen Mädchen und an den Ärmeln zu kurz, so daß ihre Handgelenke sichtbar waren. Sie schien zu spüren, daß er sie beobachtete, und sah kurz zu ihm hinüber. Bevor sie sich wieder auf die Gartenszene konzentrierte, sah er den Fleck auf ihrer rechten Wange. Auf dem Foto in seiner Tasche war das Mal grau. Jetzt sah er, daß es eine blaue Verfärbung war – klein, aber um so auffallender, weil das Mädchen eine Schönheit war.

»Mittag!« rief der Regisseur plötzlich und marschierte davon. Schauspieler, Assistentinnen und Beleuchter verschwanden ebenso schnell. Arkadi beobachtete, wie die Assistentin des Requisiteurs die Gartenmöbel abdeckte und verwelkte Blumen auszupfte. Zu ihrer wirklich sehr schäbigen Lammfelljacke trug sie ein billiges orangerotes Halstuch und rote Kunstlederstiefel – eine eigenartige Kombination, aber mit solcher Selbstsicherheit getragen, daß sie geradezu elegant wirkte. Sie sah dem Chefinspektor lächelnd entgegen.

»Irina Asanowa?« fragte Arkadi.

»Und wer sind Sie?« Die junge Frau sprach mit dunkler Stimme und weichem sibirischen Akzent. »Soviel ich weiß, kenne ich Sie nicht.«

»Aber Sie scheinen trotzdem zu wissen, daß ich hier bin, um mit Ihnen zu reden.«

»Sie sind nicht der erste, der mich bei der Arbeit stört.« Das alles sagte sie lächelnd, als wolle sie ihn nicht kränken. »Jetzt verpasse ich das Mittagessen«, stellte sie seufzend fest, »aber das ist gut für die schlanke Linie. Haben Sie eine Zigarette für mich?«

Ein paar lockige Haarsträhnen hatten sich aus ihrem strengen Nakkenknoten gelöst. Arkadi wußte aus den Akten, daß Irina Asanowa 21 Jahre alt war. Als er ihr Feuer für die Zigarette gab, hielt sie schützend eine Hand über die Flamme und berührte dabei mit langen, kühlen Fingern seine Hand. Diese flüchtige Intimität war ein so durchsichtiges Manöver, daß Arkadi von ihr enttäuscht war, bis er an ihrem Blick erkannte, daß sie sich über ihn amüsierte. Ihre ausdrucksvollen Augen hätten selbst das reizloseste Mädchen interessant gemacht.

»Männer der Sonderkommission rauchen im allgemeinen bessere Zigaretten, muß ich sagen.« Sie inhalierte gierig. »Legen Sie's darauf an, mich hier rausschmeißen zu lassen? Dann suche ich mir einfach eine andere Stelle.«

»Ich komme weder von der Sonderkommission noch vom KGB. Hier.« Arkadi zeigte ihr seinen Dienstausweis.

»Anders, aber nicht sehr anders.« Sie gab ihm den Ausweis zurück. »Was will Chefinspektor Renko von mir?«

»Wir haben Ihre Schlittschuhe gefunden.«

Sie brauchte einen Augenblick, um zu verstehen, was er gesagt hatte. »Meine Schlittschuhe!« Sie lachte. »Sie haben sie tatsächlich gefunden? Ich hab sie vor Monaten verloren.«

»Wir haben sie an den Füßen einer Toten gefunden.«

»Gut! Geschieht ihr recht! Es gibt also doch eine ausgleichende Gerechtigkeit. Hoffentlich ist sie erfroren. Sehen Sie mich bitte nicht so schockiert an. Wissen Sie, wie lange ich für diese Schlittschuhe gespart habe? Sehen Sie sich meine Stiefel an. Los, sehen Sie sie sich an.«

Ihre roten Kunstlederstiefel platzten an den Reißverschlüssen auf. Irina Asanowa stützte sich plötzlich auf seine Schultern und zog einen Stiefel aus. Sie hatte lange, schlanke Beine.

»Ungefüttert.« Sie rieb sich die Zehen. »Haben Sie vorhin den Regisseur gesehen? Er hat mir ein Paar pelzgefütterte Stiefel versprochen, wenn ich mit ihm schlafe. Würden Sie mir dazu raten?«

Das schien eine ernstgemeinte Frage zu sein. »Der Winter ist schon fast vorbei«, antwortete er.

»Eben!« Sie schlüpfte wieder in den Stiefel.

Außer von ihren Beinen war Arkadi von ihrer ungekünstelt offenen Art beeindruckt. Der jungen Frau schien es gleichgültig zu sein, was er von ihr dachte.

»Tot«, wiederholte sie. »Jetzt geht's mir schon besser. Ich habe den Diebstahl damals auf der Eisbahn und bei der Miliz gemeldet, wie Sie wissen.«

»Sie haben den Verlust am vierten Februar gemeldet, obwohl Sie die Schlittschuhe angeblich seit dem einunddreißigsten Januar nicht mehr hatten. Hatten Sie sie erst nach vier Tagen vermißt?«

»Geht's Ihnen nicht auch so, daß Sie manchmal erst merken, daß Sie etwas verloren haben, wenn Sie's benutzen wollen? Ich habe eine Zeitlang gebraucht, um zu rekonstruieren, wo ich sie liegengelassen hatte – dann bin ich sofort zur Eisbahn gegangen. Zu spät!«

»Ist Ihnen inzwischen noch etwas eingefallen, das Sie bei Ihrer Verlustanzeige bei der Miliz vielleicht nicht erwähnt haben? Haben Sie einen bestimmten Verdacht, wer Ihre Schlittschuhe mitgenommen haben könnte?«

Sie schüttelte den Kopf. »Das kann praktisch jeder gewesen sein.«

»Da haben Sie recht«, bestätigte Arkadi.

»Ein Chefinspektor bemüht sich bestimmt nicht hierher, nur um mir mitzuteilen, daß meine Schlittschuhe gefunden sind«, stellte sie fest.» Ich habe der Miliz schon alles gesagt, was ich weiß. Was wollen Sie also?«

»Die junge Frau, die Ihre Schlittschuhe getragen hat, ist ermordet worden. Sie und ihre beiden Begleiter.«

»Was hat das mit mir zu tun?«

»Ich dachte, Sie könnten uns vielleicht helfen.«

»Den Toten ist nicht mehr zu helfen. Und Ihnen helfe ich bestimmt nicht. Ich habe mal Jura studiert. Wenn Sie mich verhaften wollen, müssen Sie einen Milizionär mitbringen. Haben Sie die Absicht, mich festzunehmen?«

»Nein, ich...«

»Dann gehen Sie bitte, wenn Sie nicht wollen, daß ich meinen Job verliere. Die Leute hier haben Angst vor Ihnen. Versprechen Sie mir, nicht wiederzukommen?«

Arkadi staunte über sich selbst, daß er sich ihr lächerliches Gerede an-hörte. Andererseits hatte er Verständnis für die Nöte relegierter Studenten, die irgendeine Arbeit annehmen mußten, um nicht ihre Aufenthaltsgenehmigung für Moskau zu verlieren und nach Hause geschickt zu werden. Für Irina Asanowa hätte das die Abschiebung nach Sibirien bedeutet.

»Gut, ich komme nicht wieder«, antwortete er.

»Danke.« Ihr ernster Blick wurde bittend. »Geben Sie mir noch eine Zigarette, bevor Sie gehen?«

»Hier, nehmen Sie die ganze Packung.«

Als Arkadi das Büro des Gerichtsmediziners betrat, saß Lewin vor einem Schachbrett. Er sah nicht von den schwarzen und weißen Figuren auf. »Schwarz zieht«, sagte er.

»Darf ich?« fragte Arkadi.

Der Chefinspektor wischte die Figuren vom Brett und legte in der Mitte drei schwarze Bauern nebeneinander. »Ungeheuer, Schönheit und Rotkopf.«

»He, was soll das?« Lewin starrte ihn entgeistert an.

»Sie haben etwas übersehen, glaube ich.«

»Woher wollen Sie das wissen?«

»Das werden Sie gleich hören. Drei Opfer, alle mit einem Schuß durchs Herz getötet.«

»Zwei weisen außerdem einen Kopfschuß auf«, stellte Lewin fest.

»Woher wollen Sie wissen, welcher Schuß zuerst gefallen ist?«

»Der Mörder geht planmäßig vor«, fuhr Arkadi fort. »Er nimmt den Toten die Ausweise ab, leert ihre Taschen, zerstört ihre Gesichter und schneidet ihre Fingerspitzen ab, um die Identifizierung zu erschweren. Außerdem geht er das zusätzliche Risiko ein, den beiden Männern eine weitere Kugel in den Kopf zu schießen.«

»Um sicherzugehen, daß sie tot sind.«

»Er weiß, daß sie tot sind. Nein, bei einem der beiden Männer ist es darum gegangen, eine weitere Identifizierungsmöglichkeit zu vernichten.«

»Vielleicht hat er sie erst durch den Kopf und dann ins Herz geschossen.«

»Warum dann nicht auch das Mädchen? Nein, er schießt dem einen Toten in den Kopf, merkt dann, daß er sich dadurch selbst verrät, und verpaßt auch dem zweiten Mann einen Kopfschuß.«

Lewin stand auf. »Warum dann nicht auch dem Mädchen?«

»Das weiß ich nicht.«

»Und ich sage Ihnen als Fachmann, der Sie nicht sind, daß ein Geschoß dieses Kalibers die Männer nicht so stark entstellt hätte, daß eine Identifizierung unmöglich geworden wäre. Außerdem hatte der Täter ihre Gesichter bereits verstümmelt.«

»Sagen Sie mir als Fachmann, was die Schüsse bewirkt haben«, forderte Arkadi ihn auf.

»Angenommen, die beiden Männer waren bereits tot...« Lewin verschränkte die Arme. »Zerstört sind vor allem die Zähne, mit denen wir uns bereits befaßt haben.«

Der Chefinspektor schwieg. Lewin riß eine Schublade auf und nahm zwei Schachteln mit der Aufschrift GP1 und GP2 heraus. Aus der Schachtel GP1 kippte er zwei nur wenig beschädigte Schneidezähne in seine hohle Hand.

»Gute Zähne«, stellte Lewin fest. »Mit denen hat er Nüsse knacken können.«

Die Zähne in der Schachtel GP2 waren weniger gut erhalten. Arkadi sah einen zersplitterten Schneidezahn und einen kleinen Zellophanbeutel mit Zahnsplittern.

»Der größte Teil des einen Zahns ist im Schnee verlorengegangen. An den Resten haben wir Zahnschmelz, Dentin, Zement, Pulpa, Nikotinverfärbung und Bleispuren gefunden.«

»Eine Füllung?« fragte Arkadi.

»›Neun Gramm‹.« Lewin benützte den Jargonausdruck für eine Kugel. »Zufrieden?«

»Diese Zähne haben Rotkopf gehört?«

»Gorki-Park zwo, verdammt noch mal!«

Rotkopf lag im Erdgeschoß im Kühlfach. Sie rollten ihn in den Sezierraum. Arkadi paffte angestrengt eine Zigarette.

»Gehen Sie mir aus dem Licht!« Lewin schob ihn beiseite. »Ich dachte, diese Arbeit sei Ihnen zuwider?«

Im Oberkiefer des Toten fehlten zwei Schneidezähne aus der Reihe der gelblich verfärbten Vorderzähne. Lewin holte mit einer Pinzette einige winzige Knochensplitter aus dem Zahnfleisch und legte sie auf einen feuchten Objektträger. Mit dem Glasplättchen marschierte er dann zu einem Mikroskop auf einem Arbeitstisch.

»Wissen Sie eigentlich, worauf Sie's abgesehen haben, oder raten Sie nur?« fragte er Arkadi.

»Ich rate nur – aber es raubt ja wohl niemand einen leeren Safe aus.«

»Glauben Sie?« Der Pathologe sah durchs Mikroskop, während er die Knochensplitter mit einer Nadel bewegte. Arkadi zog sich einen Stuhl heran und setzte sich so, daß er der Leiche den Rücken zukehrte. Lewin entfernte einen Zahnsplitter nach dem anderen von dem Objektträger.

»Ich habe Ihnen einen Bericht geschickt, den Sie wahrscheinlich noch nicht gesehen haben«, sagte Lewin. »Die Fingerspitzen sind mit einer großen Schere abgeschnitten worden – das zeigen die deutlichen Einkerbungen an der Ober- und Unterseite. Die Gesichter wurden nicht mit einem Skalpell abgezogen; ich tippe eher auf ein – allerdings außergewöhnlich scharfes – Jagdmesser.« Auf dem Objektträger lagen kaum noch Zahnsplitter. »Hier, sehen Sie sich das an.«

Bei zweihundertfacher Vergrößerung sah Arkadi eine rosa Masse zwischen elfenbeinweißen Knochensplittern.

»Was ist das?«

»Guttapercha. Der Zahn ist so zersplittert, weil er abgestorben und spröde gewesen ist. Das Guttapercha ist bei einer Wurzelbehandlung zur Füllung der Zahnwurzel benützt worden.«

»Ich habe nicht gewußt, daß das üblich ist.«

»Bei uns ist es das auch nicht. Das ist keine europäische Methode. Nur amerikanische Zahnärzte verwenden Guttapercha.« Lewin verzog das Gesicht, als er Arkadis Grinsen sah. »Sie haben keinen Grund, auf Ihren Dusel stolz zu sein.«

»Bin ich auch nicht.«

In seinem Büro schrieb Arkadi einen kurzen Bericht, nahm den Durchschlag zu den Ermittlungsakten und trug das Original nach nebenan. Jamskoi war nicht in seinem Büro. Arkadi legte ihm den Bericht mitten auf den Schreibtisch.

Als Pascha nachmittags ins Büro zurückkam, traf er den Chefinspektor in Hemdsärmeln und in einer Illustrierten blätternd an. Der Kriminalbeamte stellte sein Tonbandgerät ab und ließ sich auf einen Stuhl fallen.

»Was ist mit dir? Bist du vorzeitig pensioniert worden?«

»Nein, Pascha. Du siehst vor dir einen Mann, dem es gelungen ist, alle Verantwortung abzuwälzen.«

»Wie meinst du das? Dabei hab' ich eben unseren Fall gelöst…«

»Für uns existiert kein Fall Gorki-Park mehr.«

Arkadi berichtete von der Zahnfüllung des Ermordeten.

»Ein amerikanischer Spion?«

»Das braucht uns nicht zu kümmern, Pascha. Ein toter Amerikaner genügt. Jetzt muß Pribluda den Fall übernehmen.« Arkadi machte eine Pause. »Er hätte von Anfang an die Ermittlungen führen sollen. Eine dreifache Hinrichtung ist kein Fall für uns.«

»Typisch KGB! Diese Gauner! Nachdem wir die ganze Vorarbeit geleistet haben!«

»Welche Vorarbeit? Wir haben die Toten nicht identifizieren können und wissen erst recht nicht, wer sie ermordet hat.«

»Sie kriegen doppelt soviel Gehalt wie wir und haben eigene Läden und tolle Sportklubs.« Pascha war wieder einmal bei einem seiner Lieblingsthemen. »Kannst du mir sagen, in welcher Beziehung sie besser sind, warum ich nie angeworben worden bin? Kann ich etwa was dafür, daß mein Großvater ein Fürst gewesen ist? Nein, man braucht einen einwandfreien Stammbaum – zehn Generationen Schweiß und Dreck – oder muß zehn Sprachen sprechen.«

»Bei Schweiß und Dreck ist Pribluda dir eindeutig über. Aber ich bezweifle, daß er Fremdsprachen beherrscht.«

»Ich könnte Französisch oder Chinesisch sprechen, wenn man mir die nötige Ausbildung erlauben würde«, fuhr Pascha fort.

»Du sprichst Deutsch.«

»Deutsch kann jeder. Nein, das ist wieder typisch für mein Pech! Wir rackern uns ab, und der KGB kriegt dann die Belobigung.«

Arkadi stand auf und ging in Nikitins Büro hinüber. Der Chefinspektor für interbehördliche Zusammenarbeit war nicht da. Arkadi nahm einen Schlüssel aus seinem Schreibtisch und sperrte einen hölzernen Safe auf, der ein Telefonbuch und vier Flaschen Wodka enthielt. Er nahm nur eine Flasche mit.

»Möchtest du wirklich lieber beim KGB als ein guter Kriminalbeamter sein?« fragte er Pascha. Der andere starrte trübselig zu Boden. Arkadi schenkte zwei Gläser Wodka ein. »Komm, wir trinken!«

»Auf wen?« murmelte Pascha.

»Auf deinen Großvater, den Fürsten!« schlug Arkadi vor.

Pascha wurde vor Verlegenheit rot. Er blickte durch die offene Tür in den Korridor hinaus. »Auf den Zaren!« fügte Arkadi hinzu.

»Bitte!« Pascha stand auf und schloß die Tür.

»Dann trink endlich!«

Beim zweiten Glas besserte sich Paschas Stimmung. Sie tranken auf Lewins gerichtsmedizinischen Spürsinn, den zwangsläufigen Triumph der sowjetischen Justiz und die Öffnung des Seeweges nach Wladiwostok. Dann forderte Arkadi Pascha auf, ihm zu erzählen, wie er den Fall »gelöst« habe.

Pascha zuckte mit den Schultern, aber der Chefinspektor bestand darauf, seinen Bericht zu hören. Wer den ganzen Tag mit alten Babuschkas geredet hatte, hatte eine kleine Belohnung verdient.

»Na ja, mir ist eingefallen«, begann Pascha scheinbar widerstrebend,

»daß die Schüsse vielleicht nicht nur vom Schnee gedämpft worden sind. Nachdem ich den größten Teil des Tages mit der Befragung von Straßenverkäuferinnen zugebracht hatte, bin ich zu der kleinen alten Frau gegangen, die die Schallplatten auflegt, wenn im Winter Musik für Schlittschuhläufer gemacht wird. Sie sitzt in einem kleinen Raum in dem Gebäude am Eingang Krimski-Wal-Straße. Ich frage: ›Spielen Sie auch laute Musik?‹ Sie starrt mich an. Ich frage: ›Haben Sie ein bestimmtes Programm, an das Sie sich jeden Tag halten?‹ Sie glotzt mich an. Ich betrachte den Stapel Schallplatten neben ihr und stelle fest, daß die Langspielplatten von eins bis fünfzehn durchnumeriert sind. Da anzunehmen ist, daß die Morde gegen Abend verübt wurden, gehe ich den Plattenstapel von hinten durch. Nummer fünfzehn ist natürlich ein Potpourri aus ›Schwanensee‹. Und Nummer vierzehn? Ausgerechnet die ›Ouvertüre 1812‹ mit Kanonen, Pauken und Trompeten! Dann werde ich endlich schlauer. Warum sind die Schallplatten numeriert? Ich halte mir eine vors Gesicht und frage: ›Wie laut spielen Sie die Platten?‹ Sie reagiert nicht; sie hat nichts gehört, weil sie taub ist! Eine taube Alte macht die Musik im Gorki-Park!«

3

Ein letztes Winterwochenende auf dem Land. Die Scheibenwischer kämpften gegen große weiche Schneeflocken an. Eine Flasche Wodka mußte als Ausgleich für die unzulängliche Autoheizung herhalten.

Sonja saß hinten mit Natascha Mikojan, Arkadi vorn neben Michail Mikojan, seinem ältesten Freund. Die beiden Männer hatten den Komsomol, ihren Wehrdienst, die Moskauer Universität und den Vorbereitungsdienst für Juristen gemeinsam absolviert. Sie hatten den gleichen Ehrgeiz gehabt, die gleichen Trinkgelage gefeiert, für die gleichen Dichter geschwärmt und manchmal sogar die gleichen Freundinnen gehabt. Der schlanke, kleine Mischa mit seinem Babygesicht unter schwarzem Wuschelhaar war nach dem Vorbereitungsdienst ins Städtische Anwaltskollegium eingetreten. Offiziell verdienten Strafverteidiger nicht mehr als Richter – rund 2000 Rubel im Monat. Inoffiziell zahlten ihre Mandanten doppelte und dreifache Honorare, so daß Mischa sich gute Anzüge, einen Rubinring am kleinen Finger, Pelze für Natascha, ein Landhaus und einen zweitürigen Schiguli leisten konnte.

Die schwarzhaarige Natascha, die so zierlich war, daß sie Kinderkleidung tragen konnte, arbeitete als Redakteurin bei der Presseagentur

Nowosti und ließ jährlich eine Abtreibung vornehmen. Sie vertrug die Pille nicht, versorgte aber ihre Freundinnen damit.

Die Datscha lag etwa 30 Kilometer östlich von Moskau. Mischa hatte wie üblich ein gutes halbes Dutzend Freunde fürs Wochenende eingeladen. Als die Gastgeber und ihre Begleiter beladen mit Brotlaiben, Heringsgläsern und Wodkaflaschen hereinkamen und den Schnee von ihren Stiefeln stampften, wurden sie von einem jungen Paar, das gerade seine Skier wachste, und einem dicken Mann begrüßt, dessen Pullover zu platzen drohte, als er sich am offenen Kamin zu schaffen machte. Weitere Gäste folgten: ein Kulturfilmregisseur und seine Geliebte; ein Balletttänzer, dem seine unscheinbare Frau wie eine Ente ihrem Erpel folgte. Die Neuankömmlinge zogen sich zum Langlaufen um – die Männer in einem Zimmer, die Frauen in einem anderen.

Sonja wollte bei Natascha bleiben, die sich noch von ihrer letzten Schwangerschaftsunterbrechung erholte. Draußen hörte es zu schneien auf; der Neuschnee lag als dicke weiche Decke über der Hügellandschaft.

Mischa genoß es, seine Skispur durch die Birkenwälder zu ziehen. Arkadi gab sich damit zufrieden, ihm zu folgen und zwischendurch stehenzubleiben, um die verschneite Landschaft zu bewundern. Er lief mit langen, federnden Schritten und holte den voraushastenden Mischa jedesmal mühelos ein. Nach einer Stunde machten sie eine Pause, damit Mischa das Eis, das sich zwischen Schuhen und Skiern gebildet hatte, abkratzen konnte. Arkadi sah ihm, auf seine Stöcke gestützt, zu.

Mischa bearbeitete die Eiskruste in der gleichen Weise, wie er vor Gericht auftrat: energiegeladen, dramatisch. Als kleiner Junge hatte er die lauteste Stimme gehabt – ein winziges Boot mit einem riesigen Segel. Er *hämmerte* auf seine Skier ein.

»Arkascha, ich habe ein Problem.« Er ließ die Skier fallen.

»Wer ist's diesmal?«

»Eine neue Schreibkraft, ein junges Ding von knapp neunzehn Jahren. Natascha hat Verdacht geschöpft, fürchte ich. Na ja, ich treibe kaum Sport und spiele nicht Schach – was bleibt einem da schon als Freizeitvergnügen? Das Lächerliche daran ist, daß ich buchstäblich an den Lippen der Kleinen hänge, obwohl sie vielleicht der ungebildeste Mensch ist, den ich je kennengelernt habe. Eine Liebesaffäre ist eigentlich gar nicht schön, wenn man selbst drinsteckt. Und vor allem nicht billig.« Mischa knöpfte seufzend seine Jacke auf und zog eine Flasche Wein heraus. »Ein guter französischer Sauternes, den mir der Balletttänzer mitgebracht hat. Willst du einen Schluck?«

Mischa hatte die Flasche vorsorglich entkorkt und hielt sie seinem Freund hin. Arkadi nahm einen Schluck. Der bernsteingelbe Wein war zuckersüß.

»Süß?« fragte Mischa, als Arkadi das Gesicht verzog.

»Nicht so süß wie manche russischen Weine«, sagte Arkadi patriotisch.

Sie tranken abwechselnd. Um sie herum fiel Schnee von den Bäumen – manchmal mit dumpfem Aufprall, manchmal kaum hörbar. Arkadi war gern mit Mischa zusammen. Am schönsten war dieses Zusammensein, wenn Mischa den Mund hielt.

»Liegt Sonja dir noch immer mit der Partei in den Ohren?« erkundigte Mischa sich.

»Ich bin Parteimitglied, ich habe ein Mitgliedsbuch.«

»Aber nur mit knapper Not. Was kostet es schon, ein bißchen aktiver zu sein? Man geht einmal im Monat zur Versammlung und kann dort sogar Zeitung lesen. Einmal im Jahr wird gewählt, und zwei-, dreimal im Jahr sammelt man Unterschriften für eine Verurteilung Chinas oder Chiles. Du tust nicht mal das. Du hast nur ein Parteibuch, weil du sonst nicht Chefinspektor sein könntest. Das weiß jeder, deshalb wärst du gut beraten, wenn du dich ein bißchen häufiger auf Parteiversammlungen blicken lassen würdest.«

»Daß ich auf Versammlungen fehle, hat jedesmal einen guten Grund.«

»Klar. Kein Wunder, daß Sonja wütend ist. Du solltest auch ein bißchen an sie denken. Bei deinen Leistungen könntest du's mühelos zum Inspektor beim Zentralkomitee bringen. Dann könntest du kreuz und quer durchs Land reisen, die örtlichen Milizen inspizieren, Kampagnen einleiten und dafür sorgen, daß die Milizgenerale sich vor Angst in die Hosen scheißen.«

»Das klingt nicht sonderlich reizvoll.«

»Das ist kein Argument. Wichtig wäre, daß du in Zentralkomitee-Geschäften einkaufen könntest, gelegentlich ins Ausland dürftest und Verbindung zu den Männern hättest, die im Zentralkomitee die Personalentscheidungen treffen. Du wärst auf dem Weg nach oben.«

Mischa warf Arkadi einen prüfenden Blick zu. »Ich sehe schon, daß du dich nicht von mir umstimmen lassen willst. Warum redest du nicht mal mit Jamskoi? Er mag dich.«

»Tatsächlich?«

»Wodurch ist er denn so berühmt geworden, Arkascha? Durch den Fall Wiskow. Vor dem Obersten Gerichtshof prangert Jamskoi den Apparat an, der den jungen Arbeiter Wiskow fälschlich zu fünfzehn

Jahren wegen Totschlags verurteilt hat. Ausgerechnet der Moskauer Staatsanwalt Jamskoi als Vorkämpfer der Bürgerrechte! Und wer hat diesen Fall erneut aufgerollt? Du! Wer hat Jamskoi mit der Drohung, den Fall in Fachzeitschriften zu veröffentlichen, zum Handeln gezwungen? Du! Deshalb hat Jamskoi plötzlich beschlossen, zum Helden dieser Geschichte zu werden. Er ist dir einiges schuldig. Andererseits wäre er vielleicht froh, dich wegloben zu können.«

»Seit wann hast du Verbindung mit Jamskoi?« fragte Arkadi interessiert.

»Oh, ich habe kürzlich mit ihm zu tun gehabt. Wegen eines Mandanten, der behauptete, meine Honorarforderung sei überhöht. Dabei war sie keineswegs überhöht, denn ich habe erreicht, daß der Schweinehund freigesprochen worden ist. Der Staatsanwalt hat den Fall erstaunlich verständnisvoll beurteilt. Im Gespräch ist dann auch dein Name gefallen. Die Sache hätte mir den Hals brechen können, mehr möchte ich dazu nicht sagen.«

Mischa sollte so unverschämte Honorarforderungen gestellt haben, daß ein Freigesprochener sich offiziell beschwert hatte? Arkadi hätte seinen Freund niemals für korrupt gehalten. Auch Mischa schien dieses Eingeständnis zu bedrücken.

»Dabei hab ich den Kerl freigekriegt!« Er schüttelte den Kopf. »Warum hab ich bloß soviel Geld verlangt?«

Arkadi bemühte sich, das Thema zu wechseln. »Vor zwei Tagen bin ich zufällig Wiskows Eltern begegnet«, berichtete er. »Sein Vater führt jetzt ein Schnellrestaurant am Paweletski-Bahnhof. Was für eine Odyssee die beiden hinter sich haben!«

»Arkascha, du bringst mich noch zur Verzweiflung!« explodierte sein Freund. »Begreifst du nicht, wie wichtig es ist, mit den *richtigen* Leuten zu verkehren?« Mischa sprach leise weiter. »Ich hab von den Leichen im Gorki-Park und deiner neuerlichen Auseinandersetzung mit Major Pribluda gehört. Bist du übergeschnappt?«

Als sie zurückkamen, war nur noch Natascha im Haus.

»Sonja ist mit Leuten aus der Nachbardatscha unterwegs«, erklärte sie Arkadi. »Mit einem Mann mit einem deutschen Namen.«

»Sie meint Schmidt.« Mischa zog sich am Kamin die Stiefel aus. »Du kennst ihn bestimmt, Arkascha. Schmidt aus Moskau. Er hat die Datscha erst vor kurzem übernommen. Vielleicht ist er Sonjas neuer Liebhaber.«

Mischa las die Wahrheit in Arkadis Gesicht. Er wurde rot und saß mit offenem Mund und dem nassen Stiefel in der Hand da.

»Laß deine Stiefel in der Küche abtropfen, Mischa«, forderte Natascha ihn auf. Sie drückte Arkadi aufs Sofa und schenkte ihm und sich einen Wodka ein, während ihr Mann hinausstolperte.

»Dieser Dummkopf!« Sie nickte zur Küche hinüber.

»Er hat nicht gewußt, was er gesagt hat.« Arkadi leerte sein Glas mit zwei Zügen.

»Das ist seine Methode – er weiß nie, was er sagt. Er sagt alles, deshalb muß er gelegentlich recht haben.«

»Aber du weißt, was du sagst?« erkundigte Arkadi sich.

»Ich bin Sonjas Freundin. Ich bin deine Freundin. In Wirklichkeit bin ich mehr ihre Freundin. In Wirklichkeit habe ich ihr seit Jahren geraten, dich zu verlassen.«

»Warum?«

»Du liebst sie nicht, sonst würdest du alles tun, um sie glücklich zu machen. Du würdest tun, was Schmidt tut. Die beiden sind füreinander geschaffen.« Natascha schenkte nach. »Warum willst du ihrem Glück noch länger im Wege stehen?« Sie trank einen Schluck und kicherte plötzlich. »Ich weiß genau, daß du sie langweilig findest. Sie war zwei, drei Jahre lang ganz unterhaltsam, aber jetzt gebe sogar ich zu, daß sie langweilig ist. Und du bist es nicht.« Natascha fuhr ihm mit einem Finger über den Handrücken. »Du bist der einzige unterhaltsame Mann, den ich noch kenne.«

Natascha schenkte sich einen dritten Wodka ein, bevor sie leicht schwankend in die Küche ging und Arkadi allein auf dem Sofa zurückließ. Mischa und Natascha hatten den Raum mit Ikonen und eigenartigen geschnitzten Statuen geschmückt. Arkadi starrte eine der Ikonen an, eine Muttergottes. Das byzantinische Gesicht, vor allem die ausdrucksvollen Augen, erinnerte ihn nicht an Sonja oder Natascha, sondern an die junge Frau bei Mosfilm.

»Auf Irina!« Er hob sein Glas.

Um Mitternacht waren alle Gäste wieder im Haus und ohne Ausnahme betrunken. Es gab ein Büfett mit kaltem Braten, Würstchen, Fisch, Blini, Käse, Brot, Essiggurken und sogar Preßkaviar. Irgend jemand deklamierte mit lauter Stimme Gedichte. Am anderen Ende des Raumes tanzten einige Paare zu einer ungarischen Imitation der Bee Gees. Mischa hockte schuldbewußt in einem Sessel und beobachtete Sonja, die dicht neben Schmidt saß.

»Ich dachte, wir wollten dieses Wochenende gemeinsam verbringen«, sagte Arkadi, als er später mit Sonja in der Küche allein war. »Was hat Schmidt hier auf einmal zu suchen?«

»Ich hab ihn eingeladen.« Sie ging mit einer Flasche Wein hinaus.

Schmidt hob sein Glas auf ihr Wohl. »Auf Sonja Renko, die gestern von ihrem Bezirksausschuß dazu bestimmt worden ist, nächste Woche auf der Sitzung des Stadtkomitees das Hauptreferat zu halten, worauf wir alle sehr stolz sind – vor allem ihr Ehemann.«

Arkadi kam genau in diesem Augenblick aus der Küche, und alle starrten ihn an – nur Schmidt nicht, denn er blinzelte Sonja zu. Natascha befreite Arkadi aus seiner Verlegenheit, indem sie ihm ein Glas in die Hand drückte. Schmidt und Sonja standen auf, um zu einem schmalzigen Song eines georgischen Schlagersängers zu tanzen.

Man merkte den beiden an, daß sie nicht zum erstenmal miteinander tanzten. Schmidt war trotz seiner Stirnglatze sportlich durchtrainiert, tanzte gut und führte mit energisch vorgerecktem Kinn. Er hatte den Stiernacken eines Turners und trug die schwarze Hornbrille eines Parteidenkers. Seine Hand lag besitzergreifend auf Sonjas Rükken, als sie sich an ihn schmiegte.

»Auf den Genossen Schmidt!« Mischa kam mit einer Flasche in der Hand schwankend auf die Beine, als der Song zu Ende war. »Wir trinken nicht auf den Genossen Schmidt, weil er sich eine Pfründe beim Bezirksausschuß gesichert hat, wo er Kreuzworträtsel löst und nebenbei geklautes Büromaterial verkauft, denn ich kann mich entsinnen, auch schon mal eine Büroklammer mitgenommen zu haben.« Er trank einen Schluck aus der Flasche und wischte sich verlegen grinsend Wodka vom Kinn. »Wir trinken nicht auf ihn, weil er zu Politseminaren ans Schwarze Meer darf, denn ich hab letztes Jahr nach Murmansk fliegen dürfen. Und wir trinken auch nicht auf ihn, weil er mit seinem Tschaika harmlose Fußgänger überfahren kann, denn für uns gibt's die beste U-Bahn der Welt. Nein, wir trinken aus keinem dieser Gründe auf den Genossen Dr. Schmidt. Wir trinken auf ihn, weil er ein so guter Kommunist ist!«

Schmidt rang sich ein Lächeln ab.

Die Tanzenden, Redenden, Sitzenden schrien immer betrunkener durcheinander. Arkadi stand einige Minuten in der Küche, um sich einen Kaffee zu kochen, bevor er merkte, daß der Filmemacher hinter der Tür die Frau des Ballettänzers abknutschte. Er verschwand und ließ seine Tasse zurück. Im Wohnzimmer tanzte Mischa, schläfrig den Kopf auf Nataschas Schulter gelegt. Arkadi stieg die Treppe zu seinem Schlafzimmer hinauf und wollte die Tür öffnen, als Schmidt herauskam und sie hinter sich schloß.

»Ich trinke auf dich«, flüsterte Schmidt, »weil deine Frau ein toller Betthase ist.«

Arkadi verpaßte ihm einen Magenhaken. Als der überraschte Schmidt vom Türrahmen abprallte, traf die linke Faust seinen Mund. Schmidt ging zu Boden und rollte sich überschlagend die Treppe hinunter. Unten fiel ihm die Brille von der Nase, und er mußte sich übergeben.

»Was ist hier los?« Sonja stand auf der Schwelle zum Schlafzimmer.

»Das weißt du doch«, sagte Arkadi.

Aus ihrem Gesichtsausdruck sprachen Haß und Angst; überraschend für Arkadi kam die große Erleichterung, die ihr anzumerken war.

»Dreckskerl!« fauchte sie und lief die Treppe hinunter, um sich um Schmidt zu kümmern.

»Ich hab nur gute Nacht zu ihm gesagt.« Schmidt tastete nach seiner Brille. Sonja fand sie, wischte sie an ihrem Pullover ab und half dem Bezirksausschußvorsitzenden auf die Beine. »So was will Kriminalbeamter sein?« Schmidt berührte vorsichtig seine aufgeplatzte Unterlippe. »Der Kerl ist verrückt!«

»Lügner!« brüllte Arkadi.

Niemand achtete auf ihn. Arkadi erkannte zu spät, daß Schmidt ihn nur hatte provozieren wollen. Nein, diesmal hatten sie's nicht miteinander getrieben – nicht unter dem Dach ihrer Freundin, nicht solange der Ehemann da war. Arkadi hatte die Lüge geglaubt, weil sie ehrlicher war als seine Ehe. Eine verdrehte Welt: Sonja empört und wütend, Arkadi, der betrogene Ehemann, schämte sich.

Von der Haustür der Datscha aus beobachtete er, wie Schmidt und Sonja davonfuhren. Über den Birken stand der Vollmond.

»Tut mir leid«, wiederholte Mischa mehrmals, während Natascha nachdenklich schweigend im Flur saubermachte.

4

»Sie haben wie immer vorbildlich gearbeitet«, stellte Jamskoi fest. »Ihre rasche Entdeckung, daß eines der Mordopfer von einem ausländischen Zahnarzt behandelt worden ist, hat wie eine Bombe eingeschlagen. Ich habe sofort eine gründliche Überprüfung durch die Organe für Staatssicherheit veranlaßt. Mit Hilfe eines Computers wurden am Wochenende alle in der Sowjetunion bekannten Ausländer überprüft; auf keinen einzigen paßt die Personenbeschreibung des Toten, und keiner wird als vermißt gemeldet. Nach Ansicht der Analytiker haben wir es mit einem sowjetischen Bürger zu tun, der bei einem Auslandsaufenthalt von einem amerikanischen oder in Amerika ausgebildeten Zahnarzt behandelt worden ist. Da alle in Frage kommenden Ausländer überprüft worden sind, muß ich mich dieser Auffassung anschließen.«

Der Staatsanwalt sprach sehr ernst und aufrichtig.

»Ich als Staatsanwalt habe jetzt zu entscheiden, Arkadi Wassiljewitsch, ob die Verantwortung für die weiteren Ermittlungen auf den KGB übergehen soll oder ob Sie in bewährter Weise weiterarbeiten sollen. Allein die Möglichkeit, daß es sich bei einem der Toten um einen Ausländer gehandelt haben könnte, ist beunruhigend. Was bedeuten kann, daß Sie Ihre Ermittlungen abbrechen müssen. Wäre es deshalb nicht angebracht, sie gleich jetzt dem KGB zu übertragen?«

Jamskoi machte eine Pause, als denke er tatsächlich über diese Frage nach.

»Was passiert aber, wenn ich Ihnen die Ermittlungen entziehe und dem KGB übertrage? Für uns ist das ein Rückschlag. Der eine Ermordete ist vermutlich Russe gewesen – das beweist die typisch russische Stahlkrone, die er außer der anderen Füllung hatte. Daß der zweite Mann und die junge Frau Sowjetbürger gewesen sind, scheint außer Zweifel zu stehen. Der oder die Täter sowie die meisten von den Ermittlungen Betroffenen sind Russen, so daß ich gar nicht das Recht habe, ohne greifbare Beweise auf die Fortführung der Ermittlungen durch die MWD-Miliz zu verzichten. Wie komme ich meiner Verpflichtung zur Wahrung der Bürgerrechte nach, wenn ich das tue? Wieviel ist Ihre Unabhängigkeit wert, wenn Sie sie sofort freiwillig aufgeben, sobald es Schwierigkeiten gibt? Nein, wir dürfen nicht versuchen, uns der Verantwortung zu entziehen. Das wäre meiner Überzeugung nach grundfalsch.«

»Was würde Sie vom Gegenteil überzeugen?« fragte Arkadi.

»Wenn Sie beweisen, daß einer der Ermordeten oder der Täter kein Sowjetbürger gewesen ist.«

»Den Beweis kann ich nicht erbringen«, gab Arkadi zu. »Aber ich vermute, daß einer der Ermordeten ein Ausländer gewesen ist.«

»Das genügt leider nicht«, meinte der Staatsanwalt seufzend, wie ein Erwachsener im Gespräch mit einem unverständigen Kind.

»Mir ist übers Wochenende eingefallen, was die Ermordeten getan haben könnten«, warf Arkadi rasch ein, bevor Jamskoi ihn entließ.

»Was denn?«

»An ihren Kleidungsstücken sind Gips, Sägemehl und Goldspuren nachgewiesen worden. Damit werden Ikonen restauriert. Auf dem schwarzen Markt sind Ikonen sehr begehrt. Vor allem ausländische Touristen kaufen sie und versuchen, sie aus dem Land zu schmuggeln.«

»Bitte weiter!«

»Ich halte es für möglich, daß dieser eine Ermordete ein Ausländer gewesen ist, der mit Schwarzmarktgeschäften zu tun gehabt hat, in die hier in Moskau viele Ausländer verwickelt sind. Um ganz sicherzugehen, daß wir's nicht mit einem Ausländer zu tun haben, für den wir nicht zuständig wären, verlange ich von Major Pribluda Tonbänder und Abhörprotokolle von allen Ausländern, die sich im Januar und Februar in Moskau aufgehalten haben. Darauf läßt der KGB sich unmöglich ein, aber ich will, daß meine Forderung und seine Ablehnung schriftlich festgehalten werden.«

Jamskoi lächelte. Beide Männer wußten recht gut, daß diese offizielle Forderung Pribluda dazu veranlassen würde, die Ermittlungen um so rascher an sich zu ziehen.

»Haben Sie das wirklich vor? Das ist eine provokante – nach Meinung mancher sogar unerhörte – Forderung.«

»Ja, das habe ich vor«, bestätigte Arkadi.

Jamskoi ließ sich mehr Zeit mit der Ablehnung seines Vorschlags, als Arkadi erwartet hatte. Irgend etwas schien den Staatsanwalt an seiner Idee zu reizen.

»Ihr Einfallsreichtum erstaunt mich jedesmal wieder, muß ich sagen. Bisher haben Sie stets den richtigen Riecher gehabt. Und Sie sind der ranghöchste Moskauer Ermittlungsbeamte. Nehmen wir einmal an, Sie könnten Ihren Plan in die Tat umsetzen – würden Sie dann alle Ausländer überprüfen, die keine Diplomaten sind?«

Arkadi war so verblüfft, daß er nur wortlos nicken konnte.

»Gut, das läßt sich arrangieren.« Jamskoi notierte sich etwas. »Sonst noch was?«

»Alle Tonbänder und Protokolle, die seit Entdeckung der Leichen aufgenommen wurden und werden«, fügte Arkadi rasch hinzu. Wann war der Staatsanwalt wieder einmal so umgänglich? »Die Ermittlungen müssen auch auf andere Gebiete ausgedehnt werden.«

»Ich kenne Sie als findigen und fleißigen Ermittlungsbeamten. Alles Gute für Ihre Arbeit, Arkadi Wassiljewitsch!«

Schönheit lag auf dem Seziertisch.

»Andrejew braucht auch den Hals«, sagte Lewin.

Der Pathologe schob einen Holzklotz unter den Nacken, der dadurch etwas nach oben gewölbt wurde, und zog das Haar darunter hervor. Dann trennte er Kopf und Hals vom Rumpf. Arkadi hatte keine Zigarette; er hielt die Luft an.

Lewin durchtrennte das Rückgrat zwischen dem sechsten und siebten

Halswirbel. Als der Hals zersägt war, wäre der Kopf vom Tisch gerollt, wenn Arkadi ihn nicht mit einer Reflexbewegung aufgefangen und zurückgelegt hätte.

»Behalten Sie ihn nur, Chefinspektor, er gehört Ihnen.«

Arkadi wischte sich die Hände ab. Der Kopf war bereits angetaut. »Ich brauche einen Behälter.«

Das ethnologische Institut der Akademie der Wissenschaften am Gorki-Park befaßt sich nicht nur mit prähistorischen Funden, sondern hat seit Kriegsende auch weit über hundert Gesichter von Ermordeten für erkennungsdienstliche Zwecke rekonstruiert. Dieses Verfahren ist eine Spezialität der Moskauer Miliz. Einige der Rekonstruktionen waren lediglich primitive Gipsnachbildungen; andere, von Andrejews Hand, verblüfften nicht nur durch ihre Detailtreue, sondern durch ihren Gesichtsausdruck. Die Enthüllung eines von Andrejew modellierten Kopfes vor Gericht war jedesmal ein Triumph für den Staatsanwalt.

»Herein! Nur herein!«

Arkadi folgte der Stimme in ein Atelier, das vollgestellt war mit Glasschränken. Glasschränken voller Köpfe. Aus einem Oberlicht fiel Helligkeit auf einen Tisch, auf dem Arkadi verschiedene Büsten erkannte. Ein zwerghaftes Männchen rutschte von einem Hocker, Hände und Laborkittel weiß von Gips. Andrejew.

»Sie sind der Chefinspektor, der angerufen hat?«

»Ja.« Arkadi sah sich nach einem Platz für seinen Behälter um.

»Den können Sie gleich wieder mitnehmen«, sagte Andrejew. »Ich habe nicht die Absicht, Ihnen den Kopf zu modellieren. Ich arbeite nur noch für die Miliz, wenn der Fall seit mindestens einem Jahr ungelöst ist. Das ist reiner Selbstschutz. Sie würden staunen, wie oft die Miliz imstande ist, ein Verbrechen innerhalb eines Jahres aus eigener Kraft aufzuklären. Das hätte Ihnen irgend jemand mitteilen sollen.«

»Das wußte ich.«

Als der Chefinspektor keine Anstalten machte, das Atelier zu verlassen, studierte Andrejew ihn aufmerksam und fragte:

»Sie sind Renkos Sohn, stimmt's? Ich habe schon viele Fotos von ihm gesehen. Sie sehen ihm nicht sehr ähnlich.«

»Ich hatte schließlich auch noch eine Mutter.«

Andrejew lachte und deutete auf den Behälter: »Also gut, zeigen Sie mir, was Sie mitgebracht haben. Vielleicht ist einer meiner Kollegen bereit, seine Zeit damit zu vergeuden.«

Andrejew kletterte auf einen Hocker, um eine Neonröhre über einer

Art Drehscheibe anzumachen. Arkadi öffnete den Behälter, hob den Kopf heraus und stellte ihn auf die Drehscheibe. Andrejew fuhr sanft mit den Fingern durch das lange braune Haar.

»Jung, ungefähr zwanzig, weiblich, europäisch, recht symmetrisch«, stellte er fest. Er hob abwehrend die Hand, als Arkadi ihm von den drei Morden erzählen wollte. »Versuchen Sie nicht, mich für Ihren Fall zu interessieren. Ein paar Köpfe mehr oder weniger fallen hier nicht ins Gewicht. Die Verstümmelung ist allerdings ungewöhnlich.«

»Der Mörder glaubt, ihr Gesicht unkenntlich gemacht zu haben«, stellte Arkadi fest. »Sie können es rekonstruieren.«

Andrejew stieß die Drehscheibe leicht an, so daß sich der Kopf langsam drehte.

»Sie sind ein Künstler mit besonderen Fähigkeiten, Professor.«

»Meine Kollegen fertigen auch recht hübsche Rekonstruktionen an. Ich habe Wichtigeres zu tun.«

»Was kann wichtiger sein als die Tatsache, daß zwei Männer und diese junge Frau praktisch vor Ihrem Fenster ermordet worden sind?«

»Ich rekonstruiere nur, Chefinspektor. Ich kann sie nicht ins Leben zurückbringen.«

Arkadi stellte den leeren Behälter auf den Boden. »Das Gesicht genügt mir.«

Im Lefortowo-Gefängnis im Osten der Stadt fuhr ein Aufseher mit Arkadi in einem klapprigen Aufzug ins Kellergeschoß hinunter. Wo mochte Sonja jetzt sein? Sie hatte ihn angerufen, um ihm mitzuteilen, sie werde nicht mehr in die gemeinsame Wohnung zurückkehren. Wenn er an sie dachte, erinnerte er sich vor allem an ihren Gesichtsausdruck an der Schlafzimmertür in Mischas Datscha: Sonja hatte triumphiert, als sei er ein Gegner, der seinen Trumpf zu früh ausgespielt hatte. Unterdessen jedoch beschäftigte ihn ein ganz anderes Phänomen. Jamskoi hatte tatsächlich die Tonbandaufzeichnungen von Pribluda angefordert, und Andrejew wollte den Kopf der Ermordeten nun doch rekonstruieren. Unter falschen Voraussetzungen und ohne daß Arkadi es wirklich wollte, waren die richtigen Ermittlungen nun doch angelaufen.

Im Kellergeschoß ging Arkadi einen Korridor mit Eisentüren entlang, öffnete eine davon und sah sich Tschutschin gegenüber, dem Chefinspektor für Sonderfälle, mit hochrotem Kopf, glitzernden Augen und einer Hand am Hosenlatz. Eine vor ihm sitzende junge Frau mit gerö-

tetem Gesicht wandte sich rasch ab, um in ein Taschentuch zu spuk-
ken.

»He, was...« Tschutschins massiger Körper versperrte Arkadi die
Sicht. Tschutschin hatte Schweißperlen auf der Oberlippe, als er seine
Jacke zuknöpfte und Arkadi in den Korridor hinausschob.

»Eine Vernehmung?« fragte Arkadi ironisch.

»Sie ist keine Politische, bloß 'ne Nutte«, antwortete der andere mit
einer wegwerfenden Handbewegung.

Arkadi war hergekommen, um Tschutschin um einen Gefallen zu bitten. Angesichts der Situation brauchte er nicht mehr zu bitten. »Gib
mir den Schlüssel zu deinem Aktenschrank.«

»Kommt nicht in Frage!«

»Der Staatsanwalt würde sich bestimmt für deine Vernehmungsme-
thoden interessieren.« Arkadi streckte fordernd die Hand aus.

»Das traust du dich nicht!« flüsterte Tschutschin heiser. »Wart nur,
das zahl' ich dir noch heim!«

Er rückte den Schlüssel heraus.

Arkadi breitete die Ermittlungsakten auf Tschutschins Schreibtisch
aus.

Kein Chefinspektor zeigte seine Akten gerne einem Kollegen; jeder
war auf sein Fachgebiet spezialisiert und arbeitete mit seinen eigenen
Vertrauensmännern zusammen. Vor allem der Chefinspektor für
Sonderfälle. Was waren Sonderfälle? Wenn der KGB alle politisch
Andersdenkenden verhaften wollte, würde deren Zahl ihre Wichtig-
keit weit übertreffen. Also ließ man sie teilweise von der Miliz wegen
scheinbarer Straftaten festnehmen, an die der Durchschnittsbürger
gewöhnt war: Schwarzhandel, Diebstahl, illegaler Verkauf von
Kunstwerken. Für seriös arbeitende Ermittlungsbeamte waren diese
fingierten Verhaftungen eine Beleidigung. Arkadi hatte Tschutschin,
den er allerdings, wie unter Kollegen üblich, duzte, stets so gut wie
möglich ignoriert, als könne er dadurch seine Existenz leugnen.

Arkadi fiel auf, wie oft in Tschutschins Akten Hinweise wie »der In-
formant G.«, »der wachsame Bürger G.« und »die verläßliche Quelle
G.« vorkamen. Die Hälfte aller im Zusammenhang mit Ikonendieb-
stählen vorgenommenen Verhaftungen waren durch einen Tip dieses
Spitzels ausgelöst worden. Er blätterte in Tschutschins Abrechnun-
gen: G. stand mit 1520 Rubel an der Spitze aller Zahlungsempfänger.
In einer anderen Liste war seine Telefonnummer angegeben.

Von seinem eigenen Büro aus rief Arkadi die Telefonzentrale an. Die
Nummer gehörte einem gewissen Feodor Golodkin. Paschas Ton-

bandgerät stand auf dem Schreibtisch. Arkadi legte eine neue Spule auf, bevor er die Nummer wählte. Nach dem fünften Klingeln wurde abgenommen, ohne daß sich am anderen Ende jemand meldete.

»Hallo? Ist Feodor da?« fragte der Chefinspektor.

»Wer will ihn sprechen?«

»Ein Freund.«

»Gib mir 'ne Nummer, damit ich zurückrufen kann.«

»Können wir nicht gleich miteinander reden?«

Klick.

Als die ersten Sendungen von Pribluda kamen, empfand Arkadi die Art von Befriedigung, die auch illusorische Fortschritte noch auslösen können. Von den über 20 000 Zimmern in den 13 Moskauer Intourist-Hotels waren etwa die Hälfte mit Abhöranlagen ausgestattet, und obwohl jeweils nur rund fünf Prozent davon eingeschaltet waren – und auch diese Gespräche nicht alle aufgezeichnet wurden –, war die Materialfülle durchaus eindrucksvoll.

»Es kann sein, daß ihr auf einen Idioten stoßt, der offen davon spricht, daß er Ikonen kaufen oder sich mit jemandem in einem Park treffen will – aber rechnet nicht damit«, erklärte Arkadi Pascha und Fet. »Vergeudet eure Zeit nicht damit, Aufzeichnungen über Leute zu lesen, die von einem Intourist-Führer begleitet werden. Das gleiche gilt für ausländische Journalisten, Geistliche und Politiker; sie werden zu scharf überwacht. Konzentriert euch auf Touristen oder ausländische Geschäftsleute, die sich bei uns auskennen, Russisch sprechen und gute Beziehungen haben. Leute, die kurze, rätselhafte Telefongespräche führen und dann ihr Hotelzimmer verlassen. Hier auf diesem Gerät liegt ein Band mit der Stimme des Schwarzhändlers Golodkin, damit ihr sie mit anderen Aufnahmen vergleichen könnt. Aber es ist natürlich durchaus möglich, daß er mit dieser Sache nichts zu tun hat.«

»Ikonen?« fragte Fet. »Wie sind wir auf die gekommen?«

»Durch marxistische Dialektik«, antwortete der Chefinspektor. »Wir befinden uns jetzt in einem Zwischenstadium des Kommunismus, in dem Überreste kapitalistischen Gedankenguts bei einzelnen noch immer kriminelle Neigungen hervorrufen. Und was wäre ein kapitalistischeres Relikt als eine Ikone?« Arkadi riß eine Packung Zigaretten auf und bot Pascha eine an. »Außerdem sind an den Kleidungsstücken des Ermordeten Spuren von Gips und Gold entdeckt worden. Gips dient auch zur Holzgrundierung, und Gold kann legal eigentlich nur zur Restaurierung von Ikonen verwendet werden.«

»Glauben Sie, daß Kunstdiebstähle dahinterstecken?« erkundigte Fet sich. »Wie der Fall in der Leningrader Eremitage? Dort haben Elektriker Kristalle aus den Museumskronleuchtern geklaut und sind erst nach jahrelangen Ermittlungen gefaßt worden.«

»Ikonenfälscher, nicht Kunstdiebe.« Pascha ließ sich ein Zündholz geben. »Das wäre auch die Erklärung für das Sägemehl an ihren Kleidungsstücken.«

Arkadi, der den ganzen Tag lang Tonbänder abgehört hatte und nicht mehr die Energie aufbrachte, sich zu Hause selbst zu versorgen, wanderte nach Dienstschluß ziellos durch die Stadt, bis er sich vor dem Haupteingang des Gorki-Parks wiederfand, wo er sich an einem Imbißstand zwei Frikadellen kaufte und sie mit einem Glas Limonade hinunterspülte.

Auf der Eisbahn übten stämmige Mädchen in kurzen Röcken Tanzschritte nach Schlagern, die ein junger Mann auf einer Ziehharmonika spielte. Die Lautsprecher waren stumm; die taube Alte hatte ihre Schallplatten bereits weggepackt.

Die Sonne ging hinter ausgefransten Wolken unter. Arkadi schlenderte durch den Park zum Riesenrad. Ein altes Ehepaar saß erwartungsvoll in einer Gondel auf halber Höhe. Der picklige Jüngling an der Kasse blätterte in einer Motorradzeitschrift und dachte gar nicht daran, die Bremse wegen zwei Rentnern zu lösen. Als der Wind auffrischte, begannen die Gondeln leicht zu schwanken, und die alte Frau rückte näher an ihren Mann heran.

Arkadi warf eine Münze auf den Zahlteller. »Aber ich will sofort fahren, verstanden?«

Das Riesenrad setzte sich in Bewegung und hob Arkadi über die Parkbäume empor. Obwohl der Himmel im Westen noch hell war, brannten die Straßenlampen bereits, und er erkannte deutlich die konzentrischen Kreise der Moskauer Ringstraßen.

Arkadi lehnte sich in seinen Sitz zurück. Unter ihm erstreckte sich die sanfte Hügellandschaft des Parks, in der er die um diese Zeit unbeleuchtete Milizstation und ein Netz von romantisch verschlungenen Spaziergängern ausmachen konnte. Etwa 40 Meter nördlich des einen Fußweges, der parallel zur Donskoj-Straße und dem Fluß verläuft, waren drei Menschen ermordet worden. Trotz der herabsinkenden Abenddämmerung fand Arkadi die Lichtung mühelos, denn mitten darauf stand eine Gestalt mit einer Taschenlampe.

Nachdem er eine Runde gemacht hatte, sprang Arkadi ab. Bis zu der Lichtung mußte er einen halben Kilometer zurücklegen; er begann mit langen Schritten zu laufen, rutschte gelegentlich auf Eis aus und hatte Mühe, auf den Beinen zu bleiben. Der Weg schlängelte sich einen Hügel hinan.

Sonja hatte recht: Er hätte regelmäßig seine Morgengymnastik machen sollen. Die verdammte Raucherei! Der Weg wurde steiler. Nach dreihundert Metern waren Arkadis Schritte nur mehr halb so lang wie beim Start; er keuchte laut und hatte das Gefühl, seit Stunden zu rennen. Gerade als er Seitenstechen bekam, verlief der Fußweg wieder eben. Wahrscheinlich war es ohnehin nur Fet, der sich aus irgendeinem Grund noch mal auf der Lichtung herumtrieb.

Wo der Einsatzwagen vor vier Tagen vom Fußweg abgebogen war, verlangsamte Arkadi sein Tempo und folgte den Fahrspuren auf die Lichtung. Unter seinen Schuhen knirschte Eis. Der Lichtschein war verschwunden, der Unbekannte fort oder klug genug, seine Taschenlampe abzublenden. Da der Schnee weggeschaufelt worden war, fehlten auf der dunklen Lichtung jegliche Kontraste. Arkadi hörte nur sein eigenes Keuchen. Er schlich am Rand der Lichtung von Baum zu Baum, verbarg sich hinter den Stämmen und suchte mit den Augen die schneefreie Fläche Meter für Meter ab. Als er sich eben wieder bewegen wollte, blitzte in der leichten Vertiefung, aus der die Ermordeten geborgen worden waren, eine Taschenlampe auf.

Arkadi war etwa zehn Meter weit auf die Lichtung hinausgetreten, als das Licht erlosch.

»Wer ist da?« rief er laut.

Jemand rannte davon.

Arkadi nahm die Verfolgung auf. Er wußte, daß sich die Lichtung am anderen Rand zu einem Wäldchen senkte. Dahinter lag ein Abhang, der zu ein paar Lauben mit Schachtischen abfiel, ein weiterer Fußweg, Bäume, ein Steinwall, der Puschkin-Kai und steil zur Moskwa hinunter abfallendes Gelände.

»Halt, stehenbleiben!« brüllte er. »Miliz!«

Er konnte nicht gleichzeitig rufen und laufen. Aber er holte auf. Die Schritte vor ihm waren schwer – die eines Mannes. Obwohl Arkadi eine Dienstwaffe besaß, trug er sie nie. Der Flüchtende erreichte das Wäldchen und brach durchs Unterholz. Arkadi überlegte sich, daß der untere Fußweg und erst recht der Kai beleuchtet waren. Als er in das Unterholz eindrang, hielt er sich schützend die Hände vors Gesicht. Arkadi duckte sich, weil er eine Bewegung hörte, aber der erwartete Boxhieb blieb aus. Statt dessen bekam er einen Tritt in den Unterleib, klappte zusammen, griff instinktiv nach dem Fuß, verfehlte aber den Angreifer und erhielt einen Schlag in den Nacken. Jetzt traf auch Arkadis Faust offenbar den Magen des anderen. Dann wurde er gegen einen Baum gedrückt, und steifgehaltene Finger bearbeiteten seine Nierengegend. Arkadis Mund fand ein Ohr, und er biß kräftig zu.

»Son of a bitch!« Der Fluch war eindeutig amerikanisch, und der Druck lockerte sich.

»Miliz...« Arkadi versuchte zu rufen, brachte aber nur ein Flüstern heraus.

Ein Tritt warf ihn mit dem Gesicht nach unten in den Schnee. Idiot! beschimpfte Arkadi sich selbst. Bei der ersten Schlägerei nach Jahren büßt der Chefinspektor seine Frau ein, bei der zweiten ruft er um Hilfe!

Er kam wieder auf die Beine, hörte den Flüchtenden durchs Unterholz brechen und rannte hinter ihm her. Der Hang fiel steil ab. Arkadi rutschte aus und kollerte im Schnee hinunter. Der untere Fußweg war menschenleer, aber Arkadi sah den anderen gerade noch in den Bäumen verschwinden.

Arkadi überquerte mit zwei großen Schritten den Weg, sprang und landete auf einem breiten Rücken. Die beiden Männer rollten aneinandergeklammert durch den Schnee, bis sie gegen eine Bank prallten. Arkadi versuchte, dem Unbekannten einen Arm auf den Rücken zu drehen, aber seinem Gegner gelang es, sich loszureißen und auf die Beine zu kommen. Der Chefinspektor stellte ihm ein Bein. Sobald der andere sich jedoch wieder aufgerappelt hatte, gab es für Arkadi keine Chance mehr: Eine Hand schlug ihm ins Gesicht, und bevor er reagieren konnte, traf ihn eine Faust in die Rippen unter dem Herzen. Er sackte zusammen.

Arkadi rappelte sich aus einer Schneewehe auf, stolperte weiter und preßte beide Hände auf die linke Brust. Durch Schnee und Bäume gelangte er zu einem Steinwall, rutschte hinunter und brach auf dem Gehsteig am Puschkin-Kai zusammen.

Arkadi sah keine Fußgänger. Und schon gar nicht jemanden von der Miliz. Die Straßenlampen erschienen ihm wie verschwommene Lichtpunkte. Lastwagen rollten achtlos an ihm vorbei. Er stand mühselig wieder auf und überquerte schwankend die Uferstraße.

Die Moskwa war ein 300 Meter breites Eisband und die Krim-Brücke mindestens einen Kilometer entfernt. Sehr viel näher führte links von Arkadi eine U-Bahn-Brücke über den zugefrorenen Fluß. Eben ratterte ein Zug darüber.

Unter der Brücke rannte eine Gestalt über das Eis des Flusses.

Zur Moskwa führte keine Treppe hinab. Arkadi rutschte also die drei Meter hohe Uferböschung hinunter und landete schmerzhaft auf dem Hintern. Er kam wieder auf die Beine und nahm die Verfolgung auf.

Der Mann war stark, aber nicht schnell; obwohl Arkadi leicht hinkte, verringerte sich der Vorsprung des Flüchtenden. Auch am jenseitigen Ufer gab es keine Treppe, aber Arkadi sah dort die Landungsstege für die im Sommer verkehrenden Ausflugsboote.

Der Mann blieb nach Atem ringend stehen, sah sich nach Arkadi um und rannte weiter. Sie befanden sich ungefähr 40 Meter voneinander entfernt in der Mitte des zugefrorenen Flusses, als der Mann zum zweitenmal stehenblieb und die Hand hob. Arkadi blieb ebenfalls unwillkürlich stehen. Über dem Eis lag ein schwacher Lichtschein – offenbar ein Reflexion der Straßenbeleuchtung auf beiden Ufern – der es Arkadi erlaubte, eine stämmige Männergestalt in Wintermantel und Mütze zu erkennen. Das Gesicht war im Schatten unter der Mütze nicht auszumachen.

»Verschwinde!« forderte er Arkadi auf russisch auf.

Als der Chefinspektor einen Schritt vortrat, zog der andere die rechte Hand aus der Manteltasche. Arkadi sah den Lauf einer Waffe. Der Mann zielte mit beiden Händen, wie es Kriminalbeamte in der Ausbildung lernen, und Arkadi warf sich aufs Eis. Er hörte keinen Schuß und sah kein Mündungsfeuer, aber irgend etwas prallte hinter ihm vom Eis ab und surrte unmittelbar darauf als Querschläger gegen die gemauerte Uferböschung.

Der Mann lief unbeholfen weiter. Arkadi holte ihn vor dem anderen Ufer ein. Die beiden Männer rangen im Schatten der U-Bahn-Brücke miteinander, rutschten aus und gingen auf die Knie, ohne einander loszulassen. Arkadis Nase blutete, der andere verlor seine Mütze. Arkadi erhielt einen leichten Stoß gegen die Brust und landete auf allen vieren. Sein Gegner stand über ihm. Arkadi bekam zwei Fußtritte in die Rippen; den nächsten, der seinen Hinterkopf traf, nahm er kaum noch wahr.

Als er sich auf die Seite rollte, war der Angreifer verschwunden. Aber Arkadi hielt ein Andenken an den Unbekannten in der Hand: die Mütze.

Über ihm rollten funkensprühende Räder über die U-Bahn-Brücke. Ein kleines Feuerwerk für einen kleinen Sieg.

5

»Ist das nicht großartig?« fragte Pascha und breitete die Arme aus. Arkadi schaute aus dem 14. Stock des im stalinschen Zuckerbäckerstil erbauten Hotels *Ukraina* über den verkehrsreichen Kutusowski-Prospekt auf den Diplomaten- und Korrespondentenkomplex mit seinem Innenhof und dem kleinen Wachgebäude der Miliz hinunter.

»Wie in einem Spionagefilm!« Pascha betrachtete die aufgereihten Tonbandgeräte, die Aktenbündel auf den Schreibtischen und das Feldbett. »Du hast anscheinend wirklich Einfluß, Arkadi.«

Es war Jamskoi, der mit der Begründung, Arkadis eigenes Büro sei räumlich zu beengt, dafür gesorgt hatte, daß sie ihre Ermittlungen von hier aus weiterführen konnten. Wer vor ihnen hier gearbeitet hatte, war nicht ganz klar, obwohl an einer Wand ein Plakat mit blonden Stewardessen der ostdeutschen Interflug hing. Sogar Fet war sichtlich beeindruckt.

»Pawlowitsch übernimmt die deutschen Touristen und Golodkin. Ich kenne mich mit skandinavischen Sprachen aus. Als ich mit dem Gedanken gespielt habe, zur Marine zu gehen, habe ich geglaubt, sie könnten mir eines Tages nützen«, vertraute Fet seinem Vorgesetzten an.

»Tatsächlich?« Arkadi rieb sich den Nacken. Sein ganzer Körper schmerzte von der Begegnung am Abend zuvor. Sein Arm tat ihm weh, wenn er sich eine Zigarette anzündete, und er bekam schon Kopfschmerzen beim bloßen Gedanken daran, stundenlang mit aufgesetztem Kopfhörer Tonbandaufzeichnungen abhören zu müssen.

»Gut, ich nehme Englisch und Französisch«, entschied er.

Das Telefon klingelte. Ljudin erstattete Bericht über die Mütze des Unbekannten, die der Chefinspektor ins Labor geschickt hatte.

»Die Mütze ist neu, billiger Sergestoff, russisches Fabrikat. Am Mützenfutter haben wir zwei graue Haare gefunden. Die Proteinanalyse hat ergeben, da sie von einem Weißen mit der Blutgruppe 0 stammen, der eine ausländische Frisiercreme auf Lanolinbasis benützt. Die im Gorki-Park abgenommenen Schuhabdrücke zeigen, daß der Mann praktisch neue russische Schuhe getragen hat. Wir haben auch Ihre Abdrücke.«

»Abgetreten?«

»Ziemlich.«

Arkadi bedankte sich und legte auf. Er betrachtete seine Schuhe. Ljudin hatte recht: Sie waren verdammt ausgelatscht.

»*Son of a bitch!*« hatte der Mann gesagt, als Arkadi ihn gebissen hatte.

Das war ein amerikanischer Fluch. Amerikanischer Hurensohn! Arkadi schüttelte den Kopf und legte das erste Tonband auf.

Die Anforderung so vieler Tonbänder und Protokolle hatte lediglich bezwecken sollen, Pribluda einen Schrecken einzujagen. Daß kein wirklich wichtiges Material herausgegeben werden würde, spielte keine Rolle; es genügte, wenn die KGB-Spitze erfuhr, daß kostbare Unterlagen sich in den Händen einer Konkurrenzorganisation befanden. Arkadi war davon überzeugt, daß der KGB sie schleunigst zurückfordern und gleichzeitig die Ermittlungen an sich ziehen würde. Er hatte noch nicht berichtet, daß der Unbekannte, der ihn verprügelt hatte, vermutlich Amerikaner war, und daß er Schönheits Kopf zu Andrejew gebracht hatte. Das eine konnte er nicht beweisen, und mit dem anderen war noch nichts passiert.

Er hörte ein Tonband ab, während er das Protokoll eines anderen las. Die Mikrofone waren in die Telefone der Hotelzimmer eingebaut, so daß sowohl Unterhaltungen wie Telefongespräche abgehört werden konnten. Die Franzosen klagten ausnahmslos über das Essen; die Amerikaner und Engländer beschwerten sich über den Service.

Nach dem Mittagessen in der Cafeteria des Hotels *Ukraina* rief Arkadi Sonja in der Schule an. Diesmal kam seine Frau sogar an den Apparat. »Ich möchte vorbeikommen und mit dir reden«, sagte er.

»Wir stecken mitten in den Vorbereitungen für den Ersten Mai«, wehrte sie ab.

»Ich könnte dich nach der Schule abholen.«

»Nein!«

»Wann denn?«

»Das kann ich dir erst sagen, wenn ich weiß, was ich vorhabe. Jetzt muß ich weg.«

Bevor sie auflegte, hörte er im Hintergrund Schmidts Stimme.

Der Nachmittag schien endlos, bis Pascha und Fet endlich ihre Mäntel anzogen, ihre Hüte aufsetzten und nach Hause fuhren. Arkadi legte eine Pause ein und ließ sich einen Kaffee bringen. Draußen in der Dunkelheit sah er zwei weitere Wolkenkratzer aus der Stalinzeit: die Lomonossow-Universität im Süden und das Außenministerium gleich jenseits der Moskwa. Die roten Sowjetsterne auf ihren Spitzen leuchteten einander zu.

Als er danach weiter Tonbänder abhörte, stieß er auf die erste vertraute Stimme. Die Aufnahme stammte vom 12. Januar von einer amerikanischen Party im Hotel *Rossija*. Die Stimme gehörte einem russischen Gast, einer aufgebrachten jungen Frau:

Natürlich wieder Tschechow! Angeblich stets relevant wegen seiner kritischen Einstellung dem Kleinbürgertum gegenüber – und wegen seines Vertrauens zur Kraft des Volkes. In Wirklichkeit können die Schauspielerinnen in einem Tschechow-Film statt Kopftücher hübsche Hüte tragen. Einmal im Jahr wollen sie einen Film mit schönen Hüten.«

Arkadi erkannte die Stimme Irina Asanowas, mit der er bei Mosfilm gesprochen hatte. Die anwesenden Schauspielerinnen widersprachen affektiert.

Nachzügler trafen ein.

»Ah, Jewgeni, was hast du mir mitgebracht?«

Eine Tür fiel ins Schloß.

»Ein verspätetes Neujahrsgeschenk, John.«

»Handschuhe! Wie aufmerksam von dir. Ich werde sie sofort anziehen.«

»Trag sie, zeig sie herum und komm morgen vorbei – dann kannst du hunderttausend für den Export haben.«

Der Amerikaner hieß John Osborne. Sein Zimmer im *Rossija*, in der Nähe des Roten Platzes, war vermutlich eine ganze Suite mit Vasen voller Schnittblumen. Im Vergleich zum *Rossija* war das *Ukraina* nur ein Bahnhofswartesaal. Osborne sprach ein ausgezeichnetes, korrektes Russisch. Aber Arkadi wollte das Mädchen noch mal hören. Als die erste Seite des Tonbands abgelaufen war, drehte er die Spule um. Die gleiche Party, einige Zeit später. Osborne erzählte eine Geschichte.

»Die Gorki-Gerberei liefert mir heute fertige Handschuhe. Vor zehn Jahren habe ich versucht, Leder aus der Sowjetunion zu importieren – Kalbsleder, um die Spanier und Italiener zu unterbieten. Zum Glück habe ich die Sendung in Leningrad geprüft. Wissen Sie, was ich bekommen hatte? Kutteln, Kaldaunen. Ich habe die Sendung bis zu einem Viehzuchtkollektiv in Alma Ata zurückverfolgt, das am gleichen Tag meine Kalbshäute nach Leningrad und Suppenkaldaunen nach Wogwosdino versandt hatte.«

Wogwosdino? Aber der Amerikaner konnte nichts von dem dortigen Gefangenenlager wissen, dachte Arkadi.

»Von den Verantwortlichen in Wogwosdino war zu erfahren, daß ihre Sendung eingetroffen, zu Suppe verarbeitet und mit Begeisterung aufgegessen worden war. Damit war das Kollektiv rehabilitiert. Ich konnte gar keine Kaldaunen haben, weil Russen kein Handschuhleder essen würden. Ich habe über zwanzigtausend Dollar verloren und esse seitdem östlich von Moskau nie mehr Suppe!«

Nervösem Schweigen folgte nervöses Lachen. Arkadi rauchte und stellte fest, daß er drei Streichhölzer vor sich auf die Tischplatte gelegt hatte.

»*Ich begreife nicht, warum es euch Russen in die Vereinigten Staaten zieht. Des Geldes wegen? Ihr würdet die Erfahrung machen, daß Amerikaner – und seien sie noch so reich – stets irgend etwas finden, das sie nicht kaufen können. Dann sagen sie: ›Wir können es uns nicht leisten, wir sind zu arm, um es zu kaufen.‹ Niemals: ›Wir sind nicht reich genug.‹ Ihr wollt doch nicht arme Amerikaner werden? Hier seid ihr immer reich.*«

Arkadi suchte aus den Akten die Angaben zu Osbornes Person:

John Dusen Osborne, amerikanischer Staatsbürger, geb. 16. Mai 1920 in Tarrytown, N.Y., USA. Nicht Parteimitglied. Ledig. Gegenwärtiger Wohnort New York, N.Y. Erster Aufenthalt in der UdSSR 1942 in Murmansk als Angehöriger einer Beratergruppe im Rahmen des Leih- und Pachtabkommens mit den USA. 1942–44 in Murmansk und Archangelsk als vom US-Außenministerium entsandter Berater für Transportfragen; in diesem Zeitraum wertvolle Förderung des antifaschistischen Kriegseinsatzes. 1948 Ausscheiden aus dem diplomatischen Dienst als Folge einer rechtsradikalen Stimmungsmache in den USA; seither Pelzimporteur aus der UdSSR. Förderer des amerikanisch-sowjetischen Kulturaustauschs; jährlich UdSSR-Besucher.

Auf Blatt zwei waren die Filialadressen der Firmen Osborne Pelzimport und Osborne Pelzmoden in New York, Palm Springs und Paris angegeben und die Termine von Osbornes Rußlandreisen in den letzten fünf Jahren aufgeführt. Der Amerikaner war zuletzt vom 2. Januar bis 2. Februar in der UdSSR gewesen. Eine mit Bleistift geschriebene Anmerkung war durchgestrichen, aber Arkadi konnte noch lesen: »Persönliche Referenz: I. W. Mendel, Handelsministerium.«
Auf Seite drei stand: »Siehe ›Annalen der sowjetisch-amerikanischen Zusammenarbeit im Großen Vaterländischen Krieg‹, *Prawda*, 1967.«
Außerdem: »Siehe Erste Hauptverwaltung, Erste Abteilung.«
Arkadi erinnerte sich an Mendel. Der Mann hatte den Hummern geglichen, die sich jedes Jahr häuten und dabei immer fetter werden – zuerst als Leiter der »Umsiedlung« der Kulaken, dann als Kriegskommissar der Region Murmansk, danach als Direktor der Abteilung

Desinformation des KGB und zuletzt als stellvertretender Handelsminister. Mendel war letztes Jahr gestorben, aber Osborne hatte bestimmt noch viele Freunde dieses Typs.

Der Vermerk »Erste Hauptverwaltung, Erste Abteilung« wies auf die für Nordamerika zuständige KGB-Dienststelle hin. Osborne war kein sowjetischer Agent, sonst hätte Arkadi diese Tonbänder nicht erhalten. Osborne war lediglich zur Zusammenarbeit mit sowjetischen Stellen bereit: Er trat in den USA als Förderer russischer Künstler auf, deren Äußerungen er nach Moskau weitermeldete. Arkadi war erleichtert, daß das Tonband keine weiteren Diskussionsbeiträge von Irina Asanowa enthielt.

Mischa hatte Arkadi zum Abendessen eingeladen. Bevor der Chefinspektor ging, kontrollierte er, womit seine beiden Mitarbeiter beschäftigt waren. Fets skandinavische Tonbänder waren ordentlich neben einem Packen Notizpapier aufgestapelt, auf dem zwei frischgespitzte Bleistifte lagen. Auf Paschas Arbeitsplatz herrschte ein unbeschreibliches Durcheinander. Arkadi blätterte in den Aufzeichnungen über Golodkins Telefongespräche. Ein Abschnitt vom Vortag fiel ihm auf, weil Golodkin nur Englisch sprach, während der Angerufene auf russisch antwortete.

Der Unbekannte sprach fließend Russisch. Aber da die meisten Russen davon überzeugt waren, nur Russen können Russisch, hatte der Schwarzhändler schon aus diesem Grund Englisch gesprochen. Was bedeutete, daß Golodkin mit einem Ausländer telefoniert hatte.

Arkadi suchte das entsprechende Tonband heraus und spielte es ab, um zu hören, was er gelesen hatte.

»Guten Morgen, hier ist Feodor. Bei Ihrem letzten Besuch wollten wir gemeinsam ins Museum gehen.«

»Ja.«

»Ich möchte Ihnen das Museum heute zeigen. Haben Sie Zeit?«

»Tut mir leid, ich bin sehr beschäftigt. Vielleicht nächstes Jahr.«

»Ist das Ihr Ernst?«

Klick.

Arkadi erkannte die zweite Stimme sofort wieder, weil er ihr stundenlang zugehört hatte. Sie gehörte John D. Osborne. Der Amerikaner war wieder in Moskau.

Die Mikojans hatten eine große Wohnung – fünf Zimmer, darunter eines mit zwei Konzertflügeln, die Mischa mit der Wohnung von seinen Eltern, einem bekannten Klavierduo, geerbt hatte. An den Wänden hing ihre Sammlung von Kinoplakaten aus der Revolutionszeit, dazwischen bäuerliche Holzschnitte, Sammel-Objekte von Mischa und Natascha. Mischa führte Arkadi ins Bad, wo in einer Ecke eine makellos weiß emaillierte neue Waschmaschine stand.

»Das Modell Sibirien. Das absolute Spitzenmodell. Hundertfünfzig Rubel. Wir haben zehn Monate darauf gewartet.«

Ein Kabel führte zur Steckdose, und der Ablaufschlauch hing über dem Badewannenrand. Sonja wäre begeistert gewesen.

»Die Modelle ZIW und Riga hätten wir innerhalb von vier Monaten kriegen können, aber wir wollten die beste Maschine.« Mischa nahm ein Heft der *Handelsnachrichten* vom Toilettendeckel. »Sehr gut beurteilt.«

»Und nicht im geringsten bourgeois.« Vielleicht hatte Dr. Schmidt eine in seinem Serail?

Mischa warf Arkadi einen finsteren Blick zu und drückte ihm sein Glas in die Hand. Sie tranken Wodka mit Pfeffer und standen bereits etwas unsicher auf den Beinen. Mischa holte nasse Unterwäsche aus der Waschtrommel und steckte sie in die Schleuder.

»Ich führ sie dir vor!«

Er schaltete die Wäscheschleuder ein. Die Maschine begann heulend zu vibrieren. Das Heulen wurde lauter, als starte im Bad eine Düsenmaschine. Aus dem Ablaufschlauch spritzte stoßweise Wasser in die Badewanne. Mischa lehnte sich verträumt zurück.

»Phantastisch, was?« rief er.

»Reine Poesie«, bestätigte Arkadi. »Majakowskis Poesie, aber trotzdem Poesie.«

Die Waschmaschine blieb stehen. Mischa überprüfte den Stecker und den Knopf, der sich nicht drehen ließ.

»Was ist los?«

Mischa schüttelte aufgebracht den Kopf. Er hämmerte mit der Faust gegen die Maschine, die daraufhin wieder zu vibrieren begann.

»Eindeutig ein russisches Modell«, meinte Arkadi trocken und trank einen Schluck.

Mischa hatte die Arme in die Seiten gestemmt. »Alles Neue muß sich erst einlaufen«, erklärte er Arkadi.

»Damit muß man rechnen.«

»Jetzt läuft sie prima.«

Sie zitterte, um es genau zu sagen. In ihrem Arbeitseifer hob sie beinahe vom Boden ab. Mischa trat besorgt einen Schritt zurück. Der Lärm war ohrenbetäubend. Der Ablaufschlauch löste sich abrupt, Wasser spritzte gegen die Wand.

»He!« Mischa drückte geistesgegenwärtig ein Handtuch auf die Pumpenöffnung und wollte mit der anderen Hand den Kontrollknopf drehen. Als der Knopf in seinen Fingern zurückblieb, verfiel Mischa darauf, die Waschmaschine mit Fußtritten zu bearbeiten, bis Arkadi den Stecker herauszog.

»Scheißding!« Mischa versetzte der stehenden Maschine einen weiteren Tritt. »Scheißkiste!« Er wandte sich an Arkadi. »Und darauf haben wir zehn Monate gewartet – zehn Monate!«

Er griff nach den *Handelsnachrichten* und versuchte, die Zeitschrift zu zerreißen.

»Den Schweinen werd ich's zeigen! Ich möchte bloß wissen, wieviel sie dafür gekriegt haben!«

»Was hast du vor?«

»Ich schreib ihnen!« Mischa warf die Zeitschrift in die Badewanne. Im nächsten Augenblick kniete er davor und riß die Seite mit dem Impressum heraus. »Staatliches Qualitätssiegel? Ich werd dir ein Qualitätssiegel zeigen.« Er knüllte die Seite zusammen, warf sie ins Klo, zog ab und stieß einen Siegesschrei aus.

»Woher willst du jetzt wissen, an wen du zu schreiben hast?«

»Pst!« Mischa legte warnend einen Zeigefinger auf die Lippen. Er ließ sich sein Glas zurückgeben. »Natascha soll nichts davon erfahren. Sie hat die Maschine eben erst bekommen. Tu einfach so, als sei nichts passiert.«

Natascha servierte zum Abendessen Frikadellen, Essiggurken, Wurst und Weißbrot. Sie rührte ihren Wein kaum an, strahlte aber trotzdem ruhige Zufriedenheit aus.

»Auf deinen Sarg, Arkascha!« Mischa hob sein Glas. »Innen mit bestickter Seide ausgeschlagen, mit deinem Namen und deinen Titeln auf einer Goldplatte und mit Silbergriffen im ausgesuchten Holz einer hundertjährigen Zeder, die ich morgen früh pflanzen werde.«

Er trank zufrieden. »Oder ich bestelle ihn einfach beim Ministerium für Leichtindustrie«, fügte er hinzu. »Das dauert ungefähr ebenso lange.«

»Tut mir leid, daß das Essen ein bißchen kümmerlich ist«, sagte Natascha zu Arkadi. »Wenn wir jemand hätten, der für uns einkaufen könnte... du weißt schon.«

»Sie glaubt, daß du sie wegen Sonja aushorchen willst. Wir weigern uns, zwischen euch beide zu geraten.« Mischa wandte sich an seine Frau. »Hast du dich mit Sonja getroffen? Was hat sie über Arkascha gesagt?«

»Wenn wir einen größeren Kühlschrank hätten«, meinte Natascha, »oder eine Kühl-Gefrier-Kombination.«

»Sie haben offenbar über Kühlschränke gesprochen.« Mischa warf Arkadi einen Blick voll komischer Verzweiflung zu. »Du kennst nicht zufällig einen Mörder-Mechaniker, der dir einen Gefallen schuldig ist?«

Natascha zerschnitt ihre Frikadelle in kleine Stücke. »Ich kenne ein paar Ärzte.« Sie lächelte.

Ihre Hand mit dem Messer erstarrte, als sie endlich den Kontrollknopf neben Mischas Teller liegen sah.

»Ein kleines Problem, Schätzchen«, sagte Mischa. »Die verflixte Waschmaschine arbeitet nicht richtig.«

»Oh, das macht nichts. Wir können sie trotzdem vorzeigen, wenn Gäste kommen.«

Sie wirkte ehrlich zufrieden.

6

Der Mörder Zypin, der vor Arkadis Schreibtisch saß, war der Sohn eines Mörders und Goldspekulanten, zu dessen Vorfahren Mörder, Diebe und Mönche gehört hatten. Zypin wurde zu einem »Urka«, einem Berufsverbrecher, erzogen. Er trug die für einen Urka charakteristischen Tätowierungen – Schlangen, Drachen, die Namen seiner Geliebten – in solch großer Zahl, daß sie an Hals und Handgelenken sichtbar wurden. Zypin hatte seinen Komplizen zu dem günstigen Zeitpunkt ermordet, als nur auf Staatsverbrechen die Todesstrafe stand. So war er lediglich zu 15 Jahren Haft verurteilt worden und dann in den Genuß eines Straferlasses am hundertsten Geburtstag Lenins gekommen.

»Ich sehe die Dinge jetzt langfristiger«, erklärte Arkadi. »Es gibt mal weniger, mal mehr Verbrechen. Die Richter sind manchmal nachsichtig, mal streng. Ein Auf und Ab wie bei Ebbe und Flut. Ich bin im Augenblick jedenfalls ganz zufrieden.«

Zypin war offiziell Maschinist, aber er verdiente sein Geld durch Schwarzhandel mit Benzin. Fernfahrer zapften einen Teil ihrer Tankfüllung ab, bevor sie Moskau verließen, drehten ihre Tachometer weiter und begründeten den hohen Verbrauch bei der Rückkehr mit schlechten Straßen und Umleitungen. Zypin verkaufte das Benzin an private Autobesitzer weiter. Die Behörden wußten davon, aber da es in Moskau so wenig Tankstellen gab, durften Schwarzhändler wie Zypin ihre soziale Funktion erfüllen, ohne von staatlicher Seite behindert zu werden.

»Wir wollen alle nicht, daß die Justiz durchgreift, und wenn ich wüßte, wer die drei Leute im Gorki-Park ermordet hat, würde ich's Ihnen sofort sagen. Das war sowieso 'ne Schweinerei! So was täten wir nie – wir haben schließlich auch unsere Ehrbegriffe!«

Nach Zypin saßen weitere Urkas vor Arkadis Schreibtisch in seinem Büro in der Nowokusnezkaja-Straße und wiederholten, daß niemand verrückt genug sei, drei Morde im Gorki-Park zu begehen – und daß andererseits niemand vermißt werde. Der letzte war Scharkow, ein ehemaliger Feldwebel, der mit Waffen handelte.

»Was ist denn schon auf dem Markt? Ein paar russische Militärwaffen, einige verrostete englische Revolver und vielleicht ein paar tschechische Pistolen. Im Osten, in Sibirien, stößt man vielleicht auf eine Bande mit Maschinenpistolen. Aber nicht hier, nicht in dem Rahmen, den Sie geschildert haben. Gut, und wer soll damit schießen? Außer mir selber kenne ich in Moskau keine zehn Leute, die ihre Großmutter aus zehn Meter Entfernung treffen könnten. Leute, die beim Militär gedient haben, sagen Sie? Dann überschätzen Sie die heutige Schießausbildung gewaltig! Jetzt mal ganz ernsthaft: Sie reden von einer regelrechten Hinrichtung, und wir kennen beide nur eine Organisation, die dafür ausgerüstet wäre.«

Arkadi holte sich frische Kleidung aus seiner Wohnung und entlieh auf dem Rückweg zum *Ukraina* in der Historischen Bibliothek die »Annalen der sowjetisch-amerikanischen Zusammenarbeit im Großen Vaterländischen Krieg«. Vielleicht hatte der KGB sein Material bereits abtransportiert, bis er ins Hotel zurückkam; vielleicht erwartete ihn dort Major Pribluda. Unter Umständen machte der Major sogar einen kleinen Scherz, um ein neues, liebenswürdigeres Verhältnis zwischen ihnen herzustellen. Wahrscheinlich versuchte er, ihr gegenwärtiges Mißverständnis als rein institutionell bedingt hinzustellen. Schließlich bezog der KGB seine Existenzberechtigung lediglich aus der Angst vor äußeren oder inneren Feinden. Im Gegensatz dazu hatten Miliz und Staatsanwaltschaft zu beweisen, daß alles in bester Ordnung war. Arkadi konnte sich vorstellen, daß die drei Morde in einigen Jahren in juristischen Fachzeitschriften unter der Überschrift »Institutionelle Zielkonflikte im Gorki-Park« behandelt werden würden.

Im *Ukraina* türmten sich neue Tonbänder und Abhörprotokolle. Pascha und Fet waren nicht da. Pascha teilte Arkadi auf einem Zettel mit, die Sache mit den Ikonen scheine sich zerschlagen zu haben, aber er sei auf einer Spur, die mit einem Deutschen zusammenhänge. Arkadi knüllte den Zettel zusammen, warf ihn in den Papierkorb und ließ die mitgebrachten Kleidungsstücke auf das Feldbett fallen.

Draußen regnete es. Die Tropfen fielen auf den zugefrorenen Fluß und bildeten tiefhängende Nebelschwaden über den vielbefahrenen Boulevards. Von seinem dunklen Zimmer aus beobachtete Arkadi drüben im Diplomatenkomplex eine Frau, die im Nachthemd an einem beleuchteten Fenster stand.

Eine Amerikanerin? Arkadis Brustkorb schmerzte, wo der Unbekannte ihn vor zwei Tagen getroffen hatte. Er drückte eine Zigarette aus und zündete sich sofort die nächste an. Er fühlte sich merkwürdig erleichtert – von Sonja, von seinem bisherigen Lebensstil befreit und schwerelos.

Im Zimmer der Frau jenseits des Boulevards erlosch das Licht. Er fragte sich, weshalb er den Wunsch hatte, mit einer Frau zu schlafen, die er noch nie gesehen hatte und deren Gesicht nur ein verschwommenes Oval hinter einer regennassen Fensterscheibe war. Arkadi war Sonja nie untreu gewesen, hatte nicht einmal mit dem Gedanken daran gespielt. Jetzt wollte er irgendeine Frau. Oder jemanden verprügeln. Hauptsache menschlicher Kontakt.

Er zwang sich dazu, die im Januar gemachten Aufnahmen von Osborne abzuhören. Falls es ihm gelang, eine Verbindung zwischen den Morden im Gorki-Park und diesem beim KGB so gut angeschriebenen Amerikaner herzustellen, mußte Major Pribluda die Ermittlungen übernehmen. Allerdings bestand kein Grund, Osborne zu verdächtigen, obwohl der Amerikaner Verbindung mit Irina Asanowa und dem Schwarzhändler Golodkin gehabt hatte. Der Pelzgroßhändler hatte den Januar und die beiden ersten Februartage abwechselnd in Moskau und auf der alljährlichen Pelzversteigerung in Leningrad verbracht. In beiden Städten hatte er mit hohen Ministerialbeamten und Kulturschaffenden verkehrt, nicht mit schlichten Bürgern wie den im Gorki-Park Ermordeten.

In den »Annalen der sowjetisch-amerikanischen Zusammenarbeit im Großen Vaterländischen Krieg« fand Arkadi Osborne zweimal erwähnt:

Bevor sich der Belagerungsring schloß, verließen die meisten Ausländer Leningrad. Zu den wenigen, die tapfer ausharrten, gehörte der amerikanische Diplomat J. D. Osborne, der gemeinsam mit sowjetischen Kollegen unermüdlich bemüht war, die Schäden an Hafenanlagen so gering wie möglich zu halten. Auch unter starkem feindlichen Beschuß waren General Mendel und

Osborne in vorderster Front tätig, um die Instandsetzungsarbeiten an beschädigten Bahnlinien und Straßen zu leiten...

Einige Seiten später tauchte der Name erneut auf:

...bei einem dieser Stoßtruppunternehmen der Faschisten wurde der Transportstab unter Führung General Mendels und des Amerikaners Osborne abgeschnitten, konnte sich jedoch mit Handfeuerwaffen freikämpfen.

Arkadi erinnerte sich an die bissigen Bemerkungen seines Vaters über Mendels Feigheit (»blanke Stiefel, volle Hosen«). Aber gemeinsam mit Osborne war Mendel ein Held gewesen. Nachdem Mendel 1947 ins Handelsministerium übergewechselt war, hatte es nicht mehr lange gedauert, bis Osborne eine Ausfuhrgenehmigung für Pelze erhalten hatte.

Plötzlich kam Fet herein. »Da Sie noch hier sind, Chefinspektor, wollte ich mir ein paar weitere Aufnahmen anhören«, behauptete er.

»Es ist schon spät. Regnet's draußen, Sergej?«

»Ja.« Fet legte seinen trockenen Mantel auf einen Stuhl und nahm Platz. Nicht gerade raffiniert, dachte Arkadi. Der junge Mann rückte seine Nickelbrille zurecht und griff nach einem seiner frischgespitzten Bleistifte. Wahrscheinlich war irgendwo im Zimmer ein Abhörmikrofon installiert, und die Lauscher hatten es satt, einem Mann zuzuhören, der nur las und Tonbandaufnahmen abhörte. Deshalb hatten sie den armen Fet in die Bresche geschickt.

Fet zögerte.

»Was gibt's, Sergej?«

Die vertrauliche Anrede verstärkte Fets Unbehagen. Der junge Kriminalbeamte räusperte sich. »Diese Ermittlungsweise, Chefinspektor...«

»Nach Dienstschluß können Sie einfach Genosse sagen.«

»Danke. Unsere Ermittlungsweise... na ja, ich frage mich, ob sie die richtige ist.«

»Das frage ich mich auch. Wir fangen mit drei Ermordeten an und befassen uns dann mit Tonbändern und Aufzeichnungen über Leute, die im Grunde genommen willkommene Besucher sind. Vielleicht täuschen wir uns völlig und vergeuden damit kostbare Zeit. Haben Sie deswegen Bedenken, Sergej?«

Fet schien es die Sprache verschlagen zu haben. »Ja, Chefinspektor«, stieß er hervor.

»Sagen Sie einfach Genosse zu mir. Wie sollen wir eine Verbindung zwischen willkommenen Gästen und den Ermordeten herstellen, wenn wir nicht einmal wissen, wer die Mordopfer gewesen oder weshalb sie ermordet worden sind?«

»Ja, das habe ich mir auch überlegt.«

»Wäre es nicht besser, die Ausländer aus dem Spiel zu lassen und sich auf das Personal im Gorki-Park zu konzentrieren oder möglichst viele Parkbesucher dieses Winters aufzuspüren? Wäre das Ihrer Meinung nach eher empfehlenswert?«

»Nein. Vielleicht.«

»Sie sind unschlüssig, Sergej«, stellte Arkadi fest. »Sagen Sie mir bitte, was Sie denken, denn Kritik ist konstruktiv. Sie hilft uns, Ziele zu definieren und in gemeinsamer Arbeit anzustreben.«

»Ich äh . . .« Der junge Mann wußte nicht recht, was er sagen sollte.

»Nicht unschlüssig«, verbesserte Arkadi sich. »Eher im Zweifel, welche Methode besser ist. Das stimmt doch, Sergej?«

»Ja.« Fet nahm einen neuen Anlauf. »Und ich frage mich, ob Sie einen mir unbekannten Aspekt unserer Ermittlungen kennen, der dazu geführt hat, daß wir uns so ausschließlich auf diese von der Staatssicherheit zur Verfügung gestellten Unterlagen konzentrieren?«

»Sergej, ich habe volles Vertrauen zu Ihnen. Und ich habe volles Vertrauen zu dem typisch russischen Mörder. Er tötet aus Leidenschaft und – wenn möglich – zu Hause. Natürlich besteht vorerst noch Wohnungsmangel, aber sobald sich dieser Zustand bessert, wird's noch mehr Morde in den heimischen vier Wänden geben. Können Sie sich überhaupt einen Russen, einen Sohn der Revolution, vorstellen, der drei Menschen in den bekanntesten Moskauer Kulturpark lockt und dort kaltblütig ermordet? Ist das vorstellbar, Sergej? Das ist doch ein Witz.«

»Ich verstehe nicht ganz, worauf Sie hinauswollen.«

»Denken Sie darüber nach, Sergej. Strengen Sie Ihr Gehirn an.«

Einige Minuten später verabschiedete der junge Mann sich mit einer fadenscheinigen Ausrede. Arkadi befaßte sich wieder mit Osbornes Tonbändern, denn er war entschlossen, die Aufnahmen aus dem Januar zu Ende zu hören, bevor er sich auf das Feldbett legte. Im Lichtkreis der Schreibtischlampe ordnete er drei Zündhölzer auf einem Blatt Papier nebeneinander an. Um die Streichhölzer herum zeichnete er die Umrisse im Gorki-Park.

Gegen Mitternacht erinnerte Arkadi sich an den Zettel, den Pascha ihm hingelegt hatte. Auf Paschas Tisch lagen ein Bericht und das Dossier eines Deutschen namens Hofmann. Arkadi blätterte darin.

Hans Friedrich Hofmann war 1932 in Dresden geboren, verheiratet mit 18 Jahren, geschieden mit 19 Jahren, wegen Rowdytums aus der Jugendorganisation FDJ ausgeschlossen (Verfahren wegen gefährlicher Körperverletzung niedergeschlagen). 1952 Eintritt in die Volkspolizei; während der reaktionären Wirren des Jahres 1953 für Einsatz gegen Aufrührer belobigt (Verfahren wegen gefährlicher Körperverletzung niedergeschlagen). Nach Erfüllung der Wehrpflicht Aufseher im Zuchthaus Bautzen; später vier Jahre lang Chauffeur des Ersten FDGB-Sekretärs. 1963 in die SED aufgenommen; im gleichen Jahr die zweite Ehe und Wechsel zum VEB Chemiefaserwerk Guben. 1970 Ausschluß aus der SED wegen wiederholter Mißhandlungen seiner Ehefrau. Kurz gesagt: Ein brutaler Schläger. Unterdessen war er wieder Parteimitglied und hatte in Moskau die Aufgabe, für Disziplin unter den ostdeutschen Studenten zu sorgen. Sein Foto zeigte einen großen, hageren Mann mit schütterem aschblonden Haar. In Paschas Bericht wurde ergänzt, daß Golodkin Hofmann mit Prostituierten versorgt hatte, bis der Ostdeutsche im Januar die Verbindung zu ihm abgebrochen hatte. Von Ikonen war darin nicht die Rede.

Auf Paschas Tonbandgerät lag eine Spule. Arkadi setzte Pascha Kopfhörer auf und schaltete das Gerät ein. Er fragte sich, weshalb Hofmann die Verbindung zu Golodkin gelöst hatte – und weshalb im Januar?

Arkadi sprach nicht mehr so gut Deutsch wie in seiner Zeit als Rotarmist, als er bei einer Aufklärungskompanie in Ost-Berlin stationiert gewesen war, aber er verstand genug, um mitzubekommen, mit welchen brutalen Drohungen Hofmann rebellierende Studenten zur Räson brachte. Ihren Stimmen nach hatten sie alle Angst vor ihm. Hofmann hatte wirklich Grund, mit seiner Arbeit zufrieden zu sein: Sobald er ein bis zwei Studenten pro Tag eingeschüchtert hatte, war sein Soll erfüllt, so daß er sich Privatgeschäften widmen konnte. Wahrscheinlich schmuggelte er Kameras und Ferngläser aus der DDR und zwang seine verängstigten Studenten dazu, ihm Kurierdienste zu leisten. Ikonen interessierten ihn natürlich nicht; nur Besucher aus dem Westen kauften russische Ikonen.

Dann hörte Arkadi die Stimme eines Anrufers, der Hofmann zu einem Treffen »am gewohnten Ort« aufforderte. Einen Tag später wies der Anrufer den Ostdeutschen an, vor dem Bolschoi-Theater auf ihn zu warten. Am Tag darauf fand das Treffen »am gewohnten Ort« statt; zwei Tage danach wurde ein neuer Treffpunkt vereinbart. Bei diesen in deutscher Sprache geführten Telefongesprächen wurden weder Namen genannt noch konkrete Themen angeschnitten. Es dauerte lange, bis Arkadi zu der Überzeugung gelangte, Hofmanns anonymer Gesprächspartner sei Osborne, denn Hofmann war niemals auf Osbornes Tonbändern zu hören gewesen. Osborne rief Hofmann an, der ihn offenbar nicht anrufen durfte, und telefonierte nur von Telefonzellen aus. Zwischendurch klang die Stimme des anonymen Anrufers wieder so anders, daß Arkadi an seiner Identifizierung zweifelte. Aber diese Zweifel hielten nicht lange an.

Arkadi stellte zwei Tonbandgeräte nebeneinander und hörte sich abwechselnd Osbornes und Hofmanns Stimmen an. In seinem Aschenbecher häuften sich die Zigarettenstummel. Alles weitere war jetzt eine Frage der Geduld.

Er begann mit Hofmanns Bändern aus dem Februar. Am 2. Februar – dem Tag, an dem Osborne von Moskau nach Leningrad gereist war – rief der Unbekannte an.

»Das Flugzeug hat Verspätung.«

»Verspätung?«

»Trotzdem ist alles in Ordnung. Du machst dir unnütze Sorgen.«

»Du etwa nie?«

»Immer mit der Ruhe, Hans.«

»Das gefällt mir nicht.«

»Ob's dir paßt oder nicht, spielt jetzt keine Rolle mehr.«

»Die neuen Tupolews sind als unzuverlässig bekannt.«

»Ein Absturz? Du glaubst immer, daß nur die Deutschen gute Ingenieure sind.«

»Schon eine Verspätung ist riskant. In Leningrad...«

»Ich bin schon früher in Leningrad gewesen. Ich bin dort mit Deutschen zusammengekommen. Keine Angst, alles klappt wie vorgesehen.«

Arkadi gönnte sich eine Stunde Schlaf.

7

Die erste Schädelrekonstruktion von Schönheit war ein gesichtsloser rosa Gipskopf mit einer mottenzerfressenen Perücke, aber er hatte Scharniere an den Ohren, ließ sich entlang der Nasenlinie aufklappen und zeigte unter der Oberfläche ein kompliziertes blaues Muskelgeflecht und einen weißen Gesichtsschädel.

Andrejew erklärte: »Das Gesicht ist nur eine dünne Maske vor dem Schädel. Man kann das Gesicht nach dem Schädel rekonstruieren, aber nicht den Schädel nach dem Gesicht. Das braucht Zeit.«

»Wieviel?« fragte Arkadi.

»Vier, fünf Wochen.«

»Tut mir leid. Ich brauche ein identifizierbares Gesicht innerhalb der nächsten Tage.«

»Renko, Sie sind der typische Ermittlungsbeamte. Sie haben überhaupt nicht zugehört. Ich habe mich von Ihnen überreden lassen, das Gesicht zu rekonstruieren. Das ist eine äußerst langwierige Arbeit, für die ich meine Freizeit opfere.«

»Ich verdächtige einen Mann, der Moskau in einer Woche verlassen wird.«

»Er kann die Sowjetunion nicht verlassen, deshalb...«

»Doch!«

»Hm. Ein Ausländer?«

»Ja.«

»Aha!« Andrejew winkte lachend ab. »Gut, ich verstehe. Erzählen Sie mir bitte nicht noch mehr.«

Andrejew kletterte auf seinen Hocker, rieb sich das Kinn und sah zu dem Oberlicht auf. Arkadi fürchtete, er werde es ablehnen, sich weiter mit dem Kopf zu beschäftigen.

»Na ja, sie ist bis auf das Gesicht ziemlich intakt angekommen, und ich habe sie fotografiert, so daß kein Zeitverlust durch die Rekonstruktion von Kinn und Halsansatz zu befürchten ist. Die Gesichtsmuskeln sind ebenfalls fotografiert und skizziert. Wir kennen ihre Haarfarbe und die Frisur, die sie getragen hat. Ich könnte also anfangen, sobald der Schädel sauber ist.«

»Wann bekommen Sie einen sauberen Schädel?«

»Immer diese Fragen, Chefinspektor! Warum fragen Sie das Säuberungskomitee nicht selbst?«

Andrejew zog eine große Schublade auf. Sie enthielt den Behälter, dem Arkadi ihm den Kopf gebracht hatte. Andrejew hob den Deckel ab. Arkadi sah eine schillernde Masse und brauchte einige Sekunden, um zu erkennen, daß sie aus unzähligen glänzenden Käfern bestand, unter denen einige weiße Schädelknochen sichtbar waren.

»Bald«, versprach Andrejew ihm.

Im Fernschreibraum der Miliz in der Petrowka-Straße gab Arkadi eine neue Fahndungsmeldung auf – diesmal nicht nur für westlich des Urals, sondern für die gesamte Sowjetunion, einschließlich Sibirien. Die Tatsache, daß die drei Ermordeten unidentifiziert blieben, beunruhigte ihn. Jeder hatte einen Ausweis; jeder wurde von jedem beobachtet. Wie konnten drei Menschen so lange verschwinden, ohne daß sie als vermißt gemeldet wurden? Und die einzige Verbindung zu irgend jemand waren die Schlittschuhe Irina Asanowas, die aus Sibirien stammte.

»In einem Nest wie Komsomolsk sind sie uns mit der Zeit zehn Stunden voraus«, sagte der Mann am Fernschreiber. »Dort ist jetzt schon Nacht. Das bedeutet, daß wir nicht vor morgen mit einer Antwort rechnen können.«

Arkadi zündete sich eine Zigarette an und bekam beim ersten Zug einen Hustenanfall. Daran waren der Regen und seine lädierten Rippen schuld.

»Sie sollten mal zum Arzt gehen.«

»Danke, ich kenne einen.« Der Chefinspektor ging hustend hinaus. Lewin war gerade im Autopsieraum mit einer Leiche mit braunen Lippen beschäftigt, als Arkadi eintraf. Der Pathologe sah ihn an der Tür stehen, zog seine Gummihandschuhe aus und kam heraus.

»Selbstmord. Gas und Pulsadern aufgeschnitten«, sagte Lewin. Er zog die Augenbrauen hoch, als er Arkadi husten hörte. »Kommen Sie, die Kellerluft ist nichts für Sie.«

Sie gingen in Lewins Büro hinauf, wo der Pathologe zu Arkadis Überraschung eine Flasche französischen Kognak auf seinen Schreibtisch stellte. »Selbst für einen Chefinspektor sehen Sie schlimm aus.«

»Ich brauche ein Medikament.«

»Renko, der Held der Arbeit.« Lewin schenkte ein. »Hier.« Nachdem sie sich zugetrunken hatten, warf der Pathologe Arkadi einen prüfenden Blick zu. »Wieviel Gewicht haben Sie in letzter Zeit verloren? Wieviel Schlaf haben Sie gekriegt?«

»Sie haben doch Tabletten.«

»Gegen Fieber, Schüttelfrost und Schnupfen? Gegen Ihre Arbeit?«

»Irgendein Schmerzmittel.«

»Wollen Sie sich selbst umbringen? Wissen Sie denn gar nicht, was Angst ist? Nein, nicht der Held der Arbeit . . .« Lewin beugte sich nach vorn. »Lassen Sie die Finger von diesem Fall.«

»Ich versuche, ihn abzugeben.«

»Das genügt nicht. Lassen Sie die Finger davon.«

»Unsinn!«

Arkadi bekam einen neuen Hustenanfall, stellte sein Glas weg, beugte sich nach vorn und hielt sich die Rippen. Er nahm undeutlich wahr, wie Lewins kalte Hand von oben in seine Brust fuhr und die empfindliche Schwellung auf seiner Brust abtastete. Der Arzt sog zischend die Luft ein. Als Arkadis Hustenanfall vorüber war, saß Lewin wieder auf seinem Platz und war dabei, ein Attest zu schreiben.

»Ich bestätige Ihnen für die Staatsanwaltschaft, daß Sie wegen einer schweren Prellung und Blutungen im Brustraum stationär beobachtet werden müsen, weil Verdacht auf Brustfellentzündung und Rippenbrüche besteht. Damit verschafft Jamskoi Ihnen zwei Wochen Kuraufenthalt in einem Sanatorium.«

Arkadi griff nach dem Attest und knüllte es zusammen.

»Dafür...« Lewin füllte einen Rezeptvordruck aus. »Dafür bekommen Sie ein Antibiotikum.« Er öffnete eine Schreibtischschublade und warf Arkadi ein Fläschchen mit kleinen Tabletten zu. »Hier, das müßte gegen Ihren Husten helfen. Nehmen Sie gleich eine.«

Das Fläschchen enthielt Kodeintabletten. Arkadi schluckte zwei und steckte den Rest ein.

»Woher haben Sie die schöne Beule?« erkundigte Lewin sich.

»Von einem Schlag.«

»Mit einem Gummiknüppel?«

»Nur mit der Faust, glaub ich.«

»Das ist ein Gegner, um den Sie in Zukunft einen weiten Bogen machen sollten. Wenn Sie mich jetzt entschuldigen, gehe ich zu meinem glatten, sauberen Selbstmord zurück.«

Arkadi flüchtete aus dem Leichenhaus und stapfte mit hochgezogenen Schultern durch den Regen. Am Dserschinski-Platz strömten die Massen zu den U-Bahn-Stationen. Neben dem Kinderwelt-Warenhaus gegenüber dem Lubjanka-Gefängnis kannte Arkadi eine Schnellimbißstube. Er wollte eine Kleinigkeit essen und wartete am Fußgängerübergang, als jemand seinen Namen rief.

»Hierher!«

Unter einem niedrigen Torbogen trat eine Gestalt hervor, die Arkadi am Ärmel aus dem Regen zog: Jamskoi, der über seiner Staatsanwaltsuniform einen blauen Regenmantel trug und seine Glatze unter einer goldbestickten Mütze verbarg.

»Genosse Richter, kennen Sie unseren hochbegabten Chefinspektor Renko?« Jamskoi stellte Arkadi einem alten Mann vor.

»Sohn des Generals?« Der Richter hatte eng beieinanderstehende kleine Augen und eine Hakennase.

»Ganz recht.«

»Freut mich sehr, Sie kennenzulernen.« Der Richter gab Arkadi eine kleine Greisenhand. Arkadi war unwillkürlich beeindruckt. Schließlich gab es am Obersten Gerichtshof nur zwölf Richter.

»Ganz meinerseits. Ich wollte gerade ins Büro.« Arkadi trat einen Schritt zurück, aber Jamskoi hielt ihn am Ärmel fest.

»Sie arbeiten bestimmt schon seit Tagesanbruch.« Er wandte sich an den Richter. »Er bildet sich ein, ich wüßte nicht, wie fleißig er ist. Mein kreativster und fleißigster Mitarbeiter. Aber auch Sie müssen einmal ausspannen, Chefinspektor. Kommen Sie mit uns.«

»Tut mir leid, aber ich habe zu arbeiten«, protestierte Arkadi.

»Sie wollen meine Einladung ausschlagen? Kommt nicht in Frage!« Jamskoi zog auch den Richter mit. Hinter dem Torbogen begann eine überdachte Passage, die Arkadi noch nie aufgefallen war. Zwei Milizionäre mit den Kragenspiegeln der Wachdivision nahmen Haltung an. »Außerdem haben Sie doch nichts dagegen, wenn ich Sie ein bißchen vorzeige, nicht wahr?«

Die Passage führte auf einen Innenhof, vollgeparkt mit chromblitzenden Tschaika-Limousinen. Jamskoi ging wichtigtuerisch voraus und öffnete eine Eisentür, hinter der eine von sternförmigen weißen Kristallüstern beleuchtete Vorhalle lag. Eine mit einem Läufer belegte Treppe führte in einen holzgetäfelten Raum mit schmalen Mahagonikabinen hinunter. Hier waren die Kristallüster rot, und eine Längswand des Raums verschwand hinter einem Großfoto des Kremls bei Nacht mit einem wehenden roten Banner über der grünen Kuppel des alten Senats.

Jamskoi zog sich aus. Sein Körper war rosig, muskulös und fast unbehaart. Der Richter enthüllte einen eingesunkenen Brustkorb, bedeckt mit einem dichten weißen Pelz. Arkadi zog sich ebenfalls aus. Der Staatsanwalt warf einen flüchtigen Blick auf seine blau-schwarz verfärbte Brustprellung.

»Eine kleine Auseinandersetzung, was?«

Er nahm ein Handtuch aus seiner Kabine und schlang es Arkadi wie einen Schal um den Hals, um die Schwellung zu verdecken. »So, jetzt sehen Sie richtig elegant aus. Dies ist eine Art Privatklub – Sie brauchen mir also nur zu folgen. Fertig, Genosse Richter?«

Der Richter hatte sich ein Handtuch um die Hüften geschlungen. Jamskoi nahm sein eigenes über die Schulter und wandte sich mit jovialer Vertraulichkeit, die den Alten ausschloß, an Arkadi.

»Es gibt eben solche und solche Bäder. Manchmal hat man als Beamter das Bedürfnis, sich ein bißchen frischzumachen, nicht wahr? Soll man da in einem öffentlichen Badehaus anstehen – womöglich mit einem Schmerbauch wie der Richter?«

Ein gekachelter Gang, durch Heißluft beheizt, führte in einen großen Kellerraum mit einem dampfenden Heißwasserbecken. Rings um das Becken teilten geschnitzte Holzgitter byzantinische Bögen in behagliche Nischen mit niedrigen mongolischen Tischen und Diwanen.

Jamskoi führte Arkadi zu einer Nische, in der zwei schwitzende nackte Männer vor einem Tisch saßen, auf dem Silberschalen mit Kaviar und Räucherlachs, Platten mit Weißbrot, Butter und Zitronenscheiben und Flaschen mit Mineralwasser und zwei Sorten Wodka standen.

»Genossen.Erster Sekretär des Generalstaatsanwalts und Akademiemitglied, ich möchte Ihnen Arkadi Wassiljewitsch Renko, den Leiter der Mordkommission, vorstellen.«

»Sohn des Generals.« Der Richter setzte sich, als niemand auf ihn achtete.

Arkadi schüttelte den beiden über den Tisch hinweg die Hand. Der Erste Sekretär war groß und behaart wie ein Affe, und das Akademiemitglied litt unter einer Ähnlichkeit mit Nikita S. Chruschtschow. Die Atmosphäre war entspannt und freundschaftlich – wie in einem Film, den Arkadi einmal gesehen hatte, in dem Zar Nikolaus mit Offizieren seines Generalstabs baden ging. Jamskoi schenkte gewürzten Pertsowka-Wodka ein – »Pfeffer ist gut gegen Regen« – und häufte Kaviar auf Arkadis Brot. Nicht Preßkaviar, sondern große Rogenkugeln, wie Arkadi sie seit Jahren nicht mehr im Handel gesehen hatte. Er verschlang sein Brot mit zwei Bissen.

»Wie Sie sich erinnern werden, Genossen, hatte Inspektor Nikitin beinahe hundertprozentige Aufklärungserfolge aufzuweisen; aber Arkadi Wassiljewitsch hat bisher noch jeden Fall aufgeklärt. Sie sind also gewarnt!« fügte Jamskoi spöttisch hinzu. »Falls Sie mit dem Gedanken spielen, Ihre Ehefrau zu beseitigen, suchen Sie sich lieber eine andere Stadt.«

Die aus dem Becken aufsteigenden Dampfschwaden verliehen allen Speisen und Getränken einen leichten Schwefelgeschmack. Er war nicht einmal unangenehm – eher wie ein zusätzliches Gewürz. Man braucht gar nicht weit zu reisen, um eine Kur zu machen, dachte Arkadi, man braucht nur unter dem Dserschinski-Platz zu baden, wo die Helden Übergewicht haben.

»Weißes Dynamit aus Sibirien.« Der Erste Sekretär schenkte Arkadi nach. »Reiner Alkohol.«

Soviel Arkadi mitbekam, gehörte das Akademiemitglied diesem erlesenen Kreis nicht etwa als gewöhnlicher Geistes- oder Naturwissenschaftler, sondern als Ideologe an. In dieser Eigenschaft führte er das große Wort.

»Die Geschichte beweist uns, wie notwendig es ist, nach Westen zu blicken«, dozierte das Akademiemitglied. »Marx hat die Notwendigkeit des Internationalismus unterstrichen. Deshalb müssen wir die

Deutschen, diese Schlitzohren, im Auge behalten. Sobald wir die Zügel schleifen lassen, schließen sie sich wieder zusammen – dafür garantiere ich euch!«

»Sie sind auch die Leute, die Drogen nach Rußland schmuggeln«, stimmte der Erste Sekretär nachdrücklich zu. »Die Deutschen und die Tschechen.«

»Lieber zehn Mörder laufen lassen als einen Drogenschmuggler«, warf der Richter ein. Er hatte Kaviar auf seinen Brusthaaren.

Jamskoi blinzelte Arkadi grinsend zu. Die Staatsanwaltschaft wußte natürlich, daß die Georgier Haschisch nach Moskau brachten und daß Moskauer Chemiestudenten LSD herstellten. Arkadi hörte nur mit halbem Ohr zu, während er mit Dill gewürzten Räucherlachs aß, und wäre auf dem bequemen Diwan beinahe eingenickt. Auch Jamskoi gab sich damit zufrieden, schweigend zuzuhören; er aß nichts, trank nur wenig und wirkte wie ein Fels in der aus dem Wortschwall der anderen bestehenden Brandung.

Einige Minuten später nahm Jamskoi Arkadi zu einem Rundgang um das Becken mit. Inzwischen waren weitere hohe Beamte eingetroffen und trieben wie Walrosse in dem heißen Schwefelwasser oder bewegten sich als weiße und rosa Schatten hinter dem Gitterwerk der Alkoventüren. Arkadi glaubte, der Staatsanwalt werde ihn zum Ausgang begleiten, aber Jamskoi führte ihn in eine Nische, in der ein junger Mann Weißbrotscheiben mit Butter bestrich.

»Sie müßten sich eigentlich kennen. Jewgeni Mendel, Ihr Vater und Renkos Vater sind gute Freunde gewesen. Jewgeni ist im Handelsministerium tätig«, erklärte Jamskoi Arkadi.

Jewgeni, ein dicklicher jüngerer Mann mit einem dünnen Schnurrbart, versuchte, sich im Sitzen zu verbeugen. Arkadi erinnerte sich undeutlich an einen fetten kleinen Jungen, der ständig geheult hatte.

»Ein Fachmann für Außenhandel«, fügte Jamskoi hinzu, worauf Jewgeni rot wurde. »Einer der kommenden Leute im Ministerium.«

»Mein Vater...« begann Jewgeni, als Jamskoi sich abrupt verabschiedete und die beiden allein ließ.

»Ja?« fragte Arkadi höflicherweise.

»Einen Augenblick, bitte.« Jewgeni konzentrierte sich auf die dick mit gelber Butter bestrichenen Brotscheiben, die er so mit Kaviar belegte, daß sie Sonnenblumen mit gelben Blütenblättern und schwarzer Mitte glichen. Arkadi nahm Platz und schenkte sich ein Glas Sekt ein.

»Mein Sachgebiet umfaßt vor allem amerikanische Firmen.« Jewgeni sah von seinem Kunstwerk auf.

»Oh? Das ist bestimmt eine neue Aufgabe.« Arkadi fragte sich, wann Jamskoi zurückkommen würde.

»Nein, nein, durchaus nicht. Die Geschäftsverbindungen existieren teilweise schon sehr lange. Beispielsweise hat Armand Hammer mit Lenin zusammengearbeitet. Chemico hat in den dreißiger Jahren Ammoniakfabriken in die Sowjetunion geliefert. Ford hat in den dreißiger Jahren Lastwagen für uns gebaut, und wir wollten diese Zusammenarbeit später fortsetzen, aber die Amerikaner haben sich das Geschäft selbst verdorben. Die Chase Manhattan Bank ist seit 1923 eine Korrespondenzbank unserer Wneschtorgbank.«

Mit den meisten dieser Namen konnte Arkadi nichts anfangen, aber Jewgenis Stimme kam ihm allmählich bekannter vor, obwohl ihre letzte Begegnung schon so lange zurücklag, daß er sich nicht mehr an sie erinnern konnte.

»Ausgezeichneter Sekt.« Er stellte sein Glas ab.

»Eine neue einheimische Marke. Wir wollen sie exportieren.« Jewgeni sah kindlich stolz von seiner Arbeit auf.

Arkadi spürte, daß sich die Alkoventür öffnete. Der große schlanke Mann Anfang Sechzig, der von draußen hereinkam, war so braungebrannt, daß Arkadi ihn auf den ersten Blick für einen Araber hielt. Glattes weißes Haar, schwarze Augen, eine lange Nase und ein eigenartig femininer Mund ergaben eine auf seltsame Weise attraktive Kombination. An der Hand, in der er sein Handtuch trug, glänzte ein goldener Siegelring.

»Wundervoll!« Als der Mann sich über das Tischchen beugte, tropfte Wasser auf die Kaviarbrote. »Wie lauter hübsch eingepackte Geschenke. Ich traue mich gar nicht, in eines hineinzubeißen.«

Er betrachtete Arkadi ohne sonderliches Interesse. Selbst seine Augenbrauen schienen frisiert zu sein. Er sprach perfekt Russisch, wie Arkadi bereits gewußt hatte, aber auf den Tonbändern war sein animalisches Selbstbewußtsein nicht zu hören.

»Jemand aus deiner Abteilung?« fragte der Mann Jewgeni.

»Das hier ist Arkadi Renko. Er ist... hm, ich weiß gar nicht, was er ist.«

»Ich bin Ermittlungsbeamter«, warf Arkadi ein.

Jewgeni schenkte Sekt ein, bot die Kaviarbrote an und versuchte beflissen, Konversation zu machen. Sein Gast nahm lächelnd Platz; Arkadi hatte noch nie so schneeweiße Zähne gesehen.

»Und was ermitteln Sie?«

»Morde.«

Osborne frottierte sich die eher silbergrauen als weißen Haare, griff nach einer schweren goldenen Uhr und streifte sie sich über die Hand.

»Jewgeni«, sagte er, »ich erwarte einen Anruf. Bist du so nett, an der Vermittlung auf mein Gespräch zu warten?«

Aus einem Lederetui nahm er eine schwarze Zigarettenspitze, steckte eine Zigarette hinein und zündete sie mit einem mit Lapislazuli besetzten goldenen Feuerzeug an. Die Alkoventür schloß sich hinter dem diensteifrig forteilenden Jewgeni.

»Sprechen Sie Französisch?«

»Nein«, log Arkadi.

»Englisch?«

»Nein«, log Arkadi nochmals.

»Freut mich, Sie kennenzulernen. Ich habe bei meinen Aufenthalten in der Sowjetunion noch nie mit Kriminalbeamten zu tun gehabt.«

»Sie haben offenbar nie etwas verbrochen, Herr... Entschuldigung, ich weiß gar nicht, wie Sie heißen.«

»Osborne.«

»Amerikaner?«

»Ja. Und wie heißen Sie gleich wieder?«

»Renko. Ihr Freund Jewgeni hat von Sekt gesprochen. Importieren Sie Spirituosen?«

»Pelze«, antwortete Osborne.

Man hätte leicht behaupten können, Osborne sei eher eine Ansammlung teurer Einzelteile – Ring, Uhr, Profil, Zähne – als eine Persönlichkeit. Das hätte der korrekten sozialistischen Einstellung entsprochen und wäre in gewisser Beziehung sogar richtig gewesen, aber etwas wäre dabei unberücksichtigt geblieben: der Eindruck von beherrschter Energie, den dieser Mann ausstrahlte. Das hatte Arkadi nicht erwartet, und er kam sich selbst steif und inquisitorisch vor. Das mußte sich ändern.

»Ich wollte schon immer eine Pelzmütze«, sagte er. »Und Amerikaner kennenlernen. Soviel ich gehört habe, sind sie genau wie wir. Und ich wollte schon immer New York und das Empire State Building und Harlem besuchen. Ich beneide Sie um die vielen Reisen, die Sie bestimmt machen.«

»Nicht nach Harlem.«

»Entschuldigen Sie mich bitte.« Arkadi stand auf. »Sie kennen hier viele wichtige Männer, mit denen Sie sprechen möchten, und sind zu höflich, um mich zum Gehen aufzufordern.«

Osborne rauchte seine Zigarette und starrte Arkadi ausdruckslos an, bis dieser tatsächlich einen Schritt in Richtung Becken machte.

»Bleiben Sie bitte noch«, sagte der Amerikaner rasch. »Ich habe sonst nie mit Kriminalbeamten zu tun. Deshalb möchte ich diese Gelegenheit nutzen und mir von Ihrer Arbeit erzählen lassen.«

»Ich erzähle Ihnen gern davon.« Arkadi nahm wieder Platz. »Im Vergleich zu dem, was wir aus New York hören, wird Ihnen meine Arbeit allerdings ziemlich eintönig vorkommen. Ehestreitigkeiten, Rowdys. Wir haben auch Morde aufzuklären, die jedoch fast ausnahmslos im Affekt oder unter Alkoholeinwirkung verübt werden.« Er zuckte, wie um Entschuldigung bittend, mit den Schultern und trank einen Schluck Sekt. »Schmeckt wunderbar. Sie sollten ihn wirklich importieren.«

Osborne schenkte ihm nach. »Erzählen Sie mir von sich selbst.«

»Das könnte ich stundenlang«, versicherte Arkadi ihm eifrig und leerte sein Glas mit einem Zug. »Ich habe wunderbare Eltern und wunderbare Großeltern gehabt. In der Schule hatte ich vorbildliche Lehrer und höchst kameradschaftliche Mitschüler. Und über jeden einzelnen meiner Mitarbeiter und Kollegen könnte man ein Buch schreiben.«

»Sprechen Sie manchmal auch über Ihre Mißerfolge?« erkundigte Osborne sich lächelnd.

»Ich persönlich kenne keine Mißerfolge«, behauptete Arkadi.

Er löste den Knoten seines Handtuchs, das er um den Hals geschlungen trug, und ließ es auf das Handtuch fallen, das Osborne auf den Diwan geworfen hatte. Der Amerikaner starrte die verfärbte Schwellung auf seiner Brust an.

»Ein Unfall«, erklärte Arkadi ihm. »Ich hab's schon mit Wärmflaschen und Infrarotbestrahlung versucht, aber gegen solche Schwellungen hilft am besten ein Schwefelbad. Die Ärzte erzählen einem alles mögliche, aber die alten Hausmittel sind oft besser. Tatsächlich ist die sozialistische Kriminologie das Gebiet, auf dem die größten Fortschritte...«

»Um darauf zurückzukommen«, unterbrach Osborne ihn. »Was ist Ihr interessantester Fall gewesen?«

»Sie meinen die Leichen im Gorki-Park? Darf ich?« Arkadi nahm sich eine von Osbornes Zigaretten und benützte das Feuerzeug des Amerikaners. Er bewunderte die blauen Steine. Die schönsten Lapislazuli kamen aus Sibirien; so ausgesucht schöne hatte er noch nie gesehen.

»In der Presse hat natürlich nichts darüber gestanden...« Arkadi zog an seiner Zigarette. »Trotzdem ist mir klar, daß ein so seltsamer Fall Anlaß zu Gerüchten gibt. Vor allem in Ausländerkreisen, nicht wahr?«

Er konnte die Wirkung seiner Worte nicht beurteilen, denn Osborne lehnte sich mit ausdrucksloser Miene zurück.

»Davon hab' ich gar nichts gewußt«, sagte der Amerikaner, als das Schweigen peinlich zu werden drohte.

Jewgeni Mendel kam mit der Mitteilung zurück, daß kein Anruf für Osborne gekommen sei. Arkadi stand sofort auf, entschuldigte sich für die Störung und bedankte sich für die Gastfreundschaft und den Sekt. Er griff nach Osbornes Handtuch und schlang es sich um den Hals.

Osborne beobachtete ihn geistesabwesend, bis Arkadi die Alkoventür öffnete. »Wer ist Ihr Vorgesetzter?« wollte er dann wissen. »Wer ist der Chefinspektor?«

»Ich.« Arkadi lächelte gutmütig.

Nach einigen Schritten in Richtung Ausgang fühlte er sich wie ausgepumpt. Plötzlich stand Jamskoi neben ihm.

»Ich habe doch hoffentlich recht gehabt, als ich behauptet habe, Ihr Vater und Mendel seien Freunde gewesen?« Er klopfte Arkadi auf die Schulter. »Arbeiten Sie nur weiter wie bisher. Sie wissen, daß Sie auf mich zählen können.«

Arkadi zog sich langsam an und verließ das Bad. Der Regen hatte sich in Nebel verwandelt. Er marschierte die Petrowka-Straße entlang zu Oberst Ljudins warmem forensischen Labor und gab dort Osbornes feuchtes Handtuch ab.

»Ihre Leute versuchen schon den ganzen Nachmittag, Sie zu erreichen«, sagte Ljudin, bevor er sich das Handtuch zur Untersuchung geben ließ.

Arkadi rief im Hotel *Ukraina* an. Pascha meldete sich und berichtete stolz, Fet und er hätten das Telefon des Schwarzhändlers Golodkin abgehört und mitbekommen, wie er von einem Mann aufgefordert wurde, sich mit ihm im Gorki-Park zu treffen. Pascha glaubte, der Anrufer sei Amerikaner oder Este gewesen.

»Amerikaner oder Este?«

»Ich meine, er hat fließend Russisch gesprochen – aber irgendwie mit Akzent.«

»Das ist eine strafbare Verletzung der Privatsphäre, Pascha! In den Artikeln zwölf und hundertvierunddreißig steht ausdrücklich, daß...«

»Aber wir hören doch schon tagelang Tonbänder mit Telefongesprächen ab!«

»Das sind KGB-Bänder!« Am anderen Ende herrschte gekränktes Schweigen, bis Arkadi schließlich sagte: »Schon gut.«

»Ich bin kein Theoretiker wie du«, stellte Pascha fest. »Und ich kann nicht ständig mit dem Strafgesetzbuch unter dem Arm rumlaufen.«

»Gut, du bist also bei der Arbeit geblieben, und Fet hat den Treff beobachtet. Hat er eine Kamera mitgenommen?« fragte Arkadi.

»Damit hat er kostbare Zeit vertan – mit der Suche nach einer Kamera. Er hat die beiden nämlich verpaßt. Obwohl er kreuz und quer durch den Park gelaufen ist, hat er sie nicht gefunden.«

»Na ja, zumindest haben wir ein Tonband, das wir...«

»Welches Tonband?«

»Pascha, soll das etwa heißen, daß ihr euch bei eurer gesetzwidrigen Abhöraktion gegen Golodkin nicht die Mühe gemacht habt, das Gespräch auf Band aufzunehmen?«

»Äh... nein.«

Arkadi legte auf.

Oberst Ljudin winkte ihn zu sich heran. »Hier, sehen Sie sich das an, Chefinspektor. Ich habe ein halbes Dutzend Haare an dem Handtuch gefunden und von einem einen Schnitt hergestellt, um es mit einem Haar von der Innenseite der von Ihnen gefundenen Mütze vergleichen zu können. Das Haar aus der Mütze ist grauweiß und hat einen ovalen Querschnitt, der auf lockige Haare schließen läßt. Das neue Haar vom Handtuch ist eher silbergrau und im Querschnitt völlig rund, was glatte Haare bedeutet. Ich kann noch eine Proteinanalyse vornehmen, aber ich garantiere Ihnen schon jetzt, daß diese Haare nicht vom gleichen Kopf stammen. Hier, überzeugen Sie sich selbst.«

Arkadi sah durchs Mikroskop. Osborne war nicht der Mann, der »*Son of a bitch!*« gesagt hatte.

»Prima Ware.« Ljudin prüfte das Frotteehandtuch zwischen Daumen und Zeigefinger. »Brauchen Sie's noch?«

Arkadi schüttelte den Kopf. Das Kodein, der Wodka und der Sekt machten ihn benommen, so daß er in die Kantine ging, um eine Tasse Kaffee zu trinken. Als er allein an einem Tisch saß, hätte er am liebsten laut gelacht. Schöne Kriminalbeamte, die eine Kamera suchten, während ein Verdächtiger (Este oder Amerikaner!) im Gorki-Park spazierenging. Ein schöner Chefinspektor, der ein Handtuch stahl, das seinen einzigen Verdächtigen entlastete. Er wäre am liebsten heimgefahren, wenn er ein Heim gehabt hätte.

»Chefinspektor Renko?« fragte ein Mann in Uniform. »Ein Anruf für Sie aus Sibirien.«

»Schon?«

Der Anruf kam von einem Miliz-Kriminalbeamten namens Jakutski in Ust-Kut 4000 Kilometer östlich von Moskau. Auf die auch in Sibirien verbreitete Fahndungsmeldung hin berichtete Jakutski, daß eine Valeria Semjenowna Dawidowa, 19, aus Ust-Kut wegen Diebstahls von Staatseigentum gesucht werde. Sie befinde sich in Gesellschaft von Konstantin Iljitsch Borodin, 24, nach dem wegen der gleichen Straftat gefahndet werde.

Arkadi sah sich nach einem Atlas um. Wo lag dieses Ust-Kut, verdammt noch mal?

Nach Jakutskis Schilderung war Borodin ein mit allen Wassern gewaschener Ganove. Eigentlich war er Pelztierjäger. Aber er betrieb einen schwunghaften Schwarzhandel mit Radioteilen, die sehr gefragt waren. Außerdem wurde er verdächtigt, illegal Gold geschürft zu haben. Beim Bau der Baikal-Amur-Magistrale hatte Borodin ein Vermögen mit dem Verkauf von auf den Baustellen gestohlenen LKW-Ersatzteilen verdient. Als die Miliz nach ihm und der Dawidowa gefahndet hatte, waren die beiden spurlos verschwunden. Jakutskis Überzeugung nach hatten die beiden sich irgendwo in die Taiga zurückgezogen oder waren tot.

Ust-Kut... Arkadi schüttelte den Kopf. Wie sollte jemand aus Ust-Kut nach Moskau gelangt sein? Aber er wollte seinen Kollegen in Sibirien, den er sich als verschmitzten Orientalen vorstellte, nicht vor den Kopf stoßen. »Wo und wann sind sie zuletzt gesehen worden?« erkundigte er sich.

»Im Oktober vergangenen Jahres in Irkutsk.«

»Wissen Sie, ob einer der beiden sich auf die Restaurierung von Ikonen versteht?«

»Wer hier aufgewachsen ist, kann zumindest schnitzen.«

Die Verbindung wurde schwächer. »Gut«, sagte Arkadi rasch, »schicken Sie mir, was Sie an Unterlagen über die beiden haben.«

»Konstantin Borodin ist Kostja der Bandit...« Die Stimme war sehr leise.

»Nie von ihm gehört.«

»In Sibirien ist er berühmt...«

Zypin, der Mörder, begrüßte Arkadi in seiner Zelle im Lefortowo-Gefängnis. Er trug kein Hemd, aber seine für einen Urka typischen Tätowierungen bedeckten seinen Oberkörper bis zum Hals und die Arme bis hinunter zu den Handgelenken. Er hielt seine ohne den Gürtel rutschende Hose mit beiden Händen fest.

»Sie haben mir sogar die Schuhbänder weggenommen. Als ob man sich mit seinen Schuhbändern aufhängen könnte! Ich hab wieder mal Pech gehabt. Gestern haben wir noch miteinander geredet, und ich bin ganz zufrieden gewesen. Heute kommen zwei Kerle auf der Auto-Straße bei mir vorbei und versuchen mich auszurauben.«

»Wo du Benzin verkauft hast?«

»Richtig. Was sollte ich also tun? Einer der Kerle kriegt 'nen Schraubenschlüssel auf den Kopf, daß er tot umfällt. Der andere fährt weg – und im gleichen Augenblick hält ein Streifenwagen vor mir. Da steh ich nun mit dem Schraubenschlüssel in der Hand und 'nem Toten vor mir... Großer Gott, jetzt ist Zypin erledigt!«

»Fünfzehn Jahre.«

»Wenn ich Glück habe.« Zypin setzte sich auf seinen Hocker. Die übrige Einrichtung seiner Zelle bestand aus einer an der Wand festgeschraubten Pritsche und einem Waschgeschirr. Die Zellentür wies zwei Öffnungen auf: ein Guckloch für die Aufseher und eine Klappe, durch die das Essen hereingeschoben wurde.

»Ich kann nichts für dich tun«, stellte Arkadi fest.

»Ja, ich weiß. Diesmal hab ich Pech gehabt. Irgendwann hat jeder mal Pech, was?« Zypin setzte ein anderes Gesicht auf. »Hören Sie, Chefinspektor, ich hab Ihnen oft geholfen, nicht wahr? Ich hab Sie nie im Stich gelassen, weil wir uns gegenseitig geachtet haben.«

»Und weil ich gut gezahlt habe.« Arkadi nahm seiner Feststellung die Spitze, indem er Zypin eine Zigarette gab.

»Sie wissen, was ich meine.«

»Ich kann dir nicht helfen, das mußt du verstehen. Du wirst wegen Totschlags verknackt.«

»Ich rede jetzt nicht von mir. Erinnern Sie sich an meinen Freund mit dem Spitznamen Schwan?«

Arkadi erinnerte sich undeutlich an eine merkwürdige Gestalt, die sich bei mehreren Gesprächen mit Zypin im Hintergrund aufgehalten hatte.

»Klar.«

»Wir sind immer zusammengewesen – sogar in den Lagern. Ich bin der Geldverdiener gewesen, verstehen Sie? Schwan gerät ohne mich in finanzielle Schwierigkeiten. Ich meine, ich hab schon genügend Sorgen und will mir nicht noch seinetwegen den Kopf zerbrechen müssen. Sie brauchen einen Vertrauensmann. Schwan hat ein Telefon, sogar ein Auto, er wäre der richtige Mann für Sie. Na, was halten Sie davon? Versuchen Sie's mal mit ihm?«

Als der Chefinspektor das Gefängnis verließ, wartete Schwan unter der nächsten Straßenlaterne. Seine Lederjacke betonte seine schmalen Schultern, den langen Hals und den Bürstenhaarschnitt. In Arbeitslagern kam es oft vor, daß Berufsverbrecher sich kleine Ganoven als Freunde hielten, die dann von den übrigen Lagerinsassen als schwul verachtet wurden. Aber Schwan und Zypin waren ein richtiges Paar, eine Seltenheit, und niemand hätte gewagt, Schwan in Zypins Gegenwart als schwul zu bezeichnen.

»Dein Freund hat vorgeschlagen, du könntest für mich arbeiten«, sagte Arkadi ohne sonderliche Begeisterung.

»Dann tu' ich's.« Schwan wirkte eigenartig zart und zierlich wie eine abgestoßene Porzellanfigur, was um so verblüffender war, weil er keineswegs gut aussah. Sein Alter war schwer zu erraten; auch seine sanfte Stimme lieferte keinen Anhaltspunkt für eine Schätzung.

»Allerdings ist auch mit brauchbaren Informationen nicht viel Geld zu verdienen«, warnte Arkadi ihn.

»Vielleicht können Sie etwas für ihn tun, anstatt mir Geld zu geben.« Schwan sah zum Gefängnistor hinüber.

»Er darf in Zukunft nur ein Paket pro Jahr empfangen.«

»Fünfzehn Pakete«, murmelte Schwan, als frage er sich bereits, was er hineinpacken solle.

8

Obwohl Moskau der UdSSR den Weg ins 21. Jahrhundert wies, bewahrte es sich eine geradezu viktorianische Vorliebe für Bahnreisen. Der Kiewer Bahnhof in der Nähe des Ausländergettos war Ausgangspunkt für Reisen in die Ukraine. Von dem etwas weiter nördlich liegenden Bjelorussischen Bahnhof waren Stalin im Hofzug des Zaren nach Potsdam und Chruschtschow und Breschnew zu Inspektionsreisen durch die Satellitenstaaten abgefahren. Vom Rigaer Bahnhof aus reiste man in die baltischen Republiken. Der Kursker Bahnhof suggerierte Urlaubsbräune am Schwarzen Meer. Vom Sawjolower Bahnhof und vom Paweletser Bahnhof aus verreisten keine bedeutenden Persönlichkeiten – nur Pendler oder Bauern aus der näheren Umgebung. Bei weitem am eindrucksvollsten waren die Leningrader, Jaroslawer und Kazaner Bahnhöfe, die drei Riesen am Komsomolskaja-Platz, und der eigenartigste von ihnen war der Kazaner Bahnhof, von dem aus man Tausende von Kilometern weit nach Afghanistan, in ein Arbeitslager hinter dem Ural oder durch zwei Kontinente bis zur Pazifikküste fahren konnte.

Um fünf Uhr morgens lagen in der großen Halle des Kazaner Bahnhofs ganze turkmenische Familien Kopf an Kopf auf den Bänken. Rotarmisten schliefen auf dem Boden hockend oder an die Wände gelehnt. Neben dem einzigen offenen Kiosk fragte Pascha Pawlowitsch eine junge Frau in einem Kaninchenpelz aus.

»Golodkin hat früher Schutzgelder von ihr erpreßt«, berichtete Pascha, als er zu dem wartenden Arkadi zurückkam, »aber sie hat ihn längere Zeit nicht mehr gesehen. Angeblich hat er sich auf den Autohandel verlegt.«

Ein junger Soldat sprach das Mädchen an, das dick Rouge aus Vaseline und Lippenstift aufgelegt hatte. Es lächelte ihm aufmunternd zu, während er den mit Kreide auf ihrer Schuhspitze stehenden Preis las. Dann verließen sie Hand in Hand die Bahnhofshalle, ohne auf die beiden Kriminalbeamten zu achten, die ihnen in einiger Entfernung folgten. Der Komsomolskaja-Platz lag im blau-grauen Licht der ersten Morgendämmerung vor ihnen. Arkadi beobachtete, wie das junge Paar in ein Taxi stieg.

»Fünf Rubel.« Pascha sah dem Taxi nach.

Der Fahrer parkte in einer stillen Nebenstraße und stieg aus, um Wache zu halten, während das Mädchen und der Junge sich auf dem Rücksitz liebten. Der Taxifahrer bekam die Hälfte der fünf Rubel und die Gelegenheit, dem jungen Soldaten eine Flasche Wodka zu verkaufen, die viel mehr kostete als das Mädchen. Offiziell gab es keine Straßenmädchen, weil die Prostitution seit der Oktoberrevolution abgeschafft worden war. Die Mädchen konnten wegen der Verbreitung von Geschlechtskrankheiten oder wegen unproduktiven Lebenswandels angeklagt werden, aber die Prostitution als strafbarer Tatbestand existierte nicht.

»Wieder nichts.« Pascha hatte mit den Mädchen auf dem Jaroslawer Bahnhof gesprochen.

»Komm, wir fahren.« Arkadi warf seinen Mantel auf den Rücksitz, bevor er sich ans Steuer setzte. Sogar kurz vor Sonnenaufgang war die Temperatur nicht unter den Nullpunkt gesunken. Über den Leuchtreklamen der Bahnhöfe wurde der Morgenhimmel allmählich heller. Unterdessen herrschte etwas mehr Verkehr. In Leningrad war es um diese Zeit noch stockfinster. Viele Leute schwärmten für Leningrad mit seinen Kanälen und literarischen Gedenkstätten. Arkadi war lieber in Moskau, das einer großen lärmenden Maschine glich.

Sie fuhren nach Süden in Richtung Moskwa. »Ist dir noch was zu dem geheimnisvollen Anrufer eingefallen, der sich mit Golodkin im Park treffen wollte?« erkundigte der Chefinspektor sich unterwegs.

»Wenn ich nur selbst hingefahren wäre...« Pascha schüttelte den Kopf. »Für so was ist Fet einfach zu dämlich.«

Die beiden hielten nach Golodkins Wagen, einem Toyota, Ausschau.

Jenseits des Flusses gingen sie ins Rscheski-Badehaus, um zu frühstücken.

Der Gebrauchtwagenmarkt befand sich in der Nähe der Stadtgrenze – eine lange Fahrt, die noch länger wurde, als Pascha einen Lastwagen sah, von dem aus Ananas verkauft wurden. Für vier Rubel erstand er eine von der Größe eines besseren Gänseeis.
»Ein kubanisches Stärkungsmittel«, vertraute er Arkadi an. »Ich hab Freunde, Gewichtheber, die schon dort gewesen sind. Unvorstellbar! Schwarze Schönheiten, Strände und Lebensmittel ohne Konservierungsstoffe. Ein Paradies der Werktätigen!«
Der Gebrauchtwagenmarkt fand auf einem unbebauten Grundstück statt, auf dem Pobedas, Schigulis, Moskwitschs und Saporoschez standen – einige uralt und klapprig, aber andere noch ladenneu. Ein gerissener Autobesitzer, der nach jahrelangem Warten endlich den kleinen Saporochez bekam, für den er 3000 Rubel zahlte, konnte damit sofort auf den Gebrauchtwagenmarkt fahren, sein Spielzeug für 10000 Rubel verkaufen, bei der staatlichen Marktaufsicht nur einen Verkauf für 5000 Rubel melden, seine sieben Prozent Provision zahlen und mit den restlichen 6650 Rubel einen gebrauchten, aber viel geräumigeren Schiguli kaufen. Der Markt glich einem Bienenstock – allerdings war die Voraussetzung dafür, daß jede Biene selbst Honig mitbrachte. Etwa 1000 Bienen waren anwesend. Arkadi gab vor, sich für einen weißen Moskwitsch zu interessieren. Er fuhr mit der Hand über den Lack.
»Wie eine Mädchenwange, was?« Ein Georgier in einem Ledermantel stand plötzlich vor ihm.
»Hübsch.«
»Sie sind schon in ihn verliebt, das sieht man. Lassen Sie sich nur Zeit, machen Sie einen kleinen Rundgang.«
»Wirklich sehr hübsch.« Arkadi schlenderte nach hinten.
»Sie verstehen was von Autos.« Der Georgier legte einen Finger auf sein rechtes Auge. »Dreißigtausend Kilometer. Andere Leute hätten den Tacho zurückgestellt, aber das ist nicht meine Art. Jede Woche gewaschen und poliert. Hab ich Ihnen die Scheibenwischer schon gezeigt?« Er zog sie aus einer großen Papiertüte.
»Gute Scheibenwischer.«
»Praktisch neuwertig. Aber das sehen Sie ja selbst.« Der Georgier kehrte den übrigen Marktbesuchern den Rücken zu und schrieb die Zahl 15000 so auf die Papiertüte, daß nur Arkadi sie lesen konnte. Arkadi setzte sich ans Steuer. Der Fahrersitz war durchgesessen, und

das weiße Plastiklenkrad wies Risse und Sprünge auf. Er drehte den Zündschlüssel nach rechts und sah im Rückspiegel eine bläuliche Wolke, die aus dem Auspuff kam.

»Hübsch.« Der Chefinspektor stieg aus. Sitze ließen sich auspolstern, und ein Motor konnte repariert werden, aber eine Karosserie war Gold wert.

»Ich hab gewußt, daß er Ihnen gefallen würde. Gekauft?«

»Wo ist Golodkin?«

»Golodkin, Golodkin...« Der Georgier zerbrach sich den Kopf. War das eine Person, ein Wagen? Er hatte diesen Namen noch nie gehört, bis der Chefinspektor, der noch immer den Zündschlüssel in der Hand hielt, ihm seinen Dienstausweis zeigte. Ah, *dieser* Golodkin! *Dieser* Halunke! Er hatte den Autoverkaufsplatz vor wenigen Minuten verlassen. Arkadi erkundigte sich, wohin er unterwegs sei. »Soviel ich weiß, wollte er zum *Melodija*. Wenn Sie ihn sehen, können Sie ihm ausrichten, daß ein ehrlicher Mann wie ich die vorgeschriebene Provision dem Staat zahlt, nicht Gaunern wie ihm. Und für Angehörige des Öffentlichen Dienstes, lieber Genosse, gibt's natürlich Rabatte!«

Am Kalinin-Prospekt waren die kleinen Gebäude fünfstöckige Rechtecke aus Stahlbeton und Glas, die größeren 25stöckige Winkeltürme aus Stahlbeton und Glas. Verkleinerte Kopien dieser Prachtstraße fand man in jeder neuen Stadt, aber keine von ihnen war so symbolisch für den Aufbruch in die Zukunft wie das Moskauer Vorbild. In beiden Richtungen führten acht Fahrbahnen über eine Fußgängerunterführung hinweg. Arkadi und Pascha warteten auf einer Caféterrasse gegenüber dem Gebäude des Schallplattengeschäfts *Melodija*.

»Im Sommer gefällt's mir hier besser.« Pascha löffelte frierend sein Mokkaeis mit Himbeersirup.

Drüben auf der anderen Straßenseite fuhr ein hellroter Toyota vor und bog in die nächste Querstraße ab. Eine Minute später schlenderte Feodor Golodkin, der zu Cowboystiefeln und Jeans einen eleganten Mantel und eine Pelzmütze trug, in das Plattengeschäft. Gleichzeitig kamen die beiden Kriminalbeamten drüben aus der Fußgängerunterführung.

Durch die Glasfront konnten sie beobachten, daß Golodkin nicht die Treppe zur klassischen Musik hinaufstieg. Während Pascha sich am Ausgang postierte, zwängte Arkadi sich an den jungen Leuten vorbei, die in Rock-and-Roll-Platten wühlten. An der Rückwand des Ladens erkannte er eine Hand in einem teuren Schweinslederhandschuh, die in das Regal mit den Politplatten griff. Als er näher kam, beobachtete er ein etwas aufgedunsenes Gesicht mit einer Narbe am linken Mundwinkel unter einer modisch gelockten honigblonden Mähne. Ein Verkäufer steckte Geld ein, als Golodkin sich abwandte.

»›Rede L. T. Breschnews zur Eröffnung des XXIV. Parteitags der KPdSU‹.« Arkadi las den Plattentitel laut vor, während er Golodkin den Weg vertrat.

»Verroll dich gefälligst!« Der Georgier stieß mit dem Ellbogen nach Arkadi, der ihm den Arm auf den Rücken drehte, so daß Golodkin sich mit einem Aufschrei nach vorn beugte. Drei schwarze Scheiben rutschten aus der Plattenhülle und rollten Arkadi vor die Füße. Rolling Stones, Pink Floyd und Supertramp.

»Muß ein interessanter Parteitag gewesen sein«, meinte Arkadi.

Golodkins Augenlider waren gerötet und schwer. Trotz seiner langen Mähne und seiner modischen Kleidung erinnerte er Arkadi an einen an der Angel zappelnden Fisch. Er hatte den Festgenommenen sofort in sein Büro in der Nowokusnezkaja-Straße gebracht, um ihm vor Augen zu führen, wie hilflos er an der Angel hing. Vor Abschluß der Ermittlungen konnte kein Rechtsanwalt verständigt werden, ja, nicht einmal der Staatsanwalt brauchte vor Ablauf von 48 Stunden von dieser Festnahme benachrichtigt zu werden. Und indem Golodkin in Tschutschins Nähe gebracht wurde, mußte der Eindruck entstehen, der Chefinspektor für Sonderfälle wolle nichts mehr mit seinem Spitzel zu schaffen haben oder sei selbst in Gefahr.

»Das mit den Platten hat mich ebenso verblüfft wie Sie«, protestierte Golodkin, als Arkadi ihn in den Vernehmungsraum im Erdgeschoß führte. »Die ganze Sache ist ein Irrtum!«

»Immer mit der Ruhe, Feodor.« Arkadi setzte sich ihm gegenüber und schob dem Verhafteten einen Aschenbecher hin. »Rauchen Sie erst mal eine Zigarette.«

Golodkin riß eine Packung Winston auf und bot sie dem Chefinspektor an.

»Danke, ich rauche lieber russische Zigaretten«, lehnte Arkadi freundlich ab.

»Sie werden lachen, wenn sich rausstellt, wie sehr Sie sich getäuscht haben«, meinte der Georgier hoffnungsvoll.

Pascha kam mit einem Stapel Unterlagen herein.

»Meine Akte?« fragte Golodkin. »Dann werden Sie gleich sehen, daß ich auf Ihrer Seite stehe. Ich arbeite schon lange mit der Miliz zusammen.«

»Was war mit den Schallplatten?« erkundigte Arkadi sich.

»Gut, ich will ganz ehrlich sein. Damit wollte ich mich in Dissidentenkreisen einschmeicheln, um Informationen liefern zu können.«

Arkadi betrachtete seine Fingerspitzen. Pascha zog ein Anklageformular heraus.

»Hören Sie sich nur um«, forderte der Georgier Arkadi auf. »Jeder kann Ihnen bestätigen, daß ich...«

»Bürger Feodor Golodkin aus Serafimow zwei, Stadt und Region Moskau«, las Pascha vor, »Sie sollen Frauen daran gehindert haben, an staatlichen und sozialen Aktivitäten teilzunehmen, und Minderjährige zu Straftaten angestiftet haben.«

Eine hübsche Umschreibung für die Anwerbung von Prostituierten; darauf standen vier Jahre Haft. Golodkin strich sich die Haare aus der Stirn, um den Kriminalbeamten besser anstarren zu können. »Lächerlich!«

»Augenblick.« Arkadi hob abwehrend die Hand.

»Sie sollen«, fuhr Pascha fort, »illegale Provisionen für den Wiederverkauf von Privatautos kassiert, Wohnungssuchende durch überhöhte Vermittlungsgebühren geschädigt und einen florierenden Schwarzhandel mit Ikonen aufgezogen haben.«

»Das läßt sich alles ganz leicht erklären«, versicherte Golodkin dem Chefinspektor.

»Weiterhin sollen Sie ein parasitäres Leben geführt haben«, fügte Pascha hinzu. Diesmal ruckte der Fisch heftig an der Angel, denn die ursprünglich nur für Zigeuner gedachten Strafbestimmungen waren später auch auf Regimekritiker und Schwarzhändler ausgedehnt worden und bedeuteten eine Verbannung hinter den Ural.

Golodkin bewahrte mühsam die Fassung. »Ich streite alles ab!«

»Bürger Golodkin«, meinte Arkadi, »Sie wissen, welche Strafen auf Behinderung unserer Ermittlungsarbeit stehen. Wie Sie selbst gesagt haben, kennen Sie diese Dienststelle.«

»Ich habe gesagt...« Der Georgier zündete sich eine Winston an und betrachtete dabei den Stapel Unterlagen. Nur Tschutschin konnte ihnen soviel Material gegeben haben. Dieser verdammte Tschutschin!

»Ich habe für...« Golodkin sprach nicht weiter, obwohl Arkadi ihm einladend zunickte. Es wäre Selbstmord gewesen, einen anderen Chefinspektor anzuschwärzen. »Was ich...«

»Ja?«

»Was ich getan habe – und ich gestehe damit noch gar nichts –, habe ich im Interesse dieser Dienststelle getan.«

»Lügner!« fuhr Pascha auf. »Ich schlag dir deine verlogene Fresse ein!«

»Nur um mich bei den eigentlichen Schwarzhändlern und antisowjetischen Elementen einzuschmeicheln«, behauptete Golodkin standhaft.

»Durch Morde?« Pascha ballte die Faust.

»Morde?« Golodkin riß die Augen auf.

Pascha warf sich über den Tisch und hätte Golodkin beinahe an der Gurgel zu fassen bekommen. Arkadi riß ihn zurück. Pascha war vor Zorn dunkelrot angelaufen. Manchmal machte es Arkadi wirklich Spaß, mit ihm zusammenzuarbeiten.

»Von Morden weiß ich nichts!« beteuerte Golodkin.

»Warum vernehmen wir ihn überhaupt?« fragte Pascha den Chefinspektor. »Er lügt sowieso nur.«

»Ich habe das Recht, mich zu den Beschuldigungen zu äußern«, stellte Golodkin fest.

»Das stimmt«, erklärte Arkadi Pascha. »Solange er aussagewillig ist und vorgibt, die Wahrheit zu sagen, kannst du nicht behaupten, er behindere unsere Arbeit.« Er schaltete das Tonbandgerät ein. »Bürger Golodkin, wir wollen mit einer aufrichtigen und detaillierten Schilderung Ihrer Verstöße gegen die Frauenrechte beginnen.«

Rein als inoffizielle Dienstleistung habe er angesehenen Persönlichkeiten Frauen zugeführt, die seiner Überzeugung nach volljährig gewesen seien, begann der Georgier. Namen, verlangte Pascha. Wer hatte wo, wann und für wieviel gebumst? Arkadi hörte nur mit halbem Ohr zu, während er die Berichte aus Ust-Kut las, die Golodkin für seine Akte gehalten hatte. Im Vergleich zu den Bagatellen, die der Georgier zu gestehen hatte, lasen sich Jakutskis Berichte wie ein Abenteuerroman.

Als Waise in Irkutsk hatte Konstantin Borodin, der später den Spitznamen »Kostja der Bandit« erhielt, das Tischlerhandwerk erlernt und an der Restaurierung des Klosters Snamjenski mitgearbeitet. Kurz vor Abschluß seiner Ausbildung war er jedoch aus einem staatlichen Internat ausgerissen und mit jakutischen Nomaden zum Polarkreis gezogen, um Polarfüchse zu jagen. Die Miliz war erstmals auf Kostja aufmerksam geworden, als er mit gleichaltrigen Komplizen nach Diebstählen auf den Aldan-Goldfeldern an der Lena gefaßt worden war. Als Zwanzigjähriger wurde er bereits wegen Diebstahls von Aeroflot-Flugscheinen, Vandalismus, Verkaufs von Radioteilen an junge Leute, deren »Piratensender« die staatlichen Rundfunksender störten, und Straßenraubs gesucht. Er entkam jedesmal wieder in die sibirische Taiga, in der ihn nicht einmal Jakutskis Hubschrauberstreifen aufspüren konnten. Das einzige neuere Foto von Kostja war eine

Zufallsaufnahme, die vor eineinhalb Jahren in der sibirischen Zeitung *Krasnoje Snamja* veröffentlicht worden war.

»Wenn Sie's genau wissen wollen«, erklärte Golodkin Pascha, »haben die Mädchen sich gern mit Ausländern eingelassen. Luxushotels, gutes Essen, saubere Betten – das ist schon fast wie eine kleine Reise.«

Das Zeitungsbild war grob gerastert und zeigte etwa 30 nicht näher bezeichnete Männer, die ein nicht näher bezeichnetes Gebäude verließen. Im Hintergrund war ein grobknochiges, verwegen gutaussehendes Gesicht mit einem Kreis gekennzeichnet. Es gab also noch Banditen auf dieser Welt.

Der größere Teil der Sowjetunion bestand aus Sibirien. Die russische Sprache kannte nur zwei mongolische Wörter: *Taiga* und *Tundra*, beide erinnerten an endlose Wälder oder baumlose Horizonte. Nicht einmal Hubschrauber konnten Kostja finden? Und dieser Mann sollte im Gorki-Park umgekommen sein?

»Haben Sie von jemand gehört, der in Moskau Gold verkauft?« fragte Arkadi den Georgier. »Vielleicht sibirisches Gold?«

»Mit Gold handle ich nicht; das ist mir zu gefährlich. Ich kenne das bei der Miliz eingeführte Prämiensystem und weiß genau, daß ihr zwei Prozent des bei Schwarzhändlern sichergestellten Goldes behalten dürft. Nein, das wäre mir zu riskant. Außerdem würde das Gold ohnehin nicht aus Sibirien kommen. Es wird von Seeleuten in Indien oder Hongkong gekauft und ins Land geschmuggelt. Moskau ist kein großer Goldumschlagplatz. Wer von Gold oder Diamanten spricht, meint Geschäfte mit Juden oder Armeniern in Odessa – alles Leute, mit denen ich mich nie abgeben würde.«

Golodkins Haut, Haar und Kleidung rochen nach amerikanischem Tabak, französischem Herrenparfüm und russischem Schweiß. »Im Grunde genommen tue ich den Leuten nur einen Gefallen. Ich bin Fachmann für Ikonen. Ich fahre hundert, zweihundert Kilometer von Moskau entfernt auf die Dörfer, lasse mir sagen, wo die alten Männer sich treffen, und kreuze dort mit einer Flasche Wodka auf. Sie müssen sich vorstellen, daß diese Männer von ihren Pensionen zu leben versuchen. Entschuldigen Sie, aber die Pensionen sind ein Witz! Ich tue ihnen einen Gefallen, wenn ich ihnen zwanzig Rubel für eine Ikone gebe, die seit fünfzig Jahren nur noch Staub angesetzt hat. Die alten Frauen würden vielleicht lieber verhungern, als sich von ihren Ikonen zu trennen, aber mit den Männern kann man reden. Dann fahre ich nach Moskau zurück und verkaufe die Sachen.«

»Wie?« fragte Arkadi.

»Ein paar Taxifahrer und Intourist-Führer empfehlen mich. Aber ich gehe oft selbst auf die Straße. Ich erkenne potentielle Kunden auf den ersten Blick – vor allem Schweden oder Amerikaner aus Kalifornien. Ich spreche Englisch, das ist meine Stärke. Amerikaner zahlen fast jeden Preis. Fünfzig für eine Ikone, die Sie nicht mal aus dem Rinnstein aufheben und von der Sie nicht wissen würden, ob Sie die Vorder- oder Rückseite vor sich haben. Und tausend für eine große, schöne Ikone. Natürlich Dollar, nicht Rubel. Dollar oder Touristenkupons, die kaum schlechter sind. Wieviel zahlen Sie für eine Flasche wirklich erstklassigen Wodka? Dreizehn Rubel? Mit Touristenkupons bekomme ich die gleiche Flasche für drei Rubel. Nehmen wir einmal an, ich möchte, daß mir jemand meinen Fernseher repariert, einen Kotflügel ausbeult oder sonst einen Gefallen tut. Biete ich ihm dann ernstlich Rubel an? Rubel sind was für die Dummen. Wenn ich einem Mechaniker ein paar Flaschen Wodka schenke, habe ich einen Freund fürs Leben gewonnen. Rubel sind Papier, verstehen Sie, und Wodka ist Bargeld.«

»Soll das etwa ein Bestechungsversuch sein?« erkundigte Pascha sich indigniert.

»Nein, nein, ich wollte nur darauf hinweisen, daß die Ausländer, denen ich Ikonen verkaufe, Schmuggler sind, und daß ich durch meine Tätigkeit dazu beigetragen habe, sie zu fassen.«

»Sie verkaufen auch an russische Bürger«, stellte Arkadi fest.

»Nur an Dissidenten!« protestierte Golodkin.

In dem Bericht Jakutskis, des Kriminalbeamten in Ust-Kut, hieß es weiterhin, während der im Jahre 1949 durchgeführten Kampagne gegen jüdische »Kosmopoliten« sei der Rabbi Solomon Dawidow, ein Witwer, aus Minsk nach Irkutsk umgesiedelt worden. Dawidows einziges Kind, Valeria Dawidowa, hatte ihr Kunststudium nach dem Tod ihres Vaters abgebrochen und eine Stelle als Sortiererin im Pelzzentrum Irkutsk angenommen. Dem Bericht lagen zwei Fotos bei. Eines zeigte ein Mädchen mit Pelzmütze, dicker Strickjacke, Wollrock und Filzstiefeln. Sehr jung, sehr fröhlich. Das zweite stammte aus der Zeitung *Krasnoje Snamja*. Der Bildtext lautete: »Auf der Internationalen Rauchwarenmesse hält die hübsche Sortiererin Dawidowa das 1000 Rubel teure Fell eines Barguschinski-Zobels hoch, damit Einkäufer es bewundern können.« Sie war trotz ihrer wenig vorteilhaften Arbeitskleidung tatsächlich sehr hübsch, und in der ersten Reihe der den Zobelpelz bewundernden Einkäufer stand Mr. John Osborne.

Arkadi studierte nochmals das Foto mit Kostja Borodin. Er stellte fest, daß die Gruppe aus etwa 20 Russen und Jakuten bestand, die eine kleinere Zahl westlicher und japanischer Geschäftsleute begleitete. Diesmal machte er Osborne auf dem Zeitungsfoto ausfindig.

Unterdessen erläuterte Golodkin ausführlich, wie bestimmte Georgier den Gebrauchtwagenmarkt unter ihre Kontrolle gebracht hatten.

»Durstig?« fragte Arkadi Pascha.

»Von seinen vielen Lügen«, antwortete Pascha.

Die Fenster waren beschlagen. Golodkin beobachtete die beiden Kriminalbeamten unsicher.

»Komm, wir gehen zum Mittagessen.« Arkadi klemmte sich die Unterlagen und das Tonband unter den Arm, bevor er mit Pascha zur Tür ging.

»Was ist mit mir?« fragte Golodkin.

»Sie wissen doch, daß es keinen Zweck hätte, jetzt zu verschwinden?« sagte Arkadi. »Wo würden Sie sich außerdem verstecken wollen?«

Sie ließen ihn sitzen. Eine halbe Minute später öffnete Arkadi die Bürotür und warf Golodkin eine Flasche Wodka zu. Der Georgier fing sie überrascht auf.

»Konzentrieren Sie sich auf die Morde, Feodor«, riet Arkadi ihm und schloß die Tür, bevor der sichtlich Verwirrte etwas sagen konnte.

Regen hatte die letzten Schneereste aufgetaut. Auf der gegenüberliegenden Straßenseite standen Männer vor einem Kiosk nach Bier Schlange – »ein untrügliches Frühlingsanzeichen«, wie Pascha behauptete –, deshalb kauften Arkadi und er sich belegte Brote von einem Karren, bevor sie sich ebenfalls anstellten. Hinter der beschlagenen Fensterscheibe des Vernehmungsraums erkannten sie Golodkin, der sie beobachtete.

»Er wird sich sagen, er sei zu gerissen, um einen Schluck aus der Flasche zu nehmen, aber dann wird er sich überlegen, daß er sich eigentlich recht gut gehalten hat, so daß ihm eine Belohnung zusteht. Außerdem kannst du dir vorstellen, wie durstig er sein muß, wenn du schon Durst hast.«

»Echt raffiniert!« meinte Pascha bewundernd. Er fuhr sich mit der Zungenspitze über die Lippen.

»Ungefähr so raffiniert, als würde man jemand von einer Klippe stoßen«, wehrte Arkadi ab.

Trotzdem war er innerlich aufgeregt. Der Amerikaner Osborne konnte den sibirischen Banditen und dessen Geliebte gekannt haben. Der Bandit konnte mit gestohlenen Flugscheinen nach Moskau gekommen sein. Bemerkenswert, höchst bemerkenswert!

Pascha kaufte das Bier: zwei volle Glaskrüge für 44 Kopeken. An der Straßenecke um den Kiosk herum herrschte freundschaftliches Gedränge. Männer mit Bierkrügen in der Hand begrüßten einander, als seien sie den Winter über alle unsichtbar gewesen. Bei solchen Gelegenheiten hatte Arkadi das Gefühl, Parasiten wie Golodkin seien tatsächlich seltene Fehlentwicklungen.

Nach der Mittagspause fuhr Pascha ins Außenministerium, um Unterlagen über die Aufenthalte Osbornes und des Deutschen Hofmann zu beschaffen, und ins Handelsministerium, um Außenaufnahmen des Pelzzentrums in Irkutsk zu holen. Arkadi ging allein zu Golodkin zurück.

»Sie wissen bestimmt, daß ich schon selbst bei Vernehmungen mitgemacht habe – sozusagen von Ihrer Seite des Tisches aus«, begann der Georgier. »Ich glaube, daß wir offen miteinander reden können. Ich verspreche Ihnen, so bereitwillig als Zeuge auszusagen, wie ich's bei anderen getan habe. Und was die Dinge betrifft, von denen wir heute morgen geredet haben . . .«

»Kleinigkeiten, Feodor«, warf Arkadi ein.

Golodkins Augen leuchteten hoffnungsvoll. Die Wodkaflasche stand halbleer neben seinem Stuhl.

»Die von Gerichten verhängten Strafen erscheinen einem manchmal im Verhältnis zu den Straftaten ungewöhnlich hoch«, fügte der Chefinspektor hinzu. »Vor allem in Fällen wie Ihrem, in denen es um Bürger mit einem gewissen Sonderstatus geht.«

»Ohne Ihren Kollegen kommen wir bestimmt besser zurecht«, meinte Golodkin erleichtert.

Der Chefinspektor legte ein neues Tonband auf, bot Golodkin eine Zigarette an und zündete sich selbst eine an.

»Feodor, ich möchte Ihnen einiges erzählen und Ihnen mehrere Aufnahmen zeigen; danach sollen Sie mir einige Fragen beantworten. Vieles wird Ihnen vielleicht unsinnig erscheinen, aber ich muß Sie bitten, Geduld zu haben und sich Ihre Antworten gut zu überlegen. Verstanden?«

»Ja, ja, fragen Sie nur!«

»Danke«, sagte Arkadi, der innerlich noch vor dem Sprung ins Ungewisse zurückschreckte, den er hier wagen mußte, weil er bisher nur Vermutungen anstellen konnte. »Feodor, Sie haben zugegeben, daß Sie Ikonen an Touristen – oft an Amerikaner – verkaufen. Wir haben Beweise dafür, daß Sie versucht haben, einem Ausländer namens John Osborne Ikonen zu verkaufen. Sie haben sich letztes Jahr mit ihm in Verbindung gesetzt und Osborne erst vor wenigen Tagen wieder angerufen. Aus dem erhofften Geschäft ist nichts geworden, weil Osborne seinen Bedarf anderswo gedeckt hat. Da Sie selbst Geschäftsmann sind, kann dies nicht der erste geplatzte Abschluß gewesen sein. Deshalb möchte ich von Ihnen hören, warum Sie diesmal so wütend geworden sind.« Golodkin erwiderte seinen Blick ausdruckslos. »Was ist mit den Leichen im Gorki-Park, Feodor? Oder wollen Sie etwa behaupten, Sie wüßten nichts von ihnen?«

»Leichen?« wiederholte der Georgier verständnislos.

»Kostja Borodin und Valeria Dawidowa – beide aus Sibirien.«

»Nie von ihnen gehört«, stellte Golodkin fest.

»Natürlich nicht unter diesen Namen. Der springende Punkt ist jedenfalls, daß diese beiden Ihnen ein Geschäft vor der Nase weggeschnappt haben, daß es Zeugen für eine Auseinandersetzung zwischen Ihnen und den beiden gibt und daß sie einige Tage später ermordet worden sind.«

»Was soll ich dazu sagen?« Golodkin zuckte mit den Schultern. »Die Sache klingt so unsinnig, wie Sie angekündigt haben. Sie haben Aufnahmen, haben Sie gesagt?«

»Danke, daß Sie mich daran erinnern. Ja, ich kann Ihnen Fotos der Ermordeten zeigen.«

Arkadi legte ihm die Aufnahme mit Borodin und das Pressefoto mit der Dawidowa vor. Golodkin starrte die junge Frau, Osborne, den Banditen, wieder Osborne, Arkadi und erneut die Aufnahmen an.

»Sie sehen selbst, welche Schlußfolgerungen sich mir geradezu aufdrängen, Feodor. Zwei Bürger kommen Tausende von Kilometern weit nach Moskau und halten sich hier sechs bis acht Wochen verborgen – kaum lange genug, um sich Feinde zu machen, wenn man von geschäftlichen Konkurrenten absieht. Dann werden sie von irgendeinem Sadisten, einem gesellschaftlichen Parasiten ermordet. Wie Sie merken, schildere ich einen sehr seltenen Vogel – einen Kapitalisten, könnte man sagen. Oder genauer gesagt: Sie, Feodor! Können Sie sich vorstellen, wie stark der Druck auf einen Ermittlungsbeamten ist, einen derartigen Fall abzuschließen? Ein anderer würde vermutlich nicht lange zögern. Sie sind beim Streit mit den Ermordeten beobachtet worden. Sie sind beim Mord beobachtet worden. Das ist kein großer Unterschied mehr.«

Golodkin starrte Arkadi an. Fisch und Fischer. Der Chefinspektor spürte, daß dies seine einzige Chance war, bevor der Angelhaken ausgespuckt wurde.

»Falls Sie sie ermordet haben, Feodor, werden Sie wegen Mordes aus

Habgier zum Tode verurteilt. Falls Sie einen Meineid leisten, kriegen Sie zehn Jahre aufgebrummt. Falls ich den Eindruck habe, daß Sie mich belügen, sorge ich dafür, daß Sie wegen der Kleinigkeiten, von denen wir anfangs gesprochen haben, ins Arbeitslager kommen. Dort können Sie sich auf einiges gefaßt machen, Feodor. Die anderen Häftlinge haben etwas gegen Polizeispitzel, vor allem schutzlose Spitzel. Nein, Sie können es sich nicht leisten, in ein Arbeitslager geschickt zu werden, Feodor. Sie wissen so gut wie ich, daß Sie innerhalb eines Monats mit durchschnittener Kehle aufgefunden werden würden.«

Der Georgier schwieg verbissen. Sein angetrunkener Mut verflüchtigte sich.

»Ich bin Ihre einzige Hoffnung, Feodor, Ihre einzige Chance. Erzählen Sie mir, was Sie über Osborne und die Sibirier wissen.«

Golodkin beteuerte nochmals seine Unschuld; dann schlug er die Hände vors Gesicht und packte aus.

»Ich kenne einen Deutschen, einen gewissen Hofmann. Ich hab ihm manchmal Mädchen verschafft. Er hat mir von einem Freund erzählt, der sich für Ikonen interessierte, und mich auf einer Party mit Osborne bekannt gemacht.

Osborne hat in Wirklichkeit gar kein Interesse an Ikonen gehabt. Er wollte einen Betstuhl oder einen Schrein mit religiösen Motiven. Für einen schönen großen Schrein hat er mir zweitausend Dollar versprochen.

Ich hab den ganzen Sommer lang nach was Passendem gesucht und tatsächlich einen Schrein gefunden. Osborne kommt wie vereinbart im Dezember zurück. Ich rufe ihn an, um ihm die freudige Mitteilung zu machen, aber der Kerl legt einfach auf. Ich fahre sofort ins *Rossija*, sehe Osborne und Hofmann rauskommen und folge ihnen zum Swerdlow-Platz, wo sie sich mit zwei Bauernlümmeln – den Leuten auf Ihren Bildern – treffen. Hofmann und Osborne verschwinden, und ich knöpfe mir die beiden vor.

Da stehen die beiden mitten in Moskau und riechen nach Terpentin! Ich weiß, was gespielt wird, und sage ihnen auf den Kopf zu, daß sie einen Schrein restaurieren, um ihn Osborne zu verkaufen, während ich auf meinem sitzenbleibe. Ich verlange eine Entschädigung für den entgangenen Gewinn und meine Unkosten. Ich verlange fünfzig Prozent ihres Gewinns – sozusagen als Provision.

Der Kerl, dieser sibirische Gorilla, legt mir freundlich einen Arm um die Schultern, und im nächsten Augenblick spüre ich ein Messer an der Kehle! Mitten auf dem Swerdlow-Platz! Er fordert mich auf, Osborne und ihn in Zukunft nicht wieder zu belästigen. Können Sie sich das vorstellen? Das war Mitte Januar – am Neujahrstag nach alter Zeitrechnung. Um uns herum waren die meisten Passanten betrunken, und ich wäre verblutet, ohne daß sich ein Mensch um mich gekümmert hätte. Der Sibirier lachte nur und ging mit seinem Flittchen weiter.«

»Sie haben nicht gewußt, daß die beiden tot sind?« fragte Arkadi.

»Nein!« Golodkin hob den Kopf. »Ich bin ihnen nie wieder in die Quere gekommen. Halten Sie mich für blöd?«

»Aber Sie haben den Mut aufgebracht, Osborne anzurufen, sobald Sie wußten, daß er wieder in Moskau war.«

»Das ist nur ein Versuchsballon gewesen. Ich habe den für ihn beschafften Schrein noch immer. Er ist praktisch unverkäuflich, weil er sich nicht außer Landes bringen läßt. Mein einziger Kunde wäre Osborne gewesen. Ich weiß nicht, was er damit vorgehabt hat.«

»Und gestern haben Sie sich mit Osborne im Gorki-Park getroffen«, behauptete der Chefinspektor.

»Nein, nicht mit Osborne! Ich weiß nicht, wie der Kerl geheißen hat; er hat sich nicht vorgestellt. Irgendein Amerikaner, der behauptet hat, er interessiere sich für Ikonen. Aber in Wirklichkeit wollte er nur einen Spaziergang durch den Park machen.«

»Stimmt das wirklich?« fragte Arkadi zweifelnd.

»Hundertprozentig! Ein dicker alter Kerl, der mir dumme Fragen gestellt hat. Er hat prima Russisch gesprochen, das muß man ihm lassen, aber ich hab' natürlich einen Blick für Ausländer. Wir sind durch den Park gegangen und auf einer Lichtung stehengeblieben.«

»Im Nordteil des Parks in der Nähe eines Fußwegs?«

»Richtig. Na ja, ich hab geglaubt, er wolle mit mir unter vier Augen wegen eines Mädchens reden, aber er hat statt dessen von einem Austauschstudenten, einem Amerikaner namens Kirwill, angefangen, den ich natürlich nicht gekannt habe. Ich hab ihm erzählt, daß ich sehr viele Leute kenne – nur diesen Kirwill nicht. Daraufhin ist er mit einem Schlag sehr schweigsam geworden.« Golodkin schüttelte den Kopf. »Außerdem hab ich ihm gleich angesehen, daß er keine Ikonen kaufen wollte.«

»Warum?«

»Er war bettelarm. Er hatte lauter russische Sachen an.«

»Hat er diesen Kirwill beschrieben?«

»Mager, hat er gesagt. Rothaarig.«

Arkadi nickte zufrieden. Er griff nach dem Telefonhörer und wählte Major Pribludas Nummer. »Ich brauche Informationen über einen Amerikaner mit dem Nachnamen Kirwill. K-i-r-w-i-l-l.«

Pribluda ließ sich mit seiner Antwort Zeit. »Das klingt eher nach einem Fall für mich«, stellte er schließlich fest.

»Allerdings!« stimmte der Chefinspektor zu.

»Nein, Sie sollen das Zeug haben«, entschied Pribluda zu Arkadis Überraschung. »Schicken Sie mir Fet, dann gebe ich ihm, was wir haben.«

Arkadi erreichte Fet im *Ukraina* und spielte dann eine Stunde lang mit Streichhölzern auf einem Blatt Papier, während Golodkin langsam seine Flasche leerte.

Tschutschin kam in den Vernehmungsraum und riß die Augen auf, als er seinen Informanten dort mit einem anderen Ermittlungsbeamten sitzen sah. Arkadi forderte ihn barsch auf, sich bei Jamskoi zu beschweren, falls ihm etwas nicht passe, und Tschutschin ergriff die Flucht. Golodkin war sichtlich beeindruckt. Dann kam Fet mit einer Aktentasche und dem Gesichtsausdruck eines gegen seinen Willen eingeladenen Gastes.

»Darf man erfahren, worum es hier geht, Chefinspektor?« Er rückte unbehaglich seine Nickelbrille zurecht.

»Später. Geben Sie mir die Unterlagen.«

Arkadi sah, daß Golodkin diese Zurechtweisung des Kriminalbeamten gefiel. Er war dabei, sich umzuorientieren und in eine neue Loyalität hineinzufinden. Arkadi blätterte in den fotokopierten Unterlagen. Pribluda hatte überraschend viel Material herausgerückt.

Im ersten der beiden Dossiers stand:

US-Reisepaß. Name: James Mayo Kirwill. Geburtsdatum: 4. 8. 1952. Größe: 1,73 m. Ehefrau: keine. Kinder: keine. Geburtsort: New York, USA. Augen: braun. Haarfarbe: rot. Ausstellungstag: 7. 5. 1974.

Das schwarzweiße Paßfoto zeigte einen jungen, unterernährt wirkenden Mann mit tief in den Höhlen liegenden Augen, gewelltem Haar, langer Nase und verkniffenem Lächeln. Die Unterschrift war klein und pedantisch.

Aufenthaltsvisum. James Mayo Kirwill. Sonstige Angaben: siehe oben. Beruf: Sprachstudent. Zweck des Aufenthalts: Studium an der Moskauer Staatsuniversität. Angehörige: keine. Frühere Besuche in der UdSSR: keine. Verwandte in der UdSSR: keine. Heimatanschrift: 109 West 78 St., New York, USA.

Rechts oben auf dem Visum klebte das gleiche Schwarzweißfoto wie in Kirwills Paß. Die Unterschriften waren beinahe identisch – auffallend sauber, wie gestochen.

Verwaltung der Moskauer Staatsuniversität. Einschreibung für Slawistikstudium im September 1974.

Gleichmäßig gute Noten. Eine ausgezeichnete Beurteilung durch einen Tutor, aber...

Komsomol-Bericht. J. M. Kirwill bemüht sich zu sehr um Kontakte zu sowjetischen Studenten, zeigt zuviel Interesse an sowjetischer Innenpolitik, äußert antisowjetische Ansichten. Von der Komsomol-Zelle seines Wohnheims zur Rede gestellt, äußert Kirwill auch antiamerikanische Ansichten. Eine heimliche Durchsuchung seines Zimmers fördert Schriften des Thomas von Aquin und eine Bibel in kyrillischer Schrift zutage.
Komitee für Staatssicherheit. Kirwill wurde im ersten Jahr von Mitstudenten observiert und als für eine Anwerbung ungeeignet eingestuft. Annäherungsversuche durch eine junge Dozentin und einen Kommilitonen blieben ergebnislos. Das Gesamturteil war daher negativ. Unerwünschte Kontakte zu Kirwill haben gehabt: die Sprachstudenten T. Bondarow und S. Kogan sowie die Jurastudentin I. Asanowa.
Gesundheitsministerium, Poliklinik der Staatsuniversität Moskau. Der Student J. Kirwill wurde wegen folgender Erkrankungen behandelt: Verdauungsstörungen in den ersten vier Monaten; Grippe; Zahnentzündung (Zahn gezogen und durch Stahlkrone ersetzt).

Auf dem beiliegenden Zahnschema war der gleiche Zahn wie bei dem Toten im Gorki-Park angekreuzt. Von einer Wurzelbehandlung war nirgends die Rede.

Innenministerium. J. M. Kirwill ist am 12. 3. 1976 ausgereist. Wegen seiner für Gäste der UdSSR unangebrachten Einstellung sollte ihm keine weitere Einreise mehr genehmigt werden.

Dieser verdächtig asketische Student hatte offenbar keine Schwierigkeiten mit dem geschwächten linken Bein gehabt, das Lewin bei Rotkopf entdeckt hatte, war anscheinend von keinem amerikanischen

Zahnarzt behandelt worden und schien nie in die Sowjetunion zurückgekommen zu sein. Andererseits hatte er das richtige Alter und den richtigen Körperbau sowie eine Stahlkrone und rotes Haar – und kannte Irina Asanowa.

Arkadi zeigte Golodkin das Paßfoto. »Kennen Sie diesen jungen Mann?«

»Nein.«

»Er kann braunes oder rotes Haar gehabt haben. In Moskau laufen nicht viel rothaarige schmächtige Amerikaner herum, Feodor.«

»Tut mir leid, ich kenne ihn nicht.«

»Wie steht's mit diesen Studenten? Bondarow? Kogan?« Der Chefinspektor fragte nicht nach Irina Asanowa. Fet hörte schon interessiert genug zu.

Als Golodkin den Kopf schüttelte, schlug Arkadi das zweite Dossier auf.

US-Reisepaß. Name: William Patrick Kirwill. Geburtsdatum: 23. 5. 1930. Größe: 1,80 m. Ehefrau: keine. Kinder: keine. Geburtsort: New York, USA. Augen: blau. Haarfarbe: grau. Ausstellungstag: 23. 2. 1977.

Das Paßfoto zeigte einen Mann mittleren Alters mit lockigem grauen Haar und offenbar dunkelblauen Augen. Er hatte eine kurze Nase und ein energisches Kinn. Kein Lächeln. Unter Jacke und Hemd verbargen sich anscheinend breite Schultern und ein muskulöser Oberkörper. Seine Unterschrift wirkte kraftvoll und beherrscht.

Touristenvisum. William Patrick Kirwill. Sonstige Angaben: siehe oben. Beruf: Werbefachmann. Zweck des Aufenthalts: Tourismus. Mitreisende Angehörige: keine. Frühere Besuche in der UdSSR: keine. Verwandte in der UdSSR: keine. Heimatanschrift: 220 Barrow St., New York, USA.

Die gleiche Unterschrift, das gleiche Paßfoto.

Einreise in die UdSSR: 18. 4. 1977. Ausreise: 30. 4. 1977. An- und Abreise mit Pan American Airways. Aufenthalt im Hotel Metropol.

Arkadi hielt William Patrick Kirwills Paßfoto hoch.

»Erkennen Sie diesen Mann?«

»Das ist er! Das ist der Kerl, der mich gestern in den Gorki-Park bestellt hat!«

»Aber Sie haben von einem ›dicken alten Kerl‹ gesprochen«, protestierte der Chefinspektor.

»Na ja, er war eben groß und kräftig.«

»Und wie ist er gekleidet gewesen?«

»Er hat lauter neue russische Sachen angehabt. Da er fließend Russisch spricht, kann er sie sich selbst gekauft haben – aber welcher Amerikaner sollte das wollen?«

Arkadi betrachtete das Foto erneut. Er hatte keine Vorstellung von amerikanischen Werbefachleuten; er sah ein Gesicht, aus dem brutale Kraft sprach, und einen Mann, der Golodkin geradewegs auf die Lichtung geführt hatte, auf der die Ermordeten entdeckt worden waren und auf der Arkadi im Kampf gegen einen Unbekannten unterlegen war. Der Chefinspektor erinnerte sich daran, seinen Gegner ins Ohr gebissen zu haben. »Haben Sie seine Ohren gesehen?«

Golodkin schüttelte den Kopf. »Ich bezweifle, daß es Unterschiede zwischen sozialistischen und kapitalistischen Ohren gibt.«

Arkadi rief bei Intourist an und erfuhr, daß W. P. Kirwill am fraglichen Abend eine Karte fürs Bolschoi-Theater gehabt hatte. Er fragte, wie Kirwills Intourist-Führer zu erreichen sei, und hörte, daß der Amerikaner ein Einzelreisender sei. Intourist-Führer gab es erst für Reisegruppen ab zehn Personen.

Als der Chefinspektor auflegte und sich mit einem Blick zu Fet hinüber vergewisserte, daß der KGB-Spitzel alles mitbekommen hatte, kam Pascha aus dem Außenministerium zurück. »Wir haben jetzt einen Zeugen, der eine direkte Verbindung zwischen zwei möglichen Mordopfern und einem verdächtigen Ausländer herstellt«, sagte Arkadi nachdrücklich, damit Fet auch alles mitbekam, was er Pribluda berichten sollte. »In gewisser Beziehung hängt der Fall doch mit dem Ikonenschwarzhandel zusammen. Im allgemeinen nehmen wir keine ausländischen Verdächtigen in Haft. Darüber muß ich erst mit dem Staatsanwalt sprechen. Unser Zeuge kann vielleicht sogar eine indirekte Verbindung zu dem dritten Ermordeten herstellen. Die Mosaiksteine passen allmählich zusammen. Unser Feodor hier ist des Rätsels Lösung.«

»Ich hab Ihnen gleich gesagt, daß ich auf Ihrer Seite stehe«, erklärte Golodkin Pascha.

»Welchen ausländischen Verdächtigen meinen Sie?« erkundigte Fet sich.

»Den Deutschen«, antwortete Golodkin eifrig. »Hofmann.«

Arkadi schickte Fet mitsamt seiner Aktentasche weg. Das war nicht schwierig, denn Pribludas Vögelchen hatte endlich ein Lied zu singen.

»Stimmt das mit diesem Hofmann?« wollte Pascha wissen.

»Es kommt der Wahrheit ziemlich nahe«, sagte der Chefinspektor. »Laß sehen, was du mitgebracht hast.«

Der Kriminalbeamte hatte sich im Außenministerium die Ein- und Ausreisedaten Osbornes und Hofmanns in den vergangenen 16 Monaten geben lassen. Beide Männer waren ungewöhnlich oft in der Sowjetunion gewesen:

J. D. Osborne, USA, Präsident der Osborne Pelz, Inc.
Einreise: New York–Leningrad 2. 1. 1976 (Hotel Astoria); Moskau 10. 1. 1976 (Hotel Rossija); Irkutsk 15. 1. 1976 (Gast des Pelzzentrums Irkutsk); Moskau 20. 1. 1976 (Hotel Rossija)
Ausreise: Moskau–New York 28. 1. 1976
Einreise: New York–Moskau 11. 7. 1976 (Hotel Astoria)
Ausreise: Moskau–New York 22. 7. 1976
Einreise: Paris–Grodno–Leningrad 2. 1. 1977 (Hotel Astoria); Moskau 11. 1. 1977 (Hotel Rossija)

Interessant! Grodno war ein Eisenbahnknotenpunkt an der russisch-polnischen Grenze. Anstatt zu fliegen, hatte Osborne die ganze Strecke nach Leningrad mit dem Zug zurückgelegt.

Ausreise: Moskau–Leningrad–Helsinki 2. 2. 1977
Einreise: New York–Moskau 3. 4. 1977 (Hotel Rossija)
Voraussichtl. Ausreise: Moskau–Leningrad 30. 4. 1977

H. Hofmann, DDR, SED–Mitglied
Einreise: Berlin–Moskau 5. 1. 1976
Ausreise: Moskau–Berlin 27. 6. 1976
Einreise: Berlin–Moskau 4. 7. 1976
Ausreise: Moskau–Berlin 3. 8. 1976
Einreise: Berlin–Leningrad 20. 12. 1976
Ausreise: Leningrad–Berlin 3. 2. 1977
Einreise: Berlin–Moskau 5. 3. 1977

Über Hofmanns Reisen in der Sowjetunion lagen keine Informationen vor, aber Arkadi konnte sich ausrechnen, wann Osborne und der Deutsche persönlichen Kontakt gehabt haben konnten: an 13 Tagen im Januar 1976 in Moskau, an elf Tagen im Juli 1976 in Moskau und in diesem Winter vom 2. bis 10. Januar in Leningrad sowie vom 10. Januar bis 1. Februar in Moskau (als die Morde verübt wurden). Am 2. Februar war Osborne nach Helsinki geflogen, während Hofmann nach Leningrad gefahren zu sein schien. Seit 3. April waren sie wieder beide in Moskau. Aber zuletzt hatte Osborne den Deutschen nur von Telefonzellen aus angerufen.

Pascha hatte auch ein Hochglanzfoto des Pelzzentrums in Irkutsk mitgebracht. Es erwies sich als das langweilig moderne Gebäude hinter Kostja Borodin. Alles andere wäre eine Überraschung für Arkadi gewesen.

»Du fährst mit unserem Freund Feodor in seine Wohnung«, wies er Pascha an. »Dort steht ein besonderer Schrein, den du ins *Ukraina* in Sicherheit bringst. Und die Tonbänder nimmst du auch gleich mit.«

Um Platz für die Tonbandspulen mit Golodkins Geständnis zu schaffen, mußte Pascha seine kostbare Ananas in eine andere Tasche stecken.

»Du hättest dir auch eine kaufen sollen«, erklärte er Arkadi.

»Das wäre Verschwendung gewesen.«

Als die beiden gegangen waren, zog Arkadi seinen Mantel an, ging über die Straße und trank einen Wodka. Er bedauerte, Pascha nicht begleitet und zur Feier des Tages eingeladen zu haben. »Auf unser Wohl!« Immerhin hatten sie bewiesen, daß sie ihre Arbeit verstanden. Er erinnerte sich an die Ananas. Pascha hatte offenbar eine Eroberung vor. Arkadi ertappte sich dabei, daß er den Münzfernsprecher anstarrte. Er hatte zufällig ein Zweikopekenstück in der Hand.

Er fragte sich, wo Sonja sein mochte. Was war, wenn sie Schmidt verlassen hatte und in die Wohnung zurückgekehrt war? Arkadi war seit Tagen nicht mehr zu Hause gewesen. Er durfte sich nicht vor Sonja verstecken; sie mußten zumindest miteinander reden. Er verfluchte sich wegen seiner Schwäche und wählte. Sein Anschluß war besetzt; folglich mußte Sonja in der Wohnung sein.

Die U-Bahn war voller Werktätiger, die nach Hause fuhren. Arkadi fühlte sich als einer von ihnen. Er hatte melodramatische Phantasien. Sonja war reuevoll, und er war großmütig. Sie war wütend, aber er war tolerant. Sie war zufällig in der Wohnung, und er überredete sie zum Bleiben. Alle Variationen endeten damit, daß er mit ihr ins Bett ging.

Arkadi lief über den Hof, nahm je zwei Treppenstufen auf einmal und klopfte an die Wohnungstür. Dahinter klang es leer. Er sperrte auf und trat über die Schwelle.

Sonja war zurückgekommen, das stand fest. Aus der Wohnung waren Tische und Stühle, Teppiche und Vorhänge, Bücher und Regale, Schallplatten und Stereoanlage, Porzellan, Gläser und Bestecke verschwunden. Im ersten der beiden Räume hatte sie lediglich den Kühlschrank zurückgelassen, der nicht einmal mehr die Eiswürfelschalen enthielt. Im zweiten Zimmer stand noch das Bett, so daß es als Schlafzimmer bezeichnet werden konnte. Arkadi erinnerte sich daran, wie mühsam es gewesen war, das Bett in den Raum zu schaffen. Sonja hatte nur das Bettlaken und die Decke zurückgelassen.

Der Hörer lag neben dem Telefon – deshalb hatte Arkadi angenommen, sie sei zu Hause. Er legte ihn auf und setzte sich auf die Bettkante.

Das Telefon klingelte. Sonja! dachte er. »Ja.«

»Ist dort Chefinspektor Renko?«

»Ja.«

»In einer Wohnung in Serafimow zwei hat's eine Schießerei gegeben. Ein gewisser Golodkin und der Kriminalbeamte Pawlowitsch sind tot.«

Ein Milizionär führte den Chefinspektor die Treppe in den ersten Stock hinauf, an neugierigen Gesichtern hinter spaltbreit geöffneten Wohnungstüren vorbei und in Golodkins Wohnung: Zweieinhalb Zimmer, in der sich Kartons mit Scotch, Zigaretten, Schallplatten und Konservendosen auf dem unter mehreren Lagen Orientteppichen verschwindenden Fußboden türmten. Lewin war da und bohrte mit einer Art Pinzette in Golodkins Schädel herum. Pascha Pawlowitsch lag auf den Teppichen. Sein dunkler Mantel war auf dem Rücken naß, aber nicht zu naß; er mußte sofort tot gewesen sein. Neben beiden Männern lag je eine Pistole.

Ein Inspektor der örtlichen Miliz, den Arkadi nicht kannte, meldete sich mit den ersten Ermittlungsergebnissen.

»Golodkin muß Pawlowitsch in den Rücken geschossen haben«, berichtete er, »und unser Kollege hat ihn dann offenbar erschossen, bevor er selbst zusammengebrochen ist. Die Nachbarn haben keine Schüsse gehört. Die Kugeln scheinen zu Pawlowitschs PM, seiner Dienstwaffe, und Golodkins TK zu passen, obwohl sie natürlich noch ballistisch untersucht werden müssen.«

»Haben die Nachbarn jemand gesehen, der die Wohnung verlassen hat?« erkundigte Arkadi sich.

»Niemand hat die Wohnung verlassen. Die beiden haben sich gegenseitig erschossen.«

Arkadi sah zu Lewin hinüber, der seinem Blick auswich.

»Pawlowitsch hat den anderen Mann nach einer Vernehmung herge-bracht«, stellte Arkadi fest. »Haben Sie den Kollegen durchsucht? Haben Sie in seinen Taschen Tonbandspulen gefunden?«

»Wir haben ihn durchsucht«, antwortete der Inspektor. »Wir haben keine Tonbandspulen gefunden.«

»Haben Sie irgend etwas aus der Wohnung entfernt?«

»Nein, nichts.«

Arkadi streifte durch Golodkins Wohnung, suchte den mit Ikonen be-setzten Schrein, warf ganze Stapel von Parkas und ein Dutzend Skier aus den Kleiderschränken und schnitt Kartons mit französischer Seife auf. Der Inspektor beobachtete ihn wie erstarrt – nicht nur aus Angst, schadenersatzpflichtig gemacht werden zu können, sondern aus Ent-setzen über diesen Umgang mit solchen Kostbarkeiten. Als Arkadi schließlich seine Suche aufgab und sich erneut über den toten Krimi-nalbeamten beugte, wies der Inspektor seine Milizionäre an, mit dem Abtransport der Waren zu beginnen.

Der tödliche Kopfschuß hatte Golodkins Stirn zerschmettert. Pascha lag mit friedlich geschlossenen Augen da. Sein männlich-hübsches Tatarengesicht ruhte auf kostbaren Seidenfäden: ein schlummernder Reiter auf einem fliegenden Teppich. Golodkins Schrein war ver-schwunden, die Tonbänder mit Golodkins Geständnis waren gestoh-len worden, Golodkin war tot.

9

Der Silbersee nördlich von Moskau war noch zugefroren; lediglich Jamskois Datscha am Ufer war um diese Zeit bewohnt. Arkadi parkte hinter einem Tschaika, ging zum Hintereingang des Hauses und klopfte an die Tür. Der Staatsanwalt erschien an einem Fenster, gab ihm ein Zeichen, er solle warten, und kam wenige Minuten später wie ein Bojar mit Pelzmantel und -stiefeln aus dem Haus. Er stapfte das Seeufer entlang.

»Was fällt Ihnen ein, mich am Wochenende zu stören?« fragte er irri-tiert.

»Sie haben hier draußen kein Telefon.« Arkadi folgte dem Staatsan-walt.

»Sie haben bloß die Nummer nicht. Warten Sie hier.«

Jamskoi betrat einen etwa 50 Meter vom Haus entfernt stehenden Schuppen und kam mit einem Eimer voll Fischmehlkugeln zurück.

»Mir ist gerade eingefallen, daß Sie als Junge bestimmt oft hier gewesen sind«, sagte Jamskoi.

»Ja, einen Sommer lang.«

»Eine Familie wie Ihre...« Sie gingen dem See zu. »Schade um Ihren Ermittlungsbeamten. Wie hat er gleich wieder geheißen?«

»Pawlowitsch.«

»Sie sitzen natürlich auch in der Tinte. Wenn der Schwarzhändler Golodkin so gefährlich war, hätten Sie mitfahren müssen – dann könnte Pawlowitsch noch leben. Der Generalstaatsanwalt und der Milizdirektor haben den ganzen Vormittag lang angerufen; sie haben meine hiesige Telefonnummer. Keine Angst, ich decke Sie, falls Sie deswegen hergekommen sind.«

»Das ist nicht der Grund meines Besuchs.«

»Nein«, seufzte Jamskoi, »natürlich nicht. Sie sind mit Pawlowitsch befreundet gewesen, nicht wahr? Sie haben viel mit ihm zusammengearbeitet.« Er sah an Arkadi vorbei zu dem silbrigweißen Himmel auf. »Ein herrliches Fleckchen Erde, Chefinspektor. Sie sollten uns einmal im Sommer besuchen. In den letzten Jahren sind hier ausgezeichnete Läden für die Anwohner eröffnet worden. Wir könnten gemeinsam zum Einkaufen fahren. Bringen Sie auch Ihre Frau mit.«

»Pribluda hat ihn ermorden lassen.«

»Augenblick!«

Jamskoi horchte nach rechts und links. Suschkingänse flogen aus den Silberbirken auf und zogen Kreise über dem See.

»Pribluda hat veranlaßt, daß Pawlowitsch und Golodkin beschattet und erschossen worden sind.«

»Weshalb sollte Major Pribluda sich für diesen Fall interessieren?«

»Der Verdächtige ist ein amerikanischer Geschäftsmann. Ich kenne ihn persönlich.«

»Wie haben Sie einen Amerikaner kennengelernt?« Jamskoi leerte den Eimer am Ufer aus. Man hörte Flügelschlagen und gurrende Laute.

»Sie haben mich zu ihm geführt.« Arkadi sprach laut weiter. »Neulich im Bad. Sie haben selbst zugegeben, daß Sie den Fall genau verfolgt haben.«

»Ich soll Sie zu ihm geführt haben? Das ist eine ungeheuerliche Anschuldigung.« Jamskoi schüttete die restlichen Fischmehlkugeln aus. »Ich halte viel von Ihren Fähigkeiten und bin bereit, Sie in jeder Weise zu unterstützen, aber Sie dürfen nicht annehmen, ich hätte Sie zu irgend jemand ›geführt‹. Ich will nicht mal seinen Namen wissen. Pst!« Er legte einen Finger auf die Lippen und stellte den Eimer ab.

Die Suschkingänse landeten auf dem Eis etwa 30 Meter vom Ufer entfernt. Von dort aus beäugten sie die beiden Männer mißtrauisch, bis Jamskoi und Arkadi sich in Richtung Schuppen zurückzogen. Erst dann kamen die tapfersten von ihnen watschelnd ans Ufer.

»Hübsche Vögel, was?« meinte Jamskoi. »Für die hiesige Gegend sehr selten. Sie kommen vor allem in der Umgebung von Murmansk vor. Dort hab ich während des Krieges eine ganze Kolonie aufgezogen.«

Die Gänse sahen sich auch während des Fressens immer wieder mißtrauisch um.

»Sie nehmen sich ständig vor Füchsen in acht«, sagte Jamskoi. »Um einen KGB-Offizier verdächtigen zu können, müssen Sie recht handfeste Beweise vorliegen haben.«

»Wir können zwei der im Gorki-Park Ermordeten mit ziemlicher Sicherheit identifizieren. Wir haben ein Tonband gehabt, auf dem Golodkin ausgesagt hat, diese beiden hätten Geschäfte mit dem Amerikaner gemacht.«

»Haben Sie Golodkin noch? Haben Sie wenigstens das Tonband?«

»Es ist in Golodkins Wohnung aus Pawlowitschs Tasche gestohlen worden. Außerdem hat bei Golodkin ein Reliquienschrein mit religiösen Motiven gestanden.«

»Ein Schrein?« wiederholte Jamskoi. »Wo ist er jetzt? Ich habe das Verzeichnis der dort beschlagnahmten Gegenstände gelesen, aber mir ist kein Schrein aufgefallen.« Der Staatsanwalt machte eine Pause. »Ist das alles? Wollen Sie einen KGB-Major verdächtigen, ohne mehr als ein verschwundenes Tonband, einen gestohlenen Schrein und die Aussage eines Toten anführen zu können? Hat Golodkin Major Pribluda jemals namentlich erwähnt?«

»Nein«, gab Arkadi zu.

»Dann verstehe ich nicht, was Sie hier wollen. Ich finde Ihre Erregung begreiflich. Sie trauern um einen guten Kameraden. Sie können Major Pribluda aus persönlichen Gründen nicht ausstehen. Aber dies ist der wildeste und unbegründetste Vorwurf, den ich je gehört habe.«

»Der Amerikaner hat Verbindungen zum KGB.«

»Und? Die haben Sie und ich auch! Das zeigt nur, daß dieser Amerikaner ein gerissener Geschäftsmann ist. Und was ist mit Ihnen? Wollen Sie sich wirklich zum Narren machen? Ich kann nur hoffen, daß Sie Ihre irrationalen Verdächtigungen für sich behalten haben. Wenn ich Ihnen einen guten Rat geben darf, verzichten Sie lieber darauf, sie mir auf dem Dienstweg vorzulegen, sonst...«

»Ich möchte, daß ich die Ermittlungen wegen des Mordes an Pawlowitsch im Rahmen der laufenden Fahndung persönlich führen darf.«

»Lassen Sie mich erst ausreden, Arkadi Wassiljewitsch. Der Amerikaner, den Sie meinen, ist reich, sehr reich, und hat hier viele einflußreiche Freunde – mehr als Sie. Warum sollte er sich auch nur eine Minute lang mit diesen drei Leuten im Gorki-Park abgegeben haben? Wozu hätte er sie ermorden sollen? Tausend Rubel, hunderttausend Rubel sind vielleicht Ihrer Meinung nach viel Geld, aber einem Mann wie ihm bedeuten solche Summen nichts. Ein Erpressungsversuch? Mit seinen Beziehungen könnte er sich aus der peinlichsten Lage herauswinden. Was bleibt also noch übrig? Nichts! Sie wollen zwei der Ermordeten zumindest vorläufig identifiziert haben. Sind sie Russen oder Ausländer?«

»Russen.«

»Sehen Sie, das klingt schon vernünftiger! Russen, keine Ausländer, nichts für Pribluda oder den KGB. Was Pawlowitsch betrifft, haben Golodkin und er sich gegenseitig erschossen – das steht in dem amtlichen Bericht. Ich habe den Eindruck, daß der zuständige Inspektor auch ohne Ihre Unterstützung gute Arbeit leistet. Sein Abschlußbericht geht natürlich an Sie. Aber ich will nicht, daß Sie ihm in seine Arbeit pfuschen. Ich kenne Sie! Zuerst wollten Sie die Ermittlungen unbedingt Major Pribluda übertragen. Jetzt glauben Sie – aus unlogischen und persönlichen Gründen –, daß der Major etwas mit dem Tod Ihres Kollegen zu tun gehabt haben könnte, und wollen die Ermittlungen um keinen Preis mehr abgeben, nicht wahr? Ich will ganz offen mit Ihnen reden: Jeder andere Staatsanwalt würde Ihnen ab sofort einen Erholungsurlaub verordnen. Ich bin kompromißbereit und lasse Sie die Ermittlungen weiterführen, aber Sie können versichert sein, daß ich mich intensiver um Ihre Arbeitsergebnisse im Fall Gorki-Park kümmern werde. Und vielleicht sollten Sie doch ein, zwei Tage ganz ausspannen.«

»Was ist, wenn ich einfach aussteige?«

»Wenn Sie aussteigen?«

»Genau das tue ich hiermit. Ich höre auf! Suchen Sie sich einen anderen Chefinspektor.«

Arkadi fühlte sich wie ein Mann, der in eine Falle geraten ist und plötzlich einen Ausweg sieht. Eine bestechend einfache Lösung!

»Ich vergesse manchmal, daß Sie einen irrationalen Zug in Ihrem Charakter haben«, fauchte Jamskoi. »Ich habe mich oft gefragt, weshalb Sie Ihre Parteimitgliedschaft so offen geringschätzen. Und ich habe mich schon manchmal gefragt, weshalb Sie sich für diese Laufbahn entschieden haben.«

Arkadi mußte lächeln, weil er eine so einfache Lösung gefunden hatte

– und weil sie ihm soviel Macht verlieh. Er lächelte weiter, bis auch Jamskoi seine blassen Lippen zu einem breiten Grinsen verzog.

»Gut, was passiert also, wenn Sie aussteigen?« fragte der Staatsanwalt. »Ich könnte Sie vernichten, aber das wäre nicht nötig; Sie würden Ihr Parteibuch verlieren und sich selbst zerstören. Und Ihre Familie. Welche Arbeit gäbe es für einen abgehalfterten Chefinspektor? Wenn Sie Glück hätten, kämen Sie als Nachtwächter unter. Ich hätte auch nichts zu lachen, aber ich würde die Sache durchstehen.«

»Ich auch!«

»Reden wir also davon, was aus Ihren Ermittlungen wird, wenn Sie aussteigen«, fuhr Jamskoi fort. »Ein anderer Chefinspektor muß weitermachen. Nehmen Sie einmal an, ich würde Sie durch Tschutschin ersetzen. Stört Sie das nicht?«

Arkadi zuckte mit den Schultern. »Tschutschin versteht nichts von Mordfällen, aber das ist Ihre Sache.«

»Gut, dann sind wir uns also einig. Tschutschin wird Ihr Nachfolger. Ein korrupter Schwachkopf übernimmt Ihre Ermittlungen, und Sie sind damit einverstanden.«

»Die Ermittlungen sind mir gleichgültig! Ich steige aus, weil...«

»Weil Ihr Freund tot ist. Um sein Andenken zu ehren. Das erfordert der Anstand. Pawlowitsch ist ein guter Kriminalbeamter gewesen – ein Mann, der sich notfalls für Sie geopfert hätte, nicht wahr?«

»Ja«, sagte Arkadi leise.

»Gut, hören Sie auf, machen Sie Ihre Geste«, schlug Jamskoi vor, »obwohl ich Ihrer Meinung bin, daß Tschutschin fachlich sehr viel weniger leistet als Sie. Angesichts seines Mangels an Erfahrung und des Erfolgszwangs, unter dem er in diesem ersten Fall steht, bleibt ihm praktisch nichts anderes übrig, als Golodkin die Morde im Gorki-Park in die Schuhe zu schieben. Da Golodkin tot ist, könnten die Ermittlungen schon in wenigen Tagen abgeschlossen werden...

Sie sehen selbst, wie alles zusammenpaßt. Aber wie ich unseren Tschutschin kenne, wird er noch versuchen, der Sache seinen eigenen Stempel aufzudrücken. Ich traue ihm durchaus zu, daß er den toten Pawlowitsch als Golodkins Komplizen hinstellt. Dann wären die beiden bei einem Streit um die Verteilung der Beute umgekommen. Das würde er tun, um Sie zu kränken, denn durch Ihre Schuld hat er seinen besten Informanten verloren. Ja, das traue ich ihm durchaus zu! Als Staatsanwalt habe ich schon oft als einen faszinierenden Aspekt der menschlichen Natur empfunden, daß der gleiche Fall von verschiedenen Beamten unterschiedlich gelöst werden kann. Wobei die Lösungen durchaus gleichwertig sind. Entschuldigen Sie.«

Damit war Arkadis Rücktrittsangebot zunächst abgewehrt. Der Chefinspektor blieb unschlüssig stehen, während Jamskoi seinen leeren Eimer holte. Die Gänse flogen nicht auf, sondern watschelten nur übers Eis davon, bis sie einige Meter mehr zwischen sich und den Mann gebracht hatten. Jamskoi kam mit dem Eimer in der Hand zu dem Schuppen zurück.

»Warum legen Sie so großen Wert darauf, daß ich den Fall weiterbearbeite?« fragte Arkadi.

»Weil Sie – von Ihren Mätzchen abgesehen – der beste Kriminalbeamte sind, den ich habe. Es ist meine Pflicht, Sie die Ermittlungen weiterführen zu lassen.« Der Staatsanwalt war freundlich.

»Falls dieser Amerikaner die Morde im Gorki-Park...«

»Bringen Sie mir Beweise dafür«, unterbrach Jamskoi ihn, »dann stellen wir den Haftbefehl gemeinsam aus.«

»Falls der Amerikaner der Täter gewesen ist, bleiben mir nur noch neun Tage Zeit. Er reist voraussichtlich am dreißigsten April ab.«

»Vielleicht sind Sie mit Ihren Ermittlungen schon weiter, als Sie wissen.«

»Nur neun Tage... Das ist nicht zu schaffen!«

»Tun Sie, was Sie für richtig halten, Chefinspektor. Sie sind sehr begabt, und ich habe weiterhin Vertrauen zu Ihnen und Ihrer Arbeit. Und ich habe mehr Vertrauen zu unserem System als Sie.« Jamskoi öffnete die Tür, um den Eimer in den Schuppen zurückzustellen. »Auch Sie müssen unserem System vertrauen.«

Bevor die Tür ins Schloß fiel, sah Arkadi im Halbdunkel des Schuppens zwei Gänse mit zusammengebundenen Beinen und gebrochenen Hälsen baumeln. Sie sollten dort offenbar abhängen, bis sie bratfertig waren. Suschkingänse waren streng geschützt; Arkadi begriff nicht, warum ein Mann wie Jamskoi es riskierte, sie zu jagen. Er sah wieder zum Seeufer hinüber, wo die Gänse sich um einen möglichst großen Anteil am Futter des Staatsanwalts stritten.

Arkadi fuhr ins *Ukraina* zurück und machte sich über eine Flasche Wodka her, bevor ihm der Briefumschlag auffiel, den jemand unter der Tür durchgeschoben hatte. Er riß ihn auf und las die Mitteilung, daß Pascha und Golodkin jeweils aus Entfernungen von weniger als einem halben Meter erschossen worden seien. Ein schönes Duell: ein Mann von hinten erschossen, der andere mit einem Kopfschuß getötet, die Leichen drei Meter voneinander entfernt. Lewins Unterschrift fehlte, was den Chefinspektor nicht wunderte.

Wer hatte Pascha und Golodkin nach Serafimow zwei verfolgt? Wer hatte an die Wohnungstür geklopft und einen Ausweis vorgezeigt, der Pascha zufriedengestellt und Golodkin beeindruckt hatte? Wahrscheinlich waren es zwei Männer. Ein Mann wäre nicht schnell genug gewesen – und drei Männer hätten selbst den vertrauensseligen Pascha mißtrauisch gemacht. Wer hatte dann Pascha von hinten erschossen, seine Dienstwaffe genommen und den vor Angst und Unterwürfigkeit erstarrten Golodkin ermordet? Alles deutete auf Pribluda hin. Osborne war ein KGB-Spitzel. Major Pribluda wollte Osborne decken und dessen Verbindung zum KGB tarnen, aber beides ließ sich nur aus Distanz tun. Sobald Pribluda die Ermittlungen an sich zog, gab der KGB zu, daß ein oder mehrere Ausländer in diesen Fall verwickelt waren. Die betreffende Botschaft – die amerikanische Botschaft – würde sich veranlaßt sehen, eigene Nachforschungen anzustellen. Nein, die Ermittlungen mußten vom Chef der Mordkommission bei der Staatsanwaltschaft fortgeführt werden – und erfolglos bleiben.

Arkadi blätterte in Paschas Notizen. Er war sich darüber im klaren, daß er einen anderen sprachkundigen Beamten anfordern mußte, der die restlichen deutschen und polnischen Tonbänder und Gesprächsprotokolle überprüfte. Und Fet mußte mit den skandinavischen Bändern weitermachen, wenn er nicht gerade zum Rapport bei Pribluda bestellt war. Es gab noch viel zu tun, auch wenn der Chefinspektor selbst nichts tat.

Wer hatte die Tonbänder und Gesprächsprotokolle ursprünglich angefordert? Wer hatte unerschrocken damit gedroht, einen Spitzel des Komitees für Staatssicherheit – noch dazu einen Ausländer! – festnehmen zu wollen? Wer war in Wirklichkeit schuld an Paschas Tod?

Arkadi sah plötzlich rot. Er griff nach einer Schachtel mit Tonbändern und schleuderte sie an die Wand. Ein zweiter, ein dritter Karton folgte. Arkadi griff nach einer Handvoll Spulen und warf sie hoch, so daß die Magnetbänder sich wie Luftschlangen abrollten.

Unbeschädigt blieb nur der Karton, der erst an diesem Tag abgeliefert worden war. Er enthielt lauter neue Aufnahmen. Arkadi fand ein Tonband mit Aufzeichnungen aus Osbornes Suite im Hotel *Rossija*, das erst zwei Tage alt war.

Er würde seine Pflicht tun. Er würde weitermachen.

Das erste aufgezeichnete Gespräch war sehr kurz.

Arkadi hörte ein Klopfen; dann wurde eine Tür geöffnet, und Osborne begrüßte eine Besucherin.

»*Oh, hallo.*«

»*Wo ist Valeria?*«

»*Augenblick, ich komme gleich. Ich wollte eben einen Spaziergang machen.*«
Die Tür fiel ins Schloß.
Arkadi hörte sich die Aufnahme immer wieder an, weil er die Stimme des Mädchens von Mosfilm erkannte.

10

Arkadi traf sich mit Schwan in einer Stehkneipe und gab ihm Fotos von James Kirwill, Kostja Borodin und Valeria Dawidowa. Einige der um diese Zeit schon Betrunkenen starrten sie mit blutunterlaufenen Augen an. Schwans schwarzer Rollkragenpullover ließ seinen Hals und seine Handgelenke noch dünner erscheinen, und Arkadi fragte sich, welche Überlebenschancen Schwan als Spitzel hatte. Wo Arbeiter tranken, traten Milizionäre stets nur zu zweit auf.
»Das ist bestimmt schwierig für Sie«, meinte Schwan.
»Für mich?« Arkadi war überrascht.
»Für einen empfindsamen Menschen wie Sie.«
Arkadi überlegte, ob das ein homosexueller Annäherungsversuch war. »Hör dich nach diesen Leuten um, verstanden?« Er warf einige Geldscheine auf den Tisch und ging.

Irina Asanowa wohnte im Keller eines noch nicht ganz fertiggestellten Wohnblocks in der Nähe des Hippodroms. Als sie die Treppe heraufkam, sah Arkadi ihre großen dunklen Augen auf sich gerichtet und konnte die schwachblaue Verfärbung auf ihrer rechten Wange betrachten. Die Stelle war klein genug, um sich mit Make-up überdecken zu lassen; unabgedeckt verlieh sie den dunklen Augen der jungen Frau einen bläulichen Schimmer. Ihre abgetragene Jacke flatterte im Wind.
»Wo ist Valeria?« fragte Arkadi.
»Valeria... wer?« Ihre Stimme versagte.
»Sie gehören nicht zu den Leuten, die gestohlene Schlittschuhe der Miliz melden würden«, stellte er fest. »Sie gehören zu denen, die einen weiten Bogen um die Miliz machen. Sie hätten Ihre Schlittschuhe nicht als gestohlen gemeldet, wenn Sie nicht Angst gehabt hätten, sie könnten zu Ihnen zurückverfolgt werden.«
»Was werfen Sie mir vor?«
»Daß Sie gelogen haben. Wem haben Sie Ihre Schlittschuhe geliehen?«

»Hören Sie, ich verpasse meinen Bus.« Sie wollte sich an ihm vorbeidrängen.

Arkadi griff nach ihrer Hand, die warm und weich war. »Wer ist also diese Valeria?«

»Wie bitte? Wen meinen Sie? Ich weiß nichts – und Sie auch nicht.« Sie riß sich los.

Auf dem Rückweg kam Arkadi an einer ganzen Reihe junger Frauen vorbei, die an der Bushaltestelle warteten. Im Vergleich zu Irina Asanowa waren sie mausgrau und unscheinbar.

Im Ministerium für Außenhandel erzählte Arkadi Jewgeni Mendel eine Geschichte.

»Vor ein paar Jahren hat ein amerikanischer Tourist das Dorf besucht, in dem er geboren war – ein kleines Nest, fast zweihundert Kilometer von Moskau entfernt –, und ist dort tot umgefallen. Es war Sommer, und die Dorfbewohner hielten es für besser, ihn in die Kühlanlage zu stecken. Du kennst ja diese Milchkühlanlagen auf Dörfern. Sie haben in Moskau angerufen, und das Außenministerium hat sie angewiesen, nichts zu unternehmen, bis die speziellen Formulare für den Tod von Touristen gekommen seien.

Einige Tage vergehen, ohne daß die Formulare eintreffen. Auch nach einer Woche sind keine gekommen. So was dauert eben seine Zeit. Nach zwei Wochen haben die Dorfbewohner den Touristen in ihrer Kühlanlage satt. Schließlich ist es Sommer, und die ungekühlte Milch wird sauer. Kurz und gut: Eines schönen Abends betrinken sie sich, werfen den Toten auf einen Lastwagen, karren ihn nach Moskau, laden ihn in eurer Eingangshalle ab und fahren heim.

Kannst du dir die Aufregung vorstellen? Um den Toten herum stehen drei Reihen KGB-Offiziere. Ein Attaché der amerikanischen Botschaft wird um drei Uhr morgens aus dem Bett geholt und mit seinem Landsmann konfrontiert. Aber er will nichts mit ihm zu schaffen haben – nicht ohne die richtigen Formulare. Kein Mensch weiß, wo sie zu kriegen sind. Irgend jemand äußert den Verdacht, es gebe vielleicht gar keine, und ruft dadurch fast eine Panik hervor.

Niemand will diesen Amerikaner. Jemand macht den Vorschlag, ihn einfach verschwinden zu lassen. In den Fluß werfen oder im Gorki-Park verscharren.

Schließlich werden der Chefpathologe und ich verständigt. Wir haben das richtige Formular mitgebracht und den Touristen in den Kofferraum seines Attachés verladen. Bei dieser Gelegenheit bin ich zum letztenmal in eurem Ministerium gewesen.«

Jewgeni Mendel, der mit Osborne im Badehaus gewesen war und so häufig auf Osborne-Tonbändern vorkam, wußte nichts von James Kirwill oder den Leichen im Gorki-Park. Davon war Arkadi jetzt überzeugt. Während seiner ganzen Geschichte hatte Mendels weiches Gesicht den Ausdruck nicht verändert.

»Was ist denn das richtige Formular für einen amerikanischen Touristen?« erkundigte Mendel sich.

»Ein ganz gewöhnlicher Totenschein.«

Mendel lachte höflich. Trotzdem fühlte er sich in Renkos Gegenwart nicht ganz wohl. Er wußte inzwischen, daß Arkadi als Chefinspektor die Mordkommission leitete, und während ihn ein Chefinspektor, der sich von unten heraufgearbeitet hatte, nicht im geringsten gestört hätte, kannte er Arkadi als Angehörigen der Neuen Klasse, der sowjetischen Elite, und war sich darüber im klaren, daß sein Gegenüber mehr als nur Chefinspektor hätte sein müssen. Mendel, ein eher unterdurchschnittlich begabter Angehöriger dieser Führungsschicht, trug einen englischen Anzug, hatte einen silbernen Kugelschreiber in der Brusttasche seiner Jacke, an deren Aufschlag das Parteiabzeichen leuchtete, saß in einem geräumigen Büro hoch über dem Smolensker-Platz, hatte drei Telefone auf seinem Schreibtisch stehen und die Messingplakette der Sojuspuschnina, der Agentur für Pelzexporte, an der Wand hinter sich hängen. Irgendwas war mit diesem Chefinspektor passiert, und was das bedeuten konnte, trieb Mendel Schweißperlen auf die Stirn.

Arkadi nutzte diese Reaktion aus. Er erwähnte die langjährige Freundschaft ihrer Väter, lobte den Einsatz von Jewgeni Mendels Vater an der Heimatfront und ließ anklingen, der alte Gauner sei in Wirklichkeit ein Feigling gewesen.

»Aber er ist für seine Tapferkeit ausgezeichnet worden!« protestierte Jewgeni. »Ich kann dir die Zeitungsberichte zeigen; ich schicke sie dir gern einmal zu. Er ist vor Leningrad überfallen worden! Stell dir diesen Zufall vor: Er war mit dem Amerikaner zusammen, den du neulich kennengelernt hast! Die beiden wurden von mindestens zwanzig Deutschen angegriffen. Mein Vater und Osborne haben drei Faschisten erschossen und die übrigen in die Flucht geschlagen.«

»Osborne? Ein amerikanischer Pelzhändler im belagerten Leningrad?«

»Er ist erst nach dem Krieg ins Pelzgeschäft eingestiegen. Osborne kauft russische Felle auf und importiert sie nach Amerika. Er zahlt hier vierhundert Dollar pro Stück und verkauft sie dort für achthundert Dollar. Das ist Kapitalismus in Reinkultur – eigentlich bewundernswert, nicht wahr? Osborne ist ein Freund der Sowjetunion, das hat er oftmals bewiesen. Ich darf doch aus der Schule plaudern?«

»Selbstverständlich!« Arkadi nickte aufmunternd.

Jewgeni war nicht bösartig; er war nervös. Er wollte, daß der Chefinspektor endlich ging – aber nicht ohne einen guten Eindruck. »Der amerikanische Pelzmarkt wird von internationalen zionistischen Interessen beherrscht«, sagte er halblaut.

»Von Juden, meinst du«, stellte Arkadi fest.

»Vom internationalen Judentum. Ich bedaure, sagen zu müssen, daß es in der Agentur Sojuspuschnina Elemente gegeben hat, die diesen Interessen nahegestanden haben. Mein Vater wollte diese Interessenverbindungen auflösen und räumte bestimmten Nichtzionisten besonders niedrige Preise ein. Aber die Zionisten bekamen Wind von diesem Plan, überfluteten den Pelzmarkt mit ihrem Geld und ersteigerten das gesamte Zobelangebot.«

»Und Osborne hat zu diesen Nichtzionisten gehört?«

»Natürlich. Das ist allerdings schon zehn Jahre her.«

Arkadi zündete sich eine Zigarette an und warf das Streichholz in den Papierkorb.

»Wodurch hat Osborne sich als Freund der Sowjetunion erwiesen – abgesehen davon, daß er gemeinsam mit deinem Vater heldenhaft vor Leningrad gekämpft hat?«

»Das dürfte ich dir eigentlich nicht erzählen.«

»Unter Freunden gibt's keine Geheimnisse.«

»Na ja... Vor einigen Jahren ist es zu einem Tauschgeschäft zwischen unserer Organisation und den amerikanischen Nerzfarmern gekommen: zwei amerikanische Nerze gegen zwei russische Zobel. Wundervolle Nerze – die Grundlage einer Neuzüchtung in einem unserer Kollektive. Die Zobel waren allerdings noch schöner, denn russische Zobel sind unerreicht. Sie hatten nur einen kleinen Fehler.«

»Welchen?«

»Das Zuchtpaar war kastriert und sterilisiert. Die Rechtslage ist eindeutig: Es ist verboten, fortpflanzungsfähige Zobel aus der Sowjetunion auszuführen. Wie konnte man von uns erwarten, daß wir gegen unsere eigenen Vorschriften verstoßen würden? Die amerikanischen Nerzfarmer waren sehr aufgebracht. Sie hatten sogar vor, einen Mann in die Sowjetunion zu schicken, der einige Zobel aus einem Kollektiv stehlen und außer Landes schmuggeln sollte. Aber ein guter Freund hat uns einen Tip gegeben, so daß wir den Plan seiner Landsleute vereiteln konnten.«

»Osborne.«

»Ganz recht. Wir haben unsere Dankbarkeit dadurch bewiesen, daß wir den Zionisten erklärt haben, von nun an sei ein bestimmter Teil des russischen Zobelmarkts für Osborne reserviert. Für geleistete Dienste.«

»*Das Flugzeug hat Verspätung.*«
»*Verspätung?*«
»*Trotzdem ist alles in Ordnung. Du machst dir unnütze Sorgen.*«
»*Du etwa nie?*«
»*Immer mit der Ruhe, Hans.*«
»*Das gefällt mir nicht.*«
»*Ob's dir paßt oder nicht, spielt jetzt keine Rolle mehr.*«
»*Die neuen Tupolews sind als unzuverlässig bekannt.*«
»*Ein Absturz? Du glaubst immer, daß nur die Deutschen gute Ingenieure sind.*«
»*Schon eine Verspätung ist riskant. In Leningrad…*«
»*Ich bin schon früher in Leningrad gewesen. Ich bin dort mit Deutschen zusammengekommen. Keine Angst, alles klappt wie vorgesehen.*«

Arkadi warf einen Blick auf die Tonbandspule und überzeugte sich davon, daß dieses Gespräch am 2. Februar aufgezeichnet worden war. Osborne hatte mit Hofmann gesprochen, bevor er selbst aus Moskau nach Helsinki abgereist war. Arkadi erinnerte sich daran, daß Hofmann am gleichen Tag nach Leningrad gereist war – offenbar aber nicht mit dem gleichen Flugzeug.

»*Ich bin schon früher in Leningrad gewesen. Ich bin dort mit Deutschen zusammengekommen. Keine Angst, es klappt wie vorgesehen.*«

Wie hat Osborne die drei Deutschen vor Leningrad umgebracht? fragte der Chefinspektor sich.

Als Arkadi die neuen Osborne-Tonbänder abhörte, erkannte er Jewgeni Mendels Stimme.

»*John, gibst du uns die Ehre, am Vorabend des Ersten Mai als Gast des Ministeriums zu einer Aufführung von ›Schwanensee‹ zu kommen? Es ist wichtig, dort gesehen zu werden. Wir lassen dich unmittelbar nach der Vorstellung zum Flughafen fahren.*«
»*Das wäre mir eine große Freude, Jewgeni. Ich komme selbstverständlich.*«

Der Unterschied zu früheren Aufnahmen war auffällig. Im Winter war Osborne boshaft unterhaltend gewesen; im Frühjahr war der gleiche Mann ein langweiliger Jasager, ein geistloser Geschäftsmann.

Arkadi hörte endlos wiederholte monotone Trinksprüche und end-lose, immer langweiliger werdende Unterhaltungen. Aber nachdem er stundenlang zugehört hatte, spürte er eine gewisse Wachsamkeit heraus. Osborne versteckte sich hinter den vielen Worten wie ein Mann, der sich hinter Bäumen verbirgt.

Der Platz der Revolution war früher der Auferstehungsplatz gewe-sen; das Hotel *Metropol* hatte früher *Grand Hotel* geheißen.
Arkadi machte Licht. Bettüberwurf und Vorhänge waren aus dem gleichen roten Baumwollstoff. Das Muster des abgetretenen Orient-teppichs auf dem Fußboden war kaum noch zu erkennen. Tisch, Kom-mode und Kleiderschrank hatten abgestoßene Ecken und Brandflek-ken von Zigaretten.
»Ist das auch zulässig?« fragte das Zimmermädchen besorgt.
»Natürlich«, sagte Arkadi und machte die Tür vor ihrer Nase zu, um im Zimmer des Touristen William Kirwill allein zu sein. Er sah auf den Platz hinunter, wo Intourist-Busse vom Lenin-Museum bis zum Hoteleingang aufgereiht standen, um Touristen nach Sprachgruppen getrennt ins Ballett oder in die Oper zu bringen. Wie Intourist mit-teilte, hatte Kirwill einen Abend in einem typischen russischen Re-staurant gebucht. Arkadi warf einen Blick ins Bad, das modern ausge-stattet war, weil Westbesucher in dieser Beziehung keine Zugeständ-nisse machten. Arkadi nahm die Handtücher mit ins Zimmer, wik-kelte sie ums Telefon und deckte die beiden Kopfkissen darüber.
Die Kommode enthielt amerikanische Unterwäsche, Strümpfe, Pull-over und Hemden, aber keine der russischen Kleidungsstücke, die Go-lodkin beschrieben hatte.
Auch unter dem Bett waren keine Kleidungsstücke versteckt. Im Schrank stand William Kirwills amerikanischer Leichtmetallkoffer. Arkadi legte ihn aufs Bett und versuchte, das Schloß mit seinem Ta-schenmesser zu knacken. Als es endlich aufsprang, machte er sich an die Durchsuchung.
Er fand vier kleine Bücher – Abriß der russischen Kunstgeschichte, Reiseführer Sowjetunion, Führer durch die Tretjakow-Galerie und Nagels *Moskau und Umgebung* –, die durch ein kräftiges Gummi-band zusammengehalten wurden. Daneben lag eine Ausgabe von Schulthess' *Sowjetunion*. Zwei Stangen Camel. Eine Minolta XD7 mit Handgriff; ein 200-mm-Teleobjektiv, Filter und zehn ungeöff-nete Filmpackungen. Reiseschecks für 1800 Dollar. Drei Rollen Toilet-tenpapier. Ein Metallrohr mit einem ausdrehbaren rasierklingen-scharfen Spezialmesser. Zusammengerollte getragene Socken. Ein

durch starke Gummibänder zusammengehaltenes Etui mit goldenem Drehbleistift und Füllfederhalter. Ein Block Millimeterpapier. Ein Plastikbeutel mit Büchsenöffner, Flaschenöffner, Korkenzieher und einem schmalen, flachen Metallstück, am einen Ende rechtwinklig gebogen und am anderen U-förmig geöffnet, mit einer Schraube versehen. Ein Heft mit Intourist-Essensgutscheinen. Keine russischen Kleidungsstücke.

Arkadi durchsuchte den Kleiderschrank, in dem ebenfalls nur amerikanische Sachen hingen, bevor er sich wieder mit dem demolierten Koffer befaßte. Er streifte das Gummiband von den Reiseführern und blätterte sie durch. Dann griff er nach dem gewichtigen Bildband von Schulthess, der als Reiselektüre eigentlich zu schwer war. In der Mitte steckte zwischen einer doppelseitigen Abbildung einer Pferdeschau in Alma Ata ein auf Millimeterpapier gezeichneter Plan im Maßstab 1 : 1000. Er zeigte Bäume, Fußwege, das Ufer der Moskwa, eine Lichtung und mitten auf der Lichtung drei Gräber, genau wie der Lageplan, den Arkadis Milizionäre gezeichnet hatten. Weiter hinten entdeckte er einen Plan des gesamten Gorki-Parks im Maßstab 1 : 5000, die durchgepauste Röntgenaufnahme eines komplizierten Schienbeinbruchs, wie ihn die dritte Leiche im Gorki-Park aufgewiesen hatte, und ein Zahnschema, das eine Wurzelbehandlung an einem Schneidezahn, aber keine Backenzahnkrone zeigte.

Jetzt betrachtete Arkadi den Rest des Kofferinhalts mit anderen Augen. Vor allem das Metallrohr mit dem Spezialmesser interessierte ihn, denn was sollte ein Tourist damit in Moskau schneiden wollen? Er drehte die Klinge aus dem Rohr. Das Messer schien unbenutzt zu sein. Arkadi wurde auf einen leichten Pulvergeruch aufmerksam. Er hielt das Metallrohr ans Licht und erkannte, daß er den Lauf einer Pistole in der Hand hielt. Das Rohr war ein Pistolenlauf! Er ärgerte sich, daß er die getarnte Waffe nicht sofort erkannt hatte.

Der Handgriff der Minolta ließ sich abschrauben und wies eine Öffnung auf, in die der Lauf genau hineinpaßte. An der linken Seite des Handgriffs war eine Bohrung zu erkennen, deren Zweck Arkadi nicht gleich erfaßte. Aber dann öffnete er den Plastikbeutel und fischte das merkwürdige Metallstück heraus, das ihm vorhin aufgefallen war. Die Schraube ließ sich in den Pistolengriff drehen, die Waffe war vollständig. Arikadi betätigte probeweise den Abzug, brachte ihn dann in die Ausgangsposition zurück und streifte eines der starken Gummibänder so über die Waffe, daß es den Schlagbolzen nach vorn schnellen lassen mußte, sobald er durch einen Druck auf den Abzug freigegeben wurde.

Die Munition fehlte noch. Passagiergepäck wurde durchleuchtet; wie ließ sich Munition vor jeder Entdeckung sicher durch die Kontrolle bringen? Arkadi öffnete das Etui mit der Schreibgarnitur: Füller und Drehbleistift aus 14karätigem Gold, das für Röntgenstrahlen undurchdringlich war. Die beiden Schreibgeräte waren nur scheinbar funktionsfähig. In ihrem hohlen Inneren steckten Kleinkaliberpatronen – drei in dem Füller und zwei in dem Drehbleistift. Arkadi steckte eine in den Pistolenlauf und schob sie mit dem Füller nach hinten. Aber der Schuß wäre so zu laut gewesen. Arkadi hatte nur einen gedämpften Knall gehört, als Kirwill unter der U-Bahn-Brücke auf ihn geschossen hatte. Irgendwo mußte ein Schalldämpfer versteckt sein. In einer Filmpackung? Nein, die waren zu kurz. Er riß das amerikanische Toilettenpapier auf. In der zweiten Rolle steckte statt der Pappröhre ein schwarzer Plastikzylinder mit einem Gewinde, das auf das Metallrohr paßte.

Insgesamt eine primitive einschüssige Handfeuerwaffe für Entfernungen unter fünf Meter. Arkadi war eben dabei, den Schalldämpfer aufzuschrauben, als die Zimmertür geöffnet wurde. Er zielte mit der Waffe auf William Kirwill.

Der Amerikaner schloß die Tür, indem er sich dagegenlehnte. Er betrachtete den aufgebrochenen Koffer, das abgedeckte Telefon und die Schußwaffe in Arkadis Hand. Nur seine wachen blauen Augen verrieten seine Intelligenz – ansonsten wirkte er sehr grob: ein gerötetes, kantig geschnittenes Gesicht, ein stämmiger, muskulöser Körper, große Hände und Füße. Auf den ersten Blick ein Soldat, auf den zweiten ein Offizier. Arkadi wußte, daß dies der Mann war, den er im Gorki-Park gestellt und über die Moskwa verfolgt hatte. Kirwills Regenmantel stand offen und ließ erkennen, daß der Amerikaner darunter eine graue Flanellhose und ein rosa Sporthemd trug.

»Ich bin ein bißchen früher als geplant zurückgekommen«, sagte Kirwill auf englisch. »Draußen regnet's wieder, falls Ihnen das entgangen sein sollte.« Er nahm seinen schmalkrempigen Hut ab, um die Regentropfen abzuschütteln.

»Nein!« Arkadi sprach Russisch. »Werfen Sie mir den Hut her.« Kirwill zuckte mit den Schultern. Der Hut landete vor Arkadis Füßen. Arkadi tastete mit einer Hand das Schweißband ab.

»Ziehen Sie Ihren Mantel aus und lassen Sie ihn auf den Boden fallen«, wies Arkadi ihn an. »Stülpen Sie Ihre Taschen um.«

Der Amerikaner gehorchte wortlos. Er ließ seinen Regenmantel auf den Fußboden fallen, leerte seine Hosentaschen aus und warf Zimmerschlüssel, Geldbörse und einige Münzen auf den Mantel.

»Schieben Sie ihn mir mit dem Fuß her«, verlangte Arkadi. »Aber langsam!«

»Sie sind ganz allein, was?« fragte Kirwill in akzentfreiem Russisch, während er den Regenmantel vor sich herschob.

Arkadi ließ den Amerikaner auf etwa zweieinhalb Meter herankommen, gab ihm ein Zeichen, er solle stehenbleiben, und zog den Mantel zu sich herán. Kirwills Hemdsärmel waren hochgekrempelt und ließen sommersprossige breite Handgelenke erkennen, deren rote Behaarung allmählich grau wurde.

»Keine Bewegung!« befahl Arkadi ihm.

»Keine Angst, ich laufe nicht weg«, versicherte Kirwill ihm sarkastisch.

Der Reisepaß des Amerikaners steckte in der Manteltasche. In Kirwills Geldbörse fand Arkadi drei Kreditkarten, einen New Yorker Führerschein, einen Kraftfahrzeugschein und einen Zettel mit den Telefonnummern der amerikanischen Botschaft und zweier amerikanischer Nachrichtenagenturen. Außerdem 800 Rubel in bar – eine Menge Geld.

»Wo haben Sie Ihre Geschäftskarten?« erkundigte Arkadi sich.

»Ich reise zum Vergnügen. Mir gefällt's hier.«

»An die Wand!« wies Arkadi ihn an. »Gesicht zur Wand, Hände hoch, Beine spreizen.«

Kirwill gehorchte langsam, und Arkadi ließ ihn sich gegen die Wand stützen, bevor er ihn nach Waffen abtastete. Der Mann hatte Muskeln wie ein Bär.

Arkadi trat zwei Meter zurück. »Umdrehen und Schuhe ausziehen.«

Kirwill zog seine Schuhe aus, ohne Arkadi und die Pistole aus den Augen zu lassen.

»Soll ich sie Ihnen überreichen oder mit der Post schicken?« fragte der Amerikaner.

Unglaublich! dachte Arkadi. Der Mann wäre tatsächlich bereit, einen sowjetischen Kriminalbeamten in einem Zimmer des *Metropol* anzufallen.

»Setzen Sie sich.« Arkadi zeigte auf einen Stuhl neben dem Kleiderschrank.

Er merkte, daß Kirwill die Chancen für einen Überraschungsangriff abzuschätzen versuchte. Kriminalbeamte besaßen Dienstwaffen und sollten regelmäßig auf dem Schießstand üben; Arkadi trug seine Pistole nie und hatte seit seiner Militärzeit nicht mehr geschossen. Sollte er auf den Kopf oder aufs Herz zielen? Ein Kleinkalibertreffer an anderer Stelle würde einen Mann wie Kirwill kaum aufhalten.

Kirwill setzte sich auf den Stuhl. Arkadi kniete nieder und untersuchte die Schuhe, ohne irgendein Geheimversteck zu finden. Kirwill beugte sich leicht nach vorn.

»Ich bin nur neugierig«, wehrte er ab, als die Waffe hochzuckte. »Als Tourist bin ich sozusagen zur Neugier verpflichtet.«

Arkadi warf ihm die Schuhe zu.

»Anziehen und Schnürbänder zusammenknoten!«

Als Kirwill damit fertig war, trat der Chefinspektor seitlich an ihn heran und kippte den Stuhl mit einer raschen Bewegung nach hinten an die Wand. Jetzt fühlte sich Arkadi erstmals in Kirwills Gegenwart einigermaßen sicher.

»Was haben Sie jetzt vor?« fragte der Amerikaner spöttisch. »Wollen Sie die Einrichtung über mir auftürmen, um mich hier festzunageln?«

»Ja, falls das notwendig werden sollte.«

»Das kann leicht passieren.« Kirwill strahlte ein Selbstbewußtsein aus, das Arkadi schon bei anderen so kräftig gebauten Männern kennengelernt hatte. Sie alle schienen zu glauben, ihre Kräfte seien unerschöpflich. Aber Arkadi verstand den Haß nicht, der aus dem Blick des Amerikaners sprach.

»Mr. Kirwill, Sie haben gegen die Paragraphen fünfzehn und zweihundertachtzehn verstoßen – Sie haben Waffenteile in die Sowjetunion eingeschmuggelt und eine gefährliche Waffe hergestellt.«

»*Sie* haben sie hergestellt, nicht ich.«

»Sie sind in russischer Kleidung in Moskau unterwegs gewesen. Sie haben mit einem Mann namens Golodkin gesprochen. Warum?«

»Sagen Sie's mir doch!«

»Weil James Kirwill tot ist«, stellte Arkadi fest, um den anderen zu schockieren.

»Das wissen Sie natürlich am besten, Renko«, bestätigte Kirwill. »Schließlich haben Sie ihn umgebracht.«

»Ich?«

»Sie sind doch der Kerl, den ich neulich im Park zusammengeschlagen habe, oder? Ein Beamter der Staatsanwaltschaft, stimmt's? Haben Sie Golodkin und mich nicht beschatten lassen, als wir uns im Park getroffen haben? Von einem kleinen Kerl mit Brille? Ich bin ihm nachgegangen und habe gesehen, wie er in einem KGB-Büro verschwunden ist. Das sagt doch alles!«

»Woher wissen Sie meinen Namen?« fragte Arkadi.

»Ich habe mich in der Botschaft erkundigt. Ich habe mit amerikanischen Korrespondenten gesprochen. Ich habe die letzten Jahrgänge der *Prawda* durchgeackert. Ich habe mit Leuten auf der Straße geredet. Ich habe Ihr Leichenhaus überwacht. Ich habe die Staatsanwaltschaft beobachtet. Nachdem ich Ihren Namen rausgekriegt hatte, habe ich Ihre Wohnung überwacht. Sie selbst hab ich nie gesehen, aber ich habe beobachtet, wie Ihre Frau und ihr Geliebter die Wohnung ausgeräumt haben. Ich habe vor Ihrem Büro auf der Straße gewartet, als Sie Golodkin heimgeschickt haben.«

Arkadi wollte seinen Ohren nicht trauen. Hatte dieser Verrückte ihn tatsächlich beschattet, Fet zu Pribludas Büro verfolgt und Sonja gesehen? Hatte Kirwill in der Schlange hinter ihnen gestanden, als Pascha und er sich mittags angestellt hatten, um ein Bier vor dem Kiosk an der Ecke zu trinken?

»Weshalb sind Sie gerade jetzt nach Moskau gekommen?«

»Ich mußte irgendwann kommen. Der Frühling ist eine gute Zeit – auch für Leichen, die unter dem Eis gelegen haben. Eine gute Zeit für Leichen.«

»Und Sie glauben, daß ich James Kirwill umgebracht habe?«

»Vielleicht nicht persönlich, aber Sie und Ihre Freunde. Dabei spielt's keine Rolle, wer den Finger am Abzug gehabt hat.«

»Woher wissen Sie, daß er erschossen worden ist?«

»Auf der Lichtung im Park ist tief gegraben worden. Nach Kugeln, stimmt's? Jedenfalls ersticht man keine drei Leute. Ich wollte, ich hätte Sie im Park erkannt, Renko. Dann hätte ich Sie erledigt.«

Aus Kirwills Stimme war Bedauern und Sarkasmus über diese verpaßte Gelegenheit herauszuhören. Er sprach akzentfreies Russisch, aber die Klangfärbung seiner Stimme blieb typisch amerikanisch. Arkadi starrte ihn nachdenklich an. Wie hatte er einen Mann wie Kirwill übersehen können?

»Sie sind nach Moskau gekommen, um in Ausländerkreisen Erkundigungen wegen eines Mordes einzuziehen«, stellte Arkadi fest. »Sie haben eine durchgepauste Röntgenaufnahme und ein Zahnschema mitgebracht. Wollten Sie dadurch unsere Ermittlungen unterstützen?«

»Wenn Sie ein richtiger Kriminalbeamter wären...«

»Unseren Unterlagen nach hat James Kirwill die Sowjetunion letztes Jahr verlassen; von einer Wiedereinreise ist offiziell nichts bekannt. Weshalb, glauben Sie, hat er sich hier aufgehalten, und warum halten Sie ihn für tot?«

»Sie sind kein richtiger Kriminalbeamter. Ihre Leute treiben sich zu oft beim KGB herum.«

Arkadi machte gar nicht erst den Versuch, dem Amerikaner zu erklären, weshalb er Fet als KGB-Spitzel duldete. »Wie sind Sie mit James Kirwill verwandt?«

»Das möchte ich von Ihnen hören.«

»Mr. Kirwill, ich nehme nur Anweisungen von meinem Vorgesetzten, dem Moskauer Staatsanwalt, entgegen. Ich führe Ermittlungen wegen der Ermordung dreier Personen im Gorki-Park. Sie sind aus New York hierhergekommen und besitzen Informationen, die uns weiterhelfen könnten. Erzählen Sie mir, was Sie wissen.«

»Nein.«

»Sie haben keine Möglichkeit, die Aussage zu verweigern. Sie sind in russischer Kleidung gesehen worden. Sie haben eine Schußwaffe eingeschmuggelt, mit der Sie bereits auf mich geschossen haben. Sie weigern sich, meine Ermittlungen zu unterstützen, was an sich schon strafbar ist. Sie sind verpflichtet, uns alle einschlägigen Informationen mitzuteilen.«

»Sehen Sie hier irgendwo russische Kleidungsstücke, Renko? Seit wann ist es übrigens verboten, sich wie Sie anzuziehen? Die angebliche Schußwaffe, die Sie mir unter die Nase halten, sehe ich heute zum erstenmal. Sie haben meinen Koffer aufgebrochen – woher soll ich wissen, was Sie alles reingetan haben? Und welche Informationen meinen Sie überhaupt?«

Arkadi brauchte einige Sekunden, um sich von seiner Verblüffung über diese Unverfrorenheit zu erholen.

»Ihre Aussagen über James Kirwill...« begann er.

»Welche Aussagen? Das Abhörmikrofon steckt im Telefon, das Sie klugerweise zugedeckt haben. Sie hätten ein paar Freunde mitbringen sollen, Renko. Als Kriminalbeamter taugen Sie nicht sonderlich viel.«

»Ihre Zeichnung des Tatorts im Gorki-Park, das durchgepauste Röntgenbild und das Zahnschema werden die Verbindung zu James Kirwill herstellen, falls er einer der Ermordeten gewesen ist.«

»Die Zeichnung und das Zahnschema sind mit einem russischen Bleistift auf russisches Papier gezeichnet«, antwortete Kirwill. »Auch das Röntgenbild ist kein Original, sondern nur eine Pause. An Ihrer Stelle würde ich mir lieber Gedanken darüber machen, was die amerikanische Botschaft zu einem sowjetischen Kriminalbeamten sagen wird, der harmlose amerikanische Touristen überfällt, die ihn dabei erwischen, daß er ihr Gepäck durchsucht.« Kirwill zeigte auf den aufgebrochenen Koffer. »Sie wollten doch wohl nicht etwas mitnehmen?«

»Mr. Kirwill, wenn Sie damit zu Ihrer Botschaft kommen, setzen Ihre Landsleute Sie ins nächste Flugzeug nach Amerika. Sie sind sicher nicht hergekommen, um gleich wieder heimzufliegen? Und ich nehme an, daß Sie keine Lust haben, für fünfzehn Jahre in einem sowjetischen Umerziehungslager zu verschwinden.«

»Keine Angst, ich komme schon zurecht.«

»Wie kommt es, daß Sie so hervorragend Russisch können, Mr. Kirwill? Wo habe ich Ihren Namen schon einmal gehört, bevor James Kirwill ermordet worden ist? Nachträglich kommt er mir irgendwie bekannt vor.«

»Leben Sie wohl, Renko. Gehen Sie wieder zu Ihren Freunden vom Geheimdienst.«

»Erzählen Sie mir von James Kirwill.«

»Verschwinden Sie!«

Arkadi gab auf. Er warf Kirwills Paß und die Kreditkarten auf den Nachttisch. Die Geldbörse behielt er in der linken Hand.

»Lassen Sie sich nur nicht aufhalten«, riet Kirwill ihm sarkastisch.

»Ich mache hier sauber, wenn Sie gegangen sind.«

Die Geldbörse lag schwer in Arkadis Hand und war auch ohne die Kreditkarten auffällig steif. Kirwill rutschte auf seinem Stuhl nach vorn, als er sah, daß der Chefinspektor sich genauer für die Geldbörse interessierte. Arkadi spürte so etwas wie ein Stück Metall und ließ es in seine Hand gleiten. Es mußte zwischen Leder und Futter gesteckt haben, so daß er es vorhin übersehen hatte. Es war eine goldfarbene Plakette mit einem blauen Wappen. Über dem Wappen stand »City of New York«, darunter »Lieutenant«.

»Sie sind Polizeibeamter?«

»Kriminalbeamter«, stellte Kirwill richtig.

»Dann müssen Sie mir helfen«, sagte Arkadi, als sei es das Selbstverständlichste von der Welt – was es für ihn auch war. »Sie haben gesehen, wie Golodkin mein Büro in Begleitung eines Kriminalbeamten verlassen hat. Dieser zweite Mann war mein Freund Pascha Pawlowitsch – ein Kollege, mit dem ich oft zusammengearbeitet habe, ein sehr guter Mann. Eine Stunde später wurden beide in Golodkins Wohnung erschossen. Golodkin ist mir gleichgültig. Mir geht's nur um den Mann, der den Kriminalbeamten erschossen hat. In Amerika wäre das bestimmt nicht anders. Als Kriminalbeamter können Sie sich vorstellen, wie es ist, wenn man einen Freund...«

»Scheren Sie sich zum Teufel, Renko.«

Arkadi merkte nicht einmal, daß er die primitive Schußwaffe hob. Er zielte zwischen Kirwills Augen und zog langsam den Abzug durch. Erst im letzten Augenblick bewegte er die Pistole eine Kleinigkeit zur Seite. Der Kleiderschrank bebte, und die Tür neben Kirwills Ohr wies ein etwa zwei Zentimeter großes Loch auf. Arkadi war verblüfft. Sein Leben lang war er noch nie so nahe daran gewesen, einen Menschen zu ermorden, und bei der geringen Treffsicherheit der Waffe hätte er Kirwill ebensogut treffen wie verfehlen können. Der Amerikaner war blaß geworden.

»Verschwinden Sie, solange Sie noch können«, sagte Kirwill heiser.

Arkadi warf die Pistole aufs Bett. Er beugte sich gelassen über den Koffer und nahm die Pause des Röntgenbilds und das Zahnschema mit. Auch die Polizeiplakette steckte er ein.

»Ich brauche meine Plakette.« Kirwill stand auf.

»Nicht hier in Moskau«, wehrte Arkadi ab. Er verließ das Hotelzimmer. »Dies ist *meine* Stadt«, sagte er.

Im Labor hatte um diese Zeit niemand mehr Dienst. Arkadi verglich die Pause der Röntgenaufnahme und das Zahnschema mit Lewins Unterlagen, während William Kirwill höchstwahrscheinlich unterwegs war, um seine Handfeuerwaffe Stück für Stück irgendwo in der Stadt wegzuwerfen. Als Arkadi in seinem Büro in der Nowokusnezkaja-Straße saß und einen Bericht für Jamskoi tippte, war er sich darüber im klaren, daß Kirwill vermutlich bereits Zuflucht in der amerikanischen Botschaft gefunden hatte. Um so besser, denn das bestätigte nur, daß der dritte Tote im Gorki-Park James Kirwill gewesen war. Arkadi legte seinen Bericht auf den Schreibtisch von Jamskois Stellvertreter, der ihn morgens vorfinden würde.

Das schrille Klingeln des Telefons riß Arkadi aus dem ersten Schlaf. Der Anrufer war Jakutski, der Kriminalbeamte in Ust-Kut, der sich zuerst erkundigte, wie spät es in Moskau sei.

»Verdammt spät«, knurrte Arkadi. Ferngespräche zwischen Moskau und Sibirien schienen stets mit einer rituellen Feststellung der Zeitdifferenz zu beginnen.

»Ich habe die Morgenschicht«, erklärte Jakutski ihm. »Ich kann Ihnen eine Mitteilung über Valeria Dawidowa machen.«

»Ja?« fragte Arkadi, um die Kollegen in Ust-Kut nicht zu enttäuschen.

»Die Dawidowa hat eine sehr gute Freundin gehabt, die aus Irkutsk nach Moskau gezogen ist, um dort zu studieren. Sie heißt Irina Asanowa. Falls Valeria Dawidowa nach Moskau gekommen ist, war sie garantiert bei der Asanowa.«

»Danke.«

»Ich rufe wieder an, sobald sich was ergibt«, versprach Jakutski ihm.

»Jederzeit«, antwortete Arkadi und legte auf.

Als das Telefon erneut klingelte, tastete Arkadi in der Dunkelheit danach und rechnete damit, daß Jakutski ihm irgendeine weitere »wichtige« Mitteilung machen würde. Er ließ sich mit dem Hörer in der Hand zurücksinken und knurrte seinen Namen.

»Ich habe mir in Rußland angewöhnt, zu nachtschlafender Zeit zu telefonieren«, sagte John Osborne.

Arkadi war plötzlich hellwach.

»Störe ich etwa?« fragte Osborne.

»Nein.«

»Wir mußten unser Gespräch im Bad unterbrechen, als es gerade interessant wurde, und ich fürchtete, daß wir uns vielleicht vor meiner Abreise aus Moskau nicht wieder begegnen würden. Paßt Ihnen morgen früh um zehn Uhr, Chefinspektor? Auf dem Kai vor der Handelskammer?«

»Ja.«

»Wunderbar! Dann sehen wir uns dort.« Osborne legte auf.

Arkadi konnte sich keinen Grund vorstellen, aus dem Osborne am nächsten Morgen an diesem Treffpunkt aufkreuzen sollte. Auch für sich selbst wußte er keinen.

11

Arkadi wartete gegenüber der sowjetisch-amerikanischen Handelskammer, sah russische Sekretärinnen in den Büros, amerikanische Geschäftsleute und einen Pepsi-Automaten in der Kantine. Er zog an seiner Zigarette und mußte husten.

Arkadi leitete die Ermittlungen noch immer. Als erstes hatte Jamskoi am Morgen angerufen, um ihm mitzuteilen, es sei interessant, daß ein Amerikaner, der früher in Moskau studiert habe, körperliche Ähnlichkeiten mit einem der Toten aus dem Gorki-Park habe, und der Chefinspektor solle versuchen, diese Spur zu verfolgen. Aber Arkadi solle die Hände von Ausländern lassen und werde keine Tonbänder oder Gesprächsprotokolle mehr vom KGB erhalten.

Nun, dachte Arkadi, Osborne hatte ihn angerufen und nicht umgekehrt. Wahrscheinlich hatte der »Freund der Sowjetunion« es ungnädig aufgenommen, daß ein Chefinspektor sich im Außenhandelsministerium nach ihm erkundigt hatte. Wie er das Gespräch auf Osbornes Geschäftsreisen bringen sollte, wußte er im Moment noch nicht. Er bezweifelte sowieso, daß Osborne überhaupt kommen würde.

Um halb elf, eine halbe Stunde nach dem vereinbarten Zeitpunkt, hielt ein Tschaika vor der Handelskammer. Osborne stieg aus, erteilte dem Fahrer einen kurzen Auftrag und überquerte die Straße. Er trug einen Wildledermantel. Auf seinem silbergrauen Haar saß eine schwarze Zobelmütze, die mehr gekostet haben mußte, als der Chefinspektor im Jahr verdiente. Als Osborne grüßend die Hand hob, glänzte ein goldener Manschettenknopf auf. Bei Osborne wirkte dieser Luxus ganz natürlich; der Amerikaner besaß die Gabe, niemals fehl am Platz zu wirken, sondern alles um sich herum primitiv und schäbig aussehen zu lassen.

Die beiden Männer standen sich einen Augenblick gegenüber. Dann griff der Geschäftsmann nach dem Arm des Chefinspektors und zog ihn rasch mit sich in Richtung Kreml. Die Limousine folgte ihnen. Osborne begann zu sprechen, bevor Arkadi etwas sagen konnte. »Ich hoffe, daß Sie mir die Eile nicht übelnehmen, aber ich muß zu einem Empfang im Handelsministerium und weiß, daß Sie nicht wollen würden, daß ich jemanden warten lasse. Kennen Sie den Minister für Außenhandel? Sie scheinen jedermann zu kennen und tauchen an den unerwartetsten Orten auf. Verstehen Sie etwas von Geld und Geschäften?«

»Nein, nichts.«

»Dann lassen Sie sich von mir informieren. Im Leningrader Pelzpalast finden jährlich zwei Auktionen statt: eine im Januar, die andere im Juli. An ihnen nehmen etwa hundert Einkäufer teil, darunter ungefähr zehn aus den Vereinigten Staaten. Versteigert werden in der Hauptsache Nerz, Marder, Fuchs, Iltis, Persianer und Zobel. Amerikaner interessieren sich im allgemeinen nicht für Nerze, weil russische Nerze bei uns nicht verkauft werden dürfen – eine bedauerliche Nachwirkung des kalten Krieges. Da ich Filialen in Europa habe, steigere ich bei allen Sorten mit, aber die meisten Amerikaner interessieren sich im Grunde genommen nur für Zobel. Wir reisen zehn Tage vor der Versteigerung an, um die Felle zu begutachten. Jeder Zobel muß auf Färbung und Fülle hin geprüft werden. Wird das Fell eine Woche zu früh gewonnen, ist es nicht dicht genug; bei einer Woche Verspätung fehlt der Glanz. Die Gebote werden in Dollar abgegeben, weil das die Abrechnung vereinfacht. Ich kaufe auf jeder Versteigerung für rund eine halbe Million Dollar Zobelfelle.«

Arkadi merkte, daß er mit diesem Monolog gleichzeitig belehrt und irgnoriert wurde.

»Als alter Freund und Geschäftspartner bin ich durch Einladungen verschiedener anderer sowjetischer Institutionen geehrt worden. Beispielsweise bin ich letztes Jahr nach Irkutsk geflogen, um das dortige

Pelzzentrum zu besichtigen. Mein gegenwärtiger Moskaubesuch hat geschäftliche Gründe. Jedes Frühjahr lädt das hiesige Handelsministerium einige Einkäufer ein und verhandelt mit ihnen wegen der Übernahme der bei der letzten Versteigerung übriggebliebenen Felle. Ich komme immer gern nach Moskau, weil ich hier viele Russen kennengelernt habe. Nicht nur in den Ministerien, sondern auch Künstler und Leute vom Film – und jetzt sogar einen Chefinspektor, der Leiter der Mordkommission ist. Ich bedaure nur, daß ich die Maifeiern nicht mehr miterleben kann, aber ich fliege am Vorabend des Ersten Mai nach New York zurück.«

Osborne klappte ein goldenes Zigarettenetui auf, nahm eine Zigarette heraus und zündete sie sich im Gehen an. Osborne hatte seine Aktivitäten in der Sowjetunion so gezielt dargestellt, daß der Chefinspektor sich wie ein armes unwissendes Würstchen vorkommen mußte. Er hatte keine Fragen mehr, außer so belastenden, daß sie nicht gestellt werden konnten.

»Wie werden sie umgebracht?« fragte Arkadi.

»Wer?« Osborne blieb stehen, aber sein Gesichtsausdruck bewies nicht mehr Interesse, als wenn Arkadi eine Bemerkung über das Wetter gemacht hätte.

»Zobel.«

»Durch eine Spritze. Völlig schmerzlos.« Osborne ging weiter, allerdings nicht mehr ganz so rasch. »Sie interessieren sich beruflich für alles, Chefinspektor?«

»Ich finde Zobel faszinierend. Wie werden sie gefangen?«

»Man kann ihre Baue ausräuchern. Oder man läßt sie von dafür ausgebildeten Hunden auf Bäume jagen; dann werden die benachbarten Bäume abgesägt und Netze ausgespannt.«

»Zobel jagen wie Nerze?«

»Zobel jagen Nerze. Kein Tier ist im Schnee schneller. Sibirien ist ein Paradies für sie.«

Arkadi blieb stehen und brauchte drei Streichhölzer, bevor seine Prima brannte. Sein Lächeln zeigte Osborne, daß er lediglich Konversation machen wollte.

»Ah, Leningrad . . .« seufzte Arkadi. »Das Venedig des Nordens, nicht wahr?«

»Richtig, so wird es manchmal genannt.«

»Leningrad, die Stadt der Dichter. Ich meine nicht Jewtuschenko oder Wosnessenski, sondern große Dichter wie die Achmatowa und Mandelstam. Kennen Sie Mandelstams Gedichte?«

»Ich weiß, daß er bei der Partei in Ungnade gefallen ist.«

»Ja, aber er ist tot – und das verbessert seine politische Position entscheidend«, sagte Arkadi.

Osborne sah auf seine Uhr. »Leider wird Mandelstam im Westen kaum gelesen. Er ist zu russisch. Vieles von ihm läßt sich nur unzulänglich übertragen.«

»Genau das meine ich! Zu russisch. Das kann ein Fehler sein.«

»*Darauf* wollten Sie hinaus?«

»Wie im Fall der drei Leichen im Gorki-Park, nach denen Sie mich gefragt haben. Drei Menschen, die mit eiskalter Überlegung und einer im Westen hergestellten Pistole erschossen worden sind? Das läßt sich irgendwie kaum ins Russische übertragen, nicht wahr?«

Osborne gab keine Antwort, aber in seinen Augen lag mühsam unterdrückte Erregung.

»Ihnen muß der Unterschied zwischen einem Mann wie Ihnen, Mr. Osborne, und einem Mann wie mir ins Auge fallen. Meine Denkweise ist so unbeweglich, so proletarisch, daß es ein Vergnügen ist, mit jemand zu sprechen, der so weltmännisch gebildet ist. Sie können sich vorstellen, wie schwierig es für mich ist, zu ergründen zu versuchen, weshalb ein westlicher Ausländer drei Russen ermorden sollte.

Ich gestehe ganz offen, daß mir dazu die Voraussetzungen fehlen. Normalerweise werde ich zu einer Leiche gerufen. Am Tatort sieht's schlimm aus – überall Blut, Fingerabdrücke und meistens auch die Mordwaffe. Jedes Kind mit starken Magennerven könnte das ebensogut lösen wie ich. Die Tatmotive? Ehebruch, Eifersucht, Volltrunkenheit, Streitigkeiten aus nichtigen Anlässen. Ganz ehrlich gesagt: Wenn ich genügend Grips hätte, um ein Ideologe zu sein oder ein Ministerium zu leiten oder Felle zu versteigern, würde ich's doch tun, nicht wahr? Deshalb hat der kleine Chefinspektor, der sich abplagt, um ein erstklassig geplantes, kühn durchgeführtes, intelligentes Verbrechen aufzuklären, alles Mitgefühl verdient.«

»Sie halten den Täter also für intelligent?« fragte Osborne interessiert.

»Ja. Stellen Sie sich einen bourgeoisen Geschäftsmann vor, der zwei sowjetische Werktätige hinrichten und im Herzen Moskaus zurücklassen kann, und sagen Sie mir, ob der nicht ein hochintelligenter Mensch sein muß.«

»Zwei? Ich dachte, Sie hätten im Gorki-Park drei Leichen gefunden?«

»Ich meine natürlich drei.« Arkadi setzte sich erneut in Bewegung. »Unser Gespräch ist wirklich sehr nützlich für mich. Wäre ich in der

Lage, einmal nicht wie ein Russe, sondern wie ein genialer Geschäftsmann zu denken, ich hätte keine Sorgen mehr.«

»Wie soll ich das verstehen?«

»Müßte er nicht ein Genie sein, um etwas zu finden, für das es sich
lohnt, Russen zu ermorden? Das ist keine Schmeichelei, das ist Bewunderung. Pelze? Nein, die könnte er von Ihnen kaufen. Gold? Wie
sollte er es außer Landes schaffen? Er hat schon Mühe genug gehabt,
den Beutel loszuwerden.«

»Welchen Beutel?«

Arkadi klatschte in die Hände, daß es wie ein Schuß klang. »Der dreifache Mord ist verübt. Die beiden Männer und das Mädchen sind tot.
Der Mörder stopft die Essensreste, die Flaschen und die Tatwaffe in
einen durch Schüsse zerfetzten Lederbeutel. Er fährt auf Schlittschuhen durch den Park. Schnee fällt; es wird schon dunkel. Am Rande
des Parks muß er seine Schlittschuhe in den Beutel stecken und ihn irgendwo loswerden, ohne beobachtet zu werden. Nicht im Park und
nicht einfach im nächsten Abfallkorb, weil der Beutel dort gefunden
und abgegeben werden würde. Soll er ihn in den Fluß werfen?«

»Die Moskwa war den ganzen Winter zugefroren.«

»Richtig! Trotzdem muß der Täter, der sich auf rätselhafte Weise des
Beutels entledigt hat, irgendwie auf dieses Ufer zurück.«

»Er benützt die Krim-Brücke.« Osborne deutete nach vorn.

»Ohne die Aufmerksamkeit einer mißtrauischen Babuschka oder eines Milizionärs zu erregen? Die Menschen sind so neugierig.«

»Taxi.«

»Nein, das ist für einen Ausländer zu riskant. Auf der Kaistraße muß
ein Freund mit einem Auto auf ihn gewartet haben; das ist sogar mir
klar.«

»Warum ist dieser Komplize dann nicht an der Tat beteiligt gewesen?«

»Der?« Arkadi lachte. »Niemals! Der Komplize könnte keiner Fliege
was zuleide tun.« Der Chefinspektor wurde wieder ernst. »Nein, der
erste Mann, der Mörder, hat sich das alles sehr sorgfältig ausgedacht.«

»Aber er ist mit dem Beutel gesehen worden?«

Osborne machte sich offenbar Sorgen wegen eines möglichen Zeugen; auf diesen Punkt konnte man später zurückkommen.

»Nicht weiter wichtig«, wehrte Arkadi ab. »Mich interessiert vor allem der Grund. Warum? Ich meine damit keinen Wertgegenstand –
zum Beispiel eine Ikone. Warum sollte ein intelligenter Mann, der
vermutlich erfolgreicher und wohlhabender als jeder Sowjetbürger

ist, morden, um noch mehr zu bekommen? Könnte ich den Mann verstehen, wäre auch die Tat nicht mehr rätselhaft. Aber wie soll ich ihn verstehen können?« Er runzelte die Stirn. »Kann ich das überhaupt?«

Osborne bot keinerlei Angriffsflächen. Arkadi hatte das Gefühl, an einer glatten, rutschigen Oberfläche zu kratzen. Wildleder, Zobel, Haut, Augen – überall nur *Geld*. Osborne glich einem Mann, aus dessen Poren auf magische Weise Geld troff. Wie sollte man diesen Menschen verstehen?

»Wahrscheinlich nicht«, antwortete Osborne.

»Sex als Motiv?« schlug Arkadi vor. »Ein einsamer Ausländer lernt eine hübsche Russin kennen und nimmt sie in sein Hotelzimmer mit. Bei der richtigen Art von Ausländern drückt das Hotelpersonal beide Augen zu. Der Mann und die junge Frau treffen sich regelmäßig. Eines Tages verlangt sie plötzlich Geld und kreuzt mit einem brutal aussehenden Ehemann auf. Sie ist eine berufsmäßige Erpresserin.«

»Nein.«

»Warum nicht?«

»Die Perspektive stimmt nicht. Für westliche Ausländer sind die Russen häßlich.«

»Tatsächlich?«

»Im allgemeinen sind die hiesigen Frauen ungefähr so reizvoll wie Kühe. Deshalb lassen russische Autoren sich so oft über die Augen ihrer Heldinnen, ihre verschleierten und lockenden Blicke aus, weil es keine anderen körperlichen Attribute gibt, die einer Beschreibung lohnen würden. Die Männer sind schlanker, aber noch häßlicher. Eine auf Häßlichkeit gezüchtete Rasse, die als sexuell erregende Attribute lediglich Stiernacken und niedrige Stirnen aufzuweisen hat.«

Arkadi glaubte, die Beschreibung einer Rasse von Troglodyten zu hören.

»Ihrem Namen nach stammen Sie aus der Ukraine, nicht wahr?« fügte Osborne hinzu.

»Ja. Wenn wir den sexuellen Aspekt beiseite lassen...«

»Das halte ich für angebracht.«

»...haben wir's mit einem Verbrechen ohne Tatmotiv zu tun.« Arkadi runzelte die Stirn.

Osborne starrte ihn an. »Erstaunlich! Sie verblüffen mich immer wieder. Ist das Ihr Ernst?«

»O ja!«

»Ein dreifacher Mord aus irgendeiner Laune heraus?«

»Ja.«

»Unglaublich.« Osborne wirkte plötzlich lebhaft. »Ich meine, das hätte ich einem Kriminalbeamten mit Ihrer Ausbildung nie zugetraut. Jedem anderen, nur nicht Ihnen.« Er holte tief Luft. »Gut, nehmen wir einmal an, Sie hätten es mit einem völlig willkürlichen Mord ohne Tatzeugen zu tun – wie groß wären dann Ihre Chancen, den Täter zu fassen?«

»Sie wären gleich Null.«

»Aber Sie rechnen doch mit dieser Möglichkeit?«

»Nein. Ich wollte nur sagen, daß ich noch kein Tatmotiv entdeckt habe. Nur der Täter kann mir jetzt helfen.«

»Wird er das tun?«

»Wenn ich wie ein Frosch im Fluß untertauchen könnte, würde er mir selbst dorthin folgen.«

»Warum?«

»Weil ihm der Mord nicht genügt. Der Mord ist nur eine Hälfte der Tat. Glauben Sie nicht auch, daß es einem überlegenen Mann zu seiner persönlichen Befriedigung darauf ankommen muß, einem Ermittlungsbeamten wie mir das Eingeständnis seiner Ohnmacht und vielleicht sogar seiner Bewunderung abzuringen?«

»Wäre das sehr schwierig, Chefinspektor?«

»Nein, wahrscheinlich nicht.« Arkadi trat seine Zigarette aus.

Sie hatten die Nowo-Arbatski-Brücke erreicht. Osbornes Limousine hielt neben ihnen.

»Sie sind ein ehrlicher Mann, Chefinspektor«, sagte Osborne freundlich, als hätten Arkadi und er sich nach langen Auseinandersetzungen schließlich doch zusammengerauft. Er lächelte wie ein Charakterschauspieler bei seinem letzten Auftritt in der Schlußszene. »Ich wünsche Ihnen schon jetzt alles Gute, weil ich nur noch eine Woche in Moskau bin und nicht glaube, daß wir uns noch mal begegnen werden. Aber ich möchte, daß Sie nicht mit leeren Händen fortgehen.«

Osborne nahm seine Zobelmütze ab und setzte sie Arkadi auf. »Ein Geschenk von mir«, erklärte er ihm dabei. »Als Sie mir im Badehaus erzählt haben, Sie hätten sich schon immer eine Pelzmütze gewünscht, habe ich mir vorgenommen, Ihnen eine zu schenken. Die Größe habe ich schätzen müssen, aber ich habe einen guten Blick für Köpfe.« Er betrachtete Arkadi prüfend. »Paßt wie angegossen.«

Arkadi nahm die Mütze ab. Der samtweiche Zobelpelz war tiefschwarz. »Ein schönes Stück. Aber . . .« Er gab die Mütze bedauernd zurück. »Ich darf sie leider nicht annehmen. Wir haben strenge Vorschriften in bezug auf Geschenke.«

»Ich wäre sehr gekränkt, wenn Sie sie nicht nehmen würden.«

»Gut, lassen Sie mich ein paar Tage darüber nachdenken. Auf diese Weise haben wir einen Grund für ein weiteres Gespräch.«

»Mir ist jede Entschuldigung recht.« Osborne schüttelte Arkadi kräftig die Hand, stieg in seine Limousine und fuhr über die Brücke davon.

Chefinspektor Ilja Nikitin, das strähnige Haar über seinen Rundschädel zurückgekämmt, starrte mit zusammengekniffenen Augen durch den Rauch der Zigarette, die er zwischen den Zähnen hielt. Er wohnte in der Nähe des Arbatskaja-Platzes in einem schmalbrüstigen Altbau, der bis unters Dach mit Büchern vollgestopft war. Arkadi erinnerte sich an altmodische dreigeteilte Fenster, die den Blick auf den Fluß und die Leninberge freigaben, aber diese Aussicht war nur noch eine Erinnerung. Vor den Fenstern, in der Küche, auf der Treppe und in den Zimmern im ersten Stock türmten sich Bücherstapel auf.

»Kirwill, Kirwill...« Nikitin schob die Schwarte beiseite, in der er gelesen hatte, und griff nach einer fast leeren Flasche rumänischen Portweins. Er blinzelte Arkadi zu, während er trank. Dann machte er sich schwankend auf den Weg in den ersten Stock. »Du kommst also noch immer zu Ilja, wenn du mal nicht weiter weißt?«

Arkadi nickte wortlos. Als er seinen Dienst bei der Moskauer Staatsanwaltschaft angetreten hatte, war er sehr bald zu dem Schluß gekommen, Nikitin sei ein Genie und ein Progressiver oder ein Genie und ein Reaktionär. Ein Vorkämpfer für eine Liberalisierung des Strafrechts oder ein hartnäckiger Stalinist. Ein Saufkumpan des schwarzen Sängers Robeson oder ein Vertrauter des reaktionären Autors Scholochow. Zumindest ein Meister gnostischer Andeutungen. Nikitin war ohne Zweifel ein brillanter Chefinspektor gewesen. Obwohl Arkadi die Ermittlungen geführt hatte, war es stets Nikitin, der den Vernehmungsraum mit zwei Flaschen betreten und ihn eine Stunde später mit einem geständigen, reumütigen Mörder verlassen hatte. »Wegen der Bestechungsgelder, Bojtschik«, hatte Nikitin geantwortet, als Arkadi ihn gefragt hatte, warum er lieber Chefinspektor für interbehördliche Zusammenarbeit geworden sei, als weiterhin die Mordkommission zu leiten.

»Kirwill. Die Schlacht am Union Square.« Nikitin drehte sich auf der Treppe nach Arkadi um. »Weißt du, wo New York ist?« Er rutschte auf einer Stufe aus, hätte beinahe einen Bücherstapel mitgerissen und konnte die drohende Lawine im letzten Augenblick aufhalten.

»Erzähl mir von Kirwill«, forderte Arkadi ihn auf.

Nikitin schüttelte den Kopf. »Falsch – von den Kirwills. *Red Star.*« Er schob sich in den durch Bücherstapel auf beiden Seiten verengten Flur im ersten Stock.

»Wer waren die Kirwills?« fragte Arkadi.

Nikitin ließ seine leere Flasche fallen, stolperte darüber und schlug der Länge nach hin. Er rollte sich auf den Rücken und blieb hilflos liegen. »Du hast eine Flasche aus meinem Büro gestohlen, Arkascha. Du bist ein Dieb. Scher dich zum Teufel!«

In Augenhöhe hatte Arkadi ein Stück Käserinde und eine halbvolle Flasche Pflaumenwein auf einem Buch mit dem Titel »Politische Unterdrückung in den USA – 1929–41« vor sich. Nachdem er sich die Flasche unter den Arm geklemmt hatte, blätterte er im Register des Buches. »Leihst du's mir für ein paar Tage?«

»Wenn du mir 'nen Gefallen tun willst...« begann Nikitin.

Arkadi drückte ihm die Flasche in die Hand.

»Nein.« Nikitin ließ sie fallen. »Behalt das Buch. Laß dich hier nicht wieder blicken.«

Belows Büro glich einem Kriegsmuseum. Auf gerahmten Zeitungsausschnitten marschierten und kämpften kleine graue Rotarmisten. »Abwehrerfolge an der Wolga«, »Erbitterter Widerstand gebrochen« und »Unsere Gegenoffensive rollt!« verkündeten die dazugehörigen Schlagzeilen. Below saß leise schnarchend hinter seinem Schreibtisch und hatte Brotkrümel auf Unterlippe und Hemd. Seine linke Hand umklammerte eine Bierflasche.

Arkadi setzte sich auf den zweiten Stuhl und schlug das Buch auf, das er bei Nikitin entdeckt hatte.

Die Kundgebung 1930 auf dem Union Square war die größte jemals von der KPdUSA organisierte Versammlung. Arbeitslose, die die Vorkämpfer für soziale Gerechtigkeit hören und von ihnen gehört werden wollten, drängten sich in unerwartet großer Zahl auf dem Platz. Obwohl der New Yorker Polizeipräsident Grover A. Whalen veranlaßt hatte, daß keine U-Bahnen in der Nähe des Platzes hielten, strömten dort über 50000 Menschen zusammen...

Arkadi überflog den Rest dieses Absatzes sowie eine Grußbotschaft J. W. Stalins, die mit Jubel aufgenommen worden war.

Dann rief William Z. Foster zu einem friedlichen Marsch zum Rathaus auf. Sobald die Massen sich jedoch in Bewegung setzten, versperrte ein gepanzertes Polizeifahrzeug die Straße. Das war das Signal für Whalens in den Seitenstraßen wartende Truppen. Polizisten – zu Fuß oder wie Kosaken zu Pferd – fielen über unbewaffnete Männer, Frauen und Kinder her... James und Edna Kirwill, Herausgeber des *Red Star*, einer Zeitschrift der katholischen Linken, wurden niedergeschlagen und verletzt. Polizisten ritten Parteimitglieder mit Spruchbändern und harmlose Passanten nieder. Parteiführer wurden überfallen und verhaftet. Daß sie weder Anwälte sprechen noch Kaution stellen durften, entsprach ganz Whalens Linie, nach der »diese Feinde der Gesellschaft ohne Rücksicht auf ihre verfassungsgemäßen Rechte aus New York vertrieben werden sollten«.

Der Chefinspektor für Industrie öffnete seine tränenden Augen, fuhr sich mit der Zungenspitze über die Lippen und setzte sich auf. Er rettete das Bier vor dem Umkippen, wischte sich die Krümel vom Hemd und warf Arkadi einen bösen Blick zu. »Wie lange bist du schon hier?«
»Ich habe in einem Buch geschmökert, Onkel Sewa«, sagte Arkadi. »Hier steht, daß Feinde der Gesellschaft ohne Rücksicht auf ihre verfassungsmäßigen Rechte vertrieben werden sollten.«
»Das ist ganz einfach«, antwortete der Alte nach einer kurzen Denkpause. »Feinde der Gesellschaft besitzen keine verfassungsmäßigen Rechte.«
Arkadi schnalzte mit den Fingern. »Da haben wir's!« bestätigte er.
»Das ist was für Anfänger.« Below wehrte das ihm zugedachte Lob ab. »Was willst du, Arkascha? Heutzutage hörst du nur noch auf mich, wenn du was von mir willst.«
»Ich suche eine Waffe, die im Januar in die Moskwa geworfen worden ist.«
»*Auf* die Moskwa, meinst du. Der Fluß war zugefroren.«
»Richtig, aber vielleicht nicht überall. Manche Fabriken leiten noch immer warmes Wasser in den Fluß, so daß dort kein Eis entsteht. Du kennst diese Fabriken besser als jeder andere. Sauberes warmes Wasser, das vielleicht mit einer Sondererlaubnis eingeleitet wird.«
»Ja, ja, ich weiß, was du meinst.« Below rieb sich das Gesicht, daß seine Nase knackte. »Du meinst die Gorki-Gerberei. Sie leitet mit einer Ausnahmegenehmigung Abwasser in die Moskwa. Sauberes Wasser, versteht sich, das aber ziemlich heiß ist. Ich hab irgendwo eine Karte...«
Below wühlte in seinen Schreibtischschubladen und förderte eine In-

»Ihre Kollegen vom Geheimdienst sind mir lieber, glaube ich«, sagte sie nach einer Pause. »Eine Frau zu ohrfeigen ist zumindest ehrlich. Ihre Masche, Ihre geheuchelte Besorgnis beweist eine Charakterschwäche.«

»Sie wollten mir erzählen, was Sie an der Universität gesagt haben.«

»Gut, Sie sollen hören, was ich an der Universität gesagt habe. Ich habe mich in der Mensa mit Freunden unterhalten und dabei geäußert, daß ich alles Menschenmögliche tun würde, um aus der Sowjetunion rauszukommen. Am Nebentisch haben irgendwelche Komsomolspitzel mitgehört und mich angezeigt. Daraufhin bin ich relegiert worden.«

»Ihre Äußerung ist natürlich nur ein Scherz gewesen. Sie hätten das erklären müssen.«

Die junge Frau trat so dicht an Arkadi heran, daß sie sich fast berührten. »Aber es war kein Scherz, sondern mein voller Ernst. Chefinspektor, wenn jemand mir in diesem Augenblick eine Waffe in die Hand drücken und mir versprechen würde, daß ich aus der Sowjetunion ausreisen dürfe, wenn ich Sie erschießen würde, ich würde sofort abdrücken.«

»Im Ernst?«

»Sogar mit Vergnügen!«

Sie drückte ihre Zigarette an der Birke neben Arkadi aus. Die weiße Baumrinde wurde unter der Zigarettenglut schwarz, kräuselte sich und glimmte sekundenlang. Arkadi litt erstaunlicherweise mit, als werde die Glut auf seiner Brust ausgedrückt. Er glaubte Irina Asanowa.

Arkadi nahm einen neuen Anlauf. »Genossin Asanowa, ich weiß gar nicht, warum ich diesen Fall noch bearbeite. Ich will ihn nicht; ich sollte ihn längst abgegeben haben. Aber drei Menschen sind ermordet worden, und ich verlange von Ihnen nur, daß Sie mitkommen und sich die Leichen ansehen. Vielleicht erkennen Sie die Kleidungsstücke oder...«

»Nein.«

»Sie sollen sich nur davon überzeugen, daß es sich nicht um Ihre Freunde handelt. Wollen Sie das denn nicht?«

»Ich weiß, daß sie's nicht sind.«

»Wo sind sie denn?«

Irina Asanowa schwieg. Arkadi lachte unwillkürlich, denn plötzlich ging ihm auf, wie dumm er gewesen war. Er hatte sich die ganze Zeit gefragt, was Osborne von zwei Russen gewollt haben könnte, anstatt zu überlegen, was sie von ihm gewollt haben könnten.

»Wo sind sie Ihrer Meinung nach?« fragte er.

Er spürte, daß sie den Atem anhielt.

»Kostja und Valeria sind aus Sibirien geflüchtet«, beantwortete Arkadi seine eigene Frage. »Für einen Banditen wie Kostja, der gestohlene Aeroflot-Flugscheine hatte, war das kein Problem. Arbeitspapiere und eine gefälschte Aufenthaltserlaubnis für Moskau kann man kaufen, wenn man Geld genug hat, und Kostja hatte genug Geld. Aber Moskau ist nicht weit genug von Sibirien entfernt. Kostja wollte außer Landes gehen. Und das ist unmöglich. Andererseits jedoch wurde er zusammen mit einem Amerikaner ermordet, dessen Wiedereinreise nirgends vermerkt ist.«

Irina Asanowa wich zurück und stand nun in den letzten Strahlen der Abendsonne.

»Tatsächlich geben Sie nur aus diesem Grund überhaupt zu, die beiden gekannt zu haben«, stellte der Chefinspektor fest. »Ich weiß, daß sie im Gorki-Park ermordet worden sind, aber Sie bilden sich ein, sie seien lebend ins Ausland gelangt. Sie glauben, daß Kostja und Valeria die Flucht geglückt ist.«

Die junge Frau lächelte triumphierend.

12

Taucher wühlten das schlammige Wasser der Moskwa auf. Unterwasserscheinwerfer rasselten an Ketten zu ihnen hinunter. Milizionäre schoben Eisschollen mit Stangen von der Kaimauer zurück, während die Taucher das Flußbett im Bereich der Abwasserrohre der Gorki-Gerberei absuchten.

Oben auf der Kaistraße regelten Milizionäre den vorbeifließenden nächtlichen Verkehr, der nur aus vereinzelten LKWs bestand. Arkadi trat an seinen Dienstwagen, auf dessen Rücksitz William Kirwills vierschrötige Gestalt nur undeutlich auszumachen war.

»Ich verspreche Ihnen nichts«, sagte Arkadi. »Sie können in Ihr Hotel zurückfahren – oder zu Ihrem Botschafter gehen.«

»Danke, ich bleibe vorerst hier.« Kirwills Augen glitzerten im Halbdunkel.

Arkadi zeigte ihm einen dicken Umschlag. »Hier sind die Autopsieberichte über die drei im Gorki-Park aufgefundenen Leichen«, sagte er.

Nach einem Tag Bedenkzeit mußte Kirwill zu dem Schluß gekommen sein, Arkadi sei zu ahnungslos, um ein KGB-Offizier zu sein.

»Zeigen Sie her!« Kirwill griff danach.

»Wer war James Kirwill?« fragte Arkadi.

»Mein Bruder.«

Arkadi reichte ihm den Umschlag ins Auto; damit war ihr erster Handel perfekt. Der Name Osborne kam in diesen Unterlagen nicht vor. Wenn William Kirwill nur bei den Ermittlungen hätte helfen wollen, dann hätte er das Zahnschema und das Röntgenbild schon am ersten Tag seines Aufenthalts in Moskau abgegeben. Aber William Kirwill hatte eine Waffe mitgebracht: Das bedeutete, daß er nur verhandlungsbereit war, solange er nicht wußte, wen er angreifen sollte. Daß er seine Pistole nicht mehr hatte, spielte keine Rolle. Er hatte seine Hände.

Ein Beamter der Flußpolizei meldete Arkadi, die Taucher seien halb erfroren und hätten bisher nichts gefunden. Als der Chefinspektor an die Kaimauer trat, wurde er von einem jungen Milizionär angesprochen, der seine Anfrage an alle Moskauer Milizstationen gelesen hatte. Der junge Beamte der Station Oktjabrski war bei einem Streifengang Ende Januar oder Anfang Februar auf einen am Kai geparkten Schiguli aufmerksam geworden. Er wußte nur, daß der Fahrer ein Deutscher gewesen war, denn als er ihm als begeisterter Abzeichensammler angeboten hatte, ihm die Anstecknadel eines Berliner Fußballvereins abzukaufen, die der andere an der Jacke getragen hatte, war sein Angebot auf russisch, aber mit deutlichem Akzent abgelehnt worden.

»Noch zehn Minuten!« forderte Arkadi die Taucher auf, aber sie kamen schon nach vier oder fünf Minuten aus der Moskwa und hielten triumphierend einen Lederbeutel hoch, aus dem Wasser und Aale quollen.

Der Beutel war mit einer Kordel zugezogen. Arkadi, der dazu Gummihandschuhe trug, öffnete ihn unter einem Scheinwerfer und tastete zwischen Schlamm, Gläsern und Flaschen herum, bis er einen Pistolenlauf zwischen den Fingern hatte. Er zog eine große schmale Pistole aus dem Beutel.

»Genosse Chefinspektor?«

Fet war eingetroffen. Arkadi hatte ihn seit Golodkins Vernehmung nicht mehr gesehen. Der junge Beamte rückte seine Nickelbrille zurecht und starrte kurzsichtig die Pistole an. »Haben Sie irgendeinen Auftrag für mich?« erkundigte er sich.

Arkadi wußte nicht, welche Rolle Fet bei Paschas Ermordung gespielt hatte; er wußte nur, daß er den KGB-Spitzel loswerden wollte.

»Ja«, sagte der Chefinspektor. »Besorgen Sie mir eine Aufstellung aller innerhalb der letzten sechzehn Monate gestohlenen Ikonen.«

»Der in Moskau gestohlenen?«

»Nein, in der gesamten Sowjetunion.«

Arkadi beobachtete, wie der junge Mann beleidigt abzog. Mit diesem Auftrag war er eine Woche lang beschäftigt – und vielleicht erwiesen die Listen sich sogar als nützlich.

Der Chefinspektor legte die Pistole vorsichtig in sein Taschentuch. Keiner der Milizionäre, auch die Veteranen nicht, kannte die Waffe. Arkadi gab dem Kollegen von der Flußpolizei Geld für eine Schnapsrunde für die Taucher und ging mit dem Beutel und der Pistole zu seinem Dienstwagen.

Kirwill untersuchte die Waffe. »Das argentinische Modell der 7,65-mm-Mannlicher. Hohe Mündungsgeschwindigkeit, treffsicher, achtschüssig.« Schlamm spritzte auf sein Hemd, als er das Magazin aus dem Griff zog. Arkadi fiel erst jetzt auf, daß Kirwill wieder als Russe angezogen war. »Drei Patronen sind noch drin.« Er schob das Magazin ein und gab die Pistole zurück.

»Die Kissen!« Arkadi starrte Kirwill an. »Ihre Kopfkissen hab ich nicht untersucht.«

»Richtig.« Kirwill hätte beinahe gelächelt. Er gab den Umschlag mit den Autopsieberichten zurück, wischte sich die Finger ab und zog eine Karte mit zehn Fingerabdrücken aus der Hemdtasche. »Die haben Sie auch übersehen.« Der Amerikaner schüttelte den Kopf und steckte die Fingerabdruckkarte ein, bevor Arkadi danach greifen konnte.

»Die wollte ich Ihnen eigentlich nicht zeigen«, gab Kirwill zu, »aber ich habe inzwischen nachgedacht. Vielleicht sind Sie doch der Mann, für den Sie sich ausgeben, Renko. Vielleicht können wir uns irgendwie einigen. Ihr Kollege ist erschossen worden, und diesen Golodkin sind Sie auch los. Sie können Unterstützung brauchen, schätze ich.«

»Und?«

»Ihre Unterlagen über Jimmy...« Kirwill zeigte auf den Umschlag. »Die Laboruntersuchungen sind soweit in Ordnung, aber Sie hätten längst nachfassen müssen.«

»Wie meinen Sie das?«

»Ist das nicht klar? Fünfzig Mann, die jeden befragen, der diesen Winter im Gorki-Park gewesen ist. Aufrufe in den Zeitungen, eine spezielle Telefonnummer, die im Fernsehen bekanntgegeben wird.«

»Wundervolle Ideen!« stimmte Arkadi ironisch zu. »Ich werde sie mir für den Fall merken, daß ich mal in New York zu tun bekomme.«

Die blauen Augen beobachteten ihn mißtrauisch. »Nehmen wir einmal an, ich würde meinen Bruder identifizieren – was würde dann passieren?«

»Der KGB würde den Fall an sich ziehen. Sie würden festgenommen und verhört werden. Ich könnte verschweigen, daß wir uns im Park begegnet sind und daß Sie eine Pistole gehabt haben. Ihre Haft wäre nicht allzu schlimm.«

»Aber auch nicht amüsant?« fragte Kirwill.

»Bestimmt nicht!« Arkadi mußte über diese unerwartete Frage lachen.

»Okay.« Kirwill zündete sich eine Zigarette an und schnippte das Streichholz aus dem Fenster. »Dann ist mir diese Zusammenarbeit lieber. Nur Sie und ich.«

»Eine ›Zusammenarbeit‹?« fragte der Chefinspektor gedehnt. Er hatte an etwas Ähnliches gedacht, aber der gleiche Vorschlag von Kirwills Seite war ihm unbehaglich.

»Unterstützung auf Gegenseitigkeit«, präzisierte der andere. »Meiner Ansicht nach ist Kostja, der Muskelmann, zuerst erschossen worden, stimmt's? Dann muß Jimmy an der Reihe gewesen sein. Mich wundert's überhaupt, daß er mit seinem kaputten Bein zum Schlittschuhlaufen gegangen ist. Zuletzt hat's die Dawidowa erwischt. Ich verstehe nur die Kopfschüsse nicht – es sei denn, der Mörder hätte die Spuren von Jimmys Wurzelbehandlung verwischen wollten. Haben Sie etwa einen Zahnarzt in Verdacht, Renko?« Der Amerikaner lächelte schwach. »Oder irgendeinen Ausländer?«

»Sonst noch was?« fragte Arkadi ausdruckslos, obwohl er Tage gebraucht hatte, um auf die Sache mit der Wurzelbehandlung zu kommen.

»Okay. Der Stukkaturgips an den Kleidungsstücken. Ikonen, stimmt's? Deshalb haben Sie den Mann weggeschickt, um ihn eine Liste aufstellen zu lassen. Er ist übrigens der Kerl, den ich zum KGB verfolgt habe. Vielleicht sind Sie kein KGB-Spitzel, aber er ist todsicher einer!«

»Ganz Ihrer Meinung.«

»Gut. Geben Sie mir meine Plakette zurück.«

»Noch nicht.«

»Renko, Sie enthalten mir etwas vor.«

»Mr. Kirwill, ich traue Ihnen so wenig wie Sie mir. Darum müssen wir Schritt für Schritt vorgehen. Keine Angst, Sie bekommen Ihre Plakette zurück, bevor Sie heimfliegen.«

»Von mir aus können Sie sie ruhig noch ein paar Tage behalten«, wehrte der Lieutenant ab. »Ich schlage vor, daß wir getrennt arbeiten und uns nur treffen, um Informationen auszutauschen. Geben Sie mir die Telefonnummern, unter denen Sie erreichbar sind.«

Arkadi schrieb ihm die Nummern seines Büros und des Zimmers im Hotel *Ukraina* auf. Kirwill steckte den Zettel in seine Hemdtasche.

»Das Mädchen muß hübsch gewesen sein, was? Die junge Frau, die mit Jimmy ermordet worden ist?«

»Wahrscheinlich – aber wie kommen Sie darauf? War Ihr Bruder ein Casanova?«

»Nein. Jimmy war ein Asket. Er hat keine Frau angerührt, aber er war gern mit Frauen zusammen und dabei sehr wählerisch.«

»Wie soll ich das verstehen?«

»Madonnen, Renko. Wissen Sie, was ich meine?«

Arkadi schüttelte den Kopf.

»Na ja, das hat Zeit bis später.« Kirwill öffnete seine Tür. »Ich muß mich erst an den Gedanken gewöhnen, mit Ihnen zusammenzuarbeiten.«

Nachdem Arkadi den Lederbeutel und die Pistole zur Untersuchung bei Ljudin abgeliefert hatte, fuhr er zum Zentralen Telegrafenamt, um zu veranlassen, daß die Telefonzellen in der näheren Umgebung von Irina Asanowas Kellerwohnung überwacht wurden. Daß die junge Frau kein Telefon hatte, wunderte Arkadi nicht, aber er staunte über die anderen Beweise ihrer Mittellosigkeit: ihre Kleidung aus zweiter Hand, die Kunstlederstiefel und die billigen Zigaretten. Bei Mosfilm gab es unzählige junge Frauen, die nicht mehr verdienten, aber elegant zu den Partys der Gewerkschaft der Filmschaffenden für ausländische Gäste kamen, auf denen der Dank für ein französisches Parfüm oder ein italienisches Strickkleid Routinesache war. Irina Asanowa war bestimmt schon oft eingeladen worden; statt dessen hungerte sie sich durch. Er bewunderte sie.

Oberst Ljudin setzte Arkadi auseinander, was seine Techniker in dem aus der Moskwa geholten Lederbeutel gefunden hatten, als das Telefon im Labor klingelte. Ein Assistent nahm den Hörer ab und gab ihn an Arkadi weiter. »Genossin Renko«, sagte er dabei.

»Ich rufe später zurück«, versprach Arkadi Sonja.

»Nein, wir müssen jetzt miteinander reden!« Ihre Stimme war durchdringend scharf.

Der Chefinspektor gab Ljudin ein Zeichen, er solle weitermachen.

»Wir haben es hier mit einem in Polen hergestellten Sportsack zu tun«, begann der andere.

»Arkadi?« fragte Sonja.

»Solche Sportsäcke sind nur in Moskau und Leningrad verkauft worden.« Ljudin deutete mit einem spitzen Bleistift auf die zerfetzte Vorderseite des Beutels. »Dieses Loch hier ist durch mehr als einen Schuß vergrößert worden. An seinen Rändern haben wir Pulverspuren festgestellt, und das Leder entspricht den Lederpartikeln an der Kugel GP-1.«

An der Kugel, die Kostja Borodin getötet hatte. Arkadi nickte aufmunternd.

»Ich reiche beim Stadtgericht die Scheidung ein«, erklärte Sonja ihm. »Sie kostet hundert Rubel. Ich erwarte, daß du die Hälfte zahlst. Schließlich hab ich dir die Wohnung überlassen.« Sie wartete auf seine Antwort. »Hörst du überhaupt zu?«

»Ja«, sagte Arkadi halblaut ins Telefon.

Ljudin zählte die auf einem Tisch liegenden Gegenstände auf. »Drei Schlüsselringe mit jeweils dem gleichen Schlüssel. Ein Feuerzeug. Eine leere Flasche Wodka der Marke Extra. Eine halbleere Flasche Kognak Martell. Ein Paar Spartak-Schlittschuhe Größe dreiundvierzig. Ein zerbrochenes Einmachglas mit französischen Erdbeeren – nicht hier, sondern im Ausland gekauft.«

»Kein Brot, kein Käse, keine Wurst?«

»Damit haben die Fische gründlich aufgeräumt, mein lieber Chefinspektor. Wir haben lediglich Spuren von menschlichem und tierischem Gewebe gefunden.«

»Arkadi, du mußt sofort kommen!« drängte Sonja. »Das sieht besser aus, und wir können allein mit der Richterin sprechen. Das habe ich schon vereinbart.«

»Tut mir leid, ich bin beschäftigt.« Arkadi sah zu Ljudin auf. »Fingerabdrücke?«

»Haben Sie wirklich welche erwartet?« lautete Ljudins Gegenfrage.

»Sofort!« wiederholte Sonja. »Ich verlange, daß du...«

Arkadi bedeckte die Sprechmuschel mit einer Hand. »Entschuldigen Sie mich bitte für eine Minute, Oberst.«

Ljudin zog demonstrativ seine altmodische Taschenuhr, als er mit einem Schwarm Assistenten von dem Tisch zurücktrat. Arkadi kehrte ihnen den Rücken zu und flüsterte ins Telefon: »Was hast du als Scheidungsgrund angegeben? Daß ich dich schlage? Daß ich trinke?«

»Unverträglichkeit«, erklärte Sonja ihm knapp. »Dafür habe ich Zeugen – Natascha und Dr. Schmidt.«

»Was ist mit...« Er war wie vor den Kopf geschlagen. »Wie wirkt sich das auf deine Parteikarriere aus?«

»Iwan...«

»Iwan?«

»Dr. Schmidt sagt, daß ich keine Nachteile zu erwarten habe.«

»Gott sei Dank! Und wie unverträglich sind wir?«

»Kommt ganz darauf an«, meinte Sonja geheimnisvoll. »Jedenfalls wird's dir leidtun, wenn's zu einer öffentlichen Verhandlung kommt.«

»Weshalb?«

»Wegen deiner Bemerkungen, deiner ganzen Einstellung der Partei gegenüber.«

Arkadi starrte den Hörer an. Dann gab er sich einen Ruck. »Deine Zukunft leidet bestimmt nicht darunter«, sagte er energisch. »Ich brauche Zeit bis Anfang Mai. Nur noch ein paar Tage!« Er legte auf. Ljudin klatschte in die Hände. »Zurück an die Arbeit. Die Pistole liegt noch im Säurebad, aber ich kann Ihnen schon jetzt sagen, daß meine Experten auf eine Mannlicher tippen, deren Kaliber mit den im Gorki-Park gefundenen Kugeln übereinstimmt. Bis morgen wollen wir... Chefinspektor Renko, hören Sie überhaupt zu?«

Arkadi verbrachte den Nachmittag damit, Akten zu wälzen, die Bestätigung einzuholen, daß eine Schiguli-Limousine auf den Namen Hans Hofmann zugelassen war, und Osbornes Visa erneut zu überprüfen. Der Amerikaner war mit dem Zug von Paris nach Leningrad gereist und dort am 2. Januar angekommen. Selbst im Schlafwagen mußte die lange Bahnfahrt durch Frankreich, Deutschland und Polen ermüdend gewesen sein – vor allem für einen an Luxus gewöhnten Geschäftsmann wie Osborne. Aber der Seeweg nach Leningrad war im Winter zugefroren, und die Kontrollen auf den Flughäfen hätten die Mannlicher zutage fördern können.

Am Spätnachmittag wohnte Arkadi der Feuerbestattung Pascha Pawlowitschs bei, dessen Leichnam endlich freigegeben worden war, damit er in einen Fichtensarg gelegt und in einen Verbrennungsofen geschoben werden konnte.

Der Chefinspektor betrat die Kneipe, in der er sich schon einmal mit Schwan getroffen hatte. An runden Tischen hockten Fabrikarbeiter mit Bierflaschen in den schwieligen Händen, verschwitzten Jacken über den Stuhllehnen und rohen Zwiebeln und Messern auf ihren Tellern. Auf der Theke stand ein Fernsehgerät, obwohl es eigentlich verboten war, Fernseher in Lokalen aufzustellen. Über den Bildschirm flimmerte ein Fußballspiel: Moskau gegen Odessa.

Kirwill, der diesmal eine Lederjacke und eine Schlägermütze trug, hatte sich einen Tisch in der hintersten Ecke gesichert. Vor ihm stand eine halbleere Wodkaflasche. Arkadi fragte sich, wieviel Kirwill heute schon getrunken haben mochte.

»Tut mir leid, daß ich mich verspätet habe«, entschuldigte er sich.

»Schon gut!« Kirwill winkte ab. »War die Mannlicher die Tatwaffe?«

»Sieht so aus.«

Der Amerikaner beugte sich nach vorn. »Kommen Sie, ich lade Sie ein, Renko. Sie vertragen doch einen kräftigen Schluck?«

Arkadi überlegte, ob er wieder gehen solle. Kirwill war schon nüchtern unberechenbar genug, und Arkadi hatte stets gehört, Amerikaner seien nicht sonderlich trinkfest. Aber Schwan wollte herkommen, und er durfte ihn nicht verpassen.

Der Chefinspektor stand auf, trat an die Theke und kam mit einer zweiten Flasche Wodka und einem eigenen Glas zurück. Er knickte ein Streichholz ab und hielt es Kirwill mit einem anderen so hin, daß nur die Zündholzköpfe zu sehen waren. »Wer das kürzere zieht, schenkt uns beiden aus seiner Flasche ein.«

Kirwill runzelte die Stirn. Er griff nach den Streichhölzern und erwischte prompt das kürzere.

»Scheiße.«

Arkadi sah zu, wie Kirwill die beiden Gläser vollschenkte. »Sie sollten Ihr Haar an den Seiten kürzer tragen. Und legen Sie Ihre Füße nicht auf einen freien Stuhl. Das tun nur Amerikaner.«

»Okay, ich sehe schon, daß wir gut miteinander auskommen werden.« Kirwill kippte seinen Wodka wie Arkadi. Auch beim nächsten Versuch zog er das abgebrochene Streichholz. »Kein schlechter Trick, Renko. Wollen Sie mir nicht wenigstens erzählen, was Sie heute getrieben haben, wenn Sie sich schon von mir freihalten lassen?«

Arkadi hatte nicht die Absicht, ihm von Osborne zu erzählen, und da er nicht wollte, daß Kirwill sich mit Irina Asanowa befaßte, sprach er über die Rekonstruktion des Gesichts der im Gorki-Park ermordeten jungen Frau.

»Wunderbar!« meinte Kirwill sarkastisch, als Arkadi fertig war. »Ich komme mir vor wie ein Zeitreisender, der die Polizeiarbeit im alten Rom beobachtet. Was kommt als nächstes – die Vogelschau oder ein Knochenorakel?« Er schüttelte den Kopf. »Hören Sie, Jimmy hat Ikonen restauriert. In Ihren Akten ist von einem Schrein mit Ikonen die Rede.«

»Die gestohlen oder gekauft, aber nicht restauriert werden sollten.«

Kirwill rieb sich das Kinn. Dann griff er in seine Jackentasche und zog eine Postkarte heraus, die er Arkadi hinhielt. Auf der Rückseite stand eine kurze Beschreibung eines Schreins in der Erzengel-Kathedrale im Kreml. Auf der Vorderseite war ein reichvergoldeter Schrein abgebildet, dessen Bildtafeln einen Kampf zwischen weißen und schwarzen Engeln darstellten.

»Wie alt ist der Ihrer Meinung nach, Chefinspektor?«

»Vier- bis fünfhundert Jahre«, schätzte Arkadi.

»Versuchen Sie's mal mit 1920. Damals ist die Kathedrale nämlich renoviert worden. Ich rede allerdings nur von dem Schrein. Die Bildtafeln sind alt. Der ganze Satz würde in New York mindestens eine Viertelmillion Dollar bringen. Solche Ikonen kann man natürlich nicht offiziell ausführen – aber manchmal wird vielleicht ein mittelmäßiger neuer Schrein exportiert, dessen Bildtafeln als minderwertig getarnt worden sind.

Ich hab mir die Hacken abgelaufen, um bei sämtlichen westlichen Botschaften nachzufragen, wer im letzten Jahr Ikonen ausgeführt hat. Aber ich bin überall abgeblitzt. Dann hab ich in der amerikanischen Botschaft mit dem Presseattaché gesprochen, der der hiesige CIA-Boß und ein Kamel dazu ist, um mir von ihm unter vier Augen versichern zu lassen, geschmuggelte Ikonen seien eine sichere Geldanlage. Ein wahres Wunder, daß diese Leute sich mit ihrem Diplomatengepäck keinen Bruch heben! Aber für private Händler ist da nichts zu holen.

Dann ist mir eingefallen, daß man Gold braucht, um Ikonen restaurieren zu können, und da man hierzulande Gold weder kaufen noch stehlen kann, war meine ganze Mühe vergebens, und ich bin hier reingestolpert, um mich mit einer Flasche zu trösten, bis Sie kommen.«

»Kostja Borodin hätte in Sibirien Gold stehlen können«, sagte Arkadi.

»Aber wäre ein neuer Schrein mit alten Ikonen nicht zu auffällig?«

»Er wird künstlich gealtert. Man reibt die Vergoldung ab, bis die rote Grundierung sichtbar wird. Dann wird mit Umbra nachbehandelt. Ihre Leute sollen in Geschäften für Künstlerbedarf nachfragen, wer armenische Sienaerde, Stukkaturgips, Gelatinegranulat und Schlämmkreide gekauft hat. Dazu Knochenleim, Gaze, sehr feines Schleifpapier, Chamoisleder...«

»Halt, nicht so schnell!« Der Chefinspektor schrieb mit.

»Außerdem Watte, Alkohol, Stichel und flache Polierstähle.« Kirwill schenkte sich einen Wodka ein. »Mich wundert nur, daß Sie keine Zobelhaare an Jimmys Kleidungsstücken gefunden haben.«

»Zobel? Warum?«

»Die besten Vergolderpinsel werden aus Marder- oder Zobelhaar hergestellt.« Der Amerikaner runzelte die Stirn. »He, wer ist das, verdammt noch mal?«

Schwan hatte einen Zigeuner mitgebracht: einen nußbraunen Alten mit einem verschrumpelten Affengesicht, aus dem wache schwarze Augen leuchteten. Der Alte trug einen formlosen braunen Schlapphut auf seinen eisgrauen Locken und hatte sich ein rotes Tuch um den Hals geknotet. In jeder sowjetischen Arbeitsmarktstatistik tauchten lediglich die Zigeuner als arbeitslos auf. Sie entzogen sich allen Bemühungen, sie seßhaft zu machen oder in andere Länder abzuschieben, verkauften an jedem Sonntag Amulette auf den Bauernmärkten und schossen im Frühjahr wie Pilze aus dem Boden der städtischen Anlagen, um Passanten anzubetteln.

»Für Künstlerbedarf gibt's bei uns keine eigenen Geschäfte«, erklärte Arkadi Kirwill. »Man kauft ihn in Trödelläden, an Straßenecken oder bei irgend jemand in der Wohnung.«

»Er sagt, daß er von einem Sibirier gehört hat, der Goldstaub zu verkaufen gehabt hat.« Schwan nickte zu dem Zigeuner hinüber.

»Und Zobelfelle!« ergänzte der Alte heiser. »Fünfhundert Rubel für ein einziges Fell.«

»An der richtigen Straßenecke kriegt man alles«, sagte Arkadi zu dem Lieutenant, ohne den Zigeuner dabei aus den Augen zu lassen.

»Alles«, bestätigte der Zigeuner.

»Sogar Menschen«, fügte Arkadi hinzu.

»Wie den Richter, der langsam an Krebs verrecken soll, weil er meinen Sohn ins Arbeitslager geschickt hat! Hat der Richter an die Kinder gedacht, die mein Sohn unversorgt zurückgelassen hat?«

»Wie viele Kinder?« fragte der Chefinspektor.

»Babys.« Der Alte war sichtlich gerührt. Er spuckte auf den Boden und fuhr sich mit dem Jackenärmel über den Mund. »Zehn Babys.«

»Vier Babys«, entschied Arkadi.

»Acht! Das ist mein letztes Wort, sonst . . .«

»Sechs.« Arkadi schob ihm sechs Rubel über den Tisch. »Du kriegst das Zehnfache, wenn du rausfindest, wo die Sibirier gewohnt haben.« Er wandte sich an Schwan. »Ein stämmiger Kerl, eine junge Frau und ein magerer Rothaariger. Alle drei sind Anfang Februar verschwunden. Schreiben Sie diese Liste ab und geben Sie eine dem Zigeuner. Die drei haben ihr Material irgendwo kaufen müssen. Wahrscheinlich haben sie eher am Stadtrand gewohnt, wo's weniger neugierige Nachbarn gibt.«

»Sie werden im Leben immer Glück haben.« Der Zigeuner steckte das Geld ein. »Wie Ihr Vater. Der General ist sehr großzügig gewesen. Wir sind bis nach Deutschland hinter ihm hergezogen. Er hat uns immer was übriggelassen – nicht wie andere Generale.«

Als Schwan und der Zigeuner gingen, war Odessa mit 1:0 in Führung.

»Zigeuner sind gute Spürhunde«, sagte Arkadi.

»Schon gut.« Kirwill hob abwehrend die Hand. »Meine Leute wollen auch immer erst Geld sehen.« Er hielt Arkadi die Zündhölzer hin. »Sie sind dran!«

Arkadi verlor und schenkte ein.

»Ich schlage vor, daß wir auf Ihren toten Kollegen trinken.« Der Amerikaner erhob sein Glas.

»Gut, trinken wir auf Pascha.«

Sie tranken, losten wieder und tranken weiter. Arkadi spürte, daß ihm der Wodka allmählich zu Kopf stieg. Im Gegensatz zu seinen anfänglichen Befürchtungen zeigte Kirwill noch keinerlei Wirkung; er erinnerte Arkadi eher an einen Langstreckenläufer, der das ihm gemäße Tempo gefunden hat. Der Amerikaner schien sich in dieser Arbeiterkneipe wirklich wohl zu fühlen.

»Stimmt das mit General Renko?« erkundigte Kirwill sich. »Der Schlächter der Ukraine ist Ihr Vater gewesen? Höchst bemerkenswert! Wie hab ich das übersehen können?«

Arkadi starrte das breite gerötete Gesicht des anderen prüfend an. Aber Kirwill ließ nur Neugier und sogar freundliches Interesse erkennen.

»Leicht für Sie«, antwortete Arkadi, »verdammt schwer für mich.«

»Kann ich mir vorstellen! Warum sind Sie nicht auch Berufsoffizier geworden! Als ›Sohn des Schlächters der Ukraine‹ wären Sie inzwischen selbst General. Was sind Sie – ein Versager?«

»Und dazu auch noch unfähig, meinen Sie?«

Kirwill nickte grinsend.

Arkadi dachte darüber nach. Diese Art Humor war ihm fremd, und er wollte richtig darauf reagieren.

»Meine ›Unfähigkeit‹ ist eine Frage der Ausbildung; daß ich ein ›Versager‹ bin, wie Sie's ausdrücken, habe ich nur mir selbst zu verdanken. Der General besteht zur Hälfte aus Männern, die irgendwann Panzerkommandeure in der Ukraine waren. Chruschtschow war damals Politkommissar in der Ukraine. Aus der damaligen Gruppe sind zahlreiche Parteisekretäre und Marschälle hervorgegangen. Ich bin also auf die richtigen Schulen gegangen und habe die richtigen Lehrer und Förderer gehabt. Wäre der General zum Marschall ernannt worden, wäre mein Berufsweg vorgezeichnet gewesen. Dann wäre ich heute vielleicht Kommandeur einer Raketenbasis in der Moldauischen Republik. Aber er ist nicht zum Marschall befördert worden. Er ist ›Stalins Schwertarm‹ gewesen. Nach Stalins Tod hat ihm niemand mehr getraut. Eine Beförderung zum Marschall? Ausgeschlossen!«

»Er ist liquidiert worden?«

»Nein, nur pensioniert. Und ich bin zu dem kleinen Beamten herabgesunken, den Sie jetzt vor sich sehen. Sie ziehen.«

»Eigentlich komisch, daß die Leute einen immer fragen, warum man Polizist geworden ist, was?« Kirwill zog das kürzere Streichholz und schenkte nach. »Drei Berufe kriegen diese Frage ständig zu hören: Pfarrer, Nutten und Polizisten. Die wichtigsten Berufe der Welt, aber die Leute fragen trotzdem immer wieder. Außer bei Iren.«

»Warum bei denen nicht?«

»Als Ire in Amerika hat man nur zwei Möglichkeiten: Man wird Geistlicher oder Polizeibeamter.« Er machte eine Pause. »Sie halten mich für einen ziemlich ungebildeten Kerl, nicht wahr?«

Aus Kirwills Gesichtsausdruck sprach jetzt unverkennbare Verachtung. Seine eben noch gezeigte Liebenswürdigkeit – die wirklich echt gewesen war – hatte sich spurlos verflüchtigt. Der Amerikaner beugte sich über den Tisch, dessen Platte er mit beiden Händen umklammerte.

»Ich bin nicht so ungebildet, wie Sie glauben! Ich kenne euch Russen, ich bin mit Russen aufgewachsen. Jeder gottverdammte russische Stalin, der aus diesem Paradies der Werktätigen vertrieben worden ist, hat bei uns zu Hause gewohnt.«

»Ich habe gehört, Ihre Eltern seien Radikale gewesen«, sagte Arkadi vorsichtig.

»Radikale? Gottverdammte Kommunisten! Irisch-katholische Rote. Big Jim und Edna Kirwill – von denen haben Sie allerdings schon gehört!«

Arkadi sah sich in der Kneipe um. Alle anderen Gäste waren angetrunken und hatten nur Augen und Ohren für den Fernseher. Odessa schoß das 2 : 0 und löste dadurch vereinzelte Mißfallenskundgebungen aus. Arkadi konzentrierte sich wieder auf den Lieutenant, der sein Handgelenk mit schmerzhaft kräftigem Griff umklammerte.

»Big Jim und Edna, die Schutzpatrone aller russischen Emigranten. Anarchisten, Menschewiken und so weiter – man brauchte nur ein verrückter Russe zu sein, um in New York eine Heimat zu haben: unser Haus! Das reinste Auffanglager für Exilrussen. Deshalb weiß ich aus Erfahrung, daß Anarchisten die besten Automechaniker sind. Sie haben einen Blick fürs Technische – der kommt vom Bombenbasteln.«

»Die amerikanische Linke scheint eine sehr interessante Geschichte zu haben«, begann Arkadi. »Ich habe neulich . . .«

»Erzählen Sie mir nichts über die amerikanische Linke!« unterbrach Kirwill ihn. »Lauter intellektuelle Arschlöcher! Großmäuler, die nie dabeigewesen sind, wenn's Prügel gegeben hat, und die Cops, die geprügelt haben, sind in die Kirche gezogen, um ihre Schlagstöcke segnen zu lassen. Wer Edna Kirwills Kopf getroffen hat – sie ist nur knapp einssechzig gewesen –, dessen Kinder sind in der Sankt-Patricks-Kathedrale gefirmt worden. Und warum das alles? Weil der *Red Star* zwanzig Jahre lang die einzige katholische Zeitschrift gewesen ist, die den Mut hatte, sich auf der Titelseite als kommunistisch zu bezeichnen.

Das war Big Jims geradlinige Art. Er stammte aus einer alten IRA-Familie, war ein Riesenkerl mit Bärenkräften und hatte leider zuviel Grips, sonst wäre er vielleicht als Bierkutscher glücklich geworden. Ednas Familie hatte eine Brauerei, mit der ihr Alter Millionen gescheffelt hat. Deshalb sind Big Jim und Edna nie exkommuniziert worden – weil ihr Alter der Kirche Erholungsheime gestiftet hat: drei am Hudson und eines in Irland.

Ja, die amerikanische Linke hat zusammengehalten, bis nach dem Krieg der Rosenberg-Prozeß Schlagzeilen gemacht hat. Dann sind die Salonkommunisten untergetaucht und haben Big Jim und Edna mit den gleichen kümmerlichen Russen wie vor dem Krieg sitzengelassen – was uns bei McCarthy und dem FBI verdammt beliebt gemacht hat. Ich war Soldat in Korea, als Jimmy auf die Welt kam. Die ganze Familie hat über diesen Nachzügler gelacht. Hoover hatte Big Jim und Edna praktisch unter Hausarrest gestellt, so daß sie aus Langeweile wieder zu bumsen angefangen haben.«

Moskau schoß endlich ein Tor, das entlang der Theke lallend bejubelt wurde.

»Dann hab ich Sonderurlaub gekriegt, um zu ihrer Beerdigung heimfliegen zu können. Ein Doppelselbstmord – Morphium, die beste Methode. Am 10. März 1953, fünf Tage nach Stalins Tod, als die Sowjetunion sich aus den Wirren seiner Gewaltherrschaft erheben und den Weg zum wahren Sozialismus weisen sollte. Aber dazu kam es nicht; statt dessen blieben die gleichen alten Schlächter am Ruder, und Big Jim und Edna starben an vor Enttäuschung gebrochenen Herzen. Trotzdem war ihr Begräbnis recht interessant. Die Sozialisten kamen nicht, weil Big Jim und Edna Kommunisten gewesen waren; die Katholiken nicht, weil Selbstmord eine Sünde ist; die Kommunisten blieben weg, weil Big Jim und Edna gegen Onkel Joe gewesen waren. Am Schluß bestand die Trauergemeinde nur aus dem FBI, Jimmy und mir.«

Kirwill holte tief Luft.

»Das habe ich Ihnen alles nur erzählt, damit Sie wissen, daß ich Sie und Ihre Leute kenne. Irgend jemand in dieser Stadt hat meinen kleinen Bruder ermordet. Sie arbeiten jetzt mit mir zusammen; aber weil Sie's auf den Kerl abgesehen haben, der Ihren Kollegen umgelegt hat; weil Sie einen entsprechenden Befehl kriegen oder weil Sie der Kerl sind, der hinter der ganzen Sache steckt, werden Sie irgendwann versuchen, mir einen Strick um den Hals zu werfen. Aber ich verspreche Ihnen, daß ich Sie vorher noch umlege. Darauf können Sie sich verlassen!«

Arkadi fuhr ziellos durch die Straßen. Er war nicht betrunken. Nach dem Zusammensein mit Kirwill hatte er das Gefühl, vor einem offenen Schmelzofen gesessen zu haben, der den Wodka verbrannt und eine zweck- und ziellose Energie zurückgelassen hatte. An jeder zweiten Straßenecke wurden bei Scheinwerferbeleuchtung rote Spruchbänder aufgezogen. Straßenreinigungswagen saugten die Rinnsteine ab. Moskau bewegte sich wie Schlafwandler auf den Ersten Mai zu.

Er hatte das Gefühl, daß irgend etwas Wichtiges passierte – aber er wußte nicht, wann oder wo. Im Hauptquartier der Miliz, in das er schließlich fuhr, herrschte gähnende Leere. Die meisten Beamten der Nachtschicht waren wie immer vor dem Ersten Mai unterwegs, um wenigstens die Innenstadt von Betrunkenen zu säubern; andererseits war es am Maifeiertag patriotisch, sich zu betrinken. Es kam nur auf die Wahl des richtigen Zeitpunkts an. Kirwills Radikale, Gespenster aus einer obskuren Zeitrechnung toter Leidenschaften, die wahrscheinlich nicht einmal Amerikaner kannten oder kennen wollten – was konnten sie mit Morden in Moskau zu tun gehabt haben?

In der Fernmeldezentrale tippten zwei Sergeanten mit offenem Kragen bruchstückweise über Funk eingehende Meldungen: unsichtbarer Abfall aus der Außenwelt. Obwohl auf dem wandgroßen Stadtplan keine Lichter brannten, starrte Arkadi ihn lange an.

Der Chefinspektor ging in den Bereitschaftsraum hinüber. Dort saß ein einzelner Beamter, der Vernehmungsprotokolle abtippte. Arkadi setzte sich an einen Schreibtisch und wählte die Nummer der Abhörstelle im Zentralen Telegrafenamt. Nach dem zwanzigsten Klingeln meldete sich jemand, den er nach Gesprächen aus Telefonzellen in der Umgebung von Irina Asanowas Wohnung fragte.

»Ich schicke Ihnen morgen früh eine Liste, Chefinspektor«, antwortete die schlaftrunkene Stimme. »Ich habe keine Lust, Ihnen jetzt hundert Telefonnummern vorzulesen.«

»Sind von den Telefonzellen aus Gespräche mit dem Hotel *Rossija* geführt worden?« fragte Arkadi weiter.

»Nein.«

»Augenblick!« Er angelte ein Telefonbuch aus dem Schreibtisch und blätterte darin, bis er den Buchstaben R wie Rossija gefunden hatte. »Ist die Nummer vier-fünf-sieben-sieben-null-zwo angerufen worden?«

Am anderen Ende war ein verächtliches Schnauben zu hören. Dann folgte langes Schweigen, bis die Stimme sich erneut meldete. »Um zwanzig Uhr zehn ist die Nummer vier-fünf-sieben-sieben-null-zwo von der öffentlichen Sprechstelle neun-null-zwo-acht-zwo-fünf aus angerufen worden.«

»Dauer des Gesprächs?«

»Knapp eine Minute.«

Arkadi legte auf, wählte die Nummer des Hotels *Rossija* und fragte nach Osborne. Der Portier erklärte ihm, Mr. Osborne sei nicht in seinem Zimmer. Das konnte nur bedeuten, daß Osborne sich mit Irina Asanowa traf.

Der Chefinspektor lief zu seinem Dienstwagen und fuhr auf die Petrowka-Straße hinaus, die als Einbahnstraße nach Süden führte. Um diese Zeit herrschte kaum noch Verkehr. Falls Irina Asanowa den Amerikaner gefunden hatte, mußte sie die Initiative ergriffen und ihm sogar ein Ultimatum gestellt haben. Eine Minute war mehr Zeit, als man brauchte, um einen Treffpunkt zu vereinbaren; sie mußte den Amerikaner gegen seinen Willen dazu gebracht haben, sich mit ihr zu treffen. Aber wo? Nicht in Osbornes Hotelzimmer und nicht an einem Ort, an dem er als Ausländer aufgefallen wäre. Auch nicht in einem irgendwo geparkten Wagen, auf den ein Milizionär hätte aufmerksam werden können – und ohne Auto konnte Osborne sie nicht nach Hause bringen. Ab 0.30 Uhr fuhren keine öffentlichen Verkehrsmittel mehr. Auf Arkadis Uhr war es zehn Minuten nach Mitternacht.

Arkadi bog auf den Platz der Revolution ein, hielt an einer weniger hell beleuchteten Straße zwischen zwei Straßenlampen und stellte den Motor ab. Hier hatte er die dem Hotel *Rossija* nächste U-Bahn-Station vor sich, zudem eine Linie, die nahe bei Irina Asanowas Wohnung vorbeiführte. Ein Streifenwagen raste mit Blaulicht, aber ohne Sirene vorbei. Der Chefinspektor bedauerte erstmals, daß sein Wagen nicht mit Funk ausgerüstet war. Er spürte, daß sein Herz schneller klopfte, und trommelte mit den Fingern einen Marsch auf das Lenkrad.

Der Platz der Revolution wird im Norden vom Swerdlow-Platz und im Süden vom Roten Platz begrenzt. Arkadi beobachtete die Fußgänger, die vom Roten Platz herüberkamen und die langgestreckte Front des Kaufhauses GUM passierten. Aber auch aus anderen Richtungen kamen Schritte, die ihn bald hierhin, bald dorthin blicken ließen. Dann bog Irina Asanowa um die Ecke des Kaufhauses. Sie hatte beide Hände in ihren Jackentaschen vergraben und betrat den U-Bahnhof genau gegenüber von Arkadis Wagen. Er sah zwei Männer, die links und rechts des Eingangs gewartet hatten und jetzt die Verfolgung der jungen Frau aufnahmen.

An der Sperre hatte Irina Asanowa ihre fünf Kopeken in der Hand, während Arkadi sich erst Kleingeld aus einem Wechselautomaten holen mußte. Bis er die Rolltreppe erreichte, war die junge Frau schon halb unten – und mit ihr die beiden Männer, die ihr noch nicht aufgefallen waren. Sie trugen Mäntel und Hüte, in denen sie sich nicht von Dutzenden von anderen Gestalten auf den Stufen der Rolltreppe unterschieden. Irina drängte sich an vor ihr stehenden Paaren vorbei; ihre Verfolger taten das gleiche, und Arkadi folgte ihrem Beispiel. Er war noch weit hinter ihnen, als Irina am unteren Ende der Rolltreppe in dem Gang zu den Bahnsteigen verschwand.

Über Marmorböden, unter Kronleuchtern hindurch, an Wänden mit bunten Revolutionsmosaiken vorbei überholte Arkadi zwei kleine mongolische Soldaten, die gemeinsam einen schweren Koffer schleppten. Ein Musiker in ausgetretenen, staubigen Lackschuhen schlurfte an einem Mosaik vorbei, auf dem Lenin zu Fabrikarbeitern sprach. Müde Paare schlichen wortlos nebeneinander her. Arkadi sah Irina nicht und konnte auch das Echo ihrer Schritte nicht hören, weil er selbst rannte. Sie war verschwunden.

Der Gang führte auf einen Bahnsteig hinaus. Dort fuhr eben ein Zug an: Menschen hinter Stahl und Glas, Rentner und Schwerbeschädigte, die auf den für sie reservierten Sitzen Platz nahmen, eng umschlungene Liebespaare, ein Betrunkener – sie alle verschwammen, als der Zug beschleunigte und schließlich im Tunnel verschwand. Arkadi bezweifelte, daß Irina in diesen Zug eingestiegen war, aber das sagte ihm lediglich sein Instinkt. Die große Digitaluhr über dem Gleis sprang von 0.16 auf 0.17. Zu den Hauptverkehrszeiten fuhren die

Züge in Minutenabständen, aber auch nachts lagen zwischen den Abfahrten nie mehr als drei Minuten.

Arkadi lief durch den Gang zurück, ohne Blick für die glänzenden revolutionären Mosaiken, zu den Zügen rennenden Fahrgästen ausweichend. Er war davon überzeugt, nicht an Irina vorbeigelaufen zu sein. Am Boden kniete eine Frau und schrubbte den Marmorboden. Gold für die Wände, Marmor für den Boden – und immer wieder Lenin in bunten Steinen. Auf einer Seite waren die Mosaike durch drei Türen unterbrochen. Die Kronleuchter flackerten, damit den letzten Zug für diese Nacht anzeigend.

Arkadi riß eine mit einem roten Kreuz gekennzeichnete Tür auf und entdeckte dahinter Feuerlöscher, einen großen Erste-Hilfe-Kasten und zwei Tragbahren. Die erste Tür mit der Aufschrift ZUTRITT VERBOTEN war verschlossen. Die zweite Tür mit der gleichen Aufschrift ließ sich indessen mühelos öffnen. Arkadi trat ein und schloß sie hinter sich.

Der Raum erinnerte an eine Lokomotivkanzel. Das Licht einer roten Deckenleuchte spiegelte sich in zahlreichen Meßgeräten und langen Schalterreihen. Arkadi bückte sich und hob vom Boden etwas auf, das er auf den ersten Blick für einen Putzlappen gehalten hatte. Er hielt ein Kopftuch in der Hand.

Die Eisentür vor ihm trug die warnende Aufschrift VORSICHT! LEBENSGEFAHR! Arkadi stieß sie auf und betrat den U-Bahntunnel. Er befand sich auf einem eisernen Laufgang gut anderthalb Meter über den Gleisen. Vom Bahnsteig her fiel noch so viel Licht in den Tunnel, daß Arkadi erkennen konnte, was unter ihm passierte. Irina Asanowa lag auf dem Gleis; ihr Mund und die blicklosen Augen standen offen, während ein Mann in Hut und Mantel ihre Beine streckte. Der zweite Mann sprang Arkadi auf dem Eisensteg an und holte mit einem Totschläger gegen ihn aus.

Arkadi fing zwei Hiebe mit dem linken Arm ab, der danach unterhalb des Ellbogens taub war. Aber er hatte im Gorki-Park etwas dazugelernt. Als der andere ausholte, um seinen Kopf zu treffen, rammte Arkadi ihm sein Knie in den Unterleib. Der Angreifer klappte mit einem erstickten Aufschrei zusammen und ließ seine Waffe fallen. Arkadi riß den Totschläger an sich und schlug zu. Der Mann, der sich eben wieder aufrichten wollte, sank nach vorn auf die Knie und hielt sich benommen seine blutende Nase. Arkadi sah die Gleise entlang zu der weit entfernten Bahnsteiguhr hinüber und war überrascht, wie gut er sie ablesen konnte. Sie zeigte 0.27 Minuten an.

Der Mann auf dem Gleis beobachtete den Kampf über ihm mit der leichten Verärgerung eines Geschäftsführers, dessen Verkäufer von einem unverschämten Kunden zur Seite geschoben worden ist. Sein mit Narben bedecktes Gesicht verriet den Profi. In der rechten Hand hielt er eine TK mit kurzem Lauf – die Taschenwaffe des KGB –, die auf Arkadis Brust gerichtet war. Irina bewegte sich nicht. Arkadi konnte nicht beurteilen, ob sie noch lebte.

»Nein«, sagte der Chefinspektor und wies mit dem Daumen auf den beleuchteten Bahnsteig. »Das hören alle.«

Der Mann unter ihm nickte zustimmend, steckte seine Pistole ein, warf einen Blick auf die Digitaluhr und sagte gelassen: »Du kommst sowieso zu spät. Also verschwinde!«

»Nein!«

Arkadi hatte geglaubt, den anderen zumindest daran hindern zu können, den Laufgang zu erklettern; aber der Mann zog sich mit kraftvollem Schwung am Geländer hoch und stand Arkadi im nächsten Augenblick gegenüber. Arkadi holte mit dem Totschläger aus, streifte jedoch nur seinen Mantel und wurde von einem Tritt in den Magen getroffen, daß er sich zusammenkrümmte. Der Mann zwängte sich an seinem außer Gefecht gesetzten Kollegen vorbei und setzte dem zurückweichenden Arkadi, der den Totschläger verloren hatte, unbarmherzig weiter zu.

Aber seine Hände und Füße waren nicht so hart wie die Kirwills, und er gab sich mehr Blößen als der Amerikaner im Gorki-Park. Arkadi wartete seine Chance ab, bekam ein Bein zu fassen und riß es hoch. Der Mann umklammerte das Geländer, um nicht das Gleichgewicht zu verlieren. Arkadi traf ihn mit zwei kurzen Geraden, nach denen der andere zu Boden ging. Aber er war zäh: Er rappelte sich sofort wieder auf, sprang Arkadi an, und beide kippten eng umklammert über das Geländer aufs Gleis.

Arkadi blieb benommen liegen. Der andere sprang katzengleich hoch, erklomm den Laufgang und zog seinen Kollegen hinter sich her zum Ausgang. Arkadi sah die Digitaluhr von 0.29 auf 0.30 springen, wandte den Kopf auf die andere Seite und starrte in zwei näherkommende Scheinwerfer. Farbige Reflexe tanzten über die Tunnelwände. Er spürte den Fahrtwind des einfahrenden Zuges und das Beben des Gleises unter sich.

Irinas Hände waren schlaff und auffällig heiß. Er riß ihren Körper an den Armen hoch und versuchte, dem gleißenden Scheinwerferlicht auszuweichen. Irinas Arme fielen kraftlos herab, als er die Bewußtlose über eine Schulter nahm. Bremsen kreischten, als der U-Bahnfahrer eine Notbremsung versuchte.

Arkadi schob Irina auf den Laufgang und drückte sich flach gegen die Tunnelwand.

Als Lewin ihm die Wohnungstür öffnete, trug Arkadi Irina ins Wohnzimmer und legte sie dort aufs Sofa.

»Sie ist niedergeschlagen worden oder hat eine Spritze gekriegt«, erklärte er dem Pathologen. »Ich hab mich noch nicht um sie kümmern können.«

Lewin trug einen alten Bademantel über dem Schlafanzug. Seine knochigen Füße steckten in ausgetretenen Pantoffeln. Er überlegte offensichtlich, ob er Arkadi wegschicken sollte oder nicht.

»Ich bin nicht beschattet worden«, versicherte der Chefinspektor ihm.

»Wollen Sie mich beleidigen?« Lewin war zu einem Entschluß gelangt, zog seinen Bademantel enger um sich und setzte sich neben Irina, um ihren Puls zu fühlen. Das hochrote Gesicht der jungen Frau war seltsam ausdruckslos; ihre Afghanjacke war nun endgültig in Fetzen gegangen. Arkadi schämte sich wegen ihres Äußeren; dabei ahnte er nicht, wie schlimm er selbst aussah. Lewin hielt ihren rechten Unterarm hoch, um ihm eine blaue Stelle mit mehreren Einstichen zu zeigen. »Injektionen. Ihrer Temperatur nach wahrscheinlich Sulfazin. Schlampige Arbeit.«

»Sie hat sich wahrscheinlich gewehrt.«

»Ja.« Lewins Tonfall unterstrich, für wie töricht er diese Feststellung hielt. Er zündete ein Streichholz an und hielt es dicht an Irinas Augen, wobei er erst das eine, dann das andere zudeckte.

Arkadi hatte noch immer weiche Knie, denn er wußte zu gut, daß er dem Tod nur um Haaresbreite entronnen war. Der U-Bahnzug war noch im Tunnel zum Stehen gekommen, und bis der Fahrer den Bahnsteig erreicht hatte, um von dort aus die Miliz zu alarmieren, hatte Arkadi Irina bereits zu seinem Auto getragen. Er war mit ihr entkommen; um dieses Wort kreisten seine Gedanken. Warum sollte ein Chefinspektor vor der Miliz flüchten? Und warum sollte eine Bewußtlose Lewin so gefährlich erscheinen? Ein wundervolles Land, in dem jedermann Geheimsignale so gut verstand.

Er brauchte einige Zeit, bis er seine Umgebung bewußt wahrnahm. Da er mit Lewin stets nur dienstlich zu tun gehabt hatte, war er noch nie in seiner Wohnung gewesen. Wo bei anderen Krimskrams auf Tischen, Schränken und Wandregalen stand, hatte Lewin Schachbretter mit Figuren aus den unterschiedlichsten Materialien aufgestellt. An den Wänden hingen Fotos von Lasker, Tal, Botwinnik, Spasski und Fischer – alle Großmeister, alle Juden.

»Wenn Sie noch ein bißchen Hirn haben, bringen Sie sie dorthin zurück, wo Sie sie gefunden haben«, sagte Lewin.

Arkadi schüttelte den Kopf.

»Gut, dann müssen Sie mir helfen.«

Sie trugen Irina ins Schlafzimmer und legten sie auf Lewins einfaches Feldbett. Arkadi zog ihr die Stiefel aus und half Lewin, ihr das Kleid über den Kopf zu ziehen und sie ganz zu entkleiden. Alle Kleidungsstücke waren durchgeschwitzt.

Arkadi dachte daran, wie oft Lewin und er schon vor anderen Körpern gestanden hatten, die weiß, kalt und steif gewesen waren. Bei Irina war Lewin eigenartig zurückhaltend. Er fühlte sich offenbar unbehaglich, versuchte aber, sich nichts anmerken zu lassen. So menschlich hatte Arkadi ihn noch nie erlebt: In Gegenwart von Lebenden war der Pathologe nervös.

Und Irina Asanowa war lebendig, das stand außer Zweifel. Komatös, aber nicht etwa kalt, sondern fiebrig rot. Schlanker, als Arkadi erwartet hatte, so daß ihre Rippen sich unter den schweren Brüsten abzeichneten. Sie starrte Arkadi an und durch ihn hindurch.

Während sie Irina in nasse Tücher wickelten, um ihre Temperatur zu senken, zeigte Lewin auf die schwach bläulich verfärbte Stelle auf ihrer rechten Wange. »Wissen Sie, woher das kommt?«

»Sie muß einen Unfall gehabt haben.«

»Unfall?« knurrte Lewin. »Waschen Sie sich erst mal. Das Bad ist dort drüben.«

Im Spiegel im Bad sah Arkadi, wie schmutzig er war, und stellte fest, daß er eine blutende Platzwunde auf der Stirn hatte. Nachdem er sich gewaschen hatte, ging er ins Wohnzimmer, wo Lewin auf einer Heizplatte Tee kochte. Arkadi entdeckte erst jetzt die durch einen Vorhang abgetrennte Kochnische.

»Ich hatte die Wahl zwischen einer Wohnung mit Küche und einer mit Bad. Mir ist das Bad wichtiger.« Lewin räusperte sich, bevor er fast verlegen hinzufügte: »Möchten Sie was essen?«

»Danke, Tee genügt mir. Wie beurteilen Sie ihren Zustand?«

»Ihretwegen brauchen Sie sich keine Sorgen zu machen. Sie ist jung und stark. Ihr ist einen Tag schlecht, dann hat sie's überstanden. Hier.« Er reichte Arkadi eine Tasse Tee.

»Sie glauben also, daß man ihr Sulfazin gespritzt hat?«

»Wenn Sie ganz sichergehen wollen, können Sie sie ja ins nächste Krankenhaus bringen«, schlug Lewin ironisch vor.

Sulfazin war ein vom KGB mit Vorliebe benütztes Betäubungsmittel; sobald er Irina in diesem Zustand in ein Krankenhaus brachte, würde der Nachtarzt den KGB anrufen. Das wußte auch Lewin.

»Danke. Sie haben...«

»Nein!« unterbrach Lewin ihn. »Je weniger Sie mir erzählen, desto wohler ist mir. Mein Vorstellungsvermögen reicht völlig aus; ich frage mich nur, ob Ihres das auch tut.«

»Wie meinen Sie das?«

»Arkadi, Ihr Findelkind ist kein unbeschriebenes Blatt.«

»Was soll das heißen?«

»Ich rede von dem Mal auf ihrer Wange. Sie ist nicht zum erstenmal geschnappt worden. Die haben ihr schon vor Jahren Aminazin reingejagt.«

»Ich dachte, Aminazin würde nicht mehr verwendet, weil es zu gefährlich ist.«

»Das ist ja der springende Punkt! Sie spritzen es absichtlich schlecht in einen Muskel, damit es nicht absorbiert wird. Dann bildet es einen bösartigen Tumor – wie bei ihr. Sie ist auf einem Auge blind, Arkadi. Als der Tumor operiert wurde, hat man gleichzeitig den Sehnerv durchtrennt und dieses Mal zurückgelassen. Das ist ihre Methode, Menschen zu brandmarken.«

»Übertreiben Sie da nicht?«

»Fragen Sie sie doch selbst! Sie sind ja noch blinder!«

»Sie bauschen die Sache zu sehr auf«, wehrte der Chefinspektor ab.

»Eine Zeugin ist überfallen worden, und ich habe sie rausgehauen.«

»Warum sind Sie dann jetzt nicht auf der nächsten Milizstation?«

Arkadi stand auf, ging ins Schlafzimmer und wechselte Irinas Wickel. Ihre Arme und Beine zuckten im Schlaf: eine unbewußte Reaktion auf die Temperatursenkung; Arkadi strich Irina das schweißnasse Haar aus dem Gesicht. Das Mal auf ihrer Wange zeigte sich schwach violett verfärbt.

Was wollen sie von ihr? fragte er sich. Sie hatten sich von Anfang an in die Ermittlungen eingemischt. Major Pribluda hatte die Leichen im Gorki-Park untersucht. Fet hatte zugehört, als Feodor Golodkin vernommen worden war. Die Mörder in Golodkins Wohnung und die Killer im U-Bahntunnel zeigten, wie sehr sie sich für diesen Fall interessierten. Unterdessen überwachten sie Irinas Wohnung und hatten bestimmt schon eine Liste ihrer Freunde. Irgendwann würden sie es aufgeben, die Krankenhäuser zu beobachten, und Pribluda würde auf Lewin kommen. Lewin hatte Mut bewiesen, aber sobald Irina aufwachte, mußte er sie fortbringen.

Als Arkadi ins Wohnzimmer zurückkam, saß Lewin vor einer der aufgebauten Schachpartien. »Sie sieht besser aus«, berichtete Arkadi. »Jetzt schläft sie wenigstens.«

»Ich beneide sie.« Lewin sah nicht auf.

»Möchten Sie eine Partie spielen?«

»Wie gut spielen Sie denn?« Lewin hob den Kopf.

»Keine Ahnung.«

»Wenn Sie gut wären, wüßten Sie's. Nein, vielen Dank. Sie können ja inzwischen etwas lesen.«

Während Lewin über sein Schachproblem nachdachte, zog Arkadi einen Band Edgar Allan Poe aus dem Bücherregal. Eine Viertelstunde später sah er, daß Lewin in seinem Sessel eingeschlafen war. Um vier Uhr ging er zu seinem Wagen hinunter, fuhr einmal um den Block, um festzustellen, ob er beschattet wurde, und kehrte in Lewins Wohnung zurück. Er durfte nicht länger warten. Er zog Irina die noch immer feuchten Kleidungsstücke an, wickelte sie in eine Wolldecke und trug sie ins Auto. Unterwegs begegnete ihm nur eine Straßenbau-Sturmbrigade, die für den Maifeiertag »stürmte«: Ein einzelner Mann auf einer Straßenwalze leitete vier Frauen an, die dampfenden Asphalt glätteten.

Zwei Straßen vor der Taganska-Straße hielt Arkadi an, stieg aus und ging zu Fuß zu seiner Wohnung. Er durchsuchte alle Räume, um sicherzugehen, daß sich dort niemand versteckt hielt. Dann kehrte er zum Auto zurück, fuhr weiter und ließ den Wagen mit abgestelltem Motor und ausgeschalteten Scheinwerfern auf den Innenhof rollen. Er trug Irina nach oben, legte sie aufs Bett, zog sie aus und deckte sie mit Lewins Wolldecke und seinem eigenen Mantel zu.

Als er den Raum verlassen wollte, um hinunterzugehen und das Auto anderswo zu parken, sah er, daß sie die Augen geöffnet hatte. Die Pupillen waren unnatürlich groß, das Weiß der Augen blutunterlaufen. Irina war zu schwach, um den Kopf zu bewegen.

»Idiot«, murmelte sie.

13

Es regnete monoton. In den Wohnungen über und unter ihm hörte Arkadi gelegentlich Schritte, ins Schloß fallende Türen und Geräusche von Hausarbeit. Eine alte Frau tappte die Treppe hinauf. Bisher hatte niemand an die Tür geklopft oder angerufen.

Irina Asanowa wandte ihm im Schlaf ihr Gesicht zu, das elfenbeinweiß war, seitdem das durch die Spritze hervorgerufene Fieber abgeklungen war. Arkadi hatte angezogen geschlafen. Er hatte versucht, irgendwo einen geeigneten Platz zum Schlafen zu finden, aber da Sonja alle Sessel, das Sofa und sogar die Teppiche aus der Wohnung geschafft hatte, mußte er sich schließlich zu Irina ins Bett legen.

Arkadi sah auf seine Uhr. Kurz nach neun. Er stand leise auf, um sie nicht zu wecken, schlich auf Socken ans Fenster und sah vorsichtig in den Hof hinunter. Dort war nichts Verdächtiges zu entdecken. Er mußte sie fortschaffen, hatte aber keine Ahnung, wohin. Jedenfalls nicht in ihre Wohnung. Hotels schieden ebenfalls aus, denn am Wohnort durfte man sich kein Hotelzimmer nehmen. (Welchen guten Grund konnte ein Sowjetbürger auch für solche Extravaganzen haben?) Er würde sich etwas einfallen lassen müssen.

Vier Stunden Schlaf mußten genügen. Seine Ermittlungen duldeten keinen weiteren Aufschub. Er spürte, wie Erregung in ihm aufstieg und ihn vorwärtstrieb.

Die junge Frau schlief fest. Arkadi schätzte, daß Irina noch einige Stunden weiterschlafen würde. Bis dahin war er zurück. Er mußte den General besuchen.

Die Enthusiasten-Chaussee, auf der einst für Verbannte der lange Fußmarsch nach Sibirien begann, führte an den Traktorenwerken »Hammer und Sichel« vorbei zur Straße Nr. 89, einem schmalen Betonband, das durch eine eintönig flache Landschaft mit erdbraunen Dörfern in Richtung Ural verlief. Arkadi fuhr 40 Kilometer weit, bevor er auf einer ungeteerten Landstraße nach Norden abbog, um vor dem Dorf Balobanowo auf einen Waldweg einzubiegen. Die Bäume standen hier so dicht, daß in ihrem Schatten an einigen Stellen noch immer Schnee lag. An einer Wegbiegung schimmerte die Kliasma durch die Bäume.

Arkadi hielt vor einem eingerosteten Eisentor und ging das letzte Stück zu Fuß. Hier war seit Jahren niemand mehr gefahren. Der Weg war mit vertrocknetem Gras überwuchert. Ein Fuchs schnürte dicht vor Arkadi über den Weg, und er machte sich automatisch auf das Kläffen der Hunde des Generals gefaßt, aber es blieb aus. Das einzige Geräusch war das leise Rauschen des Regens in den Bäumen.

Nach zehn Minuten erreichte Arkadi ein zweigeschossiges Landhaus mit einem steilen Blechdach. Die Dachrinnen waren an zahlreichen Stellen durchgerostet, rostbraunes Wasser leckte auf die Fassade. Das Balkongeländer war halb heruntergebrochen, die Terrasse mit den Überresten von Korbsesseln von Unkraut überwuchert. Auf dem Ra sen wuchsen schlanke Fichten und dünne Ulmen, die die Atmosphäre völliger Verwahrlosung und Verlassenheit noch unterstrichen.

Die Haustür wurde ihm von einer alten Frau geöffnet, deren anfängliche Verblüffung sich in einen haßerfüllten Blick und ein verächtliches Verziehen der grellrot geschminkten Lippen verwandelte. Sie wischte sich die Hände an der schmutzigen Schürze ab. »Na, das ist aber 'ne Überraschung!« sagte sie mit der leiernden Stimme einer Gewohnheitstrinkerin.

Arkadi trat ein. Die Polstermöbel waren mit Laken abgedeckt, die Vorhänge grau wie Leichentücher. Über dem offenen Kamin, in dem alte Asche lag, hing ein Ölporträt Stalins. In einem Gewehrschrank standen eine Mosin-Nagant und zwei Militärkarabiner.

»Wo ist er?« fragte Arkadi.

Sie nickte zur Bibliothek hinüber. »Sag ihm, daß ich mehr Geld brauche«, forderte sie ihn mit lauter Stimme auf. »Und eine Hausgehilfin, aber zuerst mehr Geld.«

Arkadi ließ sie stehen und öffnete die Tür unter der Treppe zum ersten Stock.

Der General saß in einem Korbsessel beim Fenster. Er hatte ein ähnlich schmales, männliches Gesicht wie Arkadi, aber seine Haut war wie Papier, die Augenbrauen wirkten wie weiße Raupen, und der zurückgewichene Haaransatz gab eine hohe Stirn mit deutlich sichtbaren Adern an den Schläfen frei. Er trug einfache Bauernkleidung: ein weites Hemd, grobe Hosen und kräftige Stiefel. In seinen blassen Händen hielt er eine lange Zigarettenspitze, in der jedoch keine Zigarette steckte.

Arkadi zog sich einen Korbsessel heran. In der Bibliothek standen zwei Büsten, eine von Stalin und eine des Generals. Auf gerahmtem roten Filz prangten die Auszeichnungen des Generals – darunter zwei Leninorden. Alles – Möbel, Bücher, Fotos und Erinnerungsstücke aus dem Großen Vaterländischen Krieg – war mit einer Staubschicht bedeckt.

»Du bist's also«, sagte der General. Er hob anklagend seine Zigarettenspitze. »Sag der Hexe, daß sie in die Stadt fahren und sich ihr Geld auf dem Rücken verdienen soll, wenn sie mehr braucht.«

»Ich bin hergekommen, um dich nach Mendel zu fragen. Ich brauche eine Auskunft über ihn.«

»Er ist tot, das steht fest.«

»Er hat damals den Leninorden gekriegt, weil er vor Leningrad einen deutschen Stoßtrupp aufgerieben hat. Er war einer deiner besten Freunde.«

»Er war ein Scheißkerl! Deshalb ist er im Außenministerium untergekommen. Dort nehmen sie nur Diebe und Idioten, das weiß jeder. Ein Feigling wie du. Nein, besser als du! Er hat wenigstens nicht völlig versagt. Fahr wieder nach Hause! Amüsier dich mit der Kuh, die du geheiratet hast. Bist du noch immer verheiratet?«

Arkadi nahm ihm die Zigarettenspitze ab, steckte eine Zigarette hinein, zündete sie an und gab sie zurück. Der General hustete nach dem ersten Zug.

»Ich bin zum Jahrestag der Oktoberrevolution in Moskau gewesen. Du hättest mich dort besuchen können. Below hat's getan.«

Arkadi gab keine Antwort. Er zündete sich auch eine Zigarette an.

Der General wandte ihm zum erstenmal das Gesicht zu. Es glich einer Totenmaske. Die ehemals schwarzen Augen waren blind, durch grauen Star milchig weiß. »Du bist ein Schwächling!« sagte er. »Du kotzt mich an!«

Arkadi sah auf seine Uhr. Die junge Frau würde in spätestens zwei Stunden aufwachen, und er wollte noch außerhalb von Moskau einkaufen.

»Du könntest längst General sein. Goworows Sohn befehligt den Militärbezirk Moskau. Mit meinem Namen hättest du noch schneller Karriere machen können als er. Ich hab schon immer gewußt, daß dir der Mumm zum Panzerkommandeur fehlt, aber du hättest wenigstens zu diesen Arschlöchern vom Nachrichtendienst gehen können.«

»Was war mit Mendel?«

»Bei dir fehlt einfach was. Weiß der Teufel, woran's liegt, daß aus dir nichts geworden ist.«

»Hat Mendel die Deutschen erschossen?«

»Du kommst zehn Jahre lang nicht hierher – und dann fragst du mich nach einem Feigling, der längst unter der Erde liegt.«

Zigarettenasche fiel auf das Hemd des Generals. Arkadi beugte sich nach vorn und schnippte etwas Glut weg.

»Meine Hunde sind tot«, stellte der General aufgebracht fest. »Sie sind auf den Feldern auf ein paar Trottel mit Planierraupen gestoßen. Die Kerle haben sie erschossen! Bauernlümmel! Was haben Planierraupen da draußen zu suchen?« Er ballte eine kraftlose Faust. »Alles geht zu Bruch. Lauter Mistkäfer! Hörst du die Fliegen?«

Sie saßen einen Augenblick schweigend nebeneinander. Draußen plätscherte der Regen.

»Mendel ist tot. Er ist im Bett gestorben, wie er stets vorausgesagt hat. Und jetzt haben sie meine Hunde erschossen.« Er verzog das Gesicht zu einer Grimasse. »In Riga gibt's eine teure Spezialklinik, in die sie mich bringen wollen. Alles hochmodern, denn für Helden ist nichts zu schade. Ich dachte, du wärst deswegen gekommen. Ich hab Krebs – überall, im ganzen Körper. Deshalb soll ich in diese Klinik, aber ich gehe nicht, weil ich weiß, daß ich nie zurückkommen würde. Der Hexe hab ich nichts davon erzählt. Sie würde mich drängen, in die Klinik zu gehen, weil sie hofft, meine Pension zu kriegen. Und bei dir ist's ähnlich, was?«

»Mir ist's egal, wo du stirbst«, erwiderte Arkadi.

»Natürlich! Wichtig ist nur, daß ich dich reinlegen werde. Ich hab schon immer gewußt, warum du bei der Staatsanwaltschaft angefangen hast. Du wolltest eines Tages über mich herfallen, mit deinen Leuten hier rumschnüffeln und die ganze Geschichte wieder aufwärmen. Ist die Frau des Generals bei einem Bootsunfall umgekommen – oder hat er sie ermordet? Du hast es dir zur Lebensaufgabe gemacht, mich zu fassen. Aber ich sterbe vor dir, und du wirst nie erfahren, was wirklich passiert ist.«

»Das weiß ich schon seit Jahren.«

»Versuch nicht, mich zu täuschen. Du bist ein miserabler Lügner, bist es schon immer gewesen.«

»Das bin ich noch immer. Aber ich weiß genau, was passiert ist. Du hast sie nicht ermordet, und es ist auch kein Unfall gewesen. Sie hat Selbstmord verübt. Die Frau eines Helden der Sowjetunion hat sich selbst das Leben genommen.«

»Below . . .«

»Below hat mir kein Wort erzählt. Ich bin selber draufgekommen.«

»Warum hast du mich in all diesen Jahren nie besucht, wenn du gewußt hast, daß ich's nicht gewesen bin?«

»Wenn du gewußt hast, warum sie Selbstmord verübt hat, müßtest du imstande sein, diese Frage selbst zu beantworten. Das ist kein Geheimnis; es hängt nur mit der Vergangenheit zusammen.«

Der General sank in seinen Korbsessel zurück. Im nächsten Augenblick schoß seine Hand nach vorn, um Arkadi daran zu hindern, aufzustehen und zu gehen. Aber sein Sohn nahm ihm nur die Zigarettenspitze mit dem abgebrannten Stummel aus der Hand.

»Ich hab dir meinen ehrlichen Namen gegeben, und du kommst als windiger kleiner Schnüffler hierher, um dich nach einem Feigling zu erkundigen, der den ganzen Krieg in der Etappe verbracht hat? Ein hundsgewöhnlicher Spürhund, ist das alles, was du geworden bist? Nennst du das ein Leben? Hast du nichts Besseres zu tun, als diesem Mendel nachzuschnüffeln?«

»Ich weiß über dich Bescheid.«

»Und ich über dich! Wahrscheinlich nur zu gut. Ein Weltverbesserer, ein Waschlappen...« Die Hand des Generals sank herab. Er machte eine Pause und legte den Kopf schief. »Wo bin ich stehengeblieben?«

»Bei Mendel.«

Arkadi erwartete weitere Tiraden, aber zu seiner Überraschung kam der General sofort zur Sache.

»Eine amüsante Geschichte. Vor Leningrad sind ein paar deutsche Offiziere in Gefangenschaft geraten, und Mendel sollte sie verhören. Aber Mendel konnte kaum Deutsch, deshalb hat ein Amerikaner – seinen Namen hab ich vergessen – ihm angeboten, das Verhör für ihn zu übernehmen. Der Amerikaner war ein netter Kerl – jedenfalls für einen Ami. Sympathisch, liebenswürdig. Die drei Deutschen haben ihm alles erzählt. Danach ist er mit ihnen zu einem Picknick in den Wald gefahren und hat sie erschossen. Einfach so, aus Spaß. Kritisch wurde die Sache nur deshalb, weil sie eigentlich gar nicht erschossen werden sollten, so daß Mendel einen falschen Bericht über einen angeblichen Überfall schreiben mußte. Der Amerikaner hat die Untersuchungskommission bestochen, und Mendel hat dafür den Leninorden gekriegt. Ich hab ihm schwören müssen, ihn nie zu verraten, aber da du mein Sohn bist...«

»Vielen Dank.«

Arkadi stand erschöpfter auf, als er es für möglich gehalten hätte; er stolperte zur Tür.

»Kommst du bald wieder?« fragte der General. »Es tut gut, sich mal wieder aussprechen zu können.«

Der Pappkarton enthielt Milch, Tee, Eier, Brot, Zucker, Teller und Tassen, eine Bratpfanne, Seife, Shampoo, Zahnpasta und eine Zahnbürste – alles auf der Rückfahrt nach Moskau gekauft –, und Arkadi beeilte sich, den Kühlschrank zu erreichen, bevor der Boden durchbrach. Als er die Lebensmittel verstaute, hörte er Irina hinter sich.

»Nicht umdrehen!« befahl sie, griff nach Seife und Shampoo und verschwand wieder. Er hörte, wie sie ein Bad einließ.

Arkadi blieb im Wohnzimmer, hockte auf dem Fensterbrett und kam sich dumm vor, weil er nicht ins Schlafzimmer hinüberging, obwohl es hier keine richtige Sitzgelegenheit gab. Der Regen hatte aufgehört, aber auf der Straße waren noch immer keine »unauffälligen« Gestalten zu sehen. Das wunderte Arkadi, denn Pribluda war sonst nicht so zurückhaltend. Der Chefinspektor dachte an sein Gespräch mit dem General. Osborne hatte die drei Deutschen (»Ich bin schon früher in

Leningrad gewesen«, hatte Osborne in einer der Aufnahmen gesagt. »Ich bin dort mit Deutschen zusammengekommen.«) auf genau die gleiche Weise wie die drei Opfer im Gorki-Park erschossen. Arkadi hätte gern gewußt, wer die von Mendel und Osborne bestochenen Mitglieder der Untersuchungskommission gewesen waren. Welche ruhmreichen Nachkriegskarrieren mochten die wohl gemacht haben?

Er spürte, daß Irina an der Schlafzimmertür stand, noch bevor er sie sah. Sie trug ein Bettuch, in das sie Löcher für Kopf und Arme geschnitten hatte und das sie mit einem Gürtel Arkadis zusammenhielt; ein Handtuch war wie ein Turban um ihr nasses Haar geschlungen, und sie war barfuß. Irina konnte höchstens ein paar Sekunden an der Tür gestanden haben; trotzdem hatte Arkadi wie bei ihrem ersten Zusammentreffen den Eindruck, ihr Blick ruhe schon weit länger auf ihm – als beobachte sie irgendeine Besonderheit in ihrem Blickfeld. Dabei fiel ihm auf, daß ihr Gesicht leicht nach rechts gewandt war. Er erinnerte sich daran, was Lewin erzählt hatte, und betrachtete mitleidig das schwach erkennbare blaue Mal auf ihrer Wange.

»Na, wie fühlen Sie sich?«

»Sauberer.«

Ihre Stimme klang rauh, weil sie sich kurz zuvor hatte übergeben müssen – eine Nachwirkung der Sulfazininjektionen. Trotzdem zeigte ihr Gesicht inzwischen frischere Farben. Sie sah sich um.

»Ich muß mich für den Zustand meiner Wohnung entschuldigen«, sagte Arkadi. »Meine Frau hat einen kleinen Frühjahrsputz veranstaltet. Sie hat ein paar Sachen weggeschafft.«

»Und sich selbst wohl auch?«

»Richtig.«

Irina trat mit verschränkten Armen an den Herd mit der Bratpfanne und dem neuen Geschirr.

»Warum haben Sie mir letzte Nacht das Leben gerettet?« fragte sie.

»Sie sind für meine Ermittlungen wichtig.«

»Ist das der einzige Grund?«

»Welchen anderen sollte ich haben?«

Sie warf einen Blick in einen leeren Schrank. »Ich will Sie nicht nervös machen«, sagte sie, »aber ich habe das Gefühl, daß Ihre Frau nicht zurückkommen wird.«

»Ein objektives Urteil ist stets willkommen.«

Die junge Frau lehnte am Herd. »Was passiert jetzt?«

»Sobald Ihre Sachen trocken sind, verschwinden Sie«, antwortete Arkadi.

»Wohin?«

»Das ist Ihre Sache. Sie können in Ihre Wohnung...«

»Dort warten sie auf mich. Ihnen hab ich's zu verdanken, daß ich nicht einmal mehr ins Studio kann.«

»Dann eben zu Freunden«, sagte Arkadi. »Die meisten werden vermutlich überwacht, aber es muß irgend jemanden geben, bei dem Sie bleiben können.«

»Damit ich den mit ins Unglück reiße? Nein, das tue ich Freunden nicht an!«

»Gut, aber hier können Sie auch nicht bleiben.«

»Warum nicht?« Sie zuckte mit den Schultern. »Hier ist doch sonst niemand. Die Wohnung eines Chefinspektors ist ein wundervolles Versteck. Es wäre Irrsinn, es ungenutzt zu lassen.«

»Genossin Asanowa...«

»Irina. Sie haben mich ausgezogen, Sie dürfen mich beim Vornamen nennen.«

»Irina, es ist vielleicht schwer einzusehen, aber hier sind Sie wirklich am schlechtesten aufgehoben. Ich bin letzte Nacht gesehen worden, und hierher kommen sie bestimmt zuerst. Sie könnten die Wohnung nicht einmal verlassen, um Einkäufe zu machen. Sie wären hier gefangen.«

»*Wir* wären hier gefangen, meinen Sie.«

Je länger sie sprachen, desto mehr klebte das Bettuch an ihrem noch feuchten Körper, der sich darunter deutlich abzeichnete. »Ich wäre die meiste Zeit unterwegs.« Arkadi wandte sich verlegen ab.

»Ich sehe zwei Teller und zwei Tassen«, stellte Irina trocken fest und fuhr dann fort: »Die Sache ist ganz einfach. Sie, Arkadi, gehören entweder zu ihnen, was bedeutet, daß jeglicher Fluchtversuch zwecklos wäre, weil Sie mich beschatten lassen würden; oder Sie gehören nicht zu ihnen, was bedeutet, daß ich entweder einen Freund oder Sie ins Verderben reißen kann. Ich hab mir die Sache überlegt. Ich reiße lieber Sie mit.«

Das Telefon klingelte. Es stand im Schlafzimmer auf dem Boden. Nach dem zehnten Klingeln nahm Arkadi den Hörer ab.

Schwan rief an, um ihm mitzuteilen, daß der Zigeuner wußte, wo Kostja Borodin an den Ikonen gearbeitet hatte.

Die Werkstatt, zu der Schwan und der Zigeuner den Chefinspektor und Kirwill führten, lag in der Nähe der Go-Kart-Bahn südlich der Moskwa. Ein Mechaniker mit dem Spitznamen »Sibirier« hatte dort bis vor einigen Monaten gearbeitet und war dann spurlos verschwunden. Zwei teilweise demontierte Go-Karts hingen an der Decke über einem verrosteten Pobjeda, der ohne Räder auf Hohlblocksteinen aufgebockt war.

Der Fußboden war mit einer schmierigen Mischung aus Öl und Sägemehl bedeckt. Im Schraubstock der Werkbank steckte ein halb durchgesägtes Brett. In einer Ecke der Werkstatt häuften sich Metallteile und Autoschrott, in der anderen Holzabfälle. An der Rückwand hing ein alter Keilrahmen; auf dem Regal darunter standen Büchsen mit Universalgrundierung, Leinsamenöl und Terpentinersatz. In einem Schrank mit kaputter Tür hing ein Arbeitskittel, der zu schmutzig war, als daß ihn jemand hätte stehlen wollen. Alles Werkzeug war längst verschwunden. Von der Go-Kart-Bahn drang das an- und abschwellende Heulen hochgezüchteter Motoren herüber.

»Sie wissen, wie man Fingerabdrücke feststellt?« fragte Arkadi den Amerikaner.

»Ich war zwei Jahre bei der Spurensicherung«, antwortete Kirwill. »Ich kenne mich noch einigermaßen aus.«

Schwan und der Zigeuner waren draußen geblieben und rauchten, während Chefinspektor und Lieutenant die Werkstatt nach Fingerabdrücken durchkämmten. Arkadi hatte eine Fingerabdruckkarte Kostja Borodins mitgebracht; Kirwill verglich die gefundenen Abdrücke mit einer Karte, auf der sich James Kirwills Fingerabdrücke befanden. Sie tauschten ihre Karten nicht aus.

Nach dreistündiger konzentrierter Arbeit packte Arkadi seine Sachen zusammen. Kirwill lehnte an dem aufgebockten Wagen, zündete sich eine Zigarette an und wurde von dem Zigeuner angeschnorrt, dem die Zigaretten schon vor einer Stunde ausgegangen waren. Auch Arkadi steckte sich eine Zigarette an. Sie schwiegen und genossen das befriedigende Gefühl, gut gearbeitet zu haben – auch wenn ihre Mühe vergebens gewesen war.

»Sie haben ihre Abdrücke gefunden?« fragte der Zigeuner.

»Nein, sie sind nie hier gewesen«, sagte Arkadi.

»Warum sehen Sie dann beide so zufrieden aus?« erkundigte Schwan sich.

»Weil wir was *getan* haben«, antwortete Kirwill.

»Der Mann war ein Sibirier, und er hat mit Holz und Farben gearbeitet«, verteidigte sich der Zigeuner. »Mehr habt ihr mir nicht gesagt.«

»Wir hätten ihm weitere Informationen geben müssen«, stimmte Kirwill zu.

Welche? fragte sich Arkadi. James Kirwill hatte sich die Haare gefärbt, aber das Färbemittel war vermutlich von der Dawidowa gekauft worden.

»Wovon war im Laborbericht noch die Rede?« fragte Kirwill.

»Von Gips und Sägemehl, wonach wir bereits gesucht haben«, erwiderte der Chefinspektor.

»Von sonst nichts?«

»Blut. Sie sind schließlich erschossen worden.«

»Irgendwas anderes an ihrer Kleidung?«

»Tierblut«, bestätigte Arkadi. »Fisch- und Hühnerblut.« Er sah zu Schwan hinüber. »Fisch und Huhn«, wiederholte er.

»Ich kenne eure Läden zur Genüge«, stellte Kirwill fest. »So frisches Fleisch, daß es noch blutet, gibt's da bestimmt nicht.«

Ausgeblutete, blasse Hühner und Tiefkühlfisch gab es überall zu kaufen. Aber frischgeschlachtetes Geflügel oder lebende Fische waren exorbitant teuer und – außerhalb der für die sowjetische Elite oder für Ausländer reservierten Läden – nur auf dem privaten Markt zu bekommen. Arkadi ärgerte sich, weil er nicht selbst auf diese naheliegende Idee gekommen war.

»Versucht festzustellen, wo die drei lebende Hühner und Fische herbekommen haben«, befahl Arkadi.

Schwan und der Zigeuner zogen ab. Kirwill lehnte weiter an den aufgebockten Wagen, Arkadi hatte sich auf die Werkbank gesetzt. Der Chefinspektor holte die New Yorker Polizeiplakette aus der Innentasche seiner Jacke und warf sie Kirwill zu.

»Was halten Sie davon, wenn ich zu Ihnen überlaufe?« fragte der Amerikaner. »Ich schätze, hier wäre ich der reinste Supermann.«

»Das mit den anderen Blutflecken war eine gute Idee«, gab Arkadi widerstrebend zu.

»Woher haben Sie die Platzwunde auf der Stirn? Wo sind Sie letzte Nacht noch gewesen?«

»Ich bin in die Kneipe zurückgegangen und ins Klo gefallen.«

»Soll ich die Antwort mit Fußtritten aus Ihnen rausholen?«

»Was wäre, wenn Sie sich dabei eine Zehe brechen würden? Sie müßten zur Behandlung in ein russisches Krankenhaus – und mindestens sechs Wochen dort bleiben. Natürlich kostenlos.«

»Warum nicht? Dann hätte ich wenigstens mehr Zeit.«

»Kommen Sie!« Arkadi stand von der Werkbank auf. »Sie haben eine Belohnung verdient.«

Im Kaufhaus GUM war Musik ein ernstes Geschäft. Feierliche Stille in der Musikabteilung sollte es jungen Käufern wohl schmackhafter machen, die offiziellen 20 Rubel für eine Geige mit Bogen und nicht die verbotenen 480 Rubel für ein blitzendes Saxophon auszugeben. Ein pockennarbiger Mann griff nach einem Saxophon, bewunderte es, spielte mit den Klappen und begrüßte Arkadi mit einem unter Kollegen üblichen vagen Nicken. Arkadi erkannte in ihm den zweiten Mann aus dem U-Bahntunnel. Ein Blick in die Runde zeigte ihm, daß sich ein weiterer KGB-Agent für Akkordeons interessierte. Als er mit Kirwill weiterschlenderte, legten die beiden Musikliebhaber ihre Instrumente weg und folgten ihnen diskret.

Kirwill betrachtete die Stereoanlage, vor der Arkadi stehenblieb. »Wo ist der Kerl, Renko? Arbeitet er hier?«

»Sie haben sich doch wohl nicht eingebildet, daß ich Sie hier mit ihm bekannt machen würde?«

Arkadi holte eine Tonbandspule aus der Manteltasche und legte das Band in ein Tonbandgerät der Marke Rekord ein; dasselbe Modell hatte er im Hotel *Ukraina*. Kirwill setzte sich den zweiten Kopfhörer auf. Der Pockennarbige beobachtete sie von der Fernsehabteilung aus. Sein Begleiter war verschwunden – wahrscheinlich gab er Kirwills Personenbeschreibung durch.

Arkadi drückte die START-Taste. Er hörte das Gespräch vom 2. Februar zwischen Osborne und Hofmann.

»*Das Flugzeug hat Verspätung.*«

»*Verspätung?*«

»*Trotzdem ist alles in Ordnung. Du machst dir unnütze Sorgen.*«

»*Du etwa nie?*«

»*Immer mit der Ruhe, Hans.*«

»*Das gefällt mir nicht.*«

»*Ob's dir paßt oder nicht, spielt jetzt keine Rolle mehr.*«

»*Die neuen Tupolews sind als unzuverlässig bekannt.*«

»*Ein Absturz? Du glaubst immer, daß nur die Deutschen gute Ingenieure sind.*«

»*Schon eine Verspätung ist riskant. In Leningrad…*«

»*Ich bin schon früher in Leningrad gewesen. Ich bin dort mit Deutschen zusammengekommen. Keine Angst, alles klappt wie vorgesehen.*«

Nach dem *Klick!* des aufgelegten Telefonhörers drückte Kirwill auf die STOP-Taste, spulte das Band zurück und spielte es erneut ab. Nach der zweiten Wiederholung nahm Arkadi die Tonbandspule an sich.

»Ein Deutscher und ein Amerikaner.« Kirwill setzte seinen Kopfhörer ab. »Der Deutsche heißt Hans. Wer ist der Amerikaner?«

»Ich glaube, daß er Ihren Bruder ermordet hat.«

Ein Padoga-Farbfernseher für 650 Rubel zeigte eine Sprecherin vor einer Weltkarte. Der Ton war abgestellt. Arkadi suchte automatisch nach dem Namen des Werks, aus dem der Apparat stammte; die Qualitätsunterschiede der einzelnen Werke waren enorm.

»Damit kann ich nichts anfangen«, protestierte Kirwill. Er schüttelte den Kopf. »Sie halten mich nur hin.«

»Vielleicht sind Sie mir später dafür dankbar.« Arkadi schaltete um und erwischte ein Programm, in dem eine Volkstanzgruppe lautlos über den Bildschirm wirbelte. Dann stellte er das Gerät ab und sah in der Spiegelung des dunklen Bildschirms, daß am Ende des Ganges wieder zwei Männer in Hut und Mantel standen. Der zweite Mann war also wieder da. »Sehen Sie die beiden dort hinten?« fragte Arkadi.

»Ich bezweifle, daß sie sich an einen amerikanischen Touristen heranwagen würden, aber sie wissen vielleicht nicht, daß Sie einer sind.«

»Sie haben uns beschattet, seit wir von der Werkstatt weg sind.« Kirwill betrachtete den Bildschirm. »Ich hielt sie für Ihre Leute.«

»Nein.«

»Auf Ihrer Seite stehen wohl nicht viele, was, Renko?«

Arkadi und Kirwill trennten sich in der Petrowka-Straße. Der Chefinspektor ging zum Milizhauptquartier, der Lieutenant kehrte ins Hotel *Metropol* zurück. Schon nach 50 Metern blieb Arkadi stehen und zündete sich eine Zigarette an. Auf dem Gehsteig drängten sich Werktätige, die nach der Arbeit einkauften. In der Ferne erkannte er Kirwills hünenhafte Gestalt. Der Amerikaner pflügte wie ein Eisbrecher durch die Menge, ohne auf seine beiden Verfolger in Hut und Mantel zu achten.

Arkadi machte sich auf die Suche nach dem Zigeuner.

Der Wohnwagen war orange-grün und mit blauen Sternen und kabbalistischen Zeichen bemalt. Ein nacktes Baby krabbelte die breite Treppe zum Feuer hinunter, wurde auf den bunten Rock seiner Mutter gehoben und trank aus ihrer braunen Brust. Ein halbes Dutzend alter Weiber und kleiner Mädchen saß mit einem uralten Mann am Feuer. Die übrigen Männer der Sippe standen um einen Wagen herum: alle in schmutzigen Anzügen, mit Hüten und Schnurrbärten. Selbst die Jüngsten hatten schon einen dunklen Schatten auf der Oberlippe. Hinter dem Hippodrom ging die Sonne unter.

Auf allen Feldern in der Umgebung der Rennbahn waren Zigeunerlager aus dem Boden geschossen. Aber Arkadis Zigeuner war verschwunden, wie der Chefinspektor erwartet hatte. Es war sicher nicht Schwan, der ihn verpfiffen hatte.

Als er nach Hause kam, war es in der Wohnung so still, daß Arkadi glaubte, Irina sei fort, aber als er ins Schlafzimmer kam, saß sie im Schneidersitz auf dem Bett.

Sie trug ihr Kleid, das eingegangen war, weil er es unsachgemäß gewaschen hatte.

»Sie sehen besser aus.«

»Natürlich«, bestätigte sie.

»Hungrig?«

»Wenn Sie jetzt essen, esse ich eine Kleinigkeit mit.«

Irina war ausgehungert. Sie aß zwei Teller Kohlsuppe und einen Riegel Schokolade als Nachtisch.

»Warum haben Sie sich gestern abend mit Osborne getroffen?«

»Ich habe mich nicht mit ihm getroffen.« Sie bediente sich aus seiner Zigarettenpackung, ohne zu fragen.

»Warum hat Osborne Sie Ihrer Meinung nach von den beiden Männern überfallen lassen?«

»Ich weiß überhaupt nicht, wovon Sie reden!« behauptete die junge Frau.

»Sie sind in der U-Bahn überfallen worden. Ich bin selbst dabeigewesen.«

»Dann vernehmen Sie sich doch selbst!«

»Halten Sie dies für eine Vernehmung?«

»Ja, für ein Verhör, das von Männern in der Wohnung unter uns aufgezeichnet wird«, antwortete sie ruhig. Ihr Gesicht verschwand sekundenlang hinter einer Rauchwolke. »Das ganze Haus steckt voller KGB-Spitzel, und im Keller befinden sich Folterzellen.«

»Wenn Sie das wirklich glauben, hätten Sie schnellstens verschwinden sollen.«

»Kann ich das Land verlassen?«

»Das bezweifle ich.«

»Welchen Unterschied macht es dann, ob ich mich in dieser Wohnung oder anderswo aufhalte?«

Sie stützte ihr Kinn in eine Hand und studierte Arkadi mit ihren dunklen Augen, von denen eines blind war. »Glauben Sie wirklich, daß es darauf ankommt, wo ich bin und was ich sage?«

Die Wohnung war dunkel; er hatte vergessen, Glühbirnen zu kaufen. Als Irina sich an eine Wand lehnte, schien sie mit den Schatten zu verschmelzen.

Sie rauchte so viel wie er. Ihr frischgewaschenes Haar ringelte sich um ihre Stirn und fiel lockig auf ihre Schultern. Sie war noch immer barfuß, und das eingegangene Kleid spannte über Brust und Hüften.

Während sie auf und ab ging, rauchte, seine Fragen parierte und Lügen erfand, ließ Arkadi sie keine Sekunde aus den Augen. Im schwachen Licht der Hofbeleuchtung sah er immer nur Teile von ihr – eine gerundete Wange, scharfgeschnittene Lippen. Alles an ihr war großzügig – lange Finger, langer Hals, lange Beine. Wenn sich ihre Blicke trafen, war das jedesmal wie ein Lichtstrahl, der auf dunkles Wasser fällt.

Arkadi wußte, daß sie sich darüber im klaren war, wie sie auf ihn wirkte, aber er wußte auch, daß der kleinste Annäherungsversuch von seiner Seite einer Kapitulation gleichgekommen wäre. Dann hätte sie sich nicht einmal mehr die Mühe gemacht, plausible Lügen zu erfinden.

»Sie wissen, daß Osborne Ihre Freundin Valeria, Kostja Borodin und den jungen Amerikaner Kirwill ermordet hat – aber Sie geben ihm trotzdem Gelegenheit, das gleiche mit Ihnen zu tun. Sie zwingen ihn geradezu dazu.«

»Ich weiß nicht, von wem Sie da reden.«

»Sie sind selbst mißtrauisch geworden; deshalb sind Sie sofort zu Osborne ins Hotel gegangen, als er wieder in Moskau war. Sie haben sofort Verdacht geschöpft, als ich bei der Mosfilm auftauchte.«

»Mr. Osborne zeigt sehr viel Interesse für das sowjetische Filmschaffen.«

»Er hat Ihnen erzählt, die drei befänden sich im Ausland in Sicherheit. Ich weiß nicht, was er Ihnen vorgemacht hat, wie er sie rausgeschmuggelt haben will; schließlich hatte er auch James Kirwill *rein*geschmuggelt. Haben Sie sich denn nie überlegt, daß es viel schwieriger ist, jemand aus der Sowjetunion *raus*zubringen, und dann auch noch *drei* Leute?«

»Oh, das überlege ich mir oft!«

»Und daß es einfacher ist, sie hier zu ermorden? Wo sind die drei denn angeblich? Vielleicht in Jerusalem? In New York? Oder gleich in Hollywood?«

»Spielt das eine Rolle? Sie behaupten doch, sie seien tot! Jedenfalls können Sie ihnen nichts mehr anhaben...«

In der Dunkelheit, nur von der Zigarette beleuchtet, strahlte ihr Gesicht moralische Überlegenheit aus.

»Solschenizyn und Amalrik im Exil. Palatsch zum Selbstmord getrieben. Fainberg auf dem Roten Platz die Zähne ausgeschlagen. Grigorenko und Gerschuni in Irrenanstalten gesteckt, um sie zum Wahnsinn zu treiben. Viele in Einzelhaft: Scharanski, Orlow, Moros, Bajow. Andere in ganzen Gruppen verhaftet wie die Offiziere der Ost-

seeflotte. Und wieder andere zu Tausenden vertrieben wie die Krim-
tataren...«

Irina sprach unaufhörlich weiter. Arkadi war sich bewußt, daß dies
ihre große Chance war. Hier hatte sie einen Chefinspektor vor sich
und spuckte ihm Worte entgegen, als ob es gezielte Kugeln auf eine
ganze Armee von Chefinspektoren seien.

»Ihr habt Angst vor uns«, behauptete sie. »Ihr wißt genau, daß ihr
uns nicht ewig unterdrücken könnt. Die Bewegung wächst ständig.«

»Es gibt keine Bewegung. Ob sie recht oder unrecht hat, spielt keine
Rolle. Sie existiert einfach nicht.«

»Ihr habt zuviel Angst, um darüber zu reden.«

»Das kommt mir vor, als stritten wir uns wegen einer Farbe, die keiner von uns je gesehen hat.«

Ich bin zu höflich, dachte Arkadi. Irina steigerte sich so sehr in eine ei-
sige Abwehrhaltung hinein, daß sie bald unerreichbar sein würde.

»Sie haben also an Valeria geschrieben, bevor Sie wegen ungenügender Leistungen von der Universität geflogen sind«, begann er erneut.

»Ich bin nicht wegen ungenügender Leistungen geflogen!« antwortete sie heftig. »Sie wissen doch ganz genau, weshalb ich relegiert
worden bin!«

»Geflogen, relegiert, was für einen Unterschied macht das schon? Sie
haben die Universität verlassen müssen, weil Sie öffentlich verkündet
haben, daß Sie Ihr Vaterland hassen. Das Land, dem Sie Ihre Ausbildung verdanken! Das läßt nicht gerade auf Intelligenz schließen.«

»Denken Sie meinetwegen, was Sie wollen.«

»Dann kriechen Sie vor einem Ausländer, der Ihre beste Freundin ermordet hat. Aber das hat eben politische Gründe! Sie sind eher bereit,
einem Amerikaner mit blutigen Händen die unwahrscheinlichsten
Lügen zu glauben, als Ihren eigenen Landsleuten zu vertrauen.«

»Auf Landsleute wie Sie kann ich verzichten!«

»Sie sind eine Heuchlerin. Kostja Borodin ist wenigstens ein richtiger
Russe gewesen, obwohl er ein Bandit war. Hat er gewußt, was für eine
Heuchlerin Sie sind?«

Irina zog so stark an ihrer Zigarette, daß die Glut ihr Gesicht rötlich
erhellte.

»Falls Kostja ins Ausland wollte, hatte er einen verständlichen Grund
dafür, denn er wurde steckbrieflich gesucht«, fuhr Arkadi fort. »Das
ist ein achtbarer Grund. Unter anderen Umständen wäre er bestimmt
geblieben. Was hat Kostja von Ihren antisowjetischen Tiraden gehalten? Wie oft hat er Valeria erzählt, ihre Freundin Irina Asanowa sei

ein falsches Biest? Das würde er auch jetzt sagen, wenn er hier wäre.«

»Sie sind widerlich!«

»Gut, was hat Kostja der Bandit gesagt, als Sie sich ihm als Dissidentin vorgestellt haben?«

»Davor haben Sie Angst, was? Sie fürchten sich vor einer Dissidentin in Ihrer Wohnung.«

»Haben Sie schon mal jemand Angst eingejagt? Aber seien Sie ehrlich! Wer schert sich um sogenannte Intellektuelle, die von der Universität fliegen, weil sie mit den hiesigen Verhältnissen unzufrieden sind? Geschieht ihnen recht!«

»Sie haben wohl nie von Solschenizyn gehört?«

»Ich habe von seinem Bankkonto in der Schweiz gehört«, erwiderte Arkadi spöttisch.

»Oder von sowjetischen Juden?«

»Sie meinen Zionisten. Die haben ihre eigene Sowjetrepublik – was wollen sie noch mehr?«

»Oder von der Tschechoslowakei?«

»Sie meinen die Ereignisse, die dazu geführt haben, daß die dortige Regierung uns zu Hilfe gerufen hat? Sie haben wohl noch nie von Vietnam, Chile oder Südafrika gehört? Vielleicht fehlt Ihnen der große Überblick, Irina. Sie scheinen zu glauben, daß die Sowjetunion nur existiert, um Ihnen das Leben zur Hölle zu machen.«

»Was Sie da sagen, glauben Sie doch wohl selbst nicht!«

»Ich kann Ihnen verraten, was Kostja Borodin von Ihnen gehalten hat«, fuhr Arkadi fort. »Er hat geglaubt, Sie wollten die Lust empfinden, verfolgt zu werden, ohne den Mut zu haben, selbst straffällig zu werden.«

»Immer noch besser als ein Sadist, der nicht den Mut hat, seine Fäuste zu gebrauchen!« sagte Irina mit tränenerstickter Stimme.

Sie hatte vor Zorn Tränen in den Augen. Er beobachtete das verräterische Glitzern überrascht. Das Schlachtfeld hatte sich ins Schlafzimmer verlagert, wo das einzige in der Wohnung verbliebene Möbelstück stand.

Sie saßen auf gegenüberliegenden Bettkanten und drückten ihre Zigaretten in Untertassen aus. Irina war zur Abwehr des nächsten Angriffs bereit: Sie hob tapfer den Kopf und hielt ihre Arme trotzig verschränkt.

»Sie wünschen sich den KGB«, stellte er seufzend fest. »Sie wollen Gorillas, Folterknechte und Mörder.«

»Sie wollten mich dem KGB übergeben, stimmt's?«

»Richtig, das wollte ich«, gab er zu. »Ich hab's mir zumindest eingebildet.«

Sie beobachtete seine Silhouette, als er vor den Fenstern auf und ab ging.

»Hab ich Ihnen schon erzählt, wie Osborne die drei umgelegt hat?« fragte er sie.

»Er hat Valeria, Kostja und den amerikanischen Studenten Kirwill zum Schlittschuhlaufen eingeladen. Aber das wissen Sie ja – schließlich haben Sie Valeria Ihre Schlittschuhe geliehen –, und Sie wissen auch, daß Osborne russische Felle aufkauft, während Sie vielleicht nicht ahnen, daß er sich nebenbei als KGB-Spitzel betätigt. Aber das langweilt Sie natürlich. Gut, nachdem die vier eine Zeitlang auf Schlittschuhen durch den Gorki-Park gelaufen sind, gehen sie auf eine Lichtung, um eine kleine Erfrischung zu sich zu nehmen. Der Millionär Osborne hat alles mitgebracht.«

»Das denken Sie sich erst jetzt aus!«

»Wir haben den Lederbeutel, in dem er die Erfrischungen mitgebracht hat; wir haben ihn aus dem Fluß geholt. Während alle essen, hebt Osborne den Beutel und zielt mit der darin versteckten Pistole auf Kostja. Er erschießt Kostja als ersten, dann bricht Kirwill mit einem Herzschuß zusammen. Eins, zwei, fertig! Erstaunlich kaltblütig, nicht wahr?«

»Sie tun gerade so, als wären Sie dabeigewesen.«

»Mir ist nur eines rätselhaft: Warum hat Valeria nicht um Hilfe gerufen, als Osborne die beiden Männer erschoß? Natürlich war die Lautsprechermusik im Park sehr laut, aber sie hat nicht einmal versucht, vor Osborne zu fliehen. Sie ist ruhig stehengeblieben, so daß er aus nächster Nähe zielen und abdrücken konnte. Warum hat Valeria das getan, Irina? Sie sind ihre beste Freundin gewesen, Sie müßten es eigentlich wissen.«

»Sie scheinen zu vergessen«, erklärte sie ihm, »daß ich etwas von Juristerei verstehe. Das Strafgesetzbuch stellt ausdrücklich fest, daß alle Unionsflüchtigen Staatsverbrecher sind. Leute wie Sie würden vor nichts zurückschrecken, um sie und ihre Fluchthelfer zu fassen. Woher soll ich wissen, daß der Überfall auf dem U-Bahnhof nicht nur gestellt gewesen ist? Daß Sie ihn nicht selbst geplant haben? Oder Sie und der KGB? Wie die Leichen, die Sie angeblich aufgefunden haben – woher stammen sie wirklich? Sie behaupten, Osborne habe jemanden erschossen? Sie würden doch jeden unschuldigen Touristen festnehmen und in die Lubjanka stecken.«

»Osborne sitzt nicht in der Lubjanka; er hat Freunde in der Lubjanka. Sie nehmen ihn in Schutz. Die würden *Sie* ermorden, um ihn zu schützen.«

»Um einen Amerikaner zu schützen?«

»Er kommt seit fast vierzig Jahren regelmäßig in die Sowjetunion. Er kauft für Millionen von Dollar Felle ein, bespitzelt russische Schauspieler und Tänzer und liefert seinen Freunden dumme kleine Mädchen wie Valeria und Sie aus.«

Irina hielt sich die Ohren zu. »Ihren Freunden, Ihren Freunden!« widersprach sie. »Wir reden von Ihnen. Sie wollen nur rauskriegen, wohin Sie Ihre Mörder schicken müssen.«

»Um Valeria erledigen zu lassen? Ich weiß genau, wo sie zu finden ist. Sie liegt in einem Kühlfach in einem Keller an der Petrowka-Straße. Ich habe die Pistole, mit der Osborne sie erschossen hat. Ich weiß, wer Osborne nach der Tat abgeholt und was für einen Wagen er gefahren hat. Ich habe Fotos, auf denen Osborne in Irkutsk mit Valeria und Kostja zu sehen ist. Und ich weiß, daß sie einen Schrein für ihn gebaut haben.«

»Ein Amerikaner wie Osborne könnte zwanzig Schreine von zwanzig verschiedenen Leuten kaufen.« Irina wich keinen Schritt zurück. »Sie haben selbst von Golodkin gesprochen. Golodkin hätte ihm einen beschaffen können, und Golodkin hatte nicht das Bedürfnis, die Sowjetunion zu verlassen. Er wäre mit Geld zufrieden gewesen, und Osborne ist bekanntlich Millionär. Warum hätte er Valeria Dawidowa und Kostja Borodin aus Irkutsk nach Moskau holen sollen? Warum gerade *sie*?«

Er konnte ihre tief in den Höhlen liegenden Augen im Oval ihres Gesichts und ihre auf einer runden Hüfte liegende Hand ausmachen. Er spürte ihre Erschöpfung, obwohl ihr Gesichtsausdruck in der Dunkelheit nicht zu erkennen war.

»Im Krieg hat Osborne auf ganz ähnliche Weise drei deutsche Gefangene erschossen. Er hat sie vor Leningrad in den Wald mitgenommen, ihnen Schokolade und Champagner angeboten und sie erschossen. Dafür hat er einen Orden gekriegt. Das ist nicht gelogen; das können Sie in Büchern nachlesen.«

Irina gab keine Antwort.

»Was haben Sie vor, wenn Sie diese Sache überstanden haben?« fragte Arkadi. »Haben Sie vor, eine bekannte Dissidentin zu werden und Chefinspektoren anzuprangern? Darauf verstehen Sie sich gut. Wollen Sie sich um Wiederaufnahme an die Universität bewerben? Ich kann Ihnen eine Empfehlung schreiben.«

»Damit ich Rechtsanwältin werden kann?«

»Ja.«

»Glauben Sie, daß ich mit diesem Beruf glücklich wäre?«

»Nein.« Arkadi dachte an Mischa.

»Erinnern Sie sich an den Regisseur, der mir die italienischen Stiefel versprochen hat?« fragte Irina leise. »Er hat mir einen Heiratsantrag gemacht. Sie haben mich ausgezogen; ich bin nicht gerade häßlich, stimmt's?«

»Nein.«

»Vielleicht entscheide ich mich dafür. Vielleicht heirate ich, lebe zu Hause und verschwinde einfach.«

Nach stundenlangen Auseinandersetzungen klang ihre Stimme so sanft, als komme sie aus einem anderen Raum.

»Zusammenfassend kann man sagen«, erklärte Arkadi ihr, »daß alles, was ich Ihnen erzählt habe, entweder eine außergewöhnlich komplizierte Lügengeschichte oder die reine Wahrheit gewesen ist.«

Er spürte ihr gleichmäßiges Atmen, merkte, daß sie eingeschlafen war, und deckte sie zu. Dann stand er eine Zeitlang am Fenster und hielt Ausschau nach ungewöhnlichen Aktivitäten auf dem Hof, in den Wohnungen gegenüber und auf dem Taganskaja-Boulevard. Schließlich kehrte er zum Bett zurück und streckte sich auf der anderen Hälfte aus.

14

In zehn Ehejahren hatte er gemeinsam mit Sonja bei zwei Prozent Zins 1200 Rubel gespart, von denen sie bereits 1100 abgehoben hatte. Das bewies, daß man seinen Mördern, nicht aber seiner Frau entkommen konnte – seiner ehemaligen Frau, verbesserte Arkadi sich.

Auf dem Rückweg von der Bank sah er eine Schlange vor einem Geschäft und gab 20 Rubel für ein rot weiß grünes, mit Ostereiern bedrucktes Kopftuch aus.

Andrejew war fertig.

Valeria Dawidowa, die im Gorki-Park Ermordete, lebte wieder. Ihre Augen glänzten, die Wangen waren rosig angehaucht und ihre roten Lippen leicht geöffnet, als wolle sie im nächsten Augenblick sprechen. Es schien unglaublich, daß dieses scheinbar lebende Menschenhaupt körperlos war: Es stand auf einer Töpferscheibe. Obwohl Arkadi im allgemeinen nicht abergläubisch war, spürte er, daß ihm ein kalter Schauer über den Rücken lief.

»Ich habe ihre braunen Augen einen Ton dunkler gemacht«, erklärte Andrejew ihm. »Das betont ihren frischen Teint. Sie trägt eine italienische Perücke aus echten Haaren.«

Arkadi bewunderte den Kopf von allen Seiten. »Ihr Meisterstück.«

»Ja!« bestätigte der kleine Mann stolz.

»Ich könnte beschwören, daß sie etwas sagen will.«

»Sie sagt etwas, Chefinspektor. Sie sagt: ›Hier bin ich!‹ Nehmen Sie sie mit.«

Valeria war keine Schönheit wie Irina, aber sehr hübsch – mit einem Gesicht, das man sich an einem kalten Wintertag unter einer Pelzmütze vorstellen konnte. Eine gute Schlittschuhläuferin, eine lebenslustige junge Frau.

»Noch nicht«, wehrte Arkadi ab.

Er verbrachte den Tag damit, gemeinsam mit Schwan Geflügelhändler, Bauern und Marktfrauen zu befragen, die als Lieferanten für Hühner oder Fisch in Frage kamen. Als er nach 16 Uhr in sein Büro zurückkehrte, ließ ihn der Staatsanwalt zu sich rufen.

Jamskoi räusperte sich gewichtig und faltete seine rosigen Hände auf der Schreibtischplatte, bevor er aufsah und den Chefinspektor ansprach.

»Arkadi Wassiljewitsch, ich mache mir Sorgen wegen Ihrer offenbar ins Stocken geratenen Ermittlungen im Fall Gorki-Park. Ich habe nicht die Absicht, mich in die Arbeit meiner Inspektoren einzumischen, aber es ist meine Pflicht, einzugreifen, wenn jemand die Kontrolle über sich selbst oder seine Ermittlungen verliert. Halten Sie das in Ihrem Fall für möglich? Beantworten Sie meine Frage bitte aufrichtig.«

»Ich komme eben von Andrejew, der den Kopf eines der Mordopfer rekonstruiert hat«, antwortete Arkadi.

»Davon höre ich zum erstenmal! Sehen Sie, das ist ein Beispiel für Ihre planlose Art, die Ermittlungen zu führen.« Der Staatsanwalt schüttelte den Kopf. »In Moskau leben sieben Millionen Menschen, darunter ein Geisteskranker, der drei Morde verübt hat. Ich erwarte keineswegs, daß Sie den Täter aus einem Hut zaubern. Aber ich erwarte, daß ein Chefinspektor gründlich und systematisch ermittelt. Ich weiß, daß Sie nicht gern mit anderen zusammenarbeiten. Sie sehen sich als Spezialisten, als Individualisten. Als solcher sind Sie jedoch durch Subjektivität, Krankheit oder persönliche Probleme gefährdet. Und Sie haben in letzter Zeit zuviel gearbeitet.«

Jamskoi legte die bisher gefalteten Hände mit den Fingerspitzen gegeneinander.

»Ich habe gehört, daß Sie Schwierigkeiten mit Ihrer Frau haben«, sagte er.

Arkadi gab keine Antwort; das war keine Frage gewesen.

»Meine Chefinspektoren sind auf ihre Weise Spiegelbilder meiner selbst«, stellte Jamskoi fest. »Das müssen Sie als der Intelligenteste am besten wissen. Aber Sie sind überanstrengt. Der Feiertag steht vor der Tür; bis dahin läßt sich nichts mehr erreichen. Ich möchte, daß Sie mir sofort einen detaillierten Bericht über sämtliche Aspekte Ihrer bisherigen Ermittlungen zusammenstellen.«

»Aber damit wäre ich tagelang beschäftigt, selbst wenn ich nichts anderes mehr täte!«

»Dann tun Sie eben nichts anderes. Lassen Sie sich Zeit, damit wirklich alles drinsteht. Ich will natürlich keine Hinweise auf Ausländer oder Kollegen vom KGB sehen. Ihre Spekulationen auf diesen Gebieten haben zu nichts geführt. Hinweise dieser Art wären nicht nur für Sie, sondern auch für mein Büro peinlich. Ich danke Ihnen.«

Arkadi ignorierte die Aufforderung zum Gehen. »Noch eine Frage: Ist diese Zusammenfassung für einen Inspektor gedacht, der mich ablösen soll?«

»Wir verlangen von Ihnen Kooperationsbereitschaft«, stellte Jamskoi nachdrücklich fest. »Wo sie uneingeschränkt vorhanden ist, spielt es keine Rolle, wer was tut, nicht wahr?«

Arkadi saß vor seiner Schreibmaschine, in die er noch kein Papier eingespannt hatte.

Ein zusammenfassender Bericht. Was blieb davon übrig, wenn er Osborne und die Identifizierung Kirwills ausließ? Der Inspektor, der ihn ablöste, mußte den Eindruck erhalten, bisher sei kaum ermittelt worden. Er würde mit neuen Kriminalbeamten von vorn anfangen. Das einzige Problem war dann der ehemalige Chefinspektor.

Nikitin kam mit einer Flasche und zwei Gläsern herein. Der Chefinspektor für interbehördliche Zusammenarbeit hatte ein angemessen bedauerndes Grinsen aufgesetzt.

»Ich hab eben gehört, was passiert ist. Verdammtes Pech! Du hättest zu mir kommen sollen.« Nikitin schenkte Wodka ein. »Du bist immer viel zu verschlossen. Das hab ich dir schon oft gesagt. Keine Angst, wir finden irgendwas für dich. Ich kenne ein paar Leute; wir besorgen dir irgendwas. Trink einen Schluck! Nicht auf gleicher Ebene, versteht sich, aber du arbeitest dich bestimmt wieder hoch. Mir fällt schon irgendwas für dich ein. Ich hab dich ohnehin nie für einen geborenen Chefinspektor gehalten.«

Arkadi erkannte jetzt, daß er alle bedeutsamen Warnsignale übersehen hatte: Eindeutige Hinweise, die einem wacheren Chefinspektor gezeigt hätten, in welche Richtung er seine Ermittlungen steuern mußte – und welche es zu meiden galt. Nikitin, Lewin, Jamskoi und sogar Irina Asanowa hatten ihn zu warnen versucht, aber er war unbelehrbar geblieben.

». . . mich nicht an einen Chefinspektor erinnern, der abgesägt worden wäre«, sagte Nikitin gerade. »Diese Unkündbarkeit ist eben der große Vorteil unseres Systems! Daß du's geschafft hast, trotzdem rauszufliegen, sieht dir wieder mal ähnlich.«

Arkadi schloß die Augen, als Nikitin ihm plump-vertraulich zublinzelte.

Der andere beugte sich nach vorn. »Was wird Sonja zu dieser Überraschung sagen?« fragte er.

Der Chefinspektor öffnete die Augen und sah Nikitin erwartungsvoll auf der Stuhlkante hocken. Er wußte nicht, weshalb Nikitin zu ihm gekommen war, und hatte kaum auf das gehört, was er gesagt hatte, aber er wußte plötzlich, daß sein ehemaliger Mentor, dieser Opportunist mit dem runden Gesicht und dem allzu beflissenen Gesichtsausdruck, stets überleben würde. Manche Männer starben, andere fielen in Ungnade und wurden entlassen. Nikitin lauerte auf alle wie ein Grabräuber.

Das Telefon klingelte. Arkadi nahm langsam den Hörer ab. Das Außenministerium meldete auf seine Anfrage, daß in den Monaten Januar und Februar lediglich eine einzige Ausfuhrgenehmigung für einen »religiösen Schrein« beantragt und erteilt worden sei – an den DDR-Bürger H. Hofmann. Der Schrein sei am 3. Februar auf dem Luftweg von Moskau nach Leningrad und von dort aus mit dem Zug über Wiborg nach Helsinki transportiert worden. Arkadi bedankte sich und legte auf. Es gab also einen Schrein, und Hofmann hatte ihn ausgeführt!

»Kann ich irgendwas für dich tun?« erkundigte Nikitin sich mit gespieltem Mitgefühl.

Arkadi zog die unterste Schublade seines Schreibtischs auf und nahm eine Makarow – seine noch nie benützte Dienstpistole – und eine Schachtel mit 9-mm-Patronen heraus. Er zog das Magazin aus dem Griff, drückte acht Patronen hinein und schob das volle Magazin wieder in den Pistolengriff.

»He, was tust du da?« Nikitin beobachtete ihn mit großen Augen.

Arkadi hob die Pistole, entsicherte sie und zielte auf Nikitins Gesicht, das mit offenem Mund dem eines Guppys glich. »Ich habe Angst«, sagte er. »Ich dachte, du würdest mir dabei Gesellschaft leisten wollen.«

Nikitin sprang auf und verschwand. Arkadi zog seinen Mantel an, steckte die Pistole in die Manteltasche und ging hinaus.

Als er die Wohnung betrat, warf Irina einen Blick über seine Schulter, als erwarte sie, weitere Männer hinter ihm auftauchen zu sehen. »Ich dachte, Sie würden mich jetzt verhaften«, sagte sie.

»Warum sollte ich Sie verhaften wollen?« Er trat ans Fenster, um die Straße beobachten zu können.

»Früher oder später werden Sie das tun.«

»Ich habe die beiden daran gehindert, Sie zu ermorden.«

»Das war leicht. Sie halten Mord und Verhaftung noch immer für verschiedene Dinge. Sie sind noch immer der typische Chefinspektor.«

Durch das lange Tragen zeichnete ihr Kleid ihren Körper inzwischen noch deutlicher nach. Irina war barfuß und bewegte sich fast lautlos. Arkadi fragte sich, ob Pribluda die Wohnung unter ihnen beschlagnahmt hatte und ob sie auf einem Spinnennetz von Mikrofonen standen.

Irina hatte gründlich geputzt. Die saubere, leere Wohnung wirkte eigenartig farblos und luftlos. Irina nahm sich darin aus wie Feuer in einem Vakuum.

»Gut, heute verstecken Sie mich noch«, fuhr sie fort. »Das kostet Sie nur einen Tag Ihres Lebens. Aber sobald an die Tür geklopft wird, liefern Sie mich aus.«

Arkadi fragte sie nicht, warum sie dann nicht lieber gehe, denn er fürchtete, sie könnte es tun.

»Wie können Sie über unseren Tod ermitteln, wenn Sie nichts über unser Leben wissen?« erkundigte Irina sich verächtlich. »Oh, Sie lesen Zeitschriftenartikel über Sibirien, und die Miliz in Irkutsk hat Sie über Kostja Borodin informiert. Wie, so fragen Sie mich, konnte ein jüdisches Mädchen wie Valeria sich mit einem Kriminellen wie Kostja einlassen? Wie konnte ein gerissener Kerl wie Kostja auf Osbornes Versprechen reinfallen? Glauben Sie etwa, daß ich nicht ebenso darauf reinfallen würde?«

»Was war mit Valeria?«

»Die Dawidows haben in Minsk gelebt. Die dortigen Blockausschüsse mußten eine bestimmte Anzahl von ›jüdischen Intellektuellen‹ festnehmen. So sind der Rabbi und seine Familie abtransportiert worden, um Sibirier zu werden.«

»Und Kostja?«

»Er ist sibirischer als jeder andere von uns. Sein Urgroßvater ist unter dem Zaren wegen Mordes nach Sibirien verbannt worden. Seit dieser Zeit haben die Borodins mit den Rentierhirten Handel getrieben, heimlich Gold geschürft und sich für Geologen als Führer verdingt. Kostja hat gejagt.«

»Was hat er gejagt?«

»Zobel, Füchse.«

»Wie konnte er als Bandit Zobelfelle zu Auktionen bringen?«

»Er ist nach Irkutsk gekommen und hat sie von anderen verkaufen lassen. Jedes Fell war hundert Rubel wert, aber er hat nur neunzig verlangt. Darum haben sie alle dichtgehalten.«

»Es gibt doch jetzt Zobelfarmen – wozu braucht man dann eigentlich noch Jäger?«

»Die Zobelfarmen sind typische Kollektive – katastrophal organisiert. Zobel brauchen Frischfleisch. Allein die Verteilung ist sehr aufwendig, und wenn die Versorgung zusammenbricht, müssen die Betriebe ihr Futter beim nächsten Fleischer kaufen. Deshalb kostet ein gezüchteter Zobel den Staat doppelt soviel wie ein erlegter.«

»Dann muß es viele Pelztierjäger geben.«

»Wissen Sie, wo Sie den Zobel aus fünfzig Meter Entfernung treffen müssen? Ins Auge – sonst ist das Fell minderwertig. Das können nur wenige Jäger und keiner so gut wie Kostja!«

Ihr Abendessen bestand aus Bratwürstchen, Brot und Tee.

Arkadi hatte das Gefühl, auf der Jagd zu sein: Er durfte keine vorschnelle Bewegung machen und mußte zugleich Fragen wie Köder auslegen, um scheues Wild anzulocken.

Die Sonne brach sich in Irinas Augen. Die Nacht machte sie blasser, ihre Augen dunkler.

»Mir ist nur eines nicht klar«, meinte Arkadi nachdenklich. »Osborne hätte Betstühle, Schreine und Ikonen aus zwanzig verschiedenen Moskauer Quellen beziehen können. Wie Sie selbst gesagt haben, hat Golodkin bereits einen Schrein für ihn gehabt. Warum hat er dann riskiert, sich mit zwei verzweifelten jungen Leuten einzulassen, die auf der Flucht vor der Miliz waren? Warum hat er sich die Mühe gemacht, ihnen etwas von einer Fluchtmöglichkeit vorzuschwindeln? Was hatten Kostja und Valeria ihm Außergewöhnliches zu bieten?«

»Warum fragen Sie das mich?« Sie zuckte mit den Schultern. »Sie behaupten, ein amerikanischer Student namens Kirwill sei illegal in die Sowjetunion gebracht worden. Wozu hätte Osborne *das* riskieren sollen? Das ist doch unsinnig!«

»Nein, es war notwendig. Kostja wollte einen greifbaren Beweis dafür sehen, daß Osborne Leute herein- und hinausschmuggeln kann. James Kirwill war dieser Beweis. Kirwill eignete sich außerdem am besten, weil er Amerikaner war. Kostja und Valeria haben Osborne nicht zugetraut, daß er einen Landsmann verraten würde.«

»Wäre Kirwill denn hergekommen, wenn er nicht gewußt hätte, daß sein Rückweg gesichert war?«

»Amerikaner trauen sich alles zu«, stellte Arkadi fest. »Auch Osborne traut sich alles zu. Hat er mit Valeria geschlafen?«

»Sie gehört nicht zu den Mädchen, die . . .«

»Sie war sehr hübsch. Osborne behauptet, Russinnen seien häßlich, aber Valeria mußte ihm aufgefallen sein. Er ist schon im Pelzzentrum Irkutsk auf sie aufmerksam geworden. Wie hat Kostja darauf reagiert? Hat er sich vorgenommen, diesen reichen Amerikaner mit Valerias Hilfe reinzulegen?«

»Das klingt ja, als hätten sie . . .«

»Haben sie Osborne damit geködert? Hat Kostja sie dazu angestiftet und gesagt: ›Los, los, 'ne kleine Bumserei schadet weder dir noch mir, und der Tourist muß am Ende dafür bluten‹ Ist das der Grund gewesen? Haben drei Menschen sterben müssen, weil Osborne gemerkt hat, daß er reingelegt worden war?«

»Davon weiß ich nichts.«

»Ich weiß, daß Ihre Freundin Valeria dicht neben Osborne gestanden hat, als Borodin und Kirwill im Schnee gestorben sind, und daß sie nicht weggelaufen ist oder um Hilfe gerufen hat. Das läßt nur einen Schluß zu: Sie muß gewußt haben, daß die beiden ermordet werden würden; sie muß Osbornes Komplizin gewesen sein. Vielleicht hat Osborne ihr erzählt, er könne nur eine Person außer Landes schaffen. Valeria mußte sich entscheiden, und sie war ein kluges Mädchen. Sollte sie etwa um Hilfe rufen, wenn sie sich mit Osborne verbündet hatte, um die beiden zu ermorden? Sie wollte Arm in Arm mit ihrem Amerikaner über ihre Leichen gehen! Aber . . .«

»Aufhören!«

»Stellen Sie sich ihre Überraschung vor, als auch sie dran war. Nun war's zu spät für Hilferufe. Nachträglich kommt einem diese Szene fast unglaublich vor. Aber wenn Valeria nicht einmal um Hilfe gerufen hat, als ihr Geliebter und ein unbeteiligter Ausländer vor ihren

Augen erschossen wurden, ist sie wirklich dumm gewesen. Dann hat sie's verdient, auf die gleiche Weise ermordet zu werden.«

Irina schlug ihn ins Gesicht. Arkadi schmeckte Blut von seiner aufgeplatzten Unterlippe.

»Jetzt wissen Sie, daß sie tot ist«, stellte er fest. »Sie haben mich geschlagen, weil Sie mir glauben.«

In diesem Augenblick klopfte jemand an die Wohnungstür. »Chefinspektor Renko«, sagte eine Männerstimme.

Irina schüttelte den Kopf. Auch Arkadi erkannte die Stimme nicht.

»Chefinspektor, wir wissen, daß Sie zu Hause sind – und daß Sie nicht allein sind«, fuhr die Stimme fort.

Arkadi gab Irina ein Zeichen, im Schlafzimmer zu verschwinden, trat an seinen auf dem Ausguß liegenden Mantel und zog die Pistole aus der Tasche. Er sah, wie Irina die Waffe anstarrte. Arkadi hätte die Makarow lieber im Mantel gelassen; er wollte niemand erschießen – und er wollte erst recht nicht in seiner eigenen Wohnung erschossen werden.

Er stellte sich dicht neben die Tür, schloß mit der freien Hand auf und umklammerte dann die Klinke.

»Herein!« rief er heiser.

Sobald Arkadi spürte, daß jemand die Tür zu öffnen versuchte, riß er sie ganz auf. Ein junger Mann Anfang Zwanzig kam in die Diele gestolpert und grinste beschwipst, als sei ihm ein wunderbarer Trick geglückt. Der Chefinspektor erkannte Juri Wiskow, der durch Jamskois Eintreten vom Obersten Gerichtshof freigesprochen worden war – den Sohn des Ehepaars Wiskow aus der Schnellimbißstube.

»Ich reise morgen nach Sibirien ab.« Er zog eine Flasche Wodka aus seiner Windjacke. »Aber vorher wollte ich noch einen Schluck mit Ihnen trinken!«

Arkadi brachte es fertig, die Pistole verschwinden zu lassen, während Wiskow ihn umarmte. Irina kam zögernd aus dem Schlafzimmer. Der junge Mann strahlte vor Selbstzufriedenheit. Er trug die Flasche übertrieben vorsichtig zum Ausguß, in dem Gläser standen.

»Wir haben uns seit Ihrer Entlassung nicht mehr gesehen«, stellte Arkadi fest.

»Ich hätte vorbeikommen und Ihnen danken sollen.« Wiskow balancierte die übervollen Gläser. »Aber Sie wissen ja, wieviel man zu tun hat, wenn man aus der Haft entlassen wird...«

Er hatte nur zwei Gläser vollgeschenkt, obwohl vier im Ausguß standen. Arkadi spürte, daß der Besucher Irina absichtlich ausschloß, und sah, wie sie an der Schlafzimmertür zögerte.

»Sie kennen sich?« fragte er Wiskow, als sie ihre Gläser hoben.

»Nur flüchtig«, antwortete der junge Mann. »Sie hat heute rumtelefoniert, um sich nach Ihnen zu erkundigen, und ein gemeinsamer Bekannter hat mich mit ihr reden lassen. Ich hab ihr erzählt, daß Sie mich gerettet haben, denn was wahr ist, muß wahr bleiben!«

»Ich hab ihn nicht aufgefordert, hierher zu kommen«, warf Irina ein.

»Und ich bin hier, um mit dem Chefinspektor zu sprechen. Ich bin Eisenbahner, kein Dissident.« Wiskow kehrte ihr den Rücken zu und legte Arkadi freundschaftlich besorgt eine Hand auf den Arm. »Sehen Sie zu, daß Sie sie loswerden! Sie bringt Ihnen nur Unglück. Wie kommt sie dazu, sich nach Ihnen zu erkundigen? Sie sind der einzige, der mir jemals geholfen hat. Wenn's keine Dissidenten wie sie gäbe, müßten weniger Menschen leiden, wie meine Eltern gelitten haben. Ein paar Leute machen Schwierigkeiten, und Tausende von ehrlichen Bürgern werden verhaftet.« Arkadi sah genau, was der junge Mann denken mußte, als er sich erneut umdrehte: Irina, die offene Tür und das Bett. »Wir sind alle nur Menschen, aber sehen Sie zu, daß Sie sie loswerden, wenn Sie mit ihr fertig sind.«

Sie hatten beide noch nichts getrunken. Arkadi stieß mit dem Besucher an. »Auf Sibirien!« sagte er. Wiskow starrte Irina weiter vorwurfsvoll an. Dann zuckte er mit den Schultern und leerte sein Glas auf einen Zug.

Der Wodka brannte auf Arkadis aufgeplatzter Unterlippe. »Warum wollen Sie ausgerechnet nach Sibirien?« erkundigte er sich.

»Dort werden junge Leute für den Bahnbau gesucht.« Wiskow ging anfangs nur zögernd auf das neue Thema ein. »Man kriegt höhere Prämien, viel mehr Urlaub und eine komplett eingerichtete Wohnung. Dort kann man noch frei leben! Und wenn ich eines Tages Kinder habe, sollen sie anders aufwachsen als hier in der Großstadt. Vielleicht jagen wir in hundert Jahren die Moskowiter zum Teufel und machen uns selbständig. Na, was halten Sie davon?«

»Ich wünsche Ihnen viel Glück, Juri.«

Mehr gab es nicht zu sagen. Eine Minute später beobachtete Arkadi, wie der junge Mann gegen den Wind ankämpfend über den Hof ging und auf der Straße verschwand. Tiefe Wolken jagten über den Abendhimmel. Das Fenster erzitterte bei jedem Windstoß.

»Ich hab Ihnen verboten, von hier aus zu telefonieren.« Arkadi drehte sich nicht um. »Sie hätten ihn nicht anrufen dürfen.«

Obwohl seine Hand flach auf dem Fenster lag, spürte er das Zittern. Irina spiegelte sich weiß in der Fensterscheibe. Hätte ein anderer an die Tür geklopft, wäre Irina jetzt vielleicht tot. Arkadi merkte, daß nicht das Fenster zitterte, sondern seine Hand.

Er starrte sein Spiegelbild in der Scheibe an.

Wer war dieser Mann?

Er gestand sich ein, daß ihm Wiskow, den er erst vor wenigen Monaten gerettet hatte, völlig gleichgültig war. Er hatte nur einen Wunsch: Irina Asanowa.

Die Besessenheit war so augenfällig, daß selbst der angetrunkene Wiskow sie erkannt hatte.

Arkadi hatte noch nie etwas begehrt; in seinem bisherigen Leben hatte es nichts Begehrenswertes gegeben. Begierde war ein zu blasses Wort für das, was er jetzt empfand. Das Leben war so düster und eintönig, solch ein Schattendasein. Irina brannte in diesem Dunkel so hell, daß sie sogar ihn entflammte.

»Er hat's gesehen«, sagte Arkadi. »Er hat recht gehabt.«

»Was soll das heißen?«

»Ich rede von mir. Deine Freundin Valeria interessiert mich nicht. Mir ist egal, ob Osborne knietief im Blut watet. Meine Ermittlungen haben sich längst festgelaufen. Ich versuche nur noch, dich hier bei mir zu behalten.« Jedes Wort war eine Überraschung für ihn; sogar seine Stimme klang ganz anders. »Wahrscheinlich habe ich seit unserer ersten Begegnung unbewußt darauf hingearbeitet, dich hierher zu bekommen. Ich bin nicht der Chefinspektor, für den du mich gehalten hast, und ich bin nicht der Chefinspektor, für den ich mich gehalten habe. Ich kann dich nicht beschützen. Wenn die anderen vorher nicht gewußt haben, daß du hier bist, wissen sie es jetzt. Sie haben bestimmt mein Telefon abgehört. Wohin willst du also?«

Arkadi drehte sich nach Irina um. Er brauchte einen Augenblick, um den metallischen Glanz der Pistole in ihrer Hand zu erkennen. Sie legte die Waffe wortlos auf seinen Mantel zurück. »Was ist, wenn ich nicht fort will?« fragte sie.

Sie trat in die Mitte des Zimmers, zog sich mit einer raschen Bewegung das Kleid über den Kopf und streifte ihren Slip ab. »Ich will hierbleiben«, sagte sie.

Ihr Körper leuchtete porzellanweiß. Sie stand mit hängenden Armen da, ohne zu versuchen, sich zu bedecken. Ihre Lippen öffneten sich leicht, als Arkadi auf sie zukam, und ihre Pupillen schienen sich noch weiter zu öffnen, als er sie berührte.

Er drang stehend in sie ein, und als sie sich dann küßten, spürte er ihre Hände in seinem Haar und auf seinem Rücken. Sie schwankten und sanken zu Boden, wo sie ihn mit den Beinen umschlang.

»Dann liebst du mich also auch«, sagte sie.

Später, im Bett, beobachtete er, wie sich ihre Brust beim Atmen hob und senkte.

»Das ist eine rein körperliche Angelegenheit.« Sie legte ihre Hand mit gespreizten Fingern auf seine Brust. »Das hab ich gleich gemerkt, als wir uns im Studio begegnet sind. Ich hasse dich noch immer.«

Der Regen trommelte ans Fenster. Seine Hand glitt über ihre weiße Hüfte.

»Ich hasse dich noch immer; ich nehme nichts zurück«, sagte sie.

»Aber wenn du in mir bist, ist mir alles gleichgültig. Ich glaube, daß du auf gewisse Weise schon lange in mir gewesen bist.«

Über und unter ihnen konnten Lauscher sein; die Angst machte sie nur empfänglicher für alle Empfindungen.

»Du täuschst dich, was Valeria betrifft«, sagte sie. »Valeria hat nirgends eine Zuflucht gehabt. Das hat Osborne gewußt.« Sie strich sein Haar glatt. »Glaubst du mir?«

»Das mit Valeria ja, alles andere nicht.«

»Was glaubst du mir nicht?«

»Du weißt, was Valeria und Kostja für Osborne getan haben.«

»Ja.«

»Das hab ich dir gekauft.« Er ließ das Kopftuch auf sie herabgleiten.

»Warum?«

»Als Ersatz für das andere, das du in der U-Bahn verloren hast.«

»Ich brauche ein neues Kleid und einen Mantel und Schuhe, kein Kopftuch.« Sie lachte.

»Ich konnte mir bloß ein Kopftuch leisten.«

Sie betrachtete es und versuchte, die Farben in der Dunkelheit zu erkennen. »Es ist bestimmt ein wunderschönes Kopftuch«, sagte sie.

»Es spielt keine Rolle, wie lächerlich eine Lüge ist, wenn die Lüge die einzige Möglichkeit zur Flucht ist«, sagte sie. »Und es spielt keine Rolle, wie offenkundig die Wahrheit ist, wenn sie bedeutet, daß dir die Flucht niemals gelingen wird.«

15

Am Telefon hatte Mischas Stimme einen panischen Unterton. Arkadi zog sich widerstrebend an. Irina schlief noch. Ihr Arm lag quer über dem Bett, wo er geschlafen hatte.

»Ich muß mich mit einem Freund treffen. Aber zuerst fahren wir woanders hin«, sagte Arkadi, als William Kirwill in seinen Wagen stieg.

»Ich bin nur noch vier Tage hier und hab gestern den ganzen Tag vergeblich auf Sie gewartet«, knurrte der Amerikaner. »Heute sagen Sie mir, wer Jimmy ermordet hat, sonst bring ich Sie um!«

Arkadi lachte, während er vom Hotel *Metropol* aus um den Swerdlow-Platz fuhr. »In Rußland müssen Sie auch dafür Schlange stehen.«

In Serafimow zwei stiegen sie in den ersten Stock hinauf. Zu Arkadis Überraschung war die Wohnungstür nicht versiegelt. Als er klopfte, öffnete ihnen eine zahnlose Alte mit einem greinenden Säugling auf dem Arm. Die Frau studierte Arkadis Dienstausweis mit zusammengekniffenen Augen.

»Ich dachte, diese Wohnung sei versiegelt«, erklärte er ihr. »Vor einer Woche sind hier zwei Männer gestorben – der Mieter und ein Kriminalbeamter.«

»Ich bin nur eine Großmutter. Davon weiß ich nichts.« Sie sah von Arkadi zu Kirwill hinüber. »Warum sollte eine schöne Wohnung leerstehen? Wohnungen werden immer gebraucht.«

Auf den ersten Blick erinnerte nichts mehr daran, daß hier Feodor Golodkin gewohnt hatte. Die Orientteppiche, die Stereoanlage und die Stapel ausländischer Kleidungsstücke des Schwarzhändlers waren verschwunden. Statt dessen standen da jetzt eine als Bett benutzte Ausziehcouch, ein aufgeplatzter Karton mit Geschirr und ein alter Samowar. Pascha und Golodkin hätten in einer ganz anderen Wohnung ermordet worden sein können.

»Haben Sie hier einen Schrein gefunden?« fragte Arkadi. »Vielleicht im Kellerabteil? Einen vergoldeten Kirchenschrein?«

»Wozu brauchen wir einen Kirchenschrein? Was täten wir damit?« Die Alte trat zur Seite. »Sie können sich selbst umsehen. Hier wohnen ehrliche Leute, wir haben nichts zu verbergen.«

Arkadi winkte dankend ab. »Sie haben völlig recht«, stimmte er zu, »warum sollte eine schöne Wohnung leerstehen?«

Mischa und Arkadi trafen sich in einer kleinen Kirche am Rande von Serafimow. Sie war nach irgendeinem obskuren Heiligen benannt und gehörte zu den vielen Moskauer Kirchen, die schon längst nur mehr als »Museen« existierten. Ein rostiges Baugerüst umgab die vom Verfall bedrohten wasserfleckigen Mauern.

Arkadi stieß die Tür auf, betrat den dunklen Kirchenraum und sah vor sich Pfützen und Vogelmist auf dem Steinboden, bevor die Tür wieder ins Schloß fiel.

Ein Streichholz flammte auf und entzündete eine Kerze, die Mischas Gesicht beleuchtete. Regenwasser tropfte von den Pfeilern. In den mit Brettern verschalten Fenstern der dunklen Kuppel gurrten Tauben.

»Du kommst früh«, stellte Mischa fest.

»Ist was mit Natascha? Warum haben wir uns nicht bei dir treffen können?«

»Du bist eine halbe Stunde zu früh gekommen.«

»Du aber auch. Was ist passiert?«

Mischa benahm sich seltsam, war ungekämmt und schien im Anzug geschlafen zu haben. Arkadi war froh, daß er Kirwill dazu überredet hatte, draußen im Auto zu bleiben. »Geht's um Natascha?«

»Nein, um Sonja. Ihr Anwalt ist mit mir befreundet, und ich habe gehört, was sie vor Gericht ausgesagt hat. Du weißt doch, daß über deine Scheidung morgen verhandelt wird?«

»Nein.« Arkadi war nicht überrascht. Die Nachricht ließ ihn kalt.

»Alle reden über die Partei wie du – aber doch nicht, damit ihre Äußerungen vor Gericht zitiert werden! Ausgerechnet du als Chefinspektor! Und was ist mit mir?« fragte Mischa. »Was hast du alles über mich erzählt? Das hat sie auch alles gesagt. Das kostet mich mein Parteibuch! Ich bin als Rechtsanwalt erledigt, ich kann mich bei Gericht nicht mehr blicken lassen.«

»Tut mir leid, Mischa.«

»Na ja, du bist eben nie ein gutes Parteimitglied gewesen. Ich hab mich immer bemüht, deine Karriere zu fördern, aber du wolltest einfach nicht. Jetzt mußt du mir helfen. Sonjas Anwalt trifft sich hier mit uns. Du mußt ihm gegenüber leugnen, jemals in meiner Anwesenheit kritisch über die Partei gesprochen zu haben. Vielleicht in Sonjas Gegenwart, aber nicht in meiner. Es geht um sie oder mich. Du mußt einem von uns helfen.«

»Dir oder Sonja?«

»Bitte, Arkascha, du bist doch mein Freund.«

»Ich hätte gesagt, mein bester Freund. Hör zu, du weißt doch, daß bei

Scheidungsprozessen alles mögliche behauptet wird, was kein Mensch ernst nimmt. Jetzt ist's zu spät.«

»Tust du mir diesen Gefallen?«

»Gut, sag mir, wie er heißt, dann rufe ich ihn an.«

»Nein, er ist schon unterwegs, wir treffen uns hier.«

»Hat er denn kein Büro und kein Telefon?«

»Er ist jetzt nicht erreichbar, weil er unterwegs ist.«

»Und wir wollen uns hier in einer Kirche treffen?«

»In einem Museum«, verbesserte Mischa ihn. »Na ja, er wollte nicht, daß bekannt wird, daß er sich mit dem Ehemann einer Mandantin trifft. Das tut er ohnehin nur, um mir einen Gefallen zu erweisen.«

»Aber ich habe keine Lust, noch zwanzig Minuten auf ihn zu warten.« Arkadi dachte an Kirwill, der draußen wartend in seinem Wagen saß.

»Er kommt schon früher, ich versprech's dir! Ich würde dich nicht darum bitten, wenn's nicht nötig wäre.« Mischa umklammerte Arkadis Arm. »Du bleibst doch?«

»Gut, ich warte noch.«

»Er kommt bestimmt bald.«

Arkadi lehnte an einem Pfeiler, bis er merkte, daß ihm Regenwasser in den Kragen tropfte. Er zündete sich eine Zigarette an Mischas Kerze an und machte einen kurzen Rundgang durch das leere Kirchenschiff. Je länger er sich in der Dunkelheit aufhielt, desto deutlicher konnte er Einzelheiten erkennen: Figuren an den Wänden, viele davon Engel, mit schmalen Flügeln und großen Flammenschwertern. Der Altar war verschwunden. Herausgerissene Grabplatten hatten Löcher im Boden hinterlassen.

Er kam zu Mischa zurück. Im Kerzenschein war zu erkennen, daß Mischa schwitzte, obwohl es in der Kirche kalt war. Arkadi sah, daß sein Freund die schwach bläulichen Umrisse der Tür beobachtete.

»Hierher kommt kein Rechtsanwalt«, stellte Arkadi fest.

»Er ist unterwegs und...«

»Diesen angeblichen Anwalt gibt's gar nicht.«

Arkadi zündete sich eine neue Zigarette am Stummel der ersten an. Mischa blies die Kerze aus, aber Arkadi sah ihn trotzdem noch. Sie beobachteten beide die Tür.

»Ich hätte nie gedacht, daß du mich verraten würdest«, sagte Arkadi. »Jeder andere, nur du nicht.«

Eine Minute verstrich. Mischa schwieg.

»Mischa«, seufzte Arkadi. »Mischa...«

Er spürte jetzt überall Tropfen. Draußen schien es stärker zu regnen.

In dem schwachen Lichtschein, der durch die zugenagelten Fenster drang, starrte Mischa ihn flehend an. Tränen liefen ihm übers Gesicht. »Lauf!« flüsterte er.

»Wer kommt wirklich?« fragte Arkadi.

»Beeil dich, sie stehlen den Kopf!«

»Wie haben sie von dem Kopf erfahren?«

Arkadi glaubte Schritte zu hören. Er trat seine Zigarette aus, wich an die Wand zurück und zog seine Pistole. Mischa blieb stehen und lächelte schwach. Eine Taube badete in dem gesprungenen Taufstein. Sie schüttelte das Wasser ab und flog mit klatschendem Flügelschlag auf.

»Du kommst doch allein zurecht?« fragte Arkadi. »Ich rufe später an.«

Mischa nickte.

Arkadi schob sich die Wand entlang und öffnete vorsichtig die Tür. Ein heftiger Aprilschauer ließ ganze Bäche über das Baugerüst rinnen und trieb die wenigen Fußgänger unter Schirme und Zeitungen. Kirwill wartete sichtlich ungeduldig im Auto.

Arkadi rannte los.

Die Kaistraße war überschwemmt, so daß er eine Umleitung durch den Gorki-Park fahren mußte.

Als er das ethnologische Institut erreichte, fuhr eben ein schwarzer Wolga aus dem Hof.

Arkadi erkannte den Fahrer sofort wieder. Danke, Mischa! sagte er in Gedanken. Er fuhr am Institut vorbei, wendete und blieb in Sichtweite hinter dem Wolga.

»Was tun wir jetzt?« fragte Kirwill.

»Ich fahre hinter einem Wagen her, und Sie steigen an der nächsten Ampel aus.«

»Kommt nicht in Frage!«

»In dem schwarzen Wolga dort vorn sitzt ein KGB-Offizier. Er stiehlt einen Kopf, der für mich rekonstruiert worden ist.«

»Warum halten Sie ihn dann nicht auf und nehmen ihm den Kopf wieder ab?«

»Ich will sehen, wem er ihn bringt.«

»Was haben Sie dann vor?«

»Dann komme ich mit zwei, drei Milizionären und verhafte ihn wegen Diebstahls von Staatseigentum und der Behinderung staatsanwaltschaftlicher Ermittlungen.«

»Wie wollen Sie einen KGB-Offizier verhaften?«

»Ich bezweifle, daß es sich hier um ein KGB-Unternehmen handelt. Der KGB gibt bekannt, wenn er einen Fall an sich zieht; er stiehlt keine Beweismittel. Die Wohnung, in der wir vorhin waren, hätte versiegelt sein müssen. Die Leichen im Park hätten innerhalb eines Tages ›entdeckt‹ werden müssen. Das ist die KGB-Methode der raschen, wirksamen Lehren. Ich glaube, daß ein KGB-Major und einige seiner Leute nebenbei ein privates Schutzunternehmen aufgezogen haben für Geld. Das dürfte seinen Vorgesetzten nicht gefallen. Jedenfalls ist der Moskauer Staatsanwalt der oberste Gesetzeshüter, und ich bin noch immer sein Chefinspektor. Sie können hier aussteigen.«

Arkadi hielt an einer Ampel auf dem Sadowaja-Ring drei Wagen hinter der schwarzen Limousine. Der Fahrer – der Pockennarbige, der Irina auf dem U-Bahnhof überfallen hatte – betrachtete etwas, das er neben sich auf dem Beifahrersitz hatte. Er kam nicht auf die Idee, in den Rückspiegel zu schauen. Wahrscheinlich konnte er sich gar nicht vorstellen, beschattet zu werden.

»Ich fahre zum Vergnügen mit.« Kirwill streckte die Beine aus.

»Gut, wie Sie wollen.«

Die Stadt blieb hinter ihnen zurück. Wälder drängten sich bis an den Straßenrand. Die Landschaft wurde immer hügeliger, und der Wolga vor ihnen verschwand, tauchte wieder auf und verschwand erneut. Arkadi hielt jetzt gut zweihundert Meter Abstand.

»Wo sind wir hier?« fragte Kirwill.

»Am Silbersee.«

»Und dieser Kerl, von dem Sie gesprochen haben, ist bloß Major?«

»Ja.«

»Dann glaub ich nicht, daß wir zu ihm fahren.«

Hinter Eschen und Ebereschen glitzerte Wasser. Feldwege führten von der Straße zu noch leerstehenden Datschen. Der Silbersee war eisfrei bis auf eine große Fläche in der Seemitte, auf die sich die Suschkingänse zurückgezogen hatten. Die Straße führte wieder durch ein Waldstück. Der Wolga vor ihnen schien langsamer zu fahren.

Arkadi stellte den Motor ab und ließ den Moskwitsch auf einem Weg ausrollen. Die Fahrspuren endeten vor einem Blockhaus mit zugenagelten Fenstern. Ein ungepflegter Rasen ging in einen verwilderten Obstgarten über, dessen Bäume bis fast ans Seeufer reichten.

»Warum halten wir hier?« erkundigte Kirwill sich.

Arkadi legte einen Finger auf die Lippen und öffnete leise seine Tür. Kirwill folgte seinem Beispiel. Irgendwo in der Nähe fiel eine Autotür ins Schloß.

»Sie wissen, wer der andere ist?« fragte der Amerikaner.

»Ja, jetzt weiß ich's.«

Regennasse Erde klebte an Arkadis Schuhen, als er durch den Obstgarten bis zur Grenze des Nachbargrundstücks schlich. Er hörte Stimmen, ohne zu verstehen, was sie sagten, und erstarrte zur Bewegungslosigkeit, als sie kurz verstummten. Dann sprachen die Männer weiter. Arkadi war aus seiner geduckten Haltung zu Boden gegangen und kroch in die Deckung einer niedrigen Buschreihe.

Etwa 30 Meter vor sich sah er eine Ecke der nächsten Datscha, den schwarzen Wolga, einen Tschaika, den Pockennarbigen und Andrej Jamskoi, den Moskauer Staatsanwalt. Der Pockennarbige hielt einen hohen Karton in den Händen. Jamskoi legte ihm einen Arm um die Schultern und führte ihn zu der Stelle am Seeufer, an der er mit Arkadi die Gänse gefüttert hatte.

Arkadi hielt hinter Büschen und Weiden mit ihnen Schritt. Jamskoi verschwand auch diesmal im Schuppen und kam mit einer Axt zurück. Der Pockennarbige öffnete seinen Karton und zog Valeria Dawidowas Kopf heraus – oder vielmehr Andrejews lebensechte Rekonstruktion ihres Kopfes. Als der Staatsanwalt ihm zunickte, legte er den Kopf auf einen Hackklotz.

Jamskoi schlug zu und spaltete den Schädel in zwei Hälften. Mit der Präzision eines erfahrenen Holzhackers spaltete er die Hälften in Viertel und schließlich in Achtel, die er weiter zerkleinerte, um sie zuletzt mit der Rückseite der Axt zu pulverisieren. Der Pockennarbige wischte die Überreste in den Karton, trug sie ans Wasser und kippte sie in den See. Jamskoi hob zwei Murmeln – Valerias Glasaugen – auf, nahm die Perücke mit und füllte den leeren Karton mit Holz.

Kirwill war Arkadi lautlos gefolgt. »Kommen Sie!« forderte er ihn jetzt auf. Sein Grinsen zeigte, daß er Bescheid wußte. »Vergessen Sie nicht, daß ich Ihr Büro beobachtet habe. Ich sehe den Staatsanwalt nicht zum erstenmal. An Ihrer Stelle würde ich um mein Leben rennen.«

»Wohin soll ich rennen?«

Als sie wieder im Obstgarten standen, stieg aus dem Kamin von Jamskois Datscha Rauch auf: Der Staatsanwalt war dabei, die italienische Perücke zu verbrennen.

»Sagen Sie mir, wer Jimmy erschossen hat«, drängte Kirwill. »Sie kriegen ihn doch nie! Sie können ihm nichts nachweisen und sind selbst so gut wie erledigt. Überlassen Sie ihn mir.«

Arkadi zündete sich eine Zigarette an, während er über den Vorschlag des Amerikaners nachdachte. »Nehmen wir einmal an, der Mörder

Ihres Bruders würde in New York leben, und Sie würden ihn umbringen – würden Sie damit durchkommen?«

»Als Lieutenant kann ich mir alles leisten. Hören Sie, ich hab versucht, Ihnen zu helfen.«

»Nein«, widersprach Arkadi. »Nein, das haben Sie nicht getan.«

»Was soll das heißen? Ich hab Ihnen von seinem Bein erzählt.«

»Er hat einen schlecht verheilten Beinbruch gehabt und ist jetzt tot; darüber hinaus weiß ich nichts von ihm. Ich weiß nicht, ob er klug oder dumm, tapfer oder feige, oberflächlich oder ernsthaft gewesen ist. Warum haben Sie mir so wenig von Ihrem Bruder erzählt?«

Kirwill baute sich drohend vor ihm auf. »Geben Sie auf, Renko, Sie bestimmen nicht mehr, wohin die Reise geht. Das tun jetzt der Staatsanwalt und ich. Wie heißt der Mann?«

»Sie haben Ihren Bruder nicht gemocht?«

»Das würde ich nicht sagen.«

»Was würden Sie dann sagen?«

Der Amerikaner nahm die Hände aus den Taschen seines Regenmantels, ballte sie zu Fäusten und streckte dann langsam die Finger. Er sah zu Jamskois Datscha hinüber. Was würde er tun, wenn das Haus nicht so nahe wäre? fragte Arkadi sich.

»Ich habe Jimmy gehaßt«, gab Kirwill zu. »Überrascht Sie das?«

»Wegen eines Bruders, den ich hasse, würde ich nicht um die halbe Welt fliegen, nur weil ich vermute, er könnte tot sein. Aber mich interessiert etwas anderes: Als wir nach Fingerabdrücken suchten, hatten Sie eine Polizeikarte mit seinen Abdrücken. Haben Sie Ihren Bruder jemals verhaftet?«

Kirwill lächelte mühsam beherrscht. Er überwand sich dazu, seine Hände wieder in die Manteltasche zu stecken. »Ich warte im Auto auf Sie, Renko.«

Er verschwand unter den Bäumen, und Arkadi beglückwünschte sich dazu, diesen Verbündeten losgeworden zu sein.

Jamskoi! Jamskoi, der sich geweigert hatte, die Ermittlungen im Fall Gorki-Park jemand anders als Arkadi Renko zu übertragen. Jamskoi, der Arkadi zu Osborne geführt hatte. Pribluda hatte Pascha und Golodkin nicht beschatten lassen; seine Leute hätten nicht genug Zeit gehabt, die beiden zu erschießen und den Schrein zu stehlen. Tschutschin hatte Jamskoi gemeldet, daß Golodkin verhört wurde, und Jamskoi hatte stundenlang Zeit gehabt, dafür zu sorgen, daß der Schrein abtransportiert wurde und die Mörder zur Stelle waren. Und wer hatte Jamskoi von Valeria Dawidowas Kopf erzählt? Arkadi Renko persönlich! Irina hatte recht: Er war ein Idiot.

Die Tür der Datscha ging auf. Jamskoi und der Pockennarbige verließen das Haus. Nachdem sie sich verabschiedet hatten, stieg der KGB-Agent in den Wolga, wendete und fuhr auf die Straße hinaus. Jamskoi folgte ihm mit dem Tschaika.

Sobald die beiden Fahrzeuge verschwunden waren, machte Arkadi einen Rundgang um Jamskois Datscha. Die vier Zimmer des Sommerhauses waren mit rustikalen finnischen Möbeln eingerichtet. Beide Türen waren mit doppelten Schlössern und die Fenster durch eine Alarmanlage gesichert, die direkt zur nächsten Milizstation führte. Die hatte zudem den Auftrag, Streifenwagen auf der Uferstraße patrouillieren zu lassen.

Arkadi ging zum See hinunter. Neben dem Hackklotz lag ein Lederhandschuh; in das Holz waren Plastilinreste und mehrere Haare eingekerbt. Er kratzte die Oberfläche mit einem Holzspan auf und entdeckte winzige Goldflecken.

Golodkins Schrein war also hierher gebracht worden. Arkadi ahnte, daß er bei seinem ersten Besuch im Haus gestanden haben mußte; deshalb hatte Jamskoi den Besucher zur Gänsefütterung mitgenommen. Dann war der Schrein auf diesem Klotz zerhackt worden. Aber konnten die Stücke alle auf einmal verbrannt worden sein?

Zwischen dem aufgestapelten Holz war keine Spur eines vergoldeten Schreins zu finden. Arkadi stieß den ganzen Stapel um und entdeckte in den untersten Lagen goldfarbene Splitter, die Jamskoi übersehen hatte.

»Sehen Sie sich das an, Kirwill«, sagte Arkadi, als er hinter sich Schritte hörte. »Golodkins Schrein – oder die letzten Überreste davon.«

»Richtig!« bestätigte eine fremde Stimme.

Arkadi drehte sich langsam um und stand dem Pockennarbigen gegenüber, der mit dem Wolga weggefahren war. Er zielte mit der gleichen kurzläufigen TK wie im U-Bahntunnel auf Arkadi. »Ich hab meinen Handschuh vergessen«, fügte er erklärend hinzu.

Eine Hand umfaßte den Arm des Pockennarbigen und schüttelte ihm die Pistole aus der Faust. Eine zweite Hand packte ihn am Hals. Kirwill schleppte den Entwaffneten zum nächsten Baum, einer einzelnen Eiche am Seeufer, hielt ihn mit der linken Hand am Hals fest und schlug ihm mit der rechten ins Gesicht. Der Pockennarbige versuchte nur anfangs, sich mit Tritten zu wehren.

»Wir wollen mit ihm reden«, warnte Arkadi den Lieutenant.

Der Pockennarbige blutete aus dem Mund. Seine Augen schwollen zu. Kirwill schlug wie rasend auf ihn ein.

»Aufhören!« Arkadi versuchte, Kirwill zurückzureißen.

Kirwills Handrücken traf sein Gesicht, so daß er zu Boden ging.

»Nein!« Er umklammerte ein Bein des Amerikaners.

Kirwills Absatz traf die noch immer empfindliche Stelle auf Arkadis Brust. Arkadi krümmte sich würgend und nach Atem ringend zusammen. Kirwill hörte nicht auf, den Pockennarbigen, dessen Gesicht grauer und grauer wurde, mit Fäusten zu bearbeiten.

»Er ist tot.« Arkadi kam nach einiger Zeit mühsam auf die Beine und zog Kirwill am Arm zurück. »Jetzt ist er tot.«

Kirwill taumelte zurück. Der Pockennarbige sackte leblos zusammen fiel auf die Seite und blieb auf dem grauen Gesicht liegen. Kirwill verlor das Gleichgewicht und kroch auf Händen und Knien von dem Toten weg.

»Wir hätten ihn gebraucht«, stellte Arkadi fest. »Wir hätten ihn verhören müssen.«

Der Amerikaner versuchte, seine Hände mit Kies zu säubern. Arkadi packte ihn am Kragen und führte ihn wie ein Tier ans Wasser. Dann ging er zu der Eiche zurück, um die Taschen des Toten zu durchsuchen. Er fand eine billige Geldbörse mit wenig Geld, ein Schnappmesser und den roten Ausweis eines KGB-Offiziers. Der Ausweis war auf den Namen Iwanow ausgestellt. Er steckte den Ausweis und die Pistole ein, schleppte den Toten in den Holzschuppen und schlug die Tür zu.

Der Wind trieb sie vor sich her nach Moskau zurück.

»Zuerst wollte er Geistlicher werden«, berichtete Kirwill. »Er hätte ein Arbeiterpriester, ein gewöhnlicher kleiner Querulant werden können. Dann aber hat er sich zu Höherem berufen gefühlt: Er wollte ein Messias werden. Er war weder klug noch stark, aber er wollte ein Messias werden.«

»Wie hat er sich das vorgestellt?« fragte Arkadi.

»Rußland ist ein jungfräuliches Land für einen Messias«, antwortete Kirwill. »Jimmy wäre hier aufgefallen; hier hätte er eine Chance gehabt. Zu Hause hatte er bereits versagt, deshalb wollte er hier ganz groß rauskommen. Er hat mir aus Paris geschrieben, wir würden uns auf dem Kennedy Airport wiedersehen. Er wollte eine Tat im Sinne von Sankt Christophorus vollbringen. Wissen Sie, was das bedeutet?«

Arkadi schüttelte den Kopf.

»Es bedeutet, daß er jemanden aus der Sowjetunion schmuggeln und anschließend eine Pressekonferenz auf dem Kennedy Airport geben wollte. Er wollte ein Erlöser sein, Renko – oder zumindest eine religiöse Berühmtheit. Ich weiß, wie er hier reingekommen ist. Er hat mir erzählt, wie leicht es sei, einen polnischen oder tschechischen Studenten zu finden, der ihm ähnlich sah. Sie würden die Pässe tauschen, und Jimmy könnte unter dem Namen des anderen hierher zurückkommen. Er sprach genügend Polnisch und Tschechisch; das war kein Problem für ihn. Schwierig war nur, hier nicht geschnappt zu werden und wieder rauszukommen.«

»Er hatte zu Hause versagt? In welcher Beziehung?«

»Er ließ sich mit militanten jungen Juden ein, die in New York Russen belästigen. Anfangs haben sie sich mit Protestmärschen und Farbbeuteln gegen Autos begnügt. Dann schickten sie Briefbomben. Zum Schluß legten sie Bomben in Aeroflot-Maschinen und schossen durch die Fenster der sowjetischen UNO-Botschaft. Bei der New Yorker Polizei gibt's das sogenannte Rote Kommando, das Radikale überwacht – in diesem Fall die Juden. Wir haben ihnen sogar die nächste Ladung Zündkapseln verkauft. In der Zwischenzeit war Jimmy in Georgia, um Gewehre und Munition für sie zu organisieren.«

»Was war mit den Zündkapseln nicht in Ordnung?« erkundigte Arkadi sich.

»Sie waren defekt. Ich habe Jimmy das Leben gerettet. Er sollte beim Bombenbasteln mithelfen. Ich bin morgens zu ihm gegangen und hab ihn aufgefordert, nicht hinzugehen. Als er nicht hören wollte, hab ich ihn aufs Bett geworfen und ihm dabei ein Bein gebrochen. Deshalb mußte er dableiben. Die Juden haben die defekten Zündkapseln verwendet und sind mit ihren Bomben hochgegangen. Das heißt, daß ich Jimmy das Leben gerettet habe.«

»Haben die anderen Juden Ihren Bruder dann nicht für einen Polizeispitzel gehalten?«

»Natürlich! Darum habe ich ihn weggeschickt.«

»Er hat keine Gelegenheit gehabt, seinen Freunden gegenüber seine Unschuld zu beteuern?«

»Ich hab ihm gesagt, daß ich ihm den Hals brechen würde, wenn er zurückkäme.«

Im ethnologischen Institut ging Arkadi allein zu Andrejew hinauf, um ihm zu berichten, was mit dem rekonstruierten Kopf passiert war. Von Andrejews Atelier aus versuchte er vergeblich, Mischa zu Hause oder im Büro zu erreichen. Dann rief er Schwan an, der ihm mitteilte, er habe das Haus gefunden, in dem Kostja Borodin, Valeria Dawidowa und James Kirwill sich aufgehalten hatten. Die Frau, die Schwan zu dem Haus geführt hatte, hatte ihnen jeden Tag frisches Geflügel und frische Fische verkauft.

Arkadi nahm Kirwill mit, um ihm das Versteck zu zeigen: ein Blockhaus zwischen den Fabriken des Stadtteils Ljublino und dem Südostteil des Autobahnrings. Es kam Arkadi so vertraut vor, als betrete er ein selbsterfundenes Phantasiegebilde. Kirwill besichtigte es schweigend, wie in Trance.

Die beiden Männer setzten sich in eine Arbeiterkneipe. Kirwill bestellte eine Flasche Wodka und erzählte weiter von seinem Bruder – aber in verändertem Tonfall, als spräche er von einem ganz anderen Menschen. Dutzende von Episoden, von denen Arkadi manche verstand und manche nicht. Aber er begriff, welche Haßliebe den Amerikaner dazu gebracht hatte, auf der Suche nach seinem Bruder nach Moskau zu kommen.

»Ich kann dir genau sagen, ab wann ich gewußt habe, daß du in Ordnung bist«, vertraute Kirwill ihm an. »Als du in meinem Hotelzimmer auf mich geschossen hast. Du hast danebengezielt – aber nur ganz knapp. Du hättest mich treffen können. Das wäre dir egal gewesen – und mir auch. Wir sind uns verdammt ähnlich.«

»Jetzt würde es mir was ausmachen«, stellte Arkadi fest.

Gegen Mitternacht setzte er Kirwill in der Nähe des Hotels *Metropol* ab. Der große Mann ging leicht schwankend davon. Arkadi fuhr zu Irina zurück.

16

Um vier Uhr morgens rief Arkadi in Ust-Kut an. »Jakutski«, meldete sich eine vertraute Stimme.

»Hier ist Chefinspektor Renko in Moskau.«

»Oh? Diesmal haben Sie endlich eine günstige Zeit erwischt«, antwortete der Sibirier.

Vor Arkadis Schlafzimmerfenster war es noch dunkel. »Was fressen Zobel?« erkundigte er sich.

»Was? Deshalb rufen Sie jetzt eigens an? Haben Sie Ihr Lexikon verliehen?«

»An Borodins Kleidung haben wir Hühner- und Fischblut entdeckt. Er hat jeden Tag Geflügel und Fisch gekauft.«

»Zobel und Nerze fressen Geflügel und Fisch. Aber Menschen auch!«

»Nicht jeden Tag«, wandte Arkadi ein. »Sind in Ihrem Gebiet Zobel-diebstähle gemeldet worden?«

»Nein, kein einziger.«

»Keine außergewöhnlichen Vorfälle in den Pelzkollektiven?«

»Nichts Ungewöhnliches. Im November sind bei einem Brand in ei-nem Kollektiv in Bargusin fünf oder sechs Zobel umgekommen. Aber dieser Verlust war nachprüfbar.«

»Wie stark waren die Tiere verbrannt?«

»Völlig verkohlt. Ein ziemlicher Verlust, denn die dortigen Zobel sind die wertvollsten. Fahrlässigkeit ließ sich keine nachweisen.«

»Sind die verendeten Tiere untersucht worden, um festzustellen, ob sie tatsächlich Bargusin-Zobel waren, ob sie wirklich bei dem Feuer verbrannten und genau zu welchem Zeitpunkt?«

»Chefinspektor, ich versichere Ihnen, daß darauf nur jemand in Mos-kau gekommen wäre!«

Arkadi legte auf, zog sich leise an und verließ seine Wohnung. Von einer Telefonzelle auf dem Taganskaja-Platz aus versuchte er vergeb-lich, Mischa anzurufen.

Er erreichte Schwan und Andrejew, ging dann nach Hause zurück und blieb an eine Wand im Schlafzimmer gelehnt stehen, um Irina zu be-obachten.

Konnte er zum Generalstaatsanwalt gehen und erklären, der Mos-kauer Staatsanwalt sei ein Mörder? Zwei Tage vor dem Maifeiertag? Ohne handfeste Beweise? Sie würden ihn für betrunken oder verrückt halten und Jamskoi übergeben. Konnte er statt dessen zum KGB ge-hen? Osborne war ein KGB-Spitzel. Und er selbst war am Tod eines KGB-Agenten mitschuldig, weil er Kirwill nicht mit der Pistole in der Hand entgegengetreten war.

Bei Tagesanbruch waren Irinas Züge langsam deutlicher zu erkennen. Arkadi starrte sie an, als könne er ihr Bild seiner Netzhaut einprägen. Die Welt trachtete ihr nach dem Leben. Er konnte sie retten. Er würde sie verlieren, aber er würde ihr das Leben retten.

Als sie aufwachte, hatte er Kaffee gekocht und ihr Kleid am Fußende des Betts bereitgelegt.

»Was soll das?« fragte sie. »Ich dachte, du hättest mich gern hier?«

»Erzähl mir von Osborne.«

»Das haben wir doch schon alles durchgekaut, Arkascha.« Irina setzte sich nackt im Bett auf. »Nehmen wir einmal an, ich würde alles glau-ben, was du von Osborne behauptest – was wär dann, wenn ich mich getäuscht hätte? Falls Valeria irgendwo in Sicherheit ist, würde ich den Mann verraten, der ihr geholfen hat. Wenn sie aber tot ist, ist sie tot. Dann kann niemand etwas daran ändern.«

»Komm!« Arkadi warf ihr das Kleid hin. »Du redest zu leichtfertig vom Sterben. Ich will dir die Toten vorführen.«

Auf der Fahrt ins Labor sah Irina immer wieder zu Arkadi hinüber. Er fühlte, daß sie nach einer Erklärung für diese plötzliche Rückverwandlung in einen Chefinspektor suchte. Im Labor holte er einen versiegelten schwarzen Plastiksack ab und ließ sich von Oberst Ljudin einen leeren zweiten mitgeben.

Als sie weiterfuhren, zeigte Irina ihre Verärgerung über Arkadis kurzangebundene Art, indem sie anstrengt aus ihrem Seitenfenster starrte. Ein eigenartig süßlicher Geruch breitete sich im Wagen aus. Irina sah sich nach dem Plastiksack auf dem Rücksitz um. Noch bevor sie die Moskwa erreichten, kurbelte sie ihr Fenster halb herunter.

Im ethnologischen Institut führte Arkadi Irina in Andrejews Atelier hinauf. Erleichtert darüber, nicht mehr im Auto sitzen zu müssen, gab sie vor, sich für Andrejews Kuriositätenkabinett zu interessieren, während Arkadi den Anthropologen suchte. Aber Andrejew war wie erwartet nirgends zu sehen.

»Wolltest du mir die zeigen?« Irina deutete auf einen Glasschrank mit Neandertalern.

»Nein. Ich habe gehofft, wir würden Professor Andrejew antreffen. Leider scheint er nicht da zu sein. Ein faszinierender Mann, von dem du bestimmt schon gehört hast.«

»Nein.«

»Alle Jurastudenten hören eine Vorlesung über seine Arbeit«, sagte Arkadi. »Daran solltest du dich erinnern.«

Irina zuckte mit den Schultern. Sie trat an Andrejews Tisch mit der Töpferscheibe. Auf einem Drahtgestell stand ein Schädel, an dem der Anthropologe gerade arbeitete.

»Aha!« Ihre Hand berührte die kahle Schädeldecke. »Er rekonstruiert sie...« Irina riß die Hand zurück, als habe sie sich verbrannt.

»Wir können weiterfahren«, sagte Arkadi. »Andrejew hat uns was hingestellt.«

Er hielt eine altmodische rosa Hutschachtel hoch, die mit einer kräftigen Schnur zusammengebunden war.

»Ja, ich habe von Andrejew gehört.« Irina wischte sich die Finger an ihrem Kleid ab.

Als Arkadi auf sie zukam, baumelte die Hutschachtel kopflastig an seinem Zeigefinger.

Jeder Jurastudent kannte Andrejews Rekonstruktionen von Köpfen Ermordeter. Auf der Fahrt den Gorki-Park entlang wagte die ehemalige Studentin Irina Asanowa kaum, die süßliche Luft in Arkadis Wagen einzuatmen. Der Tod drang aus dem versiegelten Plastiksack und schüttelte in der Hutschachtel auf dem Rücksitz.

»Wohin fahren wir, Arkascha?« fragte Irina.

»Du wirst schon sehen.« Arkadi drückte sich so kurz angebunden wie möglich aus, als sitze ein Häftling neben ihm. Keine Erklärung, kein Mitleid, keine tröstende Hand, kein Mitgefühl. Man wird nicht Chefinspektor, ohne zu gewisser Grausamkeit imstande zu sein, sagte er sich.

Sie fuhren durch Ljublino nach Südosten, weiterhin schweigend, an großen und kleinen Fabriken vorbei, durch Arbeitersiedlungen, über die Endstation einer Buslinie hinaus, noch immer innerhalb der erweiterten Stadtgrenzen, aber in einer gänzlich anderen Welt aus kleinen Häusern und Hütten mit windschiefen Staketenzäunen und Hühnern, Gänsen und Ziegen, langsam durch tiefe Fahrspuren zu einem alleinstehenden Holzhaus mit abgeknickten Sonnenblumenstengeln im Vorgarten, zwei fast blinden Fenstern mit schmutzigen Gardinen, einem geschnitzten Giebel, von dem Farbe abblätterte, einem Außenabort und einem Wellblechschuppen.

Arkadi ließ Irina aussteigen und nahm die beiden Säcke und die Hutschachtel vom Rücksitz mit. An der Haustür zog er drei Schlüsselringe aus dem bisher versiegelten Sack: die Schlüsselringe aus dem aus dem Fluß gefischten Lederbeutel. An jedem Ring hing der gleiche Hausschlüssel.

»Eigentlich logisch, nicht wahr?« fragte er Irina.

Der Schlüssel paßte. Arkadi stieß die klemmende Tür mit dem Ellbogen auf. Aus dem Hausinneren kam ihnen ein Schwall modriger, feuchter Luft entgegen. Bevor er über die Schwelle trat, zog er Gummihandschuhe an und betätigte erst dann den Lichtschalter. Über dem runden Tisch in der Mitte des einzelnen Raumes brannte eine nackte Glühbirne. Das Haus roch ungelüftet und war eiskalt, als habe es die Winterkälte gespeichert. Irina stand zitternd in der Nähe der Tür, die Arkadi jetzt hinter sich schloß.

Die vier Fenster des einzigen Raumes waren von innen verriegelt und von außen durch Fensterläden gesichert. In zwei Schlafkojen lagen Roßhaardecken. Um den Tisch herum standen drei verschiedene Stühle. Der Kohleherd war längst erkaltet; im offenen Kühlschrank verschimmelten Vorräte. Auf einem Wandregal standen zahlreiche Farbdosen, ein großes Glas mit verschiedenen Pinseln, eine Lacksprühdose, ein Ledertampon und mehrere Tüten. Arkadi öffnete einen Kleiderschrank, in dem zwei Herrenanzüge – einer mittelgroß, der andere groß – und drei billige Kleider Größe 36 hingen. Darunter lagen durcheinandergeworfene Herren- und Damenschuhe.

»Ja, ich weiß.« Arkadi erriet, was Irina dachte. »Wie in einem Grab, nicht wahr? So ist das immer.«

An einer Wand standen drei altmodische Seekisten. Arkadi schloß sie mit verschiedenen Schlüsseln von den Schlüsselringen auf. Die erste enthielt Unterwäsche, Socken, Bibeln und religiöse Schriften; in der zweiten fand er Unterwäsche, ein kleines Glas Goldstaub, Kondome, einen alten Nagant-Revolver und Patronen; in der dritten lagen Damenunterwäsche, Modeschmuck, ein ausländisches Parfüm, ein Maniküre-Set, Haarklammern, eine abgestoßene Porzellanpuppe und mehrere Fotos, die Valeria Dawidowa mit Kostja Borodin beziehungsweise mit einem vollbärtigen älteren Mann zeigten.

»Ihr Vater, stimmt's?« Er hielt Irina das Foto hin. Als sie sich nicht dazu äußerte, klappte er die Deckel zu. »Kostja muß die Nachbarn ganz schön eingeschüchtert haben. Wenn man sich vorstellt, daß sie sich noch nicht getraut haben, hier einzubrechen... Muß ich wirklich weitermachen, Irina? Willst du mir nicht sagen, was sie hier für Osborne gemacht haben?«

»Das weißt du bereits«, flüsterte sie.

»Es sind nur Vermutungen. Ich brauche eine Zeugenaussage. Irgend jemand muß es mir erzählen.«

»Das kann ich nicht!«

»Aber du wirst es doch.« Arkadi stellte die Hutschachtel und die beiden Plastiksäcke auf den Tisch. »Wir können uns gegenseitig helfen. Ich will wissen, was Valeria und Borodin hier für Osborne gemacht haben, und du willst wissen, wo Valeria jetzt ist. Bald werden alle Fragen beantwortet sein.«

Er rückte einen der drei Stühle vom Tisch weg. Im gelblichen Licht der nackten Glühbirne wirkte Irina blaß und hohlwangig. Arkadi sah sich mit ihren Augen: ein hagerer Mann mit wirrem schwarzen Haar und fiebrig scharfen Zügen, der sich über eine rosa Schachtel beugte. Ein wahrer Don Quichote! Aber er konnte Irina vor Jamskoi und Osborne retten – und sogar vor ihr selbst, wenn seine Nerven ihn nicht im Stich ließen.

»So!« Arkadi klatschte in die Hände. »Wir befinden uns in der Abenddämmerung im Gorki-Park. Es schneit. Die hübsche Pelzsortiererin Valeria, der sibirische Bandit Kostja und der junge Amerikaner Kirwill sind mit dem Pelzhändler Osborne beim Schlittschuhlaufen, als sie eine Pause machen, um auf einer Lichtung einen kleinen Imbiß zu sich zu nehmen. Hier stehen sie also. Kostja...« Er zeigte auf den ersten Stuhl. »Kirwill...« Das war der zweite Stuhl. »Valeria...« Er berührte die Hutschachtel. »Du stehst hier, Irina.« Er schob sie näher an den Tisch heran. »Du bist Osborne.«

»Nein, bitte nicht«, bat Irina.

»Nur zur Verdeutlichung«, sagte Arkadi. »Den Schnee und den Wodka mußt du dir allerdings dazudenken. Kannst du dir die unbekümmerte Fröhlichkeit vorstellen? Drei dieser Menschen glauben, daß für sie ein neues Leben beginnen soll – Freiheit für zwei von ihnen, Berühmtheit für den dritten. Hast du – oder vielmehr Osborne – ihnen bei dieser Gelegenheit erklärt, wie sich ihre Flucht abspielen sollte? Höchstwahrscheinlich, denn nur du weißt, daß sie schon sehr bald tot sein werden.«

»Ich...«

»Ikonen und Schreine bedeuten dir nichts; die hätten dir andere beschaffen können – zum Beispiel Golodkin. Hätten diese drei nur ein paar Ikonen für dich gefälscht, hättest du sie am Leben lassen können. Was wäre dabei rausgekommen, wenn sie versucht hätten, dich anzuzeigen? Deine Freunde beim KGB hätten sie ausgelacht und fortgeschickt! Aber was sie *wirklich* für dich getan haben, dürfen diese drei niemals verraten – weder in Moskau noch anderswo.«

»Das darfst du mir nicht antun«, protestierte Irina.

»Es schneit«, fuhr Arkadi fort. »Ihre Gesichter sind vom Wodka leicht gerötet. Sie haben Vertrauen zu dir; schließlich hast du bereits den jungen Amerikaner ins Land gebracht, nicht wahr? Bis die erste Flasche Wodka geleert ist, lieben sie dich. Du bist ihr Retter aus dem Westen. Ihr trinkt euch lächelnd zu. Ah, wir brauchen noch eine Flasche! Mr. Osborne, Sie sind ein großzügiger Mann, Sie haben einen ganzen Beutel voller Flaschen und Leckerbissen mitgebracht... Du hebst ihn hoch, als müßtest du etwas suchen – und holst die nächste Flasche heraus. Nachdem du vorgegeben hast, einen kräftigen Schluck zu trinken, leert Kostja wie erwartet ein Viertel der Flasche mit einem Zug. Valeria ist schon ein bißchen angeheitert; sie denkt daran, wo sie in ungefähr einer Woche sein, was für Kleider sie tragen und wie herrlich warm es sein wird. Auch Kirwill steht schon ein bißchen wacklig auf den Beinen; er denkt ebenfalls an Amerika und seinen bevorstehenden Triumph. Kein Wunder, daß der Wodka so schnell zu Ende geht.

Noch eine Flasche? Warum nicht? Es schneit dichter, die Musik ist lauter geworden. Du hebst den Lederbeutel, kramst darin herum, schiebst die Flasche beiseite und bekommst den Griff deiner Pistole zu fassen. Du entsicherst die Waffe. Kostja ist am durstigsten, deshalb wendest du dich zuerst an ihn.«

Arkadi warf den Stuhl mit einem Tritt um.

Irina fuhr zusammen.

»Ausgezeichnet!« sagte Arkadi. »Eine Pistole ist nicht so laut wie ein Revolver, und der Schußknall wird durch den Lederbeutel, den Schnee und die Lautsprechermusik gedämpft. Kostja verblutet wahrscheinlich nicht gleich. Valeria und der Amerikaner begreifen gar nicht, warum er zusammengesackt ist. Ihr seid doch alle Freunde! Du bist gekommen, um sie zu retten, nicht wahr? Du drehst dich nach Kirwill um und hältst ihm den Lederbeutel vor die Brust.«

Irina lief eine Träne über das Mal auf ihrer Wange.

Er warf den zweiten Stuhl um. »Da liegt Kirwill. Nur Valeria ist noch übrig. Sie starrt ihren toten Kostja und den toten Amerikaner an, aber sie versucht nicht einmal, wegzulaufen oder um Hilfe zu rufen. Das hat einen einleuchtenden Grund: Ohne Kostja ist sie so gut wie tot, und du erlöst sie praktisch nur von ihrem Elend. Du tust ihr damit sogar einen Gefallen!«

Arkadi riß den Plastiksack auf und zog ein billiges dunkles Kleid mit Blut- und Schmutzflecken und einem Loch über der linken Brust heraus. »Valeria wartet unbeweglich; sie begrüßt die Kugel, die sie als Erlösung empfindet. Schade um ein so hübsches Mädchen, denkst du noch...« Er ließ das Kleid auf den Tisch fallen. »Jetzt sind sie alle drei tot. Niemand kommt, die Musik spielt weiter, der Schnee wird die Leichen bald bedeckt haben.«

Irina zitterte am ganzen Leib.

»Sie sind tot«, wiederholte Arkadi, »aber deine Arbeit ist noch nicht beendet. Du sammelst die Erfrischungen, alle Flaschen und die Ausweise der Toten ein. Dann riskierst du zwei zweitere Schüsse, weil der Amerikaner wegen einer früheren Zahnbehandlung identifiziert werden könnte. Kostja bekommt den gleichen Schuß ab, damit die dumme Miliz an Gnadenschüsse denkt. Trotzdem könnten sie noch aufgrund ihrer Fingerabdrücke identifiziert werden. Ganz einfach! Du hast eine Geflügelschere oder dergleichen mitgebracht. Schnipp, schnipp, schon sind die Fingerspitzen weg. Aber was ist mit den Gesichtern? Als Kürschner weißt du auch darauf die richtige Antwort: Du ziehst ihnen die Gesichter ab. Was dich verraten könnte, verschwindet in dem Lederbeutel. Genug! Du fährst in dein Hotel und fliegst dann in jene andere Welt zurück, aus der du gekommen bist. Alles scheint in bester Ordnung zu sein.«

Arkadi drapierte das Kleid schräg über den Tisch und faltete einen langen Ärmel über den anderen. »Du kennst nur einen Menschen, der dich mit den drei Ermordeten im Gorki-Park in Verbindung bringen könnte. Aber sie verrät dich auf keinen Fall, weil sie Valerias beste Freundin ist und sich wünscht, Valeria wäre in New York oder Rom oder Kalifornien. Diese Vorstellung ist ihr ganzer Lebensinhalt. Nur der Glaube daran, daß Valeria irgendwo in Freiheit lebt, gibt ihr die Kraft, den Alltag durchzustehen. Sie würde dich nicht einmal verraten, wenn du versuchen würdest, auch sie zum Schweigen zu bringen. Du kennst eben deine Russen.«

Irina schwankte sichtbar. Er fürchtete, sie werde zusammenbrechen.

»Die entscheidende Frage lautet also: ›Wo ist Valeria?‹« fuhr Arkadi fort.

»Wie kannst du mir das antun?« flüsterte Irina.

Arkadi nahm den Deckel der Hutschachtel ab. »Du wolltest wissen, wo Valeria ist, nicht wahr?«

»Ich kenne dich, Arkascha«, sagte Irina. »Das tust du mir nicht an.«

»Hier ist Valeria.«

Arkadi begann den Kopf aus der Hutschachtel zu heben. Er packte ihn an den dunklen Haaren und zog ihn langsam hoch, bis die Stirn über dem Rand der Schachtel sichtbar wurde.

»Arkascha!« Sie schloß die Augen und schlug die Hände vors Gesicht.

»Sieh sie dir an!«

»Arkascha!« Sie nahm die Hände nicht vom Gesicht. »Ja, ja, Valeria hat hier gelebt.«

»Welche Valeria?«

»Valeria Dawidowa.«

»Mit wem hat sie hier gelebt?«

»Mit Kostja Borodin und dem jungen Kirwill.«

»Einem Amerikaner namens James Kirwill?«

»Ja.«

»Du hast sie hier gesehen?«

»Kirwill hat sich hier die ganze Zeit versteckt gehalten. Valeria ist hier gewesen, sonst wäre ich nicht hergekommen.«

»Du hast dich mit Kostja nicht verstanden?«

»Nein.«

»Was haben sie hier gemacht?«

»Sie haben einen Schrank gebaut – einen Schrein –, aber das weißt du ja.«

»Für wen?« Arkadi hielt den Atem an, als sie zögerte.

»Osborne«, sagte Irina.

»Für welchen Osborne?«

»John Osborne.«

»Für einen amerikanischen Pelzhändler namens John Osborne?«

»Ja.«

»Und das haben sie dir *gesagt*?«

»Ja.«

»Ist das alles gewesen, was sie für Osborne getan haben?«

»Nein.«

»Bist du jemals in dem Schuppen hinter dem Haus gewesen?«

»Ja, einmal.«

»Hast du gesehen, was sie Osborne aus Sibirien mitgebracht haben?«

»Ja.«

»Bitte noch mal. Du hast gesehen, was sie Osborne aus Sibirien mitgebracht haben?«

»Ich hasse dich!« schluchzte Irina. Arkadi schaltete den Kassettenrecorder in der Hutschachtel aus und ließ den Kopf in die Schachtel zurückfallen. Irinas Hände sanken herab. »Jetzt hasse ich dich wirklich.«

Arkadi rief Schwan herein, der draußen gewartet hatte, und wandte sich wieder an Irina. »Dieser Mann fährt dich in die Stadt zurück. Am besten bleibst du bei ihm. Komm nicht wieder in meine Wohnung; dort bist du nicht sicher. Am besten fahrt ihr gleich zurück.«

Er hoffte, daß sie verstehen und darauf beharren würde, bei ihm zu bleiben. Dann hätte er sie mitgenommen.

Sie blieb noch einmal an der Tür stehen. »Ich kenne die Geschichten, die über deinen Vater erzählt werden«, sagte sie. »Er gilt als Ungeheuer, weil er Feinden die Ohren abgeschnitten haben soll. Aber niemand kann ihm nachsagen, er habe jemals einen ganzen Kopf herumgezeigt. Im Vergleich zu dir ist er ein Waisenknabe!«

Irina verließ das Haus. Arkadi sah ihr nach, als sie in Schwans uralten Sis stieg, der mit ihr über den ausgefahrenen Weg davonholperte.

Arkadi ging zu dem Wellblechschuppen hinter dem Haus und schloß die Tür mit einem der Schlüssel der Ermordeten auf. Entlang der Längsachse des fensterlosen Schuppens hing eine Lichtschiene mit aufgesteckten Scheinwerfern, die den Raum in taghelles Licht tauchten. Eine Schaltuhr steuerte den Mechanismus, der die Lichtschiene in zwölf Stunden um fast 180 Grad drehte und so den Tagesverlauf imitierte. Auf beiden Seiten der Schiene hingen je zwei Ultraviolettstrahler.

Der nutzbare Raum rechts und links des Mittelganges wurde von zwei langgestreckten Maschendrahtkäfigen eingenommen, die durch hölzerne Trennwände in je drei Einzelkäfige mit jeweils einer Schlafkiste unterteilt waren. Die Käfige waren auch oben mit Maschendraht überspannt, und das kräftige Drahtgewebe war unten in einen Betonsockel eingelassen, so daß nicht einmal das schlankste und geschmeidigste Tier entkommen konnte.

An der Rückwand stand quer zu den Käfigen ein Arbeitstisch, auf dessen Platte Arkadi Blut, Federn und Fischschuppen entdeckte. Unter dem Tisch fand er ein Gebetbuch. Er stellte sich vor, wie James Kirwill und Kostja Borodin, dieses ungleiche Paar, hier ihr Geheimnis bewacht und gefüttert hatten. Kirwill hatte um göttliche Eingebung gebeten, während Kostja Neugierige verjagt hatte.

Er betrat einen der Käfige und sammelte einige der schwarzen Haare ein, die am Maschendraht hingen. Im Haus füllte Arkadi den mitgebrachten zweiten Plastiksack mit Gegenständen aus den Seekisten. Zuletzt verschnürte er die Hutschachtel, die lediglich ein Modell enthielt, das Andrejew für Lehrzwecke angefertigt hatte.

Andrejews Rekonstruktion von Valerias Kopf bestand jetzt nur noch aus fleischfarbenem Staub und dem Geruch von verbranntem Haar in Jamskois Kamin. In gewisser Beziehung hatte die Vernichtung von Andrejews Meisterwerk sich befreiend auf Arkadi ausgewirkt, denn er war erst dadurch auf die Idee gekommen, das Lehrmodell zu verwenden. Nie hätte er es über sich gebracht, Irina den rekonstruierten Kopf Valerias zu zeigen – und er hatte genau gewußt, daß sie es nie über sich bringen würde, den Kopf auch nur flüchtig zu betrachten. In seiner Verzweiflung war ihm die brillante Idee gekommen, Irina zu täuschen. Damit hatte er sie gerettet – und verloren.

Als Arkadi die Halle des Hotels *Ukraina* betrat, sah er Hans Hofmann aus dem Aufzug kommen, setzte sich in den nächsten Sessel und griff nach einer liegengebliebenen Zeitung. Er hatte Osbornes Komplizen noch nie leibhaftig gesehen. Der Deutsche hatte ein hageres, schmallippiges Gesicht und trug sein blondes Haar sehr kurz. Arkadi erkannte in ihm einen Schläger und Ganoven, der jedoch nicht so gefährlich wie Osborne oder Jamskoi war.

Als Hofmann an ihm vorbei war, legte Arkadi die Zeitung weg und betrat den Aufzug.

Er hatte damit gerechnet, das Büro leer vorzufinden. Deshalb war er überrascht, als Fet hinter einem der Schreibtische saß und mit seiner Pistole auf ihn zielte.

»Fet!« sagte Arkadi lachend. »Tut mir leid, aber ich hatte Sie völlig vergessen!«

»Ich dachte, er käme zurück«, murmelte der junge Kriminalbeamte. Er war blaß vor Angst, und seine Hände zitterten, als er die Pistole weglegte. »Er hat hier auf Sie gewartet. Dann ist er angerufen worden und hastig verschwunden. Er hat mir meine Pistole zurückgegeben. Diesmal hätte ich sie benützt!«

Zwischen umgeworfenen Stühlen und herausgerissenen Schubladen lagen Tonbänder und Protokolle verstreut. Arkadi hatte immer vermutet, daß in diesem Büro, das sie Jamskoi verdankten, Mikrofone eingebaut waren. Hörte jetzt jemand zu? Es spielte keine Rolle, er würde sowieso nicht lange bleiben. Arkadi überzeugte sich rasch davon, daß alle Tonbänder und Aufzeichnungen über Osborne und Hofmann verschwunden waren – bis auf das Tonband vom 2. Februar, das er rechtzeitig in Sicherheit gebracht hatte.

»Er ist hier reingestürmt und hat mich überfallen!« berichtete Fet empört. »Er hat mich nicht weggelassen, weil er gedacht hat, ich würde Sie warnen.«

»Das hätten Sie natürlich nicht getan!«

Arkadi fand ein aufgerissenes Paket aus dem Handelsministerium. Jewgeni Mendel hatte ihm eine Fotokopie der Verleihungsurkunde des Leninordens seines Vaters und einen langen Untersuchungsbericht vom 4. Juni 1943 geschickt. Kein Wunder, daß Hofmann die Sendung nur aufgerissen und dann sofort beiseitegeworfen hatte! Arkadi wollte seinem Beispiel folgen, als ihm auf der letzten Seite trotz der schlechten Qualität der Kopie die markante Unterschrift des Vorsitzenden der Untersuchungskommission auffiel: Leutnant A. O. Jamskoi. Der junge Offizier Andrej Jamskoi – er konnte damals noch keine zwanzig Jahre alt gewesen sein – hatte den jungen amerikanischen Diplomaten John Osborne schon vor über dreißig Jahren gekannt und gedeckt.

»Sie wissen wohl noch nichts?« erkundigte Fet sich zögernd.

»Wovon?«

»Die Staatsanwaltschaft läßt seit einer Stunde in ganz Moskau nach Ihnen fahnden.«

»Und weswegen?«

»Wegen Mordes. In einem Museum am Rand von Serafimow ist ein Rechtsanwalt namens Mikojan ermordet aufgefunden worden. Ihre Fingerabdrücke haben sich an Zigarettenstummeln am Tatort gefunden.« Fet griff nach dem Telefonhörer und begann zu wählen. »Wollen Sie vielleicht mit Major Pribluda sprechen?«

»Noch nicht.« Arkadi nahm ihm den Hörer aus der Hand und legte wieder auf. »Im Augenblick sind Sie der vergessene Mann. Es kommt oft vor, daß der vergessene Mann der Held wird. Jedenfalls bleibt der vergessene Mann am Leben und kann seine Geschichte erzählen.« »Was soll das heißen?«
»Ich brauche einen Vorsprung.«

Vom Sawjolower Bahnhof aus verkehrten normalerweise Vorortszüge, die ein Heer von Pendlern in die Stadt und wieder hinaus in ihre Schlafstädte brachten. Diesmal stand auf einem der Gleise ein Sonderzug bereit, um dessen Fahrgäste die Pendler einen weiten Bogen machten. Der Zug brachte Arbeiter, die sich für drei Jahre verpflichtet hatten, zu den Bergwerken im Norden, die teilweise bereits jenseits des Polarkreises lagen. Sobald sie dort eintrafen, mußten sie ihre Inlandspässe abgeben, damit niemand sich die Sache anders überlegen konnte. Sie würden für drei Jahre verschwinden, was vielen von ihnen nur recht war.
Arkadi mischte sich unter die Arbeiter. Er schlurfte in ihren Reihen mit, hielt den Plastiksack mit dem Beweismaterial in der linken Hand und umklammerte mit der rechten seine Pistole in der Tasche. Im Zug ließ er sich in ein Abteil drängen, in dem es bereits nach Schweiß und Zwiebeln roch. Ein Dutzend Augenpaare musterten ihn prüfend. Arkadi sah sich um. Es war von Ganoven umgeben, nach denen in der Stadt, aber noch nicht im ganzen Land gefahndet wurde: kleine Fische, die sich einbildeten, durch die Maschen des großen sozialistischen Netzes zu schlüpfen – und die nun in den sozialistischen Bergwerken verschwinden würden.
Auf dem Bahnsteig liefen aufgeregte Schaffner hin und her, um diesen Sonderzug endlich in Fahrt und aus dem Bahnhof zu bringen. Bei Großfahndungen wurden die Ausfallstraßen gesperrt und Flugzeuge und gewöhnliche Züge kontrolliert, aber dies war ein ganzer Zug mit Männern, die sich aus irgendwelchen Gründen auf der Flucht vor der Miliz befanden. Wenn Arkadi sich weit vorbeugte, konnte er beobachten, wie Chefinspektor Tschutschin mit dem Fahrdienstleiter diskutierte. Er zeigte ihm ein Foto, und als der Uniformierte den Kopf schüttelte, gab Tschutschin den im Hintergrund bereitstehenden Milizionären ein Zeichen, den Zug zu durchsuchen.
Aber die zahlenmäßig hoffnungslos unterlegenen Milizionäre hatten keine Chance, ihren Auftrag durchzuführen. Sie wurden schon im ersten Wagen ausgelacht, als sie die Ausweise verlangten, und mußten mit roten Köpfen abziehen. Der Fahrdienstleiter sah mehrmals auf

seine Uhr, schob Tschutschin beiseite und gab das Abfahrtssignal. Der Zug setzte sich ruckend in Bewegung. Tschutschin und der Fahrdienstleiter glitten an Arkadi vorbei. Statt eiserner Bahnsteigdächer wurden Schlote und mit Stacheldrähten gesicherte Fabrikzäune sichtbar, charakteristisch für den Norden Moskaus. Die Stadt blieb hinter ihnen zurück. Arkadi holte tief Luft.

Der Sonderzug bestand aus den ältesten und schmutzigsten Wagen, die das Verkehrsministerium hatte auftreiben können. Die Abteile waren schon so oft mutwillig beschädigt worden, daß es nichts mehr zu beschmieren oder zu stehlen gab. Der Zugschaffner hatte sich in sein Dienstabteil im letzten Wagen eingesperrt und würde bis zur Ankunft unsichtbar bleiben. Der vom Leningrader Bahnhof abfahrende Rote Pfeil benötigte für die Strecke nach Leningrad einen halben Tag; der Sonderzug mit »rehabilitierten Arbeitern« im uralten Wagen würde 20 Stunden unterwegs sein. In Arkadis Abteil wurde geraucht und getrunken. Auch Arkadi bekam einen Schluck Wodka angeboten und revanchierte sich dafür mit einer Zigarette.

Der Mann mit der Flasche war ein Georgier wie Stalin: vierschrötig und dunkel, mit buschigen Augenbrauen, Schnurrbart und schwarzen Augen.

»Manchmal fahren in solchen Zügen Spitzel mit«, erklärte er Arkadi. »Manchmal versuchen sie, dich einzufangen und zurückzubringen. Solche Spitzel fassen wir und schneiden ihnen die Kehle durch.«

»In diesem Zug gibt's keine Polizeispitzel«, widersprach Arkadi. »Uns will keiner wiederhaben. Wir fahren genau dorthin, wohin sie uns haben wollen.«

Die Augen des Georgiers glitzerten. »Scheiße noch mal, da hast du recht!«

Gleichförmig ratterten die Räder durch Nachmittag und Abend. Iksa, Dmitrow, Weriliki, Sawelowo, Kalasin, Sonkowo, Krasni Tscholm und Pestowo zogen vorbei. Arkadi trank Tschifir: zwanzigfach konzentrierten Tee, der Tote aufwecken konnte. Er durfte nicht einschlafen, denn sobald er einschlief, würde man ihn bestehlen. Der Adrenalinschub bewirkte, daß ihm der kalte Schweiß ausbrach, und sein Puls hämmerte.

Trotzdem mußte Arkadi nüchtern denken. Irgend jemand hatte Mischa erschossen. Hofmann? Arkadi wäre zweimal um ein Haar mit ihm zusammengetroffen. Aber was hatte die Mordfahndung zu bedeuten? Weshalb riskierte Jamskoi, daß die Miliz sich mit diesem Fall befaßte? Es sei denn, er hätte bereits alle Spuren in dem Versteck der im Gorki-Park Ermordeten beseitigt. Er sei denn, er rechne fest damit, daß sein Chefinspektor bei dem Versuch, sich der Festnahme zu entziehen, den Tod finden werde. Oder daß er sofort für unzurechnungsfähig erklärt werden könne. Vielleicht war er das tatsächlich schon...

Nachts wurde der Wodka knapp. Als der Zug auf dem Bahnhof einer Kleinstadt hielt, um Wasser zu tanken, schwärmten die Arbeiter aus und plünderten das Schnapsregal des einzigen Lebensmittelgeschäfts. Die beiden Milizionäre des Orts standen dem Treiben dieser wilden, grölenden Horde hilflos gegenüber. Als die Plünderer mit ihrer Beute zurück waren, fuhr der Zug weiter.

Kabosa, Tschwojnaja, Budogosc, Posadnikowo, Kolpino. Leningrad, Leningrad, Leningrad. Funkensprühende Nahverkehrszüge auf Parallelgleisen. Die Morgensonne spiegelte sich im Finnischen Meerbusen. Der Zug fuhr in das »Venedig des Nordens« ein, das Arkadis rotgeränderten Augen als eine graue Stadt erschien.

Als der Zug auf dem Finnischen Bahnhof einfuhr, sprang Arkadi ab, noch bevor er ganz ausgerollt war, und schwenkte den roten KGB-Dienstausweis des Pockennarbigen, den Kirwill erschlagen hatte. Aus den Lautsprechern kam heroische Musik. Es war der Morgen vor dem Maifeiertag.

17

Hundert Kilometer nördlich von Leningrad, auf einer Ebene zwischen der russischen Stadt Luschaika und der finnischen Großstadt Imatra, überquerten die Bahngleise die Grenze. Es gab keinen Grenzzaun. Diesseits und jenseits der Grenze lagen Rangiergleise, Zollschuppen und getarnte Bunker mit Funkantennen. Auf der russischen Seite war der Schnee schmutzig, weil die Russen noch Dampfloks einsetzten, die schlechte Kohle verfeuerten; auf der finnischen Seite war er sauberer, weil die Finnen mit Dieselloks fuhren.

Arkadi stand neben dem Kommandanten der sowjetischen Grenzwache und sah einem finnischen Major nach, der zu dem 50 Meter entfernten finnischen Wachgebäude zurückging.

»Wie die Schweizer!« Der Kommandant spuckte aus. »Wenn sie könnten, würden sie auf unserer Seite den ganzen Ruß wegkehren.« Er machte einen halbherzigen Versuch, seine roten Kragenabzeichen zu befestigen. Die Grenztruppen unterstanden dem KGB, aber ihre Offiziere rekrutierten sich hauptsächlich aus der sowjetischen Armee. Der Kommandant hatte einen Stiernacken, eine schiefe Boxernase und zusammengewachsene buschige Augenbrauen. »Er fragt mich jeden Monat, was er mit dem verdammten Schrein tun soll. Woher, zum Teufel, soll ich das wissen?«

Er schützte Arkadis Streichholz mit beiden Händen, damit sie sich ihre Zigaretten anzünden konnten. Der sowjetische Posten, der mit umgehängter Maschinenpistole am Gleis stand, beobachtete den Besucher neugierig.

»Ihnen ist wahrscheinlich klar, daß ein Chefinspektor aus Moskau hier ungefähr soviel zu sagen hat wie ein Chinese«, erklärte der Kommandant Arkadi.

»Sie wissen doch, welcher Trubel in Moskau vor dem Maifeiertag herrscht«, antwortete Arkadi. »Bis ich die erforderlichen Genehmigungen mit allen Stempeln und Unterschriften eingeholt hätte, wäre vielleicht schon wieder ein Mord passiert.«

Jenseits der Grenze marschierte der Major mit zwei Grenzposten zu einem Zollschuppen. Dahinter führten hügelige Wege in das finnische Seengebiet. Entlang der Grenze war das Gelände eben und mit Erlen, Eschen und Heidelbeerbüschen durchsetzt. Es ließ sich leicht überwachen.

»Die hiesigen Schmuggler bringen Kaffee, Butter oder auch nur Devisen mit«, berichtete der Kommandant. »Für die Läden, in denen es gegen Devisen Westwaren gibt. Sie schmuggeln nie was raus. Eigentlich fast beleidigend, was? Ziemlich ungewöhnlich, daß jemand wegen eines Kriminalfalls bis hierher zu uns kommt.«

»Hübsche Gegend hier«, stellte Arkadi fest.

»Vor allem sehr ruhig.« Der Kommandant zog eine flache Taschenflasche aus der Jacke. »Wollen Sie einen Schluck?«

»Gern.« Arkadi nickte dankend und trank von dem körperwarmen Kognak.

»Manche Männer vertragen es nicht, eine Grenze bewachen zu müssen – eine imaginäre Linie. Sie drehen einfach durch. Oder sie werden bestechlich. Manchmal versuchen sie auch selbst, über die Grenze zu gehen. Ich könnte sie ›auf der Flucht‹ erschießen lassen, aber ich schicke sie nur nach Hause, um sie auf ihren Geisteszustand untersuchen zu lassen. Wissen Sie, Chefinspektor, wenn ich's mit einem Mann zu tun hätte, der ohne die erforderliche Genehmigung aus Moskau hierher käme, um bei den Grenztruppen Süßholz zu raspeln, würde ich ihn auch auf seinen Geisteszustand untersuchen lassen.«

Arkadi erwiderte seinen Blick. »Das würde ich offen gestanden auch tun.«

»Na, dann sind wir uns ja einig!« Der Kommandant schlug ihm auf die Schulter. »Ich bin gespannt, was der Finne sagt. Er ist ein Kommunist, aber Finne bleibt trotzdem Finne.«

Das Tor des Zollschuppens ging wieder auf. Der finnische Major kam mit einem Briefumschlag in der Hand zurück.

»Hat unser Chefinspektor recht gehabt?« fragte der Kommandant.

Der Major hielt Arkadi mit angewiderter Miene den Briefumschlag hin. »Tierkot. In sechs Fächern im Schrankinneren. Woher haben Sie das gewußt?«

»Der Schrein ist ausgepackt gewesen?« lautete Arkadis Gegenfrage.

»Wir haben ihn ausgepackt«, warf der Kommandant ein. »Alle Verpackungen werden auf der sowjetischen Seite geöffnet.«

»Ist der Schrein von innen kontrolliert worden?« fragte Arkadi.

»Wozu, wenn Finnland und die Sowjetunion doch beste Beziehungen zueinander haben?« wollte der Finne wissen.

»Und wie bekommt man eingeführte Gegenstände aus Ihrem Zollager heraus?« erkundigte Arkadi sich.

»Das ist ganz einfach. Bei uns im Schuppen lagern nur selten Waren; die meisten Gegenstände bleiben im Zug nach Helsinki. Ausgehändigt werden Sendungen gegen Vorlage eines Eigentumsnachweises, eines Personalausweises und der Zollquittung. Wir haben keinen Mann am Tor stehen, aber wir würden natürlich merken, wenn jemand einen so großen Gegenstand fortschleppen wollte. Wir unterhalten hier allerdings in Absprache mit der Sowjetunion nur eine eher symbolische Grenztruppe, um unseren uns freundschaftlich gesinnten Nachbarn nicht zu provozieren. Jetzt müssen Sie mich bitte entschuldigen: Ich habe dienstfrei und muß noch weit fahren, wenn ich am Maifeiertag zu Hause sein will.«

Von Wiborg in der Nähe der Grenze flog Arkadi nach Leningrad und stieg dort in die Abendmaschine nach Moskau um. Die meisten Passagiere waren Soldaten, die zwei Tage Urlaub hatten und schon jetzt zu trinken begannen.

Arkadi schrieb einen ausführlichen Bericht über seine Ermittlungen. Er steckte ihn in den undurchsichtigen Plastiksack, der bereits eine ganze Sammlung von Beweismitteln enthielt: den Umschlag mit Tierkot, Haarproben aus Kostja Borodins Käfigen, Gegenstände aus dem Besitz der Ermordeten, der sich in den Seekisten befunden hatte, die Kassette mit Irinas Aussage und das Tonband mit dem am 2. Februar geführten Telefongespräch zwischen Osborne und Hofmann. Arkadi adressierte den Sack mit einem Gepäckanhänger an den Generalstaatsanwalt.

Innerhalb weniger Stunden würden Osborne und Kirwill mit der gleichen Maschine nach Hause fliegen. Arkadi bewunderte einmal mehr, mit welcher Präzision Osborne sein Auf- und Abtreten plante. Noch am Tage bevor Kostja Borodins sechs sibirische Zobel in dem Schrein versteckt von Moskau nach Leningrad geflogen waren, hatte Hofmann sich Sorgen wegen einer Verspätung des Flugzeugs gemacht. Wie lange ließen sich so kleine Tiere gefahrlos betäuben? Drei, vier Stunden? Jedenfalls lange genug für den Flug nach Leningrad. Dort konnte Hofmann sie auf dem Transport vom Flughafen zum Bahnhof erneut betäubt haben. Danach war der Schrein zu einem unterbesetzten Grenzübergang befördert worden, wo Osborne – der inzwischen aus Helsinki eingetroffen war – ihn bereits erwartet hatte. Auf russischer Seite war nur die Verpackung geöffnet worden; die Finnen hatten Osborne den Gefallen getan, den Schrein unbewacht zu lassen. Oder hatte er einen der Finnen bestochen? Jedenfalls war er oder sein Komplize unbemerkt an den Inhalt herangekommen.

Kostja Borodin, Valeria Dawidowa und James Kirwill waren im Gorki-Park ermordet worden. Und John Osborne versteckte irgendwo außerhalb der Sowjetunion sechs Bargusin-Zobel.

Die Maschine setzte aus der Abenddämmerung zur Landung auf dem bereits nachtdunklen Flughafen an.

Auf dem Flughafenpostamt gab Arkadi den Sack als Paket auf. Unabhängig von seinem persönlichen Schicksal würde sein Bericht in drei bis vier Tagen – die Verzögerung war durch den Feiertag bedingt – auf dem Schreibtisch des Generalstaatsanwalts liegen.

Der Hof wurde vermutlich überwacht. Arkadi betrat das Gebäude durch den seitlichen Kellerzugang, stieg die Treppe zu seiner Wohnung hinauf und zog sich, ohne Licht zu machen, seine Uniform als Chefinspektor an. Die Uniform war marineblau mit den vier Messingsternen eines Hauptmanns auf den Schulterstücken und einem roten Stern auf dem goldgewirkten Mützenband der Schirmmütze. Während er sich rasierte, hörte er die Übertragung von »Schwanensee« aus dem Kongreßpalast im Kreml, denn in den Wohnungen über und unter ihm liefen die Fernsehgeräte. Der Ansager nannte die zahlreichen Ehrengäste, aber Arkadi konnte nicht hören, ob Osborne zu ihnen gehörte. Er steckte seine Pistole in die Innentasche seiner Uniformjacke.

Auf der Straße brauchte er fast eine halbe Stunde, um ein Taxi zu finden. Die nähere Umgebung des Roten Platzes war für den öffentlichen Verkehr gesperrt. Arkadi bezahlte die Fahrt mit seinen letzten

Rubeln und überquerte den Swerdlow-Platz, als William Kirwill eben das Hotel *Metropol* verließ, um mit seinem Koffer zu einem Intourist-Bus zu gehen. Mit Trenchcoat und Tweedhut unterschied er sich kaum von den etwa 15 Amerikanern, die bereits am Bus warteten. Als Arkadi die kleine Grünanlage in der Mitte des Platzes durchquerte, erkannte Kirwill ihn und schüttelte warnend den Kopf. Arkadi blieb stehen. Er sah sich um und stellte fest, daß überall Kriminalbeamte warteten: in dem Auto hinter dem Bus, im Hotelcafé und an den Straßenecken. Kirwill stellte seinen Koffer ab und sah sich betont nach allen Kriminalbeamten um, die Arkadi vielleicht übersehen hatte. Der Intourist-Fahrer kam aus dem Hotel geschlendert, warf seinen Zigarettenstummel in den Rinnstein und ließ die Touristen einsteigen.

»Osborne«, formte Arkadis Mund von der Platzmitte aus.

Kirwill starrte ihn forschend an. Er hatte den Namen nicht verstanden. Den Namen, den er verzweifelt erfahren wollte und der nun ungesagt bleiben mußte.

Aus den Lautsprechern des Busradios drang »Schwanensee«. Kirwill stieg als letzter ein. Unterdessen war Arkadi verschwunden.

Monströse Blumengebilde warteten auf dem Dserschinski-Platz auf die Parade am nächsten Morgen. Arkadi ließ sich von einem Mannschaftstransportwagen, in dem nur zwei Soldaten saßen, zum Roten Platz mitnehmen. Im Scheinwerferlicht hob die von Zinnen gekrönte Kremlmauer sich scharf vom dunklen Nachthimmel ab.

Entlang der Maneschnaja-Straße jenseits des Kreml parkten schwarze Limousinen: nicht gewöhnliche Tschaika-Limousinen, sondern die gepanzerten und mit Antennen gespickten Sils von Mitgliedern des Zentralkomitees. Entlang der Straße hielten Milizionäre Wache, während auf dem Maneschnaja-Platz Motorradstreifen patrouillierten. Arkadi stieg vor dem Kutafja-Turm des Kremls aus. Seine Uniform genügte als Identifizierung, als er einem kontrollierenden KGB-Agenten erklärte, er habe dem Generalstaatsanwalt eine Nachricht zu überbringen. Arkadi verließ den Bereich der von Scheinwerfern aus dem Alexander-Garten angestrahlten weißen Brücke, die zum Dreifaltigkeitstor des Kremls führte, und schlenderte zur Manege, der Reitschule der Zaren, hinüber.

Er brauchte nicht lange zu warten. Aus dem Lautsprecher eines vorbeifahrenden KGB-Wagens drang das Finale von »Schwanensee«. Dann rauschte Beifall auf. Die Vorstellung war zu Ende.

Um noch rechtzeitig zum Flughafen zu kommen, würde Osborne auf die Teilnahme an dem offiziellen Empfang nach der Vorstellung verzichten müssen. Trotzdem gehörte er nicht zu dem ersten Schub herausströmender Ballettbesucher, die über die Brücke kamen und von ihren Chauffeuren abgeholt wurden. Arkadi setzte sich in Bewegung, sobald er endlich die elegante schlanke Gestalt in dem schwarzen Mantel und der Zobelmütze auf der Brücke erkannte. Osborne trat vom Gehsteig auf die Fahrbahn, wo eine Limousine für ihn herangerollt war, bevor er Arkadi kommen sah.

Arkadi spürte, wie der Amerikaner bei seinem Anblick zusammenzuckte. Aber Osborne hatte sich sofort wieder in der Gewalt. Sie trafen an der Limousine zusammen und starrten sich über das Autodach hinweg an.

Osborne lächelte strahlend. »Sie haben sich Ihre Mütze doch nicht geholt, Chefinspektor.«

»Nein.«

»Ihre Ermittlungen...«

»Sind abgeschlossen«, stellte Arkadi fest.

Osborne nickte. Arkadi hatte Zeit, die elegante Kleidung des Amerikaners, seinen sonnengebräunten Teint und seine ganz und gar unrussischen markanten Züge zu bewundern. Er merkte, daß Osborne nach rechts und links sah, um festzustellen, ob er allein gekommen war. Erst dann wandte er sich wieder an Arkadi.

»Tut mir leid, aber ich muß zum Flughafen, Chefinspektor. In einer Woche bringt Hofmann Ihnen zehntausend Dollar. Sie können das Geld auch in anderer Währung haben, wenn Sie wollen – Hans regelt die Details mit Ihnen. Wichtig ist nur, daß alle zufrieden sind. Sollte es Ihnen gelingen, meinen Namen aus der Sache rauszuhalten, falls Jamskoi untergeht, wäre mir das eine Extraprämie wert. Ich gratuliere Ihnen: Sie haben nicht nur überlebt, sondern auch das Beste aus Ihrer Chance gemacht.«

»Warum erzählen Sie mir das alles?« fragte Arkadi.

»Sie sind nicht hier, um mich zu verhaften. Dafür fehlen Ihnen die Beweise. Außerdem weiß ich, wie so was hierzulande abläuft. Wenn ich verhaftet würde, säße ich jetzt in einem KGB-Dienstwagen und wäre zur Lubjanka unterwegs. Sie sind allein, Chefinspektor – ganz allein. Sehen Sie sich um! Wollen Sie etwa behaupten, diese Männer stünden auf Ihrer Seite?«

Die KGB-Agenten in Zivil waren bisher noch nicht auf Osbornes verzögerte Abfahrt aufmerksam geworden: charakteristisch stämmige Männer, die dafür sorgten, daß die gewöhnlichen Gäste den Limousinen der Elite nicht zu nahe kamen.

»Sie würden versuchen, einen Besucher aus dem Westen ausgerechnet hier und ausgerechnet heute abend zu verhaften – ohne Zustimmung des KGB, sogar ohne Wissen Ihres Staatsanwalts, ganz auf eigene Faust? Sie, ein Mann, der wegen Mordes gesucht wird? Dafür würden Sie ins Irrenhaus gesteckt. Ich würde nicht einmal mein Flugzeug verpassen; es würde für mich zurückgehalten werden. Sie können also nur aufgekreuzt sein, weil Sie Geld wollen. Warum auch nicht? Sie haben den Staatsanwalt bereits zu einem reichen Mann gemacht.«

Arkadi zog seine Pistole und legte sie in die linke Armbeuge, so daß nur Osborne die Mündung sehen konnte. »Nein«, sagte er.

Osborne sah sich erneut um. Überall standen KGB-Agenten, die jedoch durch die jetzt wieder zahlreich aus dem Kongreßpalast strömenden Gäste abgelenkt wurden.

»Jamskoi hat mich vor Ihrer verrückten Art gewarnt«, sagte der Amerikaner gelassen. »Sie wollen also kein Geld?«

»Nein.«

»Sie wollen versuchen, mich zu verhaften?«

»Ich will Sie nur aufhalten«, antwortete Arkadi. »Sie sollen Ihr Flugzeug nicht erreichen, aber ich habe nicht vor, Sie hier und jetzt festzunehmen. Wir machen eine kleine Fahrt mit Ihrem Wagen und finden uns morgen früh auf der KGB-Station irgendeiner Kleinstadt ein. Dort wissen sie nicht, was sie mit uns anfangen sollen, und rufen deshalb direkt in der Lubjanka an. Kleinstädter haben Angst vor Staatsverbrechen, dem Diebstahl wertvollen Staatseigentums, der Sabotage an einer Staatsindustrie, Schmuggelei und der Vertuschung von Staatsverbrechen – womit ich Morde meine. Sie werden mich sehr skeptisch und Sie sehr höflich behandeln, aber Sie wissen ja, wie wir arbeiten. Dann folgen Telefongespräche, Käfige werden gründlich untersucht, und ein bestimmter Schrein wird von jenseits der Grenze zurückgeholt. Das alles sind Chancen, die ich nutzen will.«

»Wo haben Sie gestern gesteckt?« fragte Osborne nach einer kurzen Pause. »Sie waren nirgends zu finden.«

Arkadi gab keine Antwort.

»Ich glaube, daß Sie gestern einen Abstecher zur Grenze gemacht haben«, sagte Osborne. »Wahrscheinlich bilden Sie sich jetzt ein, alles zu wissen.« Er sah auf seine Uhr. »Tut mir leid, aber ich muß mich beeilen, damit ich die Maschine erreiche. Ich kann leider nicht bleiben.«

»Dann erschieße ich Sie«, drohte Arkadi ihm.

»Obwohl Sie von einem halben Dutzend KGB-Agenten durchlöchert würden?«

»Trotzdem!«

Osborne wollte die Autotür öffnen. Arkadis rechter Zeigefinger zog langsam den Abzug der Makarow zurück.

Osborne nahm die Hand vom Türgriff. »Warum?« fragte er. »Sie können doch nicht bereit sein, in den Tod zu gehen, nur um im Namen der sowjetischen Justiz eine Verhaftung vorzunehmen. In diesem Land hat jeder seinen Preis – das ganze Land läßt sich billigst kaufen. Gesetzesverstöße interessieren Sie bestimmt nicht; darüber sind Sie längst hinaus. Wofür wollen Sie also sterben? Für jemand anders? Irina Asanowa?«

Der Amerikaner zeigte auf seine linke Manteltasche, griff langsam hinein und zog das rot-weiß-grüne Kopftuch mit den Ostereiern heraus, das Arkadi Irina gekauft hatte. »Das Leben ist immer komplizierter und zugleich einfacher, als wir wahrhaben wollen«, sagte er. »Auch diesmal – das sehe ich Ihnen an.«

»Wie kommen Sie zu diesem Tuch?«

»Ich schlage Ihnen einen einfachen Tausch vor, Chefinspektor: Ich gegen sie. Ich verrate Ihnen, wo sie ist, und Sie haben eigentlich keine Zeit, lange darüber nachzurätseln, ob ich etwa lüge, denn sie wird nicht mehr lange dort sein. Ja oder nein?«

Osborne legte das Kopftuch aufs Autodach. Arkadi griff mit der freien Hand danach und hob es an die Nase. Es roch zart nach Irina.

»Wir haben beide etwas, für das wir alles andere opfern würden«, fuhr Osborne fort. »Sie sind bereit, Ihr Leben, Ihre Karriere und Ihren Verstand für diese Frau wegzuwerfen. Ich bin bereit, meine Komplizen zu verraten, um mein Flugzeug zu erreichen. Uns brennt beiden die Zeit auf den Nägeln.«

Die Limousinen stauten sich. Ein KGB-Agent rief Osborne zu, er solle endlich einsteigen und abfahren.

»Ja oder nein?« fragte der Amerikaner.

Die Entscheidung hatte von Anfang an festgestanden. Arkadi stopfte sich das Kopftuch in die Uniformjacke. »Sagen Sie mir, wo sie ist«, forderte er Osborne auf. »Wenn ich Ihnen glaube, sind Sie frei. Wenn nicht, erschieße ich Sie.«

»Einverstanden. Sie ist auf dem Universitätsgelände – im Park beim Brunnenbecken.«

»Noch mal!« Arkadi beugte sich vor und preßte den Daumen fester auf den Abzug.

»Auf dem Universitätsgelände in der Nähe des Brunnenbeckens.«

Diesmal spannte Osborne unwillkürlich die Muskeln an, als erwarte er eine Kugel. Gleichzeitig sah er Arkadi unerschrocken in die Augen.

Osbornes Blick zeigte, daß er keine Angst hatte.

»Ich nehme Ihren Wagen.« Arkadi steckte seine Pistole weg. »Sie können sich einfach den nächsten kaufen.«

»Ich liebe Rußland«, flüsterte Osborne.

»Sehen Sie zu, daß Sie nach Hause kommen, Mr. Osborne.« Arkadi nahm in der Limousine Platz.

In seinem goldenen Strahlenkranz leuchtete der Stern auf der Lomonossow-Universität weithin über die Parkanlagen, die sich über die Leninberge hinzogen. Der 32stöckige Turm des Hauptgebäudes war in Licht gebadet, aber verlassen; die meisten Studenten verbrachten den Maifeiertag anderswo. Regenbogenfarbige Wasserfontänen stiegen aus dem beleuchteten Becken im Teil des zur Moskwa abfallenden Parks auf. Von Suchscheinwerfern auf den Kais tasteten kilometerlange Lichtfinger über den dunklen Nachthimmel.

Osborne war die Flucht mühelos geglückt. Er hatte Arkadi mit Irinas Kopftuch überzeugt. Arkadi war sicher, daß Irina hier war. Das Ganze war keine Lüge, sondern eine Falle.

Die Lichtschau von den Kais dauerte eine halbe Stunde. Dann erloschen auch die Unterwasserscheinwerfer, die Springbrunnen versiegten, und in dem langgestreckten Becken erschien das Spiegelbild des Turms der Universität.

Arkadi wartete hinter mannshohen Edeltannen. Osbornes Maschine mußte inzwischen gestartet sein. Die Tannen dufteten nach Harz, als sie sich in der aufkommenden leichten Brise bewegten. Vom anderen Ende des Beckens aus kamen zwei Schatten auf ihn zu.

Auf halber Strecke verschmolzen die Schatten plötzlich mit dem Beckenrand, und der Wasserspiegel geriet in Bewegung. Arkadi rannte mit der Pistole in der Hand los. Er erkannte Hofmann, der versuchte, einen Körper über den Beckenrand ins Wasser zu drücken, und dann Irina, die nach Luft schnappend versuchte, ihren Kopf freizubekommen. Als Hofmann sie erneut unter Wasser drücken wollte, wehrte sie sich verzweifelt und zerkratzte ihm das Gesicht. Hofmann wickelte sich ihr langes Haar um die Hand, um ihren Kopf besser packen zu können. Er sah auf, als er Arkadi rufen hörte, und ließ Irina los. Sie richtete sich keuchend auf und blieb nach Atem ringend am Beckenrand knien. Ihr nasses Haar hing ihr ins Gesicht.

»Steh auf!« befahl Arkadi Hofmann.

Der Deutsche blieb grinsend auf dem Beckenrand hocken. Im nächsten Augenblick spürte Arkadi das kalte Metall einer Pistolenmündung im Nacken.

»Nein, mein Lieber!« Jamskoi kam noch einen halben Schritt näher an Arkadi heran. »Wie wäre es, wenn Sie Ihre Waffe fallen ließen?« Arkadi gehorchte wortlos. Der Staatsanwalt legte ihm beschwichtigend eine Hand auf die Schulter. Die Pistole – ohne Zweifel die gleiche Dienstwaffe wie die des Chefinspektors – berührte weiter seinen Nacken. »Tun Sie's nicht«, forderte Arkadi den Mann hinter sich auf.

»Arkadi Wassiljewitsch, was bleibt mir anderes übrig?« fragte Jamskoi. »Hätten Sie getan, was ich Ihnen befohlen habe, wären wir jetzt beide nicht hier. Dieser betrübliche Anlaß hätte sich nie ergeben. Aber Sie haben durchgedreht. Ich bin für Sie verantwortlich und muß diese Sache wieder ins Lot bringen – nicht nur um meinetwillen, sondern auch im Interesse der Dienststelle, die wir beide vertreten. Recht oder Unrecht hat nichts damit zu tun. Mir geht es auch keineswegs darum, Ihre Fähigkeiten zu leugnen. Es gibt keinen zweiten Chefinspektor mit Ihrer Intuition, Ihrer Erfindungsgabe und Ihrer Integrität. Ich habe wirklich auf Sie gezählt.« Hofmann stand auf und kam langsam heran. »Ich dachte, ich wüßte Sie einzuschätzen, aber Sie...«

Während Jamskoi ihn festhielt, rammte Hofmann Arkadi seine Faust in den Magen und zog sie mit einer eigenartigen Bewegung zurück. Arkadi sah an sich herab: Aus seinem Magen ragte ein schlanker Messergriff. Er hatte das Gefühl, sein Inneres sei zu Eis geworden, und bekam keine Luft mehr.

»Aber Sie haben mich überrascht«, fuhr Jamskoi ruhig fort. »Vor allem dadurch, daß Sie hierher gekommen sind, um dieses Frauenzimmer zu retten. Das ist interessant, denn Osborne hat Ihnen das von Anfang an zugetraut.«

Arkadi starrte Irina hilflos an.

»Seien Sie ehrlich zu sich selbst«, schlug Jamskoi vor, »und gestehen Sie sich ein, daß ich Ihnen einen Gefallen tue. Außer dem Namen Ihres Vaters verlieren Sie nichts – keine Ehefrau, keine Kinder, keine politische Überzeugung und keine Zukunft. Sie wären demnächst als Individualist abgesägt und zwangsversetzt worden. Davor habe ich Sie seit Jahren gewarnt. Jetzt sehen Sie, was man davon hat, wenn man gute Ratschläge ignoriert. Glauben Sie mir, so ist's besser. Wollen Sie sich nicht setzen?«

Jamskoi und Hofmann traten zurück, um ihn zusammenbrechen zu lassen. Arkadi spürte, daß seine Knie zitterten und bald nachgeben würden. Er zog das Messer heraus. Es schien endlos lang zu sein: zweischneidig, scharf und rot. Er fühlte einen heißen Schwall auf der

Innenseite seiner Uniform. Im nächsten Augenblick stieß er Hofmann das Messer in den Magen. Als der andere zurücktorkelte, fielen sie beide in das Becken.

Sie tauchten gemeinsam aus dem Wasser auf. Hofmann versuchte, ihn wegzudrücken, aber Arkadi stieß das Messer noch tiefer und riß es nach oben. Am Beckenrand lief Jamskoi auf und ab, ohne zum Schuß zu kommen. Hofmann schlug auf Arkadi ein, der ihn um so fester umklammerte und nochmals mit dem Messer zustieß. Als der Deutsche sich nicht befreien konnte, versuchte er zu beißen, und Arkadi riß ihn mit sich unter Wasser. Hofmann drückte ihn nach unten und würgte ihn. Arkadi sah aus dem Wasser zu ihm auf. Hofmanns verzerrtes Gesicht schwankte, teilte sich, floß wieder zusammen und teilte sich erneut. Es zerfiel in Monde, und die Monde wurden zu Blütenblättern. Dann verschwand das Gesicht hinter einer dunkelroten Wolke; Hofmanns Hände wurden kraftlos, und er sank zur Seite.

Arkadi kam keuchend hoch. Neben ihm trieb Hofmanns Leiche im Becken.

»Halt! Keine Bewegung!«

Arkadi hörte Jamskois Befehl; er war ohnehin zu keiner Bewegung imstande.

Der Staatsanwalt stand am Beckenrand und zielte auf ihn. Arkadi hörte die laute Detonation einer großkalibrigen Pistole, ohne jedoch das Mündungsfeuer zu sehen. Jamskoi griff sich mit einem Aufschrei an den Kopf. Irina erschien mit einer Pistole in der Hand hinter ihm. Sie schoß erneut, und als Jamskois Kopf herumschnellte, sah Arkadi, daß ein Ohr fehlte. Der dritte Schuß Irinas traf den Staatsanwalt in die Brust. Jamskoi bemühte sich verzweifelt, auf den Beinen zu bleiben. Nach dem vierten Schuß kippte er über den Beckenrand und versank.

Irina stieg ins Wasser, um Arkadi herauszuziehen. Sie zerrte ihn eben über den Rand, als Jamskoi ganz in ihrer Nähe bis zur Taille aus dem Wasser auftauchte. Er sank zurück, ohne sie zu sehen, starrte blicklos in den Nachthimmel und schrie: »Osborne!«

Danach ging er lautlos unter, aber sein Schrei gellte noch lange in Arkadis Ohren.

SCHATURA

18

Er war ein Kanal. Schläuche führten in ihn hinein und brachten Blut und Traubenzucker; Schläuche führten aus ihm heraus und transportierten Blut und Ausscheidungen. Alle paar Stunden, wenn er fürchtete, zu Bewußtsein zu kommen, spritzte eine Krankenschwester ihm Morphium, so daß er wieder über dem Bett schweben und das graugesichtige menschliche Wrack betrachten konnte.

Er hatte keine Ahnung, wo er sich befand. Er erinnerte sich vage daran, daß er jemanden umgebracht hatte, und es erschien ihm ganz natürlich, daß er den anderen förmlich abgeschlachtet hatte. Er war sich nicht darüber im klaren, ob er ein Verbrecher oder das Opfer eines Verbrechens war; er machte sich darüber Sorgen, aber nicht sehr intensiv. Meistens saß er ganz oben in der entferntesten Ecke des Raums und beobachtete, was um ihn herum geschah. Ärzte und Krankenschwestern machten sich ständig flüsternd an ihm zu schaffen; dann sprachen die Ärzte leise mit zwei Männern in Straßenanzügen und mit sterilen Masken vor den Gesichtern, die an der Tür saßen, und diese Männer öffneten die Tür, um ihren im Korridor wartenden Kollegen etwas zuzuraunen.

Einmal kam eine ganze Gruppe von Besuchern, in deren Mitte er den Generalstaatsanwalt erkannte. Die Delegation stand am Fußende seines Bettes und studierte das blasse Gesicht, wie Touristen eine für sie unverständliche Inschrift auf einem ausländischen Denkmal zu entziffern versuchen. Sie schüttelten schließlich die Köpfe, forderten die Ärzte auf, den Patienten am Leben zu erhalten, und verließen das Zimmer. Unbestimmte Zeit später wurde ein Hauptmann der Grenztruppen hereingeführt, um ihn zu identifizieren. Da in diesem Augenblick die aus seinem Körper herausführenden Schläuche verrieten, daß eine innere Blutung eingetreten war, interessierte ihn das wenig.

Später wurde er ans Bett geschnallt und lag unter einem durchsichtigen Plastikzelt. Die Gurte störten ihn nicht – er hatte ohnehin nicht vor, seine Arme zu gebrauchen –, aber das Zelt hinderte ihn irgendwie daran, wie bisher fortzuschweben. Er ahnte, daß die Ärzte die Morphiumdosen herabsetzten. Tagsüber registrierte er undeutlich, daß sich um ihn herum Farbkleckse bewegten, und nachts hatte er Angstanfälle, wenn die Tür geöffnet wurde, so daß Licht vom Korridor aufs Bett fiel. Diese Angst war wichtig; das spürte er ebenfalls. Von allen Halluzinationen seines Rauschzustands war nur diese Angst real.

Die Zeit zwischen den Injektionen verstrich endlos langsam. Er fühlte die Ungeduld der Männer an der Tür und draußen im Korridor. Er wußte, daß sie auf ihn warteten.

»Irina!« sagte er laut.

Im nächsten Augenblick hörte er, daß Stühle zurückgeschoben wurden, und sah Gestalten auf sein Zelt zukommen. Als Hände die Zeltwände öffnen wollten, schloß er die Augen und preßte den linken Arm mit einem Ruck gegen den Haltegurt. Ein Schlauch rutschte heraus, und aus der Kanüle floß Blut. Eilige Schritte kamen von der Tür.

»Ich hab euch doch verboten, ihn anzufassen!« sagte eine Krankenschwester aufgebracht. Sie schob die Kanüle in seinen Arm zurück und klebte einen Streifen Heftpflaster darüber.

»Wir haben ihn überhaupt nicht angefaßt.«

»Unsinn! Wie soll er das geschafft haben? Er ist bewußtlos. Seht euch diese Schweinerei an!«

Er schloß die Augen und stellte sich das Bett und den Fußboden vor. Die Krankenschwester war nur wütend, aber ein Blutbad in einem Krankenhaus schüchterte sogar KGB-Agenten ein. Er hörte sie auf den Knien den Boden aufwischen. Sie behaupteten nicht mehr, er sei wach gewesen.

Wo war Irina? Was hatte sie ihnen erzählt?

»Der wird sowieso erschossen«, murmelte einer der Männer am Boden.

Er hörte in seinem durchsichtigen Zelt zu; er hatte vor, so lange wie möglich zuzuhören.

In den Minuten vor dem Eintreffen der Miliz im Universitätspark hatte Arkadi Irina eingebleut, was sie auszusagen habe. Irina hatte nicht geschossen; Arkadi hatte Hofmann und Jamskoi auf dem Gewissen. Irina wußte, daß Valeria, James Kirwill und Kostja in Moskau waren – das bewiesen die Tonbandaufnahmen –, aber sie hatte keine Ahnung, wer oder was außer Landes geschmuggelt werden sollte. Sie war selbst getäuscht worden; sie war ein ahnungsloses Opfer, keine Mittäterin. Das war keine sehr glaubwürdige oder logische Geschichte, aber er konnte zu seiner Entschuldigung anführen, daß er sie sich ausgedacht hatte, während Irina seinen Magen zugehalten hatte. Außerdem war diese Darstellung ihre einzige Chance.

Das erste Verhör begann damit, daß sie ihm die Straftaten vorlasen, die ihm zur Last gelegt wurden: eine vertraute Aufzählung, mit der er bei anderer Gelegenheit Osborne und Jamskoi konfrontiert hatte. Eine Seite des durchsichtigen Zelts wurde hochgezogen, so daß drei Männer mit ihren Stühlen dicht an sein Bett heranrücken konnten. Trotz der sterilen Gesichtsmasken erkannte er das breite Gesicht Major Pribludas – und hinter der Maske ein Lächeln.

»Sie liegen im Sterben«, erklärte der erste Mann Arkadi. »Sie müssen zumindest noch die entlasten, die in Wirklichkeit unschuldig sind. Bis zu dieser unglücklichen Sache sind Sie ein ausgezeichneter Beamter gewesen – und wir möchten Sie so in Erinnerung behalten. Bestätigen Sie den guten Ruf von Staatsanwalt Jamskoi, der Sie väterlich beschützt und gefördert hat. Ihr Vater ist ein alter, gebrechlicher Mann; lassen Sie ihn wenigstens in Frieden sterben. Tilgen Sie diese Schande, damit Sie selbst reinen Gewissens sterben können. Na, was sagen Sie dazu?«

»Ich sterbe nicht«, sagte Arkadi.

»Sie haben sich verdammt gut erholt, wissen Sie das?« fragte der Arzt. Sein weißer Kittel leuchtete im Sonnenschein, als er den Vorhang aufzog. Das Zelt war abgebaut, und Arkadi hatte jetzt zwei Kissen unter dem Kopf.

»Wie gut?«

»Sehr gut.« Der ernste Tonfall des Arztes zeigte Arkadi, daß der andere wochenlang darauf gewartet hatte, diese Frage gestellt zu bekommen. »Der Messerstich hat Dickdarm, Magen und Bauchfell verletzt und ein Stück Leber mitgenommen. Aber Ihr Freund hat die Bauchschlagader verfehlt, auf die er's vermutlich abgesehen hatte. Trotzdem sind Sie praktisch ohne Blutdruck hier eingeliefert worden. Danach haben wir die Infektion eindammen, Sie einerseits mit Antibiotika vollpumpen und andrerseits leerpumpen müssen. Das Wasser, in dem Sie gelegen haben, war nicht gerade keimfrei. Sie haben nur in einer Beziehung Glück gehabt: Sie hatten offenbar einen ganzen Tag lang nichts gegessen, denn sonst hätte die Infektion Ihren ganzen Verdauungstrakt erfaßt, und nicht einmal wir hätten Sie retten können. Sie haben unglaubliches Glück gehabt.«

»Das weiß ich jetzt auch.«

Beim nächstenmal kamen sie zu fünft, saßen mit ihren Gesichtsmasken an seinem Bett und stellten abwechselnd Fragen, um Arkadi zu verwirren. Er entschied sich dafür, immer nur Pribluda anzusprechen, wenn er antwortete.

»Die Asanowa hat uns alles erzählt«, sagte einer der Männer. »Sie haben sich mit dem Amerikaner Osborne zusammengetan und ihm versprochen, ihn vor Staatsanwalt Jamskoi zu beschützen.«

»Sie haben den Bericht, den ich dem Generalstaatsanwalt geschickt habe«, antwortete Arkadi Pribluda.

»Sie haben mehrmals mit Osborne gesprochen – unter anderem auch am Vorabend des Maifeiertags. Aber Sie haben ihn nicht verhaftet. Statt dessen sind Sie zur Universität gefahren, wo Sie den Staatsanwalt in eine Falle gelockt und mit Unterstützung dieser Frau ermordet haben.«

»Sie haben meinen Bericht.«

»Welche Begründung können Sie für Ihre Kontakte mit Osborne geben? Der Staatsanwalt hat nach jedem Gespräch mit seinen Chefinspektoren eine Aktennotiz geschrieben. In diesen Notizen findet sich kein Hinweis auf Ihren sogenannten Verdacht gegen den Amerikaner. Hätten Sie davon gesprochen, hätte er sich sofort mit den für Staatssicherheit zuständigen Stellen in Verbindung gesetzt.«

»Sie haben meinen Bericht.«

»Ihr Bericht interessiert uns nicht. Er kann sich nur nachteilig für Sie auswirken. Aus dem unzulänglichen Beweismaterial, das Ihnen zur Verfügung stand, hätte niemand den Diebstahl von Zobeln in Sibirien und ihren Transport aus der Sowjetunion rekonstruieren können.«

»Ich hab's getan.«

Das war die einzige Abweichung von seiner Standardantwort. Die Männer warfen ihm vor, er sei gegen Bezahlung Osbornes Komplize gewesen; seine Scheidung wurde als Beweis für seinen geistigen Zusammenbruch angeführt; dem KGB war bekannt, daß er Osborne um seine kostbare Mütze angebettelt hatte; die Asanowa hatte seine aggressiven Annäherungsversuche geschildert; er hatte Osbornes Vorhaben gefördert, weil er auf eine sensationelle Verhaftung gehofft hatte, die seiner Karriere dienlich sein sollte; ein Beweis für seine gewalttätige Art war sein Angriff auf einen Bezirkssekretär, einen Bekannten seiner ehemaligen Frau; seine Verbindung zu dem amerikanischen Agenten James Kirwill war durch die Zusammenarbeit mit dem Agenten William Kirwill, dem Bruder des anderen Spions, bewiesen; er hatte einen KGB-Offizier vor der Datscha des Staatsanwalts erschlagen; die Asanowa hatte ausgesagt, er sei intim mit der

Gangsterbraut Valeria Dawidowa befreundet gewesen; die Berühmtheit seines Vaters habe ihn psychologisch verkrüppelt zurückgelassen – mit einem Wort: Alles war bekannt. Arkadi wehrte alle Versuche, ihn zu provozieren, zu verwirren oder zu erschrecken, damit ab, daß er Pribluda aufforderte, seinen Bericht zu lesen.

Pribluda war der einzige Mann, der niemals sprach, sondern sich auf drohendes Schweigen beschränkte. Arkadi erinnerte sich an ihr Zusammentreffen im Schnee im Gorki-Park. Ihm wurde erst jetzt klar, wie ausführlich Pribluda sich seither mit ihm befaßt haben mußte. In ihrer Konzentration gaben Pribludas Augen erstaunlich viel preis. Alles war *nicht* bekannt; *nichts* war bekannt.

Als die Wachposten abgezogen wurden, wurde ein Telefon im Zimmer installiert. Da der Apparat nie klingelte und niemals für Telefongespräche benützt wurde, konnte Arkadi sich denken, daß er damit belauscht wurde. Als er zum erstenmal feste Nahrung essen durfte, hörte er, wie der Servierwagen vom Aufzug an den ganzen Flur entlang bis zu seinem Zimmer geschoben wurde. Alle anderen Zimmer dieses Stockwerks waren leer.

Die fünf Männer kamen noch zwei Tage lang zweimal täglich zurück, um ihn zu vernehmen, und Arkadi beharrte auf seiner stereotypen Antwort, bis er plötzlich begriff, was gespielt worden war.

»Jamskoi war einer von euren Leuten!« warf er ein. »Er gehörte dem KGB an. Ihr habt es geschafft, einen von euren Leuten zum Moskauer Staatsanwalt zu machen – und jetzt entpuppt er sich als Verräter. Ihr müßt mich erschießen, nur weil er euch so blamiert hat.«

Vier der fünf Männer wechselten fragende Blicke; nur Pribluda konzentrierte sich weiterhin auf Arkadi.

»Wir sind eben alle nur Menschen, wie Jamskoi einmal gesagt hat.« Arkadi hatte Schmerzen, wenn er lachte.

»Maul halten!«

Die fünf Männer verließen das Zimmer. Arkadi lehnte sich zurück und dachte über Jamskois Vorträge über die korrekte Aufgabenverteilung auf die einzelnen Exekutivorgane nach, die ihm jetzt um so belustigender erschienen. Die fünf Männer kamen nicht zurück. Statt dessen kamen zum erstenmal seit einer Woche zwei Wachposten herein und stellten die fünf Stühle an eine Wand des Krankenzimmers.

Sobald er allein aufstehen und sich an Krücken bewegen durfte, ging er ans Fenster. Er stellte fest, daß er sich im vierten Stock eines Gebäudes an einer großen Straße und in unmittelbarer Nachbarschaft einer Süßwarenfabrik befand. Das mußte die Süßwarenfabrik »Bolschewik« an der Leningrader Straße sein, obwohl er sich an keine so weit vom Stadtzentrum entfernte Klinik erinnern konnte. Er versuchte, das Fenster zu öffnen, aber es war verriegelt.

Eine Krankenschwester kam herein. »Wir wollen nicht, daß Sie sich etwas antun«, sagte sie.

Er wollte sich nichts antun; er wollte den Schokoladegeruch der Fabrik riechen. Er hätten weinen können, weil er die Schokolade nicht riechen durfte.

Manchmal fühlte er sich bärenstark, um im nächsten Augenblick wieder den Tränen nahe zu sein. Daran waren zum Teil die anstrengenden Verhöre schuld. Die Vernehmungsoffiziere arbeiteten im allgemeinen als Team zusammen, konzentrierten ihre Willenskraft gegen die eines einzelnen Verdächtigen, umzingelten und verwirrten ihn mit falschen Anschuldigungen – je wilder, desto besser –, setzten ihn unter Druck und hatten ihn schließlich in ihrer Gewalt. Als Faustregel war das gar nicht schlecht, und er rechnete damit, daß sie so vorgehen würden; das war normal.

Ein großer Teil seiner Probleme ergab sich aus seiner völligen Isolation. Er durfte keinen Besuch empfangen, nicht mit Ärzten, Krankenschwestern oder Wachen sprechen, keine Bücher lesen und kein Radio hören. Er ertappte sich dabei, daß er die Markenzeichen auf Gebrauchsgegenständen las und am Fenster stand, um den Straßenverkehr zu beobachten. Seine einzige intellektuelle Tätigkeit bestand darin, daß er die vielen widersprüchlichen Fragen analysierte, um festzustellen, was mit Irina geschah. Sie lebte. Sie hatte nicht alles erzählt und wußte, daß auch er nicht ausgepackt hatte; sonst wären die Verhöre viel präziser und schärfer gewesen. Warum hatte er verschwiegen, daß sie von dem Schmuggelunternehmen gewußt hatte? Wann hatte er sie in seine Wohnung gebracht? Was war dort passiert?

Nach einem Tag ohne Verhöre kam Nikitin zu ihm. Der Chefinspektor für interbehördliche Zusammenarbeit betrachtete seinen Kollegen und ehemaligen Schüler mit prüfend zusammengekniffenen Augen und einem enttäuschten Seufzer.

»Letztes Mal hast du mich mit einer Pistole bedroht«, stellte Nikitin fest. »Das ist vor fast vier Wochen gewesen. Inzwischen siehst du etwas ruhiger aus.«

»Ich weiß nicht, wie ich aussehe. Ich habe keinen Spiegel.«

»Wie rasierst du dich dann?«

»Sie bringen mir mit dem Frühstück einen Elektrorasierer und nehmen ihn beim Abräumen wieder mit.« Da er endlich mit einem Besucher reden durfte – auch wenn es nur Nikitin war –, fühlte er sich ungewöhnlich gesprächig. Und vor vielen Jahren, als Nikitin als Chefinspektor die Mordkommission geleitet hatte, waren sie gute Freunde gewesen.

»Tut mir leid, aber ich kann nicht lange bleiben.« Nikitin zog einen Briefumschlag aus der Jacke. »Bei uns geht's drunter und drüber, wie du dir sicher vorstellen kannst. Ich bin hergeschickt worden, um dich das hier unterschreiben zu lassen.«

Der Umschlag enthielt ein Rücktrittsgesuch – aus Gesundheitsgründen – in dreifacher Ausfertigung. Arkadi unterschrieb und war beinahe traurig, daß Nikitin schon wieder gehen mußte.

»Ich habe den Eindruck«, flüsterte Nikitin, »daß du ihnen schwer zu schaffen machst. Es ist nicht leicht, einen Vernehmungsbeamten zu vernehmen, was?«

»Wahrscheinlich nicht.«

»Hör zu, du bist ein kluger Junge, du brauchst dein Licht nicht unter den Scheffel zu stellen. Aber du hättest manchmal mehr auf Onkel Ilja hören sollen. Ich hab versucht, dich in die richtige Richtung zu steuern. Das Ganze ist meine Schuld; ich hätte konsequenter sein müssen. Kann ich dir irgendeinen Gefallen tun? Du brauchst es nur zu sagen.«

Arkadi setzte sich aufs Bett. Er fühlte sich unendlich deprimiert und müde und war Nikitin dankbar, daß er seine Zeit für diesen Besuch opferte. Nikitin saß jetzt neben ihm auf der Bettkante, obwohl Arkadi nicht wußte, wie er dorthin gekommen war.

»Du brauchst nur etwas zu sagen«, suggerierte Nikitin ihm.

»Irina...«

»Was ist mit ihr?«

Arkadi fiel es schwer, sich zu konzentrieren. Alle Geheimnisse, die er bisher in seinem Herzen bewahrt hatte, schienen darauf zu drängen, bei Nikitin mitfühlendes Gehör zu finden. Arkadis einzige andere Besucherin an diesem Tag war eine Krankenschwester gewesen, die ihm unmittelbar vor Nikitins Eintreffen eine Spritze gegeben hatte.

»Ich bin der einzige, der dir helfen kann«, behauptete Nikitin.

»Sie wissen nicht...«

»Ja?«

Arkadi fühlte sich schwindlig und kämpfte gegen einen Brechreiz an. Nikitins kleine, pummelige Hand lag auf seiner.

»Du brauchst jetzt einen Freund«, stellte Nikitin fest.

»Die Krankenschwester…«

»Die steht nicht auf deiner Seite. Sie hat dir irgendwas gegeben, damit du gesprächig wirst.«

»Ja, ich weiß.«

»Erzähl ihnen nichts, Bojtschik!« forderte Nikitin ihn auf.

Arkadi tippte auf Natriumaminat; das war das übliche Mittel.

»Und nicht zu knapp!«

Er weiß, was ich meine, sagte Arkadi sich.

»Das ist ein sehr starkes Betäubungsmittel. Niemand kann dir Vorwürfe machen, wenn du dich nicht mehr als sonst in der Gewalt hast«, versicherte Nikitin ihm.

»Du hättest die Rücktrittsgesuche nicht mitzubringen brauchen.« Arkadi bemühte sich, laut und deutlich zu sprechen. »Kein Mensch braucht diese Schreiben.«

»Dann hast du sie nicht richtig gelesen.« Nikitin zog den Umschlag erneut aus der Jacke und öffnete ihn. »Hier.«

Arkadi blinzelte ungläubig, als er den mit der Maschine geschriebenen Text las. Das Schreiben war ein umfassendes Geständnis! »Das hab ich nie unterschrieben«, wehrte er ab.

»Hier steht deine Unterschrift. Ich kann bezeugen, daß du sie eigenhändig geleistet hast. Aber das tut nichts zur Sache.« Nikitin zerriß die Blätter. »Ich glaube sowieso kein Wort davon.«

»Danke«, sagte Arkadi gerührt.

»Ich stehe auf deiner Seite; wir kämpfen gemeinsam gegen die anderen. Weißt du noch, daß ich der beste Vernehmungsbeamte gewesen bin? Erinnerst du dich daran?«

Arkadi nickte wortlos. Nikitin beugte sich vertraulich zu ihm hinüber und flüsterte ihm ins Ohr: »Ich bin gekommen, um dich zu warnen. Sie wollen dich umbringen.«

Arkadi starrte die geschlossene Tür an. Ihre glatte Oberfläche erschien ihm bedrohlich: eine Fassade für die Männer auf der anderen Seite.

»Wer soll Irina helfen, wenn du tot bist?« fragte Nikitin. »Wer weiß dann die Wahrheit?«

»Mein Bericht…«

»Soll *sie* täuschen, nicht deine Freunde. Denk nicht an dich selbst, denk an Irina. Ohne mich ist sie ganz allein. Stell dir vor, wie allein sie sein wird.«

Wahrscheinlich würden sie ihr nicht einmal sagen, daß ich tot bin, dachte Arkadi.

»Sie erkennt nur, daß ich ein Freund bin, wenn du mir die Wahrheit sagst«, drängte Nikitin.

Daß sie ihn umbringen würden, stand so gut wie sicher fest; damit mußte Arkadi sich abfinden. Vielleicht wurde er aus einem Fenster gestürzt, bekam eine Überdosis Morphium oder starb an einer Luftinjektion. Wer würde sich dann um Irina kümmern?

»Wir sind alte Freunde«, sagte Nikitin. »Ich bin dein Freund. Ich will dein Freund sein. Du kannst mir vertrauen.« Er lächelte wie ein Buddha.

Arkadis eingeengtes Gesichtsfeld war durch das Natriumaminat grau gefärbt. Er hörte das kollektive Atmen in den Korridoren. Der Fußboden befand sich weit unterhalb seiner Füße. Leichen trugen Papierpantoffeln; sie hatten ihm Papierpantoffeln gegeben. Seine Füße waren so kränklich weiß – wie sah der Rest seines Körpers aus? Er hatte Angst. Er rieb sich mit beiden Fäusten die Stirn. Er konnte nicht mehr denken; am besten erzählte er alles, solange er noch dazu imstande war. Aber er biß die Zähne zusammen, damit ihm kein Wort entschlüpfte. Dann brach ihm der Schweiß aus, und er fürchtete, die Worte könnten ihm aus den Poren dringen. Sein ganzer Körper verkrampfte sich bei dem verzweifelten Versuch, die auf seine Lippen drängenden Worte zurückzuhalten.

»Ich bin dein ältester, bester und einziger Freund«, behauptete Nikitin.

Arkadi ließ die Hände sinken. Tränen liefen ihm übers Gesicht, aber in Gedanken empfand er große Erleichterung. Er hob die Rechte, als halte er eine Pistole in der Hand, und betätigte einen imaginären Abzug.

»Was hast du plötzlich?« fragte Nikitin.

Arkadi gab keine Antwort, weil die Worte, mit denen er Irina verraten würde, noch immer auf seine Lippen drängten. Aber er lächelte. Nikitin hätte die Sache mit der Pistole nicht erwähnen dürfen, als er hereingekommen war. Arkadi zielte erneut auf sein Gesicht und tat so, als drücke er ab.

»Ich bin dein Freund«, sagte Nikitin mit weniger Überzeugungskraft.

Arkadi verschoß ein ganzes Magazin unsichtbarer Patronen, lud nach und schoß weiter. Nikitin begriff allmählich den Sinn dieser Pantomime. Nachdem er anfangs lautstark protestiert hatte, schwieg er, wich vor Arkadis leerer Hand zurück und räumte seinen Platz auf der Bettkante. Wie der Nikitin aus alten Tagen bewegte er sich um so schneller, je näher er der Tür kam.

19

Anfang des Sommers wurde Arkadi in ein Gutshaus auf dem Land gebracht. Zu dem alten Herrenhaus mit der weißen Säulenfront und den auf eine Terrasse hinausführenden Fenstertüren gehörten ein großzügig verglaster Wintergarten, eine jetzt als Garage dienende kleine Kapelle und ein ziegelroter Tennisplatz, auf dem die Wachen den ganzen Tag lang Volleyball spielten. Arkadi konnte sich frei bewegen und weite Wanderungen machen, solange er zum Abendessen zurückkam.

In der ersten Woche landete auf der kleinen Piste ein einmotoriges Flugzeug mit zwei Vernehmungsoffizieren, Major Pribluda, einem Postsack und Vorräten wie Frischfleisch und Obst, die nur in Moskau erhältlich waren.

Die Vernehmungen fanden zweimal täglich im Wintergarten statt, in dem nur noch einige große Gummibäume standen, die Arkadi so fehl am Platz erschienen wie Lakaien. Er saß in einem Rohrsessel zwischen den Vernehmungsoffizieren. Einer von ihnen war ein Psychiater, und seine Fragen waren clever; wie bei allen freundlich geführten Verhören lag eine schmierige Bonhomie in der Luft.

Nach dem Mittagessen am dritten Tag traf Arkadi Pribluda im Garten allein an. Der Major hatte seine Jacke über die Rückenlehne des schmiedeeisernen Gartenstuhls gehängt und reinigte seine Pistole. Er sah überrascht auf, als Arkadi sich ihm gegenübersetzte.

»Was ist mit Ihnen los?« fragte Arkadi. »Warum lassen die anderen Sie hier draußen sitzen?«

»Ich hab nicht den Auftrag, Sie zu vernehmen«, antwortete Pribluda. Seine häßlichen, harten Augen waren für Arkadi zu einem festen Bezugspunkt geworden und eine Erleichterung nach dem Vormittag mit den beiden anderen KGB-Offizieren. »Die anderen sind Spezialisten, die ihre Sache verstehen.«

»Warum sind Sie dann hier?«

»Ich hab mich freiwillig gemeldet.«

»Wie lange werden Sie bleiben?«

»So lange wie die Vernehmungsoffiziere.«

»Sie haben nur ein Hemd zum Wechseln mitgebracht – das reicht nicht lange«, stellte Arkadi fest.

Pribluda nickte und reinigte weiter seine Waffe. Er schwitzte in der Sonne. Er hatte sich nicht einmal die Ärmel aufgekrempelt; aber er arbeitete so sorgfältig, daß keine Gefahr bestand, daß sie Ölflecken bekommen würden.

»Welche Aufgabe haben Sie, wenn Sie mich nicht vernehmen sollen?« fragte Arkadi.

Pribluda setzte wortlos seine Pistole zusammen. Arkadi beobachtete ihn dabei.

»Sie haben den Auftrag, mich zu erschießen, Major. Geben Sie's zu – Sie haben sich freiwillig gemeldet!«

»Sie sprechen sehr leichtfertig über Ihr Leben.« Pribluda begann, die Patronen wieder ins Magazin zu drücken.

»Aber nur, weil es sehr leichtfertig behandelt wird. Wie ernst soll ich bleiben, wenn Sie mich erschießen, sobald Sie kein sauberes Hemd mehr haben?«

Arkadi glaubte nicht, daß Pribluda ihn erschießen würde. Der Major hatte sich zwar sicher freiwillig dafür gemeldet und wäre bestimmt auch bereit, einen entsprechenden Befehl widerspruchslos auszuführen, aber Arkadi glaubte nicht, daß es dazu kommen würde. Als die Vernehmungsoffiziere und Pribluda am nächsten Morgen mit dem Auto zur Piste hinausfuhren, folgte Arkadi ihnen einen Kilometer weit zu Fuß. Er kam gerade rechtzeitig, um zu beobachten, wie Pribluda erregt auf die schon im Flugzeug sitzenden Vernehmungsoffiziere einredete. Die Maschine startete ohne ihn, und er stieg bedrückt in den Wagen. Als der Fahrer Arkadi fragte, ob er mit zurückfahren wolle, antwortete Arkadi, er gehe bei diesem herrlichen Wetter lieber zu Fuß.

Arkadi und Pribluda aßen an dem einzigen vorhandenen Tisch im Speisesaal, dessen übrige Einrichtung unter geisterhaften Schonbezügen steckte. Arkadi beobachtete den Major interessiert. Ein Mann, der erschossen werden soll, betrachtet den Schützen stets mit großem Interesse, und da der Todesschuß vorerst auf unbestimmte Zeit verschoben war, hatte Arkadi Gelegenheit, seinen zukünftigen Scharfrichter eingehend zu studieren.

»Wie wollen Sie mich erschießen? Von hinten, von vorn? In den Kopf oder ins Herz?«

»Durch den Mund«, antwortete Pribluda.

»Im Freien? Oder im Haus? Das Bad läßt sich am leichtesten saubermachen.«

Der Major schenkte sich mürrisch ein Glas Limonade ein. Im ganzen Haus herrschte striktes Alkoholverbot, und Arkadi war der einzige, der nicht darunter litt. Wenn die Wachen tagsüber Volleyball gespielt hatten, spielten sie bis spät in die Nacht hinein Tischtennis, um schlafen zu können.

»Bürger Renko, Sie sind kein Chefinspektor mehr, Sie sind ein Nichts! Ich kann Ihnen einfach befehlen, den Mund zu halten.«

»Andersherum wird ein Schuh daraus, Major. Da ich ein Nichts bin, brauche ich Ihnen nicht mehr zuzuhören.«

Ihm fiel ein, daß Irina sich ihm gegenüber einmal ähnlich geäußert hatte. Alles eine Frage des Standpunktes!

»Sagen Sie, Major«, fragte er, »hat schon mal jemand versucht, Sie umzubringen?«

»Nur Sie.« Pribluda schob seinen Stuhl zurück und ging hinaus.

Aus Frustration begann Pribluda, im Garten zu arbeiten. Nur mit Unterhemd und hochgerollten Hosen bekleidet, rupfte er Unkraut.

»Um diese Zeit kann man nur noch Radieschen säen, aber man tut, was man kann.«

»Wie hoch ist Ihre Norm?« fragte Arkadi von der Veranda aus. Er kniff die Augen zusammen und suchte den Himmel nach dem aus Moskau zurückkehrenden Flugzeug ab.

»Das ist keine Arbeit, sondern ein Vergnügen«, beteuerte der Major.

»Das lasse ich mir von Ihnen nicht verderben. Da, riechen Sie mal!« Er hielt Arkadi eine Handvoll der torfigen Erde hin. »Auf der ganzen Welt gibt's keine Erde, die wie unsere riecht.«

Der Himmel war leer, und Arkadi betrachtete wieder Pribluda und seine Handvoll Erde. Die Geste erinnerte ihn an die Szene, als der Major im Gorki-Park die drei Ermordeten untersucht hatte. Arkadi dachte wieder an Pribludas Opfer an der Kliasma. Aber hier waren sie auf dem Land: Arkadi mit Operationsnarben auf dem Unterleib, und Pribluda beim Anlegen eines Gemüsebeets.

»Man hat Jamskois Geld gefunden – das hält alles auf«, vertraute Pribluda ihm an. »Sie haben seine Datscha in ihre Einzelteile zerlegt und das ganze Grundstück umgegraben. Das Geld war unter einem Schuppen am See versteckt. Jamskoi hat ein Vermögen zusammengerafft, obwohl ich nicht weiß, warum er sich diese Mühe gemacht hat. Wofür hätte er das viele Geld ausgeben wollen?«

»Wer weiß?«

»Ich hab gesagt, Sie seien unschuldig. Ich hab Sie von Anfang an für unschuldig gehalten. Fet hat als Spitzel total versagt, deshalb bin ich stolz, daß ich meinem Instinkt vertraut habe. Alle haben behauptet, kein Chefinspektor sei bereit und imstande, die angeblich von Ihnen geführten Ermittlungen trotz gegenteiliger Anweisungen des Staatsanwalts zu Ende zu bringen. Ich habe widersprochen, weil ich als einziger weiß, wie Sie versucht haben, mich zu ruinieren. Alle anderen haben gesagt, wenn Jamskoi wirklich so korrupt gewesen sei, wie Sie behaupten, müßten Sie sein Komplize gewesen sein, so daß es sich nur um eine Auseinandersetzung unter Ganoven gehandelt habe. Ich habe betont, Sie seien imstande, einen Mann ohne vernünftigen Grund zu ruinieren. Ich kenne Sie! Sie sind ein Heuchler von der übelsten Sorte.«

»Wie kommen Sie darauf?«

»Sie bezeichnen mich als Mörder, wenn ich Befehle ausführe. Was gingen mich die beiden Kerle aus dem Wladimir-Gefängnis an? Ich hatte nichts gegen sie – hab sie nicht mal gekannt. Für mich waren sie nur Staatsfeinde, die ich liquidieren sollte. Nicht alles auf der Welt läßt sich völlig legal erledigen, deshalb brauchen wir Geheimdienste. Sie müssen gewußt haben, daß ich auf Befehl gehandelt habe. Aber aus einer Laune, aus irgendeinem heuchlerischen Überlegenheitsgefühl heraus, wollten Sie mir ein Verfahren anhängen, obwohl ich nur meine Pflicht getan habe. Deshalb sind Sie schlimmer als ein Mörder – Sie sind ein moralischer Snob! Gut, lachen Sie meinetwegen, aber Sie müssen zugeben, daß es einen Unterschied zwischen Pflichtbewußtsein und reinem Egoismus gibt.«

»Wahrscheinlich haben Sie recht«, bestätigte Arkadi.

»Aha! Sie haben also gewußt, daß ich auf Befehl gehandelt habe...«

»Nicht auf Befehl«, widersprach Arkadi. »Sie haben lediglich auf ein Flüstern reagiert.«

»Welchen Unterschied macht das? Was passiert mir, wenn ich diesen Befehl verweigere?«

»Sie scheiden aus dem KGB aus, Ihre Angehörigen sprechen nicht mehr mit Ihnen, Ihre Freunde kennen Sie plötzlich nicht mehr, Sie dürfen nicht mehr in den Spezialläden einkaufen. Ihre Familie muß in eine kleinere Wohnung umziehen, Ihre Kinder schaffen keine Examen mehr, Sie werden von der Liste für Autokäufer gestrichen, niemand traut Ihnen mehr – und wenn Sie die beiden nicht erschossen hätten, hätte es jemand anders getan. Ich hab hingegen eine miese Ehe geführt, keine Kinder gehabt und mir nie ein eigenes Auto gewünscht.«

»Genau das meine ich!«

Arkadi beobachtete den Kondensstreifen eines Düsenjägers und horchte auf das Geräusch von Pribludas Spaten. Solange Arkadi lebte, blieb auch Irina am Leben.

»Wenn ich unschuldig bin, brauchen Sie mich vielleicht doch nicht zu erschießen.«

»Niemand ist völlig unschuldig.« Der Major grub weiter um.

Das Flugzeug brachte weitere Vernehmungsoffiziere, Proviant und frische Kleidung für Pribluda. Manchmal kamen neue KGB-Offiziere, manchmal waren es alte Bekannte; die einen benützten Drogen, andere versuchten es mit Hypnose, aber alle hatten eines gemeinsam: Sie blieben immer nur eine Nacht und flogen am nächsten Morgen wieder weg.

Pribluda arbeitete weiter im Garten – wenn die Vernehmungsoffiziere außer Sicht waren – und hatte seine Pistole im Schulterhalfter an einem in den Boden gerammten Stock hängen. Aus der Erde sprossen Radieschen, Sellerie und Karotten in krummen Reihen.

»Der Sommer wird trocken, das spüre ich«, erklärte er Arkadi. »Da muß man ein bißchen tiefer pflanzen.«

Pribluda marschierte fluchend hinter ihm her, wenn Arkadi eine seiner langen Wanderungen machte.

»Ich laufe nicht weg«, versprach Arkadi ihm. »Ehrenwort!«

»Hier gibt's Moore. Die können gefährlich sein.« Er blieb zehn Meter hinter Arkadi. »Sie wissen nicht mal, wohin Sie treten dürfen.«

»Ich bin kein Pferd. Mich brauchen Sie nicht zu erschießen, wenn ich mir ein Bein breche.«

Arkadi hörte Pribluda zum erstenmal lachen. Der Major hatte recht. Wenn Arkadi zu seinen Wanderungen aufbrach, war er manchmal noch so voll Natriumpentothal, daß er gegen einen Baum hätte rennen können, ohne es zu merken. Er wanderte jeweils so lange, bis die Wirkung der letzten Spritze in der frischen Luft abgeklungen war; dann ruhte er sich im Schatten eines Baumes aus. Pribluda hatte anfangs immer in der Sonne sitzen wollen und eine Woche gebraucht, um sich an den Schatten zu gewöhnen.

»Wie ich höre, ist heute Ihr letzter Tag.« Pribluda grinste hämisch. »Die letzte Vernehmung, die letzte Nacht. Ich erledige Sie, wenn Sie schlafen.«

Arkadi schloß die Augen und hörte den Insekten zu. Jede Woche wurde es ein bißchen heißer und die Insekten ein bißchen lauter.

»Möchten Sie hier begraben werden?« erkundigte Pribluda sich.

»Los, kommen Sie endlich mit!«

»Warum gehen Sie nicht einfach in Ihren Garten?« Arkadi behielt die Augen geschlossen und hoffte, daß der Major allein weitergehen würde.

»Sie müssen mich wirklich hassen«, sagte Pribluda nach einer Pause.

»Dafür habe ich keine Zeit.«

»Sie haben keine Zeit dafür? Sie haben doch nichts als Zeit!«

»Wenn ich wach und nicht so benommen bin, wenn ich klar denken kann, ist mir die Zeit zu schade, um über Sie nachzudenken.«

»Sie sollten aber über mich nachdenken, denn ich werde Sie erschießen.«

»Regen Sie sich nicht auf, das tun Sie nicht.«

»Ich rege mich nicht auf!« widersprach Pribluda empört. Er hatte sich besser in der Gewalt, als er hinzufügte: »Darauf freue ich mich schon seit einem Jahr. Sie sind verrückt, Renko! Sie vergessen, wer hier das Sagen hat!«

Arkadi schwieg. Über sich hörte er das ängstlich-triumphierende Geschrei eines ganzen Schwarms kleiner Vögel, die eine Krähe vertrieben. Aus der Tatsache, daß das Haus regelmäßig von Kurzstreckenflugzeugen des Typs An 24 in Richtung Süden überflogen wurde, hatte er längst geschlossen, daß er sich etwa eine Stunde im Umkreis des am Moskauer Stadtrand liegenden Flughafens Domodedowo befinden mußte. Da die Psychiater, die ihn verhörten, alle aus der Serbski-Klinik des KGB in Moskau kamen, nahm er an, Irina werde dort festgehalten.

»Gut, worüber denken Sie sonst nach?« fragte Pribluda dann.

»Ich denke, daß ich früher nie gewußt habe, *wie* man denkt. Ich habe das Gefühl, als ob ich's erfinde, während ich's tue. Das ist mein persönlicher Eindruck. Jedenfalls habe ich zum erstenmal nicht mehr das Gefühl, von außen gesteuert zu werden.« Er öffnete die Augen und grinste.

»Sie sind verrückt!« sagte Pribluda ernsthaft.

Arkadi stand auf und reckte sich. »Wollen Sie zu Ihrer Gartenarbeit zurück, Major?«

»Das wissen Sie doch!«

»Sagen Sie, daß Sie menschlich sind.«

»Was?«

»Wir kehren um«, versprach Arkadi ihm. »Sie brauchen bloß zu sagen, daß Sie menschlich sind.«

»Ich brauche überhaupt nichts zu tun! Was für ein Spiel ist das? Sie sind übergeschnappt, Renko; Sie widern mich an!«

»Ist es wirklich so schwer für Sie zuzugeben, daß Sie menschlich sind?«

Pribluda setzte sich in Bewegung und stapfte im Kreis herum. »Sie wissen doch, daß ich es bin.«

»Sagen Sie es!«

»Dafür bringe ich Sie um – allein dafür«, drohte der Major. »Aber damit ich's hinter mir habe: Ich bin menschlich.«

»Ausgezeichnet!« Arkadi stand auf. »Jetzt können wir zurückgehen.«

Der neue Vernehmungsoffizier war ein Moskauer Psychiater, der seine Worte mit nervösen Handbewegungen unterstrich.

»Ich will Ihnen sagen, wie ich den Fall sehe«, erklärte er Arkadi nach Abschluß seiner Vernehmung. »Auf jede wahre Aussage, die wir von Ihnen und der Asanowa gehört haben, kommt eine Lüge. Keiner von Ihnen hat direkt zur Jamskoi-Osborne-Clique gehört, aber Sie haben beide indirekt mit ihr zu tun gehabt und haben weiterhin starke Bindungen zueinander. Wegen Ihrer langen Erfahrung als Vernehmungsbeamter und wegen Irinas langjähriger Erfahrungen als Verdächtige hoffen Sie beide, uns verwirren und zum Aufgeben zwingen zu können. Diese Hoffnung ist irreal. Alle Verbrecher hegen irreale Erwartungen.

Sie und die Asanowa leiden unter dem Pathoheterodoxie-Syndrom. Sie überschätzen Ihre persönlichen Fähigkeiten. Sie fühlen sich von der Gesellschaft isoliert. Sie schwanken zwischen Euphorie und Depression. Sie mißtrauen Menschen, die Ihnen helfen wollen. Sie sind gegen Autorität, auch wenn Sie sie selbst vertreten. Sie bilden sich ein, für Sie gebe es eine Ausnahme von jeder Regel. Sie unterschätzen die kollektive Intelligenz. Unrecht erscheint Ihnen wie Recht – und umgekehrt.

Die Asanowa stellt einen eindeutigen, geradezu klassischen Fall dar, der leicht zu verstehen und deshalb auch leicht abzuhandeln ist. Ihrer ist viel komplizierter und gefährlicher. Sie sind mit einem großen Namen und beträchtlichen Vorteilen auf die Welt gekommen. Obwohl Sie schon früh verdächtigt wurden, ein politischer Egoist zu sein, sind Sie in eine wichtige Position aufgestiegen. Nach tapferem Kampf gegen einen mächtigen Vorgesetzten haben Sie sich mit dieser Frau eingelassen und gemeinsam mit ihr versucht, wichtige Tatsachen geheimzuhalten. In welchem Verhältnis hat sie zu Osborne gestanden? Was hat sich zwischen Ihnen und dem amerikanischen Geheimdienstmann William Kirwill abgespielt? Warum haben Sie Osborne abfliegen lassen? Ich habe Ihre Antworten gehört. Ich glaube, daß der gesunde Teil Ihres Ichs mir die Wahrheit sagen will und dies bei entsprechender Behandlung wohl auch tun würde. Aber das wäre nicht der Mühe wert. Wir *haben* die wahren Antworten. Weitere Vernehmungen dieser Art würden lediglich dazu führen, Ihr übertriebenes Selbstwertgefühl weiter zu stärken. Wir müssen an das Gemeinwohl denken. Deshalb werde ich empfehlen, an Ihnen ein Exempel zu statuieren – und das so schnell wie möglich. Bevor ich nach Moskau zurückkehre, kommen wir morgen früh erneut zusammen. Ich habe Ihnen keine weiteren Fragen zu stellen, aber für Sie ist das die letzte Gelegenheit, zusätzliche Aussagen zu machen. Haben Sie das verstanden? Gut, dann bis morgen.«

Pribluda leerte vorsichtig den Eimer aus. Das Wasser lief in einem Graben bis zu einer Abzweigung, von der ein Seitenkanal zu einer Reihe Salatköpfe führte. Arkadi wartete, bis der Seitenkanal vollgelaufen war, bevor er ihn mit einigen Handvoll Erde schloß und auf den Knien zur nächsten Abzweigung weiterrutschte. So setzten sie gemeinsam alle Beete unter Wasser. »Ein richtiges Nilhochwasser«, meinte er bewundernd.

»Ach, der Boden ist zu trocken. Ein Dutzend Eimer für einen Garten dieser Größe?« Pribluda schüttelte den Kopf. »Das ist eine Dürre.«

»Der private landwirtschaftliche Sektor des Komitees für Staatssicherheit wird niemals unter Trockenheit zu leiden haben, davon bin ich überzeugt.«

»Ja, lachen Sie nur! Ich bin auf einer Kolchose aufgewachsen. Dürre ist eine schlimme Sache, und ich spüre, daß uns eine Trockenperiode bevorsteht. Ich gebe zu, daß ich in die Armee eingetreten bin, um von der Kolchose wegzukommen, aber im Grunde genommen bin ich ein Bauernjunge geblieben. Man braucht gar nicht darüber nachzudenken; eine Dürre spürt man schon vorher ganz deutlich.«

»Wie denn?«

»Man hat tagelang einen ausgedörrten Hals, weil die Luft so trocken ist. Aber es gibt auch andere Anzeichen.«

»Zum Beispiel?«

»Der Erdboden ist wie eine Trommel. Was passiert, wenn das Fell einer Trommel heißer und trockener wird? Es klingt lauter. So ist's auch mit dem Boden. Hören Sie nur!« Pribluda stampfte mit dem rechten Fuß auf. »Das klingt richtig hohl, weil der Wasserspiegel sinkt.« Er stampfte zwischen den Eimern umher, genoß seine Fähigkeit, andere zu unterhalten, und trampelte um so lauter, je mehr Arkadi lachte. »Das ist eine alte Bauernregel. Hören Sie die Erde? Merken Sie, wie trocken Ihre Kehle ist? Und dabei haben Sie bestimmt geglaubt, ihr Kosmopoliten wüßtet alles!« Pribluda führte einen tolpatschigen Tanz auf, bis er stolperte und breit grinsend zu Boden ging. Arkadi zog ihn hoch. »Sie sollten zum Psychiater, Major, nicht ich.« Pribludas Grinsen verschwand. »Zeit für Ihre letzte Sitzung«, stellte er fest. »Sie gehen nicht hin?«

»Nein.«

»Dann muß ich hingehen.« Der Major wich Arkadis Blick aus. Er zog sein Hemd an, rollte die Hosenbeine herunter, wischte über seine Schuhe und schlüpfte in seine Jacke. Dann sahen sie beide gleichzeitig, daß seine Pistole noch an dem in den Boden gerammten Stock in der Mitte des bewässerten Gartens hing.

»Ich hole sie Ihnen«, erbot Arkadi sich.

»Nein, ich hole sie mir selbst.«

»Unsinn! Sie haben Schuhe an, ich bin barfuß.«

Obwohl Pribluda ihn zurückzuhalten versuchte, watete Arkadi durch den Schlamm, um das Pistolenhalfter mit der Waffe zu holen. Der Major beobachtete ihn, verbissen schweigend. Als Arkadi ihm die Pistole übergab, holte Pribluda mit dem Halfter zu einem Schlag gegen seinen Kopf aus. »Fassen Sie meine Pistole nicht an!« Er war blaß vor Wut. »Sehen Sie denn nicht, was hier vorgeht, sehen Sie denn überhaupt nichts?«

Arkadi und Pribluda arbeiteten nicht mehr im Garten, und das Gemüse vertrocknete, weil alles Wasser streng rationiert war. Bei wolkenlos blauem Himmel verkümmerte das Getreide und wurde vorzeitig gelb. Im Haus standen alle Türen und Fenster offen, um wenigstens gelegentlich einen Hauch hereinzulassen.

Sonja kam. Sie war dünner und wirkte vergrämt, obwohl sie lächelte.

»Die Richterin hat uns geraten, einen neuen Anfang zu versuchen«, erklärte sie Arkadi. »Sie hat gesagt, daß nichts endgültig sei, wenn ich mir die Sache anders überlegen will.«

»Und willst du sie dir anders überlegen?«

Sie saß am Fenster und fächelte sich mit ihrem Taschentuch Luft zu. Selbst ihr mädchenhafter blonder Zopf wirkte dünner, älter – wie eine Perücke, dachte er.

»Wir haben nur Schwierigkeiten gehabt«, meinte Sonja.

»Hm.«

»Vielleicht war das meine Schuld.«

Arkadi lächelte. Sonjas Eingeständnis klang so unbeteiligt, als spreche ein Bürokrat von einer kleinen Umorganisation in seiner Abteilung.

»Du siehst besser aus, als ich erwartet hatte«, erklärte sie ihm.

»Na ja, hier draußen kann man eigentlich nur gesünder werden. Ich bin seit zwei Wochen nicht mehr vernommen worden. Ich frage mich, wie's mit mir weitergehen soll.«

»In Moskau ist es sehr heiß. Du kannst von Glück sagen, daß du hier draußen bist.«

Sonja erklärte ihm, sie habe erfahren, daß er eine für ihn geeignete Stellung in einer hübschen Kleinstadt erhalten solle, da eine Rückkehr nach Moskau selbstverständlich nicht in Frage komme. Vielleicht als Lehrer. Sie könnten an der gleichen Schule unterrichten. Außerdem sei es vielleicht an der Zeit, an die Gründung einer Familie zu denken. Sonja sprach sogar davon, daß sie in nächster Zeit zu einem längeren Besuch zurückkommen könne.

»Nein«, wehrte Arkadi ab. »Wir sind nicht mehr verheiratet und machen uns nichts aus einander. Ich liebe dich jedenfalls nicht. Ich fühle mich nicht einmal für deine Entwicklung im Lauf unserer Ehe verantwortlich.«

Sonja hörte auf, sich Luft zuzufächeln, und starrte blicklos an Arkadi vorbei. Ihre Hände lagen untätig in ihrem Schoß. Da sie an Gewicht und Rundlichkeit verloren hatte, traten ihre Turnerinnenmuskeln um so deutlicher hervor.

»Liebst du eine andere Frau?« Die Frage war allzu offensichtlich.

»Sonjuschka, du hast recht gehabt, mich zu verlassen, und ich möchte dir raten, jetzt einen großen Bogen um mich zu machen. Ich wünsche dir nichts Schlechtes.«

»Du wünschst mir nichts Schlechtes?« Sie schien aus ihrer Gleichgültigkeit zu erwachen und wiederholte seine Äußerung aufgebracht und sarkastisch. »Du wünschst mir nichts Schlechtes? Ist dir eigentlich klar, was du mir angetan hast? Schmidt hat sich von mir getrennt. Er hat meine Versetzung an eine andere Schule beantragt, und wer könnte ihm das verübeln? Mein Parteibuch ist eingezogen worden; ich weiß nicht, ob ich's jemals zurückbekomme. Du hast mein Leben ruiniert, wie du's dir vom ersten Tag an vorgenommen hattest. Bildest du dir etwa ein, ich wäre aus eigenem Antrieb hergekommen?«

»Nein. Du bist auf deine Weise immer ziemlich ehrlich gewesen, so daß es mich verblüfft hat, dich hier zu sehen.«

Sonja drückte ihre zu Fäusten geballten Hände an die Augen und preßte ihre Lippen so stark zusammen, daß sie blaß und blutlos wurden. Sekunden später nahm sie die Hände weg, versuchte zu lächeln und hatte tränenfeuchte blaue Augen, als sie weitersprach. »Wir haben nur einen Ehestreit gehabt. Ich bin nicht verständnisvoll genug gewesen. Wir müssen einen neuen Anfang machen.«

»Nein, bitte nicht.«

Sie griff nach seiner Hand. Er hatte vergessen, wie schwielig ihre Finger vom Geräteturnen waren. »Wir haben lange nicht mehr miteinander geschlafen«, flüsterte sie. »Ich könnte hier bei dir übernachten.«

»Bitte nicht.« Arkadi bog ihre Finger auf.

»Dreckskerl!« Sie zerkratzte ihm die Hand.

Sonja wurde noch vor dem Abendessen nach Moskau zurückgeflogen. Das Erlebnis, daß diese Frau, die einmal seine Ehefrau gewesen war, sich vor ihm erniedrigt hatte, war zutiefst deprimierend für Arkadi.

Nachts wachte er mit überwältigender Sehnsucht nach Irina auf. Sein Zimmer war ein schwarzer Rahmen für ein Fenster voller Sterne. Arkadi stand nackt am Fenster und sah zum Himmel auf, als erkenne er *ihr* Bild zwischen den vertrauten Konstellationen.

In den vergangenen Monaten hatte er alle Gefühle in sich abgetötet, um durch Leidenschaftslosigkeit gegen die bohrenden Fragen der Vernehmungsoffiziere gefeit zu sein. Jetzt glaubte er, Irinas Bild zu sehen, und er lebte wieder – zumindest für diese eine Nacht.

Die Moorbrände begannen im nächsten Monat. Der Himmel im Norden war tagelang rötlich-grau verhangen. Eines Nachmittags mußte ihr Versorgungsflugzeug vor der Landung umkehren, und am nächsten Morgen hingen auch am südlichen Horizont Rauchschwaden. Ein Löschfahrzeug kam mit einem Brandmeister und Feuerwehrmännern, die in ihrer Schutzkleidung an mittelalterliche Soldaten erinnerten. Der Brandmeister ordnete die Räumung des Hauses an. Eine Evakuierung nach Moskau kam nicht mehr in Frage; die Straßen waren abgeschnitten oder blockiert, und die Bevölkerung wurde zur Brandbekämpfung zwangsverpflichtet.

Diese Brandbekämpfung hatte etwas von einer Schlacht. Nur 30 Kilometer vom Haus entfernt sammelte sich eine Streitmacht aus Hunderten von Feuerwehrmännern, Pionieren und »Freiwilligen« als Infanterie um Löschfahrzeuge, Bagger und Planierraupen. Die Gruppe aus dem Haus – Arkadi, Pribluda und etwa 20 Wachposten – bildete eine Auffanglinie mit Schaufeln.

Aber sobald sie die erste Feuerschneise überquerten, löste sich die Linie auf. Der Wind sprang um und trieb den Männern beißende Rauchschwaden entgegen, so daß sie würgend und hustend in verschiedene Richtungen auseinanderliefen. Männer und ganze Raupenschlepper versanken in alten Gräben von früheren Brandaktionen; Helfer in angesengten Kleidern versuchten, sich in Sicherheit zu bringen; das Durcheinander war unbeschreiblich. Von den Männern, mit denen Arkadi losmarschiert war, konnte er nur noch Pribluda erkennen.

Das Feuer war unberechenbar. Ein Busch geriet nur langsam in

Brand; der nächste loderte augenblicklich wie eine Fackel. Aber die wirkliche Gefahr waren die unterirdischen Schwelbrände im Torf. Inzwischen hatte Arkadi erkannt, daß er sich in der Nähe der Stadt Schatura befand. Dort war nach der Oktoberrevolution das erste Kraftwerk gebaut worden – und dieses Kraftwerk wurde mit Torf beheizt. Der Torf brannte selbst dort unterirdisch weiter, wo der Brand an der Oberfläche gelöscht zu sein schien.

Ein Bagger brach durch die dünne Erdschicht, unter der verglimmender Torf einen Hohlraum gebildet hatte, und setzte eine Methanwolke frei, die wie eine Bombe zwischen den Löschmannschaften detonierte. Die Hitze raubte einem fast den Atem. Alle Männer husteten Asche und Blut. Hubschrauber flogen über sie hinweg und ließen Löschwasser ab, das beißende Rauch- und Dampfschwaden erzeugte. Männer mit tränenden Augen hielten einander in blinden Ketten an den Gürteln fest.

Der Brand sollte eingedämmt werden, aber die Torfflächen waren zu riesig, und Feuerschneisen blieben nutzlos gegen einen Feind, der unterirdisch angriff. Da jede neue Auffanglinie weiter zurückgenommen werden mußte, waren die früher eingesetzten Männer um so hoffnungsloser gefangen. Arkadi wußte nicht mehr, wohin er sich wenden sollte. Aus allen Richtungen drangen verwirrte Schreie aus den Rauchschwaden. Ein Graben endete bei einem brennenden Raupenschlepper; Schaufeln lagen so da, wie sie weggeworfen worden waren. Pribluda hockte mit rauchgeschwärztem Gesicht auf der Erde und keuchte erschöpft. Er konnte seine Pistole kaum noch halten, und seine Stimme war so schwach, daß Arkadi sich anstrengen mußte, um ihn zu verstehen.

»Verschwinde!« forderte Pribluda ihn erbittert auf. »Sieh zu, daß du deine Haut rettest. Das ist deine große Chance. Falls du nicht selbst verbrennst, kannst du irgendeinem armen toten Kerl die Ausweise abnehmen. Das ist die Gelegenheit, auf die du gewartet hast. Wir erwischen dich trotzdem; ich würde dich erschießen, wenn ich das nicht wüßte.«

»Was hast du vor?« fragte Arkadi.

»Ich bin nicht so dämlich, mich hier braten zu lassen. Ich bin kein Feigling.«

Hohe Rauchwände kamen näher, als der Wind erneut drehte. Arkadi war stets der Überzeugung gewesen, Pribluda werde ihn nicht erschießen; sollte er jetzt in den Flammen umkommen? Immerhin wäre das ein natürlicher Tod – ohne neun Gramm Blei aus der Pistole eines Mitmenschen im Hinterkopf.

»Lauf!« Pribluda mußte husten.

Arkadi zog den Major hoch und nahm ihn im Rettungsgriff über eine Schulter. Er konnte weder den Raupenschlepper noch Bäume noch die Sonne sehen. Er wankte nach links, wo er zuletzt noch einen Fluchtweg bemerkt hatte.

Unter Pribludas Gewicht schwankend und über Brandschutt stolpernd, konnte er bald nicht mehr beurteilen, ob er geradeaus ging oder sich im Kreis bewegte – aber er wußte, daß sie sterben würden, sobald er stehenblieb. Als der Rauch so dicht wurde, daß Arkadi die Augen völlig schließen mußte, zwang er sich dazu, 20 Schritte zu machen, dann weitere 20, danach zehn und schließlich fünf. Beim vorletzten Schritt stolperte er in einen etwa mannshohen, mit Brackwasser gefüllten Graben. Dicht über dem nur knöcheltiefen Wasser war die Luft einigermaßen zu atmen. Pribludas Gesicht war blau angelaufen, seine Lippen violett. Arkadi drehte ihn im Wasser um, kniete sich auf ihn und pumpte Luft in seine Lungen. Pribluda erholte sich, aber die Hitze wurde immer unerträglicher.

Arkadi führte ihn den Graben entlang. Glühende Asche fiel auf sie, versengte ihr Haar und brannte Löcher in ihre Hemden. Dann stieg der Graben an und war zu Ende. Arkadi glaubte im ersten Augenblick, sie seien an der gleichen Stelle, an der sie morgens die Brandbekämpfung aufgenommen hatten. Aber dann sah er, daß die Bagger, Löschfahrzeuge und Planierraupen schwarz und ausgebrannt waren – und daß in der Nähe der Maschinen Tote lagen, die schon am Tag zuvor in den Flammen umgekommen sein mußten. Zwei der Toten hatten intakte Feldflaschen am Gürtel; Arkadi nahm sie ihnen ab. Er zerriß sein Hemd, band die Stoffstreifen Pribluda und sich vors Gesicht und marschierte mit ihm weiter, als der Rauch näher kam.

Arkadi stolperte und wäre in einen Graben gefallen, hätte Pribluda ihn nicht geistesgegenwärtig am Arm gepackt. Sie marschierten weiter, über brennende Moorflächen, an zahllosen Toten vorbei, Opfer eines Krieges, von dem die Öffentlichkeit nur erfahren würde, was die Zeitungen meldeten: daß der Wind Asche von Moorbränden nach Moskau geweht habe.

Schließlich erreichten sie eine Palisade aus verbrannten Bäumen. »Wir können nicht weiter, der Rauch ist überall.« Pribluda sah sich in der Dunkelheit um. »Warum hast du uns hierher geführt? Die Bäume fangen schon wieder an zu brennen.«

»Das ist kein Rauch, das ist die Nacht, und das andere sind Sterne«, antwortete Arkadi. »Wir sind gerettet.«

Das Haus war vom Feuer verschont geblieben. Einige Tage später brachen sintflutartige Regenfälle los, die den Moorbrand löschten. Danach spielten die Wachposten wieder Volleyball, und das Flugzeug brachte frischen Proviant, sogar Eiskrem. Das Flugzeug brachte auch den Generalstaatsanwalt, der seinen Regenmantel anbehielt und mit gesenktem Kopf und auf den Rücken gelegten Händen mit Arkadi sprach.

»Sie verlangen, daß unser gesamtes Justizsystem sich nach Ihnen richtet. Dabei sind Sie nur ein einzelner Mann, ein einzelner Chefinspektor – und nicht einmal ein wichtiger. Trotzdem prallen vernünftige Argumente und gutes Zureden an Ihnen ab. Wir wissen, daß die Asanowa die Komplizin des amerikanischen Agenten Osborne und der beiden Verräter Borodin und Dawidowa gewesen ist. Wir wissen auch, daß Sie Informationen über die Asanowa und über Ihr Verhältnis zu ihr zurückhalten. Ein Chefinspektor, der das bewußt tut, spuckt seinem Vaterland ins Gesicht. Nehmen Sie sich in acht, damit Sie uns nicht im Zorn erleben!«

Am nächsten Tag kam wieder der Psychiater von der Serbski-Klinik. Er machte keinen Versuch, Arkadi zu analysieren, sondern zog sich mit Pribluda in den ehemaligen Gemüsegarten zurück. Arkadi beobachtete sie von einem Fenster im ersten Stock aus. Der Arzt redete auf Pribluda ein, diskutierte mit ihm und schien schließlich auf etwas zu bestehen. Er klappte einen Aktenkoffer auf, in dem eine große Injektionsspritze lag, drückte dem Major den Koffer in die Hand und ging zum Landeplatz zurück. Pribluda verschwand hinter dem Haus.

Nachmittags klopfte der Major an die Tür von Arkadis Zimmer und lud ihn ein, mit ihm Pilze suchen zu gehen. Trotz der Hitze trug er seine Jacke, und er hatte zwei große Tücher für die zu sammelnden Pilze mitgebracht.

Keine halbe Stunde vom Haus entfernt gab es ein Wäldchen, das seltsamerweise vom Feuer verschont geblieben war. Dort hatte der Regen wie durch ein Wunder neues Gras, Blumen und – fast über Nacht – Pilze aus dem Boden schießen lassen. Viele der Bäume waren über 100 Jahre alte Eichen mit bemoosten Stämmen und weit ausgreifenden Ästen, die ein grünes Gewölbe über dem Waldboden bildeten.

Während Pribluda zufrieden Pilze sammelte, betrachtete Arkadi seine niedrige Stirn, den ergrauenden Haaransatz, seine klobige Nase, die Warze am Kinn, seinen stämmigen, kurzarmigen Körper und die schlechtgeschnittene Jacke, unter der sich das Pistolenhalfter abzeichnete. Im Wald wurde es bereits dunkel, bevor Arkadi merkte, daß sie das Abendessen versäumt hatten.

»Oh, das macht nichts«, meinte Pribluda unbekümmert, »dafür gibt's morgen ein Festessen mit Pilzen. Hier, sieh dir an, was ich gefunden habe!« Er hielt sein Tuch auf, zeigte Arkadi die verschiedenen Pilze und erklärte ihm, wie sie am besten schmeckten. »Laß mich deine sehen!«

Arkadi hielt sein Tuch auf und zeigte Pribluda seine Sammelbeute: schlanke, grünlich weiße Knollenblätterpilze.

Pribluda wich einen Schritt zurück. »Aber das sind lauter giftige! Bist du verrückt?«

»Der Arzt hat dir den Auftrag gegeben, mich umzubringen«, stellte Arkadi fest. »Auf dem Hinweg hast du's nicht getan – tust du's also auf dem Rückweg? Wartest du damit, bis es dunkel ist? Was soll's sein: ein Schuß in den Kopf oder eine Nadel in den Arm? Warum nicht Knollenblätterpilze?«

»Hör auf!«

»Morgen gibt's kein Festessen mehr. Morgen bin ich tot.«

»Er hat mir keinen Befehl überbracht; er hat nur einen Vorschlag gemacht.«

»Ist er ein KGB-Offizier?«

»Nur ein Major wie ich.«

»Er hat dir einen Aktenkoffer gegeben.«

»Den habe ich vergraben. Das ist nicht meine Methode.«

»Die Methode spielt keine Rolle; ein Vorschlag dieser Art kommt einem Befehl gleich.«

»Ich habe einen schriftlichen Befehl verlangt.«

»Du!«

»Ja, ich«, antwortete Pribluda trotzig. »Du glaubst mir wohl nicht?«

»Gut, dann trifft der schriftliche Befehl eben morgen ein, und du bringst mich anschließend um. Was ändert sich dadurch für mich?«

»Ich habe das Gefühl, daß diese Entscheidung keineswegs einstimmig gefällt worden ist. Der Arzt ist damit vorgeprellt. Ich will einen klaren schriftlichen Befehl. Ich bin kein Mörder. Ich bin so menschlich wie du.« Pribluda stieß die giftigen Pilze mit dem Fuß fort.

Auf dem Rückweg wirkte Pribluda unglücklicher als Arkadi, der tief durchatmete, als wolle er die Nacht in sich hineintrinken. Arkadi dachte über seinen alten Feind nach, der so schweigsam neben ihm herstapfte. Pribluda würde ihn erschießen, sobald der schriftliche Befehl dazu eintraf, aber er hatte es riskiert, nicht gleich die erste Andeutung zu befolgen. Für einen zum Tode Verurteilten war das wenig, aber für einen Mann wie Pribluda war es viel, denn so etwas mußte seiner Karriere schaden.

»Dort steht die Venus.« Arkadi zeigte auf einen hellen Stern am Horizont. Er wandte sich an seinen Begleiter. »Du stammst vom Land; du müßtest die Sterne kennen.«

»Jetzt ist nicht der richtige Zeitpunkt, den großen Sternenfreund rauszukehren.«

»Dort oben steht Cepheus.« Arkadi zeigte nach Norden. »Daneben Kassiopeia und Andromeda, schräg darunter Perseus. Eine phantastische Nacht!« Er drehte sich um. »Und dort oben die drei Sternbilder Schwan, Leier und Adler.«

»Du hättest Astronom werden sollen.«

»Das wollte ich auch einmal.«

Sie gingen eine Zeitlang schweigend nebeneinander her. Unter ihren Füßen knisterte es, wenn sie verbrannte Felder überquerten; danach raschelte es wieder, wenn sie durch hohes Gras streiften. Vor ihnen erschien das Haus in einer gelblichen Aura. Arkadi erkannte Männer, die mit Taschenlampen und Gewehren in alle Richtungen ausschwärmten. Er deckte die Helligkeit mit einer Hand ab, um den Nachthimmel besser sehen zu können.

»Wir sind alle dabei, unsere geregelte Bahn zu verlassen. Darin sind wir alle gleich. Jemand treibt mich, ich treibe dich, wen treibst du?«

»Du mußt mir eine Frage beantworten«, sagte Pribluda. »Nehmen wir einmal an, wir hätten uns vor einem Jahr so gut gekannt wie jetzt – hättest du dann trotzdem versucht, mich zu fassen?«

»Wegen der beiden Männer an der Kliasma?«

»Ja.« Pribluda starrte Arkadi forschend an.

Arkadi hörte Rufe, obwohl die Männerstimmen zu weit entfernt waren, um verständlich zu sein. Sein langes Schweigen wurde ihm peinlich, für Pribluda war es unerträglich. Der Major beantwortete seine Frage schließlich selbst. »Vielleicht hätte ich's nicht getan«, meinte er, »wenn wir damals schon Freunde gewesen wären.«

Arkadi drehte sich nach den näher kommenden Schritten um und kniff die Augen zusammen, als der Lichtstrahl einer Taschenlampe sein Gesicht streifte. »Möglich ist alles«, sagte er.

Aus alter Gewohnheit stieß einer der Wachposten Arkadi mit dem Gewehrkolben zu Boden.

»Für Sie ist Besuch da, Major«, meldete ein anderer Pribluda. »Die Situation hat sich anscheinend geändert.«

20

Im November wurde Arkadi nach Leningrad geflogen und in ein Gebäude gebracht, das aussah wie ein riesiges Museum, aber in Wirklichkeit der Pelzpalast war. Er wurde in ein Amphitheater mit aufsteigenden Pultreihen geführt, das oben mit einem weißen Säulengang
abschloß. Auf der Bühne saßen fünf KGB-Offiziere – ein General und
vier Obersten – an einem langen Tisch. Im Pelzpalast roch es nach Ka-
davern.

Der General sprach mit ironischem Unterton. »Soviel ich gehört
habe, handelt es sich hier um eine Liebesgeschichte.« Er seufzte. »Ein
einfacher Fall von Staatsinteressen wäre mir lieber gewesen.

Jedes Jahr kommen Männer aus aller Herren Länder hierher, Arkadi
Wassiljewitsch, um an diesen Pulten zu sitzen und siebzig Millionen
Dollar für russische Felle auszugeben. Die Sowjetunion ist der größte
Fellexporteur der Welt. Das sind wir schon immer gewesen. Unsere
führende Position verdanken wir nicht unseren Nerzen, die schlechter als die amerikanischen sind, unseren Luchsen, von denen wir nicht
genug anbieten können, oder unseren Karakulschafen, die schließlich
nur Lammfelle sind; wir verdanken sie den russischen Zobeln. Zobelfelle sind Gramm für Gramm kostbarer als Gold. Wie dürfte die sowjetische Regierung Ihrer Meinung nach auf den drohenden Verlust
ihres Zobelmonopols reagieren?«

»Osborne hat nur sechs Zobel«, wandte Arkadi ein.

»Ich staune – übrigens schon seit Monaten – darüber, wie wenig Sie
wissen. Wie können so viele Männer – der Moskauer Staatsanwalt,
der Deutsche Hofmann, Mitarbeiter des Staatssicherheitsdienstes –
durch Ihre Schuld tot sein, ohne daß Sie mehr wissen?« Der General
rieb sich nachdenklich die Stirn. »Sechs Zobel? Mit Hilfe des Abtei-
lungsleiters im Handelsministerium, Jewgeni Mendel, haben wir
festgestellt, daß sein verstorbener Vater, der stellvertretende Handelsminister, dem Amerikaner Osborne bereits vor etwa fünf Jahren
geholfen hat, sieben Zobel außer Landes zu bringen. Dabei handelte
es sich um gewöhnliche Zobel aus Zuchtkollektiven in der Umgebung
von Moskau. Die Mendels haben geglaubt, Osborne könne auf diese
Weise keine hochwertigen Tiere züchten. Der junge Mendel hätte
niemals gewagt, dem Amerikaner behilflich zu sein, Bargusin-Zobel
zu schmuggeln. Das hat er beteuert, und ich glaube, daß er die Wahrheit gesagt hat.«

»Wo ist Jewgeni Mendel jetzt?«

»Er hat Selbstmord verübt. Er war ein schwacher Mensch. Der springende Punkt ist jedoch, daß Osborne vor fünf Jahren bereits sieben Zobel durchschnittlicher Qualität besessen hat. Wir rechnen vorsichtigerweise mit fünfzig Prozent Zunahme pro Jahr, so daß er jetzt etwa fünfzig Zobel besitzen dürfte. Mit Hilfe des Sibiriers Kostja Borodin hat er sich sechs weitere Tiere verschafft. Bargusin-Männchen. Bei gleicher Fortpflanzungsrate hat Osborne in fünf Jahren über zweihundert hochwertige Zobel – und in zehn Jahren über zweitausend. Damit wäre das historische russische Monopol für Zobel gebrochen. Bürger Renko, weshalb glauben Sie, daß Sie noch am Leben sind?«

»Lebt Irina Asanowa noch?«

»Ja.«

Arkadi begriff plötzlich, was geschehen war. Er brauchte nicht in das Haus auf dem Land zurück – und er würde nicht umgebracht werden.

»Dann können Sie uns also brauchen«, stellte er fest.

»Ja. Jetzt sind wir sogar auf Sie angewiesen.«

»Wo ist sie?«

»Reisen Sie gern?« fragte der General, ohne auf seine Frage einzugehen. »Haben Sie sich jemals gewünscht, Amerika zu sehen?«

NEW YORK

21

Wesley war jung und groß, hatte schütteres Haar, ein Gesicht wie ein abgeschliffener Kiesel und trug schwache, bedeutungslose Liebenswürdigkeit zur Schau. Er hatte einen dezenten blauen Anzug mit Weste an. Wesleys Atem, Wangen und Achselhöhlen dufteten nach Limonen und Minze. Während des gesamten Fluges hatte er die Beine übereinandergeschlagen, seine Pfeife geraucht und Arkadis Fragen kaum mehr als mit einem Grunzen beantwortet. Wesley hatte etwas Unbeholfenes und Unreifes an sich, das an ein Kalb erinnerte.

Die beiden Männer hatten eine Sitzreihe des Flugzeugs für sich. Die meisten anderen Passagiere waren »verdiente Künstler«: Musiker auf Amerikatournee, die über die Uhren und das Parfüm diskutierten, das sie bei der Zwischenlandung in Paris gekauft hatten. Arkadi hatte die Maschine dort nicht verlassen dürfen.

»Sie verstehen das Wort ›Verantwortlichkeit‹?« fragte Wesley auf englisch.

Die Passagiere versammelten sich auf einer Seite an den Fenstern, als unter ihnen Land sichtbar wurde – ein Netz von Straßen zwischen dunklen Feldern.

»Bedeutet es, daß Sie mir helfen werden?« erkundigte Arkadi sich.

»Es bedeutet, daß dies ein FBI-Unternehmen ist«, antwortete Wesley ernsthaft, als ob er Arkadi irgend etwas verkaufen wolle. »Es bedeutet, daß wir für Sie verantwortlich sind.«

»Wem sind Sie verantwortlich?«

Kindliche Aufregung erfüllte die Kabine, als die erste amerikanische Ortschaft überflogen wurde. Es schien eine reine Autostadt zu sein. Autos verstopften die Straßen oder waren neben Häusern abgestellt, die für normale Bedürfnisse viel zu groß wirkten.

»Ich freue mich, daß Sie diese Frage gestellt haben.« Wesley klopfte seine Pfeife im Aschenbecher aus. »Auslieferungsverfahren sind immer kompliziert – vor allem zwischen den Vereinigten Staaten und der Sowjetunion. Wir können keine zusätzlichen Komplikationen brauchen. ›Komplikation‹ verstehen Sie doch?«

Ein steiler Gleitwinkel erzeugte die Illusion zunehmender Geschwindigkeit. Eine breite Schnellstraße erschien – eine endlose Folge von Lichtsignalen, Autoscheinwerfern und roten Heckleuchten – und ging in einem Gewirr ähnlicher Straßen unter. Es schien unmöglich, daß es so viele autobahnähnliche Straßen geben konnte. Wo führten sie alle hin? Wie viele Autos mußte es hier geben? Die gesamte Bevölkerung dort unten schien unterwegs zu sein oder umzuziehen oder ihre bisherigen Wohngebiete zu räumen.

»In der Sowjetunion ist eine Komplikation alles, was man nicht will«, sagte Arkadi.

»Bei uns auch.«

Lichterketten führten zu Einkaufszentren, Hauptstraßen und Bootswerften. SONDERANGEBOTE ZUM ERNTEDANKFEST! verkündete eine riesige Leuchtreklame. Die Maschine sank über einem Wohngebiet noch tiefer. Beleuchtete Spielfelder mit giftgrünem Gras erschienen. Die blauen Rechtecke in den Gärten waren leere Swimming-pools. Der erste deutlich erkennbare Amerikaner stand vor seiner beleuchteten Haustür und sah zu der Maschine auf.

»Ich will Ihnen von einer Komplikation erzählen, die wir nicht brauchen können«, fuhr Wesley fort. »Sie werden nicht überlaufen. Wenn diese Sache ein KGB-Unternehmen wäre, könnten Sie überlaufen. Sie könnten zu uns kommen, und wir würden Ihnen bereitwillig Asyl gewähren. Auch alle Ihre Landsleute in diesem Flugzeug könnten überlaufen.«

»Was ist, wenn sie nicht überlaufen wollen, aber ich?«

»Sie können, und Sie können nicht«, antwortete Wesley.

Arkadi spürte ein Zittern, als die Fahrwerkschächte sich öffneten. Er suchte nach einer Spur von Humor in Wesleys Lächeln. »Sie machen sich einen Scherz mit mir«, vermutete er.

»Todsicher nicht«, sagte Wesley nachdrücklich. »Hören Sie, ich will Ihnen die juristische Lage erläutern. Bevor ein Überläufer in den Vereinigten Staaten bleiben darf, wird er von unserem Büro unter die Lupe genommen. Wir haben uns bereits mit Ihrem Fall befaßt und sind zu dem Schluß gekommen, daß Sie nicht bleiben dürfen.«

Arkadi hatte das Gefühl, Verständigungsprobleme zu haben. »Aber ich habe ja gar nicht versucht überzulaufen!«

»Dann ist das Büro gern bereit, die Verantwortung für Sie zu übernehmen«, antwortete Wesley. »Bis Sie überzulaufen versuchen.«

Arkadi betrachtete den FBI-Agenten prüfend. Einen Mann wie Wesley hatte er noch nie erlebt. Sein Gesicht wirkte durchaus menschlich – Augenbrauen, Lider und Lippen bewegten sich wie bei gewöhnlichen Menschen –, aber Arkadi vermutete, daß die Gehirnwindungen des andern unter der Schädeldecke gleichmäßige Spiralen bildeten.

»Sie können überlaufen, aber natürlich nur zu uns«, erklärte Wesley ihm. »Falls Sie sich an andere Stellen wenden, werden Sie sofort uns überstellt. Und wir würden Sie natürlich gleich in die Sowjetunion zurückschicken. Da wir Sie also sowieso in der Hand haben, hat es auch nicht viel Sinn, zu uns überzulaufen, nicht wahr?«

Das Flugzeug überflog häßliche Reihenhäuser, die im grellen Licht der Straßenlaternen noch häßlicher wirkten. Straßen blieben unter der Maschine zurück, die eine weite Kurve über eine Bucht zog. Dann ragte eine Lichterinsel in den Nachthimmel auf. Tausend Lichttürme, deren Fenster wie Sterne glitzerten, stiegen aus dem Wasser auf, und die Passagiere seufzten bei diesem wundervollen Anblick vor Erleichterung und Begeisterung tief auf.

»Dann helfen Sie mir also nicht«, stellte Arkadi fest.

»Doch, doch, unbedingt!« versicherte Wesley ihm.

Die Landelichter huschten an den Fenstern vorbei. Die Maschine setzte auf und rollte zum Pan-Am-Terminal. Im Mittelgang des Flugzeugs drängten sich Musiker mit Instrumenten, Plastiktüten mit Geschenken und Einkaufsnetzen mit Lebensmitteln. Die Russen bemühten sich um den richtigen Gesichtsausdruck, der zeigen sollte, wie sehr die amerikanische Technologie sie langweilte, und obwohl sie alle an Arkadi und Wesley vorbeigehen mußten, gönnte ihnen niemand auch nur einen Blick. Keiner wollte sich womöglich noch anstecken, vor allem nicht jetzt, wo sie nur noch wenige Schritte zu machen brauchten, um die Maschine zu verlassen. Statt dessen beobachteten sie sich alle gegenseitig.

Sobald die Passagiere von Bord gegangen waren, kam durch die hintere Tür Reinigungspersonal in die Kabine. Wesley verließ mit Arkadi über die Servicetreppe die Maschine und führte ihn unter die Hecktriebwerke der Iljuschin. Die Triebwerke heulten, und das rote Positionslicht auf dem Leitwerk blinkte. Fliegt die Maschine etwa sofort nach Moskau zurück? fragte Arkadi sich. Wesley stieß ihn an und zeigte auf eine Limousine, die übers Vorfeld auf sie zufuhr.

Sie brauchten nicht durch den Zoll. Der Wagen fuhr direkt zu einer Ausfahrt des Flughafens und von dort auf eine Schnellstraße.

»Wir haben ein stillschweigendes Abkommen mit Ihren Leuten geschlossen.« Wesley, der neben Arkadi auf dem Rücksitz saß, lehnte sich behaglich zurück.

»Mit meinen Leuten?«

»Mit dem KGB.«

»Ich bin kein KGB-Offizier.«

»Der KGB behauptet auch, Sie gehörten nicht zu seinen Mitarbeitern. Das haben wir nicht anders erwartet.«

Am Straßenrand standen verlassene Autos. Nicht kürzlich aufgegebene Wagen, sondern Autowracks, die an Fahrzeugruinen aus vergangen Kriegen erinnerten. Auf einem stand »Freiheit für Puerto Rico«. Auf der mehrspurigen Schnellstraße waren Hunderte von Automarken und -farben unterwegs. Vor ihnen leuchtete die gleiche gleißende Stadtsilhouette, die Arkadi vom Flugzeug aus gesehen hatte.

»Was besagt Ihr stillschweigendes Abkommen mit dem KGB?« erkundigte Arkadi sich.

»Wir sind uns darüber einig, daß dies ein FBI-Unternehmen bleibt, solange Sie nicht überlaufen«, antwortete Wesley.

»Ja, ich verstehe. Sie glauben, daß ich für den KGB arbeite, weil die Gegenseite das abstreitet.«

»Was sollte sie sonst sagen?«

»Aber was würde sich ändern, wenn Sie zu der Überzeugung kämen, daß ich kein KGB-Offizier bin?«

»Das würde alles ändern! Dann wäre wahr, was der KGB von Ihnen behauptet.«

»Und was behauptet er?«

»Daß Sie wegen Mordes verurteilt worden sind.«

»Es ist nie zur Verhandlung gekommen.«

»Das hat auch niemand behauptet. Haben Sie jemanden umgebracht?« fragte Wesley.

»Ja.«

»Da haben wir's! Die Einwanderungsgesetze der Vereinigten Staaten verbieten die Aufnahme von Verbrechern. Die gesetzlichen Bestimmungen sind da sehr streng – es sei denn, Sie wären ein illegaler Einwanderer. Aber wir könnten wohl kaum jemanden dabehalten, der zu unserem Büro kommt und sich als Mörder vorstellt.«

Wesley nickte Arkadi zu, als wolle er ihn zu weiteren Fragen ermuntern, aber Arkadi schwieg. Der Wagen fuhr in einen Tunnel ein. Im grünlichen Licht der Tunnelbeleuchtung beobachteten Polizisten in verschmierten Glaskabinen den endlosen Fahrzeugstrom. Dann kam ihr Wagen auf der anderen Seite wieder ins Freie: auf Straßen, die schmaler waren, als Arkadi erwartet hatte, und so tief unter dem grellen Schein der Leuchtreklamen, daß ein verwirrender Unterwassereffekt entstand.

»Ich wollte Ihnen nur eindeutig erklären, wo Sie stehen«, sagte Wesley schließlich. »Sie sind nicht legal hier. Aber Sie sind auch nicht *ille-gal* hier, denn dann hätten Sie bestimmte Rechtsansprüche. Sie sind einfach überhaupt nicht hier und können unmöglich das Gegenteil beweisen. Ich weiß, daß das verrückt klingt, aber so sieht die rechtliche Lage aus Ihrer Sicht aus. Das wollten übrigens auch Ihre Leute. Falls Sie sich beschweren wollen, müssen Sie sich an den KGB wenden. «

»Komme ich mit KGB-Offizieren zusammen?«

»Nicht, solange ich's verhindern kann. «

Der Wagen hielt an der Ecke 29th Street und Madison Avenue vor dem großzügig verglasten Eingang eines Hotels. Imitierte Gasfackeln beleuchteten eine Markise mit der Aufschrift THE BARCELONA. Wesley reichte Arkadi einen Zimmerschlüssel, auf dessen Anhänger der gleiche Hotelname stand, hielt ihn aber noch einen Augenblick fest, als Arkadi danach griff. »Die Nummer auf dem Anhänger gehört zu Ihrem Zimmer«, sagte er und ließ los. »Sie können sich glücklich schätzen. «

Arkadi empfand ein seltsames Schwindelgefühl, als er aus dem Wagen stieg. Wesley blieb sitzen. Arkadi stieß die Glastür auf. In der Hotelhalle fielen ihm der kastanienbraune Teppichboden, die rosa Marmorsäulen und die Messingleuchter mit elektrischen Kerzen auf. Ein Mann mit dunklen Ringen unter den Augen erhob sich aus einem Sessel, gab Wesley mit seiner Zeitung ein Zeichen, warf Arkadi einen prüfenden Blick zu und nahm wieder Platz. Arkadi fuhr mit einem Lift nach oben, in dessen Tür *Alles Scheiße!* eingeritzt war.

Zimmer 518 lag am Ende des Korridors im fünften Stock. Die Tür von Zimmer 513 wurde einen Spalt weit geöffnet, als Arkadi vorbeiging, und hastig geschlossen, als er sich wütend umdrehte. Er blieb vor der Nummer 518 stehen, schloß auf und betrat das Zimmer.

Sie saß im Halbdunkel auf dem Bett. Er konnte nicht beurteilen, was für ein Kleid sie trug, ob es ein russisches oder amerikanisches Kleid war. Sie war barfuß.

»Ich habe dafür gesorgt, daß du hergeholt wirst«, sagte Irina. »Ich habe anfangs mitgemacht, weil sie mir gedroht haben, dich umzubringen. Dann wurde mir klar, daß du so gut wie tot sein würdest, solange du dort drüben bliebst. Ich habe dieses Zimmer nicht mehr verlassen, bis du gekommen bist...«

Sie hob das Gesicht, und er sah die Tränen in ihren Augen. Das ist alles, was wir uns zum Schluß zu bieten haben, dachte Arkadi. Er berührte ihre Lippen, und sie sagte seinen Namen gegen seine Hand. Dann sah er das Telefon auf dem Nachttisch. Jamskoi belauscht uns!

dachte er. Nein, Wesley, korrigierte er sich. Er riß die Telefonschnur aus der Wand.

»Du hast's ihnen nie gesagt«, flüsterte sie, als er zurückkam. »Du hast ihnen nie verraten, wer Jamskoi in Wirklichkeit erschossen hat.«

Ihr Gesicht war verändert, schmaler, so daß die Augen größer wirkten. War sie noch schöner geworden?

»Wie konnten sie nur glauben, du seist einer von ihnen?« fragte sie.

Hier waren Fußböden weicher, Betten härter. Sie ließ sich zur Seite gleiten. »Und jetzt bist du da.« Sie küßte ihn.

»Wir sind beide da.« Arkadi spürte plötzlich aberwitzige Kräfte in sich.

»Beinahe frei«, flüsterte sie.

»Lebendig.« Er lachte.

22

Wesley und drei weitere FBI-Agenten brachten Sandwiches und Kaffee zum Frühstück. Arkadi trank einen Becher Kaffee. Irina zog sich im Bad um.

»Soviel ich gehört habe, ist der Verbindungsmann zur hiesigen Polizei ein Lieutenant Kirwill«, sagte Ray, ein kleiner, eleganter Mann – der einzige der vier FBI-Agenten, der seine Füße nicht auf den Couchtisch legte. »Gibt's da Probleme?«

»Keine Probleme«, antwortete Wesley. »Leichte persönliche Verwicklungen.«

»Scheint eher ein Fall für die Klapsmühle zu sein«, meinte George. Er war der Mann mit den dunklen Rändern unter den Augen, den Arkadi am Abend zuvor in der Hotelhalle gesehen hatte. Die anderen bezeichneten ihn manchmal als »den Griechen«. Er stocherte mit einem Streichholz in den Zähnen.

»Man muß die Geschichte des sozialistischen Radikalismus in New York City und die Tradition der Irisch-Amerikaner bei der hiesigen Polizei kennen. Sonst versteht man überhaupt nichts«, sagte Wesley.

»Aber wichtig ist nur, daß Kirwill das Rote Kommando retten will.«

»Und was ist das Rote Kommando?« erkundigte Arkadi sich.

Die anderen schwiegen unsicher, bis Wesley ihm freundlich zunickte.

»Die New Yorker Polizei hat ein Rotes Kommando. Es bekommt alle zehn Jahre einen neuen Namen: Abteilung zur Bekämpfung des Radikalismus, Büro für Public Relations, für öffentliche Sicherheit und so weiter. Im Augenblick läuft es unter der Bezeichnung Büro für Sicherheitsermittlungen, aber für Eingeweihte bleibt es das Rote Kommando. Lieutenant Kirwill ist im Roten Kommando für die Russen zuständig. Und Sie sind Russe.«

»Und wer sind Sie?« fragte Arkadi die Männer. »Wozu haben Sie uns nach Amerika gebracht? Wie lange sollen wir hierbleiben?«

Al brach das Schweigen, indem er das Thema wechselte. Er war der Älteste, hatte auffällig viele Sommersprossen und gab sich gern onkelhaft. »Es hat Schwierigkeiten wegen seines Bruders gegeben, und Kirwill ist aus dem Kommando geflogen. Jetzt ist sein Bruder in Moskau umgekommen, und Kirwill gehört dem Kommando wieder an.«

»Kirwill wird versuchen, auf unsere Kosten ein Comeback zu feiern«, sagte Wesley. »Wir haben ausgezeichnete Beziehungen zur New Yorker Polizei, aber sie fällt uns in den Rücken, sobald sie eine Chance dazu sieht – wie wir's bei ihr auch tun würden.«

»Vor zehn Jahren stellte das Rote Kommando die Elite der Kriminalbeamten dar.« Al wischte sich Krümel von der Hose. »Sie ermittelten gegen alles und jeden. Wißt ihr noch, wie die Juden die sowjetische UNO-Botschaft beschossen haben? Das Rote Kommando hat weitere Anschläge vereitelt. Oder die Hispano-Amerikaner, die die Freiheitsstatue sprengen wollten? Das Kommando hat sie infiltriert.«

»Sie waren enorm erfolgreich«, stimmte Wesley zu. »Zum Beispiel war das Rote Kommando dabei, als Malcolm X ermordet wurde. Sein Leibwächter war ein Agent des Kommandos.«

»Was ist danach mit dem Roten Kommando passiert?« erkundigte Ray sich.

»Watergate«, sagte Wesley nur.

»Scheiße, die auch«, murmelte George.

»Nach Watergate war das Rote Kommando erledigt«, stellte Al fest. »Dadurch hat sich das politische Klima verändert.«

»Ja, das politische Klima ist immer eine beschissene Sache«, bestätigte George.

»Sind wir Gefangene?« fragte Arkadi. »Haben Sie Angst vor uns?«

»Was tut das Rote Kommando jetzt?« warf Ray ein, als das Schweigen peinlich zu werden drohte.

»Es macht Jagd auf illegal eingewanderte Ausländer.« Wesley sah zu Arkadi hinüber. »Haitianer, Jamaikaner, alles, was sie kriegen können.«

»Haitianer und Jamaikaner? Recht kümmerlich«, meinte George.

»Wenn man überlegt, wie das Kommando früher gearbeitet hat...« Wesley seufzte. »Wenn man überlegt, daß es Millionen von Namen

in seiner Kartei hatte, ein eigenes Hauptquartier in der Park Avenue besaß und seine Agenten heimlich von der CIA ausbilden ließ...«
»Von der CIA?« fragte George. »Das ist illegal.«

Nicky und Rurik, zwei Angehörige der sowjetischen Botschaft, bestanden darauf, mit Arkadi zu sprechen. Sie sahen ganz anders aus als sämtliche KGB-Agenten, die er bisher erlebt hatte. Sie trugen gutgeschnittene Anzüge – elegantere als die FBI-Agenten, die sie freundlich begrüßten –, hatten ausgezeichnete Umgangsformen und bewegten sich mit amerikanischer Lässigkeit. Auf den ersten Blick waren sie amerikanischer als die Amerikaner. Nur ihre starke Taille, ein bleibendes Andenken an eine Kindheit mit zu vielen Kartoffeln, verriet sie.
»Ich spreche Englisch, damit die Karten offen auf dem Tisch liegen.« Nicky gab Arkadi Feuer für seine Zigarette. »Dies ist ein Fall von praktischer Entspannungspolitik. Unsere beiden Staaten arbeiten durch die jeweils zuständigen Stellen zusammen, um einen mehrfachen Mörder seiner gerechten Strafe zuzuführen. Dieser Verrückte muß bestraft werden, und Sie können uns dabei helfen.«
»Warum habt ihr sie hierher gebracht?« fragte Arkadi auf russisch. Irina war noch immer außer Hörweite.
»Reden wir doch Englisch, wenn ich bitten darf«, forderte Rurik ihn auf. Er war größer als Nicky und sein rotes Haar elegant geschnitten. Die FBI-Agenten nannten ihn »Rick«. Jetzt räusperte er sich gewichtig. »Sie ist auf Wunsch unserer Freunde hier im Büro in die Vereinigten Staaten gebracht worden. Sie haben ihr viele Fragen zu stellen. Wie Sie sich vielleicht denken können, sind Amerikaner nicht an Schauergeschichten von korrupten Kommunisten und sibirischen Banditen gewöhnt. Wir haben es hier mit einem schwierigen Fall zu tun.«
»Vor allem deshalb, weil der Täter ein reicher Mann mit guten Verbindungen ist.« Nicky sah schnell zu Wesley hinüber. »Stimmt's, Wes?«
»Er hat hier fast so viele Freunde, wie er drüben gehabt hat, glaube ich.« Mit dieser Feststellung brachte Wesley alle sowjetischen und amerikanischen Agenten zum Lachen.
»Nehmen wir einmal an, Sie seien hier zufrieden«, sagte Rurik zu Arkadi. »Unsere Kollegen behandeln Sie gut? Sie haben ein hübsches Hotelzimmer in einer der besten Lagen New Yorks. Von Ihrem Fenster aus sehe ich gerade noch die Spitze des Empire State Building. Ausgezeichnet! Wir gehen davon aus, daß Sie die junge Frau glück-

lich machen. Ruhiger, umgänglicher? Das sollte eine angenehme Aufgabe sein.«

»Sie können von Glück sagen, daß Sie diese zweite Chance gekriegt haben«, fügte Nicky hinzu. »Wenn Sie sich bewähren, kommt zu Hause alles wieder in Ordnung. In ein paar Tagen können Sie in Ihre Wohnung zurück und kriegen einen neuen Job – vielleicht sogar beim Zentralkomitee. Sie haben unverschämtes Glück gehabt!«

»Was muß ich dafür tun?« fragte Arkadi.

»Was ich gesagt habe«, antwortete Rurik. »Sie sollen sie glücklich machen.«

»Und aufhören, Fragen zu stellen«, warf Wesley ein.

»Richtig«, stimmte Rurik zu. »Sie müssen aufhören, ständig Fragen zu stellen.«

»Ich möchte Sie daran erinnern«, sagte Nicky, »daß Sie kein Chefinspektor mehr sind. Sie sind ein sowjetischer Verbrecher, der nur noch lebt, weil wir Gnade vor Recht haben ergehen lassen. Wir sind Ihre einzigen Freunde.«

»Wo ist Kirwill?« fragte Arkadi.

Das Gespräch wurde unterbrochen, weil Irina in diesem Augenblick aus dem Bad kam.

Sie trug einen schwarzen Gabardinerock und eine Seidenbluse mit einer dazu passenden Bernsteinkette. Ihr braunes Haar wurde auf einer Seite von einer goldenen Spange zusammengehalten, und an ihrem Handgelenk glänzte ein schweres Goldarmband.

Arkadi erlitt einen doppelten Schock: weil Irina so elegant gekleidet war – und weil ihr diese elegante Aufmachung so gut stand. Dann fiel ihm auf, daß das Mal auf ihrer rechten Wange, das schwache blaue Schmerzensmal, unter einer dünnen Schicht Make-up verschwunden war. Sie war vollkommen.

»Okay, dann können wir wohl.« Wesley stand auf, und alle Männer nahmen ihre Mäntel und Hüte vom Bett. Al holte einen langen schwarzen Pelzmantel aus dem Kleiderschrank und half Irina hinein. Arkadi sah, daß es ein Zobelmantel war.

»Mach dir keine Sorgen«, flüsterte Irina ihm zu, bevor sie hinausgeführt wurde.

»Wir schicken jemand rauf, der das repariert.« George zeigte auf das Telefon. »Lassen Sie in Zukunft gefälligst die Finger davon. Das ist Hoteleigentum.«

»Privateigentum!« sagte Nicky, als sie den Raum verließen. »Das gefällt mir an einem freien Land.«

Sobald Arkadi allein war, untersuchte er das Hotelzimmer, das ihn an einen Traum erinnerte, in dem alles ein bißchen schief war. Seine Füße versanken bei jedem Schritt in dem hochflorigen Teppichboden. Das Bett hatte ein gepolstertes Kopfende. Der Couchtisch bestand aus Plastikmaterial mit Holzmaserung, das sich mit dem Fingernagel ritzen ließ.

Ray kam zurück und reparierte das Telefon. Als der FBI-Agent gegangen war, stellte Arkadi fest, daß der Apparat nur für ankommende Gespräche eingerichtet war. Er entdeckte ein weiteres Mikrofon in der Deckenleuchte im Bad. Der Fernseher war auf einen weißen Fuß montiert, der am Boden festgeschraubt war, damit das Gerät nicht gestohlen werden konnte. Die Tür zum Gang war abgesperrt.

Die Zimmertür flog auf; von einer mächtigen Pranke gestoßen, taumelte der FBI-Agent George rückwärts herein.

»Dieser Mann steht unter bundespolizeilichem Schutz!« protestierte George.

»Ich bin der hiesige Verbindungsmann, ich muß kontrollieren, ob ihr den richtigen Russen habt.« Kirwills massive Gestalt füllte den Türrahmen.

»Hallo«, sagte Arkadi vom Fenster aus.

»Sie mischen sich in ein FBI-Unternehmen ein, Lieutenant«, warnte George ihn.

»Wir sind hier in New York, du Arschloch.« Kirwill schob George beiseite. Er war so gekleidet, wie Arkadi ihn im Hotel *Metropol* kennengelernt hatte, aber diesmal war sein Regenmantel nicht beige, sondern schwarz, so daß die breite Stirn und die grauen Haare sichtbar waren, der Krawattenknoten gelockert. Kirwills Gesicht war von Alkohol und Erregung gerötet. Er rieb sich zufrieden grinsend die Hände, während er alle Einzelheiten des Hotelzimmers registrierte. Im Vergleich zu den FBI-Agenten wirkte er vernachlässigt und unbeherrscht. Sein Lächeln wurde boshaft, als er sich an Arkadi wandte.

»Verdammt noch mal, du bist's tatsächlich!«

»Ja.«

Aus Kirwills Gesichtsausdruck sprach eine seltsame Mischung aus Belustigung und Bedauern. »Gib zu, daß du Mist gemacht hast, Renko! Du hättest mir nur zu sagen brauchen, daß Osborne der Mörder ist. Ich hätte ihn in Moskau erledigt. Ein Unfall, bei dem niemand in Verdacht geraten wäre. Er wäre tot, ich zufrieden und du immer noch Chefinspektor.«

»Ja, ich geb's zu.«

George nahm den Telefonhörer ab und sprach hinein, ohne eine Nummer gewählt zu haben.

»Sie halten dich für einen sehr gefährlichen Mann. Du hast deinen eigenen Boß erschossen. Du hast Hofmann erstochen. Du hast angeblich auch den Pockennarbigen am Silbersee erschlagen. Sie halten dich für einen geistesgestörten Massenmörder. Nimm dich vor ihnen in acht – sie sind alle schießwütig.«

»Aber ich werde vom FBI beschützt.«

»Von denen rede ich ja gerade! Sie wirken harmlos wie Rotarier, bis sie einen erschießen.«

»Rotarier?«

»Schon gut, vergiß es.« Kirwill inspizierte das Zimmer. »Sieh dir bloß an, wo sie dich untergebracht haben! In einem Stundenhotel, einem Puff. Schau dir doch die Brandlöcher auf dem Bettvorleger an. Und diese geblümte Tapete! Ob sie dir was durch die Blume sagen wollen, Renko?«

»Du hast gesagt, du seist der Verbindungsmann?« fragte Arkadi auf russisch. »Du hast erreicht, was du wolltest – die Ermittlungen finden unter deiner Aufsicht statt.«

»Ich bin Verbindungsmann, damit sie mich im Auge behalten können.« Kirwill sprach weiter Englisch. »Du hast mir Osbornes Namen nie genannt, aber du hast meinen Namen allen anderen genannt. Du hast mich nach Strich und Faden gelegt.« Er sprach langsam und deutlich. »Du legst mich. Sie legt dich. Und wer legt sie deiner Meinung nach?«

»Was soll das heißen?«

»Du hast mich ein bißchen enttäuscht«, fuhr Kirwill fort. »Ich hätte nicht gedacht, daß du hier mitmachen würdest, nur um nach Amerika zu kommen.«

»Mitmachen? Das Auslieferungsbegehren...«

»Auslieferung? Haben sie dir *das* erzählt?« Kirwill lachte schallend. Drei FBI-Agenten, die Arkadi noch nicht gesehen hatte, kamen hereingestürmt und drängten Kirwill gemeinsam mit George aus dem Zimmer. Der Lieutenant hatte Lachtränen in den Augen und war zu sehr damit beschäftigt, sie sich abzuwischen, um Widerstand zu leisten.

Arkadi rüttelte erneut an der Zimmertür. Sie war noch immer abgesperrt, und diesmal forderten ihn zwei Stimmen auf dem Korridor auf, die Klinke in Ruhe zu lassen.

Er ging im Zimmer auf und ab. Von der Ecke ein Schritt zum Bad, ein

Schritt vom Bad zum Bett und dem Nachttisch, ein Schritt vom Nachttisch zur anderen Ecke, zwei Schritte zu einem doppelflügeligen Fenster mit Blick auf die 29th Street, drei Schritte am Fenster vorbei zu dem Beistelltischchen mit dem Telefon, ein halber Schritt von der Tür zur Couch, zwei Schritte vom Ende der Couch zur vierten Ecke, ein halber Schritt zum Wandschrank, ein halber Schritt vom Schrank zur Kommode und ein weiterer Schritt von der Schleiflackkommode zurück in die erste Ecke. Im angrenzenden Bad gab es ein WC, ein Waschbecken und eine Badewanne, in der sich nur sehr kleine Gäste ausstrecken konnten. Alle Porzellan- und Emailteile schimmerten rosa. Der Teppichboden des Zimmers war olivgrün. Auf pastellblauen Tapeten blühten zartrosa Blumen. Die kremweiß lackierten Stühle und der Schreibtisch wiesen Brandspuren von Zigaretten auf. Ein malvenfarbener Bettüberwurf vervollständigte die Farbenpracht.

Arkadi wußte selbst nicht, was er von Kirwill erwartet hatte. Er war der Meinung gewesen, sie seien sich in Moskau menschlich nähergekommen – aber hier schienen sie wieder Feinde zu sein. Trotzdem war Kirwill auf eine Weise real, die er bei Wesley vermißte. Arkadi hatte das Gefühl, dieses Hotelzimmer könnte im nächsten Augenblick wanken und wie eine Theaterkulisse zusammenfallen. Er war wütend auf Kirwill – und wünschte zugleich, Kirwill solle zurückkommen.

Er ging nervöser als zuvor auf und ab. Im Kleiderschrank hingen nur zwei Kleider, unter denen nicht einmal ein zweites Paar Schuhe stand. Eine Bluse duftete nach Irinas Parfüm. Arkadi drückte sie an sein Gesicht.

»Mögen Sie Quiz?« Al schaltete den Fernseher ein, als er Arkadi ein Sandwich brachte.

»Ich mache mir nicht sonderlich viel aus Ratespielen.«

»Aber diese Show ist Klasse«, versicherte Al ihm.

Arkadi begriff nicht gleich, worum es auf dem Fernsehschirm ging. Es wurde nicht gespielt; die Teilnehmerinnen brauchten lediglich zu erraten, was die Preise – Toaster, Herde, Urlaubsreisen, Häuser – wert waren. Wissen, Geschicklichkeit und Glück waren ausgeschaltet; einzig und allein Geldgier zählte.

»Sie sind ein richtiger Apparatschik, was?« fragte Al gekränkt.

Irina kam in der Abenddämmerung zurück. Sie war mit Paketen und Tüten beladen, die sie lachend aufs Bett warf. Arkadis Ängste verschwanden schlagartig. Sie brachte Leben in das schäbige Hotelzimmer, das nun sogar wieder attraktiv wirkte.

»Du hast mir gefehlt, Arkascha.«

Sie hatte Plastikbehälter mit Spaghetti, Hackfleisch, Muscheln und weißer Sauce mitgebracht. Die Sonne ging unter, während sie dieses exotische Gericht mit Plastikgabeln aßen. Arkadi fiel auf, daß er zum erstenmal in seinem Leben in einem Gebäude wohnte, in dem es nicht nach Kohl roch.

Sie riß die Päckchen und Pakete auf und zeigte ihm stolz die Garderobe, die sie für ihn gekauft hatte. Farben, Schnitt und Qualität aller Stücke waren Arkadi ebenso fremd wie Irinas Kleider, die im Schrank hingen. Sie hatte Hosen, Hemden, Socken, Krawatten, ein Sportsakko, einen Schlafanzug, einen Mantel und einen Hut besorgt. Sie begutachteten die Nähte, die Futterstoffe und die französischen Etiketts. Irina schlang ihr Haar zu einem Nackenknoten zusammen und führte ihm alle Kleidungsstücke mit ernstem Gesicht vor.

»Soll ich das sein?« erkundigte Arkadi sich.

»Nein, nein! Ein amerikanischer Arkadi«, sagte sie und zog den Hut keck ins Gesicht, während sie vor ihm auf und ab stolzierte.

Als sie den Schlafanzug vorführte, knipste Arkadi das Licht aus. »Ich liebe dich«, sagte er.

»Wir werden bestimmt glücklich.«

Arkadi knöpfte die Schlafanzugjacke auf und küßte Irinas Lippen, ihren Hals, ihre Brüste. Der Hut fiel zu Boden und rollte unter den Couchtisch.

Die Nacht ließ die gräßlichen Farben der Tapete verblassen.

Im Bett lernte er Irinas Körper wieder kennen. Die Frauen, die er vom Fenster aus auf der Straße beobachtet hatte, sahen für ihn unweiblich schmal aus. Irina war breiter, sinnlicher, animalischer. Ihre Rippen traten weniger deutlich hervor als in Moskau; ihre Fingernägel waren länger und lackiert. Aber von ihren weichen Lippen bis zur Halsgrube und bis zur dunklen Härte ihrer Brustspitzen, von ihrem flachen Bauch bis zu den Schenkeln fühlte sie sich gleich an. Ihre Zähne bissen wie früher; an ihren Schläfen erschienen die gleichen winzigen Schweißperlen.

»In meiner Zelle hab ich mir deine Hände vorgestellt.« Sie führte seine Hand über ihren Körper. »Hier und hier und hier. Ich hab sie gespürt, ohne sie zu sehen. Dabei hab ich mich lebendig gefühlt. Ich hab mich in dich verliebt, weil du mir geholfen hast, mich lebendig zu fühlen, obwohl du gar nicht bei mir warst. Anfangs haben sie behauptet, du hättest ihnen alles gesagt. Als Chefinspektor seist du dazu verpflichtet gewesen. Aber je mehr ich über dich nachgedacht habe, desto klarer ist mir geworden, daß du nichts verraten würdest. Sie haben mich gefragt, ob du verrückt seist. Ich habe geantwortet, du seist der vernünftigste Mensch, den ich kenne. Sie haben mich gefragt, ob du ein Verbrecher seist. Ich habe geantwortet, du seist der ehrlichste Mensch, den ich kenne. Zum Schluß haben sie dich mehr gehaßt als mich. Und ich habe dich mehr geliebt.«

»Ich bin ein Verbrecher.« Arkadi drängte sich gegen sie. »Dort war ich ein Verbrecher – und hier bin ich ein Gefangener.«

»Frag mich bitte nicht, wie lange ich schon hier bin oder was eigentlich vorgeht«, sagte Irina. »Alles passiert auf unterschiedlichen Ebenen, auf neuen Ebenen, von denen wir nie etwas geahnt haben. Stell keine Fragen. Wir sind hier. Ich hab mir immer gewünscht, hier zu sein. Und ich habe dich bei mir. Ich liebe dich, Arkascha. Du darfst keine Fragen stellen.«

»Sie schicken uns zurück. Angeblich schon in ein paar Tagen.«

Sie klammerte sich an ihn, küßte ihn und flüsterte ihm erregt ins Ohr: »In ein, zwei Tagen ist alles vorbei, aber sie schicken uns nie zurück. Niemals!«

Er konnte sie nicht fragen, warum sie so davon überzeugt war, nicht in die Sowjetunion zurückkehren zu müssen. Wegen der Mikrofone, und weil sie ihn gebeten hatte, sie nichts mehr zu fragen.

»In Wirklichkeit«, sagte Irina, während sie ihre Zigarette an seiner anzündete, »war es nicht Osborne, der mich in Moskau beseitigen lassen wollte.«

»Was?«

»Es waren Staatsanwalt Jamskoi und der Deutsche Hofmann. Die beiden waren Komplizen. Osborne wußte nichts davon.«

»Osborne hat zweimal versucht, dich zum Schweigen zu bringen. Hast du das vergessen?« Arkadi war plötzlich wütend. »Wer hat dir erzählt, Osborne habe nichts damit zu tun gehabt?«

»Wesley.«

»Wesley ist ein Lügner.« Er wiederholte den Satz auf englisch: »Wesley ist ein Lügner!«

»Pst, es ist schon spät.« Irina legte ihm einen Finger auf die Lippen. Sie wechselte das Thema; sie war geduldig und trotz seines Ausbruchs mit sich selbst zufrieden.

Aber Arkadi war verstört. »Warum hast du das Mal auf deiner Backe verdeckt?« fragte er.

»Ich wollte einfach. In Amerika gibt's Make-up.«

»In der Sowjetunion gibt's auch Make-up, aber dort hast du das Mal nie verdeckt.«

»Dort war es nicht so wichtig.« Sie zuckte mit den Schultern.

»Warum ist es hier wichtiger?«

»Ist das nicht klar?« Jetzt war Irina aufgebracht. »Es ist ein russisches Mal. Ich würde nie versuchen, ein russisches Mal mit russischem Make-up zu verdecken, aber mit amerikanischem Make-up tu ich's. Ich will alles Russische hinter mir lassen. Wenn ich mich am Gehirn operieren und mir alle russischen Erinnerungen rausschneiden lassen könnte, würde ich's auf der Stelle tun!«

»Warum wolltest du mich dann hier haben?«

»Ich liebe dich, und du liebst mich.«

Sie zitterte so sehr, daß sie nicht weitersprechen konnte.

Er hüllte sie in die Bettdecke und drückte sie tröstend an sich. Arkadi hatte ein schlechtes Gewissen, weil er Irina angefahren hatte. Was sie tat, tat sie für sie beide. Sie hatte es irgendwie geschafft, ihm das Leben zu retten und ihn zu sich in die Vereinigten Staaten zu holen, und er hatte kein Recht, ihr Vorwürfe zu machen. Schließlich war er kein Chefinspektor mehr, sondern ein ganz gewöhnlicher Krimineller. Sie waren beide Verbrecher, die nur noch voneinander und füreinander lebten. Arkadi fand ihre Zigarette, die auf den Bettvorleger gerollt und ein neues Loch hineingebrannt hatte, und hielt sie Irina an die Lippen.

»Erzähl mir nicht, Osborne habe nicht versucht, dich ermorden zu lassen«, sagte er.

»Hier ist alles so anders«, erklärte Irina ihm. Sie begann wieder zu zittern. »Ich kann keine Fragen beantworten. Stell mir bitte keine Fragen.«

Sie saßen im Bett und hatten den Farbfernseher eingeschaltet. Auf dem Bildschirm saß ein gelehrt aussehender Mann an einem Gartentisch neben einem Swimming-pool und las. Hinter einem Busch kam ein junger Mann mit einer Wasserpistole hervorgestürzt.

»Mein Gott, du hast mich erschreckt!« Der Lesende kippte beinahe vom Stuhl, und sein Buch fiel ins Wasser. Er zeigte darauf und sagte: »Ich bin ohnehin schon nervös, und du spielst mir diesen dummen Streich! Zum Glück ist's nur ein Taschenbuch gewesen.«

Hinter dem Mann mit der Wasserpistole erschienen Bikinischönheiten, ein Fallschirmspringer, der seinen Schirm hinter sich herschleppte, und eine Tanzkapelle.

»Das ist ja gräßlich«, sagte Arkadi spontan.

»Mir gefällt's.«

Er glaubte zuerst an einen Scherz, aber Irina hing wie gebannt am Bildschirm. Arkadi merkte, daß sie der Handlung gar nicht folgte. Er sah, was Irina fesselte: das leuchtende Blau des Swimming-pools, das satte Grün eines Avokadobaums, das Purpurrot der Bougainvillea neben der Einfahrt, die chromblitzenden Autos. Sie erfaßte das wirklich Wichtige auf dem Bildschirm, wie er es nie würde erfassen können. Wenn eine Frau schluchzte, sah Irina ihr Kleid, ihre Ringe, ihre Frisur, bunte Kissen auf Gartenmöbeln, eine Terrasse am Meer und den Sonnenuntergang über dem Pazifik.

Sie drehte sich um und bemerkte Arkadis Entsetzen. »Ich weiß, daß du glaubst, das sei alles unwirklich, Arkascha. Du täuschst dich – hier ist es Wirklichkeit.«

»Nein, das ist es nicht!«

»Doch, es ist wirklich, und ich will es haben.«

Arkadi gab nach. »Dann sollst du's haben.« Er legte seinen Kopf in ihren Schoß und schloß die Augen, während aus dem Fernseher Gemurmel und Lachen drangen.

Irina hatte ein neues Parfüm. In der Sowjetunion gab es nur wenige Parfüms: solide, biedere Werktagsdüfte. Sonjas Lieblingsparfüm hieß »Moskauer Nächte«. Früher war »Moskauer Nächte« unter dem Namen »Swetlana« – nach Stalins Lieblingstochter – verkauft worden, bis sie mit einem dunkelhäutigen Inder durchgebrannt war. »Moskauer Nächte« war ein rehabilitierter Duft.

»Kannst du mir verzeihen, daß ich das will, Arkascha?«

Er hörte die Besorgnis in ihrer Stimme. »Ich will es auch, für dich.«

Irina stellte den Fernseher ab, und Arkadi ließ das Rouleau nach oben schnappen. Das Bürogebäude auf der anderen Straßenseite glich einem Netzwerk aus Stahlträgern, zwischen denen dunkle, leere Fensterflächen ausgespannt waren.

Er lachte, um Irina aufzuheitern, und stellte das Transistorradio an, das sie gekauft hatte. Aus dem Lautsprecher kam eine Samba. Ihr Mut kehrte zurück, und sie tanzten auf dem dunklen Teppich, wobei ihre Schatten über die Wände huschten. Arkadi preßte Irina fest an sich und wirbelte sie im Kreis herum. Ihre Augen – das erblindete wie das gesunde – weiteten sich vor Freude. Die Seele war also noch da, auch wenn das Mal verschwunden war.

23

Eine braune Spinne ließ sich an ihrem Faden ins Sonnenlicht herab und wurde weiß.

Irina war sehr früh mit Wesley und Nicky fortgegangen. Der Spinnfaden schien frei in der Luft zu hängen.

»Wie könnt ihr Russen schon vor dem Frühstück qualmen?« hatte Wesley gefragt.

Die Spinne schwang sich zu ihrem Netz in der einen Ecke des Zimmers. Arkadi hatte es zuvor nicht bemerkt; es war ihm erst aufgefallen, als es von der Morgensonne beschienen wurde.

»Ich liebe dich«, hatte Irina auf russisch gesagt.

Und Arkadi hatte auf russisch geantwortet: »Ich liebe dich auch.«

Die Spinne kletterte in ihrem Netz herum und machte immer wieder halt, als kontrolliere sie etwas.

Wieviel Unterschied bestand zwischen einer russischen und einer amerikanischen Spinne?

»Los, heute ist der große Tag«, hatte Nicky gesagt, als er die Tür öffnete.

Webten sie ihre Netze auf gleiche Art? Putzten sie sich ihre Zähne auf gleiche Art?

Dieser Gedanke jagte Arkadi Angst ein.

Verstanden sie sich gut, vielleicht zu gut?

Auf den Gehsteigen drängten sich gut gekleidete Passanten.

Wie lange ist Irina schon in New York? fragte Arkadi sich.

Warum hat sie so wenige Sachen im Kleiderschrank?

In einem Büro des modernen Gebäudes auf der anderen Straßenseite arbeiteten zwei schwarze Anstreicher. In anderen Büros wurde geschrieben und telefoniert. Arkadi fiel auf, wie kurz die Telefongespräche im Durchschnitt waren. In Moskau war ein Bürotelefon ein freundlicherweise vom Staat zur Verfügung gestelltes Mittel, um endlose Privatgespräche zu führen; es wurde ständig benützt – aber nur selten dienstlich.

Arkadi stellte den Fernseher an, um eine Geräuschkulisse zu haben, während er versuchte, das Türschloß mit einer Haarnadel zu öffnen. Aber es widerstand seinen Bemühungen.

Warum arbeiteten die Anstreicher bei geschlossenen Fenstern? Das Fernsehprogramm bestand hauptsächlich aus Werbespots für Waschmittel, Deodorants und Schmerztabletten. Dazwischen wurden kurze Interviews und dramatische Sketches eingestreut.

Als Al ihm ein Sandwich mit Käse und Schinken und einen Pappbecher Kaffee brachte, fragte Arkadi ihn, welchen amerikanischen Schriftsteller er bevorzuge – Jack London oder Mark Twain? Al zuckte mit den Schultern. John Steinbeck oder John Reed? Nathaniel Hawthorne oder Ray Bradbury? »Das sind die einzigen, die ich kenne«, sagte Arkadi. Al ging wieder.

In der Mittagspause leerten sich die Büros. Wo die Sonne auf den Gehsteig fiel, blieben die Leute stehen und aßen aus Papiertüten. Der Wind wirbelte die leeren Tüten in den Häuserschluchten fünf, zehn Stockwerke hinauf. Arkadi schob das Fenster hoch und beugte sich hinaus. Die Luft war kalt und roch nach Zigarren, Auspuffgasen und gebratenem Fleisch.

Er sah eine Frau in einem schwarz-weißen Nylon-Pelz das Hotel mit drei verschiedenen Männern betreten und wieder verlassen.

Die Autos waren riesig und verbeult, der Verkehrslärm ohrenbetäubend. Viele der Autos leuchteten in so verrückten Farben, als wären sie von Kindern bemalt worden.

Dort unten liefen so viele Menschen mit großen Tüten herum!

Diese Leute hatten nicht nur Geld – sie hatten auch Dinge, die es zu kaufen lohnte.

Arkadi duschte und zog seine neuen Sachen an. Sie paßten wie angegossen, fühlten sich unglaublich gut an und ließen seine alten Schuhe noch häßlicher erscheinen als vorher. Er erinnerte sich daran, daß Nicky und Rurik Rolex-Uhren trugen.

In der oberen Schublade der Kommode lag eine Bibel. Noch überraschender aber war das Telefonbuch darunter. Arkadi riß die Adressen jüdischer und ukrainischer Organisationen heraus und versteckte sie in seinen Socken.

Schwarze Polizisten in braunen Uniformen regelten den Verkehr. Weiße Polizisten in schwarzen Uniformen trugen Revolver. Taxis waren gelb. Vögel waren grau.

Irina hatte den Verbrechern Kostja Borodin und Valeria Dawidowa Zuflucht gewährt. Sie war an Staatsverbrechen wie Schmuggel und Industriesabotage beteiligt gewesen. Sie wußte, daß der Moskauer Staatsanwalt ein KGB-Offizier gewesen war. Was erwartete sie in der Sowjetunion?

Rurik kam vorbei und brachte ein halbes Dutzend kleine Wodkaflaschen mit – »Airline-Flaschen« nannte er sie.

»Wir haben eine neue Theorie. Aber bevor ich sie Ihnen erläutere...«
Er hob abwehrend die Hände. »Ich möchte, daß Sie mich nicht für ge-

fühllos halten. Ich bin Ukrainer wie Sie und Romantiker wie Sie. Ich will Ihnen noch etwas anderes verraten: Mein rotes Haar ist ein Erbstück meiner jüdischen Großmutter, die damals zum Christentum übergetreten ist. Deshalb kann ich mich mit allen möglichen Leuten identifizieren. Aber gewisse Kreise sind der Ansicht, daß diese Sache mit den Zobeln Teil der weltweiten zionistischen Verschwörung ist.«

»Osborne ist kein Jude. Wovon reden Sie überhaupt?«

»Aber Valeria Dawidowa war die Tochter eines Rabbiners«, stellte Rurik fest. »James Kirwill hat hier mit zionistischen Terroristen zusammengearbeitet, die Anschläge auf unsere UNO-Botschaft verübt haben. Der Pelzhandel und die Textilindustrie in den Vereinigten Staaten sind praktisch zionistische Monopole, und die hiesige Bekleidungsindustrie wird letzten Endes davon profitieren, wenn die Amerikaner selbst Zobel züchten können. Merken Sie, wie alles zusammenpaßt?«

»Ich bin kein Jude, Irina ist keine Jüdin.«

»Denken Sie mal darüber nach«, empfahl Rurik ihm.

Al sammelte die Wodkafläschchen wieder ein.

»Ich bin kein KGB-Offizier«, versicherte Arkadi ihm.

Al war verlegen, weil er sich nicht dazu äußern wollte. »Vielleicht sind Sie einer, vielleicht sind Sie keiner.«

»Ich bin keiner!«

»Welchen Unterschied macht das schon?«

Die Dämmerung sank herab, die Büros leerten sich, aber Irina kam nicht zurück. In der Kirche an der Ecke fand ein Abendgottesdienst statt. Straßenmädchen brachten immer neue Freier ins Hotel. Arkadi dachte über diese Frauen und ihren Broterwerb nach, während die letzte Woge des Straßenlebens zu ihm heraufbrandete.

Eine Stunde später wurden die Schatten zu undurchdringlich dunklen Feldern zwischen Straßenlampen. Die Menschen auf der Straße kamen ihm wie Nachttiere vor. Sie schienen zu erstarren, als in einer Querstraße eine Sirene aufheulte und wieder erstarb.

Warum hatte Kirwill gelacht?

Arkadi war inzwischen an den Umgang mit den unterschiedlichsten Agenten gewöhnt. Deshalb wunderte er sich nicht, daß der nächste einen dunklen Anzug mit Krawatte und eine Schirmmütze trug; er war nur erleichtert, endlich das Hotelzimmer verlassen zu dürfen. Niemand hielt sie an. Sie fuhren mit dem Lift hinunter, durchquerten die Hotelhalle, gingen auf der 29th Street nach Westen, überquerten die Fifth Avenue und blieben schließlich vor einer schwarzen Limousine stehen. Erst als Arkadi hinten einstieg, merkte er, daß sein Begleiter ein Chauffeur war. Der Luxuswagen war innen mit grauem Plüsch ausgeschlagen; eine Glasscheibe trennte Fahrer und Fahrgast.

Die Avenue of the Americas war dunkel bis auf die beleuchteten Schaufensterfronten, in denen Schaufensterpuppen ein Luxusleben führten, das so unwirklich war, wie ihm die ganze Stadt bei seinem ersten Ausflug aus dem Hotel erschien. In der Seventh Avenue bogen sie nach Süden ab und fuhren mehrere Blocks weit, bevor die Limousine in eine Seitenstraße abbog und in einem Ladehof hielt. Der Chauffeur ließ Arkadi aussteigen, führte ihn zu einem Warenlift und drückte auf einen der Knöpfe. Sie fuhren in den dritten Stock und betraten einen hell beleuchteten Vorraum, der von zwei kleinen Fernsehkameras überwacht wurde. Die Tür gegenüber dem Aufzug öffnete sich mit leisem Klicken.

»Sie gehen allein weiter«, sagte der Chauffeur.

Arkadi betrat einen langen, schwach erhellten Arbeitsraum. Hinter langen weißen Sortiertischen hing an mannshohen Ständern so etwas wie alte Kleider oder Lumpen, die sich jedoch auf den zweiten Blick als Felle erwiesen – Nerze oder Zobel. Dazwischen erkannte er Luchs- und Wolfsfelle. Es roch scharf nach Gerbsäure, und über jedem weißen Tisch leuchtete eine Neonröhre. In der Mitte des Raums flammte eine Lampe auf. John Osborne legte ein Fell auf den Tisch.

»Haben Sie gewußt, daß selbst die Nordkoreaner Pelze verkaufen?« fragte er Arkadi. »Meist Katzen- und Hundefelle. Erstaunlich, was die Leute alles kaufen.«

Arkadi kam im Gang zwischen den Sortiertischen auf ihn zu.

»Dieses Fell hier ist ungefähr tausend Dollar wert«, fuhr Osborne fort. »Ein Bargusin-Zobel, aber das wissen Sie ja selbst – Sie kennen sich inzwischen mit Zobeln aus, nehme ich an. Kommen Sie ruhig ein bißchen näher, um ihn zu bewundern.« Osborne richtete sich auf, zog eine kleine Pistole und zielte damit auf Arkadi. »So, das ist nahe genug! Daraus wird ein wunderbarer langer Mantel, für den ungefähr sechzig Felle gebraucht werden.« Er strich mit der Pistole über das Fell. »Ich bin sicher, irgend jemand wird hundertfünfzigtausend Dollar für diesen Mantel zahlen. Aber ist das wirklich besser, als Katzen- und Hundefelle zu kaufen?«

»Das müssen Sie besser beurteilen können als ich.« Arkadi war einige Schritte zurückgetreten.

»Auf mein Urteil können Sie sich verlassen«, sagte Osborne, dessen Gesicht in dem hellen Schein der Lampe kaum zu erkennen war, »denn dieses Gebäude und die benachbarten Blocks sind der größte Pelzmarkt der Welt. Ich versichere Ihnen, daß der Unterschied zwischen diesem Fell und einem Katzenfell so groß ist wie der zwischen Irina und einer Durchschnittsfrau oder Ihnen und einem Durchschnittsrussen.« Er hielt die Lampe schräg, so daß Arkadi eine Hand vor die Augen halten mußte, um nicht geblendet zu werden. »Sie sehen gut aus, Chefinspektor – sogar sehr gut in einem anständigen Anzug. Ich freue mich aufrichtig, Sie lebend vor mir zu sehen.«

»Sie sind ehrlich überrascht, *daß* ich noch lebe.«

»Richtig, auch das.« Osborne ließ die Lampe sinken. »Sie haben mir einmal erklärt, Sie könnten sich verstecken, wo Sie wollten – ich würde trotzdem kommen und Sie aufspüren. Das habe ich Ihnen nicht geglaubt, aber Sie haben recht gehabt.«

Osborne ließ die Pistole auf dem Tisch liegen, während er sich eine Zigarette anzündete. Arkadi hatte seine Sonnenbräune, die schlanke Eleganz und das silbergraue Haar vergessen. Und natürlich das viele Gold – Zigarettenetui und Feuerzeug, Ring, Armbanduhr und Manschettenknöpfe –, das bernsteinfarbene Leuchten in den Augen und das strahlende Lächeln.

»Sie sind ein Mörder«, stellte Arkadi fest. »Warum lassen die Amerikaner zu, daß Sie mit mir sprechen?«

»Weil die Russen zulassen, daß *Sie* mit mir sprechen.«

»Warum tun wir das?«

»Machen Sie die Augen auf!« Osbornes Handbewegung umfaßte den ganzen Raum. »Was sehen Sie hier?«

»Felle.«

»Nicht einfach nur Felle. Saga-Nerz, Standard-Nerz, Blaufuchs, Silberfuchs, Rotfuchs, Hermelin, Luchs und natürlich Bargusin-Zobel. Allein in diesem Raum lagern Felle für über drei Millionen Dollar – und entlang der Seventh-Avenue gibt's fünfzig ähnliche Sortierräume. Hier geht es nicht um Mord; es geht ausschließlich um Zobel. Ich wollte den jungen Kirwill und Kostja und Valeria nicht erschießen. Nachdem sie mir so eifrig geholfen hatten, hätte ich ihnen viele glückliche Jahre in irgendeinem schönen Land gegönnt. Aber was taten sie? Der junge Kirwill bestand darauf, mit seiner Geschichte an die Öffentlichkeit zu treten; er wollte sie der Welt nach seiner triumphalen Rückkehr nach New York erzählen. Vielleicht hätte er bei der ersten Pressekonferenz nichts von Zobeln gesagt – aber bestimmt auf der zehnten! Ich habe mich jahrelang abgerackert und viel riskiert;

sollte ich mich jetzt der Großmannssucht eines religiösen Fanatikers ausliefern? Welcher normale Mensch hätte das getan? Ich gestehe, daß mir auch Kostja nicht leid getan hat. Er hätte mich vom Tag seiner Ankunft in den Staaten an erpreßt. Nur Valeria bedaure ich.«

»Sie haben gezögert?«

»Ja.« Osborne nickte zufrieden. »Sie haben recht, ich habe gezögert, bevor ich sie erschossen habe. Aber ich merke, daß mich dieses Geständnis hungrig macht. Kommen Sie, wir wollen eine Kleinigkeit essen.«

Sie fuhren mit dem Lift zu der im Ladehof wartenden Limousine hinunter, die dann auf der Avenue of the Americas nach Norden rollte. Arkadi fiel auf, daß New York um diese Zeit noch viel wacher als Moskau war. Nach der 48th Street wurde die Avenue von kahlen Bürotürmen flankiert, die ihn an den Kalinin-Prospekt erinnerten.

In der 56th Street führte der Amerikaner Arkadi in ein Restaurant, in dem der Maître d'hôtel Osborne mit Namen begrüßte und sie zu einer rot gepolsterten Nische geleitete. Auf allen Tischen standen frische Lilien, an den Wänden hingen französische Impressionisten, Kristallkronleuchter strahlten über schwerem Damast, und ein Ober erkundigte sich servil nach ihren Wünschen. Die anderen Gäste waren ältere Männer mit Nadelstreifenanzügen und jüngere Frauen mit sorgfältig zurechtgemachten, maskenhaften Gesichtern.

Arkadi rechnete noch immer halbwegs damit, daß Wesley oder die Polizei ins Restaurant stürmen und Osborne festnehmen würden. Osborne fragte ihn, ob er etwas trinken wolle; als Arkadi ablehnte, bestellte Osborne sich einen 1976er Corton-Charlemagne. Dann fragte er, ob Arkadi hungrig sei. Arkadi log und sagte nein. Osborne bestellte gegrillten Gravlachs mit Dillsauce und Pommes frites für sich. Porzellan, Glas und Silberbesteck glitzerten. Ich sollte ihm ein Messer ins Herz stoßen, dachte Arkadi.

»New York ist eine Durchgangsstation für russische Emigranten, wissen Sie«, sagte Osborne. »Sie geben an, sie wollten nach Israel, aber dann machen sie in Rom rechtsum und kommen hierher. Ich helfe vielen von ihnen, was für beide Seiten vorteilhaft ist, weil viele etwas von Pelzen verstehen. Manchen kann ich allerdings nicht weiterhelfen. Ich meine die Leute, die in der Sowjetunion Kellner gewesen sind. Kennen Sie irgend jemand, der einen russischen Kellner einstellen würde?«

Der Wein war goldgelb. »Wollen Sie wirklich keinen Schluck mittrinken? Jedenfalls gibt's mehr als genug Emigranten. Viele traurige Schicksale. Kandidaten der sowjetischen Akademie der Wissenschaften, die in Putzkolonnen arbeiten oder sich um schlechtbezahlte Übersetzungen raufen. Sie wohnen in Queens und New Jersey und haben kleine Häuser und große Autos, die sie sich nicht leisten können. Aber man darf sie eigentlich nicht kritisieren; sie tun ihr Bestes – und nicht jeder kann ein Solschenizyn sein. Ich bilde mir gern ein, etwas für die Verbreitung russischer Kultur in diesem Lande zu tun. Wie Sie vielleicht wissen, habe ich mich sehr um den Kulturaustausch bemüht. Wo wäre das amerikanische Ballett ohne russische Tänzer?«

»Was ist mit den Tänzern, die Sie an den KGB verraten haben?« fragte Arkadi.

»Wenn ich's nicht getan hätte, wären die Informationen von ihren eigenen Kollegen gekommen. Das ist das Faszinierende an der Sowjetunion: Jeder bespitzelt jeden vom Kindergarten an aufwärts. Jeder hat schmutzige Hände. Und das heißt dann ›Wachsamkeit‹! Das war jedenfalls der Preis. Für die Erlaubnis, sowjetische Künstler in die Vereinigten Staaten bringen zu dürfen, verlangte Ihr Ministerium für Kultur von mir Informationen über die Eingeladenen. Ich habe einige potentielle Überläufer ertappt, aber im allgemeinen habe ich mich darauf beschränkt, schlechte Tänzer auszumerzen. Ich stelle hohe Ansprüche. Auf diese Weise habe ich die Entwicklung der sowjetischen Tanzkunst vermutlich kräftig gefördert.«

»Sie haben keine schmutzigen Hände; Sie haben blutige Hände.«

»Bitte, wir sind bei Tisch!«

»Dann erklären Sie mir, wie es kommt, daß das amerikanische FBI einen Mörder und KGB-Spitzel frei herumlaufen und in Luxusrestaurants speisen läßt.«

»Oh, ich habe großen Respekt vor Ihrer Intelligenz, Chefinspektor. Denken Sie eine Sekunde lang darüber nach. Ich bin überzeugt, daß Sie eine Erklärung finden werden.«

Osborne wartete Arkadis Reaktion gelassen ab.

»Sie sind ein FBI-Spitzel!« stellte Arkadi fest, als ihm endlich die ganze Wahrheit dämmerte. »Sie haben für KGB *und* FBI Spitzeldienste geleistet.«

»Sehen Sie, ich habe gewußt, daß Sie das besser als jeder andere verstehen würden.« Osborne lächelte freundlich. »Wäre es nicht töricht gewesen, dem KGB Informationen zu liefern, ohne zu Hause das gleiche fürs FBI zu tun? Das braucht Sie nicht zu enttäuschen; es bedeutet keineswegs, daß Amerika so schlecht wie Rußland ist. Im allgemeinen verläßt das FBI sich auf die Spitzeldienste von Kriminellen, aber mein Fall liegt anders. Ich habe nur Gerüchte weitererzählt. Ich habe gewußt, daß sie in Washington Anklang finden würden, weil ganz ähnliche Gerüchte in Moskau so sehr geschätzt wurden. Ich habe allerdings bewußt nur mit dem New Yorker FBI-Büro zusammengearbeitet. Wie bei jeder in ganz Amerika arbeitenden Firma sitzen die besten Männer in New York, und sie sind so rührend bürgerlich, so glücklich, mit mir verkehren zu dürfen. Und warum auch nicht? Ich bin schließlich kein Mafia-Killer, ich habe nie Geld verlangt. Sie haben im Gegenteil gewußt, daß sie auf mich zählen konnten, wenn sie finanziell in der Klemme saßen, und ich habe ihnen Vorzugspreise eingeräumt, wenn sie einen Pelz für ihre Frau wollten.«

Arkadi erinnerte sich an Jamskois Wolfspelz und an die Zobelmütze, die Osborne ihm hatte schenken wollen.

»Essen Sie nicht doch eine Kleinigkeit?« fragte der Amerikaner. »Oder trinken Sie wenigstens ein Glas Wein? Wirklich nicht? Wissen Sie, merkwürdig ist eigentlich, wie viele russische Emigranten früher nach ihrer Ankunft in Amerika Restaurants aufgemacht haben. Sie konnten wunderbar kochen, aber das war vor vierzig, fünfzig Jahren. Die heutigen Emigranten verstehen nichts von guter Küche; sie wissen nicht einmal, was das ist. Der Kommunismus hat das Ende der russischen Küche gebracht – ein Verbrechen!« Osborne zeigte auf den vorbeirollenden Tortenwagen. »Darf ich Sie wenigstens dazu einladen? Andrej Jamskoi, Ihr ehemaliger Vorgesetzter, hätte den ganzen Wagen leergefressen.«

»Er war in jeder Beziehung unersättlich«, stellte Arkadi fest.

»Richtig! Sie wissen natürlich, daß Jamskoi an allem schuld war. Ich hatte ihm seit dem Krieg immer wieder Geld für kleine Gefälligkeiten gegeben. Er wußte, daß ich nicht in die Sowjetunion zurückkommen würde, und wollte zum Schluß noch einmal richtig abkassieren. Deshalb hat er auch dafür gesorgt, daß Sie mich im Badehaus kennengelernt haben. Und wenn ich mir einbildete, Sie abgeschüttelt zu haben, hat er Sie wieder aufgestachelt. Allerdings war das bei Ihnen kaum nötig.« Osborne machte eine Pause. »Ein brillanter Kopf, dieser Jamskoi, aber wie gesagt, sehr geldgierig.«

Sie verließen das Restaurant und gingen die Avenue entlang, wobei Osbornes Limousine im Schrittempo neben ihnen herfuhr, wie seinerzeit eine andere Limousine in Moskau. Einige Straßen weiter ragten vor ihnen zwei Reiterstandbilder am Eingang eines Parks auf. Central Park, sagte Arkadi sich. Wollten die beiden ihn im Park ermorden? Nein, das wäre in Osbornes Sortierraum einfacher gewesen. Arkadi zündete sich eine Zigarette an, um seinen Hunger zu betäuben.

»Ein scheußliches russisches Laster.« Osborne zündete sich ebenfalls eine an. »Daran gehen wir eines Tages ein. Wissen Sie, warum er Sie gehaßt hat?«

»Wer?«

»Jamskoi.«

»Der Staatsanwalt? Warum sollte er mich gehaßt haben?«

»Wegen der Sache mit dem Berufungsverfahren vor dem Obersten Gerichtshof, durch das er in die *Prawda* gekommen ist.«

»Wegen des Falls Wiskow?«

»Ganz recht. Der hat ihn ruiniert. Der KGB hat schließlich nicht einen seiner eigenen Generale auf den Posten des Moskauer Staatsanwalts gebracht, damit er sich dort für die Rechte von Verurteilten einsetzt. Im Grunde genommen ist der KGB nicht anders als andere Bürokratien, und ein mächtiger Mann – vor allem ein aufgehender Stern – hat mächtige Feinde. Diesen Leuten haben Sie genau die richtige Waffe in die Hand gegeben, so daß sie behaupten konnten, Jamskoi schade dem Ansehen der sowjetischen Justiz, betreibe eigenen Personenkult oder sei geisteskrank. Dagegen sollte in nächster Zeit eine großangelegte Kampagne anlaufen. Dieses Berufungsverfahren hat ihn ruiniert, und Sie hatten es ihm aufgezwungen.«

Ausgerechnet im New Yorker Central Park muß ein ehemaliger Chefinspektor erfahren, weshalb der frühere Moskauer Staatsanwalt ihn gehaßt hat, dachte Arkadi. Aber Osbornes Erklärung klang logisch. Er erinnerte sich an das Gespräch, das er im Badehaus mit Jamskoi, dem Sekretär des Generalstaatsanwalts, dem Akademiemitglied und dem Richter geführt hatte. Die Spitzen gegen Jamskoi waren eigentlich unüberhörbar gewesen!

Im Scheinwerferlicht der Limousine hinter ihnen tanzten vereinzelte Schneeflocken. Arkadi erkannte in einiger Entfernung unter den Bäumen eine Eislaufbahn, von der Rockmusik herüberdrang. Er sah Bewegung auf dem Eis.

»Sie sollten den Park im Schnee sehen«, sagte Osborne.

»Es schneit schon.«

»Ich liebe Schnee«, fuhr der Amerikaner fort. »Soll ich Ihnen sagen, warum? Das habe ich noch keinem Menschen anvertraut. Ich liebe ihn, weil er die Toten verbirgt.«

»Sie meinen die im Gorki-Park?«

»Nein, nein, ich spreche von den Leningrader Toten. Ich bin als idealistischer junger Mann in die Sowjetunion gekommen. Ja, wie der junge Kirwill, vielleicht noch schlimmer. Niemand hat sich mehr dafür eingesetzt, daß der Pacht- und Leihvertrag ein Erfolg wurde, als der junge John Osborne. Ich bin der Amerikaner vor Ort gewesen; ich mußte mit den Russen Schritt halten und sie möglichst übertreffen – und das bei nur vier bis fünf Stunden Schlaf pro Nacht und monatelanger Unterernährung. Die Belagerung Leningrads war natürlich einer der Wendepunkte des Zweiten Weltkriegs, denn dort wurde das Heer eines Massenmörders von dem Heer eines anderen Massenmörders zurückgeschlagen. Wir Amerikaner waren daran interessiert, diesen Kampf so lange wie möglich auszudehnen. Das ist uns auch gelungen. Neunhunderttausend Leningrader sind umgekommen, aber die Stadt ist nicht gefallen. In den Vororten wurde um jedes Haus, jede Straße gekämpft; man hat sie manchmal morgens verloren und nachts zurückgewonnen. Oder man hat sie nach einem Vierteljahr zurückerobert und noch alle Toten von damals aufgefunden. Dabei habe ich hohen Schnee schätzen gelernt.«

Sie verließen den Park und betraten die Fifth Avenue, die Trennungslinie zwischen gewöhnlichen New Yorkern und den Reichen. In Luxusapartments brannten Kronleuchter; unter den Vordächern der Hauseingänge standen livrierte Pförtner. Die Limousine hielt in einer Seitenstraße, während Osborne Arkadi in das nächste Gebäude führte. Ein livrierter Liftboy brachte sie ins fünfzehnte Stockwerk hinauf, auf dem es nur eine Tür gab. Osborne sperrte sie auf und ließ Arkadi den Vortritt.

Durch die großen Fenster drang genug Licht herein, so daß Arkadi erkennen konnte, daß er im Vorraum eines weitläufigen Apartments stand. Osborne wollte Licht machen, aber der Schalter funktionierte nicht. »Die Elektriker waren heute hier«, sagte er. »Wahrscheinlich sind sie noch nicht fertig.«

Arkadi betrat einen Raum mit einem langen Eßtisch, an dem nur zwei Stühle standen, durchquerte eine Anrichte mit offenen, leeren Schränken und betrat ein Arbeitszimmer, in dem ein noch verpackter Fernseher stand und Stecker und Schalter aus den Wänden gerissen waren. Er zählte insgesamt acht Räume, die ähnlich spärlich möbliert waren. Außerdem glaubte er, einen vertrauten Duft wahrzunehmen.

»Na, was halten Sie davon?« fragte Osborne.

»Ein bißchen leer.«

»In New York ist die Aussicht am wichtigsten.« Osborne deutete auf den Central Park unter ihnen. »Ich habe meine Pariser Pelz-Salons verkauft. Ich mußte das Geld irgendwo anlegen, und eine Zweitwohnung in dieser Lage ist immer eine gute Investition. Ganz ehrlich gesagt: Europa ist mir einfach nicht sicher genug. Das war der schwierigste Teil des Tauschhandels – die Garantien für meine körperliche Sicherheit.«

»Welchen Tauschhandel meinen Sie?«

»Den mit den Zobeln. Zum Glück habe ich etwas gestohlen, das zurückzugeben sich lohnt.«

»Wo sind die Zobel?«

»Die amerikanischen Nerzfarmen befinden sich hauptsächlich im Gebiet der Großen Seen. Aber vielleicht habe ich gelogen; vielleicht habe ich die Zobel in Kanada. Kanada ist das zweitgrößte Land der Erde; es würde einige Zeit dauern, bis sie es abgesucht hätten. Oder vielleicht habe ich sie in Maryland oder Pennsylvanien, denn auch dort gibt es Pelzfarmen. Für die andere Seite besteht das Problem darin, daß im Frühjahr Jungtiere geworfen werden, die alle von meinen Bargusin-Männchen abstammen. Also noch mehr Zobel, die sie aufspüren muß. Deshalb müssen die Russen sich jetzt mit mir einigen.«

»Warum erzählen Sie mir das alles?«

Osborne trat einen Schritt näher an Arkadi heran. »Ich kann Sie retten«, sagte er. »Ich kann Sie und Irina retten.«

»Sie haben versucht, sie zu ermorden.«

»Das waren Jamskoi und Hofmann.«

»Sie haben zweimal versucht, sie ermorden zu lassen«, stellte Arkadi fest. »Ich bin dabeigewesen!«

»Sie haben sich heldenhaft geschlagen, Chefinspektor. Das kann niemand leugnen. Aber ich habe Sie zur Universität geschickt, damit Sie Irina retten.«

»Sie haben mich hingeschickt, um mich ermorden zu lassen.«

»Und wir haben sie gerettet – Sie und ich.«

»Sie haben drei ihrer Freunde im Gorki-Park ermordet.«

»Sie haben drei meiner Freunde auf dem Gewissen«, stellte Osborne fest.

Arkadi fror plötzlich, als seien die Fenster aufgegangen. Osborne war nicht normal – oder kein Mensch. Wenn Geld zu Fleisch und Blut werden konnte, mußte etwas wie Osborne herauskommen. Es würde den gleichen Maßanzug tragen; es würde sein silbergraues Haar wie er scheiteln; es würde das gleiche schmale Gesicht haben und das gleiche überlegene Lächeln zur Schau tragen. Sie befanden sich noch über der Straße. Das Apartment war leer. Er konnte Osborne ermorden, das stand fest. Er brauchte sich kein weiteres Wort anzuhören.

Osborne zog plötzlich wieder seine kleine Pistole, als habe er Arkadis Gedanken gelesen. »Wir müssen einander verzeihen. Wir sind alle korrupt, das liegt im Wesen der Menschen. Jamskoi ist korrupt auf die Welt gekommen – daran hat auch die Revolution nichts ändern können. Auch Sie und ich sind korrupt geboren worden. Aber Sie haben noch nicht das ganze Apartment gesehen...«

Auf ein Zeichen Osbornes hin ging Arkadi voraus, durchquerte den Vorraum und betrat ein weiteres Zimmer, das er bisher nicht gesehen hatte und aus dessen Fenster man ebenfalls einen Blick auf den Park hatte. Die Einrichtung bestand aus einer Kommode mit Spiegelaufsatz, einem Stuhl, einem Nachttisch und einem großen, nicht gemachten Bett. Der Duft, den er beim Betreten des Apartments wiedererkannt hatte, war hier am stärksten.

»Öffnen Sie die zweite Kommodenschublade«, forderte Osborne ihn auf.

Arkadi gehorchte wortlos. Die Schublade enthielt Herrenunterwäsche und Socken. »Hier zieht also jemand ein«, konstatierte Arkadi nüchtern.

Osborne deutete auf die Schiebetüren des Einbaukleiderschranks. »Öffnen Sie die rechte Tür.«

Arkadi schob die Tür zur Seite. An der Kleiderstange hingen ein Dutzend neue Hosen und Jacken. Trotz der schlechten Beleuchtung erkannte er, daß es sich um Duplikate der Kleidungsstücke handelte, die er im Augenblick trug. »Ich habe alles gleich mehrfach gekauft«, sagte Osborne.

Arkadi öffnete die zweite Tür. Die andere Schrankhälfte hing voller Kleider, Röcke und Blusen; rechts außen hingen zwei Pelzmäntel, und auf dem Boden standen Damenschuhe und Stiefel.

»Sie ziehen hier ein«, erklärte Osborne ihm, »Sie und Irina. Sie werden mein Angestellter und bekommen ein gutes Gehalt – sogar ein sehr gutes. Das Apartment läuft auf meinen Namen, aber die laufenden Kosten fürs erste Jahr sind schon bezahlt. Jeder New Yorker würde liebend gern mit Ihnen tauschen. Sie können hier ein ganz neues Leben anfangen.«

Dieses Gespräch ist unmöglich! dachte Arkadi. Es ist auf unglaubliche Weise abgeglitten!

»Wollen Sie, daß Irina am Leben bleibt?« fragte Osborne.

»Darum geht's bei dem vorgesehenen Tauschhandel: die Zobel im Tausch gegen Irina und Sie. Irina, weil ich sie will, und Sie, weil sie nicht ohne Sie bleiben will.«

»Ich denke nicht daran, Irina mit Ihnen zu teilen!«

»Sie teilen Irina bereits mit mir«, antwortete Osborne. »Sie haben sie in Moskau mit mir geteilt und Sie haben sie seit Ihrer Ankunft in

Amerika mit mir geteilt. An dem Morgen, an dem Sie in Moskau vor ihrer Wohnung mit ihr gesprochen haben, lag ich in ihrem Bett. Sie hat letzte Nacht mit Ihnen geschlafen und sie hat heute nachmittag mit mir geschlafen.«

»Hier?« Arkadi starrte das entsetzlich vielsagende zerwühlte Bett an.

»Sie glauben mir nicht«, stellte Osborne fest. »Kommen Sie. Sie sind ein zu guter Kriminalbeamter, um so überrascht zu sein. Wie hätte ich James Kirwill jemals ohne Irina kennenlernen sollen? Oder Valeria oder Kostja? Und ist es Ihnen nicht eigenartig vorgekommen, daß Jamskoi und ich Sie und Irina nicht gefunden haben, als Sie sie in Ihrer Wohnung versteckt haben? Wir hätten nicht lange zu suchen brauchen; sie hat mich aus Ihrer Wohnung angerufen. Wie habe ich sie Ihrer Meinung nach gefunden, als Sie Ihren Ausflug an die finnische Grenze gemacht haben? Sie ist geradewegs zu mir gekommen. Sie haben sich diese Fragen wirklich nicht selbst gestellt? Weil Sie die Antworten bereits gewußt haben!

Ich habe gestanden, Chefinspektor – jetzt sind Sie an der Reihe. Aber das gefällt Ihnen nicht. Nach Abschluß Ihrer Ermittlungen wollen Sie nur ein Ungeheuer und die fein säuberlich aufgereihten Toten vorfinden. Gott verhüte, daß Sie sich etwa selbst entdecken! Aber ich verspreche Ihnen, daß Sie lernen werden, mit sich selbst zu leben. Die Russen setzen Sie und Irina einfach auf ihre jüdische Auswanderungsquote; das tun sie mit vielen Problemfällen, die sie loswerden möchten.«

Osborne legte seine Pistole auf den Nachttisch. »Ich wollte Sie nicht, aber Irina wollte nicht ohne Sie bleiben. Es war zum Verrücktwerden! Sie hatte sich immer nur gewünscht, hierher zu kommen – und nun wollte sie plötzlich zurück. Ich bin froh, daß Sie ebenfalls hier sind; damit ist alles komplett.« Er holte eine Flasche Stolitschnaja und zwei Gläser aus dem Nachttisch. »Ich finde diese Situation sehr reizvoll. Wer könnte sich besser kennen als ein Mörder und sein Fahnder. Auf dem Gebiet des Verbrechens sind wir stets Partner gewesen.«

Er schenkte die beiden Wodkagläser randvoll ein und gab eines Arkadi.

»Und welcher Mörder und sein Fahnder können sich näherstehen als zwei Männer, die sich eine Frau teilen? Wir sind auch Partner auf dem Gebiet der Liebe.« Osborne hob sein Glas. »Auf Irina!«

»Warum haben Sie die jungen Leute im Gorki-Park ermordet?«

»Das wissen Sie selbst; Sie haben den Fall gelöst.« Osborne hielt sein Glas noch immer hoch.

»Ich weiß, wie Sie's getan haben, aber *warum* haben Sie's getan?«

»Wegen der Zobel, wie Sie recht gut wissen.«

»Wozu wollten Sie eigene Zobel?«

»Um Geld zu verdienen. Aber das wissen Sie doch alles!«

»Sie haben schon soviel Geld.«

»Um mehr zu besitzen.«

»Einfach nur mehr?« fragte Arkadi. Er kippte sein Glas auf den Teppichboden, so daß eine dunkle Spirale entstand. »Dann sind Sie kein Mann großer Leidenschaften, Mr. Osborne; Sie sind nur ein mordender Geschäftsmann. Sie sind ein Narr, Mr. Osborne. Irina verkauft sich Ihnen und schenkt sich mir. Als Geschäftsmann haben Sie nur Anspruch auf die Haut, das Fell, den Pelz, nicht wahr? Darauf verstehen Sie sich natürlich... Wir werden hier auf Ihre Kosten leben und Ihnen ins Gesicht lachen. Und wer weiß, wann wir verschwinden werden? Dann haben Sie keine Zobel, keine Irina, gar nichts mehr.«

»Sie nehmen also mein Hilfsangebot an«, stellte Osborne fest. »Heute ist Mittwoch. Am Freitag werden die Sowjets und ich uns handelseinig – Sie und Irina gegen die Zobel. Gestatten Sie mir, Sie zu retten?«

»Ja«, sagte Arkadi. Was blieb ihm anderes übrig? Nur Osborne konnte Irina retten. Sobald sie in Sicherheit waren, konnten sie fliehen. Wenn Osborne sie daran zu hindern versuchte, würde Arkadi ihn umbringen.

»Dann trinke ich auf Ihr Wohl«, fuhr Osborne fort. »In Leningrad habe ich gelernt, wozu Menschen imstande sind, wenn es ums Überleben geht. Sie sind erst zwei Tage hier und haben sich bereits verändert. In weiteren zwei Tagen sind Sie ein Amerikaner.« Er leerte sein Glas mit einem Zug. »Ich freue mich auf die Jahre, die vor uns liegen«, sagte er dabei. »Einen Freund kann man immer brauchen.«

Im Lift allein, brach Arkadi unter dem Gewicht der Wahrheit fast zusammen. Irina war eine Hure. Sie hatte mit Osborne und weiß Gott wem geschlafen, um aus Rußland herauszukommen. Sie hatte ihre Beine wie Flügel gespreizt. Und sie hatte Arkadi belogen – hatte mit Vorwürfen und Küssen gelogen –, ihn einen Dummkopf genannt und dann zum Idioten gemacht. Das Schlimmste war, daß er es von Anfang an gewußt hatte. Jetzt waren sie beide Huren. Er in seinen neuen Sachen, kein Chefinspektor und kein Verbrecher mehr – aber was? Arkadi dachte an die drei Toten im Gorki-Park. Und was war mit Pascha? Er erschrak vor den Täuschungsmanövern, auf die er sich eingelassen hatte. Das erste, damit Pribluda die Ermittlungen übernehmen sollte. Das zweite, um sich Irina zu sichern. Und das dritte, damit Osborne sie bekommen konnte.

Als die Lifttür sich öffnete, durchquerte Arkadi mit gesenktem Kopf die Eingangshalle des Apartmentgebäudes. Ich bin Osbornes Partner, überlegte er sich. Sobald er den Randstein erreichte, fuhr die Limousine vor. Arkadi ließ sich in die Polster fallen und nahm kaum wahr, daß der Wagen sofort wieder anfuhr.

Trotzdem liebte er sie noch immer. Er war bereit, über die Leichen im Gorki-Park hinwegzusehen. Sie hatte sich nach Amerika gehurt, und er würde huren, damit sie in diesem Land bleiben konnte. Das Hotel *Barcelona* war die richtige Absteige für solch ein Paar. Sie hatte ihn gebeten, ihr keine Fragen zu stellen – folglich hatte er keine gestellt und sich bewußt keine Gedanken über dieses Thema gemacht. Wie viele Schränke voller Kleider und Pelzmäntel besaß sie? Wie lange war sie bereits in New York?

Er dachte an die Verhöre zurück. Er war nie weich geworden; er hatte nie ausgepackt. Aber KGB, FBI und alle anderen wußten trotzdem von Irina und Osborne. Wer außer Irina hätte ihnen davon erzählen sollen? Seit wie vielen Jahren schlief sie bereits mit Osborne? Nein, außer Osborne konnte es keine weiteren Männer gegeben haben. Dazu war Osborne zu stolz.

Trotzdem liebte Irina ihn. Sie war bereit, mit ihm in die Sowjetunion zurückzukehren oder mit ihm in Amerika zu bleiben. Er erinnerte sich an ihre erste Begegnung bei Mosfilm – an ihre schäbige Lammfelljacke und die aufgeplatzten Kunstlederstiefel. Sie hatte also in Moskau mit Osborne geschlafen, aber sie hatte keine Geschenke von ihm genommen. Nicht einmal Geld, obwohl sie oft Hunger gelitten hatte. Sie hatte nur ein Geschenk annehmen wollen: Amerika. Und was hatte er selber ihr geschenkt? Ein mit Ostereiern bedrucktes Kopftuch! Nur Osborne konnte ihr Amerika geben; nur Osborne konnte ihm reinen Wein einschenken. Osborne besaß die Macht des Schenkens.

Amerika, Rußland, Rußland, Amerika. Amerika war die beste aller Illusionen. Es war ganz anders, als er es sich vorgestellt hatte. Selbst hier im Lichterglanz New Yorks, wo man sich einbilden konnte, die Dollars mit den Händen greifen zu können, blieb es eine Illusion. Er redete sich ein, er wäre nicht gekommen, wenn er von Irina und Osborne gewußt hätte. Aber du hast schon immer von Irina und Osborne gewußt, sagte er sich. Was faselst du da von Illusionen?

Sie war bereit, mit ihm nach Rußland zurückzukehren; das gab selbst Osborne zu.

Irina, Osborne, Osborne, Irina. Er stellte sie sich im Bett vor, die beiden miteinander verschlungen. Dann zu dritt.

Arkadi schrak aus seinen trübseligen Gedanken auf, als die Limousine am Randstein hielt. Ein Blick nach draußen zeigte ihm, daß sie sich anscheinend weit südlicher der 29th Street befanden. Die beiden hinteren Türen wurden aufgerissen; rechts und links beugte sich je ein junger Schwarzer ins Auto, hielt Arkadi mit der einen Hand einen Revolver an den Kopf und zeigte ihm mit der anderen eine Polizeiplakette. Arkadi erkannte, daß Kirwill am Steuer saß.

»Was ist aus dem Chauffeur geworden?« fragte Arkadi.

»Ein böser Mann hat ihn niedergeschlagen und ihm das Auto geklaut.« Kirwill grinste. »Willkommen in New York!«

Lieutenant Kirwill trank Whisky, den er mit Bier hinunterspülte. Billy und Rodney, die beiden schwarzen Kriminalbeamten, saßen bei Cola mit Rum am Nebentisch. Arkadi hockte Kirwill gegenüber, vor sich ein leeres Glas. Er sah noch immer das zerwühlte Luxusbett vor sich. Er saß mit Kirwill zusammen, wie er unter anderen Umständen gleichgültig an einem Kaminfeuer gesessen hätte.

»Osborne könnte zugeben: ›Ja, ich habe sie umgebracht‹«, erklärte Kirwill ihm. »Er könnte sagen: ›Ich hab sie am ersten Februar um siebzehn Uhr erschossen. Und ich bereue nichts!‹ Trotzdem würde er als amerikanischer Staatsbürger unter keinen Umständen ausgeliefert. Ein guter Rechtsanwalt könnte erreichen, daß sein Fall frühestens in fünf Jahren verhandelt wird. Fünf Jahre für den Weg durch die Instanzen; weitere fünf Jahre für das Berufungsverfahren. Das wären insgesamt fünfzehn Jahre, in denen seine Zobel sich weiter vermehren würden. Deshalb haben's die Russen eilig: Sie müssen Osborne und seine Zobel umbringen – oder einen Vergleich mit ihm schließen. Da Osborne unter FBI-Schutz steht und seine Zobel an einem unbekannten Ort züchtet, müssen sie mit ihm verhandeln.« Kirwill schüttelte den Kopf. »Aus amerikanischer Sicht ist Osborne geradezu ein Held. Und was bist du? Ein gottverdammter russischer Subversiver? Aber ich will dir trotzdem helfen.«

Kirwill und seine beiden schwarzen Kriminalbeamten sahen wie Diebe aus Tausendundeiner Nacht, aber nicht entfernt wie Moskauer Milizionäre aus. Die gestohlene Limousine war in der übernächsten Seitenstraße geparkt.

»Du hättest mir in Moskau helfen sollen«, wehrte Arkadi ab. »Dort hätte ich Osborne schnappen können. Jetzt kannst du mir nicht mehr helfen.«

»Ich kann dich retten.«

»Mich retten?« Kirwills unfreiwilliger Humor weckte Arkadi aus seiner Lethargie. Noch gestern hätte er Kirwill vielleicht sogar geglaubt. »Hast du die Zobel?«

»Nein.«

»Du willst mich retten, aber du kannst mich nicht retten. Was nützt mir das?«

»Laß die Kleine sitzen – der KGB soll sich an sie halten.« Arkadi rieb sich die Augen. Er in Amerika und Irina in Rußland? Ein wahrhaft absurdes Ende!

»Nein.«

»Das habe ich erwartet.«

»Jedenfalls vielen Dank für deine Bemühungen.« Arkadi wollte aufstehen. »Bringst du mich jetzt ins Hotel zurück?«

»Augenblick!« Kirwill zog ihn zu sich herunter. »Komm, wir trinken noch einen Schluck auf die gute alte Zeit.« Er schenkte Arkadi ein, griff in seine Jackentasche und holte einen Zellophanbeutel Erdnüsse heraus, den er auf den Tisch warf. Billy und Rodney beobachteten Arkadi neugierig, als erwarteten sie, daß er mit der Nase trinken würde. Sie waren groß und pechschwarz und trugen grelle Hemden und Halsketten. »Wenn das FBI dich an einen überführten Mörder ausleihen kann, kann es dich der New Yorker Polizei weitere fünf Minuten zur Verfügung stellen«, meinte Kirwill.

Arkadi zuckte mit den Schultern und kippte seinen Whisky. Kirwill schickte Billy an die Bar, um eine Schale für die Nüsse zu holen.

»Was hast du gegen das FBI?« fragte Arkadi.

»Eine ganze Menge.« Der Lieutenant lächelte humorlos. »Das FBI stellt keine Ermittlungen an, sondern bezahlt Spitzel. Worum es im Einzelfall geht – Spione, Bürgerrechtler, Mafiosi –, spielt keine Rolle: Das FBI arbeitet immer nur mit Spitzeln, Zuträgern, Informanten, V-Männern. Das ist der grundsätzliche Unterschied, verstehst du? Ein Cop ist auf der Straße unterwegs und sammelt selbst Informationen. Er scheut keine Dreckarbeit, weil er sich für den Job eines Kriminalbeamten entschieden hat. Aber ein FBI-Agent ist in Wirklichkeit ein Rechtsanwalt oder Buchhalter; er will in einem Büro arbeiten, gut angezogen sein und vielleicht später in die Politik gehen. Deshalb ist er jederzeit bereit, mit einem Schwein von Denunzianten zusammenzuarbeiten.«

»Nicht jeder Denunziant ist ein Schwein«, murmelte Arkadi.

Er sah Mischa in der dunklen Kirche stehen, trank erneut und verdrängte diese Erinnerung.

Der Kriminalbeamte kam mit einer Plastikschale von der Bar zurück. Kirwill schüttete die Erdnüsse hinein. »Da du gerade stehst, Billy«, schlug er vor, »könntest du mal telefonieren und fragen, ob unser Freund Rats schon raus ist.«

»Scheiße!« sagte Billy, ging aber trotzdem ans Telefon.

»Osborne behauptet, ein FBI-Spitzel zu sein«, fuhr Arkadi fort.

»Ja, ich weiß.« Kirwill starrte ihn geistesabwesend an. »Kannst du dir vorstellen, wie John Osborne Furore gemacht hat, als er das erstemal im FBI-Büro auftauchte? Ein Kerl wie er – Gast im Kreml, Gast im Weißen Haus, Multimillionär –, der kein Geld für seine Dienste will, der hat doch praktisch das ganze FBI in der Tasche. Kommt hier mit allen möglichen Russenfreunden und Kommunisten zusammen. Von so was können die doch sonst nur träumen.«

»Warum ist er nicht gleich zur CIA gegangen?«

»Weil er clever ist. Die CIA hat Tausende von russischen Informationsquellen und Hunderte von Agenten in der Sowjetunion. Das FBI hat schon vor Jahren sein Moskauer Büro schließen müssen. Es war auf Osborne angewiesen.«

»Er hat nur Gerüchte kolportieren können.«

»Mehr wollte das FBI gar nicht! Genau darauf ist doch jeder Kongreßabgeordnete scharf, um sich dann als bestinformiert hinzustellen. Aber jetzt muß das FBI dafür zahlen; Osborne legt die Rechnung vor. Er verlangt, daß das FBI ihn schützt, ohne daß er seinen Namen wechseln und untertauchen muß.«

Arkadi hatte Nüsse gegessen, während Kirwill redete. Jetzt schenkte er sich nach. »Aber Osborne hat die Zobel gestohlen und muß sie zurückgeben.«

»Wirklich? Würde die Sowjetunion sie zurückgeben, wenn der KGB sie in Amerika geklaut hätte? Der Mann ist ein Held.«

»Er ist ein Mörder!«

»Das behauptest du.«

»Ich bin kein KGB-Agent.«

»Das behaupte ich. Nur schade, daß niemand auf uns hört.«

Billy kam vom Telefon zurück. »Er ist noch drin«, berichtete er. »Er soll wegen Trunkenheit und groben Unfugs drankommen. Er wird in einer Dreiviertelstunde vorgeführt.«

Billys Stimme erinnerte Arkadi an ein Saxophon. »Sind deine beiden Leute nicht die Maler, die in einem Büro gegenüber meinem Hotelzimmer arbeiten?« fragte er Kirwill.

»Seht ihr?« Der Lieutenant nickte den beiden zu. »Ich hab euch gesagt, daß er Spitze ist.«

Als sie die Bar verließen, fuhren Billy und Rodney in einem roten Kabriolett davon. Kirwill führte Arkadi durch das Straßengewirr von Greenwich Village zu seinem eigenen Wagen. Kirwills Auto war blau, alt und blitzsauber. Der Lieutenant hob grüßend die Hand, als sie einem Streifenwagen begegneten. Arkadi fiel ein, daß Wesley unterdessen wissen mußte, daß er verschwunden war und daß im Hotel *Barcelona* vermutlich ziemliche Panik herrschte. War bereits eine Fahndungsmeldung an alle Streifenwagen durchgegeben worden? Wurde Kirwill als Entführer verdächtigt?

»Ich begreife nicht, warum das FBI zugelassen hat, daß Osborne mit mir spricht«, sagte Arkadi. »Auch als wertvoller Mitarbeiter ist und bleibt er ein Verbrecher, und das FBI ist nach wie vor ein Organ der Rechtspflege.«

»In anderen Städten geht alles streng nach Vorschrift, aber in New York gibt's keine – zumindest nicht für diesen Sonderfall. Das FBI geht diesmal ganz anders als sonst vor. Warum seid ihr im *Barcelona* untergebracht worden, obwohl das FBI sichere Apartments im *Waldorf* hat? Für mich ist das natürlich gut, weil die Sicherheitsvorkehrungen so unzulänglich sind, daß ich euch von Billy und Rodney überwachen lassen kann. Aber es ist auch verdächtig, weil es darauf schließen läßt, daß Wesley eure Anwesenheit sogar aus den FBI-Akten raushalten will. Was hat Osborne zu dir gesagt? Hat er von irgendeiner Vereinbarung gesprochen?«

»Nein, kein Wort«, log Arkadi geistesgegenwärtig.

»Wie ich ihn kenne, hat er von sich und deiner schönen Russin geredet. Er gehört zu den Leuten, die Spaß daran haben, bei anderen die Daumenschrauben anzuziehen. Überlaß ihn ruhig mir.«

Die öffentlichen Gebäude von Lower Manhattan waren eine unbeleuchtete Ansammlung von Kolossalbauten aller Stilrichtungen von der Antike bis zur Moderne. Die einzige Ausnahme bildete ein von Scheinwerfern angestrahlter Wolkenkratzer, der ein ganzes Straßengeviert einnahm und Arkadi vertraut vorkam. Dieses Gebäude war im stalinistischen Zuckerbäckerstil, aber ohne den von Stalin so geschätzten orientalischen Zierat errichtet: ein schlanker Monolith, an dessen Spitze eigentlich nur ein rubinroter Stern fehlte. Kirwill parkte genau davor.

»Wo sind wir hier?« fragte Arkadi erstaunt. »Was hat um diese Zeit noch offen?«

»Das sind die sogenannten Katakomben«, antwortete der Lieutenant. »Hier amtiert auch nachts ein Schnellrichter.«

Sie stießen Flügeltüren aus Messing auf und betraten eine Eingangshalle voller Bettler mit zerlumpter Kleidung und dem scheuen, mißtrauischen Blick getretener Hunde. Auch in Moskau gab es Bettler, die aber nur auf Bahnhöfen zu sehen waren oder wenn sie von der Miliz bei einer Razzia aufgescheucht wurden. Hier gehörte ihnen die ganze riesige Eingangshalle. Die einzige Ausnahme waren zwei ältere Männer, die schäbige Mäntel trugen, abgestoßene Aktenkoffer in der Hand hatten und Arkadi prüfend betrachteten.

»Anwälte«, erklärte Kirwill ihm. »Sie halten dich für einen potentiellen Mandanten.«

»Sie sollten ihre Mandanten besser kennen.«

»Sie lernen ihre Mandanten erst kennen, wenn sie hier reinkommen.«

»Aber sie sollten sich mit ihren Mandanten in ihrer Kanzlei besprechen.«

»Dies hier ist ihre Kanzlei.«

Kirwill bahnte ihnen einen Weg durch die Menge.

»Wohin gehen wir eigentlich?« wollte Arkadi wissen.

»Wir holen Rats aus dem Bunker. Hast du was Wichtigeres vor?«

Der Lieutenant klingelte an einer Stahltür. Hinter einem Sehschlitz wurden zwei Augen sichtbar; dann öffnete sich die schwere Tür nach innen und gab den Zugang zu den vergitterten Zellen der – fast ausschließlich schwarzen – Untersuchungshäftlinge frei. Arkadi folgte Kirwill den Mittelgang hinunter, bis der Amerikaner vor der Zelle eines durch seine bizarre Aufmachung auffallenden Weißen halt machte. Der Häftling trug Wollhandschuhe, von denen die Finger abgeschnitten waren, schmutzige Gummistiefel, eine Anglerjacke mit vielen Taschen und eine Wollmütze, unter der strähniges Haar hervorstand. Er hatte ein von Wind, Wetter und Whisky gerötetes Gesicht und bemühte sich, das Zittern seines linken Beins zu verbergen. Vor seiner Zelle standen ein schnauzbärtiger Kriminalbeamter und ein verkniffen dreinblickender junge Mann in Anzug und Krawatte.

»Na, können wir jetzt heimfahren, Rats?« fragte Kirwill den Mann in der Zelle.

»Sie dürfen Mr. Ratke auf keinen Fall mitnehmen, Lieutenant«, sagte der junge Mann mit der Krawatte.

»Das hier ist ein stellvertretender Staatsanwalt, der eines Tages erwachsen und ein hochbezahlter Strafverteidiger werden wird«, erklärte Kirwill Arkadi. »Und das hier ist ein höchst verlegener Kriminalbeamter.« Tatsächlich schien der andere junge Mann sich am liebsten hinter seinem Schnauzbart verkriechen zu wollen.

»Mr. Ratke wird in ein paar Minuten vorgeführt«, fügte der Staatsanwalt hinzu.

»Wegen Trunkenheit und groben Unfugs?« Kirwill lachte. »Was erwarten Sie von einem Säufer wie ihm?«

»Wir möchten einige Auskünfte von Mr. Ratke.« Der Staatsanwalt hatte den nervösen Mut eines Terriers. »Ich darf Sie darauf aufmerksam machen, daß der kürzliche Einbruch bei der Hudson Bay Company noch immer unaufgeklärt ist, Lieutenant. Wir haben Grund zu der Annahme, daß Mr. Ratke versucht hat, aus diesem Einbruch stammende Waren zu verkaufen.«

»Wo ist das Beweismaterial?« fragte Kirwill. »Auf Verdacht können Sie ihn nicht einsperren.«

»Ich hab nix geklaut!« kreischte Rats.

»Jedenfalls wurde er wegen Trunkenheit und groben Unfugs festgenommen«, stellte der junge Staatsanwalt fest. »Lieutenant Kirwill, ich habe schon einiges über Sie gehört und bin gern bereit, mich mit Ihnen anzulegen.«

»Und Sie haben ihn festgenommen?« Kirwill warf einen Blick auf die Ansteckplakette des Kriminalbeamten. »Sie heißen Casey? Hab ich nicht schon Ihren Vater gekannt? Das war ein Kriminalbeamter!«

»Rats war schon festgenommen, und sie haben jemand gebraucht, der ihn vor Gericht vorführt...« Casey konnte Kirwill nicht in die Augen sehen.

»Bei einem Streifenbeamten könnte ich das noch verstehen – aber bei Ihnen?« Kirwill schüttelte den Kopf. »Haben Sie Geldsorgen? Brauchen Sie Überstunden? Müssen Sie Alimente zahlen?«

»Casey tut mir einen Gefallen«, warf der Staatsanwalt ein.

»Gut, ich leihe Ihnen das Geld um Ihres Vaters willen«, entschied Kirwill. »Kein irischer Junge soll zum Arschkriecher werden müssen. Mir tät's leid, wenn diese Geschichte die Runde machen würde.«

»Lieutenant Kirwill, es ist zwecklos, die Sache aufzubauschen«, protestierte der Staatsanwalt. »Casey hat sich einverstanden erklärt, die Festnahme vor Gericht zu begründen. Ich weiß nicht, welches Interesse Sie an dem Fall haben, aber Mr. Ratke bleibt hier. Er müßte sogar schon...«

»Scheiße, ich steige aus«, unterbrach Casey ihn und setzte sich in Bewegung.

»Wohin wollen Sie?« fragte der junge Mann.

»Ich haue ab.« Der Kriminalbeamte sah sich nicht mehr um.

»Halt!« Der Staatsanwalt lief ihm nach und versuchte, Casey den Weg zum Ausgang zu versperren, aber der Kriminalbeamte ließ sich auf keine Diskussion ein. Er verschwand und knallte die Stahltür hinter sich zu.

Der Staatsanwalt kam zurück. »Sie haben trotzdem verloren, Lieutenant. Selbst wenn wir Mr. Ratke jetzt nicht vorführen können, ist er nicht imstande, allein heimzufahren – und bisher hat sich noch niemand gemeldet, um ihn abzuholen.«

»*Ich* hole ihn ab.«

»Warum? Lieutenant, wozu tun Sie das alles? Sie greifen in ein schwebendes Verfahren ein, setzen einen Kollegen massiv unter Druck und bringen die Staatsanwaltschaft gegen sich auf – alles wegen eines alten Säufers. Wozu brauchen wir noch Gerichte, wenn jeder Kriminalbeamte auf eigene Faust Häftlinge befreien kann?«

»Genau das frage ich mich auch.«

Kirwill und Arkadi schafften Rats bis in die Eingangshalle, bevor er im Delirium tremens zu kreischen begann. Die Bettler waren verstört: aufgeschreckte Schlafwandler. Kirwill hielt Rats den Mund zu, und Arkadi schleppte ihn hinaus. Rats war für ihn der erste Amerikaner, der wirklich stank.

Sie setzten ihn ins Auto, und Kirwill kaufte in der Mulberry Street in einem Feinkostgeschäft eine Flasche Whisky, eine Flasche Portwein und mehrere Beutel gesalzene Erdnüsse. »Solche Läden dürfen eigentlich keinen Schnaps verkaufen«, erklärte er Arkadi. »Deshalb schmeckt er so gut.« Rats leerte die Portweinflasche und schlief prompt auf dem Rücksitz ein.

»Warum tun wir das alles?« fragte Arkadi. »Warum hast du diesen alten Säufer rausgeholt? Wesley und das FBI fahnden bestimmt schon nach mir – vielleicht auch der KGB. Und du kriegst bestimmt Scherereien. Wozu das alles?«

»Warum nicht?«

Die Nüsse schmeckten angenehm salzig, und der Whisky erzeugte wohlige Wärme in Arkadis Magen. Er spürte, daß Kirwill mit sich selbst sehr zufrieden war, und sah zum erstenmal eine gewisse Komik in der Situation. »Willst du sagen, daß alles, was wir tun, sinnlos ist?«

»Zumindest hier und jetzt. Komm, wir machen eine kleine Spazierfahrt.«

»Was ist, wenn sie uns schnappen, bevor du mich zurückbringen kannst?«

»Arkadi, du hast nichts zu verlieren – und ich erst recht nicht. Wir bringen Rats nach Hause.«

Arkadi drehte sich nach der schmuddeligen Gestalt auf dem Rücksitz um. Er hatte mit Osborne diniert, war von Kirwill entführt worden und hatte noch keine Lust, Irina gegenüberzutreten. »Warum auch nicht?«

»So gefällst du mir!«

Über der Canal Street schwebten Schneeflocken und vergoldete chinesische Schriftzeichen.

»Eines ist mir nie ganz klargeworden«, sagte Kirwill. »Wie bist du dazu gekommen, ein Cop zu werden?«

»Ein Kriminalbeamter?«

»Ein Cop.«

»Was auch immer.« Arkadi merkte, daß das ein eigenartiges Kompliment, vielleicht sogar eine Entschuldigung war. »Als Junge habe ich einen Fall miterlebt, der ebensogut ein Mord wie ein Selbstmord hätte sein können.« Er machte eine verwunderte Pause, denn er hatte nicht von seiner Mutter sprechen wollen. Aber in dieser Nacht hatte er Dämonen im Kopf. »Damals – unmittelbar nach dem Krieg – standen große Namen auf dem Spiel«, fuhr Arkadi fort. »Der Tod des Opfers ließ sich nicht verheimlichen, aber die näheren Umstände wurden vertuscht, weil die ermittelnde Sonderkommission spezielle Vollmachten besaß.«

Sie fuhren an geheimnisvollen Läden mit Namen wie *Joyeria*, *Knights of Columbus* und *Head Shop* vorbei.

»Ich drücke mich nicht klar genug aus«, sagte Arkadi.

»Nur weiter!«

»Angenommen, ein verdienter Künstler bittet seine Frau eines Nachts, aus dem Auto zu steigen, um Glasscherben von der Straße zu räumen, und überfährt sie dabei. Eine junge Frau, die bald heiraten will, bringt ihre Großeltern ins Bett, schließt die Fenster und dreht das Gas auf, bevor sie abends ausgeht. Ein fleißiger Landwirt, ein angesehener Kolchosbauer, erwürgt ein Flittchen aus Moskau. Das sind Dinge, die offiziell nicht passieren dürften, aber sie sind die *Wahrheit*: ein Mann, der sich eine Geliebte und ein Auto leisten kann; eine junge Frau, die mit ihrem Ehemann im gleichen Zimmer mit den Großeltern hausen muß; ein Bauerntölpel, der dumpf ahnt, daß er sein Leben lang nicht aus seinem erbärmlichen Nest am Ende der Welt rauskommen wird. Solche Dinge erscheinen nicht in unseren Berichten, aber wir wissen darüber Bescheid. Deshalb müssen wir das Recht haben, die Wahrheit zu verändern. Das beeinflußt dann natürlich die Statistiken.«

»Ihr meldet einfach weniger Morde?« fragte Kirwill.

»Selbstverständlich.«

Kirwill gab die Flasche weiter und fuhr sich mit dem Handrücken über die Lippen. »Wir lieben Morde«, stellte er lakonisch fest. »Die häufigste Todesursache bei jungen Amerikanern ist Mord. Der Tote ist kaum kalt, da ist er schon ein Fernsehstar – und jeder hat die Chance, ein Star zu werden! Man verläßt das Haus und wird erschossen oder bleibt zu Hause und sieht fern. Wir sprechen von einer neuen Kunstform, mein Freund! Wie kann man sich noch über echte Morde aufregen, wenn man viel bessere in Zeitlupe und mit Spezialeffekten auf dem Bildschirm sehen kann – mit einer Bierdose in der linken und einer Titte in der rechten Hand? Da können die echten Cops nicht mithalten! Alle wahren Cops sind in Hollywood; wir anderen sind nur Imitationen.«

Sie fuhren im Holland Tunnel unter dem Hudson River hindurch. Arkadi war sich darüber im klaren, daß er sich Sorgen hätte machen müssen, weil Wesley jetzt wirklich glauben mußte, er habe sich abgesetzt. Statt dessen befand er sich in eigenartiger Hochstimmung, als spreche er eine Sprache, die er nie gelernt hatte.

»Unsere sowjetischen Morde bleiben geheim«, berichtete er. »Sogar Unfälle, Eisenbahnunglücke und Flugzeugabstürze werden geheimgehalten. Unsere Zeugen lügen. Manchmal hat man den Eindruck, unsere Zeugen fürchteten die Kriminalbeamten mehr, als die Mörder sie fürchten.« Von New Jersey aus sah er sich nach Manhattan mit seinen Millionen von Lichtern um.

Wegweiser tauchten vor ihnen auf: New Jersey Turnpike, J. F. Kennedy Boulevard, Bayonne.

Arkadi hatte einen trockenen Hals und nahm einen großen Schluck. »In Rußland gibt's nicht so viele Wegweiser.« Er lachte. »Wer nicht weiß, wohin eine Straße führt, hat nichts auf ihr zu suchen.«

»Hier leben wir von Wegweisern. Wir konsumieren Straßenkarten. Und wir wissen niemals, wo wir sind.«

Die Flasche war leer. Arkadi legte sie auf den Wagenboden. »Erzähl mir mehr von deinem Bruder!« forderte er Kirwill auf. »Was für ein Mensch war er?«

Der Lieutenant antwortete nicht gleich. »Jimmy war ein kleiner Heiliger«, sagte er nach einer längeren Pause. »Er litt unter seinen Eltern, solange sie lebten – und erst recht nach ihrem Selbstmord. So ist er den Pfaffen in die Hände gefallen. Stell dir vor, er hat sich zu Hause einen eigenen Altar gebaut! Ich hab versucht, ihm seinen religiösen Fimmel abzugewöhnen, und bin mir dabei oft vorgekommen, als sei ich dabei, einen Heiligen zu steinigen. Aber wie soll ich mir jemals verzeihen, daß ich ihn praktisch nach Rußland getrieben habe?«

Bayonne bestand aus Öltanks und silberglänzenden, hell beleuchteten Raffinerien, die an ein futuristisches Lager auf dem Mond erinnerten.

»Jimmy und ich sind oft zum Fischen an den Allagash River in Maine gefahren«, erzählte Kirwill. »Dort oben gibt's endlose Wälder, durch die eine einzige Straße führt. Und im Fluß kann man Hechte, Barsche und Forellen angeln. Wir sind sogar im Winter zum Eisfischen hingefahren. Eingeschneit? Kein Problem. In unserer Hütte gab es massenhaft Konserven, einen offenen Kamin, einen Küchenherd und jede Menge Holz. Und draußen? Hirsche, Elche und auf je zweieinhalbtausend Quadratkilometer einen Wildhüter. Sonst nur Holzfäller und Frankokanadier, die schlechter Englisch sprechen als du.«

Eine Brücke führte über einen Fluß mit dem seltsamen Namen Kill van Kull. Unter ihnen lief ein großer Tanker aus.

»Staten Island«, kündigte Kirwill an. »Jetzt sind wir wieder in New York.«

»Aber nicht in Manhattan?«

»Nein, ganz bestimmt nicht in Manhattan! So nahe und doch so weit entfernt...«

Sie fuhren an Reihenhäusern vorbei. Ein Gipsheiliger segnete einen Vorgarten.

»Hätte Jimmy diese Leute rausbringen können, Arkadi? Sag mir die Wahrheit.«

Arkadi dachte an die Leichen unter dem Schnee im Gorki-Park, eine neben der anderen, nicht einmal der Versuch zur Flucht, und an das kleine alte Haus mit den Schlafkojen, in denen Jimmy Kirwill die Bibel gelesen hatte, während Kostja sich mit Valeria vergnügt hatte.

»Klar«, log er. »Das Zeug dazu hat er gehabt. Warum nicht?«

»Ja, du bist in Ordnung«, sagte Kirwill nach einer längeren Pause.

Eine Brücke brachte sie über einen schmalen Wasserarm, der auf Wegweisern als Arthur Kill bezeichnet wurde, nach New Jersey zurück. Unter ihnen waren Kais, Gleise und die Gasfackeln weiterer Raffinerien zu erkennen. Arkadi hatte längst die Orientierung verloren, aber als der Mond für kurze Zeit links von ihnen sichtbar wurde, wußte er, daß sie nach Süden unterwegs waren. Wurde in ganz New York nach ihm gefahndet? Fahndete die Polizei auch nach Kirwill? Was dachte Irina?

»Wie weit fahren wir noch?«

»Wir sind fast da«, antwortete Kirwill.

»Dein Freund Rats lebt hier? Ich sehe keine Häuser.«

»Ab hier beginnt Marschland«, erklärte Kirwill ihm. »Früher hat's hier Reiher, Fischadler und Eulen gegeben. Und natürlich Frösche. Nachts haben sie geradezu ohrenbetäubend laut gequakt.«

Sie befanden sich jetzt auf einer Zufahrtsstraße, die an den Fabriken vorbeiführte. Im Scheinwerferlicht schillerte das Brackwasser giftig in allen Regenbogenfarben.

»Du machst dir Sorgen, das merkt man«, sagte der Lieutenant. »Keine Angst, ich erledige Osborne.«

Was wird dann aus Irina und mir? war Arkadis erster Gedanke. Das war das Groteske an ihrer Rettung durch Osborne: Man mußte hoffen, daß er am Leben blieb.

»Hier abbiegen!« Rats, der sich plötzlich auf dem Rücksitz aufgerichtet hatte, zeigte nach vorn.

Kirwill bog auf einen asphaltierten Weg ab, der zum Kill hinunterführte.

»Es geht um mehr als Osborne und dich«, stellte Arkadi fest.

»Du meinst das FBI? Von denen hat Osborne in New York keinen wirksamen Schutz zu erwarten.«

»Nein, ich meine nicht das FBI.«

»Den KGB? Die haben's auch auf ihn abgesehen!«

»Halt!« sagte Rats.

Sie stiegen aus. Auf einer Seite erstreckte sich Marschland bis zu den in weiter Ferne sichtbaren Lichtern der Stadtautobahn; auf der anderen lagen Bootswerften am Fluß. Sie folgten Rats auf einem Trampelpfad über schwammig weichen Untergrund.

»Ich werd's Ihnen beweisen.« Rats sah sich um. »Ich bin kein Dieb.«

In den Werften lagen halbfertige Boote auf Helligen. Unter einer Bogenlampe kläffte ein Wachhund; andere Hunde auf benachbarten Werften fielen heiser ein. Auf dem Kill zog ein mit Hausmüll beladener Schleppkahn vorbei. Am gegenüberliegenden Ufer, auf Staten Island, waren einige wenige Lichter, blaue Öltanks unter Bäumen und Häuser, Boote, Lastwagen und Kräne zu erkennen.

Arkadi erreichte den verhältnismäßig sicheren Boden – im Schlamm liegende Planken – vor Kirwill. Schneeflocken glitzerten auf Riedgras und Binsen. Rats marschierte energisch zu einem mit Dachpappe verkleideten niedrigen Schuppen voraus. Als Arkadi ihm folgte, trat er auf kleine Knochen, die wie Zähne aus dem Schlamm ragten. Rats öffnete die schief in den Angeln hängende Tür, zündete eine Petroleumlampe an und forderte ihn mit einer Handbewegung zum Eintreten auf.

Arkadi zögerte. Zum erstenmal seit seiner Ankunft in Amerika war er nicht von Lichtern umgeben. Die Weite dieser dunklen Landschaft und der glitzernde Schnee brachten eine Saite in seinem Inneren zum Klingen.

»Warum sind wir hierher gekommen?« fragte er Kirwill. »Was willst du von mir?«

»Ich will dich retten«, antwortete der Lieutenant. »Hör zu, im *Barcelona* gehen ständig Nutten und ihre Freier ein und aus; das FBI kann unmöglich alle diese Leute kontrollieren. Morgen abend sind Billy und Rodney im Zimmer über euch. Sobald es richtig dunkel ist, lassen sie eine Strickleiter zu eurem Fenster hinunter. Ihr tragt unauffällige, dunkle Kleidung und klopft an die Decke, wenn ihr gehen wollt. Die beiden fahren mit euch im Personalaufzug hinunter und bringen euch durch den Keller ins Freie. Fürs Rote Kommando ist das ein ganz einfaches Unternehmen.«

»Für wen?«

»Das Rote Kommando. Die anderen haben dir von uns erzählt.«

»Woher weißt du, daß sie mir vom Roten Kommando erzählt haben?« Arkadi wartete auf eine Antwort und gab sie dann selbst. »Du hast ein Mikrofon in unserem Zimmer. Billy und Rodney hören es im Gebäude gegenüber ab; das Radio am Fenster ist ihr Empfänger.«

»Jeder hat ein Mikrofon in eurem Zimmer.«

»Aber die anderen sind nicht meine Freunde. Willst du mir nicht als Freund verraten, ob die anderen sich an jedem Wort aufgeilen? Ist es möglich, antiseptisch zu lauschen? Entschuldige, daß ich so begriffsstutzig gewesen bin, aber ich muß dich jetzt fragen, was du in dem Apartment, das Osborne mir gezeigt hat, zu tun gehabt hast. Warum hat dort kein Licht gebrannt? Bist du dabei gestört worden, als du die Elektroinstallation durch Abhörmikrofone ergänzen wolltest? Ah, du bist wirklich fleißig gewesen! Vor allem im Schlafzimmer, stimmt's?«

»Du wirst verschaukelt, Arkadi. FBI und KGB arbeiten gegen dich zusammen. Es gibt keinen Beweis dafür, daß du jemals nach Amerika gekommen bist – das hab ich nachgeprüft. Nicht in diesem Land. Weder im *Barcelona* noch sonstwo. Ich versuche nur, dich zu schützen.«

»Lügner! Du hast deinem eigenen Bruder ein Bein gebrochen, um ihn zu ›schützen‹. Du weißt genau über Osborne, Irina und mich Bescheid.«

»Aber ich kann euch retten! Ich kann euch dort rausholen, ohne daß Wesley das geringste davon merkt. In irgendeiner Seitenstraße in der Nähe des Hotels steht ein Wagen für euch bereit – mit Geld, neuen Ausweisen und Straßenkarten. In neun, zehn Stunden könnt ihr in

Maine sein. Das Blockhaus gehört mir noch immer. Dort habt ihr reichlich Proviant, Skier, Gewehre und einen Jeep. Im Notfall könnt ihr nach Kanada verschwinden – die Grenze ist nicht weit.«

»Das Ganze ist ein Hirngespinst, weil du uns nicht helfen kannst.«

»Doch, ich kann! Auf diese Weise bleibt Jimmy schließlich Sieger: Er hat zwei Russen außer Landes gebracht. Sonst ist sein ganzes Leben vergebens gewesen. Auf diese Weise bekommt es doch noch einen Sinn.«

»Nein! Jimmy ist tot.«

»Weshalb streiten wir uns überhaupt? Warum willst du dir nicht von mir helfen lassen? Wir sind doch Freunde!«

»Nein, das sind wir nicht. Bring mich ins Hotel zurück.«

»Augenblick!« Kirwill hielt ihn am Arm fest.

»Nein, ich gehe jetzt.« Arkadi riß sich los.

»Hiergeblieben!« Kirwill griff erneut nach seinem Arm.

Arkadi schlug zu. Kirwills Lippe platzte am Mundwinkel auf und blutete. Trotzdem hielt der Lieutenant Arkadis anderen Arm weiter fest.

»Laß mich los!« verlangte Arkadi aufgebracht.

»Nein, du mußt...«

Arkadis Faust traf erneut. »Warum wehrst du dich nicht?« keuchte er. »Laß mich endlich los!«

»Nein«, sagte Kirwill, ohne seinen Griff zu lockern.

»Wehr dich!« Er landete einen Treffer, von dem Kirwill in die Knie ging.

»Bitte«, flehte Kirwill.

Der im Schlamm kniende Lieutenant bot ein ungewohntes, beinahe groteskes Bild.

»Laß mich endlich los!« rief Arkadi. Seine Arme sanken herab. »Für uns gibt's keine Flucht zu einem verwunschenen Blockhaus im Wald. Das weißt du so gut wie ich. Wir könnten uns zehn Jahre lang verstekken; der KGB würde uns irgendwann aufspüren und ermorden, wenn er die Zobel nicht zurückbekäme. Ohne die Zobel wären wir nirgends unseres Lebens sicher. Wir werden Osborne ausgeliefert, damit er die Zobel herausgibt. Deine Geschichte kannst du dir sparen – du kannst keinen Menschen retten.«

»Sieh dir wenigstens an, was Rats gefangen hat«, drängte Kirwill.

Arkadi drehte sich nach der Hütte um. Rats wartete an der offenen Tür; er war zu erschrocken, um einen Fluchtversuch zu machen.

»Los, sieh's dir an!« forderte Kirwill energisch.

Rats hielt die Lampe hoch. Arkadi mußte sich bücken, um nicht an den Türrahmen zu stoßen, und schob einen vor ihm hängenden Fliegenfänger zur Seite. Wände und Decke der Hütte bestanden aus Brettern und Plastikfolien, die innen mit Zeitungen und alten Teppichen isoliert waren. Den Fußboden bildeten massive Bohlen. In einer Ecke des kleinen Raums hatte Rats sein schmuddeliges Lager; in der Mitte stand ein Kanonenofen mit einem Topf Bohnen. In der fensterlosen Hütte herrschte so starker Verwesungsgeruch, daß es Arkadi beinahe den Atem verschlagen hätte.

»Ich hab nix geklaut.« Rats wich ängstlich vor ihm zurück. »Sie verstehn doch Englisch? Ich bin Fallensteller. Das tu ich, davon leb ich.« Er zog geräuschvoll die Nase hoch. »Bisamratten sind gesund, richtige Naturkost. Bloß der Name stört die Leute. Dabei ist der Pelz erstklassig. Die Leute sind so dumm; die meisten Pelzmäntel sind von Bisamratten. Ich bring jede Woche zehn, zwanzig Felle in die Stadt. Ich hab mein Auskommen. Ich brauch nix klauen, ich hab nix geklaut!«

Rats stolperte über einen Karton mit Fangeisen, wäre fast gegen den Ofen gefallen und stieß den Bohnentopf herunter, dessen Inhalt sich über hohe Gummistiefel und einen Kescher ergoß.

»Gehört mir, ich hab's in meiner Falle gefangen. Aber so'n Fell hab ich noch nie gesehn. War kein Nerz, war ganz anders. Drum hab ich's in die Stadt gebracht, um rauszukriegen, was es war.«

Hinter Rats hingen schmutzige Kleidungsstücke an einer Wäscheleine. Eine Parka an einem Kleiderhaken, ein Citybank-Kalender, eine Postkarte von John Glenn und vertrocknete Fliegenfänger. Dann eine weitere Leine mit Bisamfellen.

»Der Mann von der Pelzbörse hat gesagt, daß es gar kein amerikanisches Fell ist. Vielleicht gehört's also doch Ihnen. Ich sag nur, daß ich's gefangen, nicht geklaut hab. Ich kann Ihnen zeigen, wo ich's gefangen hab – gleich drüben am anderen Ufer. Ich bin soweit zufrieden, ich will keine Scherereien mit der Polizei.«

Rats nahm die Parka vom Haken.

»Wenn's Ihnen gehört, gehört's Ihnen.«

An dem Kleiderhaken hing ein viel längeres und schmaleres Fell als die Bisamfelle: ein glänzend schwarzer Pelz mit einem charakteristischen Anflug von »Rauhreif« an den Haarspitzen, der Schwanz buschig und abgerundet, die Haut steif und fachmännisch gegerbt, aber eine Vorderpfote beinahe abgenagt, als habe das gefangene Tier versucht, sich auf diese Weise zu befreien. Ein Zobel.

»Ich bring Sie hin«, versprach Rats Kirwill, der an der Tür stand. »Wir gehn bei Tagesanbruch los – nur wir zwei.« Er kicherte und sah von Kirwill zu Arkadi hinüber, bevor er sie ins Vertrauen zog. »Soll ich Ihnen was verraten? Wo der Pelz her ist, gibt's noch massenhaft!«

Wesley legte den roten Nothaltschalter um, und der Lift blieb zwischen dem vierten und fünften Stock stehen. In der Kabine befanden sich Arkadi, Wesley, George und Ray. Es war drei Uhr morgens.
»Wir haben eine Stunde lang nach Ihnen fahnden lassen«, sagte Wesley. »Der Lieutenant ist völlig übergeschnappt, wenn er einen Zivilfahrer überfällt und ihm den Wagen abnimmt. Wir haben uns natürlich Sorgen um Sie gemacht. Aber dann ist mir klargeworden, daß unsere Sorgen überflüssig waren; Sie würden nie etwas versuchen, solange wir Miss Asanowa haben. Solange wir sie haben, sind Sie uns sicher. Deshalb haben wir gewartet, und Sie sind prompt zurückgekommen. Wo sind Sie gewesen?« Er kippte den Schalter nach oben.
»Ich verspreche Ihnen, daß das keine Rolle spielt.«
George und Ray stießen Arkadi im fünften Stock den Gang entlang, bis er sie abschüttelte und sich zur Wehr setzte. Die beiden drehten sich nach Wesley um, der die Szene vom Lift aus beobachtete. »Laßt ihn laufen«, wies er sie an.
Arkadi legte den Rest des Korridors allein zurück. Im Zimmer hielt Al Wache. Arkadi warf ihn hinaus und stellte einen Stuhl unter die Türklinke.
Irina saß im Bett und beobachtete ihn erschöpft und angstvoll. Er hatte sie noch nie so ängstlich gesehen. Ihm fiel auf, daß sie ein Nachthemd aus grüner Seide trug, das gut zu ihren schulterlangen dunklen Haaren paßte. Ihre Arme waren nackt, ihre Augen geweitet. Das schwache blaue Mal auf ihrer Wange war unverdeckt: ein Zeichen ihrer Aufrichtigkeit. Sie wagte nicht, ihn anzusprechen; sie wagte kaum zu atmen.
Arkadi setzte sich auf die Bettkante und versuchte, das Zittern seiner Hände zu verbergen.
»Du hast mit Osborne in Moskau geschlafen. Du schläfst hier mit ihm. Er hat mir das Bett gezeigt. Ich möchte, daß du mir davon erzählst. Du hast mir doch irgendwann davon erzählen wollen, nicht wahr?«
»Arkascha«, sagte sie so leise, daß er kaum verstand, was sie gesagt hatte.
»Ein Mann genügt dir nicht?« fragte Arkadi. »Oder Osborne kann mehr als ich? Irgendwas Besonderes, eine spezielle Stellung? Von vorn, von hinten? Erklär's mir bitte. Oder besitzt er sexuelle Anziehungskraft, der du nicht widerstehen kannst? Fühlst du dich zu einem

Mann hingezogen, dessen Hände blutig sind? Meine Hände sind auch blutig. Aber leider nicht vom Blut *deiner* Freunde, sondern von dem *meines* Freundes.«

Er hielt ihr seine Hände hin. »Nein«, entschied er, während er ihre Reaktion beobachtete, »nicht befriedigend, nicht stimulierend genug. Aber Osborne hat versucht, dich zu ermorden; vielleicht ist das der bedeutsame Unterschied. Richtig! Warum sollte eine Frau mit einem Mörder schlafen – außer aus Lust am Schmerz?« Er krallte seine Finger in ihr Haar und riß ihren Kopf daran hoch. »Ist das besser?«

»Du tust mir weh«, flüsterte Irina.

»Das scheint dir nicht zu gefallen.« Er ließ ihr Haar los. »Das ist also auch nicht der wahre Grund. Vielleicht erregt dich Geld; soviel ich weiß, erregt es viele Menschen. Osborne hat mich durch unser neues Apartment geführt. Wie reich wir in dieser Luxuswohnung voller Geschenke sein werden! Aber du hast sie verdient, Irina. Du hast dafür mit dem Leben deiner eigenen Freunde gezahlt. Kein Wunder, daß du mit Geschenken überhäuft wirst.« Er tastete nach dem Ausschnitt ihres Nachthemdes. »Ist das auch ein Geschenk?« Er riß das Nachthemd mit einem Ruck bis zum Nabel auf. Über ihrer linken Brust sah er ihren Puls vor Entsetzen jagen: der gleiche Puls, den er spürte, wenn sie sich liebten. Seine Hand glitt leicht über ihren Bauch – sein Kissen, Osbornes Kissen.

»Du bist eine Hure, Irina.«

»Ich habe dir gesagt, daß ich alles tun würde, um hierher zu kommen.«

»Jetzt bin ich hier, und jetzt bin ich auch eine Hure«, sagte Arkadi. Die Berührung ihres Körpers machte ihn wütend und schwach zugleich. Er zwang sich dazu, aufzustehen und wegzusehen. Diese Bewegung schien ein randvolles Gefäß zum Überlaufen zu bringen: Tränen liefen ihm aus den Augen und übers Gesicht. Ich muß sie umbringen oder weinen, sagte er sich.

»Ich hab dir erklärt, daß ich alles tun würde, um hierher zu kommen«, sagte Irina hinter ihm. »Du hast mir nicht geglaubt, aber ich hab's dir gesagt. Ich habe nichts von Valeria und den anderen gewußt. Ich hab Angst gehabt, aber ich habe nichts Bestimmtes gewußt. Wann hätte ich dir von Osborne erzählen sollen? Nachdem ich dich zu lieben begonnen hatte, als wir in deiner Wohnung waren? Verzeih mir, Arkascha, daß ich dir nicht erzählt habe, daß ich eine Hure gewesen bin, nachdem wir uns zu lieben begonnen hatten.«

»Du hast drüben mit ihm geschlafen.«

»Einmal. Damit er mir zur Flucht verhelfen würde. Du warst zum erstenmal aufgekreuzt, und ich hatte Angst, du würdest mich verhaften.«

Arkadi hob eine Hand. Sie sank durch ihr eigenes Gewicht herab. »Du hast hier mit ihm geschlafen.«

»Einmal. Damit er auch dich herausholen würde.«

»Warum? Du wärst frei gewesen und hättest dein Apartment, deine Kleider gehabt – warum hast du mich verlangt?«

»In Rußland hätten sie dich umgebracht.«

»Vielleicht. Aber ich war noch am Leben.«

»Weil ich dich liebe.«

»Du hättest mich dort lassen sollen! Dort war ich besser aufgehoben.«

»Ich nicht«, wandte Irina ein.

Er hatte nie geahnt, daß er zu solchen Tränen imstande war. Er erinnerte sich an Hofmanns Messer, das in seinem Leib gesteckt hatte – das einzige andere Mal, daß irgend etwas so unaufhaltsam aus ihm herausgeflossen war. Der Schmerz war nicht viel anders gewesen.

»Ohne dich hätte ich hier nicht leben wollen.« Als Irina sich aufrichtete, fiel das zerrissene Nachthemd von ihr ab.

Hören sie zu? fragte Arkadi sich – alle die winzigen elektronischen Ohren im Bett, in der Lampe, hinter dem Spiegel. Das Rouleau hing schräg wie ein ordinär blinzelndes Augenlid. Er ließ es hochschnappen und machte das Licht aus.

»Wenn du zurückgehst, komme ich mit«, sagte Irina in der Dunkelheit.

Seine Tränen waren Quellen des Zorns, so heiß wie Blut. Vor seinem inneren Auge standen die Wiskows in ihrer Schnellimbißstube am Paweletser Bahnhof: der alte Mann, der ihm das Kaviarbrot servierte und dabei mit seinem Stahlgebiß lächelte; seine stumme Frau im Hintergrund strahlend. Er sah ein Millionenheer mit Stahlgebissen. »Das wäre dein sicherer Tod«, wandte er ein.

»Ich tue, was du tust.«

Er sank vor dem Bett auf die Knie. »Du hättest dich nicht für mich verkaufen dürfen.«

»Was hätte ich sonst zu bieten gehabt?« fragte Irina. »Ich habe mich schließlich nicht für ein Paar Stiefel verkauft. Ich habe mich verkauft, um zu entkommen, um endlich leben zu können. Ich schäme mich nicht, Arkascha. Ich würde mich vor mir selbst schämen, wenn ich's nicht getan hätte. Ich werde niemals sagen, daß es mir leid tut, das getan zu haben.«

»Aber mit Osborne...«

»Ich will dir davon erzählen. Ich bin mir danach nicht beschmutzt vorgekommen, wie sich junge Mädchen fühlen sollen. Ich habe mich verbrannt gefühlt, als sei mir eine Schicht Haut abgezogen worden.«

Sie zog seinen Kopf zwischen ihre Brüste. Sein Arm umschlang sie. Seine Kleidungsstücke waren schwer und durchnäßt, und er streifte sie ab wie schlimme Erinnerungen.

Wenigstens gehört uns dieses Bett, dachte er. Vielleicht gehörte ihnen nichts anderes auf der Welt, aber dieses Bett, auf dem noch das zerfetzte Nachthemd lag, war ihr rechtmäßiger Besitz. Irgendwie liebten sie sich mehr als zuvor. Sie waren erschöpft und halbtot gewesen, und nun waren sie in diesem Hurenbett, in dieser fremden Nacht wieder lebendig.

Bei Tagesanbruch würde Rats Kirwill zu den Zobeln führen.

»Sie sind irgendwo am Arthur Kill«, hatte der Lieutenant auf der Rückfahrt gesagt, »und wenn du mich fragst, ist es viel vernünftiger, sie hier zu verstecken, als sie fünfzehnhundert Kilometer von New York entfernt unterzubringen. Erstens geht jedermann automatisch davon aus, daß er sie auf einer Nerzfarm versteckt hat. Zweitens hat er sie hier ständig unter Kontrolle, ohne lange Ferngespräche führen zu müssen. Und drittens gibt's im Gebiet um die Großen Seen unzählige Nerzfarmer, die ein einziges großes Kollektiv bilden. Zobel brauchen Frischfleisch – und das Kollektiv würde hellhörig werden, wenn plötzlich größere Lieferungen an eine einsam gelegene Farm erfolgten.

Aber New York ist die Fleischhandelsmetropole des Universums; hier kann kein Mensch kontrollieren, welche Mengen wohin geliefert werden. Und am Westufer von Staten Island gibt's nur Wälder und Sümpfe, ein paar Raffinerien, schweigsame Einheimische, die sich um ihren eigenen Kram kümmern, und vor allem keine Cops. Denkbar ist nur eine Panne: Ein Zobel entkommt aus seinem Käfig, ein Fallensteller fängt ihn und versucht, das Fell zu verkaufen, ein Kürschner in Manhattan verständigt die Polizei, und ich – ausgerechnet ich! – höre zufällig davon. Das ist die einzig mögliche Panne. Das Schicksal meint es gut mit dir, Arkadi. Jetzt kann nichts mehr schiefgehen.«

Nachmittags würden Billy und Rodney sich in dem Hotelzimmer über ihnen einmieten. Nach Einbruch der Dunkelheit brauchten Arkadi und Irina lediglich die Strickleiter hinaufzuklettern, die vor ihrem Fenster herabhängen würde. Es kam nur darauf an, einen Augenblick abzuwarten, in dem die Straße menschenleer war, und rasch an die Zimmerdecke zu klopfen. Dann würden sie mit dem Personallift vom sechsten Stock in den Keller fahren, das Hotel durch den Hinterausgang verlassen und zu einem bereitstehenden Wagen laufen. Im Handschuhfach würden Geld, Straßenkarten mit einer sorgfältig eingezeichneten Route und die Schlüssel zu Kirwills Blockhaus liegen.

Sobald sie unterwegs waren, würde der Lieutenant sich mit dem KGB in Verbindung setzen und Nicky und Rurik den gleichen Tauschhandel wie Osborne vorschlagen: die Zobel für Irina und Arkadi. Was konnten Rurik und Nicky anderes tun, als sein Angebot anzunehmen? Die Gefangenen waren bereits geflüchtet. Sobald das FBI ihre Flucht entdeckte, war die bisherige Vereinbarung null und nichtig, und Osborne würde die Zobel irgendwohin verschwinden lassen. Letzten Endes ging es immer nur um die Zobel. Der KGB würde sich rasch mit Kirwill einigen und nach Staten Island rasen.

Arkadi zündete sich eine Zigarette an und schirmte die helle Flamme mit der anderen Hand ab, damit Irina nicht aufwachte.

Irina wußte von nichts. Wie konnte er mit ihr Fluchtpläne schmieden, wenn sie von Mikrofonen umgeben waren? Außerdem lebte sie von dem Gedanken an den Tauschhandel, dem Osborne zugestimmt hatte: Dieser Gedanke glich für sie dem Tageslicht am Ende eines langen schwarzen Tunnels. Es wäre unsinnig gewesen, sie zu beunruhigen, bevor der neue Plan anlief; dann konnte er ihr einfach bedeuten, ihm zu folgen. Bevor sie recht wußte, was geschah, würden sie im Wagen sitzen.

Alles hing von einem alten Säufer ab. Vielleicht hatte Rats das Zobelfell nur gefunden und sich die ganze Geschichte ausgedacht. Oder das Delirium tremens erwischte ihn so sehr, daß er nicht imstande war, Kirwill zu den Zobeln zu führen. Osborne wußte natürlich, daß ein Zobel fehlte; hatte er die anderen bereits umquartiert?

Andererseits konnte ihre Flucht mißlingen. Unter Umständen bewachte das FBI ständig alle Fenster ihres Hotelzimmers. Arkadi hatte noch nie einen amerikanischen Wagen gefahren; würde er überhaupt damit zurechtkommen? Sie konnten sich verfahren. Vielleicht waren Irina und er so eindeutig russisch, daß jeder sie als Flüchtlinge erkennen würde. Außerdem war er ein Uneingeweihter in einem fremden Land.

Aber wenigstens brauchte er Osborne nicht mehr zu glauben. Keiner kannte Osborne so gut wie er – auch Irina oder Kirwill nicht. Arkadi wußte, daß Osborne ein Vermögen dafür ausgegeben hatte, um die Zobel aus der Sowjetunion nach Amerika zu schmuggeln. Er würde sie niemals zurückgeben. Er war ein amerikanischer Nationalheld, wenn es ihm gelang, sie zu behalten. Osbornes einziges Verbrechen waren die Morde im Gorki-Park – und der einzige Mensch, der ihn mit ihnen in Verbindung bringen konnte, war Irina. Er hatte versucht, sie in Moskau ermorden zu lassen. Seither hatte sich nichts geändert, wenn man davon absah, daß er jetzt auch Arkadi ermorden mußte. Osborne würde Nicky und Rurik auf eine falsche Fährte setzen und Arkadi und Irina ermorden, sobald das FBI sie ihm auslieferte. Das wußte Arkadi ganz genau. Aber Osborne würde um einen Tag zu spät kommen.

Im Schlaf drückte Irina ihr Gesicht gegen seine Brust. Als hauchte sie mir Leben ein, dachte Arkadi.

Bevor er wieder einschlief, versuchte er sich das Leben in Kirwills Blockhaus vorzustellen. Gab es in Maine eine Tundra? Sie würden sich warme Kleidung und Tee kaufen müssen – vor allem viel Tee. Und Zigaretten. Wie würden sie sich dort die Zeit vertreiben? Er würde Irina bitten, ihm ihr ganzes bisheriges Leben zu erzählen und nichts auszulassen. Wenn sie dabei müde wurde, würde er ihr von sich erzählen. Ihr Leben würde aus diesen beiden Geschichten bestehen.

Wie lange sie dort würden bleiben müssen, konnte er nicht beurteilen. Osborne würde versuchen, sie aufzuspüren, aber er würde selbst auf der Flucht vor Kirwill sein. Sie konnten warten. Sie würden Bücher mitnehmen. Vor allem amerikanische Autoren. Wenn er ein Notstromaggregat kaufte, hatten sie Licht und konnten ein Radio, einen Plattenspieler betreiben. Und sie würden Saatgut für einen Gemüsegarten kaufen. Er konnte Musik hören, während er säte – Bach, Prokofiew, New-Orleans-Jazz. Bei heißem Wetter konnten sie zum Schwimmen gehen, und im August mußte es Pilze geben.

24

Als Arkadi wieder aufwachte, wurde Schnee vom Wind waagerecht an den Fenstern vorbeigeblasen, so daß der Raum sich zu drehen schien. Wesley, George und Ray standen vor dem Bett. Alle drei trugen dicke Wintermäntel. Der Stuhl, den er unter die Türklinke gestellt hatte, lag auf dem Fußboden. Ray trug einen Koffer, und George hielt einen Revolver in der Hand. Irina schrak auf und zog die Bettdecke hoch.

»Was wollen Sie?« fragte Arkadi.

»Ziehen Sie sich an«, forderte Wesley ihn auf. »Wir fahren weg.«

»Wohin?«

»Heute ist der Tag X«, antwortete Wesley.

»Das Tauschgeschäft mit Osborne soll morgen stattfinden!« protestierte Arkadi.

»Der Termin ist vorverlegt worden«, sagte Wesley. »Die Sache steigt heute.«

»Aber der Tausch ist erst für morgen geplant«, widersprach Arkadi.

»Das hat sich eben geändert.«

»Was macht das schon, Arkascha?« Irina setzte sich auf und preßte die Bettdecke an sich. »Auf diese Weise sind wir schon heute frei.«

»Frei sind Sie schon jetzt. Sie brauchen nur zu tun, was ich sage«, stellte Wesley fest.

»Sie bringen uns zu Osborne?« fragte Arkadi.

»Wollen Sie das denn nicht?«

»Los, steht auf!« drängte George.

»Lassen Sie uns allein, damit wir uns anziehen können«, verlangte Arkadi.

»Nein«, sagte Wesley, »wir müssen uns davon überzeugen, daß Sie nicht heimlich irgendwas mitnehmen.«

»Sie steht nicht auf, solange ihr im Zimmer seid«, sagte Arkadi nachdrücklich.

»Ich erschieße Sie, wenn sie's nicht tut.« George zielte auf Arkadi.

»Reg dich nicht auf, Arkascha.« Irina hielt seine Hand fest, als er sich bewegte.

»Nur eine Vorsichtsmaßnahme«, warf Wesley beschwichtigend ein.

»Ich habe Ihre neuen Sachen hier.« Ray legte den Koffer aufs Fußende des Betts und klappte ihn auf. Er enthielt je eine vollständige Herren- und Damengarderobe.

Irina stand nackt auf, ohne jemand anders als Arkadi anzusehen. Sie trat ans Fenster und drehte sich mit leicht ausgebreiteten Armen einmal um sich selbst.

»Die Sachen dürften passen, glaube ich«, erklärte Ray ihr.

»Genosse Renko?« Wesley forderte Arkadi mit einer Handbewegung auf, ebenfalls aufzustehen.

Arkadi gehorchte, ohne Irina aus den Augen zu lassen. Das wenige Fett, das er im Lauf der Jahre angesetzt hatte, hatten die Ärzte herausgeschnitten; durch das Landleben mit Pribluda hatte er Muskeln bekommen. Georges kurzläufiger Revolver zielte mitten auf die Narbe, die unter Arkadis Rippen begann und in seinem Schamhaar verschwand.

»Wollen Sie kurzen Prozeß machen und mich gleich hier erschießen?« fragte Arkadi ihn.

»Auf diese Weise brauchen wir uns nur keine Sorgen darüber zu machen, ob Sie irgend etwas in ihren eigenen Kleidungsstücken oder Schuhen versteckt haben«, erläuterte Wesley ihm. »Das macht die Sache für alle einfacher.«

Irina zog sich so unbefangen an, als seien Arkadi und sie in ihrem Hotelzimmer allein.

»Ich bin selbst verdammt nervös«, erklärte Wesley Arkadi.

Irina zog Slip, Büstenhalter, Bluse, lange Hose, Pullover, Kniestrümpfe, Schuhe und eine Parka an, Arkadi Unterwäsche, Oberhemd, Hose, Pullover, Socken, Schuhe und ebenfalls eine Parka.

»Unser erster Schnee in Amerika«, sagte Irina.

Alles paßte, wie Ray vorhergesagt hatte. Als Arkadi nach seiner Uhr greifen wollte, gab Wesley ihm eine neue.

»Punkt sechs Uhr fünfundvierzig.« Wesley band Arkadi die Uhr um. »Höchste Zeit, daß wir wegkommen!«

»Ich möchte mir noch die Haare kämmen«, sagte Irina.

»Bitte sehr.« Ray gab ihr seinen Kamm.

»Wohin fahren wir?« fragte Arkadi.

»Das sehen Sie, wenn wir dort sind«, antwortete Wesley. »Keine Angst, die Fahrt dauert nicht lange.«

Hat Kirwill die Zobel schon gefunden? überlegte Arkadi sich. Wie soll er sie in diesem Schnee finden können?

»Ich möchte eine Nachricht für Lieutenant Kirwill hinterlassen«, sagte er.

»Gut, Sie können sie gleich mir geben«, bot Wesley ihm an.

»Nein, ich möchte ihn anrufen und selbst mit ihm reden.«

»Ach, das würde nur Sand ins Getriebe bringen, fürchte ich – vor allem nach Ihrem Ausflug von gestern abend«, wehrte Wesley ab. »Sie wollen doch keinen Sand ins Getriebe bringen?«

»Was macht das schon, Arkascha?« fragte Irina. »Wir sind frei!«

»Die Dame hat völlig recht«, behauptete George, und zum Beweis steckte er seinen Revolver weg.

Ray half Arkadi in seine Parka.

»Ich sehe keine Handschuhe.« Arkadi griff in die Jackentaschen. »Sie haben die Handschuhe vergessen.«

Die FBI-Agenten waren im ersten Augenblick ratlos.

»Handschuhe können Sie sich danach kaufen«, meinte Wesley schließlich.

»Wonach?« fragte Arkadi.

»Wir müssen wirklich los!« drängte Wesley.

Die kleinen, glitzernden Schneeflocken des Vorabends waren jetzt groß, weich und naß. In Moskau wären ganze Bataillone von alten Frauen unterwegs, um Schnee zu räumen. Arkadi und Irina mußten sich mit George den Rücksitz einer zweitürigen Limousine teilen. Wesley saß auf dem Beifahrersitz; Ray fuhr den Wagen.

Der Schneesturm hatte ein gespenstisches Durcheinander hervorgerufen: Müllwagen mit Schneepflügen, dahinter endlose Ketten von Autoscheinwerfern, Verkehrspolizisten, die mit orangeroten Leuchtstäben den Verkehr regelten, und nur schemenhaft erkennbare Straßenlaternen. Die Autoschlange kroch langsam voran; Fußgänger kämpften mit hochgezogenen Schultern gegen den Schneesturm. Die Scheiben der Limousine beschlugen; die dicken Mäntel der FBI-Agenten rochen nach feuchter Wolle. Um eine Tür zu erreichen, würde Arkadi über Wesley hinwegklettern müssen; George und sein Revolver befanden sich links neben Irina.

»Zigarette?« Wesley riß eine Packung auf und bot sie Arkadi an. Auf seinem Gesicht lag leichte, fast mädchenhafte Röte, die seine Erregung verriet.

»Ich dachte, Sie seien Nichtraucher?« fragte Arkadi.

»Richtig«, stimmte Wesley zu. »Die Zigaretten sind für Sie.«

»Nein, danke.«

Wesley war sichtlich enttäuscht, und George nahm die Packung an sich.

Sie fuhren auf der West Side unter einer von Pfeilern getragenen anderen Fahrbahn durch, die den Schnee teilweise abhielt. Zwischen Kaianlagen ragten plötzlich Schiffe auf.

»Wo sind Sie gestern mit Kirwill gewesen?« fragte Wesley.

»Fahren wir deshalb schon heute statt morgen?« lautete Arkadis Gegenfrage.

»Kirwill ist ein so gefährlicher Mann, daß ich mich wundere, daß Sie noch am Leben sind«, sagte Wesley. Er wiederholte zu Irina gewandt: »Mich wundert's wirklich, daß er noch am Leben ist.«

Irina hielt Arkadis Hand. Von Zeit zu Zeit war der Wagen in Schneewolken eingehüllt, und sie lehnte sich an ihn, als machten sie eine Schlittenfahrt.

Unter Arkadis neuer Parka fühlte sein neues Hemd sich ungewohnt steif an. Scharfrichter bieten Zigaretten an, dachte er, und vergessen Handschuhe.

Er fragte sich, ob er Irina darüber aufklären sollte, was sie am Ende dieser Fahrt erwartete. Oder war es besser, sie mit der Illusion der Freiheit als ganz ohne Hoffnung in den Tod gehen zu lassen? Was könnte grausamer sein, als ihr diese einzige Hoffnung zu rauben?

Und was war, wenn er sich irrte? Was war, wenn Osborne tatsächlich bereit war, die Zobel gegen Irina und ihn einzutauschen? Sekundenlang konnte er sogar sich selbst täuschen!

Osborne würde sie erschießen. Das war sauber und ehrlich, und die FBI-Agenten waren saubere und ehrliche Typen. Osborne war Fachmann in diesen Dingen. Im Vergleich zu ihm war Wesley lediglich ein kleiner Bürokrat.

Vielleicht passierte irgend etwas Unerwartetes; vielleicht fuhr der Wagen ewig weiter. Dann dachte er an Kirwills Abhörmikrofon in ihrem Zimmer. Vielleicht hatten Billy und Rodney alles mitbekommen und saßen in dem Auto hinter ihnen. Er erinnerte sich daran, daß Kirwill und Rats vorgehabt hatten, mit einem kleinen Boot über den Kill zu fahren. Das war bei diesem Schneesturm unmöglich. Falls Kirwill aufgegeben hatte, fuhr er vielleicht mit Billy und Rodney hinter ihnen her.

»Warum lächelst du?« fragte Irina.

»Ich habe entdeckt, daß ich an einer unheilbaren Krankheit leide.«

»Das klingt interessant«, meinte Wesley. »An welcher denn?«

»Hoffnung«, antwortete Arkadi.

»Das hab ich mir gedacht«, stimmte Wesley zu.

Der Wagen hielt, und Ray kaufte an einem Schalter vor einem grünen Gebäude mit der Aufschrift DEPARTMENT OF MARINE AND AVIATION eine Fahrkarte. Schwarzes Hafenwasser schimmerte vor ihnen. Sie hatten das äußerste Ende von Manhattan erreicht. Hinter ihnen hielt ein Auto mit einer Frau am Steuer, die sich sofort in eine Zeitung vertiefte.

»Was tun Sie, wenn der Fährbetrieb eingestellt wird?« fragte Arkadi.

»Dazu müßte schon ein Hurrikan kommen. Ein kleiner Schneesturm kann die Fähre nicht aufhalten«, antwortete Wesley. »Wir halten uns genau an den Zeitplan.«

Wenig später legte eine Fähre bei dem Gebäude an: früher und schneller, als Arkadi erwartet hatte. Gittertore öffneten sich, und Arbeiter und Angestellte kamen vom Schiff, Aktentaschen und Schirme gegen den Schneesturm hochhaltend. Sie kämpften gegen den Sturm an und liefen kreuz und quer zwischen den von Bord fahrenden Autos hindurch. Dann rollten die wartenden Fahrzeuge aufs Schiff. Wesleys Limousine stand in der mittleren Reihe ganz vorn. Fußgänger hasteten über Gangways an Bord, das Deck füllte sich rasch. Die meisten Autolenker stiegen die Treppe zum Salon hinauf. Dann ertönte ein Klingelzeichen: Die Fähre legte ab und glitt ins schwarze Hafenwasser hinaus.

Der Schnee dämpfte das Maschinengeräusch. Eine große Welle – vielleicht das Kielwasser eines anderen Schiffs – stieg vor ihnen aus dem Wasser auf; die Fähre durchschnitt sie mit sanftem Rauschen, das fast ein Seufzen war. Wo mochte Kirwill jetzt sein? Arkadi erinnerte sich daran, wie sie über die zugefrorene Moskwa gerannt waren.

»Haben Sie was dagegen, wenn wir aussteigen?« fragte er den vor ihm sitzenden FBI-Agenten.

»Was wollen Sie draußen in der Kälte?«

»Die Aussicht bewundern.«

Wesley legte den Kopf schief. »Die Aussicht ist allerdings herrlich. Vor allem an einem Tag wie heute, an dem praktisch nichts zu erkennen ist. Das macht sie um so reizvoller.« Er runzelte die Stirn. »Aber ich bin ein Fatalist. Manche Menschen sind einfach nicht dafür bestimmt, sonnige Tage zu erleben. Und ich bin auch ein Pessimist. Wissen Sie, daß das Deck dieser Fähre einer der beliebtesten Selbstmordschauplätze New Yorks ist? Oder Sie könnten versehentlich ausrutschen und über Bord fallen. Sehen Sie, wie naß das Deck ist? Und dann geraten Sie vielleicht in die Schrauben oder erfrieren im Wasser, bevor Sie gerettet werden können. Nein, solange ich der Verantwortliche bin, geht Sicherheit vor.«

»Dann rauche ich jetzt eine Zigarette«, sagte Arkadi.

Der Schneesturm hüllte die Fähre ein, um im nächsten Augenblick in einzelne Schauer auseinanderzubrechen, die wie Kreisel übers schwarze Wasser tanzten. Das Sicherungsseil am Bug war mit einem Eispanzer aus gefrorener Gischt überzogen.

Valeria, Kostja der Bandit und James Kirwill hatten nicht gewußt, was sie im Gorki-Park erwartete. Sie zumindest waren ahnungslos auf ihren Schlittschuhen in den Tod gelaufen. Was konnten sie zu zweit unternehmen, falls er Irina aufklärte? Drei bewaffnete FBI-Agenten überwältigen? Um Hilfe rufen? Wer würde auf zwei von fünf Insassen einer Limousine achten, die mitten im Schneesturm auf einer New Yorker Hafenfähre stand? Würde Irina ihm die Wahrheit glauben? Hätten Valeria, Kostja und James Kirwill ihm geglaubt, wenn er sie im Gorki-Park angehalten hätte?

Die Schneeschauer rissen nach Westen hin auf. Dort glitt eine mit Grünspan überzogene Riesengestalt auf einem Steinsockel an ihnen vorbei. Die erhobene Hand mit der Fackel und das Frauenhaupt mit der Strahlenkrone waren selbst Arkadi erstaunlich vertraut. Dann verschwand die Freiheitsstatue wieder hinter Schneeschleiern.

»Hast du sie gesehen?« fragte Irina.

»Einen Augenblick lang«, sagte Arkadi.

»Bin gleich wieder da.« Wesley stieg aus und verschwand die Treppe hinauf.

Arkadi fiel auf, daß Ray konzentriert in den linken Außenspiegel starrte. Offenbar beobachtete er jemanden. Das konnte nur bedeuten, daß sie doch beschattet wurden. Arkadi küßte Irina auf die Wange und sah bei dieser Gelegenheit aus dem Rückfenster. Am Heck der Fähre standen zwei Männer. Ein Schneeschauer verdeckte sie, und als Arkadi wieder nach hinten sah, waren sie verschwunden. Aber er hatte deutlich Wesley und Rurik, den rothaarigen KGB-Offizier, erkannt.

Der Schneesturm ließ allmählich nach. Als Wesley zurückkkam, wurde eine Kleinstadt auf den Hügeln einer Insel sichtbar.

»Dort vorn wollen wir hin«, erklärte er Irina, als er wieder einstieg.

»Wo sind wir?« fragte sie.

»Die Stadt heißt Saint George«, antwortete der FBI-Agent.

»Das ist Staten Island«, warf Arkadi ein.

»Ganz recht«, bestätigte Wesley. »Und es gehört zu New York City, auch wenn manche Leute das nicht wahrhaben wollen.«

Arkadi sah, daß die grauen Hafenanlagen und schneebedeckten Dächer Irina wie eine Tropeninsel mit Palmen und Orchideen erschienen. Sie näherte sich dem Ziel einer wunderbaren Reise.

Die Fähre legte an, und ihr Wagen rollte als zweiter von Bord.

St. George hätte fast eine russische Kleinstadt sein können. Auf den Straßen lag hoher Schneematsch, und der Verkehr war nahezu lahmgelegt. Die Autos waren alt und verrostet; die Menschen auf den Straßen trugen Kapuzenjacken und Stiefel. Die kleinen Häuser hatten echte Schornsteine, aus denen echter Rauch kam. Aber in den Supermärkten gab es Frischfleisch, Geflügel und Fisch.

Eine geräumte breite Straße führte aus der Stadt zu neueren Vororten: Fertighaussiedlungen, in denen die Gärten durch Maschendrahtzäune voneinander getrennt waren. Eine Kirche erinnerte an ein startendes Raumschiff; eine Bank sah wie eine Tankstelle aus.

Sie erreichten die Straße, auf der Arkadi am Abend zuvor mit Kirwill unterwegs gewesen war. Der Verkehr war nur schwach. Im dritten Auto hinter ihnen erkannte Arkadi die KGB-Offiziere Nicky und Rurik. Kirwills Kriminalbeamte waren nirgends zu sehen.

Ray bog vor der Brücke über den Arthur Kill ab. Ein einzelner Wagen folgte ihnen in weitem Abstand. Sie pflügten auf einer schmalen Straße am Fluß durch den Schnee – vorbei an Gasbehältern und Hochspannungsmasten, durch Marschland mit dick verschneiten Binsenbüscheln.

Arkadi fühlte die wachsende Spannung der drei anderen. Er war sich
darüber im klaren, was Irina und ihn am Ende dieser Straße erwartete: Osborne würde sie ermorden und sich einbilden, der KGB sei
Tausende von Meilen von den Zobeln entfernt auf eine falsche Fährte
gesetzt worden. In Wirklichkeit aber wurden Nicky und Rurik geradewegs zu ihnen geführt. Was blieb Wesley anderes übrig? Osborne
weigerte sich, unterzutauchen; folglich mußte das FBI nicht nur ihn,
sondern auch seine Zobel schützen. Also würde Osborne Irina und
ihn umbringen, um dann seinerseits von Wesley-George-Ray-Nik-
ky-Rurik ermordet zu werden.

Der zweite Wagen blieb weit zurück, aber Arkadi spürte ihn wie eine
Faust im Nacken.

Ray bog durch ein Tor auf einen Schrottplatz ab. Vom Kill her schien
eine Schneewoge heraufgebrandet zu sein und Eisenschrott wie
Treibholz abgelagert zu haben. Ausgeschlachtete Schiffsrümpfe und
Lokomotiven lagen in dieser weißen Flut. Busse waren auf Lastwagen
gestapelt, Eisenbahnwaggons standen auf dem Kopf, Anker lagen auf
Wohnmobilen. Überall hingen Schilder KEIN ZUTRITT FÜR UNBEFUGTE
und WARNUNG VOR DEM HUNDE. Sie fuhren an einem kleinen, mit alten Nummernschildern verkleideten Büro vorbei, ohne angehalten zu
werden. Arkadi sah, daß Ray Fahrspuren folgte, die zwei bis drei
Stunden alt zu sein schienen. Die Spuren verließen den Schrottplatz
und führten zwischen Platanen und Linden hindurch, hinter denen
weitere Schrottfahrzeuge standen, als seien sie vom Himmel gefallen.

Vor dem hellen Untergrund hob sich der Maschendrahtzaun so deutlich ab, daß er Arkadi geradezu ins Auge sprang. Der Zaun wurde von
einem dreifachen Stacheldraht gekrönt, und die höheren Bäume waren 20 Meter vor und hinter dem Zaun gefällt worden. Der Stacheldraht war über Isolatoren gespannt und offenbar elektrisch geladen.
Über einer Sprechanlage am Tor verkündete ein Schild: SCHUTZ-
HUNDZWINGER, LIEFERANTEN HIER MELDEN, WARNUNG VOR DEM
HUNDE. Das Tor stand einladend offen.

Der Weg schlängelte sich mit auffällig vielen Kurven unter den Bäumen hindurch. In einer Kurve trennten sich die Fahrspuren, denen sie
bisher gefolgt waren. Ein Auto war auf dem Weg weitergefahren; ein
anderes war vom Weg abgekommen und ins Unterholz hineingefah-
ren.

Kirwill wartete an der nächsten Kurve. Er stand mit erhobenem rechten Arm vor einer mächtigen Ulme. Ray hielt dicht vor ihm. Kirwill
bewegte sich nicht. Sein Blick war starr. Auf seinem Hut, seinen

Schultern und der rechten ausgestreckten Hand häufte sich Schnee. Vor ihm im Schnee lagen zwei tote graue Hunde. Schnee verdeckte die beiden Schußwunden in seiner linken Brust und die Stricke, mit denen er an den Baum gebunden war. Die Hunde erinnerten Arkadi an sibirische Schlittenhunde, aber sie waren schlanker, hochbeiniger und wolfsähnlicher. Einer von ihnen hatte einen eingeschlagenen Schädel.

»Großer Gott!« murmelte Ray, als sie ausstiegen. »Das war nicht geplant.«

»Faß ihn nicht an!« warnte George ihn.

Arkadi schloß Kirwill die Augen, klopfte ihm den Schnee ab und küßte seine kalte Wange.

»Lassen Sie ihn bitte in Ruhe«, forderte Wesley ihn auf.

Arkadi trat zurück. Irina war so bleich, daß das Mal auf ihrer Wange dunkel hervortrat. Begreift sie endlich? fragte Arkadi sich. Sieht sie Kostja in Kirwill? Weiß sie, wer Valeria sein wird? Ist ihr endlich klar, wie wenige Schritte wir uns vom Gorki-Park entfernt haben?

Osborne kam mit einem Gewehr in der Hand und von einem dritten grauen Hund begleitet zwischen den Bäumen hervor.

»Er hat meine Hunde getötet«, erklärte er Arkadi und zeigte mit dem Gewehr auf Kirwill. »Deshalb hab ich ihn erschossen – weil er meine Hunde umgebracht hat.«

Er sprach mit Arkadi, als seien sie ganz allein. Osborne trug Jagdkleidung, Schnürstiefel, einen grünen Jägerhut und Lederhandschuhe. Sein Gewehr war ein Repetiergewehr mit Zielfernrohr und fein geschnitztem Nußbaumkolben. An seinem Gürtel hing ein Hirschfänger. Arkadi fiel auf, daß es nicht mehr schneite; auch von den Bäumen rieselte kein Schnee mehr. Unter dem wolkenverhangenen Himmel war die Luft jetzt unerwartet klar.

»So, hier sind also Ihre Freunde«, sagte Wesley zu Osborne.

Osborne betrachtete jedoch den Toten. »Sie wollten mir Kirwill vom Leibe halten«, stellte er fest. »Sie wollten mich beschützen. Wären meine Hunde nicht gewesen, hätte er mich erledigt.«

»Aber er hat's nicht geschafft«, antwortete Wesley, »und jetzt ist er unschädlich gemacht.«

»Das ist nicht Ihr Verdienst«, wandte Osborne ein.

»Wichtig ist nur, daß wir Ihre Freunde hergebracht haben«, meinte Wesley. »Sie gehören jetzt ganz Ihnen.«

»Sie haben auch den KGB mitgebracht«, sagte Arkadi.

Wesley, George und Ray, die bereits dabei waren, von Arkadi und Irina zurückzutreten, blieben stehen.

»Gut ausgedacht«, lobte Wesley Arkadi. Er nickte Osborne zu. »Sie haben recht: Der Russe ist clever – aber jetzt lügt er aus Verzweiflung.«

»Warum sagst du das, Arkascha?« fragte Irina vorwurfsvoll. »Damit ruinierst du alles!«

Nein, dachte Arkadi, sie begreift noch immer nichts.

»Wie kommen Sie darauf?« wollte Osborne von ihm wissen.

»Wesley hat sich auf der Fähre mit einem von ihnen getroffen«, antwortete Arkadi. »Er ist ausgestiegen, um mit ihm zu reden.«

»Die Fähre fuhr durch einen Schneesturm«, stellte Wesley nüchtern fest. »Wie soll er bei solchen Sichtverhältnissen ein Geheimtreffen beobachtet haben?«

»Haben Sie seinen Gesprächspartner erkannt?« fragte Osborne Arkadi.

»Die Sicht war ziemlich schlecht«, gab Arkadi zu.

»Warum fragen Sie ihn überhaupt?« protestierte Wesley.

»Aber einen rothaarigen, antisemitischen KGB-Offizier erkenne ich überall wieder«, sagte Arkadi. »Sogar im Schneesturm.«

Wesley starrte die beiden Männer an und gab dann im letzten Augenblick Ray ein Zeichen.

Osborne schoß, ohne richtig zu zielen. Die Hälfte von Wesleys glatter Stirn fehlte, als er auf die Knie sank, nach vorn fiel und auf dem Gesicht liegenblieb. Während Ray seinen Revolver aus dem Schulterhalfter unter Mantel und Jacke zu ziehen versuchte, lud Osborne durch und schoß erneut. Ray setzte sich in den Schnee und starrte seine blutige Hand an. Er hob sie langsam, betrachtete das Loch in seiner Brust und kippte lautlos zur Seite. Osbornes Hund stürzte sich auf George. Er befand sich im Sprung, als George schoß, und war tot, bevor er den Boden berührte. Osborne blutete aus einer Wunde an der Schulter. Arkadi merkte, daß in einiger Entfernung ein weiterer Schuß gefallen war. George robbte hinter einen Baum. Arkadi zog Irina mit sich in den Schnee, und Osborne verschwand zwischen den Bäumen.

Sie blieben liegen, bis George und zwei weitere Männer an ihnen vorbeigerannt waren. Arkadi erkannte Nicky und Rurik, die beiden KGB-Offiziere. Er kroch zu Ray und nahm ihm den Revolver ab. Dabei fielen ihm auch die Autoschlüssel in die Hände.

»Wir können den Wagen nehmen«, schlug Irina vor. »Wir können abhauen.«

Er gab ihr die Schlüssel und behielt den Revolver. »Sieh zu, daß du wegkommst«, forderte er sie auf.

Arkadi lief hinter den anderen Männern her. Er fand den Sicherungshebel links neben der Patronentrommel und legte ihn um. Die Spuren im Schnee waren leicht zu verfolgen: Osborne, George und zwei weitere Männer, die aus entgegengesetzter Richtung gekommen waren. Arkadi hörte die Verfolger vor sich durcheinanderrufen und das verschneite Unterholz durchstöbern. Dann fiel ein Gewehrschuß, dem lebhaftes Feuer aus mehreren Faustfeuerwaffen folgte.

Der Kampflärm entfernte sich. Als Arkadi langsam weiterschlich, fand er Nicky mit angezogenen Beinen tot auf dem Rücken im Schnee liegen. Fünfzig Schritte weiter entdeckte er die Stelle, wo Osborne umgekehrt war und sich in einen Hinterhalt gelegt hatte.

Die Schießerei hörte auf, so daß jetzt unheimliche Ruhe herrschte. Arkadi arbeitete sich von Baum zu Baum weiter. Sein keuchendes Atmen kam ihm erschreckend laut vor. Das Wäldchen endete an einem inneren Maschendrahtzaun mit Sichtblenden aus langen Segeltuchbahnen. Dort stand Kirwills Wagen halb im Zaun in einem Gewirr aus Maschendraht, Segeltuch und Stacheldraht. Das Heckfenster war durch einen Schuß zersplittert, und Rats hockte zusammengesunken am Steuer. Er war tot; unter seiner zerfetzten Wollmütze war hervorgequollenes Blut in Streifen angetrocknet.

Arkadi kam zu einem weiteren Tor. Im Neuschnee waren die Spuren mehrerer Männer zu erkennen. Hinter dem Tor lag Osbornes Zobelfarm.

Die etwa 60 mal 100 Meter große Anlage war leicht zu überblicken. In Tornähe standen ein runder Wellblechbehälter für Tiermist und drei Hundehütten. Verwehte Reifenspuren führten zu einem Betriebsgebäude, vor dem Osbornes Limousine parkte; dort würde es Kühlräume, einen Raum zur Zubereitung des Futters und Quarantäneställe geben. Die Fußspuren führten zu den Zobelstallungen.

Die KGB-Offiziere im Leningrader Pelzpalast hatten Osborne unterschätzt; Arkadi zählte zehn offene Schuppen von etwa 20 Meter Länge, unter deren Holzdach sich rechts und links von einem Mittelgang jeweils zwei Reihen Käfige auf Ständern befanden. Da auf jede Reihe vier Käfige kamen, waren hier schätzungsweise 80 Zobel untergebracht: 80 Zobel in New York! Er konnte die Tiere nicht deutlich erkennen; sie waren aufgeregt und liefen durcheinander. Auch Osborne, George und Rurik waren nirgends zu sehen. Der amerikanische Revolver war wegen seines kurzen Laufs nicht sonderlich treffsicher und Arkadi ohnehin ein schlechter Schütze; vom Tor oder dem Betriebsgebäude aus würde er bestimmt niemanden treffen. Er rannte auf den nächsten Schuppen zu.

Arkadi hörte einen Schuß und spürte im nächsten Augenblick die Kugel. Eigentlich hätte die Reihenfolge umgekehrt sein müssen, dachte er. Er stolperte, blieb aber auf den Beinen. Es ist schwierig, einem geduckt Laufenden eine Pistolenkugel durch die Brust zu schießen, überlegte er sich; eine Gewehrkugel hätte die nötige Durchschlagskraft besessen. Seine Rippen brannten wie Feuer, als er mit einem Hechtsprung unter der ersten Käfigreihe verschwand.

Über ihm kreischten die Zobel wütend durcheinander. Sie kletterten an den verzinkten Maschendrahtwänden hoch, liefen auf und ab, sprangen und bewegten sich so rasch, daß sie nur schemenhafte schwarze Gestalten in ihren Käfigen waren. Ihre hektische Aktivität verblüffte Arkadi. Sie waren wild, keineswegs zahm, fauchten, zischten und versuchten, ihn durch das Gitter zu erreichen. Arkadi blickte auf dem Rücken liegend unter den Käfigreihen hindurch und erkannte zwei Beinpaare. Einer der beiden Männer bückte sich, um unter den Käfigen hindurchzusehen. Arkadi sah, daß George auf ihn zielte, und rollte sich blitzschnell zur Seite. Die Kugel surrte als Querschläger davon.

Arkadi hob seinen Revolver, obwohl ihm die Entfernung noch immer zu groß erschien, und wollte eben abdrücken, als ein Gewehrschuß fiel. George stolperte rückwärts, ließ seine Waffe fallen, machte noch einige steife Schritte und klappte mit einem erstickten Aufschrei zusammen. Arkadi wälzte sich unter der Käfigreihe hervor.

»Arkadi Wassiljewitsch!« sagte Rurik laut.

Der KGB-Offizier stand mit einer Makarow in der Hand über ihm. Jetzt bringen wir Osborne gemeinsam zur Strecke! dachte Arkadi, aber Rurik erkannte seine Feinde besser und war dazu ausgebildet, nicht zu zögern. Er hob seine Pistole und zielte mit beiden Händen auf Arkadi. Bevor er abdrücken konnte, zerfetzte ein Schuß ihm den Hinterkopf, so daß der Rothaarige nach vorn torkelnd zusammenbrach und im Schnee liegenblieb.

Arkadi sah unter den Käfigreihen hindurch und erkannte Osbornes Beine mindestens zehn Reihen entfernt. Der andere hatte den großen Vorteil, mit einem Zielfernrohr schießen zu können. Und Ziele unter den Käfigen waren bestimmt noch leichter zu treffen! Arkadi wälzte sich unter der nächsten Reihe hindurch und stand auf.

Der Mittelgang der beiden nächsten Schuppen war leer. Als Osborne hinter dem dritten Schuppen auftauchte und sein Gewehr an die Backe riß, verschwand Arkadi in dem Gang zwischen den Käfigen. Die Zobel liefen aufgeregt in ihren Käfigen hin und her und sprangen fauchend am Drahtgitter hoch. Solange er und die Zobel in Bewegung blieben, hatte er eine Chance – mit einem sechsschüssigen Revolver gegen ein Repetiergewehr. Arkadi schlug mit der Hand gegen die Käfige, an denen er vorbeilief. Er bildete sich ein, das Zielfernrohr auf sich gerichtet zu fühlen, während Osborne versuchte, ihn ins Fadenkreuz zu bekommen, ohne eines der Tiere zu treffen.

Arkadi erreichte mit zwei großen Sprüngen den nächsten Schuppen, schlug auf beiden Seiten gegen die Käfige und schreckte die Zobel durch gellendes Geschrei auf. Dann fand er sich plötzlich mit einem Oberschenkeldurchschuß auf dem Betonboden wieder; nicht allzu schlimm, er kam auf die Beine und konnte sogar weiterhumpeln. Arkadi sah, daß er an einem leeren Käfig vorbeigekommen war; Osborne hatte diese Chance genutzt und abgedrückt, aber die Kugel mußte abgelenkt worden sein, sonst wäre der Schuß tödlich gewesen. Er sah Osborne draußen rennen, um ihn abzufangen, wenn er am anderen Ende aus dem Schuppen kam. Arkadi würde sich in den Fäkalientrog unter einer der Käfigreihen werfen und zuerst schießen. Aber er stolperte, weil sein verletztes Bein gefühllos wurde.

Dann hörte er Irinas Stimme. Sie stand draußen vor den Stallungen und rief seinen Namen. Sie konnte ihn offenbar nicht sehen. Osborne forderte sie auf, stehenzubleiben.

»Komm raus, Arkadi!« rief Osborne. »Du kannst deinen Revolver behalten, und ich lasse euch beide laufen. Komm raus, sonst erschieße ich sie!«

»Lauf weg, Irina!« brüllte Arkadi.

»Ich lasse euch beide laufen, Irina«, versprach Osborne ihr. »Ihr könnt mit dem Auto wegfahren. Arkadi ist verwundet; er braucht einen Arzt.«

»Ich gehe nicht ohne dich!« rief Irina Arkadi zu.

»Ihr seid beide frei, Arkadi«, sagte Osborne laut. »Das verspreche ich euch. Aber wenn du nicht sofort rauskommst, erschieße ich sie! Komm endlich raus!«

Arkadi war wieder bei dem leeren Käfig angelangt, der offenbar erst vor kurzem instand gesetzt worden war. Ein Werkzeugkasten stand darunter. Er griff nach einem Stemmeisen, das obendrauf lag, und schob es durch den mit einem Schloß gesicherten Riegel des nächsten Käfigs. Der Riegel brach heraus, als Arkadi das Stemmeisen herunterzog. Sobald die Käfigtür aufging, sprang der Zobel gegen Arkadis Brust, dann in den Gang und rannte ins Freie. Arkadi schob das Stemmeisen hinter den nächsten Riegel und zog es herunter.

»Nein!« kreischte Osborne.

Arkadi fing den Zobel, als er aus dem Käfig kam, und preßte ihn an sich. Osborne stand mit angelegtem Gewehr am Ende des Mittelganges. Arkadi warf mit dem Zobel nach ihm. Osborne trat zur Seite, riß das Gewehr wieder hoch und schoß. Arkadi war inzwischen zu Boden gegangen, weil sein Bein nachgegeben hatte, und schoß ebenfalls. Die beiden ersten Schüsse trafen Osborne in den Magen. Osborne lud nach. Arkadis nächste Schüsse trafen Osbornes Herz. Der fünfte Schuß traf Osbornes Kehle, als er zusammensackte. Und der sechste Schuß ging daneben.

Arkadi schleppte sich ins Freie. Osborne lag mit geschlossenen Augen auf dem Rücken. Er hielt noch immer sein Gewehr umklammert. Arkadi nahm ihm erschöpft den Gürtel ab, um sein blutendes Bein damit abzubinden. Er merkte nicht gleich, daß Irina über ihnen stand. Sie starrte den Toten an. Sprach aus Osbornes Gesichtsausdruck nicht der Triumph eines Mannes, der schließlich doch Sieger geblieben war?

»Wohin fahren wir jetzt?«

»*Du* fährst«, stellte Arkadi richtig.

»Ich bin gekommen, um dich zu holen«, sagte Irina. »Wir können flüchten, wir können in Amerika bleiben.«

»Ich will nicht hierbleiben.« Arkadi sah auf. »Ich wollte niemals bleiben. Ich bin nur gekommen, weil Osborne dich sonst ermordet hätte.«

»Dann fahren wir beide heim.«

»Du bist *hier* zu Hause. Du bist eine Amerikanerin, Irina, du bist, was du schon immer sein wolltest.« Er lächelte. »Du bist keine Russin mehr. Wir sind immer verschieden gewesen, und ich weiß jetzt, was uns unterscheidet.«

»Du kannst dich auch ändern.«

»Ich bin Russe.« Er klopfte an seine Brust. »Je länger ich hier bin, desto russischer werde ich.«

»Nein!« Sie schüttelte aufgebracht den Kopf.

»Sieh mich an.« Arkadi kam mühsam hoch. Das verletzte Bein war gefühllos. »Nein, nicht weinen. Sieh mich an: Arkadi Renko, ehemals Parteimitglied und Chefinspektor. Wenn du mich liebst, sagst du mir ehrlich, wie amerikanisch ich jemals sein könnte. Los, sag's schon!« verlangte er erregt. »Warum gibst du nicht zu«, fuhr er leiser fort, »daß du einen Russen vor dir hast?«

»Ich laß dich nicht allein zurück, Arkascha! Ich …«

»Du verstehst mich nicht.« Er nahm Irinas Gesicht zwischen die Hände. »Ich bin nicht so tapfer wie du, nicht tapfer genug, um zu bleiben. Bitte, laß mich zurückgehen. Ich werde dich immer lieben.« Er küßte sie leidenschaftlich. »Los, lauf zu!«

»Die Zobel...«

»Die kannst du mir überlassen. Lauf schon!« Er stieß sie an. »Aber geh auf keinen Fall zum FBI; geh zur New Yorker Polizei oder zum Außenministerium – nur nicht zum FBI!«

»Ich liebe dich.« Sie versuchte, seine Hand festzuhalten.

»Muß ich erst mit Steinen werfen?« fragte er.

Irina ließ seine Hand los. »Dann gehe ich also«, sagte sie.

»Alles Gute!«

»Alles Gute, Arkascha.« Sie hörte auf zu weinen, strich sich die Haare aus dem Gesicht, sah sich um und holte tief Luft. »Ich bin eine gute Fahrerin. Und es schneit nicht mehr.«

»Ja.«

Irina machte ein Dutzend Schritte. »Höre ich jemals wieder von dir?« Ihr bleiches Gesicht mit den ausdrucksvollen Augen war tränennaß.

»Bestimmt! Irgendeine Möglichkeit gibt's immer. Die Zeiten ändern sich.«

Am Tor blieb sie erneut stehen. »Wie kann ich dich verlassen?«

»*Ich* verlasse *dich*.«

Irina ging durchs Tor. Arkadi fand Osbornes Zigarettenetui, rauchte und hörte den Wind in den Bäumen rauschen, bis in der Ferne ein Motor ansprang. Auch die Zobel hörten den anfahrenden Wagen; sie hatten scharfe Ohren.

Es hat also drei Tauschgeschäfte gegeben, überlegte Arkadi sich. Zuerst Osbornes, dann Kirwills und jetzt meines. Ich kehre in die Sowjetunion zurück, damit der KGB Irina in Amerika bleiben läßt. Aber was habe ich außer mir zu bieten? Natürlich die Zobel. Auch sie müssen beseitigt werden.

Er zog Osborne das Gewehr aus den Händen und humpelte in den Schuppen zurück. Wie viele Kugeln habe ich überhaupt? fragte er sich.

Die Zobel hatten sich beruhigt; sie verfolgten seine Bewegungen mit ans Gitter gepreßten Köpfen.

»Ich bitte um Entschuldigung«, sagte Arkadi laut. »Ich weiß nicht, was die Amerikaner mit euch tun würden. Es hat sich gezeigt, daß wir keinem trauen dürfen.«

Die pechschwarzen wachen Augen der Tiere in den Käfigen beobachteten ihn unverwandt.

»Ich bin zum Scharfrichter ernannt worden«, fuhr Arkadi fort. »Und sie bekommen die Wahrheit aus mir heraus, Brüder; sie sind keine Männer, die sich mit Lügenmärchen zufriedengeben. Tut mir leid, daß es so gekommen ist.«

317

Er bildete sich ein, ihre Herzen aufgeregt schlagen, wie sein eigenes jagen zu hören.

»Deshalb...«

Arkadi ließ das Gewehr fallen, hob das Stemmeisen auf und knackte damit das erste Schloß. Der Zobel sprang mit einem Satz aus dem Käfig und war Sekunden später am Zaun. Arkadi bekam Übung und brach die Riegel jeweils mit einem einzigen Ruck auf. Zigaretten waren ein gutes Schmerzmittel. Er hätte am liebsten laut gejubelt, als er einen Käfig nach dem anderen öffnete, die wilden Zobel in die Freiheit sprangen und über den Schnee davonrasten – schwarz auf weiß, schwarz auf weiß, schwarz auf weiß – und dann verschwunden waren.

Der Botschafter
Ein erschütternder Bekenntnis-roman. 223 S. [217]

In einer Welt von Glas
»So präzise, so glaubhaft, so klischeefern und subtil in der Entwicklung seiner Charaktere, war West noch nie«, schreibt der Journalist Peter Zeindler über diesen – seiner Meinung nach besten – Roman von Morris L. West. 448 S. [1366]

Die Gaukler Gottes
Die letzte Dekade unseres Jahrhunderts ist angebrochen. Unter dem Druck der Kurie, deren Geister sich an einer Vision vom nahen Ende der Welt scheiden, erklärt der Papst seinen Rücktritt. War er ein Geistesgestörter, ein Mystiker oder ein Fanatiker? 464 S. [1164]

Insel der Seefahrer
Ein junger Forscher unternimmt mit einer Gruppe von Frauen und Männern eine Schiffsreise in die Südsee. 319 S. [660]

Kennwort Salamander
Ein Mann rettet sein Land vor der Diktatur. 320 S. [1384]

Die Konkubine
Um eine gefährliche Erdölbohrung auf einer exotischen Insel geht es in diesem Roman. 160 S. [487]

Kundu
Das Dröhnen der Kundu-Trommeln versetzt die Eingeborenen in einem Tal in Neuguinea in Ekstase und läßt sie aufbegehren gegen ihre weißen Herren. 160 S. [1030]

Proteus
Die Geschichte eines Mannes, der die ganze Welt herausfordert! 272 S. [716]

Der Schatz der »Doña Lucia«
Renn Lundigan startet eine Expedition, um den Schatz der vor dem australischen Barrier-Riff versunkenen spanischen Galeone »Doña Lucia« zu bergen. 160 S. [594]

Die Stunde des Fremden
Die abenteuerlichen Erlebnisse eines Amerikaners im Süden Italiens. 171 S. [75]

Des Teufels Advokat
Rätsel um einen geheimnisvollen Toten. 279 S. [44]

Tochter des Schweigens
Die unerhörten Verwicklungen um einen Mordprozeß in der Toskana. 208 S. [117]

Der Turm von Babel
Ein großer zeitgeschichtlicher Roman zum israelisch-arabischen Konflikt. 320 S. [246]

Der zweite Sieg
Ein Roman über die ersten verworrenen Nachkriegsjahre in Österreich. 238 S. [671]

Harlekin
Skrupellose Männer manipulieren Märkte und Meinungen, organisieren Bankskandale und Terroranschläge. Weltbestseller! 288 S. [527]

In den Schuhen des Fischers
Kyrill Lakota ist der erste Russe auf dem Stuhl Petris. Ist er ein Märtyrer, ein Begnadeter oder lediglich ein naiver, weltfremder Mensch? 336 S. [569]

Der rote Wolf
239 S. [627]

Nacktes Land
144 S. [554]